Please, Why Me

플리즈 와이 미

나막웃었잖아 장편 소설

PLEASE, WHY ME
플리즈 와이 미

Please,
Why
Me

1

SCARLET

ROMANCE

STORY

" contents "

· 일러두기

1. 글의 배경은 2006년에서 2007년까지입니다.

2. 본문 중에 한국어 대화는 " "로 영어 대화는 「 」로 표기했습니다.

3. 외국 인명, 지명 및 기타 독음은 '외래어 표기법'을 따르되 관용적인 표현과 동떨어진 경우 절충하여 실용적 표기에 따랐습니다.

4. 본 소설에서 언급되는 회사나 단체, 인물 등은 허구이며 실제로 존재하는 회사나 단체, 인물 등과 관계가 없음을 밝힙니다.

벌써 몇 번째 시계를 확인했다. 혹시 약속 시간을 잘못 들은 건 아닌지. 그러니까 한 번쯤은 확인 전화를 해도 되는 상황은 아닌지. 이런저런 생각으로 심란해하는 중에도 어김없이 시간은 흐르고 있다. 굳이 식사를 같이 할 필요는 없다며 8시로 약속을 정한 건 그쪽이었다. 나 역시 낯선 사람과 밥을 먹는 건 불편해서 그러자고는 했지만, 벌써 40분째 혼자 앉아 있으려니 차라리 같이 밥을 먹다 체하는 편이 나았지 싶다.

그의 번호를 찾아 통화 버튼을 누르기 전 헛기침으로 목을 가다듬었다. 신경질은 있는 대로 났지만 최대한 예의를 지키려고 노력하면서 말이다. 그런데 신호음이 울리기도 전에 음성메시지로 연결되고 말았다. 이건 뭐, 불난 집에 부채질도 모자라 기름까지 끼얹는 상황인가?

성실하고 세심한 사람이라고? 혹시, 실성의 앞뒤를 헷갈려 성실이 된 건 아닌가 싶다. 실성을 하지 않고서야 약속 시간 45분이 경과한 지금 전화기가 꺼져 있어? 분노의 한숨을 억지로 삼키며 연화 언니의 번호를 찾았다. 이번 일을 주선한 당사자로서 언니에게도 책임이 있으니까 말이다. 몇 번의 신호음 끝에 잠에 취한 듯 푹 잠긴 언니의 음성이 들려왔다. 만일 언니마저 전화를 안 받았다면 당장 일어나 카페를 나섰을지도 모른다.

"주무셨어요?"

— 어, 잠깐.

"죄송해요."

— 괜찮아.

엄청 피곤한 목소리라 외려 미안해졌다.

— 근데 왜?

"아— 그게, 제가 오늘 그분을 만나기로 했거든요."

— 음? 그분?

"그 왜…… 저기. 그 표지디자인 하시는 분."

— 아, 레온이?

이건 진짜 미안한 말이지만, 들을 때마다 어색한 이름이다. 50분 가까운 시간을 기다리면서도 선뜻 전화하지 못한 이유이기도 하다. '저 실례지만, 레온 씨 되시나요?' 하고 물으면 나도 모르게 웃음이 터질 것 같아서다. 분기탱천한 이 감정적 격류 상태를 유지해서 약속에 늦은 상대에게 무언의 압력을 넣으려면, 뭔가 쓰다 만 것처럼 불완전하고 성별 역시 불분명한 그의 이름 때문에 만나기도 전에 웃어서는 안 되니까.

"네."

— 근데 왜?

"아직 안 오셔서요."

— 아직 안 왔다고?

설마 그럴 리가 없다는 듯 되묻는다.

"전화도 안 받고, 벌써 50분째 기다리고 있어요."

— 정말?

진정 깜짝 놀란 목소리다. 그래서 내가 더 놀랐을 정도로 말이다.

— 진짜 50분째 기다리고 있어?

그럼 내가 농담이나 따먹자고 전화를 했겠습니까. 그러니 성실하고 세심하다던 표지디자이너 레온이를 당장 대령해 주세요.

— 그럴 애가 아닌데.

"혹시 다른 연락처 모르세요? 전화기도 꺼져 있어서 연락이 안 돼요."

— 어머! 혹시 무슨 일 있나?

지금 레온이 걱정을 하는 건가? 벌써 50분째 이유도 모른 채 기다리고 있는 난 안중에도 없고?

— 다른 연락처는 사무실 정도? 일단 내가 전화해 볼게.

"에? 언니가요?"

— 너한테 다른 번호는 안 준 거잖아.

"네. 굳이 다른 번호는."

— 그럼 내가 해 보는 게 좋을 거 같아.

일껏 사람을 소개해 놓고 연락은 직접 하겠다니, 내가 받은 번호 외에는 함부로 알려고 들지 말라는 듯, 살짝 묘한 느낌이 든다.

"네. 그럼 부탁……."

말을 끝내기도 전에 느낌이 왔다. 지금 막 카페에 들어선 남자가 바로 그 사람이지 싶은 느낌.

— 여보세요?

"언니 저 잠깐."

눈이 마주치자, 남자는 곧장 내가 앉은 창가로 직진해 왔다. 시선을 피하는 건 50분을 기다린 나의 몫이 아니라 50분을 늦은 그의 몫이다. 그러니까 지금처럼 어이없는 표정을 유지하며 그를 직시해 곤란하게 만들어야 하는데…….

"오래 기다리셨죠?"

미안한 것도 그렇다고 뻔뻔한 것도 아닌 그의 표정을 어떻게 설명해야 할까. 그리고 무엇보다, 지금 내 앞의 이 남자가 내가 기다리던 그 남자라는 걸 어떻게 확신하지?

"전화드리려고 했는데 배터리가 다 돼서요."

생긴 건 멀쩡한데 나사 하나쯤은 빠진 것 같은, 나이조차 가늠할 수 없을 정도로 이질적인 느낌이다.

"통화하던 중 아니었어요?"

맞은편 의자를 뒤로 뺀 그가 자리에 앉기까지 나는 말문이 막힌 채 그를 바라봤다. 물론 내가 앉아라 마라 할 상황은 아니지만 미안하다는 말 한마디는 나와야 정상 아닌가?

"누구세요?"

최대한 퉁명스럽게 받아쳤다. 이상하게도 아주 짧은 시간을 마주했음에도 이 사람이 그 사람이라는 확신이 들었기에, 애먼 사람한테 신경질 내는 걸 수도 있다는 염려 따위는 조금도 없었다.

"허여…… 아니, 연화 누나 소개로 나오신 거 맞죠?"

"네, 맞아요."

"일단 통화부터 끝내시죠."

그의 시선이 휴대폰을 들고 있는 내 손으로 향했다. 그제야 여보세요를 연발하고 있는 언니의 목소리가 들린다.

"죄송해요 언니."

— 온 거야?

"네, 지금 막 왔네요."

지금 막 오.셨.네.요.가 아니라 왔.네.요. 이 정도면 내가 얼마나 짜증 난 상태인지 짐작하려나?

— 무슨 일이래?

"모르겠어요. 일단 나중에 전화드릴게요."

— 어, 그래그래.

휴대폰을 내려놓고 다분히 공격적인 눈빛으로 그를 바라봤다. 빨리 미안하다고 해라, 아니면 상황을 충분히 설명하고 양해를 구하든가!

"오래 기다리셨어요?"

오래 기다렸냐고? 너무 기가 막혀서 손목시계를 보는 걸로 대답을 대신했다.

"차가 막혀서 중간에 지하철을 탔는데 반대편으로 잘못 탔어요."

지하철에 불이 나 새까맣게 탄 거라면 몰라도, 고작 생각해 낸 핑계가 지하철을 반대로 탔다? 설마 내선순환을 타고 아예 반대로 쭉 돌아왔다는 얘기를 하고 싶은 건 아니겠지? 설마 그 말 한마디로 이 어이없는 상황을 퉁치려는 건 아니겠지?

"도착해서도 여기 찾느라고 조금 헤맸어요."

웃어? 지금 웃음이 나오니? 웃는 얼굴로 죄송하다니 기분이 더 나빠지고 말았다.

"전화라도 하셨어야 되는 거 아닌가요?"

"배터리가 없어서요."

약속을 정해 놓고 배터리 확인도 안 했다고? 성실하고 세심하다더니 어디가 성실이고 어디가 세심이지?

"시간 없는데, 바로 시작해도 될까요?"

"네?"

"표지디자인이요."

여기서 디자인을 시작하겠다고? 설마 앉은 자리에서 나를 쓱쓱 그려서 표지에 내 초상화를 넣으려는 건가?

"지금 여기서요?"

"그럼 언제 어디서 할까요?"

"뭘 어떻게 시작하실 건데요?"

처음으로 그가 난감한 표정을 보였다.

"화가 많이 나셨네요."

"상대방 기분을 생각은 하세요?"

"어떻게 해야 기분이 풀리시겠어요?"

대놓고 물으니 뭐라고 대답해야 할지 모르겠다. 애초부터 늦지 말았어야 했다는 것 외에는 할 말도 없는데.

"일단 따뜻한 차라도 한잔하시죠?"

"많이 마셨는데요."

"혹시 개떡 좋아하세요?"

순간, 귀를 의심했다. 하지만 눈을 의심할 수는 없었다. 불룩한 가죽가방에서 그가 꺼내 든 건 진짜 개떡이었다.

"여기요—"

다분히 토속적인 쑥개떡을 테이블에 꺼내 놓고 오른손 검지를 살짝 올려 가며 서버를 부르는 모습이라니, 뭔가 상당히 언밸런스한 그의 포즈에 할 말을 잃고 말았다.

"네, 주문하시겠습니까."

"따뜻한 우유 두 잔이랑 포크 좀 부탁해요."

설마 지금, 마주 보고 앉아 개떡을 뜯어 먹자는 건 아니겠지?

"우유에 설탕. 괜찮죠?"

"네에?"

"설탕 타면 더 맛있어요."

달걀노른자도 달라지 그러세요.

"화 푸세요. 늦어서 죄송해요."

일관성 있는 사과를 받고 싶은 건 욕심인가? 우유에 설탕으로 간 맞추듯 찔끔찔끔 죄송하다니 어느 장단에 맞춰야 할지 몰라 진심으로 난감하다. 더구나 무엇보다 이해할 수 없는 건 바로 저 웃음이다. 미안하다면서 왜 저렇게 웃고 있는 거지?

"죄송한 거 맞아요?"

"예?"

"왜 자꾸 웃으세요?"

"아— 미안해요. 난처할 때 나오는 버릇인데, 기분 나쁘셨어요?"

사실 트집을 잡을 정도로 심한 건 아니었다. 애써 웃음을 참고 있는 표정이었을 뿐 대놓고 웃은 건 아니니까. 하지만 왠지…… 그런 그의 표정을 보고 있는 게 불편했다. 그 미소에 나도 모르게 마음이 풀어지는 것 같아서 어이가 없기도 했다.

그와의 첫 만남은 이랬다. 그리고 그런 그와 결혼하기까지 채 3개월도 걸리지 않았다. 나는 그를 사랑했다고 생각한다. 하지만 그의 사랑을 확인한 적은 없었다. 결혼을 제안한 건 내가 먼저였고, 그 제안을 승낙했으니 그도 당연히 나와 같은 마음이리라 생각했다.

eee

나는 기혼이다. 그리고 지금은 우리의 신혼이다. 그런데 신혼이라는 단어의 설렘은 신랑이 아닌 나 혼자만 느끼는 것 같다. 아니, 더 이상은 나도 그렇지 않으니 느꼈던 것 같다는 표현이 옳으리라. 신랑은 퇴근해서 들어오면 곧장 서재로 들어간다. 저녁 식탁에 같이 앉은 게 몇 번인지 손으로 꼽을 수도 없을 정도다. 너무 많아서가 아니라 아예 없어서라고 말한다면 많이 비참하지만 사실이 그렇다.

오늘도 신랑은 저녁을 먹었다는 한마디를 뒤로하고 서재에 틀어박혀 나올 생각을 않는다. 문이나 살짝 열어 두면 좋으련만 거실에서 난리굿을 하는 것도 아닌데 어찌나 꼼꼼하게 문을 닫아 두시는지, 누가 보면 서재에서 혼자 맛있는 거라도 까먹는 줄 알게 생겼다.

오늘은 바쁜가 보다, 내일은 다르겠지 생각하는 것도 이 정도면 충분하다. 벌써 한 달째가 아닌가. 벌써 한 달째 나는 혼자 잠들어야 했다. 새벽에 눈을 뜨면 옆자리는 항상 비어 있었다. 서재에 가 보면 신랑은 엎드려 자고 있거나 키보드를 열심히 두드리고 있다. 처음 몇 번은 침대로 가서 편히 자라고 나름 설득이란 것도 해 보고, 따뜻한 차를 준비해서 말이라도 붙여 보려고 했다. 하지만 그럴 때마다 노골적으로 귀찮아하는 바람에 마음만 휑해지고 말았다.

그리고 마침내 오늘, 나는 더 이상 참지 않기로 했다. 물론 그를 개조해서 내가 바라 마지않던 결혼 생활을 영위하려는 거창한 바람은 진작 포기했지만 적어도 이렇게 없는 사람 취급 당하며 살고 싶지는 않다. 오냐, 그래. 뭐가 그렇게 바쁜지 얘기나 한번 들어 보자 생각하며 성큼성큼 서재로 다가섰다. 물론 문을 두드리기까지는 약간의 시간이 필요했지만, 일단 노크를 하고 나니 억누르고 있던 분노가 서서히 깨어나 용기가 생기는 것 같다.

서너 차례의 노크에도 불구하고 반응이 없어 손잡이를 내리자 문이 살짝 열리며 서재에 가득 배어 있던 신랑의 향기가 아찔하게 밀려 나왔다. 오른손에 머리를 괸 채 모니터를 뚫어져라 쳐다보고 있는 신랑은 내가 문을 연 줄도 모르는 눈치다. 다시 문을 닫고 쾅쾅 두드리기라도 해야 하나 고민하다가 큰 소리로 헛기침을 했지만, 역시 묵묵부답이다.

"많이 바빠?"

드디어 신랑이 흠칫 놀라며 고개를 돌렸다. 하지만 이내 건조한 시선으로 모니터를 향해 돌아앉는다.

"먼저 자. 늦을 거야."

안 바쁘다는 말을 기대한 건 아니지만 거두절미하고 늦으니까 먼저 자라는 말을 기대한 건 더더욱 아니다. 인간이 어쩜 저렇게 매정할까.

"나 할 얘기 있는데."

일찌감치 모니터로 고개를 돌리고 있던 낭군님의 한숨을 따라 어깨가 오르내리는 걸 보고 있자니 괜한 짓을 했나 싶어 속이 갑갑하다. 하지만 오늘은 나도 물러날 생각이 없다. 할 얘기가 있으니 오늘은 제 발 좀 나오지 않으련?

"나중에 하면 안 돼?"

뒤도 안 보고 툭 던진 한마디에 가슴에 금이 가고 만다. 할 얘기가 있다는데, 매일도 아니고 오늘 처음으로 꺼낸 말인데, 내가 이 말을 하려고 얼마나 많은 시간 동안 속을 앓았는데, 얼굴도 안 쳐다보고 나 중에 하라는 말이 나오니?

"지금 했으면 좋겠어."

이상형을 말해 달라는 농담 섞인 질문에 '일하는 데 방해 안 되는 여자'라고 말했던 사람. 처음 결혼하고 신혼여행을 간 곳에서, 신랑은 가져온 노트북이 먹통이라며 마치 신혼 첫날밤에 와이프가 아픈 것처 럼 열성적으로 노트북을 만지작거렸다. 생각 같아서는 당장 노트북을 창밖으로 내던지고 나도 따라 뛰어내려 노트북이고 뭐고 박살을 내고 싶었지만 참았다.

그 후에도 줄곧 나는 참았다. 참는 것 외에 아무것도 할 수 없었던 이유는 너무 기가 막혔기 때문이다. 신랑의 이런저런 행동들이 옳은 건지 그른 건지 알 길이 없었기에 멍한 상태로 한 달을 허비했다. 처 음에는 신혼부부 간에 흔히 있는 기싸움인가 생각했다. 그런데 신랑 은 나를 이기려는 게 아니라, 아예 없는 사람으로 대하고 있었다.

"지금 했으면 좋겠다고. 얘기."

같은 말을 두 번이나 반복하도록 앉은 자세 그대로 조금의 움직임 도 없다. 손에 든 게 있었다면 힘껏 던졌을지도 모른다.

"내일 얘기해."

어쩜 저렇게 빈틈이 없으실까. 문짝이라도 떼서 던지고 싶을 만큼 심정이 사나워진다.

"내일 얘기하자고."

의자를 돌려 앉으며 왜 아직도 거기 서 있냐는 듯 미간을 찌푸리는 신랑 앞에서 모든 의욕이 사라져 버렸다. 왜 이러는지 따지고 싶은 생각도 달아났다. 다만 한 가지, 아무리 무안하고 서러워도 저 인간 앞에서 눈물 따위는 보이지 말자는 자존심만 남았다.

　신경질적으로 문을 닫자 쾅— 소리가 요란하게 거실을 울린다. 그래 봐야 갈 곳이라고는 서재 건너편의 안방밖에 없다. 언제나 혼자 잠드는 침대가 휑뎅그렁하게 놓여 있는 곳. 오늘도 침대에 혼자 누워 우리의 연애를 곱씹어 본다. 우리라는 단어조차 어색한 지경이 되어 버린 지금, 새삼스럽게 돌아볼 것도 없어 보인다.

　만남에서 결혼까지 3개월 남짓이었다. 첫 만남에 호감을 느꼈고 결혼을 제안한 것도 나였다. 너무 서두르고 있는 건 아닐까도 생각했지만 그 정도로 욕심나는 사람이었다. 그리고 확신도 있었다. 이 사람도 나를 사랑하고 있다는 확신. 분명히 그랬는데, 대체 뭐가 어떻게 잘못된 건지 모르겠다.

eee

　내일 얘기하자던 신랑은, 약속했던 내일이 오늘이 되고 벌써 11시가 넘도록 집에 들어올 생각을 않는다. 얘기라는 걸 할 생각이 있기는 했던 건지, 11시 50분에 들어와 '12시 정각까지 딱 10분만 얘기하자!'고 할 생각인 건지, 대체 이 인간의 머릿속이 어떻게 돌아가는 건지 알 수가 없다. TV를 틀어 놓기는 했지만 눈에 들어오지 않아 줄곧 시계만 바라보다가 결국 먼저 전화를 걸었다. 혹시라도 중간에 불의의 사고를 당해 귀가가 늦어지는 걸 수도 있으니까 말이다. 절대 사고를 바란 게 아니라 진심으로 걱정됐다. 그렇지 않고서야 한마디 말도 없이 이렇게 늦어서는 안 되는 거 아닌가?

　— 네.

휴대폰 너머로 들려오는 멀쩡한 목소리.

"어디야."

분명 무슨 일이 있을 거라고, 무슨 일이 있어야만 한다고 생각했다. 만일 내일 얘기하자던 어제의 약속을 잊은 거라면 지금까지 기다리고 있는 내가 너무 비참하기 때문이다.

— 오늘 사무실에서 자려고.

심장이 뿜어낸 피가 식도를 타고 넘어오는 것 같아 소리라도 지르고 싶지만 전화로 이러쿵저러쿵 떠들어 봐야 내 입만 아플 게 빤하다. 어제 했던 말을 잊었거나, 잊지 않았다면 아무 생각 없이 한 말이었겠지. 만일 그렇다면 그런 하찮은 말 따위에 약속이라는 이름을 붙여 가며 꼬투리 잡고 싶지 않다. 지금까지의 기다림보다 그쪽이 훨씬 더 비참한 일 아닌가.

"알았어."

신랑은 짧고 간단하게 '응'이라고 대답한 뒤 바로 전화를 끊어 버렸다. 진짜 너무하는 거 아닌가. 외박을 하려면 최소한 연락 한 줄이라도 미리 해 줘야지. 어제의 약속이고 나발이고를 떠나서, 집에 있는 사람이 걱정할 거라는 생각은 아예 못 하는 건가? 도대체가 상식이라는 게 없는 인간이다. 끓어오르는 분을 혼자 삭이자니 약이 바짝바짝 올라 다시 전화를 걸었다.

— 왜.

"너 지금 아무 생각도 안 들어?"

— 바쁘다니까. 나중에 얘기하면 안 돼?

질문에 질문으로 답하는 완벽한 센스를 보여 주다니. 역시 너답다. 처음부터 대화의 가능성을 차단해 버리는 놀라운 재주를 가진 인간이다.

"야!"

분에 못 이겨 버럭 소리치고 나니 서러움에 눈물이 왈칵 쏟아진다.

— 지금 막 떠오른 디자인이 있어서, 이거 대충 잡아 놓고 전화하면
안…….

먼저 전화를 끊어 놓고 혹시나 전화해 주지는 않을까 전전긍긍하
는 나 자신이 우습다. 난 정말 자존심도 없는 걸까. 저런 인간의 어디
가 좋다고 이렇게 마음 졸이며 손톱까지 물어뜯고 있는 건지 모르겠
다. 하지만 그가 나를 사랑하지 않는다는 사실만은 모를 수가 없다.

어쩌면 처음부터 그랬을지도 모른다. 애초부터 결혼할 생각 따위
는 없었는데 갑자기 나타난 내가 애걸복걸하는 게 귀찮아서, 마침 집
안에서도 외동인 그를 장가보내려고 혈안이니까, 그래서 나를 받아
준 거다.

eee

오늘은 들어오려나, 온다면 몇 시에 오려나. 혼자 거실에 앉아 우두
커니 신랑을 기다리기 싫어서 무작정 옷을 입고 나왔다. 집을 나서기
는 했지만 달리 갈 데가 있는 건 아니었다. 찬바람을 맞으며 이리저리
돌아다니다 보니 어느새 걸음이 멈춘 곳이 여기였다. 벨을 누르기 무
섭게 문이 열린 걸로 봐서는 아마도 쉬고 있었나 보다. 이제 여기서마
저 방해가 되지는 않을까 심란해하는 내 모습이 처량하지만 달리 갈
데가 없었다.

"옴마? 무슨 일이래?"

밤을 새운 모양인지 머리에 까치집을 지은 선희가 어리둥절한 표정
으로 나를 바라본다.

"무슨 일이긴. 보고 싶어서 왔지. 왜? 싫어?"

"기집애 말하는 것 좀 봐. 딴 남자랑 눈 맞아서 도망칠 때는 언제고.
흥~"

"그러게 말이다. 나도 그런 줄 알았는데 그 인간은 애초에 눈알이

있지도 않았나 봐."

선희의 얼굴이 약간 굳어졌다.

"뭐야~ 벌써 파경이야? 요즘 신혼부부 셋에 하나는 이혼이라더니. 쯧쯧—"

"고사를 지내라."

"야— 시끄러워. 마감 사흘밖에 안 남아서 바쁘거든!"

"너도 바쁘구나. 사방 천지에 바빠서 죽을 것들만 있네. 내가 다 죽여 줄까?"

"미친. 쨌든 놀고 싶으면 사흘 후에 와. 아님 조용히 있다 가라."

삐딱해진 안경을 바로잡으며 피곤한 듯 기지개를 켜는 모습을 보니 웃음이 난다. 몇 달 전에는 나도 이곳에서 함께 꿈을 쓰고 그리던, 정신적으로 풍요로운 인간이었다는 사실이 떠올라서다.

"글은 잘 써져?"

"뭐 그냥 그렇지. 심부름꾼이 없어지니까 아쉬워서 집중이 안 되더라."

"말 참 예쁘게 하네."

"그러니까 방해하지 말라고. 지금 마구마구 감정이입 하는 중이었거든?"

선희는 곧 거실에 널린 컵라면의 잔해와 안개처럼 자욱한 담배 연기 사이로 총총히 사라졌다. 담배 끊는다더니, 이 연기며 재떨이에 수북한 꽁초들은 다 뭔지 모르겠다. 나랑 살 때는 이 정도까진 아니었는데. 하지만 바로 다음 순간, 마치 이런 부분에서나마 나란 인간의 가치를 인정받고 싶은 본능을 들킨 것 같아 씁쓸해졌다.

어느새 작업실 의자에 앉은 선희가 방언하듯 중얼중얼 꿍얼꿍얼하는 소리를 듣고 있자니, 마치 그 소리가 내 가슴에 응어리졌던 실타래처럼 느껴진다. 응어리가 술술 풀려나가 어느새 가슴 한쪽을 꽉 틀어막았던 뭔가가 천천히 사라지는 느낌.

선희가 나는 안중에도 없이 작업에 집중하는 모습을 봐도 아무렇지 않은 걸 보면, 내가 정말 그 인간을 특별히 여기고 있기는 한가 보다. 신랑을 너무 사랑해서 그 사람의 무관심에 감정이 상하는 건지도 모른다.

선희가 글을 쓰는 동안 조용히 창가에 앉아서 바깥 구경을 했다. 몇 번인가 선희가 말을 걸기는 했지만 번번이 때를 놓쳐 핀잔을 들어 가며 하루 종일 앉아만 있었다. 밥 먹는 것도 귀찮고 생각하는 것도 귀찮고 숨 쉬는 것조차 귀찮아질 즈음, 자고 있는 줄 알았던 선희가 옆으로 풀썩 주저앉더니 휴대폰을 불쑥 내밀었다.

"누군데?"

"뭐가 누구야."

"전화."

"시간 보라고 시간. 지금 새벽 2시야."

순간이지만 신랑한테 전화라도 온 건 아닐까 했던 것이 무안하다.

"너 진짜 안 가?"

선희가 제법 심란한 표정으로 물었다.

"조용히 있을게. 나 그런 거 잘해. 나도 몰랐는데, 나 조용히 있는 거 무지 잘하더라고. 그러니까 오늘 하루만 여기 있게 해 주라."

어차피 들어가도 반겨 줄 사람도 없고 거기가 내 집인지 아닌지도 모르겠다.

"시끄럽다는 게 아니잖아. 진짜 신랑이랑 싸웠어?"

"싸우긴. 한 번도 싸운 적 없어."

서로 말 한마디 안 하는데 싸움이 될 리가 있나.

"그럼 왜 이러는데?"

"그냥 너 보고 싶어서 왔다니까? 그러니까 하루만 재워 줘."

그저 바람이나 쐬고 들어갈 생각이었는데 한번 나오니 다시 들어가기가 싫다. 담배 연기가 가득하고 먼지가 켜켜이 쌓여 있어도 사람의 온기가 느껴지는 이곳이 신혼집보다 훨씬 더 포근하다.

"아니 왜 꼭 오늘같이 바쁠 때 와서 행패냐고. 사람 심란하게."

"심란한 사람이 그렇게 잘 자냐."

최대한 아무렇지 않은 척 웃으며 받아치는데도 선희의 표정은 심각 그 자체다.

"너 정말 아무 일 없어?"

"없다니까."

"뻥치시네. 다 죽어 가는 얼굴로 아무 일 없다 그러면 믿을까 봐?"

"진짜 아무 일도 없어."

아무 일이 있을 수가 없는 인간과 살면서 무슨 일이 일어나길 바라겠는가. 선희는 나와 작업실을 번갈아 쳐다보며 답답하다는 듯 한숨을 쉬었다. 마감을 코앞에 두고 들이닥친 내가 어지간히 신경이 쓰이는 모양이다. 둔하기로 소문난 선희가 이럴 정도면 내 얼굴이 오죽할까 싶다.

"얼른 가서 마무리해."

"너 정말 아무 일 없는 거지?"

또 같은 것을 묻는다. 한 번만 더 물으면 꾹 참고 있던 것이 터져 버릴 것 같아서 불안하다.

"알았어. 갈게."

"뭔 소리야. 별일 없냐는데 가긴 어딜 가겠대."

"그러니까 그만 물어봐. 보고 싶어서 왔다는데 자꾸 왜 그래."

"아, 몰라! 마음대로 해. 저 고집을 누가 꺾어. 어흐~"

선희가 툴툴대며 작업실로 들어간 후 휴대폰을 확인했다. 이 시간쯤이면 집에 들어갔을 텐데 내가 없는 걸 알면 전화라도 하지 않을까. 그렇게 혹시나 하는 마음으로 조마조마하던 가슴은 아무런 기록도 없는 휴대폰 액정을 확인한 순간 덧없이 무너졌다.

벌써 나흘째 집을 비웠다. 하루는 선희네 집에서, 또 하루는 찜질방에서, 그리고 오늘도 찜질방이다. 달리 갈 데가 없었다. 사람 일은 모르는 거라며 조금 더 알아보고 천천히 결정하라던 집안 어른들의 만류를 뿌리치고 한 결혼이다. 그러니 겨우 한 달 살아 놓고 못 해 먹겠다며 되돌아갈 순 없는 노릇 아닌가.

"하아—"

쓸모없는 휴대폰을 알뜰살뜰 충전해서 신줏단지 모시듯 들고 다니는 내 모습이 우스워 죽겠다. 연락이 오길 기다리다가는 평생 집에 못 들어갈 수도 있다. 어쩌면 그 인간은 나의 부재조차 모르고 있는지도 모른다. 나 혼자 애타고, 나 혼자 기다리고…….

그래, 완벽하게 무시하자. 그가 나한테 하는 것처럼 나도 똑같이 해 주면 된다.

하지만 그렇게 되면 이 결혼에 무슨 의미가 있을까? 차라리 모르는 사람으로 산다면 모를까, 결혼까지 한 마당에 서로를 완벽하게 무시하는 건 불가능하다. 그로서는 어떤지 몰라도 나로서는 불가능한 일이다. 이미 그를 알아 버렸고, 이미 그에게 마음을 줬으니…….

그래서? 내 마음을 줬으니 그 사람 마음을 받고 싶다?

넋 나간 웃음이 어깨를 흔들었다. 바랄 걸 바라야지. 그렇게 겪고도 아직 희망이라는 걸 놓지 못하는 내가 끔찍하다. 차라리 폭언을 일삼거나 폭력을 휘두르는 편이 낫다. 그럼 깔끔하게 포기할 수 있을 테니까. 그런데 도대체 이게 무슨 꼴이란 말인가. 한 달이 넘도록 없는 사람 취급을 하는 이유가…… 대체…….

"내가."

그래, 내가.

"뭘 그렇게 잘못했는데."

코끝이 아린가 싶더니 이내 눈물이 흘렀다. 새벽 2시가 넘은 주택가의 찜질방은 다행히도 아주 조용하다. 그러니 내 눈물을 눈치챌 사람도 없……

"저기 아가씨?"

난 정말 운이 없다.

"전화 온 거 같은데?"

낯선 아주머니의 시선 끝에 머문 휴대폰 액정에 그의 번호가 떠 있다.

"아가씨?"

바닥을 울리는 진동음이 거슬리는지 아주머니가 한 번 더 채근하신다.

"아, 네. 죄송해요."

"얼른 받아 봐요."

고개 숙여 죄송하다는 제스처를 보이고는 사람이 아예 없는 대각선 반대편의 구석으로 자리를 잡았다. 호흡을 안정시키고 통화 버튼을 누르려는 찰나, 아마도 음성메시지로 넘어간 모양인지 부재중 기록이 액정에 남겨졌다. 하지만 바로 다음 순간, 전화가 다시 울린다.

"여보세요."

최대한 침착하게.

— 어디야?

"잠깐 밖에 나왔어."

— 그러니까 거기가 어디냐고.

쿨하게 잠깐 나왔다고 해 놓고, 찜질방이라고 이실직고할 수는 없다.

"알 거 없잖아."

— 뭐 하는 건데?

"뭐가?"

― 말도 없이 집을 비우면 어떡해?

"내가 뭘 하든 관심이나 있어?"

― 관심을 가져 줘야 의무를 다하겠다는 거야?

"뭐?"

― 집을 비우려면 이유를 말해야 되는 거 아닌가?

"무슨 의무? 집 지키는 의무?"

― 적어도 난 말없이 외박하지는 않았어.

"그래, 그랬지. 내가 전화해서 어디냐고 물으면 마지못해서 얘기하긴 했지. 사무실에서 잔다고."

― 그러니까 너도 얘기해.

"뭘?"

― 어디서 잘 건지.

그것만 얘기하면 어떻든 상관없다는 건가?

"그게 왜 궁금한데?"

― 적어도 와이프가 어디 있는지 정도는 알고 있어야 정상이니까.

와우 브라보! 역시 기대를 저버리지 않는구나. 말없이 전화를 끊고 전원도 꺼 버렸다. 그래, 밤새도록 네가 말한 의무에 대해 생각해 봐라. 애초부터 의무를 다하지 못한 사람이 누군지 말이다.

eee

찜질방을 나와 점심을 먹고 집으로 들어왔다. 새벽에 전화를 끊자마자 달려와서 한마디 해 주고 싶었지만, 기다렸다는 듯 쪼르르 달려왔다고 착각할 것 같아서 오후가 될 때까지 억지로 참았다.

발코니 수납장에 있던 트렁크를 끌어내자 먼지가 하얗게 일어나 코끝이 맵다. 신혼여행을 다녀온 후 처음 만져 보는 트렁크에는 아직도 공항에서 붙였던 스티커가 그대로 있었다. 스티커를 뜯어 버리고 먼지를 대강 털어 낸 트렁크를 안방으로 끌고 와서 옷가지를 챙기는 중에도 문득문득 통화 내용이 떠올라 화가 난다.

걱정된다는 말 따위를 기대한 건 아니다. 하지만 '의무'라니, 정말 미친 거 아닐까? 아니면 내가 미친 건가? 결혼 전에 이미 합의된 '의무' 조항을 나 혼자 잊어버렸나? 관심을 가져 줘야 의무를 다하겠냐고? 거지한테 적선하는 것도 아니고 관심을 줄 테니 의무를 다해라? 하긴 이건 적선도 아니다. 거지한테 주는 동냥은 대가를 바란 게 아니니까, 관심의 반대급부로 의무를 다하라는 건 적선이 아니라 거래다. 그리고 난 그런 거래 따위에 동의한 적 없다.

"지 관심이 무슨. 하— 지가 진짜 뭐라도 되는 줄 알아?"

또 뭐라 그랬지? 외박을 하려면 이유를 대라고? 이유만 있으면 아예 밖에서 산다 한들 말리지 않을 것 같다. 그 잘나신 일을 핑계로 한 달이 넘도록 나를 방치한 건 의무에 어긋나는 일이 아니다 이건가?

"부부관계 거부는 중대한 이혼 사유거든!"

그까짓 잠자리가 뭐 대수라고 이런 순간에마저……. 아무리 혼잣말이지만 스스로가 한심스러워 괜히 얼굴이 벌게져서는 허둥지둥해 가며 싸던 짐을 마저 챙겼다. 그래, 너 혼자 그 잘난 의무를 철통같이 지켜 가며 잘 살아 봐라. 전화 한 통으로 오만 정 떨어지게 하는 것도 능력이라면 능력이니, 지금까지 능력자와 한집에서 살아왔음에 감사하는 마음으로 깔끔하게 떠나 주마. 당장은 내가 가진 돈으로 지내다가 적당한 기회를 봐서 이혼……. 이혼, 그게 가능할까?

사실 난 갈 데가 없다. 그보다 더욱 비참한 건, 말할 데가 없다는 거다. 고아냐고? 아니, 부모님도 계시고 언니에 오빠에 남동생까지 있다. 게다가 엄마는 둘이나 된다. 낳아 준 엄마와 길러 주신 어머니.

딩— 동—

뭐지. 입주민 안내 방송인가?

딩― 동―

밖에 누가 온 모양이다. 너무 오랜만의 벨소리라 입주민 방송과 헷갈렸다.

딩― 동―

인터폰 옆의 모니터에 호기심 가득한 눈빛의 낯선 얼굴이 보인다. 택배가 왔나? 나는 아무것도 시킨 적이 없으니 아마도 그 사람이 주문한 거겠지. 집에서 저거 받아 둘 사람이 없을까 봐 예의와 의무 운운해 가며 대체 어디냐고 다그쳤나?

"네?"

― 형수님~

형수님?

"누구세요?"

― 안녕하세요, 형수님. 저 문 좀.

"149동 1501호에 오신 거 맞아요?"

이어 남자의 뒤편에서 알아들을 수 없는 소리가 한차례 들려왔다. 그리고 언뜻 누군가의 모습이 보이는가 싶더니 이내 모니터가 꺼져 버렸다.

"뭐야."

안방에서 캐리어를 질질 끌고 나오는 동안 거실을 한 번 둘러봤다. 온기라고는 찾아볼 수 없는 냉랭한 모습. 사람이 둘이나 살았음에도 온기를 느낄 수가 없다. 이런 곳에서 한 달이 훌쩍 넘도록 나도 참 고생이 많았다. 그러니 이제 그만두자. 날 못 잡아먹어 안달인 친가 식구들이 득달같이 달려들어 물어뜯어도 할 수 없다. 다만 마음에 걸리는 게 있다면, 엄마와 어머니다. 그분들께 더하게 될 상처와 죄의식이 무겁게 걸음을 붙든다.

그래, 이 길의 끝이 꼭 이혼이라는 법은 없다. 서로 거리를 두고 냉정하게 생각하다 보면…… 그러다 보면…….

"아니. 나가면 끝이야."

우습게도 어렴풋이 그런 생각이 들었다. 그 사람 머릿속에 뭐가 들었는지는 몰라도, 이대로 여기서 나가면 더 이상의 협상 따위는 없으리라는 것만큼은 확실히 알 수 있었다.

띠릭— 딕— 딕— 딕—

디지털 키를 누르는 소리에 문득 정신을 차려 보니 여전히 거실 한복판에 서 있는 채다. 나조차도 내가 진심으로 원하는 게 뭔지 모르게⋯⋯. 음? 디지털 키 누르는 소리? 이 시간에 집에 올 사람이 있던가?

흠칫 놀라 한 걸음 물러서자 전실로 연결되는 문에 설치했던 방풍 필름이 슥 밀려나는 소리가 들렸다. 급한 대로 캐리어 손잡이를 힘껏 움켜쥐었다. 휘두르기에는 다소 무리가 있지만 여차하면 이거라도 휘둘러야지 싶다. 그런데 예기치 못한 손님은 바로 신랑이었다.

"있었네."

이 시간에 퇴근한 건 아닐 테고, 뭐지?

"그거 뭐야?"

그가 뭔가를 내려놓고는 내 쪽의 캐리어를 가리키며 묻는다.

"너 혹시?"

처음이었다. 결혼 후 처음으로 그의 미소를 봤다. 그런데 애석하게도 내가 마음을 뺏겼던 그 미소가 아니다. 빈정거림이 묻어나는 불쾌한 미소다. 고작 생각해 낸 게 이거냐는 듯 불쾌한 그의 미소 뒤로, 방금 전 모니터에서 봤던 사람이 겸연쩍게 웃으며 뭔가를 들고 나타났다.

"형수님 안녕하세요!"

그리고 바로 다음 순간, 신랑이 내 쪽으로 성큼성큼 걸어와 캐리어를 휙 낚아채서는 안방으로 들어갔다. '있었네?' 하고 물은 걸로 봐서는 내가 없을 줄 알았나 보다. 캐리어를 보자마자 내가 집을 나가려는 걸 짐작은 했지만 그에게는 고작 비웃음거리에 지나지 않았나 보다.

"저— 이거. 여기다 내려놔도 되죠? 좀 무섭네요. 흐으—"

"아…… 그, 그러세요. 거기다 두시면 돼요."

"그때 식장에서 뵙고, 오늘 처음이네요. 집들이, 집들이 노래를 불러도 선배가 통 들은 척을 하셔야 말이죠. 매일 작업작업작업. 정신없이 바빠서 인사가 한참 늦었네요. 하하—"

정말 일이 바쁘긴 했나 보다.

"좀 앉으세요."

"근데 선배님은 금방 어디 가신 거예요?"

"아…… 저 잠깐 바…… 안방에."

"아, 네."

무지 어색하다.

"잠깐 앉아 계세요."

엉거주춤 거실 소파를 가리킨 후 침실로 와 보니, 신랑이 캐리어를 침대에 올려 둔 채 나를 정면으로 보고 있다.

"저 사람이 너 찾아."

신랑의 눈빛을 달리 설명할 방법이 없다. 화난 것도 같고, 또 어찌 보면 당황해하는 것도 같고. 어쨌든 확실한 건, 그 역시 나처럼 갈피를 못 잡고 있다는 사실이다. 조금 전 거실에서 봤던 냉소와는 판이하게 다른 모습이다. 그런데 이상하게도, 혼란스러워하는 그를 보자 기분이 조금 풀리는 것 같다.

"컴퓨터야."

느닷없이 툭 던진 말을 알아들을 새도 없이 그가 먼저 침실을 나섰다. 컴퓨터가 뭐 어쨌다는 거지? 설마 서재에 있는 한 대로는 부족해서 컴퓨터를 또 사 왔나? 어처구니가 없어서 직접 확인하려고 거실로 나가려다가 우뚝 멈춰 섰다. 둘이 뭔가 얘기를 하고 있는 것 같기는 한데 죄다 영어라 순간 당황했다.

멀쩡히 한국어를 할 줄 아는 두 사람이 영어로 대화하는 것을 듣고 있자니 이건 또 무슨 상황인가 싶다. 사람을 놀리는 것도 아니고, 언뜻 듣기에도 대수롭지 않은 대화를 굳이 영어로 하는 이유가 뭐지? 후배라는 저 사람도 미국에서 20년 넘게 살다 왔나?

잠시 후 두 사람의 대화가 끊겼다 싶은 순간, 날카롭고 요란한 소리가 고막을 파고들었다. 뭔가 깨진 것 같은데 거실에는 깨뜨릴 만한 물건이 없다. 깜짝 놀란 목소리로 괜찮으냐고 물은 쪽이 후배라는 사실을 깨닫기도 전에, 나는 이미 거실로 나와 있었다. 두 사람의 목소리를 따라 곧장 주방으로 들어서자 싱크대 위에 박살 난 유리 파편이 보인다. 컵 하나 정도가 아니라 수납장에 차곡차곡 쌓아 뒀던 접시까지 전부 깨진 것 같다.

"괜찮아?"

나는 분명 신랑에게 물었는데, 후배라는 사람이 얼른 돌아보며 가까이 오지 말라는 듯 손짓을 하고 있다. 신랑은 천천히 돌아서서 예의 무표정한 얼굴로 어깨를 으쓱한 게 다였다.

"오지 마세요, 형수님. 여기 파편 많아요."

"이리 나오세요. 제가 치울게요."

"아뇨, 아뇨. 그냥 계세요. 위험해요."

그럼 어쩌자고. 너희들은 계속 거기 있고 나는 계속 여기 있으라고? 청소기를 가져올 테니 잠깐 기다리라고 말하려는데 신랑이 재킷을 벗었다. 곧이어 바닥에 넓게 펼친 재킷 위로 큰 걸음을 뗀 그가 내 옆을 지나 주방을 나서기까지 나는 할 말을 잃고 있었다. 어쩜 인간이 말 한마디 없이 저럴 수가 있지?

"재킷 어떡해요? 다 망가졌겠다."

후배라는 사람이 먼저 말을 꺼내지 않았다면 언제까지고 멍청하게 서 있을 뻔했다. 스승님의 그림자도 아닌 저 재킷을 밟고 나온들 뭐랄 사람은 없어 보이는데, 이러지도 저러지도 못하는 눈치다.

"기다리세요. 청소기 가지고 올⋯⋯."

말을 마치기도 전에 웅— 하는 기계음이 요란하게 들려왔다. 말보다 행동이 앞서는 대단하신 낭군님께서 청소기를 가지고 나와 바닥을 훑어 내기 시작한 것이다.

"비켜. 다쳐."

딱 두 마디를 끝으로 신랑은 더 이상 아무 말도 하지 않았다.

청소를 마친 신랑은 후배를 구출한 후 거실에 앉아 가져온 박스를 뜯기 시작했다. 다시 여러 개의 작은 박스들이 나오고, 후배는 몇 번이고 제가 하겠다며 나섰지만 신랑은 매번 됐으니까 가 보라며 결국 그를 돌려보냈다.

빈손으로 와서 죄송하다며 겸연쩍게 인사를 마친 그의 후배를 배웅한 후 나는 곧장 안방으로 들어왔다. 이제 볼 사람도 없으니 트렁크를 끌고 나가면 그만인데 멍하니 침대에 앉아 입술만 깨물고 있다. 그가 거실을 지키고 앉아 있기 때문이 아니라, 다치니까 비키라던 그의 말이 자꾸만 생각나서다.

"그릇. 미안."

아— 깜짝이야.

"커피 필터 찾다가 실수했어."

커피 필터는 아래쪽 서랍에 있다. 그걸 떠나서, 커피 정도는 내가 챙겼어야 되나? 신랑이 얘기했던 '의무'에 손님에게 커피 대접도 들어가는지 어쩐지 모르겠다.

"아끼던 거야?"

"어?"

"아까 깨뜨린 거. 아끼던 거냐고."

엄마와 함께 고른 살림이기는 했지만 한 번도 쓴 적이 없다. 딱히 아끼고 싶어서가 아니라 쓸 일이 없었다. 엄마가 마련해 준 것들이라 미련이 남기는 하지만 어쩌겠는가. 이미 엎질러진 물이다.

"신경 쓸 거 없어."

무뚝뚝한 신랑의 말투와 다를 바 없는 대답을 해 놓고, 괜찮다고 말할 걸 그랬나 후회했다.

"잠깐 나올래?"

당장 나가겠다며 짐을 싸 놓고도 그가 하라는 대로 졸졸 따라 나오다니 정말 한심하다. 곧장 들어가서 트렁크를 가지고 나올까 생각하던 중, 거실 한쪽에 깔끔하게 세팅된 컴퓨터가 눈에 들어왔다.

"취향을 몰라서 무난한 디자인으로 맞췄어."

내 취향을 말하는 건가?

"너 쓰려고 산 거 아니야?"

"아니. 너 쓰라고 샀어."

얼마 전 출근한 그에게 전화를 한 적이 있다. 급히 확인할 게 있어서 컴퓨터를 써야 하는데, 어이없게도 집 안에 딱 한 대뿐인 서재의 컴퓨터에 비밀번호가 걸려 있었다. 그래서 전화로 비밀번호를 물었다. 그러자 '다른 사람이 내 컴퓨터에 손대는 거 싫은데, 근처에 PC방 없어?' 하고 그가 되물었다. 그러니까 이건 결국, 서로의 영역을 정확히 하자는 유형무언의 거래인 셈이다.

"나 이런 거 필요 없어."

"그냥. 너도 하나 있으면 덜 심심할 거 아냐."

내가 심심해 보이나? 심심해서 매일 서재에 기웃거리고, 심심해서 얘기 좀 하자며 보채고, 심심해서 집을 나갔다고 생각하는 건가?

"계속 바빠서 미안해. 하필 이런 때 새 일을 맡아서."

"계속 바쁜데 미안해. 하필 이런 때 결혼하자고 해서."

말장난에 기분이 상했는지 신랑은 서재로 들어가 버렸다. 그리고 나는 이쯤에서 가장 최악의 가능성을 상정하지 않을 수 없게 됐다. 어쩌면 내가 진정으로 저 사람을 사랑하여, 이 모든 냉대에도 불구하고 계속 저 사람 곁을 맴돌지도 모른다는 것. 자식들을 다 뺏기고도 아버지를 떠나지 못한 나의 친엄마처럼 말이다.

ecc

눈뜨기가 싫다. 신랑의 빈자리를 확인하고 한숨 쉬게 될 것이 싫고, 그가 없음을 알면서도 혹시나 하는 마음에 서재를 들여다보게 될 것도 싫다. 하지만 무엇보다 싫은 건, 그래도 살아 보겠다고 꾸역꾸역 챙겨 먹을 아침밥이다.

결혼을 앞둔 어느 날, 원래 아침은 안 먹으니 신경 쓰지 말라는 얘기를 들었을 때는 나름 안심했다. 요리 솜씨가 좋은 편도 아닐뿐더러 새벽까지 글을 쓰고 아침에 자는 게 습관인 나로서는 고마운 일이었다. 물론 결혼 전에 이미 절필한 상태였지만 습관이 되어 버린 아침잠을 천천히 고쳐도 되겠구나 싶어 마음이 놓였던 거다.

그런데 우습게도, 신혼여행에서 돌아온 다음 날부터 아침잠이 거짓말처럼 달아났다. 더 이상 글을 쓰거나 선희의 작업을 도와주느라 밤을 새우지 않으니 당연한 일이었는지도 모른다. 하지만 결혼 전과는 달리, 숙면 후의 상쾌한 기상이 아니라 신경을 갉아먹는 불면에 시달려 더 이상 누워 있을 수 없기에 떠지는 눈이었다.

"후우……."

대체 언제까지 이런 상태를 견딜 수 있을지 모르겠다. 하긴, 지금도 견디고 있으니 어쩌면 죽을 때까지 견딜 수 있을지도 모른다. 이런 상태라면 속 터져 죽기까지 그리 오랜 시간이 걸리지도 않을 테니 말이다.

침대에서 일어나 다리를 내리고 앉자 미간이 뻐근하게 저려 온다. 불면이 시작된 게 언제부터였는지 정확히 기억나지는 않지만 아마 신혼여행 첫날부터였던 것 같다. 신랑이건 그 전에 만났던 사람이건 누구와 함께이건, 혼전에 관계를 가진 일이 없어서 유난히 긴장되는 밤이었다. 침대에 깔아 둔 상아색 바디타월 위에 누워 떨리는 가슴을 진정시키느라 애썼던 것이 새삼스레 우습기까지 하다.

"하…… 하하……."

생각해 보니 이 지긋지긋한 침묵의 시작은 그날부터인 것 같아 헛헛한 웃음이 나오고 말았다. 신혼여행 첫날 숙소에 들어간 시간이 오후 7시였다. 저녁을 먹으면 배가 부를 것 같고, 배가 부르면 안 될 것 같았다. 매끈한 몸매를 과시할 작정은 아니었지만, 그래도 처음으로 그 사람 앞에 벗은 몸을 보이게 될 텐데 이것저것 신경이 쓰였기 때문이다. 어쨌든 저녁은 가볍게 먹었으면 좋겠다는 나의 말에, 신랑은 원하는 대로 하자며 수긍했다.

대강 짐을 정리하고 샤워를 마친 후 저녁을 먹기 위해 침실을 나서는 길, 나는 머뭇머뭇 신랑과 팔짱을 끼려고 타이밍을 엿보고 있었다. 그런데 문을 열어 길을 내준 뒤 나를 따라 나온 그는 so cool하게도 한 손은 바지 주머니에 넣고, 다른 한 손으로는 누군가에게 전화를 걸고 있었다.

내가 잠시 멈칫하며 당황해하자 이 눈치 없는 인간은 두고 나온 거라도 있냐는 듯 나를 빤히 바라봤고, 바로 다음 순간 상대방이 전화를 받았는지 잘 도착했다며 인사를 나누기 시작했다. 이미 부모님들과는 통화를 끝낸 다음이었기에 누굴까 궁금하긴 했지만 누구냐고 물을 시간조차 없었다. 성큼성큼 앞서 걷기 시작한 그를 따라 걸음을 서둘러야 했기 때문이다.

"왜 여기 있는 건데?"

나는 왜 나가지도 못할까.

"왜."

너는 왜 나와 결혼했을까.

"왜—!!!"

도대체 왜.

오늘도 그 사람은 늦을 거란다. 물론 내가 전화를 했고 그는 '먼저 자'라는 한마디뿐이었다. 늦으면 문자라도 남기라던 내 말을 귓등으로라도 들어 준다면 참 고마울 텐데. 앞으로는 나도 쿨하게 전화 따위 하지 말아야겠다. 멍하니 거실에 앉아 인터넷을 뒤적인 지 벌써 오래. 세 시간 정도 소득 없는 짓을 하다가, 문득 다시 글을 써 볼까 생각하고 한글을 켰지만 머릿속에는 온통 나 자신을 비웃는 소리만 가득하다.

'넌 신랑을 사랑했어? 글이 마음대로 안 되고, 선희가 너보다 먼저 주목받는 걸 보면서 불안했던 거 아니야? 넌 도망쳤어. 그 사람을 사랑한 게 아니라…… 이용한 거야. 그러면서 사랑받기를 원해? 아니겠지. 그 썩어 빠진 자존심을 들킬까 봐 불안한 거겠지.'

나 지금, 환청을 들은 건가? 와우! 잘하면 만물과 의사소통하는 신적인 존재로 거듭나게 생겼다. 잘난 우리 신랑께서 날 억지로 묵언수행에 들게 하사 열반으로 인도하시니, 이 얼마나 감사한 일인지 모르겠다.

"하아……."

습관처럼 고스톱게임을 켰다. 다른 생산적인 활동을 할 생각은 없느냐 묻는다면, 컴퓨터로 생산적인 일을 하는 건 신랑 하나로 충분하다고 답하련다. 그건 또 무슨 말도 안 되는 소리냐고 묻는다면, 이런 상황은 말이 되는 거냐고 되묻고 싶다.

딩동—

매일을 하루같이 거실 한구석에 앉아 이게 대체 뭐 하는 짓인가 싶을 즈음, 초인종 소리가 들렸다. 벨소리를 들을 때마다 내가 실험실의 동물이 된 것 같아 불쾌하다. 벨을 울리면 쪼르르 달려가 문을 열어 주는 실험쥐.

딩동—

날밤을 새우고도 일을 다 못 끝냈는지 떴던 해가 지고 달이 뜨고도 한참이 지나서야 들어온 낭군님. 소중한 내 님 피곤하실 테니 얼른 버선발로 달려 나가 문을 열어 드려야 하는데, 어떡하지? 버선을 안 신고 있어서 나갈 수가 없네.

딩동—

참 나, 지는 뭐 열쇠가 없나. 그러고 보니 항상 똑같은 패턴이다. 어차피 문을 열면 '안 잤어?' 하고는 서재로 들어갈 거면서, 대체 벨은 왜 누르는 걸까? 내가 문지기도 아닌데 말이다.

딩동—

이 시간까지 잠 안 자고 널 기다릴 거라고 생각했다면 착각이지. 내가 잠을 안 잔 건 고스톱 때문이지 너 때문이 아니거든? 더 생각할 것도 없이 컴퓨터를 강제 종료 하고 안방으로 들어왔다.

방문 쪽으로 등을 향한 채 침대에 모로 누워서 귀를 기울이자 현관문이 열리는 소리가 들리고 이어 전실문이 열렸다. 하지만 내 마음은 이미 닫혀 버렸다. 내가 어쩌다 이렇게 됐을까 생각하느라 미간이 묵직하게 저려 오고 금방이라도 눈물이 흐를 것 같아 입술을 꽉 깨물었다.

'뭘 잘했다고 울어?!'

어렸을 때부터 자주 들은 말이다. 울컥하는 순간이면 매번 듣게 되는 환청이니 익숙해질 때도 됐는데 오늘따라 유난히 거슬린다. 저 사람이야 어차피 서재로 들어갈 텐데 컴퓨터 앞에 앉아 고스톱이나 마저 치고 있을 걸 그랬나 싶은 순간, 살짝 열린 문틈으로 거실의 조명이 비집고 들어온다.

"나 왔어."

조금, 아니 많이 놀랐다. 혹시 나한테 한 말인가? 신랑한테 자폐증상이 있거나 사물과 대화하는 능력이 있는 게 아니라면, 저 말을 들을 사람은 나뿐이다. 그럼 이제 어떡하지? 자고 있던 척하며 일어나서 졸린 목소리로 인사라도 해야 하나?

"먼저 자."

밥은 먹었느냐고 묻기 위해 몸을 일으키려는 찰나, 먼저 자라는 신랑의 말에 기운이 쑥 빠져 버렸다. 마치 나를 못 재워서 안달이라도 난 사람처럼 신랑이 하는 말의 대부분은 '잘 자' 혹은 '먼저 자' 다. 방문이 닫히자, 희미하게 비집고 들어오던 거실의 빛줄기마저 사라져 버린다.

혀뿌리가 눌려 가슴이 뻐근하게 저려 온다. 내가 견디기 힘든 건 바로 이 답답함이다. 결혼 후 항상 이런 답답함을 느낀다. 단순히 하고 싶은 말을 못 하기 때문이 아니라, 뭔가에 붙들려 있는 것 같은 답답함. 갈비뼈 부근이 뻐근하다 못해 어깨 근육마저 굳어 버리는 그런…… 감당하지 못할 답답함. 베갯잇을 움켜쥔 채 이를 악물었다. 그가 먼저 건넨 짧은 한마디에 가슴 설렌 내 자신이 서럽고, 그런 나를 아는지 모르는지 오늘도 일을 해야 하는 저 사람이 서럽다.

eee

우리 엄마는 일본인이다. 아버지는 일본으로 유학을 가셔서 엄마를 만나셨다. 그리고 엄마와의 결혼을 허락받으러 들어오셨던 아버지는 한국의 어머니와 혼인을 하셨다. 세상에 둘도 없는 효자였던 우리 아버지께서 완고하신 할아버지의 고집을 꺾지 못하신 거다.

엄마는 혼자 오빠를 낳아 기르셨다. 그리고 아버지는 한국 어머니와의 사이에서 언니를 얻으셨다. 그러는 동안 친할머니께서 돌아가시고, 한국 어머니께서는 자연유산으로 세 번이나 아이를 놓치셨다. 손자를 바라셨던 할아버지께서는 결국 아버지를 설득하셨다. 일본인은 안 되지만, 오빠에게 섞인 피의 반은 한국인의 것이니까 받아들이셨던 걸까?

아버지는 오빠를 데리러 오셨고, 그때까지도 두 분이 사랑했는지는 나도 모르겠다. 아버지께서 일본으로 돌아온 그 잠깐 동안 생긴 것이 바로 나다. 엄마는 아버지께서 엄마와 오빠를 모두 데리고 가실 것으로 알았다고 한다. 언젠가 내가, 왜 나까지 태어나게 만들었냐고 물었을 때 하신 말씀이다.

내가 생겼다는 걸 알고 엄마는 많이 힘들었을 거다. 어릴 적에 부모님을 잃어 이모와 외롭게 자란 엄마는 악착같이 오빠를 키웠지만 나까지 들어서자 덜컥 겁이 나고 외로워졌던 건지도 모르겠다. 그렇게 나는…… 오빠에게 얹혀서 한국으로 들어왔다. 엄마도 함께 들어왔지만 우리와 함께 살지는 않으셨다. 내가 떠올릴 수 있는 가장 오래된 기억은 나에게는 어머니가 둘이었다는 것이다. 초등학교에 입학하기 전까지만 해도 나는 모든 사람에게 어머니가 둘인 줄 알았다.

내가 여섯 살이 되던 해에 한국 어머니께서 남동생을 낳으셨다. 나는 어린 마음에도 남동생의 존재가 달갑지 않았다. 어머니의 산후조리 때문에 오빠와 내가 엄마에게 보내졌을 때, 오빠와 나를 부둥켜안고 세상이 끝난 사람처럼 울던 엄마의 모습이 아직도 생생하다.

남동생이 태어나자, 할아버지는 우리를 미워하지는 않으셨지만 꺼려 하셨다. 그런데도 나는 눈치 없이 할아버지에게 애교를 떨었으니 그분의 마음이 오죽하셨을까. 설상가상으로 집안의 귀여움을 독차지하던 남동생을 미워하기까지 했으니 말이다.

어른들의 눈에는 내가 눈치 빠르고 영악한 계집애로밖에 안 보였을 거다. 효자로 소문난 아버지를 꾀어낸 제 어미를 꼭 닮은 여우 같은 딸년. 모든 것이 정확히 기억나지는 않지만, 모든 것을 정확히 기억할 수 있는 시점부터 어른들의 눈치를 보고 살았다. 고모들이 방문할 때마다 나는 동생에게서 멀찌감치 떨어져 있어야 했다.

언젠가 집안의 큰 제사 때문에 식구들이 모였을 때, 내 나름대로는 귀여움을 받고 싶어서 쓸데없이 집 안 여기저기를 서성거렸다. 어머니께서 분유병을 들고 오셨다가 곧장 주방으로 들어가시는 걸 보고, 미운 동생이지만 배고파서 울게 놔두면 안 되겠다 싶어 젖병을 물려주었다.

나도 어리고 동생도 어렸으니 당연히 편안한 자세가 나오기 힘들었고, 고민 끝에 아기를 다시 누인 후 분유병을 거꾸로 집어 든 순간, 어찌 된 일인지 우유가 한꺼번에 쏟아져 나왔다. 먹기 좋을 정도로 식혀 두기는 했지만, 목을 가누는 것도 힘든 아기의 얼굴로 분유가 쏟아졌으니 그 후의 일은 알 만하지 않겠는가.

귀를 찌르는 울음소리와 함께 호들갑스러운 고모들께서는 모두 하나같이 뭐 하는 짓이냐며 나를 밀쳐 냈다. 마치 내가 아기에게 칼이라도 들이대고 있었던 것처럼 말이다. 그리고…… 난처한 표정으로 동생을 안고 저만치 물러앉으시던 어머니의 표정. 나는 아직도 그 기억을 떠올리면 어떻게든 사랑받으려 발을 동동 구르던 어렸을 적의 초조함이 생생하게 되살아난다.

학교에 입학했고, 난 열심히 공부했다. 공부마저 못하면 아무도 나를 인정해 주지 않을 거라는 생각 때문이었다. 공부를 열심히 하고 잘하기는 했지만, 소위 말하는 잘나가는 직업을 가질 수는 없었다.

내 목표는, 열심히 공부해서 사랑받는 것이었다. 인정받으려는 것이 아니라 관심을 받고 싶었다. 그러니 장차 의사나 판검사가 된다는 미래지향적인 건설은 할 수 없었고, 성적이 잘 나와 부모님의 입에서 '똑똑한 우리 딸'이라는 말씀만 나와도 그저 좋았다.

문과를 선택해 법학을 전공하게 됐다. 이과는 의대, 문과는 법대. 당시의 나한테는 당연한 공식이었다. 대학에서도 성적은 좋았지만 더 이상 나아갈 수가 없었다. 단순히 부모님의 관심과 사랑만으로는 만족할 수 없는 나이가 되어 버렸던 것이다. 내 삶에는, 내가 없었다.

방황했다. 내가 보낸 시간, 내가 보낸 15년의 시간이 너무 초라하게 느껴졌다. 남들이 꿈을 키우고, 그 꿈을 이루기 위해서 살아가고 있을 때, 나는 고작 부모님의 칭찬이나 받고자 아득바득 공부하고 있었음을 깨달은 것이다.

그래, 나는 사랑받고 싶었다. 워낙 어릴 적부터 눈치만 보고 자라서 그저 따뜻한 관심이 필요했던 것뿐이다. 거기까지 생각이 미치자, 나는 내가 이루었던 모든 것에 정이 떨어지고 말았다. 마음이 떠나자 몸이 말을 듣지 않았고, 정말 더 이상은 아무리 전공서적을 읽고 쓰고 외워도 내 것으로 만들 수가 없었다. 내 삶의 목표가, 나를 보기 좋게 배신한 것이다.

처음에는 한국 어머니를 원망했다. 그다음에는 아버지를 원망했고, 그다음에는 우리 엄마를 원망했다. 그리고 마침내는 나 자신을 원망했다. 결국 준비하던 사법시험을 그만뒀다.

아버지께서는 크게 반대를 하셨다. 조금만 참고 견디면 할 수 있다는 말로 설득도 하셨고, 공부를 그만두려거든 다시는 아버지를 볼 생각도 하지 말라고 엄포를 놓기도 하셨다. 하지만 나는 일분일초도 공부를 더 할 수가 없었다. 단지 시험 준비가 힘들어서가 아니었다. 초등학교에 입학해서 대학을 졸업하기까지, 오랜 시간 동안 나 자신을 옭아맨 틀에서 자유롭고 싶었다.

무작정 책을 읽었다. 여행을 떠나기도 했다. 공부하는 동안 가장 하고 싶었던 일들을 찾아서 그 일에만 매달렸다. 엄마는 그런 나를 보고 눈물을 흘렸고, 친오빠는 나에게 어리석다고 했다. 한국 어머니와 아버지께서는 나에게 걸었던 기대를 버리셨다. 그리고 나는 그분들의 모습을 보며 가슴이 아팠다.

머리가 아프다. 생각을 많이 하면 언제나 머리가 아프다. 무엇 때문에 저런 우울한 과거를 떠올렸는지 모르겠다. 중요한 건 지금 이 순간 아닌가. 정신을 차려 보니 볼이 따가울 정도로 눈물을 흘리고 있었다.

실없이 피식 웃으며 눈물을 닦고, 크게 한숨을 쉬어 본다.

'그래, 지나간 일이지.'

앞으로는 누군가에게 사랑받기 위해 나 자신을 버리는 일은 하지 말자. 누군가에게 사랑을 구걸하는 어리석은 짓은…… 이제 그만둬야 겠다.

악몽을 꿨는지 갑자기 몸이 휘청거렸다. 높은 곳에서 떨어졌거나 넘어진 모양이다. 반사적으로 고개를 돌려 보니, 어느새 그가 옆에 누워 있다. 이렇게 유별난 뒤척임에도 불구하고 눈꺼풀이 닫혀 있는 걸 보면 내 심장이 갑자기 멎어 버린다 해도 까맣게 모른 채 출근할 인간이다.

반듯한 눈썹 사이로, 오뚝한 콧날이 돋보인다. 안경을 벗은 그의 모습은 나체만큼이나 매력적이다. 살짝 벌어진 입술 사이로 가는 숨소리가 새벽 공기를 어지럽힌다. 솔직히 말하면…… 어지러운 게 새벽 공기인지 내 정신인지 모르겠다.

살금살금 일어나 거실로 나와 발코니의 이중 유리에 한쪽 어깨를 기대자 한기가 온몸을 휩쓸었다. 추위에 몸서리치면서도 새벽 한가운데의 야경에서 눈을 뗄 수가 없다. 그러고 보니, 한 번도 이렇게 창밖을 바라본 적이 없는 것 같다.

하늘하늘한 프릴치마와 허리선 바로 위에서 밑단을 묶은 새하얀 티셔츠 차림으로 창밖을 보고 있으면, 어느새 다가온 그가 내 허리를 조용히 안아 주는 상상을 한 적이 있다. 물론 신혼 초에 말이다. 이 아파트에 처음 들어왔을 땐, 이곳저곳에 그런 즐겁고 발칙한 상상들이 묻어 있었는데, 이제는 거미줄뿐이다. 끔찍하게 생긴 거미한테 모든 상상을 잡아먹힌 기분이다. 그리고 마침내 그 거미는, 나까지 잡아먹을 듯 잠든 나를 흔들어 깨운다.

악몽을 털어 내듯 고개를 휘저으며 어둠을 더듬어 컴퓨터 앞에 앉았다. 우선은 일자리부터 알아보자는 생각에서였다. 혼자 있는 시간이 길어질수록 잡념이 많아질 테고, 나도 그 사람처럼 일에 치어 바쁘게 지내다 보면 조금은…… 아주 조금은 그를 이해하게 되지 않을까.

"이해……."

나도 참 바보다. 이런 순간에마저 신랑을 이해하고 싶어 하다니.

"안 자?"

갑작스러운 신랑의 말에 너무 놀라 성대가 입 밖으로 튀어나올 뻔했다.

뭐지? 왜 나왔지? 나 때문에 잠이 깼나?

모니터를 조명 삼아 나에게 다가오는 그의 발걸음 소리에 심장이 멎을 것만 같다. 최대한 아무렇지 않은 척 마우스를 따각따각 누르고는 있지만, 무슨 말을 어떻게 하면 좋을지 생각하느라 머릿속이 하얗다.

"뭐 해?"

길고 곧은 그의 손가락이 나의 어깨 위로 살짝 무게를 더했다. 맨살을 꼬집어 꿈인지 생신지를 알아볼 수는 없으니 급한 대로 혀를 깨물어 봤다. 무지 아프다. 엄청난 고통에 나도 모르게 어깨를 움츠렸을 정도로.

"아, 미안."

신랑이 이내 손을 거뒀다. 어깨를 움츠린 이유가 그의 손길을 피하기 위해서라고 오해한 것 같다.

"아니, 난 그냥……."

그냥 뭐? 그냥 너의 터치를 믿을 수가 없어서 혀를 깨물어 봤을 뿐이야. 그러니 오해 말고 다시 한 번 내 어깨에 손을 올려 주지 않으련? 하고 말하기에는 지금 상황이 너무 어색하고 갑작스럽다.

"좀 봐 줄까?"

"어?"

정신 차리자. 그냥 뒤에 서 있을 뿐이잖아. 근데 뭘 봐 주겠다는 거지? 목적어 좀 생략하지 말아 줄래?

"조금만 옆으로 앉아 봐."

맙소사. 그제야 신랑이 뭘 얘기하고 있는지 알았다. 구인구직 사이트를 열어 놓은 걸 깜빡하고 그의 목소리가 들린 순간부터 태연함을 가장하느라 마우스를 연타하는 통에 광고창을 위시로 익스플로러가 수십 개는 열려 있었다. 팝업 허용 여부 알림창에 팝업 오류 알림창까지…… 난리도 이런 난리가 없다.

"아니. 지금 막 끄……."

"마우스 안 먹을 텐데?"

그가 상체를 숙여 내 손 위로 마우스를 잡으려고 하는 것 같……은 게 아니라 잡았다. 신랑이 왼손을 자연스럽게 키보드에 얹었다. 키가 큰 탓에 팔이 길어서인지 내가 그의 품에 꼭 맞게 안겨 있는 건 아니지만, 약간은 비슷한 자세가 됐다. 이어 신랑은 오른손의 약지와 새끼손가락을 접어 내 손등을 부드럽게 감싸고 엄지와 중지로는 마우스를 붙들고 검지로는 마우스 좌우 버튼을 눌러 가며 '응답 없음'으로 표시된 익스플로러를 하나씩 정리하기 시작했다. 이 갑작스러운 스킨십을 어떻게 이해해야 할까?

"오늘은 게임 안 하네?"

가까이서 들려오는 그의 음성에 알코올 향이 묻어 있다. 아까 침실을 나설 때만 해도 그에게서 별다른 향을 느끼지 못했는데. 상체를 숙여 귓불에 그의 호흡이 스치는 지금은 확연히 느낄 수 있을 정도로 진한 향이다.

"술 마셨어?"

처음이다. 술 마신 신랑과 함께 있는 건 그를 만난 후 처음이다.

"조금."

그의 손가락은 여전히 마우스를 두드리며 모니터를 청소하고 있다. 왜 기분이 나쁘지? 아니 기분이 나쁜 게 아니라, 뭔가 갑자기 뒤죽박죽이 됐는데 이유를 모르겠다.

"됐다."

어느새 모니터가 깨끗해졌으니 그를 붙잡아 둘 이유가 없다. 그리고 무엇보다 이런 어정쩡한 자세는 더 이상 견디기 힘들다. 내가 살며시 손을 빼내며 어깨를 움츠리자 신랑이 어색한 듯 헛기침을 하며 자세를 바로 했다. 그 잠깐의 순간, 술이 아닌 향수를 마신 듯 그에게서 배어나는 아찔한 향기에 마음이 어지럽다.

"안 잘 거야?"

"머…… 먼저 들어가."

바보. 먼저 들어가래 놓고 시스템 종료는 왜 눌렀을까. 중요한 일이 있는 것처럼 5분에서 10분 정도는 버텨야 하는 상황인데 안 잘 거냐고 묻는 그의 말에 놀라 반사적으로 종료 버튼을 누르고 말았다. 피—잉 하고 본체가 꺼지자 캄캄한 거실에는 모니터의 전원 버튼만 위태롭게 깜빡인다. 일단 컴퓨터를 끄기는 했는데, 이 어두운 가운데 방으로 들어갈 일이 막막하다. 고층이라 가로등에 의지할 수도 없고 야경에 의지하기도 힘들 정도로 깊은 새벽이다.

무거운 눈꺼풀만 열었다 닫았다를 두어 번 했을까? 그가 허리를 숙여 내 어깨를 감싸 안았다. 신랑이 뒤에서 나를 감싸 안았고, 난 엉거주춤 내 어깨를 두른 그의 팔에 손을 올리고 있지만, 둘 다 팔을 어떻게 풀어야 할지 손을 어떻게 놓아야 할지를 모르고 있다.

침 삼키는 소리가 온 세상을 삼킬 정도로 크게 느껴지고, 그의 조용한 숨소리가 아찔하게 귓불에 닿아 머릿속이 새하얗다. 그리고 점점 커지는 심장 소리. 그 소리에 몸이 흔들리고 귀가 울릴 지경이다. 그런데 날 안고 있는 그에게서는 아무것도 느껴지지 않는다. 설마 이 사람한테는 심장이 없나?

"드…… 들어……가서……."

'들어가자'고 했어야 하는데 '들어가서'라니. 들어가서 뭘 어쩌자고? 어이없는 말실수에 혀를 물고 싶을 즈음 그의 팔이 스르륵 풀렸다. 신랑은 분명 내 심장이 볼품없이 쿵쾅거리고 있음을 알아챘을 거다.

잠깐 사이에 어둠에 익숙해진 시야에 감사하며 신랑보다 앞서 방으로 들어와 침대에 몸을 던지듯 누웠다. 그제야 침실에 가득한 알코올 향이 느껴진다. 조금이라고는 했지만 향의 농도로 봐서는 꽤 마신 것 같다. 자는 동안 후각이 둔해져 아까는 미처 향을 감지하지 못했나 보다. 마주 누울 자신은 없고 등을 돌리고 싶지는 않아 위를 보고 누웠다. 그리고 곧이어 신랑도 방으로 들어와 내 옆에 누울 줄 알았다.

"글, 안 써?"

하지만 문가에 기댄 그의 한마디에, 마음 어딘가를 팽팽하게 당기고 있던 고무줄이 툭 끊어졌다.

"무슨 글?"

"너랑 나 처음 만난 거, 표지디자인 때문이었잖아."

그래, 표지디자인 때문에 널 처음 만났다. 내가 글을 쓰고 있지 않았더라면 널 만날 일도 없었겠지.

"컴퓨터, 게임할 때만 쓰는 거 같던데."

날이 밝으면 집 안에 설치된 감시카메라를 찾아봐야겠다.

"글은, 이제 안 쓰는 거야?"

팽팽 노느니 글이라도 써 보라고 사다 준 컴퓨터였나? 결국 그 얘기를 꺼내려고 살가운 척했던 거야?

"왜? 방해돼?"

난 바보같이…… 네 손길 한 번에 이렇게 가슴이 뛰는데.

"내가 아무것도 안 하고 있는 게 신경 쓰여?"

넌 그냥 우는 애한테 사탕 주듯 아무 때고 너 편할 때 불쑥 이래도 되는 거니? 그것도 술까지 마시고?

"내가 할 일 없이 너 밤샘 작업 하는 데 신경 곤두세우는 게 거슬려?"

"꼭 그런 식으로 말해야 돼?"

내가 절필하겠다고 했던 거 잊어버렸니? 내가 왜 그런 결정을 했는지, 잊어버린 거야? 아니면 내가 받은 상처 따위는 너랑 아무 상관도 없다는 거야?

"니가 제일 좋아하는 게."

난 대체 누구랑 결혼을 한 거지? 이 사람이 내가 알던 그 사람이 맞나?

"내가 잘 자거나 먼저 자는 거니까……."

그만. 제발 그만하자. 더 이상 얘기해 봐야 나만 아플 뿐이다.

"그래, 그건 얼마든지 원하는 대로 해 줄게."

하지만 상처받은 마음이 혓뿌리를 다그치고 있었다. 이성적으로 판단해서 머리를 따르기엔 상처가 너무 벌어져 버렸다.

"대신 앞으로는 내가 뭘 하든 신경 꺼 줬으면 좋겠어."

내가 한 말에, 내가 더 상처받았다. 한마디 반박조차 하지 않는 그에게 미안하고, 그 이상으로 그의 무심함이 야속하고 원망스럽기만 하다.

"피곤해. 문 좀 닫아 줘."

문이 닫히고, 눈물에 알코올 향이 녹아 침대 시트가 젖기 시작했다. 그가 날 이렇게까지 상처 줄 수 있는 이유는, 내가 그에게 이미 많은 부분을 내주었기 때문임을 끝까지 인정하기 싫었고, 하여 애써 모른 척할 수밖에 없었다. 하지만 이제 접어야 할 것 같다.

드르륵— 드르르르—

침대 맡 협탁에서 진동하는 휴대폰 소리에 잠에서 깼다. 하지만 퉁퉁 부은 눈이 제대로 떠지지를 않아 발신인을 확인하기가 어려울 정도다. 한 손으로 눈두덩을 누르자 저릿하게 눈물이 묻어나며 푹 꺼지는 느낌이 들고, 그제야 실눈이나마 뜰 수 있었다.

드르르르—

엄마다. 우리 친엄마. 나는 그 사람에게 이분의 이야기를 하지 않았다. 결혼식 날 친모 자리에 앉지도 못한, 그래서 더 가시처럼 가슴에 박힌 우리 엄마. 결혼을 생각한 사람이 있다고 말씀드리자 어머니께서는 제일 먼저 엄마 얘기를 꺼내셨다. 결혼할 사람이 집안 내력을 알고 있느냐고 조심스럽게 물으셨지만, 설마 벌써 얘기한 건 아니겠지 하는 눈치셨다. 어머니의 의도가 무엇이었든 신랑에게 엄마 얘기를 꺼낸 적은 없었다.

그래서 말하지 않았다고 했다. 말하지 않은 것이 아니라 말할 시간이 없었고 충분히 가까워지지 않았던 것뿐인데, 양모께서는 '그래, 잘했다. 그런 건 차차 말해도 되지. 공연히 흠 잡힐 거 없다.' 며 나를 다독이셨다.

상견례 이전에 그 사람이 어머니와 아버지를 찾아뵙던 날, 어머니께서는 엄마가 만들어 놓은 내 어릴 적 앨범을 꺼내셨다. '우리 애가 어렸을 때부터' 로 시작된 양모의 말씀을 들으면서, 난 엄마에게 미안하다고, 낳아 준 은혜도 은혜지만 키워 준 은혜가 더 크더라고. 그렇게 되지도 않는 사죄를 하고 또 했다.

그 사람에게 집안 얘기를 하기 싫었던 건 유별나 보이고 싶지 않아서였다. 어릴 적부터 애들의 놀림을 받고 자라서 엄마의 국적이 문제가 될 수도 있다는 생각을 진작부터 하고 있었기에, 양모의 말씀에 따르는 척 엄마의 자리를 빼앗았다. 엄마가 마다했어도 내 손으로 직접 그 자리에 앉혀 드렸어야 했는데, 보수적인 신랑의 집안에서 혹시라도 엄마 때문에 나를 반대하시면 어쩌나 전전긍긍하다 때를 놓쳐 버렸다.

"여보세요."

— 자고 있었어?

"아뇨. 일어났어요."

— 목소리가 왜 그래. 어디 안 좋니?

"아니. 괜찮아요. 이제 막 일어나서 그래."

엄마한테 전화 한 번 못 드렸다. 그러고 보니 어머니께도 그렇고 시어머니께도 그렇고 신혼여행에서 돌아와 찾아뵌 후로는 한 번도 전화를 드린 적이 없다.

— 신혼도 꽤 지났는데…….

지났는데, 언제고 한 번은 인사를 드리러 가야 하는데.

"그 사람이 좀 바빠."

— 아니, 그런 게 아니라.

도둑이 제 발 저린 격이 되어 버렸다.

— 좋은 소식은 아직이야?

난 항상 벗어나고 싶었다. 일본인 엄마에게서, 나를 미워하는 식구들에게서, 무엇보다 나 자신을 떳떳하게 생각하지 않는 나 스스로에게서.

"서로 바쁘니까. 아니, 그 사람이 바빠서."

— 무슨 문제라도 있니?

"없어, 그런 거. 요즘 누가 결혼하자마자 애부터 만들어요."

— 그래도 거의 백 일인데, 시부모님들이 기다리시지 않겠어?

"몰라요. 신혼여행 끝나는 길에 한 번 뵙고 아직 찾아뵙지도 못했어."

그러니까 서운해하지 마요. 엄마한테만 안 가는 거 아니니까 속상해하지 마.

— 그럼 쓰나. 전화라도 드려야지.

"차차 할게요. 지금은 정신이 없어서."

— 가구랑 전자 제품은 다 마음에 들고?

"응. 마음에 들어."

엄마, 어떡하지? 나…… 행복하지가 않네.

"엄마……."

— 그래.

"언제 한번 갈게."

— 아니다, 천천히 와. 괜찮아.

"나 혼자라도 갈게요."

— 그래, 편할 대로 해.

엄마는 아마 수화기 너머로 힘없이 웃고 있을 거다.

"오빠는? 가끔 봐요?"

— 요즘은 자주 와.

"응."

다행이다.

— 별일…… 없지?

"응. 잘 지내요."

— 그래. 잘 지내고, 혼자 있을 때 가끔 전화도 하고. 응?

"응, 엄마."

— 그래, 궁금해서 한번 해 봤어. 들어가렴.

잠시 눈을 감았다.

"엄마—"

보고 싶다. 우리 엄마.

"나…… 신랑이랑…… 안 좋아."

새벽 내 그렇게 울고도 아직 흘릴 눈물이 남았는지, 눈물이 귓바퀴를 타고 흘러 베갯잇을 다 적시도록 울음을 멈출 수가 없다. 엄마한테 친구를 이르는 어린애처럼 한참 동안 눈물범벅으로 끔찍한 신혼 생활의 넋두리를 늘어놓았다. 물론 들어가라는 말을 끝으로 엄마는 이미 전화를 끊었다. 하지만 그렇게라도 위안을 얻어야만 했다. 그래야 견딜 수 있을 것 같았다.

침대에서 벗어나 오랜만에 햇빛이 쏟아지는 페어그라스 앞에 섰다. 엄마와 통화를 하고 나니 간밤부터 울렁거리던 속이 차분히 가라앉아 시간 가는 줄도 모르고 발코니 아래로 지나가는 사람들을 구경했다. 난 사람을 보면 항상 그 사람의 얘기가 궁금하다. 누구의 가족으로 어떻게 살고 있는지 말이다.

오랜만의 사람 구경으로 호기심을 불태워서인지 문득 허기가 느껴졌다. 벽시계의 시침이 어느새 꼭대기를 지나 한시름 놓은 듯 2시를 가리키고 있었던 것이다. 뭐라도 먹자는 생각으로 주방에 들어서자 아무것도 놓여 있지 않은 오븐렌지가 쓸쓸하게 나를 반겼다.

밥솥에 밥이 있을 테지. 엊그제 해 놓고 혼자 떠먹은 그대로. 일단 무슨 반찬이든 꺼내기 위해 냉장실을 열자 음료수 칸 한 귀퉁이를 차지한 정체불명의 술병이 제일 먼저 눈에 들어왔다. 와인이다.

차가운 술병이 주는 청량함이 왠지 낯설다. 이 집에 들어와서 한 번도 느껴 본 적이 없는 생명력이다. 살아 있는 건 난데 순식간에 술병만도 못한 존재가 돼 버린 것 같다. 서로에게 이런 청량함과 설렘이 돼야 할 연애 3개월의 햇병아리 신혼부부가…….

물끄러미 술병을 바라보다 도로 냉장실에 넣고 돌아섰다. 내가 사다 놓은 게 아니라면 그 사람이 사다 놓은 걸 텐데, 저걸 마셨다가 또 무슨 소리를 들을지 모른다. 흥— 더럽고 치사해서 안 마신다 이거지.

"어디 보자."

싱크대 수납장을 샅샅이 뒤지기 시작했다. 언젠가 현관에 붙은 '콩

나물 500원어치도 친절 배달'이라는 전단지를 여기 어디다 넣어 뒀는데…… 분명 여기 어디에…….

"오!"

마치 쓰레기 더미에서 예쁜 유리구슬을 발견한 어린애처럼 환호하는 내 모습이 어색하다. 고작 광고 전단지를 찾았을 뿐인데, 감정적인 자극에 목말라 있다 보니 아주 작은 일에도 감각이 뻥튀기되는 모양이다.

eee

숨을 쉴 때마다 훈김에 어린 알코올 냄새가 역하게 코를 찌른다. 사실, 마신 술보다 식탁에 부은 술이 더 많다. 이래서 술은 두 사람이 마시는 건데 말이지. 서로 부어 주면 긴장해서 안 흘리니까.

불을 켜야 하는데 창가에 내린 어둠이 외로워 보여서 잠시 참기로 했다. 아니, 실은 불을 켰을 때 발코니 창 전면에 비칠 내 모습을 마주할 자신이 없다. 실내가 밝아지면 유리창이 거울처럼 날 비출 텐데…….

"어두미…… 에로운 게 아니아 니가 에로운 거겠지……."

무거운 짐을 감당하기 힘들어 경련을 일으킨 근육처럼 혀뿌리가 제멋대로 움직인다. 아마도 혼자서 붓고 마신 술의 무게를 감당하기 힘들었나 보다. 그러니 잠깐, 아주 잠깐 술과 어둠을 벗 삼아 휴식을 취해야겠다. 그러려면 조금 엎어져 있어도 되겠지?

시간이 얼마나 지났을까. 정신을 차려 보니 뚝배기에 가득한 젤리를 정신없이 퍼먹고 있었다. 신랑이 마신 술에서는 알코올 향이 났는데, 내가 마신 술에서는 냄새만 진동한다. 그런데 좀 이상하다. 젤리의 밀도가 너무 높은 거 아닌가? 그리고 이 넓은 식당에 손님이 왜 나 혼자뿐이지? 꿈이라는 걸 자각하기도 전에 내가 먹고 있던 젤리에 눈이 멎다. 젤리가 아니라 응혈된 피다. 입가에 끈적이는 비린내를 묻혀 가며 핏덩어리를 먹고 있었던 거다.

"우윽— 으웩!"

예정된 따귀를 맞을 때처럼 입을 꾹 다물고 씁쓰름한 액체가 코로 역류하려는 것을 억지로 참으며 싱크대로 직행했다. 화장실로 갔어야 하지만 도착하기 전에 거실 바닥에 토하는 것보다야 싱크대가 낫다. 허리를 숙이자 눈물인지 술인지 안주인지 모를 것들이 쏟아진다. 눈이 시고 코가 매울 정도다. 도대체 얼마나 마신 거지? 속이 너무 아프다.

"하아…… 후…… 으웩엑—"

다시 한차례.

"욱—! 우웩…… 흐흑……."

내 몸 어딘가에 얼음이 박혔나 보다. 알싸하게 들어갔던 술들이 죄다 얼음 파편이 되어 속을 후벼 내고 있다.

"하아, 하아…… 어윽! 흑……."

침을 되삼키기 어려울 정도로 신물이 오르지만 일단 수도를 틀고 싱크대를 씻어 내렸다.

"하— 하하하— 하하하하하……."

엄마, 나 어떡하지. 나도 남들처럼 살고 싶은데 그게 잘 안 되네. 욕심이 생겨. 그 사람한테 사랑받고 싶어요. 그런데 욕심이 생기니까, 마음이 아파. 왜 난 항상 이렇게 감정에 목마른 채 살아야 돼? 나도 세상 누군가한테 아주 소중한 사람이 되고 싶은데, 내가 잘못해도 나한테 허물이 있어도 덮어 줄 사람을 가지고 싶은데, 그러려면 내가 어떻게 해야 돼? 내가 얼마나 잘해야 그런 사람을 가질 수 있어? 이 사람이 그럴 가치는 있는 거야? 내가 또 괜한 욕심에 눈멀어서 내 인생에 칼질하는 거야?

싱크대를 의지하고 한참을 서 있다가 다리를 끌다시피 해서 안방에 들어왔다. 실컷 토하고도 아직 남은 것이 있는지 속이 쓰리다. 속만 쓰리면 참을 만하겠는데 머리도 너무 아프다. 하지만 무엇보다 나를 더욱 힘들게 하는 건 지독한 한기다. 몸이 너무 차가워서 머리를 울려 대는 고통 외에는 아무런 감각도 느껴지질 않는다.

정신을 차려 보니 침대에 누워 있었다. 시간이 얼마나 지났을까. 머리는 여전히 아프지만, 없는 정신에도 이불을 꼼꼼히 덮고 있었기 때문인지 살갗을 할퀴어 대던 한기는 훨씬 덜하다. 그런데 어디선가 비릿한 냄새가 훅 끼쳐 와 비위를 자극하기 시작했다. 구역질을 삼키며 쓰린 속을 달래고 있을 즈음 인기척이 느껴졌다.

"자?"

벌써 퇴근한 건가? 도대체 얼마나 이러고 누워 있었는지 모르겠다.

"식탁 위에 있는 술병, 뭐야?"

뭐긴, 빈 병이지.

"한요은."

천천히 눈을 떠, 더 천천히 고개를 돌려 문틀에 기댄 그를 봤다. 이름을 부르는데 입이 떨어지질 않아서 눈으로 대답할 수밖에 없었다. 그러고 보니, 결혼 후 이 사람이 내 이름을 부른 건 이번이 처음인 것 같다.

"저 술을 혼자 다 마셨어?"

성큼성큼 침대로 걸어오더니, 들고 있던 서류가방을 신경질적으로 팽개친다. 만약 노트북가방이었다면 저러지 못했을 텐데, 부부싸움 중에 값싼 물건만 던지는 희극의 한 장면을 본 것 같아 피식 웃음이 났다. 그런데…… 머리가…… 너무 아프다. 피식 웃는 웃음에도 엄청난 압력이 느껴질 정도다. 머리가 아니라 뇌가 아픈 건가?

"머리 아파."

술은 진작 깼지만, 취한 척하고 싶다.

"머리 아프다."

내 꼴이 너무 우스워 정신이라도 없는 척해야 했다.

"너 옷, 갈아입어야겠다."

턱받이라도 대고 토할 걸 그랬나. 쇄골 중앙이 축축이 젖은 게 느껴진다. 비위를 자극하던 냄새가 이거였구나. 그래도 없는 정신에 침실까지 와서 얼마나 다행인가. 주방에 엎어져 있었으면 더 추했을 거다.

내가 미동도 않고 누운 채 시선을 피하자 욕실과 연결된 드레스룸으로 들어간 신랑이 붙박이장을 열었다. 열기는 했는데 한동안 가만히 서서 한숨을 쉰다. 그리고 잠시 후, 옷걸이를 이리저리 밀어붙이는 소리에 귀가 따갑다.

"일어나서 앉아."

얼마 안 되는 옷들 중에 하필이면 단추가 주렁주렁 달린 남방을 골랐다.

"못 앉겠어?"

설마 니가 직접 벗기고 입혀 주겠다는 건 아니지? 아니면 내가 벗고 입는 모습을 구경이라도 하겠다는 거야?

"내가 알아서 할 테니까 나가."

"일단 갈아입어. 보기 안 좋아."

"그럼 안 보면 되잖아."

토할 거 같다.

"됐으니까…… 좀 나가 줘."

"그래. 미안해."

갑자기 미안하다니. 무슨 소리냐. 또 그릇이라도 깼나?

"내가 너무 일에만 매달렸어."

너도 진짜 타이밍 한번 죽여주게 맞추는구나. 하필이면 그런 얘기를 지금, 엉망진창인 내 앞에서 꼭 해야겠니?

"근데 나 이런 거, 너도 모르지 않았잖아."

"그만 좀 해. 머리 아파."

아마 지금쯤 입술을 깨물었을 거다.

"내가 어떻게 해 주길 바라는데?"

"그런 거 없어."

"워낙 짧게 만나고 결혼해서 서로에 대해 알 기회가 없…….”

"그래, 알았어. 알았으니까…….”

머리 좀 맑아지면 얘기하자. 지금은 내 상태가 너무 안 좋잖아.

"난 원래 일할 때 방해받는 거 싫어해. 머릿속이 꽉 차서 누가 말 한 마디만 걸어도 생각이 다 흩어져. 그래서 뭐든 일단 떠오른 건 무조건 가시화시켜야 돼. 작업할 때는 원래 그래.”

누가 들으면 대단한 예술가 한 분 납신 줄 알게 생겼네. 물론 신랑이 하는 일을 비하하려는 건 아니지만, 얘기만 들어서는 혼을 불사르는 작곡가가 떠오르지 않는가. 보아하니 오늘 속에 있는 얘기 다 꺼내려고 작정하신 거 같은데 미안해서 어떡하지? 난 네가 편할 때를 기다려 주는 사람이 아니거든. 오늘은 내가 너랑 얘기하기 불편한 날이라고. 모르겠어?

"술은 내가 마셨는데 왜 이렇게 주절거려.”

"말 좀 가려서 해.”

"좀…… 나 좀 내버려 둬.”

"왜 이러는데. 뭐가 문제데?”

"문제?"

그래, 너 말 잘했다.

"말을 해야 알지.”

"말 한마디 하지 말라며? 문제? 문제가 뭐냐고? 그게 문제야.”

"뭐?"

"니 그 태도가 문제야. 됐어? 됐니? 고칠 수나 있겠어?”

"내가 일하는 게 문제라고?”

귀가 먹었나. 니가 일하는 게 아니라 니 태도 말이야! 말 한마디 건

넬 때마다 노골적으로 귀찮아하는 니 태도!

"하— 관두자."

"그럼 이런 짓도 하지 마."

"이런 짓? 무슨 짓? 내가 무슨 죽을죄라도 지었어?"

"혼자 술 마시고, 내가 널 방치해 둔 것처럼 굴지 말라고."

"웃기네. 니가 날 방치해서 내가 혼자 술이나 퍼마시고 있었다는 거야?"

"그럼?"

"니가 그렇게 대단한 사람인 줄 알아?"

"너 아직 술 덜 깬 거 같은데, 나중에 얘……."

"언제? 너 일 다 끝나고?"

정면으로 올려 본 그의 눈빛이 흔들리고 있었다.

"뭐가 문제냐며. 어떻게 해 주길 바라냐며. 얘기해 보라면서!"

"목소리 낮춰."

침대 매트가 성난 파도를 만난 조각배처럼 울렁거린다. 다시 눕고 싶은데, 분에 못 이겨 벌떡 일어난 처지라서 그러지도 못하겠다. 나 때문에 이기지도 못할 술을 마셨느냐 다그칠까 봐 자존심이 상해서라도 괜찮은 척해야겠다.

"조용히 죽어지내면 괜찮고, 이렇게 술 마시는 건 안 된다?"

"말을 꼭 그런 식으로 해야 돼?"

"문제가 뭐냐고? 대체 왜 이러냐고? 왜 그걸 지금 물어?! 우리가…… 하— 아니지. 그동안은 내가 정상으로 보였니? 그동안은 내가 아무 문제도 없는 걸로 보였어?"

"그래서 지금 묻고 있잖아!"

그가 처음으로 언성을 높였다. 이 사람, 화도 낼 줄 아는구나.

"그러니까! 왜 지금까지는 가만있다가 하필이면 술 마신 날 따지고 드는 건데? 지금 너랑 내가 사는 꼴이 정상인 거 같니? 이게 정상적인 결혼 생활로 보이냐고!!"

"결혼식 올리고 신혼여행까지 다녀와서 같이 사는 게 결혼 생활이 아니면 뭔데?"

"그걸 말이라고 하는 거야? 정말 모르겠어?"

막상 '너랑 난 한 번도 잠자리를 한 적이 없잖아!' 하고 말하려니, 과연 그 문제가 날 이렇게까지 힘들게 할 이유로 충분한가 싶어 말문이 막힌다.

"그래. 모르겠어. 그러니까 말하라고."

대답 대신 입고 있던 셔츠를 벗어 쇄골 근처를 신경질적으로 닦아 내자 당황한 기색이 역력한 신랑의 시선이 순식간에 다른 곳을 향했다. 내가 낯선 사람도 아니고 홀딱 벗은 것도 아닌데, 속옷 한 장 걸친 와이프를 제대로 쳐다보지도 못하는 네가 정상인 거 같니? 그런데 더욱 슬픈 건, 나 역시 이런 상황을 견디기 힘들다는 거다. 마치 처음 보는 사람 앞에서 알몸을 드러낸 것처럼 낯이 뜨겁다.

신랑이 들고 있던 남방을 낚아채 대강 몸에 걸쳤는데 손가락이 부들부들 떨려서 단추를 채우기가 힘들다. 볼썽사납게 이게 무슨 짓인지 모르겠다. 누가 보더라도 이기지 못할 술을 마신 꼴이 되고 만 것이다. 제대로 움직이지도 않는 손을 덜덜 떨어 가며 단추에 집착하기에는 속이 너무 메스껍고 머리가 너무 아파서 대강 옷섶을 여민 후 자세를 고쳐 앉았다.

"나가."

"뭐?"

"나가라고. 말하고 싶은 기분 아니야."

"아니, 난 들어야겠어."

"자꾸 뭘 말하라는 거야? 듣고 싶은 얘기가 뭔데?"

"정말 이렇게밖에 못 하겠어?"

그래, 술 마시고 집 안을 난장판으로 만든 건 내 잘못이다. 그리고 그가 내 잘못을 덮어 주길 바란 것도 내 잘못이다. 신랑은 말없는 사람이었을 뿐, 감정 없는 목석은 아니었던 거다.

"나한테 할 말 많은 거 같은데, 너야말로 지금 다 얘기하지그래?"

그의 눈이 날카롭게 나를 쏘아본다. 그를 바라보는 내 눈 역시 곱지만은 않겠지.

"솔직히 내 일 하면서 너한테 미안해야 하는 이유를 모르겠어."

"누가 너더러 미안해하래?"

"그럼 왜 이러는데?"

"내가 뭘 어쨌는데?!"

그래, 너도 사람이면 아마 할 말이 없을 거다. 네가 나한테 한 짓에 비하면 이 정도는 애교에 지나지 않으니까.

"시위하는 거잖아, 너."

"하— 진짜 어이가 없어서. 하하하—"

"넌 무슨 생각으로 결혼한 건지 몰라도, 적어도 내가 생각……."

"그럼 넌? 넌 무슨 생각으로 결혼했니?"

머릿속의 굉음을 애써 참아 가며 신랑을 올려 봤다.

"니가 하자며."

내가 하자고 해서 했다고? 혹시 잘못 들은 건 아닐까 되묻고 싶지만 상처에 소금 뿌리는 격이 될까 봐 이를 악물었다. 속이 쓰리다 싶은 순간, 위가 꿀렁대더니 금세 입에 쓴물이 고였다. 눈물을 억지로 참으려니 삼킨 눈물 대신 구역질이 밀려 나온 것이다. 두 손으로 입을 틀어막고 욕실로 뛰어들어 변기를 찾을 여유도 없이 바닥에 연초록 쓸개즙을 토하고 나니 그제야 눈물이 쏟아진다. 우는 꼴을 보이기 싫어 문을 부술 듯 밀쳐 닫고 잠금장치를 돌렸다.

쿵— 쿵—!

"한요은."

일부러 날 물 먹이려고 작정하지 않은 다음에야, 이 꼴로 이러고 있는데 왜 이렇게 사람을 귀찮게 하는 건지 모르겠다.

"나가라고! 가서 일이나 하라잖아!!"

눈물 흐르는 소리가 너무 커서 샤워꼭지를 틀었다.

뭘 잘했다고 울어. 니가 뭘 잘했다고.

어김없이 들려오는 환청에 몸을 비틀며 한동안 넋을 놓고 앉아 있다 나와 보니, 잘난 서방님은 보이질 않으신다. 일하러 갔나 보다. 결혼하재서 결혼했으니, 일하라면 일해야지 별수 있겠는가. 그래, 뼈가 빠지고 빠진 뼈가 부스러지고 그 부스러진 뼛가루를 반죽해서 부쳐 먹을 정도로 일해라.

정신없이 침대에 엎어져 머리끝까지 이불을 뒤집어썼다. 술이 좋구나. 술이 이렇게 좋은 거였어. 알코올의 뜨거운 기운이 가슴에 쌓인 재를 씻어 내린 모양이다. 숨을 배 속 끝까지 들이마시지 못하고 항상 갑갑했었는데, 속이 확 트인 것 같다.

"추워."

그러고 보니 어느새 겨울이다. 그를 만나 결혼을 하고, 이렇게 시간이 지나도록, 난 대체 뭘 하고 있었나 싶다.

Chapter 02. 내가 몰랐던 너

걱정스러운 얼굴로 어깨를 두드려 주던 선희가 결국 자리를 박차고 일어나 담배를 빼 물었다.

"너 진짜 누구 미치는 꼴 보고 싶어? 말을 안 할 거면 어디 혼자 조용히 처박혀서 울고 올 일이지, 왜 남의 집 거실을 차지하고 앉아서 이러냐고 왜—"

집을 나와 갈 곳 없이 배회하다가 어쩔 수 없이 선희에게 왔다. 그런데 현관문이 열리고 선희가 나오고 낯익은 풍경이 눈에 차오르는 순간부터 흐르기 시작한 눈물이 멈출 생각을 않는다. 억울해서도 아니고 가슴이 아파서도 아니다. 모든 긴장이 한 번에 풀어진 느낌이라고 해야 할까. 달리 설명할 방법이 없다.

"에이 씨, 짜증 나게."

불을 당기다 말고 담배를 뱉어 내더니…….

"내 집에서 담배까지 눈치 봐야 되냐고, 내가!"

하며 다시 담배를 입에 물고 라이터를 켠다.

"후우—"

한숨 섞인 연기가 방 안 가득 독한 냄새를 풍겼다.

"울보."

역시 김선희.

"그만 울어, 지지배야."

슬퍼서 우는 거 아니래도.

"마감했으니 망정이지, 어제 와서 이랬으면 너는 바로 담배빵이거든?"

"푸훗⋯⋯."

"어쭈? 다 울었나 보네?"

그런가.

"담배 좀 끊어."

"눈물이나 닦아라, 보기 흉하다."

"닦을 거나 좀 주면서⋯⋯ 흐윽⋯⋯."

"또또또!! 알았어, 알았어!!"

어디론가 후다닥 사라졌다 나타나더니 먼지가 풀풀 나는 수건 한 장을 얼굴에 던져 준다.

"그게 마지막 남은 수건이다. 이제 발수건으로 얼굴 닦아야 돼."

내가 눈물을 닦는 동안, 선희는 도대체 무슨 일이냐며 나를 어르고 달랬다. 빨리 말하지 않으면 쫓아내 버리겠다고 윽박지르기도 했다. 처음에는 절대 말하지 않을 생각이었다. 창피해서라도 말할 수가 없었다. 신랑과 잠자리를 하지 못한 것이 창피해서가 아니라, 그럼에도 불구하고 그를 떠나지 못하는 내 모습이 창피했다.

이래도 안 되고 저래도 안 되자 선희는 잠자코 앉아서 담배를 피워 대기 시작했다. 나는 매캐한 연기 속에 길을 잃은 사람처럼 앉아 남은 눈물을 모조리 짜냈다. 하지만 아무리 울어도 속이 풀리지를 않았다. 어머니께도 할 수 없고 엄마에게는 더더욱 할 수 없는 얘기들이 가슴을 눌러 숨을 쉴 때마다 심장이 아팠다. 그래서 두서없이 그간에 있었던 일들을 말했다.

선희는 나의 말을 한 번도 끊지 않았다. 대신 말이 끝나기를 기다렸다가 나를 억지로 데리고 나왔다. 마감을 무사히 치른 기념으로 한잔하자는 것이었다. 그냥 집에서 맥주랑 오징어포나 사다 먹자는 나에게 그럴 거면 너 혼자 집에 있으라기에, 안 그래도 혼자가 지긋지긋한 나로서는 따라 나오는 수밖에 없었다. 선희는 사람 많고 시끌벅적한 곳이 좋겠다며 이태원으로 차를 몰았다. 호텔 주차장에 차를 세우기에 호텔 나이트라도 가려나 했는데, 주차장을 빠져나와 벌써 한참을 걷고 있다.

"어디 가는데?"

걸음을 옮길 때마다 땅에 닿는 발뒤꿈치가 정수리를 콕콕 찔러 대는 추운 날씨다.

"가 보면 안다니까. 나만 믿어."

가파른 오르막을 올라, 오르막보다 더 가파르고 좁은 계단을 한참 내려갔다. 계단을 내려갈수록 음악 소리가 점점 커지더니 까맣고 두꺼운 문이 나타났고 문을 열자 소리는 더 커져 귀를 울리고 마침내는 몸을 흔들어 댄다.

"뭐야? 다 온 거야?"

미간이 찌푸려졌다.

"들어와 일단!!"

커다란 음악 소리에 마모된 듯 낡은 벽을 따라 걸음을 옮기자 커다란 홀이 보인다. 그런데…….

"이쪽으로!!"

그곳에 있는 사람 대부분이 남자였다. Bar에 앉은 사람도, 홀에서 춤을 추는 사람…… 모두 남자다. 난 무의식중에 앞서가던 선희의 옷깃을 잡아당기며 자리에 멈춰 섰다.

"어머, 언니?!"

그 시끄러운 와중에, 귀를 파고드는 하이톤의 목소리. 깡마른 남자가 몸에 착 달라붙는 셔츠를 입고 서 있었다. 근데 방금 이 남자가 선희를 언니라고 부르지 않았나?

"준호도 있었네?"

익숙하게 인사를 건네는 선희의 모습이 많이 낯설다.

"오랜만이다아— 글 다 마쳤어요?"

"그러니까 왔지!"

소리를 지르지 않고는 도저히 대화가 되지 않을 정도다.

"어머? 근데 누구야?"

남자가 반색을 하며 나를 건너본다.

"친구!!"

"어머~ 웬일이니! 글 쓴다더니 연애한 거 아냐?"

방금…… 뭐라고? 연예인이냐고?

"아냐. 친구야, 친구! 좀 비켜 봐, 들어가게!!"

내 손목을 잡아끄는 선희를 보며 남자가 뭐라고 더 떠들어 댔지만 이미 음악에 묻힌 다음이었고, 홀을 지나 안으로 더 들어서자 bar가 한눈에 들어왔다.

"저기로 앉자……."

분명 같은 공간인데도 홀을 등지고 서자 음악이 잦아들어 소리를 지르지 않아도 선희의 목소리가 잘 들렸다.

"근데 선희야. 여기……."

"일단 앉아."

나를 끌어 앉힌 선희가 바텐더들을 주—욱 둘러보자, 그중 한 명이 반가운 기색으로 bar를 가로질러 우리가 앉은 쪽으로 다가왔다.

"선희 씨?"

"안녕하세요—"

"간만에 왔네?"

웃는 모습이 익숙하다. 낯익은 모습이 아니라, 익숙하게 잘 웃는다는 느낌.

"사장님 안 계세요?"

"일이 있어서 잠깐 자리 비우셨어."

"일단 두 잔만 부탁해요. 항상 마셨던 걸로⋯⋯."

"Shot—"

귀를 뚫고 입술에는 연하게 립스틱을 바른 것 같다. 엉거주춤 앉아 멍청히 그 사람을 바라보는 나를 의식했는지, 선희가 옆구리를 찔렀다.

"실례다 너."

"어? 아⋯⋯ 응."

여기가 어디니, 선희야. 저 사람, 아니 저 남자들은 다 뭐야.

"소개해 줄 사람이 있어."

소개해 줄 사람?

"친구분 참 매력 있게 생겼네?"

자욱한 담배 연기 사이로 술잔을 내밀며 남자가 말했다.

"그럼 뭐해요. 안 되는 사람인데."

"왜 안 돼?"

"결혼했어요, 얘."

"하하, 선희 씨 안 되겠다."

"아뇨, 저 말고. 오빠 말이에요. 오빠한테는 안 되는 사람인데 매력 있으면 뭐하냐고요."

"어우— 엉터리. 매력 있다는 게 꼭 그런 뜻은 아니잖아?"

남자가 의미심장하게 웃으며 나를 향해 눈을 찡긋 감는 통에 어떻게 반응해야 좋을지 고민하다가 어색하게 웃어 줬다.

"연화 언니가 소개시켜 줬어. 여기가 술 마시기 딱 좋다고."

연화 언니라면 그 사람을 소개시켜 준 선배다. 그 사람이라고 하면 다른 사람들과 혼돈되니 신랑이라고 하는 게 좋겠다. 지금 이 안에는 그 사람들이 너무 많으니까 말이다.

"솔직히 내가 먹고 마시는 거 좋아하는데, 딱히 사람들이랑 몰려다니는 건 별로잖아."

그래, 그건 잘 알지.

"근데 또 혼자 다니면 되지도 않는 핏덩이들이나 아저씨들이 찝쩍거리고 말이지."

"어……."

"연화 언니가 여자 혼자 술 마시러 가기는 딱이라고 여길 가르쳐 주더라."

말이 끝나기 무섭게 선희가 B−52를 한 번에 들이켰다.

"안 마셔?"

솔직히 어제 너무 많이 마신 데다 전부 게워 내기까지 해서 술이라면 냄새도 맡기 싫지만, 코를 자극하는 알싸한 향에 끌려 단숨에 한 잔을 다 들이켰다. 묵직하게 혀를 휘감아 입 안 가득 향을 남기는 독특한 맛이다.

"으으……."

손으로 입을 훔쳐 내자, 선희가 재미있다는 듯 나를 보고 있다.

"너 어제도 마셨지?"

"그러니까 전화도 없는 괘씸한 김선희를 찾아갔지."

"웃기시네. 전화해도 안 받을 때는 언제고?"

피식 웃고 말았다.

"한 대 피워도 되지?"

"좋을 대로. 연기만 내 얼굴에 뱉지 마."

선희가 불을 그은 후 고개를 돌려 연기를 뱉어 낸다.

"그럼 이제 얘기 좀 해 봐."

"무슨 얘기."

"오빠, 여기요!!"

오빠라는 단어가 어색한 건지 아니면 여자의 목소리가 어색한 건지, bar에 앉은 남자들의 시선이 모두 선희에게 쏠렸다. 가까이 와 보지도 않고 익숙하게 shaker를 손에 들어 보이는 바텐더. 아마도 같은 걸로 두 잔 더 가져오겠지.

"그러니까 지금, 한 번도 관계를 안 가졌다는 거잖아? 결혼 3개월이 다 됐는데."

"조용히 좀 해."

"진짜야?"

뭔가 복잡한 표정이다.

"혹시 각방 써?"

"아니."

"그럼 잠은 같은 방에서 자는 거야?"

"응. 내가 먼저 잠들면 그 사람도 와서 자기는 해. 일어나 보면 없지만."

선희가 오른손을 치켜들자, 바텐더가 선희만 바라보고 있었던 것처럼 술잔을 또 들고 온다.

"너무 무리하지 마세요, 사모님들."

"전 아직 아가씨거든요?"

남자가 멀어지자, 선희는 술잔을 손에 들고 만지작거린다.

"너 연애는 얼마나 했지?"

"백 일도 안 했지."

"그렇게 빨리 결혼을 했으면 뭔가 feel이 팍 꽂힌 거 아냐?"

"난 그랬지."

"아니 근데 혼전에 아무…… 뭐 그런 것도 없었어?"

"그런 거 뭐?"

"흠…… 그것 참……."

또 한 잔.

"내가 미혼이라 부부 생활에 대해서는 잘 모르니까 딱히 할 말이 없네."

"니가 뭐라고 해 주기 바란 거 아니니까 신경 쓰지 마."

"근데 좀 이상하다?"

"뭐가……?"

선희는 잠시 망설이는 눈치를 보이더니 내 술잔까지 입에 털어 넣고는 말을 이었다.

"너 혼전에 딴 남자랑 연애한 적 있나?"

"아니."

"남자 사귄 적 한 번도 없잖아?"

"응, 없어."

"그럼 너 남자랑 자 본 적도 없잖아."

"시끄럽거든."

"아니, 이상하게 듣지 말고. 근데 뭐 그렇게 안달이야? 그 사람 그렇게 사랑하고, 사랑해서 같이 자고 싶으면 그렇다고 말하면 되잖아. 그게 뭐 자존심 내세우고 그럴 일인가? 결혼까지 한 사이에, 무슨 연애놀음 하는 것도 아니면서. 그리고 또 신랑이 아직 너한테 매력을 못 느껴서 그런 거면 느끼도록 노력하면 되지. 남자들이랑 맨날 그러고 다녀서 몸 닳은 여자들이야 수개월 동안 못 하면 욕구불만으로 울 수도 있겠지만."

"넌…… 가끔 보면 참 멍청해."

"뭐래……."

"결혼은 합법적인 섹스 외의 아무것도 아니라고 생각하는 넌 어떤지 몰라도 난 그 이상을 원해. 결혼을 했으면 최소한……."

"최소한, 그래 뭐?"

니가 하재서 결혼했다는 인간을 두고 최소한은 개뿔.

"후우— 여기요!"

엉거주춤 선희 흉내를 내며 손을 올리자, 바텐더가 익숙하게 웃으며 OK 사인을 보낸다.

"어?! 사장님?"

선희의 목소리를 따라 시선을 옮긴 곳엔 중간 정도 되는 키에 말쑥한 차림의 한 남자가 있었다. 말쑥한지 머쓱한지 술기운이 돌아 정확하게 파악하기는 힘들지만, 그래도 꽤 멋져 보인다.

"언제 왔어요?"

"사장님! 이제야 오시네~"

선희가 좀 취한 모양이다. 자기 말로는 나보다 주량이 높다고 하지만 내가 보기에는 영 아니올시다. 벌써 눈이 풀리고 코맹맹이 소리가 작렬이다.

"선희 씨 기분 좋은 일 있나 봐?"

매너 있는 웃음. 아니 따뜻한 웃음인가?

"사장님!! 여기— 이 친구가 누군지 아세요?"

생전 처음 보는 사람 앞에서 수선을 떠는 선희가 부담스럽다. 물론 선희와는 어느 정도 안면이 있는 사람 같지만, 나와는 처음 아닌가. 주책 떨지 말라고 잡아끌 수도 없고 나도 같이 주책을 떨며 '내가 누구게~?' 할 수도 없고.

"얘가 바로!! 사장님이 항상 궁금해하시……."

혀 꼬인 목소리가 뚝 그치더니 선희가 휴대폰을 꺼내 들었다.

"잠깐 잠깐! 잠깐요."

손아귀에서 진동하는 휴대폰이 안쓰러울 정도로 네 정신인지 내 정신인지 분간이 안 되는 선희. 비틀거리는 선희를 부축하려고 덩달아 자리에서 일어나자, 사장님이라는 남자가 나를 말리고 나섰다. 팔을 뿌리칠 이유는 딱히 없지만, 그렇다고 붙들린 채 선희의 뒷모습을 보고 있자니 곧 엎어질 기세다.

"선희가 많이 취한 거 같아요."

의식적으로 팔을 빼기보다는 선희를 따라가면 자연히 정리가 되겠지 싶다.

"한요은 씨?"

순간 당황했다. 어떻게 내 이름을 알지?

"한요은 씨 맞죠?"

"네. 그런데 저를 어떻게 아세요?"

그가 나를 붙들었던 손을 황급히 거두고 정식으로 악수를 청해 왔다.

"반가워요."

엉겁결에 손을 마주 잡고 묵례를 했다.

"박원호예요."

코트를 벗어 등받이에 걸친 그가 나를 물끄러미 바라본다. 술을 너무 많이 마셨나. 이 사람이 나를 보는 시선이 뜨거운 건지, 내 얼굴이 뜨거운 건지 모르겠다.

"여기 너무 시끄럽죠?"

상체를 내 쪽으로 기울이며 귓가에 속삭이듯 말하는 그의 행동에 당황해서 엉덩이를 뒤로 빼며 물러앉으려다가 바닥으로 곤두박질치고 말았다. 그나마 멍청하게 내지른 비명이 요란한 음악 소리에 묻혀버려 다행이다.

"괜찮아요?"

"죄송합니다. 제가 술을 좀 많이 마셔서."

"괜찮아요. 요은 씨보다 더한 사람들 술친구도 많이 해 봤어요. 여기 시끄러운데, 내 방으로 가죠. 선희 씨도 그리로 올 거예요."

내 방? 내 방으로? 내가 난감한 표정으로 입술을 깨물자 안심하라는 듯 웃는다. 도대체 이 사장 아저씨가 뭐 하는 사람인지를 똑바로 알아야 방으로 가든가 말든가 할 텐데. 김선희는 어디 가서 뭘 하고 있는지 모르겠다.

"방이라고 해서 좀 곤란해요? 사무실이에요. 그냥 혼자 편하게 쓰니까 방이라고 하는 거고. 부담스러워할 거 없어요. 여기서 서로 목소리 들으려고 안간힘 쓰는 게 더 부담될걸요?"

내가 그러자고 하지도 않았는데 그는 이미 내 손목을 잡고 있다. 그를 따라 조금 걷자 bar 안측의 왼편에 조그만 문이 보이고, 그 문을 열자 좁고 가파른 계단이 있었다.

"선희 씨 오면 사무실로 오라고 전해 줘."

"네."

바텐더의 대답을 뒤로하고 그를 따라 통로를 가득 채운 계단을 올라갔다.

"발 조심해요. 계단이 좁아서 잘못하면 뒤로 넘어지거든요."

계단을 오를 때마다 하나씩 밝혀지는 조명에 의지해 내가 밟고 있는 곳이 얼마나 가파른지 알 수 있었다. 그리고 이내, 앞서가던 그의 손에서 금속성의 샤르랑거리는 소리가 났다. 계단 꼭대기의 문이 열리자 또 다른 공간이 나타난다.

"들어오세요."

안쪽에서 문을 열고 허리를 약간 숙인 그의 모습이 조금은 낯설다. 물론 처음 보는 사람이니 낯설게 느껴지는 게 당연하지만, 내가 느낀 낯설음은 그의 태도 자체다. 최근 누군가, 특히 나와 동거 중인 인간에게 이런 존중을 받아 본 적이 없어서 그런지 사람이 이렇게 바르고 따뜻할 수도 있구나 싶을 정도다.

"들어와요. 거기 서 있다가 또 넘어지면 안 되잖아요."

주춤주춤 들어선 그의 방에는 기분 좋은 향기가 가득하다. 정면에 보이는 창문 아래로 진한 커피색 마호가니 책상이 결 좋은 모습으로 놓여 있고 방의 양옆으로 들어선 책장에는 책들이 빼곡하다. 아래쪽의 쿵쾅거리는 홀과는 너무 대조되는 분위기. 문 하나를 사이에 두고 전혀 다른 세상에 온 것 같다.

"술장사하는 사람한테는 안 어울리는 사무실이죠?"

그의 얼굴에 언뜻 스친 웃음이 슬퍼 보인 건 착각이겠지. 그가 코트를 책상 위에 걸쳐 두고 내 쪽으로 성큼성큼 다가섰다.

"상의 이리 주세요."

대답할 틈도 없이 내 뒤로 서서 외투를 받으려는 그의 몸짓이 전혀 거슬리지 않아 당황스럽다.

"좋은 향수 쓰네요."

아찔하다. 향수를 병째로 코에 들어 엎은 기분.

"네? 아…… 어제 술을 너무 마셔서 향수를 좀 많이 써서…… 그래서 그래요."

향기가 좋다고 한 거지 진하다고 한 것도 아닌데, 쓸데없이 말이 길어졌다.

"저쪽으로 앉아요. 소파라서 뒤로 빼 주지는 못하겠네요."

웃음을 달고 사는 사람인가 보다. 신랑에게서도 저런 웃음을 볼 수 있다면 얼마나……. 뭐 어떻다는 거지. 이런 순간에도 신랑을 생각하다니, 나도 참 구제불능이다.

"커피 괜찮아요?"

"네."

"빈속에 술 마셨으면 커피 말고 주스나 차도 있는데, 어때요?"

"아무거나 괜찮아요."

가죽으로 된 소파에서조차 달콤한 향이 은은하게 배어 나와 코끝이 아릿하다. 『헨젤과 그레텔』에 나온 과자로 만든 집처럼 향기로 만든 방에 앉아 있는 것 같다.

"내 이름, 기억나요?"

등을 돌린 채 서재 한쪽의 미니 바에서 뭔가를 열심히 만들던 그가 불쑥 물었다.

"원호예요. 박원호."

"네에."

"아까는 음악 소리가 너무 컸죠?"

"네, 약간."

또 말문이 막혔다.

"내가 너무 편하게 대해서 난감하죠?"

돌아서는 그의 손에 투명한 유리잔이 들려 있다. 가서 받아 들어야 하나 어쩌나 고민하는 사이에 나도 모르게 자리에서 일어났다.

"아뇨, 앉아 있어요. 술기운 돌아서 어지러울 텐데."

"괜찮아요."

일어선 채로 그의 모습을 찬찬히 살펴봤다. 차갑게 생긴 외모에서 저렇게 따뜻한 미소가 나올 수 있다니. 차가운 곳에 있다가 뜨거운 벽난로 앞에 선 것처럼 몸을 감싸는 온기에 몸 둘 바를 모르겠다. 가만 보니 따뜻한 게 아니라 아찔한 웃음이다.

찻잎이 깊게 우러난 찻잔을 앞에 두고 말없이 시계 소리만 듣고 있다. 선희는 도대체 누구한테서 걸려 온 무슨 전화를 받느라고 이렇게 늦는 걸까.

"걱정 말아요. 여기 선희 씨 아지트나 마찬가지니까."

내가 힐끔힐끔 문 쪽을 살피고 있는 걸 눈치챈 모양이다.

"선희 씨보다 내가 더 궁금하지 않아요?"

이건 또 무슨 말씀인가. 사실 조금, 아니 많이 궁금하긴 하지만 본인 입으로 저렇게 말하는 걸 들으니 어이가 없다기보다는 실망스럽다. 그에게서 느꼈던 겸손함과 따스함이 순식간에 사라지는 느낌이랄까.

"선희 씨가 여기 처음 왔던 게 한 4~5년 정도 됐나? 여전히 사장님, 사장님 하기는 해도 남매처럼 지내는 사이예요."

하지만 곧 그의 목소리와 방 안 가득한 향에 취해 최면에 걸린 사람처럼 모든 경계심을 풀었다.

"선희 씨가 처음에 왔을 때는 공식적으로는 여자 손님을 안 받을 때였는데."

여자 손님을 안 받았다는 건, 역시 내가 생각했던 그런 업소라는 얘기가?

"직원한테 얘기를 듣고 내려갔더니 연화 소개로 왔다면서 한 잔만 마시고 조용히 가게 해 달라는 거예요."

얼마 전에 연화 선배가 소개시켜 준 곳이라고, 선희가 분명히 그렇게 말하지 않았나? 4~5년 전을 얼마 전으로 표현할 수도 있는 건가?

"데킬라를 혼자서 10잔도 넘게 마시더라고요. 그 후에도 가끔 왔고요. 그때만 해도 내가 bar에 있을 때거든요. 평일에는 손님이 없으니까 가끔 같이 마시면서 이런저런 얘기도 나누고 그랬어요. 원래 선희 씨가 글 쓰는 줄도 몰랐는데, 책 한 권을 가지고 와서는 직접 사인한 거니까 잘 간직하래서 알았죠."

그가 잠깐 말을 멈추고 눈을 감았다.

"그때 처음 요은 씨를 알았어요."

음? 날 어떻게?

"요은 씨가 쓴 축전이 있었거든요."

"아— 그 책……."

기억난다. 인터넷으로만 글을 연재하던 선희가 기말고사를 앞둔 어느 날 도서관에서 공부하던 나를 불러내 학교를 그만둬야 할 것 같다고 말했었다. 열심히 공부하는 학생은 아니었지만 나름대로는 성실한 선희였다. 그래서 대수롭지 않게 생각했다. 시험 공부가 힘들어서 잠깐 투정하는 것이려니 했다.

그런데 종강 후에 선희는 정말 학교를 그만뒀다. 그 후로 일 년 정도 연락 두절 상태에 있다가 어느 날 갑자기 찾아온 선희가 법학관 앞에서 큰 소리로 내 이름을 부르며 우렁차게 웃던 모습이 아직도 또렷하다. 너무 반가워서 한참을 두들겨 팼다. 고등학교 때부터 4년 넘게 붙어 다니다가 갑자기 학교를 때려치우고 1년 동안 연락 한 번 없던 야속한 친구가 뜬금없이 나타나 애타게 나를 불러 댔으니 얼마나 기가 차고 괘씸했는지 모른다.

'나 책 낸다. 근데 니가 축전을 하나만 써 줬으면 좋겠어.'

그때 내가 느낀 감정은 무엇이었을까. 하고 싶은 일을 찾은 선희가 부럽기도 했고, 주변의 기대를 저버릴 선희가 걱정되기도 했지만, 지금 생각해 보니 부러움이 더 컸던 것 같다.

그렇게 한동안 밀고 당기다가 결국엔 축전을 썼다. 선희가 없는 자리에 혼자 남아서 했던 생각들, 나 자신을 투영시켰지만 결코 나처럼 못나지는 않은 사람의 얘기를 썼다. 하지만 내가 선희에게 준 축전은 그 글 하나뿐인데, 벌써 한참 전의 그 글을 이 사람이 읽었단 말인가?

"글 읽고 요은 씨를 꼭 한 번 보고 싶었어요."

"감사해요."

감사하다고 말하는 게 맞는지 모르겠다. 그래도 나를 꼭 보고 싶었다니, 내 글이 엉망은 아니었다는 얘기 아닐까?

"글쎄. 감사받을 일인지는 잘 모르겠네요."

엉망은 아니었던 게 아니었다는 건가? 갑자기 생각이 얽힌 와중에 핸드백 속의 휴대폰이 진동하며 정신을 깨웠다. 예의가 아닌 줄 알면서도 그에게서 시선을 떼고 정신없이 핸드백을 뒤져 휴대폰을 꺼내 들었다. 신랑한테 걸려 온 전화이길 바랐다. 싸우고 나왔으니 날 걱정해 주기를 바랐다거나, 먼저 전화해서 미안하다고 해 주길 바란 것이 아니다. 오히려 반대였다.

신랑에게 미안했다. 생각해 보니 한 번도 그 사람을 편하게 해 준 적이 없는 것 같았다. 지금 내 앞의 저 사람이 처음 보는 나를 대하는 방식을 보면서 느꼈다. 낯선 사람의 친절에도 이렇듯 편해지는데, 나는 왜 결혼까지 한 그 사람에게 친절한 적이 없는지. 신혼 첫날밤 잘못 끼운 단추 때문에 항상 감정을 독촉하듯 했던 건 아닌지. 그런 생각 때문에 진심으로 신랑에게 미안했다.

하지만 발신인은 신랑이 아니라 연화 언니였다. 신랑이라면 양해를 구하기도 전에 통화 버튼을 눌렀겠지만, 신랑이 아니라면 경우가 달랐다. 어쨌든 대화 중이었으니 상대방에게 예의를 차려야 하지 않겠는가.

"급한 전화예요?"

내 마음을 읽기라도 한 것처럼 그가 먼저 말했다.

"아뇨. 아니에요."

급한 전화일 수가 없었다. 결혼 후, 아니 결혼 전부터 연화 언니와는 연락이 뜸했다. 정확히는 내가 그 사람과 결혼을 결심한 다음부터였다. 연화 언니는 내 결심에 이상하리만치 회의적이었고, 만남이 짧을수록 신중해야 한다며 그 사람과 나의 결혼을 만류했다. 그래서 자연스럽게 연락이 뜸해졌고, 결혼식 당일에도 언니는 신부 하객석이 아니라 신랑 하객석에 앉았다.

"말씀 중에 죄송해요."

발신이 끊긴 것을 확인하고 휴대폰을 테이블 위에 올려 둔 순간 다시 진동이 시작됐다. 이번에도 역시 발신인은 연화 언니였다.

"급한 일인 거 같은데 받으세요."

"괜찮아요."

괜찮다는 나의 말이 무색할 정도로 끈질기게 진동하는 휴대폰.

"일단 받으세요. 내가 더 신경 쓰여서 그래요."

"그럼 잠깐 실례할게요."

무슨 일로 전화한 걸까.

"여보세요."

— 요은아, 나야.

다급한 목소리다.

"네. 안녕하세요."

— 너 선희랑 이태원에 있다면서?

"네?"

— 빨리 거기서 나와. 나와서 다른 데로 가 있어.

"예?"

— 거기 있지 말라고. 대체 거길 왜 갔어?

당황스럽다. 내가 어디 있는지 알고 있는 것도 그렇고, 느닷없이 빨리 여길 떠나라는 것도 그렇고.

— 요은아?

"네, 언니."

— 얼른 나와.

"저 죄송한데, 지금은 통화하기 힘들어요. 나중에 제가 전화드리……."

— 너 거기 사장님이랑 같이 있지?

"네?"

— 원호 씨랑 같이 있냐고.

"네, 그런데요."

— 어쨌든 일단 나와. 내가 데리러 갈게.

"근데 지금 시간이……."

— 늦었지. 늦었으니까 데리러 간다잖아. 나와서 전철역 앞에 있는 버거킹 같은 데라도 들어가 있어. 알았지? 나 지금 출발한다?

"아뇨, 잠깐……."

— 도착해서 전화할게. 20분 정도면 될 거야.

뭐라 대답할 겨를도 없이 전화가 끊겼다. 그리고 약속이나 한 듯 선희가 들어왔다.

"제가 너무 늦었죠?"

처음 들어설 때의 향기가 일순간에 무너진 느낌이다. 선희가 낯설고 내 앞에 마주 앉은 원호라는 이 사람은 더욱 그렇다.

"사장님이랑 얘기 좀 했어?"

"요은 씨 곧 가 봐야 할 거 같은데, 그래도 잠깐 앉아요."

뭔가 불길한 느낌이 드는 것을 떨쳐 버릴 수가 없다.

"너 갈 거야?"

"응. 연화 언니가 방금 전화하셨는데…….."

"그래, 아주 난리더라. 너 여기 데려왔다고 나더러 미쳤대."

그리고 선희의 뒤편으로 또다시 문이 열렸다. 일순간 정적이 흐르고, 문 앞에 선 사람을 본 순간 나보다 더 놀란 것은 선희와 원호라는 그 사람이었다.

"니가 어떻게…….."

고매하신 낭군님께서, 바로 그 문 앞에서, 나를 보고 있었다.

"원규야."

원규는 신랑의 한국 이름이다. 그러니까 박원호 씨가 내 신랑 박원규의 이름을 부른 거다. 탁자를 사이에 두고 앉은 원호라는 사람과나. 문 앞에 서서 나를 뚫어지게 바라보는 박원규. 그리고 그 사이에서 안절부절못하며 당황한 기색이 역력한 선희까지. 지금 이 공간의누구도 이 상황이 편하지 않음을 한눈에 알 수 있는 모습이다.

"은아, 집에 가자. 내가 오시라 그랬어, 우리 둘 다 너무 취해서……아까 내가 전화받으러 나간 길에 전화해서…… 원규 씨가 걱정할 것도 같고 그래서……. 마침 그…… 근처에 있었나 보네. 이렇게 빨리……."

선희가 억지로 나를 일으켜 세우며 불이라도 피하려는 사람처럼 서두르고 있다.

"김선희."

"응? 어, 그래. 얼른 가자. 원규 씨, 은이 코트 좀 부탁해요. 우리는 먼저 나가 있……."

"놓고 얘기해."

불쾌한 느낌에 팔을 뿌리치자 이번에는 소매를 잡는다.

"요은아. 술도 많이 마셨고. 술을 내가 너무 많이 마셔서, 운전하기 힘들어서 술 때문에…… 내가……."

그래 선희야. 횡설수설하는 너처럼 나도 술을 많이 마셔서 헷갈리긴 하네. 그러니까 더더욱 이렇게 나갈 수는 없잖아? 도대체 어떻게 된 상황인지 차곡차곡 정리해 봐야지.

"원규 씨, 찾느라고 고생했겠어요. 내가 요 앞에서 기다리려고 했는데 나…… 날씨가 너무 추워서."

허겁지겁 정신없이 둘러대는 선희의 말을 믿기에는 너무 언밸런스한 상황이다. 신랑에게 직접 전화해서 여기로 불러냈다는 선희가 필요 이상으로 당황하는 것도 그렇고, 찔러도 피 한 방울 안 날 저 인간이 나를 본 순간부터 지금까지 옴짝달싹 못 하는 것도 그렇고, 무엇보다 저 사장이라는 사람이 원규라는 이름을 알고 있는 것도…… 이상하지 않은가. 모두 하나같이 입술이 달라붙은 것처럼 어버버거리는데, 나까지 그래서야 쓰나.

"선희한테 전화받고 온 거야?"

아닌 걸 알고 있다. 신랑의 사무실이 있는 도곡동에서 이태원까지는 최소 30분 거리고, 선희의 말대로 초행길이라면 대로에서 한참 떨어져 뒷골목 후미진 곳에 숨어 있는 여기까지 한걸음에 찾아오기란 불가능한 일이다.

"니가 왜 여기 있어?"

질문에 질문으로 답하는 센스는 여전하구나.

"왜? 내가 못 올 데라도 왔어?"

"일단 나와."

술이 과해서 환영이 보이는 건가? 신접살림을 차린 아파트보다 여기 있는 신랑의 모습이 더 자연스러워 보이는 건 착각일까? 서재 한쪽의 붙박이장에서 내 코트를 집어 든 모습이 어젯밤 안방 옷장에서 단추 달린 남방을 겨우 찾아 줬던 때와는 판이한 느낌이다. 마치 자기 옷장에서 옷을 꺼내는 사람처럼 자연스럽다.

"원규야 잠깐 앉……."

"됐어요."

닥치라는 말이 나올 정도로 차가운 한마디에 원호라는 사람이 시선을 떨어뜨린 채 입을 닫았다. 그리고 나는 그의 눈빛에 깃든 형언할 수 없는 감정을 보고 말았다. 차라리 눈을 감고 있었더라면 좋았을걸. 왜 저렇게 슬픈 목소리로 원규를 부르는 걸까. 왜 저렇게 슬픈 눈빛으로 입술을 깨물고 있는 거지? 당신은 원규한테 뭐고, 또 원규는 당신한테 뭐야?

"빨리 나와."

자정을 알리는 왕궁의 괘종시계처럼, 이제 모든 마법이 끝났으니 예전으로 돌아가라는 듯 휴대폰이 울리기 시작했다. 연화 언니다. 언니는 이 상황을 예상했던 걸까?

"어떻게 아는 사이야?"

원규에게 묻고.

"저 사람을 어떻게 아세요?"

원호라는 사람에게 묻고.

"김선희. 어떻게 된 거야?"

선희에게 물어도, 메아리는커녕 숨소리조차 되돌아오지 않는다.

"은아, 일단 나가서 얘기하자. 원규 씨랑 먼저 나가. 응?"

"입고 빨리 나와."

원규가 손에 들었던 코트를 신경질적으로 소파에 팽개치고는 문을 나서 버렸다. 어딜 가는데? 네가 이렇게 가 버리면 난 누구한테 설명을 들으라고.

"선희 씨, 어떻게 된 거야."

뭐? 어떻게 된 거냐고? 지금 이 자리에 나보다 더 어리둥절한 사람이 있는 건가?

"저도 모르겠어요. 원규 씨가 어떻게……."

선희야, 아무리 당황스러워도 줄은 맞춰 가면서 얘기해야지.

"김선희. 너 지금 장난하니? 니가 불렀다며. 니가 전화해서 오라고 했다며?"

"미…… 미안해 요은아, 일단 나가자. 나가서 얘기하……."

"두 시간 내내 니네 남편, 니네 신랑이라더니…… 저 사람 이름 알고 있었네? 니가 직접 전화해서 불러냈다는 사람이 여기 어떻게 왔는지 모른다고?"

아니겠지. 아닐 거다. 아니어야 한다. 원규가 여기 모인 사람들과 같은 부류여서는 안 된다.

"요은 씨 오해하지 말아요. 선희 씨가 당황해서 그런 거예요. 나랑 원규는 아무……."

"사장님!!"

비명에 가까운 선희의 목소리가 거슬리는 메아리를 만들며 귀청을 찍어 댔다.

"나가자 요은아. 일단 나가서……."

"손 놔."

"미안해, 미안해 요은아."

"손, 놓으라고 했지?"

선희의 손을 뿌리치며, 복잡한 이 상황도 함께 뿌리치고 싶었다.

"차 잘 마셨어요."

그와 눈을 마주치고 싶지 않다.

"가 보겠습니다."

떨리는 손을 감추기 위해 있는 힘껏 코트를 움켜쥐고 사무실을 나서려는 찰나, 내 이름을 부르는 그의 목소리가 선희의 손길보다 강한 힘으로 나를 붙들었다.

"언제든지 와도 좋아요."

언제든지 와도 좋다는 건, 언제든 해명할 수 있다는 건가? 그러니까 고쳐 말하면, 해명할 뭔가가 있다는 건가?

"감사합니다. 안녕히 계세요."

이 정도면 답으로 충분한가?

추위에 떨고 있는 게 아님을 알면서도 코트를 더 깊이 여몄다. 가파른 계단을 지나 문을 빠져나오자 홀에 가득 배인 짙은 담배 연기와 알코올 향이 코를 찌른다. 그리고 끝없이 얽히고설킨 미로처럼 남자들로 혼잡한 그곳을 나오면서 이곳이 처음부터 평범해 보이지 않았던 이유를 다시 한 번 확인할 수 있었다.

내가 본 것과 내가 들은 소리들을 되새기는 것조차 불결하다. 한밤중의 은밀한 모임을 감추기 위한 시끄러운 음악. 그리고 그 음악보다 더 과장된 사람들의 헤픈 몸짓과 경박한 웃음소리.

홀을 지나 입구를 나서자 차가운 바람이 뺨을 때리고, 어느새 나를 앞지른 선희가 흘러내리지도 않은 머리카락을 쓸어 올리며 내 앞을 막아섰다.

"요은아."

"비켜."

"한요은."

"비키라고."

다 듣기 싫다. 나 때문에 불렀다고 변명한 것은 기실 그렇지 않다는 것이다. 생각하기도 싫지만 본인이 원해서 온 거고, 박원규 역시 여기 있는 다른 남자들과 같은 부류겠지.

"나 왜 데려왔어?"

"요은아."

"넌 알고 있었지? 왜 모른 척했어? 왜 놀라는 척했니?"

"그런 거 아니야."

"우스웠겠다."

"다 말할게. 그러니까 일단……."

"얼마나 우스웠겠어. 되지도 않는 사람이랑 결혼해서 되지도 않을 일 때문에 전전긍긍했으니."

"그런 게 아니라니까!"

왜 네가 울어. 지금 울고 싶은 사람이 누군데. 아니, 난 이제 눈물도 안 나온다. 이 어이없는 상황 앞에 아무것도 할 수 없는 병신이 된 거다.

"아니야 요은아. 원규 씨는 그런 사람 아닐 거야."

"그런 사람? 너 지금, 그런 사람이라고 했니?"

입술을 깨물었다.

"일단 어디든 들어가자. 가서 얘……."

"손 놔."

오물을 털어 내듯 선희를 뿌리치고 비틀거리며 계단을 올랐다. 온몸이 부들부들 떨려서 걸음을 가누기 힘들어 난간이라도 붙들고 싶었지만, 이 더러운 공간에 있는 무엇에도 손대고 싶지 않았다.

eee

거스름돈을 받는 것도 잊은 채 택시에서 내리니 어둠보다 깊은 침묵이 아파트 단지를 감싸고 있었다. 신랑이 이태원에 있거나 아예 집에 들어오지 않기를 바랐는데 그의 쿠페가 이미 공동 현관 근처에 주차돼 있었다. 운전석에 앉은 그의 실루엣이 어렴풋한 가로등에 비치고 있다.

어떻게 엘리베이터를 탔는지 모르겠다. 정신을 차려 보니 15층이었고 그가 나보다 한참 뒤에 들어오기를 바라며 현관에 기대 호흡을 가다듬었다. 하지만 바로 다음 순간 '내려갑니다.' 라는 친절한 안내 음성이 들려왔다.

"하아—"

이제 곧 그가 올라올 거라 생각하니 감당할 수 없는 한기가 살갗을 파고들었다. 무슨 말을 듣게 되든 지금보다 더 끔찍한 상황이 될 것 같다. 몸뚱이를 지탱하는 것조차 힘겨운 두 다리를 질질 끌어가며 안방에 들어서서 문을 잠갔다. 변명하는 모습도, 감당할 수 없는 사실을 인정하는 모습도…… 아무것도 보고 싶지 않고, 아무 말도 듣고 싶지 않다.

"왜 하필이면……."

힘없이 무너진 두 다리 위로 창가의 어둠이 내려앉았다. 어슴푸레한 조명에 비친 침실의 모습이 괴물의 배 속처럼 끔찍하다. 문밖에 느껴지는 인기척에 몸을 웅크리며, 제발 이쪽으로는 오지 않기를 바라고 또 바랐다. 하지만 그가 어디 내 마음대로 한 번이나 움직였던 사람인가.

한 번. 또 한 번. 그렇게 여러 차례 손잡이를 돌리는 것이 느껴진다. 철컥— 철컥— 소리가 날 때마다 심장이 내려앉는 것 같다. 제발…… 그냥 서재로 들어가 주면 안 될까?

"문 열어."

명령하듯 말하지 마.

"한요은, 문 좀 열어 봐."

그리고 그 입에 내 이름 담지도 마.

"한요은."

한 번도 이름을 불러 준 적이 없던 사람인데, 어제에 이어 오늘까지 벌써 몇 번째 내 이름을 부르고 있다. 평생 부를 이름을 한 번에 다 부르고 이제 그만 헤어지자고 말할 작정인가?

"혼자 있고 싶어."

"문 열고 얘기해."

"니 방으로 가라고."

지금 널 마주하면 내가 무슨 말을 할지 모르니까 나중에 얘기하자.

"니가 안 열면 억지로 여는 수밖에 없어."

"혼자 있겠다잖아! 제발!"

발소리가 잦아드나 싶더니 이내 건너편이 잠잠해지고 또 다른 문을 여닫는 소리가 들린 후 완벽한 정적이 흘렀다. 그래, 제발 부탁이라는데 한 번은 들어줘야지.

하지만 곧이어 들려온 또 다른 소리에, 내 바람은 하릴없이 무너지고 말았다. 문고리를 흔드는 금속성에 몸서리치며 앉은 채로 문을 막으려고 안간힘 쓰는 내 모습이…… 너무 비참하다.

"비켜."

"뭐 하는 거야!!"

"그대로 있으면 다치니까 비키라고."

"가만히 좀 내버려 두라고 제발!!"

문이 안으로 열리자 묵직한 느낌과 함께 몸뚱이가 밀려나고 말았다. 싫다는 사람을 억지로 붙든 것이 미안했는지 나를 부축하려는 그의 손길을 차갑게 뿌리치며 가까스로 몸을 일으켰다.

"얘기 좀 해. 잠깐이면 돼."

"난 할 얘기 없는데, 넌 갑자기 할 얘기가 많이 생겼나 보네?"

"꼭 그런 식으로 말해야 되겠어?"

"분명히 얘기했을 텐데. 할 얘기 없다고."

"그럼 듣기만 해."

바닥에 떨어진 옷가지들을 주워 담듯 주섬주섬 몸을 챙겨 침대에 앉기까지, 정신을 놓지 않으려고 무던히 노력했다.

"하고 싶으면 실컷 해. 대신…… 내가 듣고 있을 거라는 생각은 하지 마."

코트를 입은 채 침대로 기어들어 이불을 머리끝까지 뒤집어썼다.

"나에 대해서는 어떻게 생각해도 상관없어."

넌 참…… 쿨해서 좋겠다.

"걱정 마. 아무 생각도 안 하니까."

"근데 형에 대해서 오해하고 있다면, 그건 실례야."

박원호를 오해하지 마라? 결국 하고 싶은 말이 그거였어? 왜 너 자신을 변호하지 않는 건데? 난 너한테 그럴 가치조차 없는 인간이니?

"좋은 사람이야."

"그래, 알겠어. 알겠으니까 그만해."

"너 똑똑하고 생각 많은 애니까 괜한 오해, 하지 말았으면 좋겠어."

"오해?"

나도 모르게 벌떡 일어나 앉아서 원규를 노려봤다.

"방금 오해라고 했어?"

"나 외의 다른 사람들에 대해서 말이야."

"그럼 너에 대해서는 오해해도 상관없고?"

주체할 수 없던 한기가 한꺼번에 밀려 나가고 가슴 언저리에서 올라오는 뜨거운 기운이 혀뿌리를 녹여 버릴 듯 무섭게 속을 쳐 댄다.

"오해라고? 내가 널 오해하고 있다는 소리야? 근데 그건 어떻든 상관없다는 소리야?"

"그래."

"야…… 박원규."

이 말만은 하기 싫었다. 말을 하고 나면, 그도 나도 상처받을까 봐 두려웠다. 아니, 내 상처를 내가 더 이상 감당하지 못할까 봐 두렵고 또 두려웠다.

"너 그런 거 아니야?"

"돌려서 말하면 못 알아들어."

그래, 상처에 소금을 뿌려 달라면 기꺼이 그렇게 해 줘야지.

"박원규 너……."

그러면서도 원규가 자리를 박차고 나가 주기만을 바랐다. 혀뿌리를 요란하게 치대는 뜨거운 기운이 내 혓바닥을 흔적도 없이 녹여 버렸으면 좋겠다.

"호모잖아."

나를 보는 그의 시선에 경멸이 가득했다. 어쩌면 그를 보는 나의 시선이 그의 눈에 비춰진 건지도 모른다.

"이게 오해니? 넌 정상인데 내가 널 오해하고 있는 거야?"

"말, 가려서 해."

"왜? 호모라는 말이 듣기 싫어? 그럼 뭐라고 해 줄까? 게이? 아니면, 동성애자?"

"한요은!"

"내가 그렇게 우스웠어? 내가 그저 너 좋다고 따라다니는 한심한 인간으로 보이디?"

"그런 식으로 말하……."

"시끄러! 지금 이 상황에 니 기분까지 맞춰 줄까?"

"나한테 맞춰 준 적이 있기는 하고?"

그래, 끝까지 한번 가 보자.

"거지 동냥 주듯 나랑 결혼했니? 그런데 도저히 안 되겠어? 그래서 매일 밤마다 이태원에 들락거렸어? 그런 거 아니야? 이게 오해야? 그래?! 이게 너에 대해서 내가 하고 있는! 너랑은 아무 상관 없는 오해냐고!"

왜 그런 슬픈 표정을 짓는 건데. 왜 더한 말로 상처 주지 않고 그냥 돌아서는 건데.

"용서 못 해."

"너한테 용서 빌 만큼 잘못한 거 없어."

그럼 아니라고 해 줘. 넌 아니라고. 내가 잘못 안 거라고. 왜 너에 대해서는 한마디 변명도 없는 건데? 왜 부정하지 않는데, 왜!

덧없이 닫혀 버린 문 너머로 원규의 모습이 사라졌다. 이제 저 문을 열고 나가서 아무리 용서를 빌어도 소용없겠지. 하지만 내가 뭘 잘못 했는데? 내가 뭘 잘못했는지, 정말 모르겠다.

eee

몸을 죄는 갑갑함에 눈을 떠 보니 코트를 입은 채였다. 차라리 어젯 밤 일이 끔찍한 악몽이기를 바랐기에 코트를 그대로 입고 있는 내 모 습에 억장이 무너지고 만다. 기억에 뚜렷한 독기 어린 말들. 그리고 말없이 돌아서던 원규의 모습까지, 모든 것들이 너무 생생하다.

누운 자리를 보니 아마도 원규는 어제 나간 후로 방에 들어오지 않 았던 모양이다. 하긴 그런 말을 듣고 어떻게 나란히 누울 수 있을까. 그런 말을 해 놓고 어떻게 나란히 눕기를 바랄까. 서재에 있으려나? 아니, 어제 방을 나선 후 곧장 집을 나갔을지도 모른다.

집을 나가 어디로 갔을까?

몸을 일으켜 한동안 방문을 바라보다 다시 자리에 누웠다. 침대 밖 이 천 길 낭떠러지처럼 느껴져 도저히 발을 디딜 용기가 나질 않는다. 갈수록 의식이 또렷해지고 기억하기 싫은 장면들이 각막을 스크린 삼 아 눈앞에 아른거린다. 쉴 틈 없이 울리는 휴대폰을 꺼 버릴까도 싶지 만 그마저도 귀찮다.

뜬눈으로 침대 시트의 격자무늬를 따라 미로를 그리기 시작했다. 바느질이 엉성한 곳을 통로 삼아 벌써 몇 바퀴째 돌고 있다. 그러는 사이에도 휴대폰은 끊이질 않고 울려 댄다. 단념을 모르는 연화 언니 에게 한 번은 져 줘야 할 것 같다.

"여보세요."

— 요은아.

"네."

— 연락 안 돼서 걱정했어.

"죄송해요. 어젠 전화받을 상황이 아니었어요."

지금도 전화받을 상황은 아니다.

— 집에 있니?

"네."

— 오늘 시간 어때?

"오늘이요?"

— 무리할 건 없고.

"오늘은 힘들 거 같아요."

— 원규는? 출근했어?

레온이라고 부르지 않았던가? 언니가 신랑을 한국 이름으로 부르니 적응이 안 된다.

"모르겠어요."

— 어제 혹시 다퉜니?

"아뇨. 그 사람 아무 말도 않던데요."

어색한 침묵이 싫다.

"사장님에 대해서 괜한 오해…… 하지 말래요. 그게 전부였어요."

— 원규 너무 다그치지 마.

왜들 이러지. 정작 본인은 자신에 대해 아무 해명도 않는데, 선희나 박원호라는 사람이나 연화 언니는 원규를 변호하지 못해서 안달이다.

— 오늘 힘들면 내일이라도 내가 갈게.

"언니."

— 응, 그래.

"제가 나중에 전화드릴게요."

— 요은아.

그래, 나다. 한요은. 내가 한요은이다. 안 까먹었으니 그만 좀 불렀으면 좋겠다.

— 미안해.

뭐가 미안하다는 거지? 차라리 난처한 목소리로 이름을 부르는 편이 낫다.

— 원규한테서 들었어야 되는데.

미안하다는 말을 들었어야 한다는 소린가. 아니면, 그런 성향을 가졌다는 걸 직접 들었어야 한다는 소린가.

— 조금 더 생각해 보라고 했잖아.

언니는 이 결혼을 극구 반대했던 사람이다. 너무 이르다, 신중하지 못하다며 말리던 언니는 결국 내 결혼을 현실도피로 치부해 버렸다. 그게 너무 불쾌해서 자연스럽게 연락이 뜸해졌고, 그러다 아예 소식마저 끊겨 버렸다. 하지만 굳이 이런 상황에 저런 말을 할 필요가 있을까. 정말 나를 걱정했다면 차라리 처음부터 다 말했어야 옳다. 지금 와서 아무리 미안하다, 모두 말하겠다고 한들 이미 엎질러진 물이다.

— 모레는 시간 어때?

"아뇨."

복에 겨운 박원규는 대변인들 많아서 참 좋겠다.

"제가 전화드릴게요. 당분간은 전화하지 마세요."

널 위해 나한테 전화해 줄 사람은 됐으니 날 위해 너한테 전화해 줄 사람이 있다면 얼마나 좋을까.

"죄송해요."

이런 상황에서도 원규를 온전히 단념하지 못하는 내가 너무 우습다.

"먼저 끊을게요."

더 이상 누구의 연락도 받고 싶지 않다.

"목석이랑 살면서 백 일 가까이 생가슴만 태운 거네."

기뻐해야 옳은가? 문제는 나한테 있는 게 아니었다고. 정상적인 남자였다면 차고 넘치게 나를 사랑해 줬을 거라고. 그렇게라도 위안을 해야 하나?

eece

473926*

엄마의 비밀번호는 언제나 똑같다. 아버지 생신 4월 7일, 오빠 생일 3월 9일, 그리고 나 2월 6일.

띠리─릭─

엄마의 향기로 포근한 현관에 서자 갑자기 서러움이 복받쳐 이를 악물었다. 엄마 앞에서는 절대 울면 안 되는데, 벌써부터 눈시울이 따가우면 어쩌자고. 급한 대로 눈을 크게 뜨고 입김을 위로 불어 눈자위를 식히며, 날씨가 제법 쌀쌀하니 바람을 핑계 대도 되겠지 생각하는 중이다.

"은아?"

"엄마."

억지로 웃은 웃음을 들키지는 않았겠지.

"문 여는 소리가 나서 누군가 했네. 이 시간에 어떻게 왔어?"

엄마가 내 어깨 너머로 이미 닫혀 있는 현관문을 바라본다. 아마도 원규가 같이 왔나 싶은 모양이다.

"혼자 왔어요."

"그래. 추운데 얼른 들어와."

엄마가 웃는다. 한참 사춘기 때, 난 엄마가 웃는 걸 참 싫어했다. 온전히 웃는 모습이 아닌 슬픔이 묻어나는 엄마의 웃음이 싫었다. 엄마의 웃음은 여전히 슬프다. 그런데 문득, 엄마의 웃음이 슬픈 게 아니라 엄마를 보는 내가 슬펐던 건 아닌가 하는 생각이 들었다. 그리고 난 여전히 슬픈가 보다.

"뭐 하고 있었어요?"

"그냥……."

대강 신발을 벗어 던지고 거실로 들어서자, 늦은 시간까지 잠자는 것도 잊은 채 엄마가 보고 있던 비디오가 시선을 붙들었다.

"엄마…… 저거."

화면 가득 사람들이 보이고 이제 막 신랑이 입장하는 장면이다. 하얀 셔츠에 진회색 조끼를 받쳐 입고 검은 연미복 재킷을 입은 원규가 보인다. 예식이 있던 날, 도우미 아주머니가 신랑이 긴장한 모양이라며 걱정을 많이 했었다. 웨딩숍에서 나온 도우미라 드레스를 나 혼자 고르러 갔던 걸 알고 있었기에, 본식 드레스를 입은 신부를 보고도 감탄하지 않는 신랑을 이해하기 힘들었던 거다.

"어디서 났어요?"

신부가 입장하는 장면. 아버지의 손을 얌전히 잡고 어깨를 가린 베일이 뒤로 넘어갈까 잔뜩 긴장하고 있는 내가 보인다. 저 길을 들어설 때는 원규에 대한 믿음으로 행복했다. 주지도 않은 믿음을 혼자 가졌던 거다.

곧이어 카메라가 하객석의 왼편을 비추자 엄마가 빠진 자리에 한복을 곱게 차려입고 계신 어머니가 보인다. 난 저 자리에 앉아야 했던 엄마가 어디 있었는지 알지도 못하는 무심한 딸이다.

"어쩐 일이야, 이 시간에."

엄마가 서둘러 정지 버튼을 눌렀다.

"계속 봐요. 나도 본 적 없어."

"나중에 보면 되지."

"계속 봐 엄마."

"됐어. 그냥 장식장 정리하다가 집이 너무 조용해서 틀어 둔 거야."

"내가 보고 싶다니까 그래."

엄마 손에 있던 리모컨을 재촉해 재생 버튼을 누르자 이제 막 주례사가 시작됐다. 예식 중에 주례사가 있는 내내 앞으로 뒤로 오락가락하는 카메라맨이 상당히 신경 쓰였는데, 편집된 영상으로 보니 풀샷에 바스트샷에 백샷까지 상당히 매끄럽게 연결돼 있다. 카메라워킹으로만 보면 드라마 촬영감독이 찍은 줄 알게 생겼다.

카메라가 포디움에서 객석을 넓게 비추자 신부 하객석 앞쪽에 앉은 낯익은 얼굴들이 눈에 띈다. 포커스를 빨리 옮겨 줬으면 좋겠다. 엄마와 나란히 앉아 부모님석의 어머니 모습을 보는 건 너무 잔인한 일이다. 그러게, 엄마가 그만 보겠다고 했을 때 말리지 말았어야 했는데.

"잠깐 보고 있어. 과일 좀 가져올게."

엄만 내가 무슨 생각을 하는지 이미 알고 있다. 끄려던 걸 억지로 켰으니 이제 와서 그만 보잘 수도 없고, 그저 객석을 비춘 카메라 포커스가 얼른 바뀌기만을 바라고 있다는 걸 나보다 더 잘 알고 계신 거다.

죄송하다고 말하면 더 마음 아파하실 걸 알기에 조용히 엄마를 따라 일어섰다. 앞서가는 엄마의 어깨가 오늘따라 유난히 왜소해 보인다. 진작 왔어야 했는데, 원규를 핑계로 집구석에 틀어박혀 있었던 시간이 아깝기만 하다.

"세훈이가 가져왔어."

주방에 들어서 냉장실 문을 연 엄마가 먼저 말을 꺼냈다.

"응?"

"본가에도 하나 드리고 여기로도 하나 가져온 거 같던데, 몰랐어?"

엄마는 아버지와 어머니가 이룬 가정을 '본가'라고 표현하신다.

"나만 가지고 있는 줄 알았어."

본식 촬영 옵션에서 편집본을 한 개로 정한 이유는 비용 때문이 아니었다. 어차피 본가에 드려도 따로 보실 것 같지는 않고, 자리를 뺏겨 버린 엄마한테는 차마 줄 수가 없었다. 웨딩플래너가 스케줄링 해 놓은 리스트에 본식 촬영이 포함되지 않았다면 따로 찍을 생각도 하지 않았을 거다.

결혼을 앞두고 예식 준비에 정신이 없을 무렵, 오빠가 웨딩플래너의 연락처를 달라고 했던 이유를 이제야 알 것 같다. 그런데 이게 과연 오빠한테 고마워해야 할 일인지는 모르겠다. 엄마는 정말 아무렇지 않은 걸까? 엄마 자리에 앉은 어머니를 봐도 괜찮은 걸까?

"사진도 그렇고, 다 예쁘게 잘 나왔어. 나중에 다은이도 거기서 하면 좋겠더라."

엄마 배 아파 낳은 자식도 아닌데 언니 결혼까지 걱정하는 건가. 엄마를 봐도 인사조차 하는 둥 마는 둥 하는 언니를?

"알아서 하겠죠."

"다은이는 아직 결혼 생각이 없다니?"

"몰라요. 연락 안 한 지 오래됐어."

"전화 자주 드리고 가끔 찾아뵙기도 하고 그래야지."

"출가외인이라잖아. 나 이제 그 집 식구 아니에요."

식탁 앞에 앉아 단감을 깎고 있던 엄마가 손을 멈추고 나를 본다.

"그런 말이 어디 있어. 어머니가 너한테 어떻게 하셨는데."

그래, 어머니는 나한테 정말 잘해 주셨다. 그래서 더 힘들었다. 차라리 마음껏 미워할 수라도 있다면 좋았을 텐데, 나를 눈엣가시로 여기는 친가와 외가 사이에서 어머니는 항상 내 편이 돼 주셨다. 하지만 철이 들면서부터 어머니의 자애로움에 감사할 수만은 없었던 이유를 알게 됐다. 어머니께서 나에게 주신 것은 상처가 나지 않도록 하는 '사랑'이 아니라 상처가 덧나지 않도록 하는 '배려'였다.

"나도 알아요."

유림의 도시 충청남도 공주, 그곳을 뿌리 삼아 가문을 일궈 온 한씨 종가. 종가의 맏며느리가 되신 어머니는 일 년에도 서른 번이 넘도록 제사상을 준비하셔야 했다. 그 정도로 친가 식구들의 왕래가 빈번했다. 빈번한 정도가 아니라 매달 한 번은 꼭 집안 가솔들이 모여 식사를 했다.

종가의 장손인 아버지가 밖에서 데려온 오빠와 나는 당연히 문중(門中)의 수치였다. 할아버지께서 문중의 대표인 문장(門長)이 되신 후에는 더욱 그랬다. 문중 총회인 화수회(花樹會)가 열릴 때마다 문중원들의 눈치를 봐야 했다.

"나한테 정말…… 잘해 주셨어."

지극히 보수적이고 배타적인 집안의 분위기를 감당하기에는 난 너무 어렸다. 이제 와서 생각해 보면 어른들이 왜 그렇게 나를 미워했는지 이해 못 할 것도 아니지만, 그때는 그저 무서웠다. 아무도 내게 손 내밀지 않는 그곳에서 유일한 위안은 바로 어머니였다. 내 눈물이나마 닦아 줄 유일한 분은 오직 어머니뿐이었다.

"은아."

정신을 차려 보니, 엄마가 예쁘게 담은 과일 접시 위로 포크를 내밀고 있었다.

"무슨 생각을 그렇게 정신없이 해."

"아니, 그냥."

아— 또…….

"엄마 나 잠깐 화장실."

"그래, 다녀와."

어렸을 때나 결혼을 해서나 사랑받는 것과는 거리가 멀다는 생각에 잠시 울컥했을 뿐이다. 그냥 그뿐이다. 거울 앞 세면대에 서서 탭을 두드리자 물줄기가 시원하게 쏟아져 나왔다. 이렇게 손을 씻듯, 사람의 기억도 씻어 낼 수 있다면 얼마나 좋을까. 이미 지난 일이고 돌이킬 수 없는 시간이라는 걸 알면서도, 매번 어렸을 적의 기억에 꼼짝없이 발을 묶이곤 한다.

한때는 결혼만 하면 어린 시절의 악몽에서 자유로울 수 있으리라 생각했다. 매 순간 행복이 가득해서 우울한 과거 따위는 생각도 안 날 줄 알았다. 시작과 끝은 항상 맞물려 있으니 결혼의 시작은 악몽의 끝이라고 생각했다. 하지만 실상은 아무것도 시작되지 않았고 무엇도 끝나지 않았다. 나를 옭아맨 것들로부터 자유롭기 위해 결혼을 서둘렀음을 깨달은 지금, 한층 더 비참하기만 하다.

"요은아?"

"어—"

"아직 멀었니?"

엄마 앞에서 태연하기 위해서는 시간이 필요했다.

"엄마— 나 잠깐."

문밖으로 여전히 엄마의 인기척이 느껴진다.

"금방 나갈게요."

잠시의 간격을 두고 천천히 나오라는 엄마의 말에 하릴없이 숨이 내려앉았다. 엄마 앞에서 괜찮은 척하는 건, 예나 지금이나 불가능한 일인가 보다.

한참 동안 욕실에서 마음을 추스르고 나와 보니 길고 긴 주례사가 끝나고 기념 촬영이 한창이다. 다행히도 가족 촬영이 끝난 다음이었다. '친구분들 나와 주세요!' 라는 말에 식장 뒤편의 테이블에 앉아 있던 사람들이 우르르 일어난다. 도우미 아줌마는 어깨 뒤로 넘어가는 베일을 매만지느라 분주하고, 나는 뭐가 그리 좋은지 허파에 바람 든 사람처럼 연신 웃고 있다.

어?! 방금 혹시?

되감기 버튼을 누르자, 흔해 보이는 검은 정장을 입었지만 유독 눈에 띄는 그가 원규의 뒤편에 서서 다른 사람들과 자리를 맞춰 가며 옷매무새를 고치고 있다. 그는 처음부터 나를 알고 있었던 거다. 아니, 내 얼굴을 알고 있었다. 그 어둑어둑한 bar에서 나를 처음 본 게 아니다.

친구들 사진 촬영이 끝나고 송이가 부케를 받는 장면이다. 속사포처럼 터지는 플래시 속에 웃고 있는 사람은 나 혼자뿐인 것 같다. 바로 내 옆의 원규는 연신 장내를 두리번거리며 누군가를 찾는 눈치다. 네가 찾는 사람은 바로 뒤에 있는데, 너도 나름대로 긴장해서 박원호가 어디 있는지 몰랐던 걸까? 아니면 또 다른 연인이라도 불렀나.

"사과 맛있다."

원규에 대한 생각을 털어 내느라 무심코 뱉은 말이었다. 사실 단감을 먹을 때나 사과를 먹을 때나 질감이 다른 것만 느꼈을 뿐, 이틀 연속 빈속에 술을 마셔서 입이 소태처럼 쓰기만 하다.

"좀 시지 않아? 맛이 덜 든 거 같은데."

"아니? 잘 모르겠는데."

엄마가 날 물끄러미 보다 말고 자리에서 일어나셨다.

"왜요?"

"밥 먹고 왔다고 했지?"

"어. 먹었어요."

먹긴 뭘 먹었다고. 하루 종일 굶었다. 하지만 이미 저녁상을 치운 엄마를 번거롭게 하기도 싫고, 때가 지나도록 굶고 다닌다는 걱정을 들어 가며 혼자 차려 먹기도 싫었다.

"잠깐만."

"어."

엄마가 자리를 비운 사이, 신부 대기실로 화면이 넘어가고 2부 순서를 위해서 애프터 드레스로 갈아입는 모습이 실루엣으로 비치고 있다. 검은 그림자 두 개가 분주히 움직이는 모습에 배경음악이 깔려서 그런지 약간 우스꽝스럽다. 다시 화면이 바뀌고, 하객들의 축하메시지가 나왔다. 몇몇을 제외하면 다 모르는 얼굴뿐이다. 하긴, 공주에서 자라는 내내 놀림감이었으니 친구라 봐야 대학 동창이 전부다.

"은아."

"어?"

주방에서 나온 엄마가 뭔가를 내밀었다.

"매실차야."

"매실?"

"응. 본가에서 보내 주신 건데, 맛이 아주 잘 들었더라."

"별로 생각 없는데."

빈속에 매실차를 마시면 엄청 부대낄 것 같다.

"조금만 마셔. 몸에 나쁠 거 없어."

그래, 밥 먹었다고 공갈친 죄를 달게 받아야지.

"네."

입 안 가득 매실차를 머금었다가 꿀꺽 삼켰다.

"흐음— 흠! 정말 맛이 잘 들었네."

아— 속이…….

"시지 않아?"

"음?"

"매실엑기스 잔뜩 넣은 건데."

"그래요? 잘 모르겠는데."

엄마가 갑자기 옆으로 바짝 앉으며 내 손을 잡았다. 그제야 나는 엄마가 무슨 생각을 하고 계신지 어렴풋이 짐작했다. 좋은 소식을 기다리듯 간절한 엄마의 손길과는 달리 문득 떠오른 어제의 일들이 머릿속을 헤집는다.

"하아…… 아니야."

"정말 아니야?"

"아니라니까요."

"그래도 혹시 모르니까 테스트라도 해 보면 어때?"

"알겠어요. 나중에 해 볼게."

절대 아니라고 부정하고 싶지만 그랬다간 전부 얘기하게 될 것 같아서 대강 얼버무렸다.

"근데 엄마."

"어, 그래. 얘기해."

"엄마는…… 어디 있어요?"

"응?"

맞잡은 엄마의 손이 움찔하는 게 느껴졌다.

"엄마 저 날 왔었잖아. 그쵸?"

한요은. 너 참 좋은 딸이구나.

"그냥 좀 뒤쪽에 있었어. 좀 늦어서."

"뒤쪽에 어디?"

"곧 나올 거야. 잠깐이긴 한데. 조금만 있어 봐."

집이 조용해서 그냥 틀어 놓은 거라더니 엄마가 어디에 얼마큼 나오는지도 다 아네.

"저 날, 애프터 드레스가 너무 많이 파였더라."

난처해하며 화제를 돌린 엄마를 위해 더 이상 묻지 않기로 했다.

"응. 그래서 잠깐 대기실에 다녀왔잖아."

케이크 커팅 후 하객들에게 인사를 하는 나에게 조금 올려야겠다고 속삭이는 원규의 모습이 보인다. 화관을 말하는 줄 알고 불편한 듯 엉거주춤 손을 올리자 헛기침을 하더니 머뭇머뭇 드레스 앞섶에 손을 얹는 원규. 장갑을 낀 그의 손이 가슴골에 살짝 닿았을 뿐인데 짓궂은 그의 지인들이 환호성을 올렸고, 그럼에도 푹 파인 앞섶이 정리되지 않자 도우미 아주머니께서 나를 돌려세웠다.

뒤쪽 여밈이 잘못됐다며 나를 앞세워 대기실로 향하는 도우미 아주머니의 뒤편으로 카메라가 자연스럽게 원규를 따르고 있다. 포디움에서 내려온 그가 큰 걸음으로 내 뒤를 쫓고 있다고 생각했는데, 하객석 뒤쪽의 어느 지점에서 걸음을 멈추더니 테이블 사이를 가로지르기 시작했다. 내 기억에는 없는 일을 영상으로 보고 있자니 왠지 기분이 묘하다. 그런데 누굴까. 누굴 찾고 있었기에 저렇게까지 서두르는 걸까.

나는 바보처럼 시선을 분주히 움직여 모니터 위를 기웃거렸다. 그래 봐야 카메라의 앵글이 허락하는 모습만 볼 수 있다는 걸 알면서도, 원규의 시선 너머에 있는 사람이 너무 궁그……

"엄마?"

그가 걸음을 멈춘 곳에 엄마가 있었다.

"응, 어떻게 거기 앉은 걸 알았는지."

두 손을 가지런히 모으고 허리를 깊이 숙인 원규의 모습은 양가 부모님께 큰절을 올렸던 것만큼이나 깍듯했다. 엄마가 당황해하며 자리에서 일어서자 원규가 엄마의 손을 마주 잡는다.

"네가 얘기한 거 아니었어?"

엄마에게 인사를 드린 후 주변에는 간단히 묵례만 하고 대기실로 발을 옮기는 걸 보면, 원규는 엄마를 알고 있었다. 정작 딸이라는 인간은 엄마를 보면 메이크업이 다 지워지도록 눈물이 날 것 같아 예식이 진행되는 내내 일부러 하객석을 쳐다보지 않으려고 노력했는데, 원규는 줄곧 그 많은 사람들 사이에 있을 엄마를 찾고 있었나 보다. 애써 참았는데, 아직도 흐를 눈물이 남았다는 게 신기할 뿐이다.

"은아, 왜 그래?"

"미안. 미안해요 엄마."

참 이상하다. 박원규를 놓으려 할 때마다 미련을 붙드는 일들이 생기니 말이다.

추위에 옷을 거듭 여미면서도 한사코 나를 먼저 보내려는 엄마 때문에 마음이 편치 않다.

"들어가요."

"그래, 얼른 가."

"엄마 먼저 들어가래두."

"난 바로 앞이잖아."

"빨리 들어가요. 엄마 이러면 나 집에 안 간다."

"알았다, 알았어. 얘도 참."

노년의 택시 기사는 그런 모녀의 정이 보기 좋은지 목적지를 묻지도 않은 채 룸미러를 통해 지그시 웃고 있다.

"다음엔 같이 올게요."

예의 그렇듯 창밖으로 손을 내밀었다. 어릴 때부터 석 달에 한 번 엄마에게 다녀갈 때면 이렇게 손을 잡아 보곤 했었다. 잠깐의 온기라도 나누면 혼자 남는 엄마가 덜 외롭지 않을까 해서였다. 하지만 그때도 지금도, 마주 잡은 온기로 위로를 받은 것은 엄마가 아니라 나였으리라.

"조심히 들어가고. 도착하면 전화해."

"응. 얼른 들어가요."

"그래. 조심히 가."

아쉬운 듯 돌아섰던 엄마가 또 걸음을 멈춘다.

"기사님, 잠깐만 있다가 출발해 주세요."

오늘은 엄마의 뒷모습이 완전히 사라지는 걸 봐야 마음이 편할 거 같다.

"네네, 그러세요."

한 번, 두 번, 세 번. 그렇게 몇 번이나 뒤를 돌아보고는 결국엔 알겠다는 듯 손을 흔들어 주는 엄마. 그런 엄마의 모습이 현관 안쪽으로 완전히 사라지고 나서야 창문을 올렸다.

"자— 어디로 모실까요?"

"분당 무지개 마을이요."

"가만있자. 분당 무지개 마을이면—"

"분당 토지공사 쪽으로 가시면 돼요."

"네— 그럼 출발합니다."

다시 돌아가지 않을 생각으로 집을 나선 게 바로 엊그제였다. 그런데 이틀이 지난 지금 또 집으로 가고 있다. 원규가 바빠서 집을 비운다는 핑계로 이틀간은 엄마와 함께 보낼 수 있었지만, 아무리 일이 바빠도 사흘이 넘도록 외박을 한다고 거짓말을 할 수는 없었다.

어쩌면 엄마에게 모든 걸 말해야 하는 상황이 올지도 모른다고 생각하고 온 길이었다. 하지만 신랑한테 잘하고 살라며 웨딩 촬영 비디오를 외우고 있을 정도로 내 결혼을 흐뭇해하는 엄마 앞에 차마 아무 말도 할 수 없었다. 그리고 하나 더, 결심을 굳히기 전에 원규에게 확인하고 싶은 것이 있다. 우리 엄마를 어떻게 알았는지, 왜 나한테 한마디 말도 없었는지, 그걸 꼭 묻고 싶다.

集에 들어서자 엊그제 집을 나설 때 쓴 구두칼이 현관에 그대로 팽개쳐져 있다. 친정에 가 있을 테니 찾지 말라는 메모지도 신발장 거울에 위태롭게 매달린 채 그대로다. 텅 빈 주방과 바닥에 물기 하나 없는 욕실을 지나 서재에도, 침실에도, 딱히 쓸모가 없어 비워 둔 방에도, 바깥의 찬바람이 고스란히 느껴지는 발코니에도. 집 안 어디에도 원규의 모습은 보이질 않는다. 그 사람이 집에 있었던 흔적조차 찾아볼 수가 없다. 서재도 이틀 전 그대로다.

예전 같았으면 사무실 컴퓨터 앞에서 뭔가에 잔뜩 열중하고 있는 그의 모습이 떠올랐을 텐데, 지금은 이태원의 향기 가득한 어느 서재에서 다정하게 얘기를 나누는 두 사람의 모습이 머리를 어지럽힌다.

아무렇게나 옷을 벗어 던지고 침대 위로 널브러졌다. 경비실에 들러 캐리어를 가져왔어야 하는데, 다시 나가기에는 너무 지쳤다. 방 안 공기가 너무 차다. 사람 사는 집답지 않게 냉랭한 기운이 지친 몸을 밀어내듯 살갗을 들쑤시는 통에 온몸의 세포들이 비명을 지르는 것 같다.

"끝났어."

원규의 인사 한 번에 갈팡질팡하지 말자. 그 인사 한 번에 달라질 건 하나도 없다. 하지만 이해할 수 없는 일에 대해 설명 한 줄 정도는 들어야겠다. 우리 엄마를 어떻게 알았는지, 왜 나한테 아무 말도 하지 않았는지. 그 두 가지 질문이 마치 주문이라도 되는 듯 되뇌고 또 되뇌며 다시 옷을 입었다. 집에 없다면 지금도 정신없이 일하고 있겠지. 무작정 집을 나와 좀처럼 오지 않는 택시를 기다리며 한참을 걸었다.

할증을 기다리느라 다니지도 않는 택시를 가까스로 잡아타고 도착한 곳은 도곡동에 있는 인희빌딩 앞이었다. 이곳 5층에 원규의 사무실이 있다. 벌써 여러 번 원규에게 전화를 하고 있지만 역시나 받을 생각이 없는 모양이다. 올라가면 만나 주기는 할까? 무작정 집을 나설 때만 해도 여기까지만 오면 바로 원규를 볼 수 있을 거라고 생각했는데, 막상 도착하고 보니 망설여진다.

끝내기로 결심한 마당에 원규가 엄마한테 인사를 했든 말든 그게 뭐 대수라고. 엄마는 핑계일 뿐, 실은 어떻게든 이 결혼을 깨지 않으려고 발버둥 치고 있는 건지도 모른다. 결혼 후 줄곧 모르는 것투성이였고, 아무것도 하지 않았고, 또 할 수 없었다. 밖으로 나가려 하면 어느새 안에 있고, 안에 있으려 하면 어느새 밖에 있고. 안팎이 하나로 연결된 뫼비우스의 띠에서 쳇바퀴 돌 듯 제자리걸음을 하고 있는 기분이다.

가로등 아래로 새하얗게 오르는 입김을 보니 겨울은 겨울인가 보다. 아직 11월 중순밖에 안 됐는데 이렇게 추우면……이 중요한 게 아니라, 빨리 결단을 내려야 한다. 이러다 조간신문에 '도곡동 인희빌딩 앞에서 신원 불명 동사체 발견'이라는 헤드라인이 찍힐지도 모른다.

일단 저지르고 보자는 심정으로 회전문에 발을 들여놓기는 했는데, 시간이 시간인지라 회전문이 작동하질 않는다. 하지만 회전문 안에서 우왕좌왕한 덕분에 입구 바로 맞은편 데스크에 있던 경비원의 이목을 끄는 데 성공했다. 엉거주춤 뒤로 물러서자 경비원이 데스크 밖으로 나왔다. 깔끔한 정장을 차려입은 모습이, 경비원이라기보다는 경호원에 가까워 보인다. 어쨌든 그가 왼쪽 문의 잠금장치를 푸는 동안 나는 목청을 가다듬으며 할 말을 준비했다.

"무슨 일이시죠?"

"안녕하세요. 저…… 여기 5층에 누굴 좀 만나러 왔는데요."

"5층이요?"

"네."

"5층이면 옵티웹 말씀하시는 건가요?"

"네."

"관계자세요?"

관계자시면 진작 카드키로 들어갔겠죠.

"아뇨. 저…… 옵티웹 박원규 씨 안식구예요."

"박원규 씨면, 옵티웹 대표님이요?"

신랑이 사무실의 주인이라는 걸 잠시 잊고 있었다.

"네."

"우선 안으로 들어오세요. 확인 후 바로 모셔다드리겠습니다."

"감사합니다."

안으로 들어서자 추위에 얼었던 몸이 조금은 편해졌다. 걸음을 서둘러 데스크에서 인터폰을 연결한 그가 내 쪽을 바라보며 상황을 설명하기 시작했다. 하지만 언뜻 들리는 대화 내용으로 짐작해 볼 때, 아마도 원규가 자리에 없는 모양이다. 불길한 느낌을 떨쳐 내려 빌딩에 입주한 사무실 목록을 열심히 훑어보고 있자니 통화를 끝낸 경비원의 구두 소리가 점점 가까워진다.

"죄송하지만, 지금 자리에 안 계시답니다."

이태원에 있는 걸까.

"네에."

"연락이 안 되시나요?"

부부 사이에 연락이 안 된다는 걸 인정하기엔 좀 창피하지만, 어쩔 수 없다.

"네. 통화가 계속 안 돼서요."

"잠시만 기다리시면 귀가하셨는지 확인해 드릴게요."

"감사합니다."

어쩌면 시부모님 댁에 가 있을지도 모른다.

"저— 실례지만."

조심스럽게 나를 부른 남자의 표정이 약간 달라져 있었다. 박원규의 안식구라는 내 정체에 대해 회의적인 눈빛이다.

"대표님 엊그제부터 댁에 계셨다는데요."

"네?"

"사무실에 안 나오셨답니다. 몸이 안 좋아서 댁에 계셨다는데 모르셨나요?"

거짓말.

"제가 며칠간…… 집을 비워서요. 알겠습니다."

나 역시 거짓말을 하고 있다.

"번거롭게 해 드려서 죄송해요. 얼른 집에 가 봐야겠네요."

안식구라는 사람이 집에 있는 남편을 사무실에서 찾고 있다니 충분히 이상한 상황이다. 나를 건물에 들인 것 자체가 멍청한 짓이었다고 생각할지도 모른다.

"안녕히 계세요."

하지만 이 순간 나한테 제일 중요한 건, 집에 있다는 원규가 실은 집에 없다는 사실이다. 누군가에게 의심을 받든 말든 그런 건 아무 문제도 안 된다.

새벽의 한적한 도로를 엄청난 속도로 달려온 택시에서 내리자 새벽 바람이 날을 세워 가며 코트 속으로 파고들었다.

'언제든지 와도 좋아요.'

넋 나간 사람처럼 며칠 전에 들었던 말을 되뇌며 해밀턴 호텔 앞에 서기까지, 그 잠깐의 시간 동안 그냥 집으로 돌아갈까 수없이 고민했다. 하지만 왠지 두려웠다. 집이 비어 있는 걸 확인하면 그 자리에서 쓰러질 것만 같았다.

그래서 이태원으로 왔다. 만일 원규가 여기 없다면 안심하고 집으로 갈 수 있을 테니까. 또 만에 하나 원규가 여기 있더라도 무너진 마지막 희망을 오기 삼아 어떻게든 이곳을 벗어나려고 안간힘이나마 쓸 수 있을 테니까.

호텔 지하 주차장으로 내려가 며칠 전의 기억을 더듬으며 무작정 골목을 헤매기 시작했다. 그때 코트 속에 웅크린 채 선희를 따라가지 않았더라면 좀 더 쉽게 찾을 수 있을 텐데, 애석하게도 새벽 한 시가 넘은 이태원 골목은 그날 밤보다 훨씬 어둡고 복잡해 보인다. 기억나는 거라곤 한참을 걸어서 올라간 오르막과, 그 오르막 바로 좌측의 가파른 계단이 전부다.

더욱 난감한 건, 주인을 잃은 거미줄처럼 골목골목이 엉망진창으로 연결돼 있고 걸음을 옮길 때마다 좌우로 엇비슷한 오르막길이 나타나고 있다는 사실이다. 가로등마저 꺼진 골목길에 술 취한 사람들과 그들을 부축하는 일행이 간간이 보인다. 이렇게 추운데, 이 시간까지 무슨 신명으로 저렇게 술들을 마셔 댔는지 모르겠다. 그것도 남자들끼리.

"하긴."

술자리에 꼭 남녀가 섞여 있으라는 법은 없다. 사람과 함께 마시면 그뿐이니까. 취객을 피해 기억을 더듬어 가며 울퉁불퉁 튀어나온 기형적인 아스팔트 위를 헤매고 있는 나도, 저들 눈에는 비정상으로 보일지도 모른다.

벌써 한 시간째 오르막을 오르면 막다른 길이 보이고 돌아서 내려오면 처음 들어섰던 그 골목 위에 서 있다. 입김으로 손을 녹여 가며 정신을 다잡아 골목을 응시하고는 있지만, 도무지 기억이 안 난다. 마치 처음부터 존재하지 않았던 길처럼 세상에서 사라져 버린 것 같다.

호텔 주차장에서 다시 시작하자는 생각으로 서둘러 골목을 빠져나와 대로변에 섰다. 그 길 위에 서 있으면 호텔마저 사라져 버릴 듯 불안해서였다. 큰길로 나오자 거짓말처럼 호텔이 눈에 들어왔다. 호텔은 이렇게나 찾기가 쉬운데 도대체 그날 밤의 거기는 어디서 찾지.

원규는 여전히 전화를 받지 않는다. 내 전화를 아예 무시하기로 작정이라도 한 걸까? 선희한테 전화하면 금방 찾을 수 있겠지만, 그러고 싶지는 않다. 아쉬운 마당에 찬물 더운물을 가릴 처지는 아니지만 정말 믿고 의지했던 친구였기에 그만큼 상처가 컸다. 그럼 남은 사람은…… 연화 언니뿐인가?

뺨에 닿은 휴대폰의 차가운 기운에 몸서리치며 연화 언니가 전화를 받기만을 기다렸다. 호텔 로비에서 조금이라도 몸을 녹이고 싶지만, 너무 늦은 시간이라 프런트의 이목이 집중될 것이 싫다.

— 요은아.

"주무셨어요?"

너무 당연한 걸 묻고 있나?

— 아니, 밤샘하는 중이야.

"늦은 시간에 죄송해요."

— 아냐 아냐, 괜찮아.

언니가 전화를 받은 것까지는 좋았는데, 뭐라고 물어야 할지 몰라 망설이는 사이 호텔 앞을 지나던 몇몇 남자들이 큰 소리로 뒤쪽의 일행을 불렀다.

— 너 지금 밖에 있니?

"네. 이태원이에요."

— 뭐? 어디?

많이 놀란 눈치다.

"이태원이요."

— 거긴 왜?

"궁금한 게 있어서요."

원규가 여기 있는 거 같아서요……라고 말할 수는 없었다. 하지만 엄마에 관한 일이 궁금한 건 사실이니 영 틀린 말은 아니다.

— 원호 씨한테 가려고?

"네. 지금 해밀턴 호텔 앞인데 길을 잘 모……."

— 그러지 마.

언니의 단호한 한마디에 말문이 막히고 말았다.

— 요은아, 듣고 있어? 여보세요?

"말씀하세요."

─ 차라리 나부터 만나.

만나서 뭘 어쩌려는 건데? 나와 원규의 일에 왜 언니가 나서는 거지?

"언니를 만나면요?"

─ 궁금한 게 있다면서. 내가 다 설명할게.

설명을 바라는 게 아니다. 그리고 만일 설명을 듣는다 해도 그건 언니한테가 아니라 원규한테 들어야 할 일이다.

─ 요은아. 여보세요?

"네."

─ 지금 나갈게.

"언니."

─ 응, 그래.

"저한테 뭘 설명하실 건데요?"

─ 지금 니 기분 어떨지 충분히 이해해. 근데 우리도 일부러 숨겼던 건 아니야.

우리? 우리라니. 우는 애 뺨도 적당히 때려야지.

"우리가 누군데요? 언니랑 선희, 원규요?"

박원호라는 사람은 애초에 모르는 사람이니 그렇다 치자. 연화 언니도 가깝기는 했지만 기를 쓰고 결혼을 반대해서 결국 연락이 끊겨 있었으니 그렇다 치자. 하지만 선희는 그러지 말았어야 했다. 원규에 대해 알고 있었다면 나한테 미리 얘기해 줬어야 옳다. 박원규도 마찬가지다. 아무리 거죽뿐이라지만 난 그의 배우자다. 그런 나를 이런 식으로 비참하게 만드는 일 따위 처음부터 하지 말았어야 했다.

"제 기분이 어떨지 이해하신다고요?"

간단히 위치를 물어보려고 했던 건데, 왜 연화 언니에게 짜증을 내고 있을까.

"부탁이에요 언니. 그냥……."

— 이해해. 이해하는데, 니 기분만 생각할 일이 아니잖아.

다시 원점이다.

— 그 사람, 니가 이래도 되는 사람 아니야.

언니가 뭔가 단단히 착각하고 있는 것 같다. 내가 언제 그 사람 찾아가서 멱살잡이라도 하겠다고 했나?

"저 그분 만나러 온 거 아니에요."

— 그럼 왜 거기까지 갔어.

그래, 어차피 이렇게 된 거 자존심이고 뭐고 다 팽개치자.

"집이…… 비어서요."

눈을 감았다.

"원규가 집에 없어요."

— 요은아.

"사무실에도 없어요."

뺨에 흐르는 눈물이 찬바람에 시리다.

"전화도 안 받아요."

다 얘기했다. 다 얘기했으니까 제발.

"가르쳐 주세요. 어떻게 가는지."

— 그럼 같이 가자. 내가 지금 갈게.

"아뇨, 혼자 갈래요. 그렇게 해 주세요."

고집. 어릴 적부터 내 고집은 대단했다. 나에게 무심한 원규의 마음을 얻을 때도 그랬다. 아니, 원규의 마음을 얻었다고 혼자서 착각할 때도 그랬다.

— 요은아, 그러지 마.

"그냥…… 원규가 있는지만 확인하면 돼요."

— 그 사람 힘들게 하지 마.

내 코가 석 자인 마당에 누굴 배려한단 말인가.

— 누구보다 힘든 사람이야.

나도 마찬가지다. 다른 사람들도 마찬가지다.

— 그러게 내 말 들었으면 좋았잖아. 처음부터 이 결혼······.

더 듣고 있다간 내 입에서 무슨 말이 나올지 몰라 전화를 끊어 버렸다. 이내 벨이 울리긴 했지만 배터리가 없어 휴대폰이 꺼져 버렸다.

찬바람을 피해 무작정 들어선 매장 안에는 두 명의 종업원이 카운터를 지키고 있었다. 길을 건너는 것조차 힘들어 호텔 바로 옆의 배스킨라빈스에 들어오기는 했는데, 어서 오시라는 인사도 없이 멀뚱멀뚱 쳐다보기만 하는 걸 보니 이 시간의 손님이 반갑지 않은 모양이다.

"아이스크림 주문하시겠습니까?"

카운터에 닿기도 전에 볼일 보고 빨리 나가 주길 바라는 사람처럼 메뉴를 재촉한다.

"네."

"어떤 걸로 하시겠어요?"

"싱글 컵이요."

"한 가지 맛 고르시면 됩니다."

"엄마는 외계인이요."

남편은 이방인····· 뭐 이런 이름은 없나?

"네에."

어쨌든 아이스크림 한 덩이를 받아 들고 매장 한쪽 구석으로 걸음을 옮겼다. 뿌옇게 성에가 낀 창가에 앉아, 아이스크림에 스푼만 꽂아 놓고 유리 건너편의 사람들을 구경했다. 누구보다 삶에 지치고 힘든 사람이라고 했던가? 그런 사람이 어떻게 그런 미소를 지을 수 있지. 희희낙락하며 창밖을 지나는 사람 누구를 봐도 그에 미치지를 못한다.

원규와 사랑할 수 없어서 지쳤나? 그래서 내가 찾아가면 힘들 거라는 소린가? 내가 뭐라고. 나도 원규한테는 아무것도 아닌데. 그런 게 아니면, 사랑할 수는 있지만 세상의 인정을 받을 수 없어서 지친 건가? 사랑하는데 인정받을 필요 따위는 없다. 사랑하는 사람 그 한 명한테만 인정받으면 되니까. 내가 그를 찾아가면 상처받을 사람은 그가 아니라 나일 거다. 껍질을 움켜쥐고 이미 빠져나간 알맹이를 걱정하며 조바심 내는 나 말이다.

빗자루와 쓰레받기를 들고만 있으면 청소가 되기라도 하는 양, 내가 자리에 앉자마자 부지런 떨며 매장을 돌아다니는 점원마저 비참한 내 기분에 구정물을 들이부었지만 몸이 좀 녹을 때까지는 절대 안 나갈 생각이다.

누가 이기는지 보자는 식으로 눈에 띄게 구석 자리에서만 비질을 해 대는 점원을 보자 문득 떠오르는 것이 있다.

"저기요."

"네?"

"이 근처에 사세요?"

"네."

"그럼 혹시…… 뭐 좀 여쭤봐도 될까요?"

"뭐— 그러세요."

"이 근처에 있는 조그만 bar를 찾고 있는데요."

"술집이요?"

"네. 술도 마시고 춤도 추는데요. 골목 안쪽으로 좀 들어가서 오르막을 오르……."

"이름이 뭔데요?"

이름?

"잘…… 모르겠어요."

어이없는 표정으로 한동안 나를 바라본다.

"간판이 없어요?"

"네, 그랬던 거 같아요."

옳지 하는 표정으로 픽 하고 웃는 모습이 왠지 꺼림칙하다.

"혹시 게이바 찾는 거 아니에요? 이태원에 간판 없는 술집이면 게이바밖에 없는데?"

낯이 뜨겁다. 점원의 입에서 '게이바'라는 단어가 나올 때마다 그가 내 얼굴에 침이라도 뱉는 것처럼 불쾌했다.

"여기 길 건너편에요, 바로 횡단보도 건너면 게이바 큰 거 하나 있거든요? 거기 가서 사람들한테 물어보세요. 저는 그런 사람이 아니라 정확히는 모르구요. 뭐— 이 시간에 거기 있는 사람들은 열에 아홉은 게이니까 대강 분위기만 설명해 줘도 알걸요?"

"네. 고마워요."

우물쭈물하면 더 우습게 볼 거 같아서 얼버무리지 않고 바로 대답하자, 점원은 알 만하다는 듯 나를 위아래로 한 번 훑어보더니 휘파람을 불며 카운터 쪽으로 향했다.

"저기요?"

애써 마음을 가라앉히려는데, 조금 전 그 남자가 나를 부른다.

"네?"

"여자 맞죠?"

찾고 있는 사람의 성별을 묻는 건가. 질문의 의도를 파악하지 못해 잠시 어리둥절했다. 하지만 남자가 한 걸음 다가오며 내 얼굴을 조목조목 뜯어보기 시작하자 문득 정신이 들었다. 너도 밖에 돌아다니는 호모들과 동류냐고 묻고 있는 거다. 여장 남자 정도 되는지가 궁금한 거다.

"원래 여자, 맞죠?"

짓궂은 표정으로 한 걸음 더 다가온다.

"저 친구랑 내기를 해서 그러는데 좀 알려 주면 안 돼요?"

며칠 전 내가 원규를 다그쳤을 때, 원규도 이런 기분이었을까? 그대로 자리에서 일어나 건드리지도 않은 아이스크림을 쓰레기통에 처박고 밖으로 나와 버렸다.

아무나 붙들고 거기가 어디냐고 물을 수도 없고, 이제는 그나마 붙들어 세울 사람조차 보이지 않는 썰렁한 골목길. 이따금씩 나를 지나치는 사람들이 또 다른 원규처럼 보인다. 나에 대해서는 지나치다 싶을 정도로 차가운 사람들. 소매를 붙들면 새빨간 파편이 되어 흩어져 버릴 것만 같다.

"You don't look like a woman!!!"

무리 지어 가던 외국인 한 명이 내 얼굴을 똑바로 쳐다보며 던진 말이다. 여자 같지 않다는데, 이 시간에 여기 있는 게 여자답지 못하다는 건지 여장한 모습이 어설프다는 건지 분간이 안 된다. 어쨌든 희뿌연 얼굴이 낯선 언어로 지껄이는 소리를 들으니 불현듯 소름이 끼쳤다. 신문에서나 읽던 미국인 모 병사가 지나던 행인을 흉기로 찌르고 등등의 기사가 떠올라서다. 게다가 조금 전 아이스크림 매장에서는 기세 좋게 두 사람을 째려보기까지 하고 나왔으니, 성격에 따라서는 얼마든지 해코지할 수도 있는 상황이다.

그러다 문득, 내가 서 있는 곳이 서울시의 우범 지역으로 꼽히는 이태원이라는 사실이 떠올랐다. 이렇게 오랜 시간 동안 거리를 헤매고 다니게 될 줄은 몰랐기에, 현실을 자각한 순간 두려움이 몰려왔다. 어디든 조금 더 밝고 안전한 곳으로 가야 했다.

몇 개의 코너를 돌아 조금만 걸어 나가면 호텔에 도착할 수 있을 거라고 생각한 순간, 대각선 뒤편으로 언뜻 누군가의 실루엣이 나타났다. 하지만 그 실루엣이 진짜인지 헛것인지 확인해 볼 용기가 나질 않는다.

옷깃을 여미며 걸음을 서두르자 내딛는 걸음을 따라 호흡이 점점 빨라진다. 그리고 메아리. 보폭을 크게 한 누군가의 걸음이 골목 안에 메아리치기 시작했다. 추위에 발이 얼어 걸음을 더 재촉하면 넘어질 것만 같다.

차디찬 바람에 두려움이 더해지자 '살을 에는 추위'라는 표현을 절감하게 된다. 마치 얼음이 가득한 수조에 갇힌 듯 뼛속을 파고드는 냉기를 감당할 수가 없어 폐가 아플 정도다.

가까스로 정신을 붙들고 가로등이 비춘 코너를 돌아 막다른 길목으로 들어선 순간, 누군가 내 팔꿈치를 움켜쥐었다. 비명을 질러야 하는데 턱 막혀 버린 숨이 성대를 눌러 신음조차 안 나온다.

있는 힘껏 팔을 빼내려 안간힘을 썼지만 상대방의 완력을 당해 낼수가 없다. 우습게도…… 이런 절박한 상황에 제일 먼저 떠오른 사람은 엄마가 아니라 원규였다.

"한요은."

더없이 차갑기는 하지만 익숙한 목소리에 긴장이 풀려 엉겁결에 주저앉고 말았다. 처음에는 낯선 사람이 아니라 원규라서 다행이라는 안도감. 나중에는 결국 네가 있을 곳은 여기, 이태원뿐인가 하는 배신감. 마지막엔 나는 왜 이 사람을 단념하지 못하는 걸까 하는 서러움으로 가슴이 내려앉았다.

"여기…… 있었네."

가까스로 몸을 추슬러 일어나며 나도 모르게 넋 나간 소리를 했다.

"넌 여기서 뭐 하는 건데?"

"너 찾고 있었어."

여전히 넋 나간 나의 대답에 피곤한 듯 안경을 벗은 원규가 눈가를 문지른다.

"이 시간에 여기, 위험해."

지금 날 걱정하는 건가? 그런데 원규야, 난 네가 더 걱정이다.

"넌…… 괜찮고?"

원규를 데리고 당장 이곳을 벗어나고 싶다. 차라리 나에게 매력을 느끼지 못한다고 생각했을 때가 훨씬 나았다. 동성을 사랑하는 그의 앞에 선 내가 초라하고, 동성을 사랑하는 것이 당연한 이 거리의 내 모습이 초라해서 죽고 싶은 심정이다. 열에 아홉은 게이라며 혀를 차던 점원의 얼굴이 자꾸만 눈앞에 어른거린다.

"요은아."

그가 날 이름으로만 부른 건 처음이다.

"이러지 말자."

내 손을 먼저 잡은 것도 처음이다.

"형한테 가지 마."

원규도 연화 언니처럼 그 사람 생각뿐인 것 같다.

"걱정하지 마. 안 가."

천천히 손을 빼냈다. 이 사람이 날 사랑하지 않는다고 생각했을 때는 화가 나서 참을 수 없었다. 그래서 일부러 신경을 박박 긁을 말만 골라서 했다. 그런데 사랑하지 않는 게 아니라 사랑하지 못하는 것임을 알고 나자, 모든 게 덧없어졌다.

"미안해."

"뭐가, 미안한데?"

진심으로 궁금해서 물은 말이다. 그리고 원규도 그렇게 생각하는 모양이다. 여느 때 같았으면 그런 식으로 말하지 말라며 한마디 했을 텐데, 지금은 조용히 한숨만 삼키고 있다.

"왜…… 말 안 했니."

눈물이 정신없이 흐르기 시작했다.

"왜 나랑……."

무슨 말을 듣게 될지 몰라 차마 입이 안 떨어진다.

"여기서 이러지 말고, 일단 집으로 가. 데려다줄게."

데려다준다고? 다시 여기로 올 생각인가?

"아니. 넌 그냥 여기…… 있어."

그래도 마음 한구석으로는 그 상황이 전부는 아닐 거라고, 내가 오해했을지도 모른다고 생각했는데, 결국 그마저 부질없는 짓이었다.

"나 여기 있었던 거 아니야."

나도 나지만 원규도 참 대단하다. 단념하려고 할 때마다, 꼭 이렇게 미련을 갖게 만든다.

"연화 누나 연락받고 온 거야. 형한테 간 줄 알고 잠깐 들르긴 했는데 바로 나왔어."

많은 얘기를 나눈 적은 한 번도 없지만 원규의 음성은 짧게 말을 할 때나 길게 말을 할 때나 항상 이렇게 차분하다. 너무 차분해서 차갑게 느껴질 정도다.

"이제 집에 데려다줘도 되지?"

결혼 전에는 차분한 원규의 목소리가 좋았고, 결혼 후에는 차가운 원규의 목소리가 싫었다.

"그럼 넌 어디 있을 건데?"

끝없이 흐르는 눈물을 보기 힘들었는지 원규가 조심스럽게 어깨를 감싸 안았다. 하지만 더 이상 설렘으로 심장이 뛰지 않는다. 그가 남자로서 여자인 나를 안은 게 아니라, 사람으로서 사람인 나를 안고 있기 때문이다.

"내가 나올 수밖에 없는 상황이잖아. 가양동 어머니 속상하시지 않게, 넌 그냥 분당에 있어."

그의 말에 애써 붙들고 있던 마지막 자존심마저 끊어지고 말았다. 내가 정말 이 사람을, 원규를, 단념할 수 있을까.

이상한 나라의 앨리엇. 『이상한 나라의 앨리스』에 나오는 앨리스의 오빠 정도라고 해 두자. 그게 그 사람에 대한 나의 첫인상이었다. 지금 생각해 보면 처음부터 모든 것이 이상했다. 그를 처음 본 자리에서 감지했던 이질적인 느낌. 그 느낌이 결혼을 준비하는 내내 부푼 행복의 저변에서 나를 괴롭히고 있었음에도, 난 애써 모른 척했다.

결혼, 그것은 내 인생 최대의 과업이었고 그를 만난 것은 하늘의 뜻이라 여겼기에 모든 부정적인 가능성을 애초에 배제하고 싶었는지도 모른다……가 아니라, 확실히 그랬다.

원규와 함께 이태원에서 돌아온 날로부터 얼마가 지났는지 모르겠다. 그저 시간의 흐름에 나를 떠맡긴 채 살아지는 대로 살고 있다. 엄마를 어떻게 알았느냐 묻기는 했지만, 만족할 만한 대답은 듣지 못했다. 그냥 연화 누나한테 들었다고만 대답할 뿐이었다.

그래, 엄마의 존재는 누군가에게 들어서 알고 있었다고 치자. 그럼 엄마의 생김새는 어떻게 알았느냐고 물었다. 그러자 단지 도리를 다

해야 한다고 생각했다며, 그런 부분까지 얘기할 필요가 있냐고 오히려 되물었다. 물론 난 그런 부분까지 알아야 했다. 그래서 그렇다고 대답한 후 재차 묻자, 내가 답하면 너도 답해 주겠냐고 물었다. 내가 널 낳아 준 분의 얼굴을 어떻게 알았는지 얘기하면, 너도 그런 사실을 왜 숨겼는지 얘기하라는 의미였다.

엄마가 일본인이라 내가 얼마나 모진 시간을 살아야 했는지, 종가에서 자란 나의 유년이 얼마나 우울했는지, 엄마의 존재를 말하는 것이 얼마나 끔찍하도록 싫었는지. 그런 얘기를 하는 건 엄마를 부정하는 것과 다를 바가 없었다. 그리고 엄마를 부정하는 건 나를 부정하는 것과 마찬가지였다. 나를 부정하는 건 이 결혼에 대한 문제이기도 했다.

혹시라도 그렇게 우울하고 힘들어서 어떻게든 도망치고 싶었느냐 묻는다면 할 말이 없을 것 같았다. 그리고 그 망설임이 원규에 대한 나의 진심을 왜곡시킬까 봐 두려웠다. 나는 분명, 박원규를 사랑해서 결혼했으니까 말이다.

집에 들어오자마자 짐을 챙기기 시작하는 원규를 붙잡았다. 구질구질하게 바짓가랑이를 붙들지는 않았지만, 가지 말라고, 나가서 어디로 가려는 거냐며 그를 막아섰다. 네가 생각하는 곳으로 가려는 건 아니라고 말하는 원규에게 그럼 내가 나가마고 말해 버렸다.

하지만 어디로 갈 거냐고, 갈 곳은 있느냐는 말에 다시 말문이 막혀 버렸다. 하필이면 그런 타이밍에 네 쉴 곳은 어디냐고 묻다니, 정말 잔인한 인간이다. 그리고 난 매번 그의 잔인함에 한발 물러나고 만다.

그날 이후 한 달 가까이 정말 이상한 생활을 하고 있다. 원규는 매일 아침 7시에 집을 나서서 밤 10시에 돌아온다. 그리고 11시에 정확히 침대에 눕는다. 하루도 빠지지 않고 똑같은 패턴으로 나갔다, 들어와서, 눕는다. 나와 나란히 누워 잠자리에 드는 그의 모습이 처음에는 많이 어색했다. 하지만 전혀 걱정할 필요가 없었다. 원규는 침대에 눕자마자 거짓말처럼 잠들었고, 6시 30분이 되면 기계처럼 일어나 씻고 옷을 입은 후 출근을 했으니까 말이다.

몇 번인가 아침상을 차려 보기도 했지만 원규의 어록에 '생각 없어'라는 말만 추가됐을 뿐, 전부 허사였다. 나도 나름대로 일을 시작하긴 했다. 물론 글을 쓰지는 않는다. 교수님의 소개로 근처에서 과외를 시작한 게 전부다.

혹시라도 원규가 달콤한 키스로 잠든 나를 깨우지는 않을까 밤새워 그의 숨소리에 가슴 졸이는 짓은…… 이제 더 이상 하지 않는다. 나는 나대로 그는 그대로 대충 흉내 내며 사는 방법을 배워 가고 있다. 다른 사람들 틈에 적당히 섞여, 남들이 웃을 때 웃고 남들이 울 때 우는 것. 이것이 바로 지난 한 달을 투자해 서로 간에 맺은 암묵적인 성혼 서약이라고, 난 그렇게 생각했다.

항상 마음이 바쁜 딱한 사람. 방법만 달리했을 뿐 원규가 여전히 나를 피하는 걸 알면서도 그저 모른 척하는 것 외엔 달리 배려할 방법을 모르는 나. 아니, 그저 기다리고 있을 뿐이라고 해 두자. 공연히 원규를 긁어 대며 터진 상처에 딱지가 앉기도 전에 고름을 짜내고 싶지는 않으니까.

그가 남자를 사랑한다면 그렇게 하도록 내버려 두면 된다. 피눈물 나게 가슴 아픈 사랑도 시간에 묻히면 잊히기 마련이라잖은가. 어쩌면 나는 시간이 흐르고 흘러서 그가 사랑할 수 있는 세상 모든 남자를 사랑하고 난 후에, 가장 마지막 순간에라도 내게 돌아오기를 바라는 건지도 모른다. 혹시 또 모르지. 그렇게 시간이 가면 그를 향한 내 마음이 먼저 아물어 버릴지도.

12시 45분. 회식 때문에 늦는다던 원규한테 전화가 왔다. 그런데 받고 싶지 않다. 혹시라도 오늘은 못 들어간다는 내용이면 어떡하지? 어딜 갈 거냐고 물은들 대답할 리도 없고, 만에 하나 이태원에 간다고 대놓고 말해 버리면 어떻게 반응해야 할지 모르겠다.

무음으로 돌려놓은 것도 모자라 휴대폰을 엎어 놓기까지 했는데 침대 시트 사이로 새 나오는 빛이 머릿속의 건반을 요란히 두드리는 기분이다. 벌써 몇 번째나 음성메시지로 넘어갔을 텐데, 단념을 모르는 원규 덕분에 그나마 반쯤 묻어 있던 잠마저 싹 달아났다. 이렇게 될 줄 알았다면 진작 받아서 깔끔하게 '그래, 내일 보자.'고 해 줄 걸 그랬다.

"여보세요."

— 잤어?

"자다 일어났어."

너 안 기다렸어. 그러니까 밖에서 자든 말든 알아서 해.

— 문 좀 열어 봐.

"어?"

— 잠금장치 말이야.

아— 이런. 잠금장치 풀어 두는 걸 깜빡했다.

"미안. 잠깐 기다려."

안방 문턱에 얌전히 놓여 있던 슬리퍼를 발로 툭— 차면서 현관으로 나갔다. 원래는 신으려고 했는데, 서두르다 보니 제대로 신을 겨를도 다시 찾아서 신을 겨를도 없었다. 잠금장치를 풀고 현관문을 열자 찬바람이 그를 앞질러 나를 훑어 냈다. 카디건이라도 걸치고 나왔어야 했는데 버선발로 달려 나온 꼴이라니, 왠지 무안하다.

"자는데 미안."

"아냐. 풀어 둔다는 걸 깜빡했어."

구두를 벗으며 뭐라고 한 거 같은데 혹시 잘못 들었나 생각하며 돌아서자, 원규가 내게 검은 비닐봉지를 내밀었다.

"딸기 좋아해?"

"딸기?"

어렸을 때 딸기를 먹었다가 기도가 부어올라 죽다 살아난 적이 있다. 내 기억에는 이미 없는 일이고 어머니께 듣기로는 그랬다. 어쨌든 난 딸기 알레르기가 있고, 그래서 딸기를 먹어 본 기억이 없다.

"저녁 먹었어?"

원규야, 그게 정말 적당한 말이라고 생각하니?

"지금 새벽 1시야."

"어, 미안."

원규가 내민 봉지를 받아 들고 주방으로 들어서며 조명을 밝혔다.

"닦아 줘?"

"아니, 난 생각 없어."

찬물에 딸기를 닦으면 손 시릴까 걱정돼서 미리 찬물을 끼얹어 주는 건가.

"먹으려고 산 거 아니야?"

식탁에 봉지를 올려놓고 거실로 들어서는 그를 내다봤다. 잠결에 뭐든 좀 사다 달라고 조르기라도 했나 곰곰이 생각하는 중이다.

"애들이 뭐라도 사 들고 가라고 난린데 뭘 살지 몰라서."

그러니까 지금 니 말은, 나름대로 깨가 쏟아지는 부부인 척하려고 후배들 앞에서 이 과일을 골라 왔다는 거네? 원규야 제발, 생각 좀 하고 살아라. 말 가려서 한다고 뺨 때리는 사람 아무도 없거든? 설령 애들 성화에 못 이겨 사 왔더라도 꼭 그렇게 진실을 말할 필요는 없지 않겠니?

"나 딸기 알레르기 있어."

"아, 그래?"

"너 먹을 거 아니면 딸기는 사 오지 마. 버리기 아깝잖아."

"미안. 전화로 물어볼 걸 그랬네."

"원래 밤엔 뭐 안 먹어."

사람들 앞에서 다정한 부부인 척 전화하지 말라는 것보다는 훨씬 부드러운 표현이다 생각하며 딸기 봉지를 냉장고에 넣고 주방을 나왔다.

eee

침대에 누워 눈을 감기는 했지만 신경은 온통 욕실에 쏠려 있다. 한 시간째 원규가 욕실에서 나올 생각을 않고 있어서다. 바깥 욕실에서 씻고 들어와 나란히 눕기도 잠시, 침실에 딸린 욕실로 달려 들어가서는 벌써 한 시간째다.

물줄기가 간헐적으로 소리를 달리하는 걸 보면 안에서 의식을 잃은 건 아닌데, 대체 무슨 일인지 모르겠다. 잠깐 현관에서 마주쳤을 때만 해도 멀쩡했는데, 어디가 많이 아픈가?

"괜찮아?"

생각의 끝에, 난 이미 드레스룸을 지나 욕실 앞에 서서 문을 두드리고 있었다. 안에서 웅얼웅얼하는 소리가 들리긴 했지만 알아들을 수가 없다.

"안 들려—"

물소리가 끊기고 잠시 후.

"속이 안 좋아서."

다 죽어 가는 원규의 목소리가 또렷이 들려왔다.

"문 좀 열어 봐."

"괜찮아."

괜찮긴 뭐가 괜찮아. 금방이라도 죽을 사람처럼 숨 가빠 하고 있으면서. 한 달 전쯤 이태원에서 원규와 마주치고 돌아왔던 날이 생각난다.

"그럼 열고 들어갈까?"

너도 한번 당해 보라는 건 아니지만 최대한 기억을 되살려 크게 말하자, 말이 끝나기 무섭게 훈김이 쏟아지며 문이 열렸다.

"왜?"

난처한 얼굴로 손잡이를 의지한 원규의 얼굴에 핏기가 없다.

"얼굴이 왜 이래?"

"속 안 좋다고 했잖아."

"많이 안 좋아?"

창백한 얼굴에 땀까지 뻘뻘 흘리고 있는 걸 보니 불안해졌다.

"괜……."

개구리 왕눈이처럼 볼이 불거지더니, 이내 변기에 얼굴을 들이미는 원규. 어떡해야 할지 몰라 잠시 망설이다 엉거주춤 원규의 등을 두드렸다. 술 냄새는커녕 안주 냄새도 못 맡았는데 한 시간 내내 토할 정도로 마셨단 소린가. 멀쩡한 얼굴로 딸기 봉지까지 내밀고 혀 꼬인 목소리도 한 번 안 냈는데 말이다.

"하아, 하…… 나가 있어."

원규가 물을 내리며 세면대를 의지하고 섰다.

"괜찮으니까 그냥 해. 등이라도 두드리면 낫잖아."

그래도 싱크대에 토해 놓은 나보다야 훨씬 나은 상황 아니니? 그러니까 새삼스럽게 내외할 필요 없단다.

"불편해서 그래."

사람 할 말 없게 만드는 데 도가 텄구나.

"알았어. 천천히 하고 나와."

기분 상한 것을 내색하지 않기 위해 최대한 조심스럽게 문을 닫고 다시 침대에 누웠다.

얼마의 시간이 지났을까. 욕실 문이 열리고 조명을 등진 원규의 그림자가 드레스룸을 지나 침실 안쪽으로 길게 드리워졌다.

"후우—"

아직도 속이 사나운 모양이다. 꿀물이라도 타 주면 좋겠지만 설탕 떨어진 지도 오래된 집에 꿀이 있을 리 만무하다.

"많이 불편해?"

잠시 멈칫하더니 이내 침대 위로 나란히 몸을 눕힌 그에게서 시원한 스킨 향이 났다.

"안 잤네."

네가 안에서 그러고 있는데, 아무리 무늬뿐인 부부라도 먼저 잠이 오겠니.

"많이 마셨어?"

"약간 무리했어."

숨소리가 거칠다.

"진짜 괜찮겠어?"

"머리가 조금 아프네."

"두통약 있는데 줄까?"

"아니, 술기운이 너무 돌아서 지금은 먹으면 안 될 거 같아."

"어. 그래."

"미안. 괜히 너까지 잠도 못 자네."

"괜찮아. 안 피곤해."

너라도 자게 서재로 가겠다며 일어설까 봐 서둘러 등을 돌려 누웠다. 똑바로 누워서는 잠이 안 오고, 그를 마주 보고 눕기는 좀 뭣하니 다른 방법이 없었다. 돌아누운 채로 원규의 숨소리에 귀를 기울이며 여차하면 구급차라도 불러야 하나 고민하는데 주말에 잠깐 시간을 낼 수 있겠느냐 묻는다.

"이번 주말에?"

"응. 어머니가 전화하셨어. 한번 다녀가라고."

신혼여행에서 돌아왔을 때 한 번 들른 후로는 시댁에 가 본 적이 없으니, 누가 보면 아들자식 잡아먹은 요망한 며느리라고 손가락질하게도 생겼다.

"친척 어른들도 계실 거야. 가면 불편할지도 몰라."

불편할지도 모른다는 원규의 말에 숨이 따갑다. 친척이나 친가라는 단어에 대한 선입견 때문이다. 그런 명칭을 가진 사람 중에 날 달가워하는 사람은 하나도 없었으니까.

"진작 찾아뵀어야 되는데 언짢으실 만도 하지."

"아니, 그런 문제가 아니고."

"그럼?"

"아기."

원규가 나를 '아가' 하고 부른 줄 알고 깜짝 놀랐다.

"어?"

"아마 말씀하실 거야. 손주 언제 보느냐고."

손주. 원규와 나의 아기.

"아…… 너, 혼자였지."

"괜찮겠어?"

이런 대화가 아무렇지 않게 오고 가다니. 그분들께는 손주지만 원규와 나한테는 우리들의 2세다. 다시 말해, 원규와 나의 부부 생활을 전제로 하지 않고는 불가능한 일이라는 거다.

"말씀은 드렸어. 아이는 천천히 가질 거라고."

참을 인 한 번.

"그러니까 어른들께서 지나치게 손주 타령 하셔도 그러려니 해."

참을 인 두 번.

"정 불편하면, 그냥 내가 하자는 대로 할 거라고 하면 돼."

세 번까지 참으려고 했지만, 제 버릇 개 못 준다고 하지 않는가.

"생각은 있고?"

잠자코 듣고 있을 걸 그랬나 싶기도 하지만 진심으로 궁금했다. 정말 아이를 가질 생각은 있는지. 나랑 그럴 생각이 있기는 한지 말이다.

"뭐 하나만 묻자."

컴컴한 어둠 속에서 원규의 시선을 느끼며 자리에서 일어나 앉았다.

"여자랑 자 본 적 있어?"

"그걸 왜 묻는데?"

아이는 천천히 가질 거라는 말이 나를 불쾌하게 만들었다. 내가 365일 대기하는 자녀출산공장도 아니고 말이지. 아니 지금까지는 24시간 대기조나 마찬가지였나?

"궁금해서."

목소리를 높이지 않으려고 애썼다. 언성을 높이면 대화가 끊어지고 말 테니까.

"그런 건 알 거 없잖아."

"왜? 그래도 명색이 부부잖아."

"그러니까 더더욱 피해야 하는 질문 아냐?"

어둠 속에 조용히 깔리는 그의 목소리가 점점 차가워진다. 그래, 내가 먼저 말해 주마. 그러니까 너도 말해라.

"난 한 번도 안 해 봤어. 남자랑도 그렇고 여자랑도 그렇고."

여자랑도 그렇고라는 말은 차라리 하지 말 걸 그랬다. 나름대로는 원규의 취향을 존중한다는 의미로 한 말이었는데, 분위기가 영 이상해지고 말았다. 잠시의 간격을 두고 원규가 몸을 일으키자 아주 가까운 곳에서 그의 숨소리가 들려왔다.

"나 잠깐. 약 좀 먹고 올게."

어딜 빠져나가려고.

"약 여기 있어."

협탁으로 몸을 기울여 서랍을 열고 두통약을 찾느라 스탠드를 켰다.

"아냐, 서재에도 있어."

바로 코앞에 약을 두고 굳이 서재까지 가려는 이유가 뭔지 묻고 싶었지만 억지로 참았다. 가라앉은 목소리로 힘겹게 침을 삼키는 그가 안쓰러웠기 때문이다. 대답을 듣는 건 그다음으로 미뤄도 좋으니 우선은 원규가 아프지 않았으면 좋겠다.

"다음부터는 적당히 마셔."

달리 할 말이 없어서 방문을 나서는 그에게 들릴락 말락 중얼거리는 사이 원규가 불 꺼진 거실을 가로질러 서재로 향했다. 따라가 물이라도 한 컵 부어 줄까 하는데 그새 주방에서 달그락대는 소리가 들린다. 머리가 아픈 게 아니라 배가 고픈가? 달그락대는 소리가 새벽 공기를 두드려 심란할 정도다. 침실을 나와 거실 형광등을 켜고 주방으로 가자 싱크대 쪽에서 뭔가를 닦고 있는 원규가 보인다.

"뭐 해?"

반사적으로 걸음을 멈추고 물었다. 원규의 손에 이제 막 물기를 털어 낸 딸기가 들려 있었기 때문이다.

"딸기."

"먹으려고?"

"조금만."

밥이라도 해 둘 걸 그랬나. 통 집에서 식사를 하셔야 말이지.

"속 괜찮겠어?"

"먹으면 좀 낫겠지."

미국식 해장법인가? 열여덟까지 미국에서 학교를 다니다 귀국해서 기숙학교에 입학했다고 들었다. 그런데 고등학교도 대학교도 미국에서 졸업했다. 중간에 한국으로 들어왔던 이유를 묻자 어쩌다 보니 그렇게 됐다고 했었지.

결혼을 앞두고 시부모님께 인사를 드리러 갔을 때, 저녁을 먹고는 이내 자리에서 일어나 어디론가 사라져 버려서 상당히 난감했었다. 시어머니께서 오히려 무안해하시며 '저 녀석이 저렇게 숫기가 없다'고 위로해 주실 정도였다. 그 정도로 무뚝뚝한 성격이었다. 그런 원규가 어떻게 사랑이라는 걸 했을까. 본인의 성향을 알았다는 건 남자에게 사랑을 느껴서가 아닌가. 사람을 사랑하는 원규의 모습은 어떨까.

"있어."

"응?"

난데없이 있기는 뭐가 있어.

"경험."

역시 박원규다.

"있냐고 물었잖아."

저런 원규의 성격이 아무렇지 않은 걸 보면, 인간은 역시 적응의 동물이다.

"상대방 성별도 얘기해야 돼?"

적응은 개뿔. 순식간에 허를 찔리고 말았다.

"아니."

엉겁결에 말이 생각을 앞서 버렸다.

"됐어."

물끄러미 바라보는 원규의 시선에 뭘 어떡하면 좋을지 모르겠다. 저러다 갑자기 여자랑은 네가 처음일지도 모른다는 말을 들으면 좋아서가 아니라 비참해서 죽을 것만 같다.

"먼저 들어갈게."

원규를 주방에 남겨 두고 침실로 돌아와 누웠다. 자기 나름대로는 대화를 해 보려고 한 건가 싶기도 했지만, 괜히 김칫국부터 마셨다가 고춧가루가 코로 들어가는 일은 피하고 싶어 생각을 털어 내고 이불을 뒤집어썼다.

eee

머리가 아파 눈을 떴다. 이부자리를 보니 원규는 아마도 서재에서 잔 모양이다. 그날 밤 이태원에서 돌아온 후로 처음 있는 일이다. 내 질문이 도를 넘어서 불쾌했나? 더듬더듬 서랍을 열어 제일 위에 있는 상자를 꺼냈다. 하루를 두통약으로 시작하려니 기분이 엉망이지만, 당장 약을 먹지 않으면 머리가 터질 것 같다. 술은 원규가 마셨는데 머리는 왜 내가 아픈지 모르겠다. 그런데 두통약 상자 안에는 알맹이가 하나도 없는 껍질뿐이다.

침대에 물린 몸을 어렵사리 빼내자 입 안이 바짝바짝 마르고, 한쪽 귀청이 윙윙 울려 댄다. 딴에는 의사라고 응급키트를 선물해 준 오빠가 보면 결혼해서 약만 먹고 살았냐며 혀를 찰 노릇이다. 일단 급한 대로 원규한테 약을 좀 빌려야겠다고 생각하며 침실을 나섰다. 서재까지의 짧은 거리를 걷는 내내 상처투성이의 맨발로 불에 달군 소금을 밟는 듯 머리가 윙윙 울린다.

"있어?"

의례적인 노크. 문을 두드리는 게 아니라 내 머리를 두드리는 것 같다.

"원규야."

두 번이면 충분하다.

"나 좀 들어갈게."

손잡이를 돌리자 힘없이 문이 열렸다. 그런데 원규가 없다. 어쨌든 약부터 찾고 보자. 이러고 있다가는 지끈거리는 한쪽 머리가 땅에 닿을지도 모른다. 다행이 처음 열어 본 서랍 안에 약상자가 가득했다. 그런데…… 두통약이 아닌 것 같다.

ARON Tab. 비습관성 수면 유도진정제.

그의 서재 어디에도 두통약은 없었다. 책상이며 책장에 딸린 서랍을 전부 열어 봤지만 이게 전부다. 물론 수면제가 있다고 해서 놀랄 일은 아니다. 지독한 불면에 시달리면 수면제라도 먹고 자야 하는 경우가 있을 테니까 말이다. 다만 한 가지, 서랍에 든 수많은 약상자들을 어떻게 이해하면 좋을지 모르겠다. 어림잡아 열 개도 넘는 상자들이, 지금 내 손에 들린 것을 제외하고는 모두 비어 있다.

상자 하나당 10정이면 100알이 넘는다. 용량을 보면 성인 1일 1회 1정. 만일 원규가 새벽에 서재로 들어와 이 약들을 한꺼번에 털어 넣었다면, 아마도 여기 누워 있겠지. 그게 아니라면 벌써 100번 가까이 수면제를 먹고 잠들었다는 소리가 된다. 나와 결혼하면서 지금껏 복용해 온 약상자를 일부러 챙겨 온 것은 아닐 테고, 이 상황을 어떻게 받아들여야 할까.

아픈 머리에 생각이 겹치자 눈앞이 캄캄하다. 마른 입술을 깨물며 안방으로 돌아와 휴대폰을 찾았다. 어제 먹겠다던 것도 두통약이 아니라 수면제였나. 그래서 억지로 서재까지 와서 찾아 먹은 건가.

그의 번호를 누르고, 신호음이 가는 동안 목소리만 듣고 끊어야지 생각했다. 약을 다 털어 넣고 잠든 것이 아니라, 다 챙겨 나간 거라면 어떡하나 싶어 조마조마했다. 그에게 그럴 이유가 있을까를 생각할 여유까지도 없었다. 그러기에는 마음이 너무 급했다.

— 여보세요.

감사합니다, 하느님.

— 여보세요?

"언제 나갔어."

— 한 시간 정도 됐어.

갑자기 눈앞이 캄캄하다. 술자리에 앉아 있으면 술을 마시지 않아도 분위기에 취하는 것처럼 빈 상자만 쳐다봤는데도 약기운이 도는 모양이다.

— 여보세요?

"서재에 없어서 어디 갔나 하고."

원규는 불면증에 시달리나 보다. 나란히 누운 내가 너무 부담스러워서 매일 약을 먹고 잠들었나 보다. 멀쩡한 목소리를 들은 건 다행이지만, 100일 가까이 수면제로 잠들었을 원규를 생각하니 앞이 캄캄하다. 원규는 이런 방법으로, 나름의 최선을 다해 왔던 걸까.

"끊을게."

전화를 끊고 그대로 주저앉아 한참을 울었다. 눈물이 마른 곳에 피가 흘러 심장이 죄어 올 때까지 울고 또 울었다. 이렇게까지 해 가며 나와 살아야 하는 이유가 대체 뭘까.

eeee

원규의 사무실이 있는 빌딩 입구에서 휴대폰을 만지작거리다가 맞은편 1층에 있는 카페로 들어와 몇 시간을 앉아 있었는지 모르겠다. 크리스마스를 준비해 둔 어수선한 실내장식. 테이블마다 놓인 텅 빈 모금함이 요란한 장식과 대조를 이룬 묘한 분위기다.

어느새 어두워진 창밖으로 사람들이 짝을 이뤄 어디론가 바삐 움직이고 있다. 가끔 답답한 일이 있으면 이어폰을 귀에 꽂고 아무 데나 이렇게 앉아 사람들을 구경하곤 했다. 나름대로 마음에 드는 음악을 골라 귀가 울릴 정도로 볼륨을 높이고 있으면, 지나가는 사람들이 모두 음악에 맞춰 나를 위로하는 것처럼 보였다.

무표정한 얼굴에서 내가 원하는 감정을 읽어 내며 어떤 사람한테는 위안을 받고, 어떤 사람한테는 위안을 주기도 하며 한 시간가량 앉아 있다 보면 답답했던 마음이 모두 가시고 속이 가벼워졌다.

하지만 지금 앉은 이 자리에서는 위안을 받을 수도 줄 수도 없다. 유리창을 지나는 사람들 모두 저마다 감정을 가려 누구의 진심도 알 수 없는 세상만 있을 뿐이다. 창밖으로 사람들을 보고 있는 내가 스크린 속에 갇혀 버린 기분이 들자 더 이상 참을 수가 없어 원규의 번호를 눌렀다.

— 여보세요.

"난데."

— 어, 얘기해.

"몇 시에 끝나?"

— 오늘 늦을 거야.

deja vu. 그와 통화를 하면 항상 이런 기시감을 느끼게 된다. 늦을 거야, 정리할 게 있어, 먼저 끊어, 끊을게, 먼저 자 등등…… 똑같은 상황을 앞서 경험한 것 같은 이질감.

— 정리할 게 있어서, 애들 보내고 들어갈게.

"어제 일 마감하고 회식한 거 아니야?"

— 아침부터 왜 그래. 무슨 일 있어?

내가 아침부터 심상찮게 전화하고 있다는 사실 정도는 눈치를 챈 모양이다.

"머리 아픈 건 어때?"

— 괜찮아.

수면제에 내성이 생길 만큼 먹어 댔으니 네 속도 말이 아니겠구나.

"저녁은 먹었어?"

— 먹어야지.

빈속에 먹는 약은 독이란다 원규야.

"나 지금 사무실 앞인데, 잠깐 올라가도 돼?"

— 뭐?

"지금 올라갈게. 그래도 되지?"

그날 밤 이태원에서 원규를 봤을 때 진작 그만뒀어야 했다. 하지만 그럴 수가 없었다. 무엇 하나 마음대로 못 하고 살던 멍청한 시간을 결혼이라는 이름으로 겨우 빠져나왔는데 그마저 실수였음을 인정하기에는 내가 너무 비겁했던 거다.

사랑하니까 기다리겠다던 결심은 그런 나를 정당화하기 위한 핑계에 지나지 않았다. 딸자식 팔자는 엄마 닮는다며 이제나저제나 허물만 끄집어내려는 고모들한테 질려서 차마 너를 놓지 못했던 것뿐이다.

원규가 날 사랑하지 않는 건 얼마든지 참을 수 있었다. 하지만 수면제 없이는 나란히 잠들 수조차 없는 지경이라면 얘기가 다르다. 사랑은 받는 게 아니라 주는 거라지. 그래, 그러려고 했다. 거창하게 사랑까지는 아니더라도 살면서 조금씩 마음을 주면 되겠지 싶었다.

언젠가 원규의 마음 가득히 내 마음이 채워져 마침내는 넘쳐흐를 때쯤, 내가 준 만분의 일이라도 원규의 마음을 받을 수 있다면 그걸로 충분하다고 생각했다. 하지만 이건 아니다. 이토록 나와 사는 것이 지옥인 사람에게 내가 무엇을 줄 것이며, 또 내가 아무리 마음을 잘라내어 준다 한들 그가 온전히 받기나 하겠는가.

끝내자, 이제 정말 끝내야 한다. 너나 나나 오물 한 번 뒤집어쓴 셈치고 깨끗하게 갈라서자고 하면 그만이다. 그렇게 하면 원규도 최소한 수면제 없이 잠들 수는 있겠지. 그리고 나는 더 이상 이런 꼴을 안 봐도 되는 거다. 혼자 집구석에 틀어박혀 제발 끝내자고 스스로를 다잡는 짓 따위와도 작별이다.

로비에서 방문 확인 절차를 기다리는 짧은 시간이 지금까지 살아온 시간보다 길게 느껴진다. 혹시 원규가 그런 사람은 모른다며 올려 보내지 말라고 하면 어떡하나, 잠깐이지만 그런 생각마저 들었다.

5층에 도착해서 엘리베이터에서 내린 후에도 좀처럼 걸음이 떨어지질 않는다. 머리로는 깔끔하게 정리가 됐는데 몸이 말을 듣지 않아서 스스로에게 화가 날 정도다. 가까스로 유리문을 열고 들어서자 아무도 없는 사무실에서 담배를 물고 있는 원규가 보인다.

"혼자 있네."

처음부터 사무실에는 아무도 없었을 거다.

"앉아."

"사람들 다 갔어?"

그냥 그렇다고 해 주기를 바랐다. 일이 없어도 나를 피하기 위해 텅 빈 사무실에 남아 있었을 원규를 굳이 확인하고 싶지 않았다.

"잠깐 나가서 얘기 좀 해."

"여기서 해도 돼."

"중간에 누가 올 수도 있잖아."

"올 사람 없어."

간단명료한 대답에 거듭 속이 무너졌다.

"일단 거기로 앉아."

원규가 들고 있던 종이컵에 담배를 눌러 끄며 앉기를 권했다. 재떨이가 따로 없는 걸 보니 갑작스럽게 들이닥친 나 때문에 스트레스를 받아 실내금연의 룰을 깨고 담배를 꺼냈을지도 모른다는 생각이 들었다.

"앞으로는 집에서 쉬어 가면서 일해."

원규가 나를 물끄러미 본다.

"오늘같이 피곤한 날은 집으로 가서 쉬어."

얼핏 보기에도 창백한 원규의 낯빛이 안쓰럽기만 하다.

"나 때문에 불편해서 이러고 있는 거면, 이제 그럴 필요 없어."

"일단 앉아서 얘……."

"아니. 할 말 다 했어."

마주한 원규의 시선이 혼란스러워 서둘러 돌아섰다.

"갈게."

"뭐 하는 거야?"

조금 더 확실하게.

"끝내자고."

다시 돌아서서 원규를 마주할 자신이 없다. 원규가 조금의 여지라도 보이면 그것을 희망 삼아 또 쳇바퀴를 돌게 될까 봐 두렵다. 지금, 여기서, 깔끔하게 끝내야 한다.

"끝내?"

"응, 너나 나나 이제 그만하자."

"왜 또 이러는데?"

또 왜 이러냐고?

"그래, 또 발작해서 미안한데 앞으로는 이런 일 없을 거야."

"이번엔 뭐가 문제야?"

"집이 좀 어수선할지도 몰라. 우선 짐부터 빼고 대강 치우기는 했는데 그래도 혹시……."

"한요은."

집이 어수선하든 말든 내가 알 바 아니다. 나만 빠져 주면 원규의 인생은 편해질 거다. 그리고 원규만 삭제하면 내 인생도 평탄하지는 않겠지만 지금보다는 낫겠지. 이혼녀 딱지쯤은 뭐, 수면제 먹고 자는 남편의 옆에 눕는 거에 비하면 아무것도 아니지 않은가.

"갈게."

도망치듯 사무실을 빠져나와 엘리베이터 버튼을 정신없이 눌러 대는데 원규가 내 손목을 잡아챘다.

"들어가."

"놔."

"마저 얘기하고 가."

"다 했어. 더 할 얘기 없어."

"아니!"

원규가 분을 누르며 내 손목을 더욱 세게 쥐었다.

"난 아직 이해 못 했어."

억지로 잡아끌리는 손목이 저리다 못해 뻐근할 지경이다. 때마침 엘리베이터가 열리고 신경질적으로 손을 뿌리치자 원규는 아예 내 앞을 막아섰다. 엘리베이터 문이 허망하게 닫혀 버렸고 안에서 수군대던 사람들의 시선도 이내 사라졌다.

“비켜.”

다시 버튼을 누르려는데 또 손목을 잡는다. 밥이라도 꾸역꾸역 밀어 넣고 오길 잘했다는 생각이 든다. 안 그랬으면 원규의 힘을 못 이기고 옆으로 휘청할 뻔했다.

“얘기 끝내고 가.”

이제 와서 무슨 얘기를 하자는 걸까.

“비켜 줘.”

“비켜 주면?”

“여러 번 말할 기분 아니야.”

“시작도 끝도 니 마음대로 하겠다고?”

“알아들은 거 같은데 더 얘기할 필요 있어?”

“일단 들어가. 들어가서 얘기해.”

“무슨 얘기를 하라는 거야? 듣고 싶은 말이 뭔데?”

“갑자기 왜 이러는지 알아야 할 거 아냐.”

“미안하다고 해야 되니? 그럼 되겠어? 시작도 끝도 내 마음대로 해서 미안하다고 하면 돼?”

“그런 말을 듣자는 게 아니잖아!”

원규의 목소리가 통로를 무겁게 울렸다.

“들어가서 얘기한다고 달라질 거 없어.”

“이유가 뭐야?”

그걸 내 입으로 꼭 얘기해야 알아? 내 손으로 내 가슴 잡아 뜯으면서 굳이 말해 주길 바래?

“들어가자 요은아. 응?”

원규가 내 가방을 억지로 뺏어 들며 조용히 타이른다.

“가방 줘.”

“들어가자.”

“가방 이리 줘.”

"지금 컨디션이 너무 안 좋아. 너까지 보태지 않아도 충분히 피곤해."

"보여 줄 게 있어서 그래. 가방 좀 줘."

1절만 하고 끝내려는 나를 억지로 붙든 건 원규다. 서로에게 상처가 될까 봐 가까스로 참고 있는 나를 자극한 것도 원규다. 그러니까 원하는 대로 해 줘야지. 그게 그렇게 소원이라면, 큰맘 먹고 들어주는 수밖에 없다. 가방을 받아 들어 안에 있던 것들을 죄다 쏟아 버리자, 볼품없이 땅바닥에 흩어진 약상자들을 바라보던 원규가 한 걸음 물러섰다.

"이제 됐지? 이거면 충분하잖아?"

원규의 시선을 위시로 주변의 모든 것이 정지해 버린 느낌이다. 시간마저 한없이 늘어져, 아주 잠깐이지만 이 영원 속에 갇혀 버리면 어쩌나 두렵기까지 하다.

"내 방에, 들어갔었어?"

노골적으로 불쾌해하는 원규의 시선이 나를 향하지 않았다면 끔찍한 침묵에 질식할 뻔했다.

"그래. 니 방에 들어갔어. 머리가 너무 아파서 약 좀 먹으려고."

허리를 숙여 바닥에 쏟아진 상자들을 줍는 원규를 보자 설명할 수 없는 감정들이 가슴을 저민다.

"근데 잘난 니 방에 두통약은 없고 수면제뿐이더라."

심장이 울려 입술을 더 세게 깨물었다.

"이렇게 살 필요 없잖아?"

"이게 이유였어?"

원규에게서 아무런 감정도 읽을 수 없다.

"내가 동성애자인 것보다, 너한테는 이게 더 충격이었어?"

원규의 입에서 나온 동성애자라는 말에 숨이 턱 막힌다.

"니가 수면제까지 먹고 있을 줄 몰랐어."

"그래서?"

수면제를 먹는 게 무슨 문제라도 되냐는 듯 물으니 오히려 할 말이 없다. 마치 지금껏 잘 버텨 온 게 헤어질 구실을 찾기 위한 거였냐고 다그치는 것 같다. 그런데 한편으로는 이상하다는 생각이 든다. 원규는 왜 이 결혼을 진작 끝내지 않았을까. 하지만 절대 대답을 들을 수 없으리란 걸 알고 있다. 이미 여러 차례 시도했고 그때마다 실패했으니 말이다. 약상자를 움켜쥐고 무표정한 얼굴로 나를 바라보는 원규의 시선이 공허하다. 공허함이라는 말로는 차마 다 하지 못할 정도로 형용할 수 없는 눈빛이다.

"넌 항상 이런 식이야. 내가 말하기 전에 혼자 결론을 내려."

"무슨 말? 니가 나한테 무슨 말을 했는데?"

"좀 우습다는 생각 안 들어? 너, 결혼하기 전에는 나한테 관심도 없었잖아."

마치 결혼을 핑계로 돌변해 모든 걸 요구한다는 듯, 조소에 가까운 음성이다. 그러는 넌 뭐가 그렇게 떳떳한데? 내가 왜 너한테 이런 취급을 받아야 하는 건데?

"무슨 얘기? 니가 남자 좋아서 매일 밤 이태원 돌아다닌 얘기? 진작 좀 해 주지 그랬어. 그럼 관심 있게 들어 줬을지도 모르잖아?"

"가끔 말인데."

이런 표정의 원규는 처음이다. 혐오스럽고 끔찍한 걸 바라보듯, 또 한편으로는 비웃는 듯. 그렇게 날 보고 있다.

"니가 참 존경스러워."

"뭐?"

"스스로를 피해자로 만드는 능력 말이야."

이런 미친…….

"박원규 너 미쳤니?"

"그래. 미친 건 나고, 넌 억울한 사람이지. 결혼 전이나 결혼 후나 어디 한구석 니 탓이라곤 찾아볼 수가 없어.”

“니가 뭔데 그딴 식으로 말해? 니가 나에 대해서 뭘 안다고?”

온몸이 부들부들 떨린다.

“좀 솔직해지지그래. 너나 나나 다를 거 없잖아?”

“다를 게 없다니? 내가 어떻게 너 같…….”

서로 안 보면 그만인데, 지난 시간을 이렇게라도 보상받으려는 듯 모질게 구는 내가 싫고 미치지 않고서야 저런 독설을 아무렇지 않게 내뱉는 원규가 싫다. 더 이상 마주하고 있을 필요가 없다는 생각에 다 관두고 돌아서서 비상계단으로 향했다. 그런데 또 잡는다. 정말 이해할 수 없는 인간이다. 매번 사람을 끝까지 몰아세워 놓고, 결국 단념하려면 꼭 여지를 주고, 다시 나 몰라라 팽개치기를 벌써 몇 번째인지 모르겠다.

“이럴 거면 왜 시작했어? 그냥 내버려 두지 왜 나랑 결혼한 건데?”

“그러니까 이제 그만하자고.”

“알고 있었잖아. 내가 어차피 다른 여자랑은 안 되는 걸 아니까 너도 적당히 흉내 내 가면서 살려고 한 거 아니었어?”

“수면제까지 먹을 정도로 날 끔찍해하는 인간이랑 무슨 흉내를 내 가면서 살라는 거야? 그래. 니가 필요했어. 니 집안이 필요했어. 어떻게든 내 인생 말리기만 바라는 사람들한테 질려서, 보란 듯이 널 내세웠어. 집안 좋고, 똑똑하고, 잘났으니까. 그럼 넌? 넌 왜 나랑 결혼했니?”

“방금 니가 다 말했잖아. 니가 날 필요로 했던 거, 그게 내 이유야.”

또 원점. 정말 지긋지긋하다.

“끝까지 너에 대해서 한마디도 안 할 거야?”

“더 이상 무슨 얘기가 필요한데? 필요로 만났으면 그걸로 된 거잖아. 서로 맞춰 가면서 대강 살면 안 돼? 너나 나나. 그럼 편하잖아.”

"하— 박원규 너 진짜……."

"집으로 가."

있는 힘껏 손을 뿌리치자, 또 잡는다.

"어떻게 하면 되는데. 내가 어떻게 해야 되는데?"

왜 이렇게 나한테, 아니, 이 결혼에 집착하는지 모르겠다. 생각해 보면 정말 이상한 일이다. 착각이든 뭐든 난 원규를 사랑이라도 했지만, 원규는 그런 것도 아니었다. 게다가 지금은 나를 남 탓만 하는 한심한 인간으로 생각한다지 않는가. 스스로를 피해자로 만드는 출중한 능력을 가진 나한테 무슨 볼일이 남은 거지?

"끝내자고 했잖아. 끝내 달라고. 끝내 주면 돼."

"아니. 이혼은 안 돼. 아예 없었던 일이면 몰라도 이제 와서 이혼은 안 돼."

"대체 뭔데. 왜 이혼은 안 된다는 건데!"

"부탁이야. 이렇게 부탁할게."

이렇게 절박한 모습의 원규는 처음이다.

"그럼 말해. 내 필요가 니 필요였다는 말도 안 되는 소리 말고."

"아무것도 묻지 말고 처음처럼. 그렇게 살면 안 돼? 그렇게 살아 주면 안 돼?"

"미쳤니 박원규? 내가 왜 그렇게 살아야 되는데? 내가 왜 그 무덤 같은 집구석에서 되지도 않는 너랑 살아야 되는데?"

"알았어. 노력할게. 노력해 볼게. 그러니까 조금만……."

다른 이유가 있다. 원규한테 뭔가 있는 게 분명하다.

"너 진짜 뭐야. 무슨 비밀이 그렇게 많아? 니가 남자 좋아하는 것도 아는 마당에 더 놀랄 게 뭐가 있다고. 왜 아무 설명도 없이 나더러 그 집으로 다시 가라는 건데? 내가 얼마나 비참하고 힘든지 안 보여? 내가 얼마나 더 망가져야 되니. 내가 얼마나 더 망가져야……."

미친 건 원규만이 아니다. 나도 마찬가지다. 저런 사람을 붙들고 아직도 설명을 바라며 눈물 흘리는 걸 보면, 원규나 나나 전혀 다를 게 없다.

eee

초인종을 누르고 잠시 기다리자 문이 벌컥 열렸다.

"한요은 너!"

"오랜만이다."

한 달째 연락을 끊고 지낸 탓일까. 아니면 선희의 번호를 스팸으로 등록하고 무시했던 탓일까. 딱히 반가워하는 얼굴은 아니다.

"너 진짜."

시간을 달라는 원규의 말에 차갑게 돌아선 게 엊그제의 일이다. 그리고 오늘, 나는 결국 선희를 찾아왔다. 박원규가 끝까지 숨길 작정이라면 선희한테라도 들어야겠다는 생각에서였다. 처음 이태원에서 원규와 마주쳤을 때, 당장 거기서 나오라며 기세등등하던 허연화보다는 당황한 기색이 역력하던 김선희가 조금은 더 진실에 가까운 말을 해 주지 않을까.

들어오라는 말도 없이 앞장선 선희가 거실 바닥에 널브러진 잡동사니를 발로 툭툭 차 내며 길을 만들고는 소파 위로 푹 주저앉았다. 그러고는 부글부글 끓는 표정으로 한숨을 푹 쉬며 뒤따른 나를 올려 본다.

"아무리 화가 나고 어이가 없어도 사람이 연락을 하면 한 번은 받아야 되는 거 아니야? 얼마나 걱정했는지 알아? 어머님한테 전화해서 집으로 갈까도 생각했어. 알아?"

그래도 친구라고 막상 얼굴을 보니 죽일 년 살릴 년 해 가며 온갖 욕을 퍼부었던 시간이 무색하다. 원규에 대해 포기하다시피 살아온 지난 시간이 묵언수행에 또 다른 장을 열었나 보다. 이러다가 머리 밀고 산으로 들어가게 되는 건 아닌지 심히 걱정스러울 정도다.

"왜 왔어? 한 달 내내 연락 씹고 속 타 죽었는지 확인하러 왔어?"

지금 화낼 사람이 누군데. 생각 같아서는 확 쥐어박았으면 좋겠다.

"너 죽기 전에 말이나 한번 들어 보려고 왔어."

"뭐라는 거야."

"박원규에 대해서."

이건 또 무슨 소리냐는 듯 미간을 찌푸린다.

"박원규는 절대 얘기할 생각이 없대. 나더러 그냥 살래. 아니, 살아 달라더라. 김선희 넌 알 거 아니야. 박원규가 절대 이혼하면 안 되는 이유."

"나 참 어처구니가 없어서. 내가 그걸 어떻게 알아?"

"왜 몰라? 너랑 박원규, 박원호, 그리고 허연화. 네 사람은 다 아는 얘기 아니야?"

"난 원규 씨 잘 알지도 못해. 사장님 가게에서 몇 번 마주친 게 다야."

순간 멍해졌다.

"무슨 소리야?"

잘 아는 사이라고 생각했다. 네 사람이 한통속으로 날 물 먹인 거라고 생각했다.

"그날 너 이태원에 데려간 게 그래서야. 난 아는 게 없으니까. 사장님이랑 얽힌 사이라는 거 말고는 아는 게 없으니까, 사장님이라면 혹시 뭔가 해 줄 말이 있지 않을까 해서."

"너랑 박원호 씨, 남매처럼 지내는 사이라며."

"사장님하고는 가까워도 원규 씨랑은 아니야."

박원호와 얽힌 사이. 과연 그게 무슨 사연일까. 박원호와의 관계를 들키지 않기 위해 나랑 위장 결혼이라도 한 건가? 그래서 절대 결혼을 깰 수 없다며 버티는 건가?

"말했잖아. 얼굴 몇 번 본 게 다라고."

백을 소파에 팽개치고 바닥에 주저앉았다. 선희가 아무렇게나 차 놓은 슬리퍼가 앉은 자리에 베기든 말든 그딴 건 아무 상관 없다.

"아는 만큼만 얘기해 주면 돼."

내 말이 끝나고도 한참 동안 선희는 아무 말도 하지 않았다. 할 말이 없어서가 아니라 할 말을 고르는 느낌이었다. 하지만 내가 한 시간이 넘도록 앉은 자리에서 꼼짝도 하지 않자 드디어 입을 열었다. 될 대로 되라는 심정인 것 같으면서도 굉장히 망설이는 눈치였다.

"사장님이 중학교 올라가던 해에 아버님께서 돌아가셨어. 고등학교 선생님이셨는데, 귀가하시는 길에 학교 앞 횡단보도에서 오토바이 사고를 당하신 모양이야. 응급실에서 집으로 전화를 했는데, 어머님께서 사장님만 데리고 병원으로 가셨대. 전화 내용까지는 모르겠지만, 사장님이 도착하자마자 돌아가셨다는 걸 보면 어머님도 어떤 상황인지 정도는 알고 계셨을 텐데 아버님 가시는 마지막 길이었다면 은호도 데리고 가셨어야 하는 게 아니었나 싶어. 은호거든…… 사장님 동생 이름이."

말을 멎은 선희가 담배 한 모금을 깊이 마셨다.

"응급실에서 피투성이로 눈감은 아버지를 보는 심정이 어땠겠어. 워낙에 말하는 사람이 무덤덤해서 들을 때는 몰랐는데, 지금 생각해 보면 그렇게까지 감정을 비워 내는 게 얼마나 힘들었을까 싶어."

아버지의 얼굴을 눈물로 덮으며, 어머니께서는 이제 네가 가장이라고 네가 은호한테 아버지 같은 존재가 되어야 한다고 말씀하셨다. 하지만 원호는 밤마다 눈앞에서 아버지가 사고를 당하는 악몽에 시달려야 했다. 살아생전에도 다정하기보다는 엄격한 분이셔서 부자지간에 애틋한 추억거리도 없었는데, 막상 아버지를 잃고 보니 그것마저 살갑지 못했던 자신의 잘못인 것 같아 죄스럽기만 했다.

"아버님이 돌아가시고 몇 달 동안, 아무 생각이 없었대. 어린 나이였으니까 그럴 만도 하지. 상주(喪主)라고는 해도 뭘 제대로 알았겠어. 어른들 하는 대로 정신없이 끌려다닌 게 전부였겠지."

입학식도 치르지 못하고 배정된 교실에 들어갔을 때, 그제야 아버지의 부재를 실감했다. 49제를 마치기 전이라 교복 상의 왼쪽에는 이름표 대신 상장(喪章)을 달고 있었는데 그것이 마치 꼬리표처럼 원호를 따라다녔다. 아버지를 잃은 불쌍한 아이. 친구들도 웬만해선 먼저 말 거는 법이 없었고, 담임선생님은 유달리 원호의 일거수일투족에 관심이 많았다.

"원래부터 공부에 소질이 있는 편은 아니었는데, 입학식 때부터 어긋나서 그런지 눈에 띄는 문제아는 아니었지만 중학교 내내 성적이 중위권에도 못 미쳤대."

어머니는 원호를 많이 꾸짖으셨다. 네가 동생을 끌어 줘야 한다, 네가 아버지 노릇을 해야 한다는 말씀을 들을 때마다 어떡하면 아버지의 빈자리를 채울 수 있을까 생각하느라 어린 마음이 무겁기만 했다. 원호가 그저 그런 성적으로 그저 그런 고등학교에 가는 동안, 동생 은호는 아무 문제 없이 성실한 학생으로 좋은 아들로 잘 자랐다. 형 때문에 속상해하는 어머니를 보면서 나름의 방법으로 효도를 한 것이다.

원호도 할 말이 없는 건 아니었다. 아버지가 돌아가시던 날 밤, 왜 은호를 데려가지 않았냐고 묻고 싶었다. 왜 나만 피투성이로 죽어 가는 아버지를 보게 했느냐고 묻고 싶었다. 그런 아버지의 모습을 보고 어떻게 아무렇지 않을 수 있겠냐고, 나는 엄마처럼 어른이 아니었다고 말하고 싶었다.

"대학에 입학해서는 아예 집에서 나와 살았대. 과외로 용돈벌이 할 만큼 명문대가 아니어서 힘든 아르바이트도 많이 했고, 그러다 보니까 중·고등학교 때 공부 좀 할 걸 그랬다는 생각이 들더래. 그때는 너무 어려서 어머니 마음을 다 헤아리지 못했던 것 같아서 죄송하기도 하고, 그런 생각이 들수록 어머니나 동생 보기가 부끄러워서 이런 저런 이유로 집에는 자주 안 갔던 모양이야."

동생이 잘하고 있을 거라고 믿었다. 성실하고 착하니까 원호 본인의 몫까지 동생이 잘하고 있을 거라고 생각했다. 아버지 대신이 되어야 하는 책임이 무거워 도망치고 싶었던 원호는, 어리석게도 자신이 원망했던 어머니와 똑같이 동생에게 책임을 떠넘기고 있었던 것이다.

"그런데 어느 날 은호한테 전화가 왔대. 어머님이 위독하시다고……."

언젠가 이런 일을 겪은 적이 있었다. 아버지가 위독하시다는 소식을 듣고 병원에 갔을 때, 임종을 앞둔 피투성이의 아버지를 봤던 기억이 원호의 무의식을 붙들었다. 병원에 가면, 곧 눈을 감게 될 어머니의 모습을 보게 될 것 같았다. 그 때문일까, 기숙사에서 정신없이 뛰쳐나오기는 했지만 더 이상 걸음이 떨어지지가 않았다.

"동생이 있겠지. 아버지 때는 내가 있었으니까 이번에는 은호가 있으면 되겠지. 내 상식으로는 이해가 안 되지만, 뭐랄까…… 사장님이 도착하기를 기다렸다가 눈을 감으실 것 같아서, 무서웠대."

그렇게 정문을 지나는 택시를 몇 번이나 그냥 보낸 후 병원에 도착했을 때, 어머니는 이미 돌아가신 다음이었다. 구조대 측에서는 동생의 구조 요청을 받고 출동했으며 집에 도착했을 때 이미 호흡마비증상이 심해져 손을 쓸 수 없는 상태였다고 말했다.

"습관적으로 수면제를 복용하셨는데, 그날은 술이 과한 상태로 수면제를 드셨나 봐."

친지들의 뜻에 따라 아버지 옆자리에 어머니의 묘를 쓰고 돌아온 날, 원호는 그제야 뭔가 이상하다는 걸 깨달았다. 명문사립인 재원외고에 입학해 기숙사 생활을 하고 있어야 할 은호가 집에서 지내고 있었기 때문이다. 이유를 묻자, 은호는 기숙사 분위기가 어수선해 집에서 다니고 있다고 말했다. 그래서 그런 줄로만 알았다.

"어머니도 안 계신데 혼자 밥해 먹어 가며 학교 다니라고 할 수는 없어서 기숙사로 들어가라고 했는데, 은호가 그냥 집에서 다니면 안 되겠냐고 하더래."

형이 졸업할 때까지 1년만 기다려 달라고 동생을 설득했다. 학교가 경기도 외곽이라 서울에서 등하교하기 힘들뿐더러 졸업을 앞둔 마당에 어머니마저 돌아가셨으니 학점 관리를 빡빡하게 해야만 직장이나마 서울에 얻을 수 있을 것 같았다. 형이 졸업하면 같이 지내자는 말에 어렵사리 수긍하는 은호를 보면서도 다른 생각은 하지 않았다. 그저 어머니를 잃은 슬픔이 커서 그런가 보다, 그러니 내 앞에서라도 마음껏 울어라 생각하며 잠자코 있었다.

"두 달 정도 지나서 은호네 기숙사 실장이 전화를 했더래. 은호가 통 먹지도 않고 밤낮없이 성경만 붙들고 있다고. 밤에는 무슨 기도를 올리는지 너무 웅얼거려서 옆방을 쓰는 학생이 직접 찾아왔다면서."

하필이면 기말고사 기간이었다. 기숙사 실장도 은호의 사정은 잘 알고 있을 테니, 그저 잘 부탁드린다는 말로 전화를 끊었다. 제가 지금 졸업반이라 준비할 것이 많다고, 보름 후에 종강이니 꼭 찾아뵙겠다는 말로 실장을 설득했다.

"기말고사 기간 중에는 은호 담임선생도 전화를 했더래. 은호가 아무 때나 등교해서 아무 때나 하교한다고. 같은 반 학생들 사이에서도 불만이 많다고……."

그때까지만 해도 원호는 동생에게 무슨 일이 있었는지 전혀 모르고 있었다. 기숙사 실장도 담임이라는 사람도 현재 문제가 되는 은호의 행동에 관한 것 외에는 전혀 말이 없었다. 그들의 입장에서는 은호의 형이니 당연히 알고 있으리라 생각했던 것일 수도 있다.

"근데 종강을 이틀 앞두고…… 그런 일이 생긴 거야."

은호가 5층 교실에서 투신했다. 처음에는 믿을 수 없었다. 뭔가 잘못된 거라 생각했다. 그리고 나중에는 은호를 원망했다. 어머니 가시는 길을 혼자 지킨 게 그렇게 큰 충격이었냐고. 그럼 난 어땠겠느냐고 가슴을 치며 떠난 동생을 원망했다. 혼절한 어머니 곁에서 피투성이로 누운 아버지를 떠나보낸 나는 지금까지 어떻게 살았겠느냐며, 이제는 듣지도 말하지도 못할 동생에게 수백수천 번 묻고 또 물었다.

"은호 유품을 정리하는데, 똑같은 사람을 그린 그림이며 같이 찍은 사진이 나오더래."

친한 친구였나 보다, 아주 친한 녀석인가 보다…… 그렇게 생각했다. 어머니를 잃고 혼자 힘들었을 은호에게 위로가 되어 준 친구겠지 싶은 마음에 한번 만나 보고 싶었다.

"사진을 들고 기숙사로 찾아갔는데…… 애들이 난감해하면서 말을 못 하는 거지. 수군거리는 것도 같고. 묘한 분위기 있잖아. 그래서 결국은 기숙사 실장을 찾아갔대."

선희는 벌써 다섯 번째 담배를 꺼내 물었다.

"그 사진에 있는 사람이 원규 씨였어. 그리고 두 사람이 같은 호실을 쓰는 동안 뭐 좀, 그런 일이 있었던 모양이야."

선희의 얘기를 들으며 나름대로 원호라는 사람을 정리하던 난 잠시 할 말을 잃었다. 내가 생각했던 관계는 박원규와 박원호였기 때문이다.

"이름이 뭐……라고? 은호?"

"어, 은호. 박은호."

"그러니까 박원호라는 사람이 아니라, 박은호라는 거야?"

"내가 말했잖아. 나도 뭐가 어떻게 된 건지 잘은 모른다고. 어쨌든 내가 아는 건 이게 다니까."

아, 그렇지. 선희도 원규에 대해서는 모른다고 했다. 계속하라는 의미로 입을 다물자 선희가 말을 이었다.

"남자애들 중 왜 그런 부류 있잖아. 아니, 많지. 호모포비아. 워낙에 우리나라는 어렸을 때부터 성역할에 대해서 보수적인 세뇌를 받다 보니까, 나이 어린 애들일수록 그런 걸 받아들이기가…… 아니, 이해하기가 어려웠겠지."

"좀 그런 일이라면 정확히 뭘 얘기하는 건데?"

"정확히 무슨 일이 있었는지, 그건 나도 몰라. 사장님한테 그렇게 들었고, 그냥 대충 짐작만 할 뿐이지."

아이들 사이의 입소문에서 그치지 않고 몇몇 학부형의 귀에 들어가고, 다들 그 일이 마치 끔찍한 범죄라도 되는 양 원규와 은호를 기숙사에서 퇴실시키라는 항의 전화가 빗발쳤다.

"결국에는 어머님한테까지 알려지고, 은호는 그길로 기숙사를 나와서 집으로 들어갔대."

그런데 그게 어디 그쯤에서 잠잠해졌겠는가. 발 없는 말이 천 리를 가는 세상에서 원규와 은호는 교내 모든 학생들에게 화젯거리가 됐다.

"애들 입장에서는 충분히 그럴 만한 일이었겠지."

독실한 신자였던 어머니는 그렇지 않아도 학교에서 충분히 상처받고 있는 은호를 불러 앉혀 놓고 매일같이 기도를 드렸다. 은호는 어머니에게 마지막 희망이었다. 원호나 은호나 귀한 아들인 건 마찬가지였지만, 원호는 이미 그녀의 손을 떠났다고 생각했다. 그래서 더욱 은호에게 절박했다.

"원규 씨는 곧장 출국을 했대. 은호만 남겨 두고."

사물함에 찍힌 낙인. 어머니마저 잃고 돌아간 학교에서, 은호는 심하게 따돌림을 당하고 있었다. 은호의 죽음 뒤에 그 사실을 알게 된 원호는 눈물 한 방울 흘리지 못했다.

"어머님 죽음까지 감당하기에는 사장님도 너무 어리고 힘들어서, 은호를…… 제대로 챙겨 주지 못했다고."

동생의 손 한 번 다정히 잡아 주지 못했다. 아버지를 교통사고로 잃은 후 어머니의 기대에 미치지 못했다는 자격지심에, 내 동생은 다르겠지 성실하고 착한 녀석이니까 내가 못 한 효도는 은호가 하면 되겠지 생각했다. 아무것도 모르고 은호를 보낸 게 가슴에 맺혀서 생각날 때마다 학교를 찾았다.

은호가 저런 교복을 입고, 이 길을 올라 교실에 들어갔겠구나. 저렇게 평범해 보이는 다른 학생들처럼 그냥 살아만 줬다면 얼마나 좋았을까 하면서. 그렇게 혼자서⋯⋯ 지난 시간을 붙들고 반은 미쳐 살았다.

1년만 기다리라고, 속도 모르고 자기 앞길부터 챙긴 못난 형. 원호는 그길로 휴학계를 내고 집에 틀어박혔다. 어머니가 원망스러웠다. 동생을 끌어다 놓고 먼저 가 버린 어머니가 무책임하다는 생각뿐이었다. 당신께서 학생들을 가르치고 있으면서도, 그 나이에 있을 수 있는 감정을 이해해 주지 못한 어머니가 너무 원망스러웠다.

그런 일이 있는 동안 집에 얼굴도 비치지 않았던 자신을 용서할 수가 없어서 죽으려고도 했다. 하지만 나마저 죽으면 먼저 보낸 가족들을 기억할 사람도 없다 싶어, 살아야 한다고 악착같이 이를 악물며 다짐했다.

고요함이 싫었다. 그 순간에 어김없이 찾아드는 죄책감에서 벗어나고 싶었다. 그리고 원규 역시 원호 자신만큼⋯⋯ 아니, 훨씬 더 고통스럽기를 바랐다. 누구에게도 공격받지 않을 곳으로 혼자 도망쳐 버린 원규를 용서할 수가 없었다.

"어쨌든 사장님. 바로 자원입대해서 제대하고 제일 먼저 한 일이 지금 운영하는 거길 마련한 거야. 그런 사람들이 편히 모일 수 있는 곳."

의도야 어찌 됐든 그 장소는 이제 더 이상 은호를 위한 곳이 아니다. 그날 새벽에 내가 본 것은 분명 서로의 욕망을 채우기 위해 들떠 있는 사람들이었다. 적어도 내가 생각하기에는 그렇다.

"내가 아는 건 이게 다야. 전부 사장님 얘기야. 그래서 못 했어. 굳이 할 필요 없다고 생각했고."

들어 보니 맞는 얘기인 것도 같다. 원래부터 선희는 A의 상처를 들먹이며 잘 알지도 못하는 B의 과거를 들춰낼 성격이 아니다. 더구나 그 A가 본인이 아껴 마지않는 사람이라면 더더욱. 사장님이랑 친하다고 해서 내 얘기를 했을 리 없는 것과 마찬가지다.

"니가 결혼한다고 원규 씨 인사시켰을 때 엄청 당황하긴 했는데, 얼마든지 가능한 일이잖아. 보면 원규 씨는 딱히 그쪽도 아닌 거 같고 사장님이랑은 그냥……."

"그냥?"

난감한 표정이다.

"내가 사장님이랑 가까운 건 맞는데, 원규 씨에 대해서는 대놓고 물어본 적 없어. 나랑 직접적으로 얽힌 관계면 모르겠는데 그런 것도 아니잖아. 또 사장님도 전혀 얘기가 없었고."

선희가 입맛을 쓰게 다시며 담배를 껐다.

"너 결혼하겠다고 나섰을 때 미리 얘기 못 해서 미안해. 원규 씨랑은 안면만 있는 사이고, 니가 평소에 이렇다 저렇다 말하는 성격도 아니고. 결혼 얘기 오갈 정도로 충분히 가까워진 줄 알았어. 거기다 대고 괜히 사장님 과거까지 들먹일 필요 없다고 생각했는데, 부부관계가 없을 줄은 몰랐어."

"그럼 뭐야. 박원규 얘기 누구한테 들어야 되니."

높낮이 없는 나의 목소리가 마치 남의 것인 양 낯설게 느껴졌다.

"무슨 얘기?"

"무슨 얘기든."

"원래 그쪽 사람들이 자기 얘기 하는 걸 별로 안 좋아해. 서로에 대해서 궁금해하는 거 자체가 실례인 바닥이야. 그게 편해서 자주 가기도 했고."

"그 박원호라는 사람은, 그쪽인 거야?"

"공식적으로 누굴 사귀는 건 한 번도 못 봤어. 그래서 더더욱 은호 때문에 그런 가게를 차린 게 아닌가 생각하는 중이고. 편견이 없는 사람이라는 거. 그 정도만 확실히 아는 관계지."

"김선희 너. 그 사람 좋아해?"

"미친. 뭔 헛소리야. 오빠라고 부르지도 못하는데 무슨."

좋아하네. 널 알고 지낸 게 몇 년인데, 네가 넌 속여도 난 못 속일걸.

"결혼식에 왔었어. 그 사람."

"알아."

"원규 결혼에 대해서도 별말 없었어?"

"뭐 그냥. 같이 가자고 한 정도. 동생 얘기도 연화 언니 있는 자리에서 띄엄띄엄하는 거 억지로 끼워 맞춘 거야."

"연화 언니? 그럼 언닌 다 알고 있는 거야?"

"듣기로는 뭐 그런 것도 같고. 언니는 이것저것 아는 눈치더라. 나도 몰랐는데 동인련 관련해서 글도 몇 개 쓴 적 있더라고."

"동인련?"

"동성애자인권연대."

"뭐야. 연화 언니도 그쪽이야?"

남자 친구가 있지 않았던가? 없었나? 무엇보다 놀라운 사실은, 내가 주변의 사람들에 대해 이렇게까지 무지했었나 하는 것이다. 같은 작업실을 쓰고는 있었지만 가양동과 신촌을 왔다 갔다 하느라 선희에 대해서도 잘 몰랐고, 아끼는 후배라며 나를 챙긴 연화 언니에 대해서도 오지랖이 부담스럽다는 생각에 심정적으로는 거리를 두고 있었다.

"아닐걸? 언니 남친 있잖아. 아니, 있었지. 지금은 모르지만."

"근데 웬 도…… 동, 뭐?"

"동인련."

"그래. 그런 단체 글을 왜 쓰는데?"

"뭐 사정이 있겠지. 어쨌든 나보다 사장님이랑 가까운 건 언니야."

뭐가 이렇게 복잡한지 모르겠다. 김선희를 찾아왔듯 허연화를 찾아가면 될 일이지만 왠지 내키지 않는다. 나와 원규의 결혼에 지나칠 정도로 회의적이었던 것. 신랑 측 객석에서 나와는 눈도 마주치지 않던 모습. 처음 이태원에 갔던 날 거긴 네가 있을 자리가 아니라며 당장 나오라던 것. 이태원을 헤매다 전화했던 그 정신없는 와중에도 그러게 처음부터 결혼을 말리지 않았냐며 헛소리를 지껄였던 것 등. 허연화를 만나면 원규 때문에 뒤집힌 속이 북북 찢길 일밖에 없을 것 같다.

eee

남의 말을 옮기기 싫어하는 선희가 억지로 털어놓은 박원호의 과거를 베이스로 허연화한테 살을 보태 달랄까 고민도 했지만 언제든지 와도 좋다는 말이 떠올라 곧장 이태원으로 왔다. 가게 앞까지 날 데려다준 선희는 오늘 밤 있을 drag show 때문에 바쁠 거라며 밝을 때 보는 게 어떻겠냐고 했지만, 나한테는 나의 일이 더 바쁘고 중요했다.

내가 들을 얘기는 원규에 관한 것이기에, 그 자리에 다른 사람이 있는 게 불편해서 선희를 돌려보내고 오르막에 섰다. 미리 전화를 하면 원규와 말이라도 맞출까 싶어 무작정 찾아오긴 했지만 오르막을 오를수록 초조하고 불안한 건 어쩔 수 없다. 다시 왼편의 가파른 계단을 내려가자 입구를 지키던 남자가 힐끔 쳐다보며 문을 열어 준다.

요란한 음악 소리, 시시각각 터져 대는 사이키, 자욱한 담배 연기,

진한 향수 냄새, 사람들의 열기로 습한 공기. 쾌락과 환희를 쥐어짜 놓은 듯 과장된 모습들. 역시 조금도 익숙해질 수 없는 곳이다.

여장 남자로 보기에는 내 차림새가 지나치게 평범한 탓일까. 게슴츠레한 눈빛으로 맞담배를 태우며 서로를 희롱하던 두 사람이 주춤거리며 길을 열자 그들을 신호 삼아 안쪽으로 향하는 길이 홍해처럼 갈라졌다. 쫓기는 사람처럼 인파를 헤쳐 가는 동안 그들만의 공간에 눈과 귀가 틔었다. 그들의 시선에서는 이성을 바라보는 호기심 따위라곤 전혀 찾아볼 수가 없다. 한 사람을 지나 또 한 사람, 그리고 또 다른 사람을 지날수록 나는 불청객에 지나지 않음을 오감으로 느낄 수 있었다.

홀을 지나 바에 이르러 바텐더들과 마주했다. 여유롭게 칵테일을 마시던 손님들의 미묘한 변화를 알아차린 걸까. 그들 역시 일제히까지는 아니더라도 이미 대부분이 나를 바라보고 있다. 그들의 시선이 너무 부담스러워 '일들 보세요!' 하고 들어왔던 길을 되짚어 나가고 싶지만 뒤돌아본 홍해는 다시 사람으로 가득 메워진 채 나가는 길을 가로막고 있었다. 바글바글이란 단어로밖에 표현할 길이 없는 홀과 시야를 방해하는 사이키에 속이 메스꺼울 지경이다.

바의 안쪽으로 보이는 좁은 여닫이문. 저 문 너머에 서재로 가는 계단이 있다. 눈알이 튀어나오도록 째려본들 문이 알아서 열릴 리가 없는데, 낯선 곳에 혼자 남겨진 아이처럼 도대체 어떡해야 좋을지 모르겠다. 내가 남탕에 들어온 것도 아닌데 왜들 이렇게 당황하는지 모르겠다.

하긴, 알몸을 보이는 것보다 자신의 성향이 알려지는 게 더 싫은 사람도 분명 있을 거다. 그나저나 손님이 왔으면 눈인사 정도는 해 줘야하는 거 아닌가. 자리에 앉아 헛기침만 하고 있자니 목이 칼칼하고 속이 바짝바짝 타오른다.

"여기요."

일부러 고개를 빳빳이 들고 목청을 높여 바텐더를 불렀다. 나까지 당황스러워하면 오히려 저들에게 실례가 될 것 같다는 생각이 들어서다.

"어서 오세요."

"물 좀 부탁해요. 그리고 데킬라요."

"네, 알겠습니다."

술을 주문하자 바텐더의 표정이 한결 가벼워졌고 불편한 기색으로 나를 흘끔거리던 사람들도 하나둘씩 들고 있던 술잔에 집중하는 눈치다. 선희와 함께 왔을 때 봤던 바텐더를 찾아 여기저기를 두리번거리던 내 앞에 빛깔 고운 유리잔이 놓였다.

"날씨가 추워서 따뜻한 물로 가져왔어요."

연분홍 립스틱을 바른 그의 입술에 정신이 팔려 있는데 어디선가 나타난 선희의 목소리가 '실례야.' 하며 눈을 가렸다. 서둘러 시선을 정리하고 보니 바텐더는 어느새 등을 보이고 있다.

"저기요."

우물쭈물 그를 불러 세웠다. 여전히 사방에서 느껴지는 시선들로부터 자유롭기 위해서는 얼른 박원호를 만나야 한다는 생각이 들었기 때문이다.

"데킬라는 곧 준비될 거예요."

"아뇨, 누굴 좀 찾아왔는데요."

말이 떨어지기 무섭게 바로 옆자리에서 '그거 보라니까' 하는 소리가 들려왔다. 남자랑 춤바람 난 연인이라도 찾으러 온 줄 아는 걸까.

"누굴 찾으시는데요?"

술보다 많은 종류의 인간을 메뉴로 준비해 두기라도 한 듯 서슴없이 누굴 찾느냐고 묻는다.

"박원호 씨요."

말끝을 흐린 탓인지 내 쪽으로 다가와 허리를 숙이며 '네?' 하고 묻는 남자를 향해 조금 더 큰 소리로 또박또박 말했다.

"박.원.호. 씨요."

또박또박 끊어 말해도 반응은 마찬가지다.

"예?"

이 사람은 사장님 이름도 모르나? 부글거리는 속을 애써 웃음으로 감추며 다시 얘기하려는 순간 내 앞에 데킬라를 내려놓은 다른 바텐더가 그의 옆구리를 찌르며 '보스 얘기 하는 거 아냐?' 하고는 확인하듯 나를 쳐다본다. 이어 누굴 찾아왔느냐 되묻던 사람도 '보스요?' 하고 놀란 표정으로 물었다. 그래, 너희들 보스 좀 만나야겠어. 여기는 내 구역이거든……이 아니라.

"네, 사장님이요."

보스라니, 조직폭력배도 아니고. 게다가 화장하고 쫄티 입은 어여쁜 조직폭력배.

"죄송합니다. 사장님 이름은 따로 부를 일이 없어서 깜빡했어요."

내 표정이 심상치 않았는지 보스라는 호칭을 사장님으로 바꾸며 얼굴을 붉힌다.

"근데 계신가?"

"안 계실걸?"

카키색 머리의 바텐더가 묻자 갈색 머리의 바텐더가 대답했다.

"그러게, 나도 오늘 못 봤는데."

난처한 얼굴의 갈색 바텐더를 뒤로하고 카키색 바텐더가 나섰다.

"잠깐 기다리세요."

그러고는 조금 떨어진 곳에서 손님과 얘기를 주고받으며 칵테일을 만들고 있는 사람에게 다가가 나를 가리키며 뭔가를 얘기하자, 그 사람 역시 의외라는 표정으로 이쪽을 바라본다. 그들의 대화를 가늠하며 마음 졸이기가 싫어 데킬라를 단숨에 비워 냈다.

"한 잔 더 주세요."

쓸쓸함에 구겨지는 미간을 억지로 펴 가며 최대한 자연스럽게 말하자 갈색 바텐더마저 알겠다는 말을 남기고는 어디론가 사라졌다. 뭐가 어찌 된 건지 그래서 내가 찾는 박원호 씨가 있다는 건지 없다는 건지 모르겠다. 다른 두 사람은 여전히 나와 서로를 번갈아 보며 얘기를 주고받는 중이다. 그리고 난 아직도 그날 밤 선희와 함께 봤던 바텐더를 찾지 못하고 있다. 그 사람은 나를 바로 알아볼 텐데.

원규랑 말을 맞추든 말든 미리 전화해서 약속을 잡고 올 걸 그랬나 싶을 무렵 웨이비 헤어를 맵시 있게 다듬은 바텐더 하나가 친절하게 웃으며 내 앞에 섰다.

"사장님 만나러 오셨다구요?"

"네."

"연락이 안 되셨나 봐요?"

"전화를 안 받으셔서요."

이 여자가 혹시 우리 사장님한테 반한 스토커는 아닐까 하는 표정이다.

"지금 자리에 안 계신데요."

"언제쯤 오실까요?"

"사장님이랑 어떻게 아는 사이세요?"

이것들이 진짜. 박원규나 이 사람이나, 이쪽 사람들은 질문에 질문으로 응수하는 게 관례라도 되나. 게다가 할 말 없게 만드는 질문만 골라서 하는 상당한 재주들을 가졌다.

"그냥……."

사장님의 죽은 동생이랑 사귀던 남자의 와이프. 이거 말고 달리 나를 설명할 말이 있을까?

"전 그냥……."

머뭇거리는 나를 안쓰럽게 바라본다.

"동생이에요."

155

"동생이요?"

"네."

"죄송하지만."

남자가 말을 끊고 자신을 부르는 손님들에게 기다려 달라는 듯 손짓을 했다.

"우리 사장님은 여동생 없는데요."

"그냥 아는 동생이에요. 얼마 전에도 왔었는데, 혹시 김선……."

"어쨌든 일단 오셨으니까 기다려 보세요. 이맘때는 자주 가게를 비우시거든요."

"안 오실 수도 있나요?"

남자가 나를 빤히 바라본다.

"성함 가르쳐 주시면 말씀드릴게요."

"한요은이에요."

"저 그리고, 죄송한데요."

귀찮은 것도 같고 난감한 것도 같은 표정이다.

"안쪽으로 자리를 옮겨 드려도 될까요?"

"네?"

"다른 손님들께서 불편해하셔서요."

지금 내가 마시는 건 술이 아니라 물인가? 나도 엄연히 손님인데 말이다.

"정말 죄송합니다."

"그러세요."

죄송하다는데 앉은 자리에서 버틸 수는 없는 노릇이라 남자의 안내에 따라 자리를 옮겼다.

구석 자리로 옮겨 앉아 주변의 시선이 불편할 때마다 스스로를 격려하며 술잔을 비웠다. 비워 낸 잔을 바로바로 가져가 버리니 내가 얼마나 마셨는지 알 수는 없지만 숨에서 단내가 나는 걸 보니 그만 마셔야 할 것 같다. 별로 마시지도 않았는데 며칠 동안 밖으로 돌아서 그런지 컨디션이 받쳐 주질 않는다. 바텐더 하나가 내 앞에 술잔을 내려놓으며 뭔가를 말하는데 알아들을 수가 없다. 근데 왜 자꾸 술을 가져오는 거지? 잔을 비우기 무섭게 또 다른 잔이 놓여 있는 게 벌써 몇 번짼지 모르겠다.

"여기요—"

혹시나 내 목소리가 음악에 묻혀 버리면 어쩌나 생각하며 목소리를 높이자, 바텐더가 무슨 일이냐는 듯 다가와 허리를 숙였다. 그런데 아까 봤던 그 사람이 아니다. 아닌가? 그 사람이 맞는데 내가 취해서 구분을 못 하는 건가?

"저 안 시켰는데요."

"네?"

"저. 주문. 안 했어요."

"잠시 확인해 볼게요."

어리둥절한 표정으로 주변을 보던 그가 잠시 기다리라며 자리를 비웠다. 그러고 보니 아까 본 갈색 머리와 카키색 머리 바텐더가 보이질 않는다. 내 이름을 알아 간 웨이비 헤어도 자리에 없다. 박원호 씨를 데리러 갔나?

"잔 비워 놓지 말라고 하신 거 아니었어요?"

"네?"

"그렇게 표시돼 있는데요."

"그런 말 한 적 없는데요."

난감한 표정의 새로운 바텐더가 다시 한 번 기다려 달라는 말을 남겨 놓고 어디론가 사라져 버렸다. 술기운 때문인지 고막을 울려 대는 음악 때문인지, 갑자기 머리가 욱신욱신 저리다.

고개를 돌리자 무대 한가득 몸을 흔드는 사람들이 보인다. 저게 과연 사랑에 아파하는 사람들의 모습인가? 세상에 허락받지 못한 사랑,

떳떳하지 못한 사랑이라 이런 곳에 꼭꼭 숨어 있는 건가? 세상에 떳떳하지 못하다면 사랑이 아니라 욕구다. 쉬쉬해 가면서 눈치 보는 건 사랑이 아니다. 단지 변태성욕일 뿐이다. 저들도 그걸 알기에 여기까지 숨어 들어온 거 아닐까?

하지만 저들에게 손가락질하고 돌을 던질 자격이 나한테 있기는 할까? 육체에 목마른 건 저 사람들뿐만이 아니다. 이성을 사랑하는 세상도 마찬가지다. 동성을 사랑한다는 이유로, 마음이 아니라 몸을 원한다는 이유로 저들을 욕할 수 있을까. 원규와 잠자리를 하지 못해 힘들어했던 나 역시 원규의 몸을 원한 거 아니었나? 몸을 원한 게 아니라고, 몸만 원한 게 아니라 마음과 더불어 몸까지 원한 거라고 변명할 여지가 있을까?

갑자기 구역질이 나서 술병에 마개를 채우듯 두 손으로 입을 틀어막으며 몸을 일으키자 낌새가 심상치 않음을 눈치챈 바텐더 하나가 얼른 다가온다. 현기증을 이기지 못하고 어딘가에 기댄 사이 바를 돌아 나온 그가 곤란한 표정으로 날 부축하며 계속해서 뭔가를 얘기하고 있는데 하나도 알아들을 수가 없다. 고막 안쪽에 증폭기를 설치한 것처럼 머리를 윙윙 울려 대는 음악 소리에 금방이라도 두개골이 부서질 것만 같다. 도대체 여기 있는 사람들은 이 음악을 어떻게 견뎌 내는 거지?

가까스로 화장실 문을 박차고 들어간 것까지는 좋았는데, 서로를 부둥켜안은 두 남자를 보자 참고 있던 구역질이 확 올라왔다. 고정관념, 편견, 선입견…… 뭐라고 표현해도 할 말이 없다. 어쨌든 난 남자들끼리 저러고 있는 모습이 처음이니까.

마른 화장실에 날벼락. 토한 것이 미안하고 두 사람의 밀회를 본 것이 무안해서 기절이라도 하고 싶은데, 숨을 쥐어짜는 구역질이 도무지 멈출 생각을 않는다. 안주 없이 술만 마셔서 천만다행이라고 생각하며 오장육부에 차곡차곡 쌓아 둔 술을 토해 내는 동안 서로를 안고 있던 두 사람이 비명을 지르며 나를 피해 나갔다. 물론 비명만 지른 건 아니겠지만 역류하는 술기운에 귀가 막혀 버린 나로서는 그들이 하는 말을 알아들을 수가 없다. 단지 좁은 화장실 벽을 쩌렁쩌렁 울려 가며 피부에 닿는 공기의 흐름으로 볼 때, 그들이 제법 큰 소리로 말한 것 같다고 짐작만 할 뿐이었다.

그런데…… 이상하다. 토하면 괜찮을 줄 알았는데 전혀 그렇지가 않다. 시간이 갈수록 입이 바짝바짝 마르고 미간이 묵직하게 내려앉는다. 그렇게 얼마의 시간이 흘렀는지 모르겠다. 누군가 뒤에서 나를 부축해 일으키는 것 같은데 마음 같아서는 괜찮다며 거절하고 싶지만 몸이 제대로 움직이질 않는다.

"괜찮아요?"

어렴풋이 사람의 목소리가 들린다. 귓구멍을 막고 있던 술이 다 빠져나간 모양이다. 하지만 겨우 소리가 들리는구나 싶은 순간, 이번에는 눈앞이 아득해졌다.

잠시 눈을 감았다 뜬 것처럼 멀쩡한 정신으로 잠에서 깼다. 분명히 눈을 뜬 거 같은데 주변은 여전히 캄캄하다. 아직 꿈을 꾸고 있는 걸까? 다시 눈을 감았다 뜨기를 여러 번. 내가 어딘가에 누워 있음을 깨달았다. 손가락을 움직여 누운 곳을 더듬자 부드러운 시트커버가 손끝에 감기며 감각을 두드린다.

분명 가게에서 박원호를 기다리고 있었는데, 기억의 일부분을 뭉텅 잘라 낸 듯 아무것도 생각나질 않는다. 영화를 보다 필름이 끊겨 버린 듯 관객들의 웅성거림이 머릿속 깊은 곳에서 울려오고 정신이 또렷해질수록 몸은 무거워진다. 이대로 누워 있으면 무게를 견디지 못하고 침대에 먹혀 버릴 것 같다.

침대……? 침대라니?

정신없이 몸을 일으켜 사방을 둘러봤지만 보이는 거라곤 하나도 없다. 부들부들 떨리는 손으로 눈자위를 눌러 봤다. 눈이 없어진 것도 아닌데 왜 아무것도 안 보일까. 칠흑마저 삼켜 버린 지독한 어둠에 압

도당한 채 기억을 되짚어 봤지만 너무나 깨끗하다. 마치 나란 인간의 존재 자체가 지워졌던 것처럼, 바에 앉아 술을 마시기 시작한 후의 기억이 사라져 버렸다.

침대가 있다면 어딘가에 조명도 있을 거라 생각하며 손으로 주변을 더듬는 사이, 어둠에 익숙해진 시야에 주변의 실루엣이 잡히기 시작했다. 침대 머리맡의 램프를 켜자 내부의 모습이 한눈에 들어왔다.

침실이다. 아니, 객실이다.

흠칫 놀라 침대에서 일어서자 이불이 흘러내리며 입고 있던 옷이 드러났다. 그런데…… 처음 보는 옷이다. 셔츠도 바지도 모두 처음 보는 옷이다. 허벅지까지 내려온 셔츠는 분명 남성용이다. 그리고 바지도 밴드 부분이 헐거울 정도로 사이즈가 크다.

내가 왜 이런 옷을 입고 있지?

두 팔을 들어 몸을 더듬자 손이 닿는 곳마다 뻐근한 통증이 느껴지고 헐겁게 몸을 감싸고 있던 바지가 툭— 하고 바닥에 떨어졌다. 반사적으로 몸을 숙여 바지를 올리려는 순간 아랫배에서 낯선 통증이 느껴졌다.

주체할 수 없는 한기에 부들부들 떨어 가며 호텔 이름을 확인했다.

Hotel Hamilton.

제일 먼저 생각난 건 112였다. 하지만 전화해서 뭐라고 한단 말인가. 내가 지금 호텔에 있는데 온몸은 멍투성이고 옷이랑 핸드백이 없어졌다고? 아니면, 필름이 끊겨서 그러는데 잃어버린 기억을 좀 찾아 달라고?

차라리 어딘가에 감금된 상태였다면 목숨을 걸고서라도 빠져나가려 했을 테지만, 마음만 먹으면 언제든 나설 수 있는 곳에 날 고이 모셔 둔 사람이 누군지 알아야 했다. 내심 그 사람이 원규일지도 모른다고 생각했다. 술 취한 나를 위해 원규가 이태원으로 왔고, 어쩌다 보니 엉망이 되어 버린 옷을 갈아입혀서 이곳에 데려다 놨을지도 모른다고. 생각만이 아니라 진정으로 그렇기를 바라며 원규의 번호를 눌렀다.

몇 번이나 음성메시지로 넘어가는 수화기를 붙들고 한 번, 또 한 번, 다시 한 번, 갈수록 재다이얼을 누르는 간격이 짧아졌다. 수화기를 든 손목에서 옷소매가 흘러내리고 검푸른 멍으로 남은 누군가의 손자국에 시선이 멎을 즈음…….

— 여보세요.

원규가 전화를 받았다.

— 말씀하세요.

원규가 아닌가 보다. 갑작스러운 전화에 귀찮은 기색이 역력한 걸 보면, 날 여기에 데려다 놓은 사람은 확실히 원규가 아니다.

— 여보세요?

그만 끊어야 하는데, 아무것도 확실하지 않은 이 상황을 원규가 알아서 좋을 게 없는데, 한 번만 더. 무슨 말이든, 아무 의미 없는 말이라도 좋으니 원규의 목소리를 듣고 싶다.

— 여보세요?

그래, 끊자. 그리고 얼른 여기서 나가자. 나가서 분당으로 가는 거다. 가면 원규가 있을 테니 일단 가고 보자. 거길 왜 찾아갔느냐고 이게 무슨 꼴이냐고 탓하면 잠자코 원망을 들어 주면 된다. 한겨울 추위에 고작 바지와 셔츠뿐이고 신발조차 없지만, 그래서 또 한 번 원규의 핀잔을 듣게 되더라도…… 집으로…… 가고 싶다.

— 혹시 형이에요?

여긴 이태원이니까, 이태원에서 원규한테 전화할 사람은 그 사람뿐이니까. 하지만 생각과는 달리 속은 여지없이 무너지고 만다.

— 전화했었어요.

조용히 수화기를 내려놨다. 그리고 선희의 번호를 눌렀다. 선희도 원규처럼 발신번호로 미뤄 그 사람을 떠올려 줬으면 좋겠다. 원규만 그런 게 아니었으면 좋겠다.

— 네.

난 대체 뭘 바라는 걸까. 왜 매번 상처받으면서도 온전히 내려놓지를 못할까.

— 여보세요?

선희에게서 원규와 같은 반응을 바라는 내 모습이 너무 우습다. 그리고 그런 나를 비웃기라도 하듯 선희는 이내 전화를 끊어 버렸다. 누구의 반응이 정상인지 생각하고 싶지 않아 다시 선희의 번호를 눌렀다.

— 네?

"선희야."

입 안이 퉁퉁 부어 풍선껌을 통째로 물고 있는 듯 웅얼거리는 목소리. 치열에 닿은 혀끝에서 느껴지는 날카로운 통증을 그제야 자각했다.

— 여보세요?

"나."

— 한요은? 요은이야?

"어."

— 너 목소리가 왜 그래? 어디야?

"선희야 나 좀……."

— 뭐야. 너 어디야?

광대뼈에 벌어진 상처로 눈물이 흐르자 살갗이 타들어 가는 듯 고통스럽다.

— 여보세요? 요은아?!

부어오른 눈자위를 소매로 닦다가 그 끝에 새겨진 알파벳에 시선이 멎었다.

— 요은아? 여보세요? 한요은?

비스듬한 필기체로 정성스럽게 수놓인 W와 H. 그리고 어렴풋하지만 너무나 강렬한 향기.

"어……."

처음 그의 서재에 들어갔을 때 향기롭게 온몸을 감싸던 그 향이다. 내 옷을 벗기고 이 옷을 입혀 놓은 사람이 누군지 알 것 같다. 틀림없이 그의 향이다.

— 뭔데? 무슨 일인데?

"이태원이야. 해밀턴 호……텔에 있어."

— 해밀턴?

"어."

— 갈게. 바로 갈게.

난 이 상황을 어떻게 설명해야 하는 걸까. 오빠라고 부르는 것도 조심스럽던 선희의 마음을 안다면 당장 전화를 끊고 그 사람에게 직접 연락해야 하는데 그럴 수가 없다. 아랫배에, 아니 그보다 더 아래에 느껴지던 통증이 징그러운 벌레처럼 몸을 기어오르기 시작했다. 이 통증이 뭘 의미하는지 모르겠다. 모르고 싶다. 그러면서도 욕실로 향하는 걸음을 멈출 수가 없다.

거울 앞에 서자 멍투성이의 얼굴로 나를 바라보는 낯선 여자가 보였다. 내가 손을 올리면 그 여자도 손을 올리고, 내가 셔츠의 단추를 끌러 내면 그 여자도 나를 따른다. 거울 속 여자의 시선을 피해 바지를 내렸다. 속옷 라인 아래로 붉게 긁힌 자국이 선명하고 허벅지 안쪽은 뭔가로 내리누른 듯 검푸르게 멍이 져 있다. 그리고 벗어 놓은 바지 안쪽에 선명한 혈흔. 그 혈흔이 각막을 흐르는 선혈처럼 시야를 가렸다. 곧이어 머리가 아니라 몸이 기억하는 편린들이 날카로운 바늘처럼 뇌를 찌르기 시작했다.

머릿속에 벌집을 옮겨 놓은 듯 수만 마리 벌들의 날갯짓이 소름 끼치도록 가까이에서 들려온다. 이 순간 내가 제일 두려운 것은 주체할 수 없는 배신감에 몸을 떨고 있는 나 자신이다. 그 배신감은 원규를 향한 것도 또 다른 누구를 향한 것도 아니었다. 내가 용서할 수 없는 건 바로 나다. 나 자신에게 구역질이 나서 참을 수가 없다.

"왜…… 왜…… 왜에—!!"

정신을 차려 보니 산산조각이 돼 버린 거울 파편 속에서 보다 많은 시선들이 나를 노려보고 있었다. 부들부들 떨리는 손으로 찬물인지 더운물인지 모를 물을 받아 몸에 끼얹었다.

그리고 한참이 지나 다시 정신을 차렸을 때, 나는 샤워 가운만 걸친 채 엘리베이터 앞에 서 있었다. 내내 창문을 열어 놔도 가시지 않던 악취가 여기까지 나를 따라온 것만 같아 소름이 끼친다.

엘리베이터 문이 열리면 엄마가 나를 맞아 주는 건 아닐까. '나쁜 꿈 꿨니?' 하고 물으며 날 안아 줬으면 좋겠다. 어디선가 괘종시계가 울리기 시작했다. 『이상한 나라의 앨리스』에서처럼, 곧 우스꽝스러운 차림의 토끼가 회중시계를 들고 나타날 것만 같다. 댕— 댕— 댕— 지금이 아니면 이 굴을 빠져나갈 기회가 사라질지도 모른다.

그렇게 현실과 비현실, 이성과 실성 사이를 오가는 동안 엘리베이터 문이 열렸다. 하지만 텅 빈 공간에는 아무도 없다. 엄마도 없고 양복 차림의 토끼도 없다. 젖은 몸에 샤워 가운을 깊이 여민 나밖에 없다.

춥다.

내가…… 내가 아닌 것 같다.

춥고 아프다.

멀어지는 의식이 이렇게 기꺼운 적이 또 있었던가. 이대로 다시 눈을 뜨지 않았으면 좋겠다.

'누나— 누나아— 나도 같이 가.'

낯익은 풍경 속에 어릴 적의 나와 동생이 보인다. 마치 기억의 일부를 들여다보고 있는 것 같다.

'싫어. 나만 갈 거야.'

나는 동생이 싫었다. 나는 그렇다 치고 오빠가 설 자리마저 앗아 간 남동생이 미웠다. 그 조그만 아이가 오빠와 나를, 나아가 엄마까지 아버지에게서 밀어낼까 봐 때로는 동생이 어디론가 사라져 버렸으면 좋겠다는 생각도 했다. 그런데 이상하게도 동생은 같은 핏줄인 언니보다 나를 더 따랐다. 자길 데려가지 않으면 어머니께 이른다는 말에 겁먹은 내가 숙제부터 하겠다며 둘러대자 옆에 앉아 한참을 재잘대던 동생은 어느새 곯아떨어지고 만다.

난 그제야 슬금슬금 대문을 빠져나가 학교로 갔다. 또 늦으면 안 끼워 준다는 말에 동생을 원망하며 아이들이 만든 모래폭탄을 비닐봉지에 조심조심 넣고 있는데 남동생이 울먹이며 운동장에 들어섰다.

'누나ㅡ 나도 같이 해ㅡ'

데리고 가겠다 약속해 놓고 몰래 빠져나온 나에게 배신감을 느낀 동생이 서럽게 흐느끼며 손등으로 콧물을 닦는 모습이 왜 그렇게 미웠을까. 벌떡 일어나서 안면을 바꾼 채 당장 집에 가라며 소리를 지르는데도 동생은 다가오는 걸음을 멈출 줄을 모른다. 예나 지금이나 고집이 대단한 녀석이다.

'안 가? 빨리 가라고!'

하얗게 눈을 흘기며 동생을 노려보다가 봉지에 넣었던 모래폭탄을 손에 집어 들었다. 동생은 그런 나를 보면서도 걸음을 멈추지 않는다. 사실 나는 겁이 났다. 동생을 귀애하는 어른들 때문에 나와 오빠는 이렇게 아프고 힘든데, 동생을 예뻐하는 건 엄마와 오빠에 대한 배신이라고 생각했다. 어린 마음에 그런 불공평한 일이 생길까 봐 동생을 피하고 싶었던 거다.

'데려간다고 했잖아…… 흐윽…… 엄마아ㅡ'

'너랑은 안 놀아!'

'엄마한테 일러 준다……. 으앙…….'

그 나이에는 서러우면 엄마를 찾게 되어 있다. 어린아이에게는 무조건반사와도 같은 일인데 나는 동생이 어머니부터 찾는 것이 제일 싫었다. 나이도 어린 녀석이 나의 약점을 간파하고 있다는 피해의식 때문에 동생이 어머니를 찾으면 화부터 내곤 했다.

손을 떠난 모래 파편이 불행하게도 동생의 얼굴에 명중했을 때, 하마터면 비명을 지를 뻔했다. 맹세코 동생을 맞출 생각은 없었다. 그냥 겁만 주려고 했을 뿐이다. 동생의 서러운 울음에 당장이라도 달려가서 괜찮으냐고, 미안하다고 말하고 싶었다. 하지만 모래로 범벅이 된 얼굴을 털어 내면서도 나만 찾는 동생에게 선뜻 다가서지를 못했다.

'누나…… 누나아…….'

아이들과 함께 도망치듯 운동장을 우르르 빠져나가면서도 동생의 울음소리가 회초리처럼 가슴에 박혔지만, 그때는 너무 어려서 내가 동생을 걱정하고 있다는 것을 알 수 없었다. 친누나였다면, 친동생이었다면 조금 달랐을까. 그랬다면 어린 동생을 마음껏 예뻐할 수 있었을까. 차라리 동생이 어머니를 찾으며 울었다면 그날을 돌아보는 지금의 내가 조금은 덜 아플지도 모른다.

화풀이 대상으로 다른 학교의 놀이터를 멋지게 정복하고 집으로 돌아와 보니 각막을 심하게 다친 동생은 병원에 가고 없었다. 아버지는 고모들에게 맞고 있던 나를 대청마루에 세우셨다. 그리고 회초리 100대를 치시고는 맨발로 쫓아내셨다. 굳게 닫힌 대문 앞에서 얼마나 울었는지 모른다. 그때는 내가 아파서 우는 줄 알았다. 예리하게 갈라진 종아리가 아파서 눈물이 나는 거라고 생각했다. 그 눈물이 미안함에 흐르는 것임을 깨닫기에는 너무 어렸다.

뒤늦게 병원에서 돌아오신 어머니께서 맨발로 무릎을 끌어안고 우는 내 손을 잡아 주셨다. 승준이는 이제 괜찮다고, 다음부터는 절대 그러면 안 된다며 나를 보듬어 주셨다. 난 그제야 소리 내서 울 수 있었다. 그리고 그날 밤, 처음으로 경기를 했다. 머리가 무겁고 숨이 뜨거운 걸 말씀드릴 염치가 없어서 그냥 잠자리에 들었는데 눈을 떠 보니 병원이었다.

엄마. 우리 엄마가 보였다. 한없이 올라가는 체온을 견디기 위해 실신 상태에서 혀를 씹는 바람에 거즈뭉치를 입에 물려 놓은 상태였다. 그런 나를 안아 올리며 한참 동안 낮은 목소리로 내 이름을 부르는 엄마가 너무 슬퍼 보여서 아프다는 투정도 할 수 없었다.

엄마는 아직도 가끔 그 얘기를 꺼내신다. 어머니께 전화를 받고 달려가 보니 내가 의식을 잃은 채 거즈를 물고 누워 있더라고. 달뜬 열을 이기지 못하고 제 혀를 잘근잘근 씹어, 물려 놓은 거즈뭉치가 피범벅이더라고. 오랜 가뭄에 갈라진 논바닥처럼 고열에 마른 입술을 보면서 아무 말도 나오지 않더라고.

나흘 밤낮으로 정신을 잃고 그중 이틀은 고열과 싸웠으니 아이가 깨어나도 정상적인 생활을 기대하지 말라며, 의사는 두 어머니를 위로했다. 한쪽 뇌를 사용할 수 없을지도 모르고 신경계에 이상이 생겨 거동이 불편해질 수도 있다며 마음의 준비를 하라는 의사의 말에 엄마도 나와 함께 정신을 놓았었다고 한다. 다행히 나는 아무 이상 없이 깨어났지만, 의사의 말이 영 틀린 것은 아니었다. 뇌는 아니더라도 마음을 쓰지 못하게 됐으니까.

벌을 받았다고 생각했다. 고모들 말처럼 우리 엄마가 몹쓸 짓을 해서 천벌을 받은 거라고. 너무 무서웠다. 나 대신 죽고 싶었다는 엄마를 두고, 왜 엄마의 죄를 내가 받아야 하는지 왜 내가 이렇게 아파야 하는지만 생각했다. 시간을 돌릴 수 있다면, 그 시절의 나에게 말해 주고 싶다. 엄마한테는 아무 죄도 없다고. 엄마는 아버지를 사랑했고, 그게 엄마의 최선이었다고 그렇게 설명하고 싶다.

한번 벌어진 상처가 계속 덧나듯 이후로도 몇 번의 경기를 더 앓았고, 번번이 사나흘씩 사경을 헤맸다. 경기를 할 때마다 몸보다 마음이 더 아팠다. 동생에게 저지른 잘못과 가슴에 사무친 아버지의 회초리가 생각나서, 운동장 한가운데의 모래에 파묻히는 기분이 되고 말았던 거다.

왜 그때의 기억이 이렇게도 생생하게 눈앞에 보이는 건지 모르겠다. 주변이 너무 조용하고 몸이 너무 무겁다.

eeee

겨울이다. 이런 겨울에 은호가 떠났고, 곧 은호의 기일이기에 혹시라도 무슨 일이 생긴 건 아닐까 불안하다. 분당을 출발해 이태원에 닿기까지 계속 원호에게 전화했지만 통화가 안 된다. 마침내 가게 앞 골목에 들어선 원규는 시동을 끄는 것도 잊은 채 휴대폰을 팽개치고 차에서 내렸다.

새벽 5시 30분. 가게는 텅 비어 있었다. 영업이 끝났을 시간이니 가게가 비어 있는 건 당연하다. 하지만 문이 열린 채 아무도 없는 건 당연한 일이 아니었다. 홀을 지나 bar에 이르자, 말 그대로 난장판이다.

금요일 새벽이면 유난히 사람이 많이 모여들긴 하지만 다음 날 영업을 위해 말끔히 치워져 있어야 하는데, 마치 장사를 하다 만 것처럼 칵테일 셰이커들이 여기저기 널브러져 있다. 그뿐 아니었다. 서재로 올라가는 통로의 문도 비스듬히 열린 상태다. 항상 굳게 닫혀 있어서 문인지 벽인지도 모를 정도로 사적인 공간이었기에, 불길한 느낌을 지울 수가 없다.

"형—"

대답이 있든 없든 올라가 보기로 마음을 먹은 원규가 통로 입구로 들어서자 카펫 위로 뭔가 스미며 신발 밑을 질퍽하게 만들었다. 원규는 흠칫 놀라 한 손으로 통로 벽을 의지한 채 허리를 숙였다. 하지만 창문 하나 없는 지하인 데다 조명까지 어두워 뭐가 뭔지 모르겠다.

"원호형—"

서너 계단씩 통로를 올라 서재에 들어서자 더욱 기가 막혔다. 맞은편 책장과 책상이 있는 곳을 제외하면 발 디딜 틈이 없을 정도로 엉망이다. 소파는 저만치 물러나 있고, 바닥을 뒹구는 장식장의 유리는 죄다 깨져 있다. 뒤집힌 쓰레기통에서는 쓰레기봉투가 반쯤 터진 채 내용물을 훤히 드러내고 있는 데다 군데군데 짙은 갈색으로 얼룩진 핏자국이 보였다.

'설마.'

아래층으로 내려와 손을 카펫 위로 누르자 끈적이는 액체가 차갑게 감겨 온다. 바를 밝히고 있는 조명에 의지해 들여다본 것은 확실히 피였다. 불현듯 원호가 난처한 상황에 처했을지도 모른다는 생각이 들었다. 도대체 무슨 일일까. 은호 때문에 이기지도 못할 술을 마시고 다치기라도 한 건가. 누군가 인사불성이 된 원호를 데려가라고 전화했던 걸지도 모른다. 그는 정신없이 가게 안을 살피기 시작했다.

"형!"

원규는 이태원 발신의 낯선 번호가 요은의 전화였을 거라고는 상상조차 하지 않는다. 이제 다 끝이라며 가양동으로 가겠다던 그녀였기에 처음부터 가능성을 배제하고 있는 것이다.

"민기야—"

홀을 지나 왼쪽으로 보이는 통로로 들어갔다. 통로 끝의 주류 창고는 굳게 잠겨 있었다.

"주벽아—"

통로를 나오면서 오른쪽의 화장실을 살펴보고 조금 더 걸어 나와 왼쪽의 탈의실까지 열어 봤지만 아무도 없었다. 그런데 탈의실도 엉망이다. 위층의 서재처럼 피범벅인 상태는 아니지만 출입문이 있는 벽면을 제외한 삼면에 빼곡하게 설치된 행거들이 죄다 무너져 있었다. 누군가 행거에 의지하고 서는 통에 무게를 이기지 못하고 뒤로 넘어간 모습이었다.

"서준아—"

그나마 그가 알고 있는 몇 안 되는 이름을 죄다 불러 가며 다시 홀로 나와 bar 안쪽의 통로에 서려는데 와인 렉 제일 위에 올려져 있던 물건이 원규의 시선을 붙들었다. 레드와인 색상에 스티치가 독특해 유난히 눈에 띄는 핸드백이다. 단순히 스티치뿐만이 아니다. 골드 체인 속에 레드와인의 가죽 스트랩을 넣어 세상에 하나뿐인 가방을 선물한 사람이 바로 원규 본인이었다. 물론 며느리 사랑이 각별하신 모친의 닦달이 있긴 했지만 말이다.

핸드백 안에는 지갑과 휴대폰이 고스란히 들어 있다. 요은이가 다녀간 게 확실했다. 혹시 이 난장판이 그녀와 관련된 걸까 생각하던 원규는 차에 팽개치고 내린 휴대폰 대신 요은의 휴대폰을 쓰기로 했다. 하지만 누구한테 먼저 전화를 해야 할지 모르겠다. 원호의 번호 외에는 바에서 일하는 누구의 번호도 모른다. 휴대폰이 여기 있으니 요은이와 통화할 수 있는 것도 아니다.

'아— 한요은.'

입 밖으로 나온 말은 아니지만 머릿속으로는 몇 번이나 같은 말을 되풀이하고 있다. 도대체 여긴 왜 왔을까. 분명 가양동으로 간다고 하지 않았던가. 도곡동 사무실을 나와 오늘까지, 나흘간 무슨 일을 하고 다녔는지 모르겠다.

문을 닫는 것도 잊은 채 가게를 나선 원규는 가파른 계단 앞에 넋을 놓고 섰다. 새벽에 여러 차례 걸려 온 전화. 엉망이 된 가게 내부. 연락조차 안 되는 박원호. 하지만 무엇보다 원규의 신경을 붙드는 것은 바로 그녀의 핸드백이다. 이 순간 가장 그를 심란하게 만드는 사람은 한요은. 바로 그녀다. 하지만 원규는 그런 본인의 감정을 살필 겨를도 없이 가파른 계단을 올라 깎아지른 내리막을 달리기 시작했다.

그가 곧장 향하고 있는 곳은 해밀턴 호텔이었다. 차로 가면 유턴을 해서 돌아와야 하니 차라리 뛰는 게 빠르다는 판단으로 정신없이 달리면서도, 골목마다 밤새 놀다 나온 사람들을 지나치는 내내 혹시 그들 중에 요은이가 있는 건 아닌지 신경이 곤두선다. 자주 오는 사람도 길을 잃기 쉬운 이곳 어딘가에서 그녀가 헤매고 있을 것만 같다.

원규는 로비에 들어서자마자 곧장 프런트로 달려갔다. 해 뜨기 전의 한산한 로비에 레드와인 핸드백을 손에 움켜쥔 남자가 갑자기 달려든 탓인지 프런트의 시선이 모두 그에게로 쏠렸다.

"안녕하……."

"객실 번호를 알고 싶은데요."

원규가 안녕하시냐는 인사를 들을 새도 없이 말하자 스태프는 난감한 표정을 감추기 위해 어색하게 미소를 지었다.

"몇 호실로 연결해 드릴까요?"

"아뇨, 제가 알고 싶은 게 그겁니다."

"네?"

"오늘 새벽에 이쪽 객실에서 걸려 온 전화를 받았어요. 객실 번호 좀 알아봐 주시겠어요?"

"실례지만, 객실 번호를 모르시는 겁니까?"

"네. 발신번호로 다시 전화했는데 곧장 프런트로 연결이 됐어요."

"정말 죄송하지만, 객실 번호는 사적인 정보라 공개해 드릴 수가 없습니다."

"전화를 받았다니까요."

"죄송합니다."

"794에……."

"무슨 일이시죠?"

매니저쯤으로 보이는 남자가 스태프를 물리고 원규의 앞으로 서며 묻자, 다시 원점이라는 생각에 다급해진 그가 이를 악물었다.

"794에 0312번에서 전화가 왔는데 통화가 끊겼어요. 객실 번호를 알고 싶어서 왔습니다."

"잠시 안쪽으로 모셔도 될까요?"

"네?"

"실례지만 곧 조식뷔페 시간이라 다른 고객님들께서 놀라실 것 같아서요."

원규는 그의 시선을 따라 자신의 모습을 살피고 나서야 무슨 말인지를 이해했다. 오른손과 셔츠에 묻은 피. 남자의 시선을 보니 아마 얼굴에도 핏자국이 있는 모양이다.

"안쪽에서 도와 드리겠습니다."

매니저를 안내를 따라 프런트 왼쪽으로 들어가자 스태프들의 휴게실이 보이고, 곧 경호원 두 사람이 입구를 막아섰다.

"우선 좀 닦으시죠."

매니저가 따뜻하게 적신 손수건을 원규에게 내밀었다. 하지만 원규는 머릿속을 휘젓는 숫자에 정신이 팔려 손가락 하나도 까딱할 수 없는 상태다. 7940312.

"저희 호텔 객실에서 걸려 온 전화를 받으셨다고요."

매니저가 손수건을 테이블 위로 놓으며 말했다.

"네."

"실례지만 저희가 발신번호를 확인할 수 있을까요?"

원규는 조금 늦더라도 휴대폰을 가져왔어야 했다는 생각에 이를 악물었다.

"휴대폰을 차에 두고 내렸어요."

"혹시 짐작되는 분이 있으신가요?"

"네?"

"짐작되는 분의 성함을 말씀해 주시면 투숙객 명단을 살펴보겠습니다."

"한요은이요."

원규는 조금의 망설임도 없이 박원호가 아닌 그녀의 이름을 말했다.

eeee

"스테로이드 호르몬을 투여하기는 했는데, 단순 쇼크라고 보기는 어려운 상탭니다. 흉부 청진 결과 인플루엔자 폐렴이 의심되는 상황이에요."

"폐렴이요?"

"체온 하강 상태에서 세균이 증식된 케이스죠. 저체온증과 고열증상이 갑작스럽게 나타나면서 뇌에 무리가 됐을 겁니다. 지금으로서는 합병증이 발생하지 않도록 최대한 애써 보겠지만, 우선은 환자가 열을 견딜 수 있느냐가 중요해요. 그리고."

의사가 곤란한 얼굴로 말끝을 흐리자 선희는 목이 바짝바짝 타들어 간다.

"타박상을 심하게 입은 상태더군요."

"타박상이요?"

"네. 그리고."

요은이의 목소리가 이상하긴 했지만 난데없이 타박상이라니, 이게 다 무슨 일인지 모르겠다.

"아, 보호자 되시죠?"

"친구예요."

"가족들한테는 연락이 안 되나요?"

"아뇨. 곧 남편이 올 거예요."

"어쨌든 일단 입원 수속 밟으세요. 9층 중환자실로 옮겼는데, 당장 면회는 안 됩니다. 매일 정오에 한 번 오후 6시 한 번 가능하세요. 면회 시간이 정해져 있으니까 이외의 시간에 용건이 있으시면 따로 면회 신청 하시고요."

"중환자실이요?"

"네."

"그럼 어떻게 되는 건가요? 언제쯤 의식이 돌아오는데요?"

"그게 좀 염려되는 부분이에요. 불가역성 쇼크 상태는 아닌 것 같은데, 의식이 없습니다."

"심장마사지 같은 건요? 왜 그……."

"호흡 자체가 멎은 건 아닙니다. 맥박도 잡히고 혈압 수치에도 이상은 없어요."

도대체 무슨 소리를 하는 건지 모르겠다. 호텔 프런트에서 요은의 이름을 대자 조금 전 응급 차량이 다녀갔다며 병원을 가르쳐 줬고, 그 길로 달려와 보니 요은은 이미 중환자실로 옮겨진 후였다.

"남편분이 오고 계신 거 맞습니까?"

"네. 곧 올 거예요."

"그럼 자세한 부분은 보호자와 얘기해야겠네요."

선희는 뭐가 바쁜지 건성으로 묵례를 한 후 복도 끝으로 사라지는 의사를 멍한 표정으로 바라봤다. 폐렴, 타박상, 그리고……. 또 뭐지? 분명 뭔가를 더 얘기하려다가 친구라는 말에 관두는 눈치였다.

빌어먹을 박원규는 뭐 하느라고 문자에 답도 없는지. 남편이 곧 올 거라고는 했지만 벌써 몇 번째 전화를 해도 음성메시지로 넘어가는 통에 속에서 천불이 날 지경이다. 한차례 더 전화를 하려고 휴대폰을 꺼낸 순간 때마침 원호에게 전화가 걸려 왔다. 선희는 그래도 둘 다 연락이 안 되던 상황보다는 낫다 생각하며 급히 전화를 받았다.

"여보세요? 사장님, 어떻게 된 거예요? 요은이 왜 저래요?"

— 호텔에 다녀간 게 선희 씨였어?

"요은이 어떻게 된 거냐고 묻잖아요!"

— 지금 가는 중이야. 가서 얘기해.

"박원규는 왜 전화도 안 받아요?"

수화기 너머로 운전석 문이 닫히는 소리가 들렸다.

— 가서 얘기할게.

급히 전화를 끊은 원호가 호텔 주차장을 벗어나 토크를 올리자 새벽녘의 이태원 대로변이 요란한 엔진 소리로 가득찼다.

요은의 담당의는 원규와의 대화를 거듭할수록 난감해졌다. 포기를 모르는 의지의 한국인을 진료실에서 만나는 것만큼 피곤한 일이 또 있을까. 안 된다면 그런 줄 알 일이지, 왜 이렇게 고집을 피우는 걸까. 하지만 원규는 한발도 물러날 생각이 없다. 선희에게 듣기로는 보호자에게만 얘기할 사항이 있다고 했다는데, 막상 담당의의 설명은 선희가 들은 것과 다를 게 하나도 없었기 때문이다.

"얼마나 상심이 크실지는 짐작되지만, 더는 드릴 말씀이 없습니다."

"그 말씀은 충분히 들은 거 같은데요. 하지만 제 아내……."

원규는 아내라는 단어가 어색해 잠시 말을 멎는다. 하지만 이내 냉정을 찾고 말을 이었다.

"남편으로서 그 사람의 상태가 어떤지 정확히 알아야겠습니다."

"아까 말씀드린 대로예요. 인플루엔자 폐렴, 타박상, 뇌병변. 다른 부분은 가능성일 뿐입니다."

얘기를 하고 보니 다른 부분이 있다는 걸 인정해 버린 셈이 되고 말았다. 그리고 원규가 그 부분을 놓칠 리 만무했다.

"뇌병변도 가능성 아니었나요? 그 사람 뇌에 당장 이상이 생겼다는 게 아니라 생길지도 모른다고 하셨죠."

"아니 그건……."

"그러니까 가능성일 뿐이라는 말씀은 그만하시고 무슨 문제가 있는지 말씀해 주세요. 아무리 가능성일 뿐이라도 저는 알아야겠습니다."

어디서 남편이라고 나타난 작자가 태권도도 유도도 합기도도 아니고 눈치만 백 단인지 모르겠다. 눈치 백 단이 아니라면 무슨 얘기를 어떻게 듣고 왔기에 감춰 둔 얘기를 마저 하라며 사람을 이렇게까지 몰아붙이는 걸까. 그를 곤란하게 만든 사람은 비단 원규뿐이 아니었다. 원규가 도착하기에 앞서 다녀간 원호도 마찬가지였다. 보호자라기에 당연히 그런 줄 알고 상담을 진행했는데, 마지막으로 산부인과적인 소견을 얘기하는 도중 보기 좋게 뒤통수를 맞았던 것이다.

'의료법에 의거해 환자의 건강이나 생명에 현저한 지장을 초래할 사항이 아니라면 굳이 말씀하실 필요 없지 않겠습니까? 특히나 그게 환자의 사회적인 지위와 관련된 문제라면 더더욱 그렇죠. 선생님께서는 의료 행위를 하시는 분이지 법의 권한 위에서 사회 정의를 실현해야 하는 분은 아니니까요.'

환자의 결정이 있기 전에는 누구에게든 산부인과적인 소견을 함구해 달라는 것이었다.

"어쨌든 환자의 건강이나 생명에 지장을 초래할 사항이 아니면 굳이 말씀드릴 의무가 없습니다. 저는 의료 행위를 하는 사람이고 제가 맡은 의무에만 충실하면 되니까요."

대화가 원점으로 돌아오자 원규의 표정에 불쾌한 기색이 역력했다. 그러거나 말거나, 담당의는 한시라도 빨리 이 지긋지긋한 상담을 끝내고 싶다는 생각뿐이다.

"말씀드렸다시피 한요은 씨한테 인플루엔자 폐렴, 타박상, 뇌병변 가능성 외의 다른 의학적 문제는 없습니다. 있다 해도 건강과 생명에는 전혀 지장을 줄 수 없을 정도로 경미하거나 이미 응급처치가 끝난 다음이니 걱정하실 거 없고요.”

이 정도 얘기했으면 그만 알아듣고 나가라는 듯 원규를 바라봤지만 애석하게도 전혀 그럴 생각이 없어 보인다.

“제가 옆에 있었던 것도 아니고, 그 사람한테 적절한 응급처치가 행해졌는지 어떻게 확신하죠? 말씀을 들어 보니 확실히 뭔가 있는 거 같은데, 보호자인 저한테 숨겨야 하는 사실이라면 의료사고를 의심할 수밖에 없습니다.”

“말씀 삼가세요. 의료사고라뇨.”

“그렇지 않습니까? 환자가 의식을 회복해도 당장은 면회를 허락할 수 없을 정도로 상태가 위중하다는 걸 어떻게 받아들여야 됩니까?”

“아니, 글쎄 말씀드렸잖아요. 의료적인 문제가 아니라 의료 외적인 문제라고 말입니다!”

“병원을 옮기겠습니다.”

듣던 중 반가운 말이다. 그래, 차라리 옮겨라. 제발 그래라 싶다.

“마음대로 하세요.”

“차후에 발생하는 문제에 대해서 책임을 물을 수도 있습니다.”

“그게 무슨……."

“여기서 상태가 더 악화됐을지도 모르니까요.”

“이보세요!”

분에 못 이겨 소리치기는 했지만 담당의는 이내 헛기침을 하며 자세를 고쳐 앉았다.

“그래요. 남편분의 뜻이 정 그러시다면 알겠습니다.”

말을 피하려면 보여 주는 수밖에 없다고 판단한 것이다. 의료 외적인 사실을 들춰내 환자의 사회적 지위에 물의를 빚는 것은 법에 저촉되는 일이지만, 보호자에게 환자의 상태를 살피도록 하는 것은 논란의 여지없이 당연한 일이었다.

“같이 가시죠. 환자분의 상태를 직접 확인하시는 게 좋겠네요.”

담당의는 원규의 대답을 들을 것도 없이 벌떡 일어나 앞장섰다.

원규는 담당의를 따라 중환자실로 가는 내내 온갖 생각으로 머릿속이 복잡했다. 하지만 중환자실에 도착해 요은의 모습을 본 순간, 머릿속을 헤집던 생각들이 흔적도 없이 사라져 버렸다. 여기저기 연결된 호스들과 모니터에 체크되는 갖가지 수치들 사이로 유난히 초췌한 그녀의 모습에, 그는 입술을 깨물었다.

"우측 관골에 세 바늘, 오른쪽 치골에 다섯 바늘, 무릎에 일곱 바늘. 이상이 육안으로 확인하실 부분입니다. 보시다시피 타박 정도가 상당히 심한 상태고요."

마치 인체모형을 다루듯 이곳저곳을 가리키며 기계적으로 설명하는 담당의의 태도에 불쾌해할 여력도 없다. 얇은 거즈만 걸친 그녀가 너무 추워 보여 은연중에 침대 발치의 이불을 덮어 주려 하자 의사가 원규를 제지하고 나섰다.

"안 됩니다. 고열 때문에 지속적으로 얼음마사지를 하는 중이에요."

폐렴에 타박상에 뇌병변 가능성이 있다는 말을 듣기는 했지만, 이 정도일 줄은 몰랐다. 거즈를 덮었음에도 희미하게 비치는 검푸른 멍자국과 꿰맨 곳을 드레싱 해 놓은 흔적들이 시선을 어지럽혀 머릿속이 텅 빈 것 같다.

"병원에 도착하기 전에 응급처치가 된 상태였어요."

"네?"

"사고 후 바로 병원으로 오신 게 아니라는 겁니다. 1차적으로 지혈 및 드레싱을 해 놓은 상태였어요. 조금 더 빨리 병원에 오셨더라면 좋았겠죠."

"언제 의식을 찾을지 모르는 건가요?"

"혈압이나 맥박에는 문제가 없으니까, 일단 기다려 봐야죠."

원규가 아래로 처져 있던 요은의 손을 조심스럽게 받쳐 침대 위로 올려 줬다. 잠깐 닿은 요은의 체온은 불덩이처럼 뜨거웠다. 그가 걱정스러운 눈으로 모니터를 바라보자 담당의가 침대 아래쪽 냉장고에서 아이스팩을 꺼내 요은의 겨드랑이에 넣었다.

"어떻게 하시겠어요? 더 확인하실 게 있으면 잠시 자리 비켜 드릴까요?"

담당의는 대답조차 잊은 원규의 참담한 표정을 보며 고민에 빠졌다. 요은의 상처는 성폭력의 피해자에게나 생길 법한 것들이었다. 하지만 만에 하나라도 피해자에게 고소할 의사가 없다면, 나아가 누구에게도 알리지 않을 생각이라면, 그런 사실을 알린 것만으로도 피해자에게는 더할 수 없는 상처가 될 것이다. 앞서 찾아왔던 사람의 말대로 공공연한 사실의 적시도 명예훼손에 해당하는 일이었다. 의료사고 운운하는 것이 꽤씸해 직접 데리고는 왔지만, 막상 형언할 수 없을 정도로 고통스러워하는 원규를 보니 남편으로서 어떤 심정일까 싶어 안쓰러운 마음이 든다.

"먼저 나가 보겠습니다. 하지만 면회 시간이 아니라 보호자분도 오래 계실 수는 없습니다."

원규는 의식 없는 요은을 바라보느라 담당의가 자리를 떠난 줄도 모르고 있다. 너는 왜 그곳에 갔던 걸까, 원호 형은 왜 연락이 안 될까, 도대체 무슨 일이 있었던 걸까 등등 수많은 의문의 저변에 있는 것은 그녀에 대한 걱정이었다. 이태원 가게에서 요은의 핸드백을 본 이후로 줄곧 그랬다. 하지만 원규는 그런 스스로를 깨닫기도 전에 참담함에 이를 악물어야 했다. 병원에 도착한 직후 선희가 쏟아부은 말들이 떠올랐기 때문이다.

'요은이한테 왜 이래요? 요은이가 당신 인사시켰을 때 나한테 뭐라 그랬어? 알아서 하겠다며! 알아서 한 게 이거야?'

'그런 말 할 입장은 아니잖아요? 요은일 거기로 데려간 사람은 내가 아니라 선희 씨니까.'

'그래! 내가 데려갔어. 그럼 언제까지 말 한마디 없이 요은이 속만 태울 생각이었어?'

무슨 말을 했어야 한다는 건지 이해할 수 없었다.

'내가 무슨 말을 했어야 하는데?'

'요은이 감정에 책임도 못 질 거면서 결혼은 왜 했어요?'

감정이라니. 처음부터 이 결혼에 감정 따위는 없다고 생각했다.

'본인 감정은 스스로 책임져야죠.'

'정상적으로 살지도 못할 거면서 결혼은 왜 했냐고!'

정상적으로 살 수가 없어서 그런 척하기 위해 결심한 일이었고, 요은이 역시 마찬가지인 줄 알았다.

'자존심 세고, 그래서 더 상처가 많은 애야. 그날 나한테 왔을 때! 나한테 와서 그러더라. 낭군님이 손 한 번 안 잡아 주니 어떡하겠냐고. 그럴 거면 결혼은 왜 했는데! 왜 멀쩡한 애를 데려다 산송장을 만들어 왜! 어떻게 이럴 수가 있어? 어떻게!'

원규는 그제야 뭔가 이상하다는 생각이 들었다. 누구보다 그녀와 가까운 사이였던 김선희가 허연화도 알고 있는 이 결혼의 필요에 대해서는 전혀 모르고 있는 것 같았기 때문이다.

'엊그제 왔을 땐 입술까지 말라비틀어져서는, 도대체가…… 도대체가! 당신하고는 말을 할 수가 없대. 이혼은 절대 안 된다면서도 아무 말도 않는다고. 하! 근데도 어떻게든 박원규라는 사람을 이해해 보려고 나한테까지 온 거지.'

순간, 허연화는 알고 있는 것을 김선희가 모르는 게 아니라 허연화만 알고 있는 것이었을지도 모른다는 생각이 들었다. 그러자 그동안 이해할 수 없었던 요은이의 모든 행동들이, 단 하나의 이유를 가리켰다.

'당신 같은 사람 어디가 좋다고. 병신같이.'

눈뜬장님. 아버지는 원규를 몰아세울 때마다 자신을 가리켜 눈뜬장님이라는 단어를 쓰곤 했다. 내가 눈뜬장님인 줄 아느냐, 어디 감히 부모를 속이려 드느냐고 말이다. 그런데 눈뜬장님은 아버지가 아니라 원규 자신이었다. 그걸 알게 된 지금, 원규는 아무것도 생각할 수가 없다.

입구를 등지고 앉은 원규는 주변 테이블의 웅성거림으로 프랜이 왔음을 눈치챘다. 프랜의 메이크업과 의상은 항상 언밸런스 그 자체였다. 메이크업이 짙은 날의 의상은 극히 남성적이고, 메이크업을 하지 않은 날은 여장 차림이다.

"어머~ 자기 언제 왔어?"

코맹맹이 소리로 어깨를 스윽 훑어 내는 프랜의 손길에 원규는 차라리 이태원에서 보잘 걸 그랬나 싶다. 재색 레더 라이더 재킷 안으로 가슴골이 훤히 드러난 은회색 셔링블라우스, 스키니한 블랙진에 술이 잔뜩 달린 다크브라운 롱부츠 차림의 프랜이 자리에 앉은 후에도 테이블 주변의 시선은 좀처럼 떠날 생각을 않는다.

"어우~ 이쁜 건 알아 가지고."

프랜은 시선을 끌기로 작정한 사람처럼 콧소리를 냈다.

"메이크업도 하지 그랬어. 훨씬 예뻤을 텐데."

"어머~ 그랬다간 우리 프린세스 얼굴도 보기 전에 남자들한테 치어 죽으라고? 호호~"

찻잔을 손에 쥐며 무심하게 던진 원규의 말에 과장된 제스처를 보이며 깔깔 웃는 프랜이다. 이쯤 되자, 괜한 말로 프랜을 자극해서 좋을 게 없다는 생각에 주변의 시선쯤은 무시하고 용건에 집중하기로 했다.

"뭐 마실래?"

"Orgasme?"

그런 원규의 결심을 비웃기라도 하듯, 프랜은 여전히 빙글빙글 웃으며 신경을 긁고 있다.

"적당히 좀 해."

"적당히 해서는 느낄 수가 없잖아."

프랜이 입술을 내밀며 신음을 흘리자 주변이 한층 시끄러워졌다.

"재밌어?"

"어머~ 간만에 만났는데 너무 까칠하다, 얘."

눈치를 살피며 다가온 종업원에게 프랜이 너스레라도 떨까 싶어, 원규는 서둘러 녹차를 두 잔 주문하고 담배를 입에 물었다. 프랜은 손등에 턱을 괴고 다른 손으로는 테이블을 톡톡 두드리는 중이다.

"엊그제. 아니 어제 새벽에 가게에 갔었어."

원규의 말에, 손톱을 튕기며 이죽거리던 프랜의 표정이 일순 굳어졌다.

"뭐?"

"그럴 일이 있었어."

"장난해?"

"말했지. 그럴 일이 있었다고."

프랜이 숨을 크게 들이켜며 등받이에 몸을 묻었다.

"가뜩이나 이맘때면 힘든 사람이야. 그거 몰라? 아니면 알고 이러는 거야?"

"궁금한 게 있어."

"뭐가 궁금한데? 형한테 애인이라도 생겼는지가 궁금해?"

저렇게 멀쩡한 표정으로 입바른 소리를 하느니, 차라리 반쯤 풀린 눈빛으로 이죽거리는 게 속은 편하다.

"와이프가 가게에 갔었어."

"뭐?"

"집사람 말이야."

"집사람? 너랑 결혼한 여자?"

"어."

"혹시 그 왜…… 머리 길고……."

"맞아. 머리가 길어."

이마 주름을 펴며 아연한 표정으로 입을 딱 벌리는 프랜을 보니 무슨 일이 있었던 게 틀림없다.

"하? 하하— 이런 씨……."

프랜이 한쪽 입술을 비죽거리며 주름 잡힌 미간에 손을 얹었다.

"그 여자가 니 와이프야?"

"엊그제 찾아온 여자 손님이 그 사람 하나라면, 아마 맞을 거야."

"와이프도 알아?"

"뭘?"

"너 이태원 다니는 거."

"얼마 전에 알았어."

"니 입으로 얘기했어?"

"아니."

"그럼?"

오히려 질문을 받는 입장이 되자 원규는 불편해졌다.

"그럴 일이 좀 있었어."

"너 진짜……."

프랜은 잠깐 뜸을 들이더니 테이블 위의 냅킨을 부—욱 찢으며 최대한 대수롭지 않은 척 물었다.

"여자랑 안 돼?"

"그게 왜 궁금한데?"

"흥— 하긴. 네가 누구랑은 되는 인간인가 뭐. Saint 박."

원규의 인내가 점점 바닥을 보일 즈음…….

"몸은 좀 어때?"

심각한 표정으로 몸은 좀 어떠냐고 묻는 프랜의 한마디에 원규는 말문이 막히고 만다. 가게에서 무슨 일이 있었던 게 확실하다고 생각은 했지만 한편으로는 아니기를 바랐다. 원호는 원호대로 연락을 끊었고, 선희는 요은이 의식을 찾기 전에는 아무 말도 않기로 결심했기에 상황을 제대로 파악하지 못한 원규였다.

"뭐?"

"너희 그……. 아— 젠장 호칭이 뭣 같네."

"어떻게 알아?"

"내가 뭘?"

"그 사람 병원에 있는 거."

"병원?"

"입원했어. 지금 혼수상태야."

"아, 씨팔……."

프랜이 미간을 찌푸리며 한숨을 길게 뱉었다.

"알고 있는 거, 하나도 빼지 말고 다 얘기해 줘."

"미치겠네 진짜."

미치겠네 진짜. 프랜이 하기 싫은 얘기를 시작할 때 곧잘 쓰는 말이다.

"왜 온 거래?"

"뭐?"

"니 집사람 말이야. 거긴 왜 왔느냐고. 미치겠네 진짜."

너만큼이나, 아니 그보다 훨씬 더 나도 미칠 지경이라고 말하고 싶다.

ece

엊그제도 역시 여느 겨울과 마찬가지로 형이 가게를 비운 날이었

185

다. 은호의 기일을 앞두면 형은 항상 가게를 비우곤 했다. 매년 있는 일. 매번 맞이하는 기일. 이 시기만 지나면 언제나 그랬듯 멀쩡해질 것이었다. 그래도 역시나 빌어먹을 겨울 따위는 없어졌으면 좋겠다고 생각하며 칵테일을 말고 있는데 웬 여자 하나가 비칠비칠 바에 앉았다.

여자냐 여장이냐를 두고 수군거리는 것들과는 달리 난 한눈에 여자라는 걸 알아차렸다. 여자와 여장을 구분하는 방법(실제로 트랜스젠더 클럽에 가면 여자보다 예쁜 애들이 널렸고 일반적인 상식과 다르게 그들은 여자와 똑같아 보인다.)이 따로 있냐며 감탄하는 사람도 있지만, 이 바닥에 들어온 지 올해로 만 7년이다. 평범한 술집 웨이터로 시작해 이반 바에서 일하며 잔뼈가 굵는 동안, 귀신을 속이지 프랜을 속이냐는 말이 나올 정도로 눈썰미가 좋아진 나로서는 방법이랄 것도 없는 일이었다.

찬바람에 흐트러진 머리를 주섬주섬 넘겨 가며 주변의 눈치를 살피는 걸로 봐서 가끔 또래 모임이 끝나고 합석하는 레즈비언도 아닌 것 같았다. 이따금씩 남자랑 바람난 낭군님 찾아 표독스러운 얼굴로 분위기를 망치는 여자들이 있긴 했지만 그런 부류 같지도 않았다.

"어때? 여자? 여장?"

"여자야. 꿈 깨요."

잘못 들어온 건 아닐까 싶어 피식 웃으며 손님에게 칵테일을 따르고 테이블에 손가락을 튕겨 가며 음악에 맞춰 몸을 흔드는데 르네가 날 부른다.

"저 손님이 보스 찾아요."

"누구? 저 여자?"

"네. 어떡해요?"

저 여자가 형을 왜? 이 인간이 또 애먼 여인네 가슴에 불이라도 질렀나 싶어 항상 그래 왔듯 뒤처리를 맡을 생각으로 그녀 앞에 섰다.

어떻게 아는 사이냐고 묻자, 이 여자가 하는 말이 가관이다.

"동생인데요."

동생? 당신이 동생이면 난 아들이외다. 실없는 여자의 말에 기다릴 테면 기다려 보라지 하는 심정으로 구석 자리를 내줬다. 괜히 가운데 버젓이 앉혀 놓고 물 흐리는 짓은 할 수 없으니까.

데킬라를 물처럼 들이켜는 걸 보며 잔뜩 취해서 원호 씨 내놓으라며 행패라도 부리면 어떡하나 싶기도 했지만 다섯 잔째 매상을 올리고 보니 누가 이기나 해 보자는 지경이 되고 말았다. 그러던 중 그녀를 보고 여장이냐 아니냐를 물었던 단골이 날 불렀다.

"네?"

"한 잔 사고 싶은데."

나한테 하는 말인 줄 알았다.

"영업시간엔 안 마셔요."

"아니, 저기 여자분."

이런 젠장. 잘못 짚었다. 근데 방금 저 여자분……이라고 했나?

"여자라니까요?"

"안돼 보여서 그래."

귀신을 속이지 프랜을 속이려고? 눈빛을 보아하니 하이에나가 따로 없고만.

"말씀 전해 드려요?"

"그래 주면 고맙지."

이 인간 바이섹슈얼이었나? 이런 아쉬울 때가. 내심 좋아하는 사람이었는데. 역시 돌다리도 두드려 보라는 옛말이 딱이다 생각하며 데킬라를 대강 따라 여자 앞에 딱! 소리 나게 팽개쳤다.

"저쪽 남자분이 사는 거예요."

"네에?"

벌써 눈이 풀린 걸 보니 취한 모양이다. 그런데 이상하다. 분명 눈은 확 풀렸는데, 입은 울고 있는 것 같다. 고개를 돌릴 힘도 없는지 목을 옆으로 꺾으며 곁눈질을 하던 그녀가 잔을 물렸다.

"됐어요."

술잔을 들고 남자 쪽을 바라보니 조금 전보다 더 구미가 당기는 눈치다. 어쨌든 하라는 대로 했으니 결과를 보고해야겠지.

"보셨죠? 됐대요."

"재밌는 여자네."

재미는 개뿔.

"저분 술 떨어지지 않게 좀 해 주죠?"

"보셨잖아요. 됐다는 사람한테 무슨."

"그냥 가져다 놓기만 해요. 본인이 알아서 하겠지."

일반 나이트에서 남자가 남자한테 작업을 걸면, 그걸 보는 속이 편하겠는가. 게이바에서 남자가 여자한테 수작 부리는 걸 보는 속도 메스껍기는 마찬가지다.

"르네!"

"예?"

"나 쇼 준비 할 테니까 여기 좀 보고 있어. 젠다 금방 보낼게."

"네."

"그리고 저쪽에 술 떨어지지 않게 하고."

"네?"

"저 여자 말이야."

남자와 여자를 번갈아 보던 르네가 옆으로 바싹 다가와 물었다.

"근데 저 여자분 보스 손님 아니었어요?"

난 정말 몰랐다. 그녀가 여자인 걸 알아봤듯, 형의 손님이라는 것도 눈치챘다면 좋았을 텐데. 아니 최소한 그녀의 말을 믿기라도 했다면 좋았을 텐데. 아는 동생이란 건 그렇다 쳐도 이맘때쯤이 은호 기일이라 형이 수시로 자리를 비운다는 것도 모르는 사람이 어떻게 형의 지인일까 싶어서 기다리다 지치면 가겠지, 하고 대수롭지 않게 생각했다.

"웃기시네. 지가 형 동생이란다. 쥐뿔도 모르면서 손님은 무슨. 스토커라면 또 모를까."

안 그래도 이 바닥이 워낙 좁아서 임자 만나기도 힘든 마당에, 여자면 여자답게 일반 남자나 쫓아다니든가 남자가 싫으면 여자나 사귈일이지 게이 좋다고 따라다니는 심리는 대체 뭔지 모르겠다 싶던 참에, 거기에 혹하는 줏대 없는 인간까지. 날이 추우니까 별별 인간들이 다 있구나 싶은 생각뿐이었다.

"매상이나 올리면 그만이지 뭐. 여튼 나 탈의실에 있을 테니까 문제 생기면 불러."

"예."

이런저런 꼴 보기 싫어 일찌감치 탈의실로 향했고, 쇼가 끝날 때쯤에는 여자가 가고 없기를 바랐다.

르네는 아무리 생각해도 여자가 낯익다.

"분명 어디선가 봤는데……."

남자는 어느새 여자의 옆으로 자리를 옮긴 상태였다.

"에이 씨— 물 흐리게."

르네는 원래 여자라는 부류를 좋아하는 편이 아니지만 오늘만큼은 여자에게 치근대는 저 남자가 무척이나 거슬렸다. 남자가 뭔가를 속삭이며 그녀의 허리에 팔을 두르자, 여자가 귀찮다는 듯 그를 뿌리쳤다. 포기를 모르는 남자의 팔을 재차 뿌리치며 얼굴을 찌푸린 그녀를 보자 뭔가 머리를 툭 치고 지나간다.

"아— 그때 선희랑 왔던?"

한 달도 넘은 일인 데다 그날은 펑퍼짐한 옷을 걸치고 있어서 오늘과는 완전히 달랐지만 신경질적인 표정만은 전혀 다를 게 없었다. 전에도 사무실을 나오면서 선희의 팔을 저렇게 뿌리쳤었다. 르네는 프랜을 불러야 하나 잠시 고민했지만 drag show 준비에 여념이 없을 게 뻔했다.

"젠다. 여기 좀 봐 줘."

항상 그렇듯, 쇼가 있는 금요일 새벽은 바텐더 대부분이 무대에 올라야 하기에 손이 부족하다. 그러니 보스인 원호에게 직접 보고하는 게 낫겠다 싶어 시끄러운 음악 소리를 피해 홀을 빠져나왔다.

— 네.

원호는 한창 서울춘전고속도로를 달리는 중이었다.

"보스. 저 르네예요."

— 서준이?

이맘때쯤 가게를 비우면 모든 일은 프랜이 알아서 하곤 했는데 무슨 일인가 싶다.

"네."

— 무슨 일이야.

"손님이 오신 거 같아서요."

— 민기 없어?

"프랜 형은 모르는 분인가 봐요."

— 누군데.

"여잔데요. 왜 있잖아요. 저번에 선희랑 같이 왔던······."

— 연화?

"연화 누나 말고요, 한 달쯤 전인가. 그 있잖아요, 왜. 머리 길고."

원호는 설마 하면서도 바로 요은을 떠올렸다.

— 누구라는 말은 없고?

요은은 분명 프랜에게 이름을 말했다. 하지만 프랜은 처음부터 원호에게 전화할 생각이 없었다. 동해에 뿌린 은호의 유해를 따라 겨울이면 속초에 살다시피 하는 사람이었다. 그런 원호에게 전화해서 어떤 여자가 동생이랍시고 찾아왔다는 실없는 소리나 하기는 싫었다.

"지금 술을 좀 많이 드셨어요. 한 시간 좀 더 됐거든요."

— 어디, bar에 있어?

"네."

— 서준이 너 스페어 키 어디 있는지 알지?

"예, 알아요."

— 열어 드려.

"예?"

— 사무실 열어 드리고, 위에서 기다리시라고 해.

원호나 바텐더들을 제외하면 위층에 올라갈 수 있는 사람은 손에 꼽을 수 있을 정도로 극소수였다. 덕분에 지인들 사이에서조차 바늘구멍으로 통하는 서재를 열어 주라는 원호의 말에 서준은 조금 당황했다.

"네."

— 지금 춘천고속도로니까 한 시간 정도 걸릴 거야.

"네."

하지만 전화를 끊고 bar에 돌아와 보니 여자가 있던 자리에는 아무도 없었다.

"젠다, 여기 있던 손님은?"

"우웩—"

젠다가 과장된 몸짓과 함께 화장실을 가리켰다.

"토하고 완전 난리 났어. 바빠 죽겠는데 짜증 나게. 여기다 할 뻔했다니까?"

"화장실에 있어?"

"응. 둘 다 화장실에서 안 나오네."

르네가 스페어 키를 들고 화장실로 걸음을 옮기려는데 탈의실이 있는 통로 쪽에서 그의 연인이 손짓을 하고 있다.

"바빠!"

르네가 목에 손을 그으며 고개를 좌우로 흔들자, 샐쭉한 표정으로 눈을 흘긴다. 당장 달려가지 않으면 주말 내내 투정을 부릴 기세다.

"젠다."

르네가 젠다에게 키를 넘겼다.

"그 손님 나오면 사무실로 가시라고 해."

"어느 손님?"

"화장실에 간 손님 말이야!!"

르네는 쇼가 임박했음을 알리며 점점 높아지는 음악 소리에 맞춰 목청을 한껏 높였다. 여전히 탈의실 문밖으로 고개를 내민 채 그를 기다리는 연인의 새침한 눈빛에 마음이 급해진 르네가 서둘러 자리를 뜨려는 순간이었다.

"그러니까 손님 누구!"

하지만 여자를 말하는 건지 여자를 따라 들어간 남자를 말하는 건지를 묻는 젠다의 목소리는 요란한 음악 소리에 파묻혀 버렸다. 젠다는 쌩하니 사라지는 르네를 보다 말고 괜한 걸 물었다는 듯 어깨를 으쓱했다. 일을 시작한 지 얼마 안 된 데다 요은이 원호를 찾을 때 탈의실 청소를 하고 있던 그로서는 보스의 손님이라면 당연히 남자겠지 싶었던 것이다.

"아, 진짜 미치겠네."

프랜은 녹차 티백을 입에 넣고 이 사이로 실밥을 뽑아내며 다시 딴청을 피우기 시작했다.

"젠다라고. 넌 아마 모를 거야. 들어온 지 얼마 안 돼서 띠벙하거든. 르네도 미친년이지. 지한테 시킨 일을 왜."

"그래서?"

"그래서는 뭐 그래서야. 형 손님이라니까 여자일 리는 없고 그 새끼 얘기하는 줄 안 거지. 사무실 열어 주고 올라가시라고 했더니 일행이 라면서 니 와이프를 부축해서 가더래."

원규는 할 말을 잃었다.

"한창 쇼 하느라고 정신없는데, 형이 왔더라."

프랜은 냉수 한 컵을 순식간에 비웠다.

"근데…… 그 난리가 났더라고. 다들 쇼에 정신 팔려 있었기에 망정 이지 진짜."

"똑바로 얘기해."

"아, 진짜!!"

테이블이 흔들릴 정도로 다리를 떨던 프랜이 낮은 목소리로 욕설을 뱉었다.

"엉망이더라고. 너희 와이프가…… 옷은 다 찢겨 있고."

원규는 눈을 감았다.

"그 개새끼가……."

이마에 얹은 손으로 눈을 가리자 그날 밤 사무실에서 있던 일이 어 둠 속에 선명히 스쳐 온다.

"그래도 다행인 게, 없는 정신에도 어떻게 도망을 친 거 같더라고. 근데 계단이 가파르니까 엎치락뒤치락하다가…… 아래로 구른 거지."

당시 무대 옆에서 차례를 기다리던 프랜은 갑작스러운 원호의 등장 에 홀을 가로질러 나왔다. 은호 때문에 적어도 한 주는 더 늑장을 부 릴 줄 알았는데, 가뜩이나 좋아하지도 않는 drag show가 끝나기도 전에 무슨 일인가 싶었던 것이다. 그런데 프랜이 원호를 따라 바에 이 른 순간, 펑— 소리와 함께 서재로 통하는 문이 박살이라도 난 듯 활짝 열렸다.

원호와 프랜, 젠다는 눈앞에 펼쳐진 광경에 할 말을 잃고 말았다. 뜯겨 나간 블라우스를 꼭 여민 채 계단 아래 웅크린 여자는 온통 피투성이였다. 누군가 내지른 단말마의 비명에, 바에 앉아 무대를 보던 사람들의 시선도 일제히 그녀에게로 쏠렸다. 그 와중에도 원호는 서둘러 재킷을 벗어 요은의 몸을 감쌌다. 그리고 잠시 후, 그들의 시야에 풀어 헤친 버클을 엉거주춤 붙든 남자의 모습이 들어왔다.

"신고하면…… 너도 알잖아. 우리나라는 그런 거 신고하면 피해자도 가해자 되는 분위기니까. 형도 그렇게 생각한 거 같았고. 또 너희 와이프가 의식을 잃어서 뭐 어떻게 할 수 있는 상황이 아니었어."

차라리 모를 걸 그랬다.

"그래도 어쨌든 사진은 찍어 놨고. 그 새끼한테 각서도 받았어."

"뭐?"

"아니. 형이 그렇게 하래서. 시키는 대로."

"원호 형 지금 어디 있어?"

"몰라. 당분간 연락하지 말랬어. 형이 지금 내 꼬라지 보고 싶겠냐."

때마침 원규의 휴대폰이 울리기 시작했다. 하지만 원호는 아니었다.

"네."

— 한요은 씨 보호자분 되시죠?

"네. 그런데요."

— 환자분 의식 돌아오셨어요.

괜찮을까? 듣는 것만으로도 충분히 끔찍한 일을 직접 겪은 요은이가…… 정말 괜찮을까? 어서 깨어나 자초지종을 설명하기만을 기다린 지난 하루가 아득히 멀게만 느껴진다.

"형이야?"

"아니."

원규는 주체 못할 착잡함에 눈을 감았다.

"그 사람 의식 찾았대."

그는 프랜이 아니라 스스로에게 말하듯 천천히 읊조리며 다시 눈을 떴다.

"먼저 일어날게."

그녀 앞에 설 자신은 없지만, 혼자 두고 싶은 마음은 더더욱 없다.

eee

침대에 누워 깜빡 잠이 들었는데 누군가 나를 빤히 내려다보는 느낌에 눈을 떠 보니 원규가 보인다. 흠뻑 젖은 모습으로 아무 말도 없이 공허하게 나를 바라보는 원규의 눈빛이 안쓰러워 가슴이 아프다.

왜 저렇게 젖었지? 밖에 비가 많이 오나? 살풍경한 원규의 모습이 추워 보여 나까지 얼어붙는 것 같다. 옆에 누워 몸을 녹이라고 말하려는데 가슴을 무겁게 짓누른 무언가가 입을 틀어막았다. 몸을 뒤척이자 정신이 끊어질 듯한 고통이 척추를 타고 흐른다. 비명조차 지를 수 없을 정도로 어마어마한 통증이 온몸을 짓눌렀다. 금방이라도 산산조각 날 듯 위태로운 모습의 원규가 바로 앞에 있는데…… 조금만 손을 뻗으면 원규에게 닿을 것 같은데…… 신음조차 뱉을 수가 없다.

"으으…… 윽……."

원규는 여전히 물이 뚝뚝 흐르는 채로 나를 바라보기만 할 뿐이다.

"어…… 우으……."

난데없는 섬광이 두 눈을 할퀴고 지나갔다. 그리고 다음 순간, 나를 바라보던 원규의 모습이 오간 데 없이 사라져 버렸다. 꿈이었나?

"으…… 으으……."

차디찬 바닥에 거즈를 물고 누운 내 모습을 깨닫기까지는 그리 오랜 시간이 필요치 않았다. 그나마 움직이는 게 수월한 머리를 좌우로 돌리자 관자놀이에 박혀 있던 주삿바늘이 피부를 깊숙하게 찔러 왔다. 눈을 제외한 얼굴의 모든 곳에 호스며 바늘이 꽂혀 있는 것 같다. 입 밖으로 낼 수 없는 신음을 온몸으로 지르며 손가락이라도 움직여 보려고 발버둥 치자 훨씬 더 선명해진 고통이 사정없이 뼈를 찔러 댄다.

"요은아?!"

갑자기 시야에 나타난 선희가 외마디 비명을 지르며 다시 사라졌다. 불에 달군 모래를 삼킨 것처럼 입 안이 껄끄럽고 눈이 시도록 하얀 천장이 금방이라도 나의 몸뚱이 위로 내려앉을 것만 같다. 의식의 경계에서, 어느 쪽이 꿈이고 어느 쪽이 현실인지를 분간하기 위해 다시 눈을 감았다.

eee

의식이 돌아왔으니 뇌병변의 가능성은 현저히 낮아졌다는 말과 함께 담당의는 요은의 상태를 상세히 설명하기 시작했다. 하지만 원규는 그의 말에 온전히 집중할 수가 없다.

도움을 청하기 위한 그녀의 전화를 여러 차례 무시한 것도 모자라 일껏 생각해 내 부른 이름이 원호였다는 사실과, 예기치 못한 사고를 겪은 그녀 앞에 무슨 말을 해야 할지 모르겠다는 사실과, 그럼에도 불구하고 그녀를 직접 보지 않고서는 마음을 놓지 못할 자신의 상태를 가늠하기까지 꽤 오랜 시간이 걸렸다.

"일단 같이 가시죠."

원규의 복잡한 심정을 눈치챈 담당의가 먼저 자리에서 일어났다.

"아직 체온이 안정되지 않아서 환자분이 많이 힘드실 겁니다."

의사를 따라 호흡기내과 센터를 벗어나 중환자실 앞에 서기까지 원규는 제정신이 아니었다. 그런데 중환자실에 들어서기 전 면회 가운과 마스크를 받고 보니, 문득 이 상태로는 그녀를 볼 수 없을 것 같다는 생각이 든다.

"저……."

난처한 원규의 표정에 의사는 잠시 걸음을 멈췄다.

"말씀하세요."

"아뇨. 아닙니다."

그녀가 눈을 뜬 순간에조차 곁에 있지 못했다는 것이 떠오르자, 원규는 이내 생각을 고쳐먹고 가운을 걸쳤다. 괜찮아지기를 기다린다는 건 결국 자신을 위한 변명에 지나지 않는 것이기에 일단은 그녀를 보기로 마음을 굳힌 것이다.

의사를 따라 들어선 중환자실은 여전히 불편하고 생소하기만 하다. 데스크를 지나 그녀가 누운 침대에 이르기까지, 대부분의 환자들이 호흡기에 의지한 채 깊은 잠에 빠져 있었다. 마침내 그녀가 있는 곳에 이른 원규는 아침과는 달리 칸막이가 설치된 모습에 당황하며 담당의를 바라봤다.

"걱정하실 거 없어요. 마사지 중인가 봅니다."

대수롭지 않은 표정으로 칸막이를 밀어낸 의사가 원규에게 먼저 들어가라는 듯 손짓을 해 보였다. 안에 들어서자 알코올 향이 저릿하게 미간을 누른다. 두 명의 간호사가 알코올에 적신 타월로 한창 그녀의 다리를 닦아 내고 있었다.

"한요은 씨―"

원규와 눈이 마주친 간호사 한 명이 침대 맡으로 자리를 옮겨 조심스럽게 그녀를 불렀다.

"보호자님 오셨어요."

마른 입술이 희게 갈라진 채 초점 잃은 눈동자가 허공에 머물러 있는 그녀 앞에, 원규는 하릴없이 숨을 삼키며 시선을 떨어뜨리고 만다. 하지만 덮고 있던 거즈마저 치워 버린 그녀의 몸 구석구석에 선명한 상처들을 보자 더 이상은 눈을 뜨고 있을 수가 없다.

"한요은 씨—? 좀 어떠세요?"

허리를 숙여 안부를 묻는 의사의 말에 요은의 시선이 천천히 움직이기 시작했다. 그런데 힘겨운 호흡에 의지해 바라본 담당의의 뒤편으로 원규가 있었다. 아주 잠깐이었지만, 강한 충격을 받은 듯 그녀의 몸에 경련이 일었다.

"한요은 씨?"

당황한 의사의 목소리에 원규가 눈을 떴다.

"체온부터 확인하세요."

요은의 발작적인 경련이 갑작스럽게 체온이 떨어진 탓이라고 생각한 담당의가 간호사들을 나무랐다. 알코올 타월을 사용할 경우 자칫 저체온증이 올 수도 있기에 하필이면 보호자 앞에서 이런 모습을 보이게 된 것이 난처했던 것이다.

알코올 타월을 치우기 시작한 간호사들과 모니터를 확인하는 담당의가 분주하게 움직이는 동안 원규와 요은의 시선이 서로를 마주했다. 자신의 앞에 처음 벗은 몸을 보이는 그녀가 얼마나 당황해하고 있는지 짐작한 원규는 차분한 표정으로 요은의 시선을 놓지 않으려 애쓰는 중이다.

괜찮다고…… 이렇게 네 눈을 보고 있을 테니 부끄러워할 필요 없다고…… 마치 그렇게 말하듯, 원규는 힘없이 내려뜨린 요은의 손을 잡았다.

"다행이다."

말을 꺼낸 원규 자신도 뭐가 다행이라는 건지 모르겠다.

"걱정했어."

그녀가 울고 있다. 그런데 표정이 없다. 아무것도 느껴지질 않는다.

원규는 한참 동안 한마디 말조차 못할 정도로 쇠약해진 요은의 손을 잡고 있었다.

eece

일요일 오전, 원규는 보호자 대기실을 나와 분당으로 가는 중이다. 당장은 아니지만 체온이 안정되면 일반 병실로 옮겨도 좋다는 말에 한시름 놓기도 했고, 무엇보다 병원에 있는 동안 요은이에게 필요한 것들을 챙겨 놓아야겠다는 생각이 들었기 때문이다.

분당수서로를 지나 좌회전 신호를 기다리던 중에 전화벨이 울린다. 혹시 병원에서 걸려 온 전화는 아닐까 서둘러 발신인을 확인한 원규가 짧은 한숨을 내쉬며 운전대를 잡은 왼손에 힘을 실었다.

어머니다. 이종사촌 형인 현중의 예비 신부가 인사를 올 거라며 아무리 바빠도 다녀가라는 말씀이 있었으니, 예정대로라면 어제저녁 집에 다녀왔어야 했다. 하지만 중환자실에 누운 요은이를 두고 혼자 갈 수는 없는 노릇이었다. 그렇다고 그녀가 누운 침대를 통째로 앰뷸런스에 싣고 갈 수도 없는 노릇. 해서 요은이가 많이 아파 누워 있다고 전화를 드렸다.

어디가 어떻게 아프길래 오랜만에 식구들 모이는 자리에도 못 오느냐며 서운해하시던 어머니는 그리 알고 있겠다며 전화를 끊으셨다. 그리고 밤늦게 서너 차례 연락을 하셨지만 중환자 보호자 대기실에서 깜빡 잠이 들어 전화를 놓쳤다. 그러니 이번만큼은 전화를 받는 게 당연한 도리건만 원규는 선뜻 통화 버튼을 누르지 못하고 있다. 그러는 사이 뒤에 있던 차량이 요란하게 경적을 울려 댄다.

미간을 찌푸리며 좌회전을 한 그가 이내 우측 방향등을 올리며 사선으로 4차선에 진입해 차를 세웠다. 그러고는 왼손 검지를 운전대에 톡— 톡— 퉁기며 잠시 생각에 잠긴다. 당장 어머니와 통화하는 건 어려운 일이 아니다. 하지만 무엇을, 어떻게, 어디까지 설명해야 좋을지 모르겠다. 그런 와중에도 어김없이 울려 대는 휴대폰. 어쨌든 일단은 전화를 받아야 할 것 같다.

"네."

— 왜 이렇게 연락이 안 되니.

"죄송해요."

— 새아기 몸은 좀 괜찮고?

"네."

— 어디가 어떻게 아픈 거야?

"폐렴이에요."

— 뭐?

"인플루엔자 폐렴이래요."

— 아니 넌 도대체…….

원규는 피곤한 듯 운전석 깊숙이 몸을 기대며 눈을 감았다.

— 그런 얘기를 이제서 하면 어떡해.

"걱정 안 하셔도 돼요."

— 폐렴인데 걱정을 말라니. 너 아플 때 새아기가 그렇게 말하면 퍽 이나 고맙겠다.

어머니는 언제나 입장 바꾸기로 원규의 말문을 막으신다. 딱히 논리적으로 수긍이 돼서가 아니라, 조금이라도 반박했다간 이 사람 저 사람의 입장에 서는 피곤함을 감수해야 하기에 잠자코 있을 수밖에 없다.

— 그럼 지금 입원해 있는 거니?

"네."

— 분당 서울대병원?

"아뇨. 한남동 대학병원이에요."

수화기 저편이 잠시 조용하다.

— 한남동 순천향대병원?

"네. 금요일 새벽에 응급실로 들어갔어요."

— 응급실?

"네. 상태가 갑자기 나빠져서."

— 아니, 그런 애를 왜 분당에서 한남동까지 데려가?

그 생각을 못 했다. 인플루엔자 폐렴으로 응급 상황인 환자를 끌고 분당에서 한남동까지 갔다는 건 말이 안 될뿐더러, 이태원에서 쓰러졌다고 이실직고하는 건 더더욱 말이 안 되는 상황. 은호의 형인 박원호가 이태원에서 바를 운영하는 것과 원규가 가끔 이태원에 드나든다는 사실을 익히 알고 계시는 어머니였다.

"어…… 그게……."

이제나저제나 아들과 남편 걱정뿐인 전형적인 현모양처. 그런 어머니께서 당신의 아들이 박원호와 가까이 지낸다는 걸 알고 얼마나 노심초사하셨는지 모르지 않기에, 원규는 차라리 적당한 선에서 둘러댈걸 그랬다고 생각하는 중이다. 하지만 이미 엎지른 물이다.

"친구네 집에 갔었거든요. 한남동 근처에 사는 친구라서요."

선희네 집에서 쓰러진 것도 아니고 선희가 한남동에 사는 건 더더욱 아니지만, 어쨌든 선희도 이 사실을 알고 있으니 영 없는 말은 아니었다.

— 그럼 넌 지금 병원에 있고?

"아뇨. 분당이에요. 필요한 것 좀 챙기러 가는 중이에요."

— 잘됐네.

"네?"

— 마침 아버지랑 분당에 가려던 참인데, 곧장 병원으로 가 보면 되겠구나.

"지금요?"

— 아프다는 말 듣고 가만있을 수는 없는 노릇 아니니.

"다음에 보시는 게 좋을 거 같아요. 그 사람 아직 중환자실에 있어요."

— 뭐? 중환자실?

쇠뿔을 빼려다 소를 죽인 격이다. 어떻게든 요은의 지금 상태를 보이지 않으려다 걱정만 키운 꼴이 되고 말았다. 그렇게 아껴 마지않으시는 새아기가 중환자실에 있다니, 어머니께서는 당장이라도 한남동으로 달려가실 거다.

— 그럼 새아기 혼자 두고 병원을 비운 거야?

"정해진 시간 말고는 면회가 안 돼서 어차피 보호자 대기실에 있어야 돼요."

— 아니 몸이 얼마나…… 아니 어떻게…….

"걱정 마세요. 어제저녁에 의식은 돌아왔으니까 곧 일반 병실로 옮기……."

— 나다.

일껏 상황을 다 설명했나 싶었는데 이번엔 아버지 차례다.

"네."

— 도대체 안식구 관리를 어떻게 했는데 이런 일이 생겨.

"심려 끼쳐 드려서 죄송합니다."

— 천천히 와라. 먼저 가 있으마.

"아뇨. 가셔도 그 사람 못 보세요. 보호자 외에는 면회가 안 됩니다."

— 시부모가 남도 아니고 우리가 알아서 할 테니 긴말하지 마라.

원규는 이내 끊어진 휴대폰을 신경질적으로 내던지며 서둘러 유턴을 했다. 그의 아버지는 항상 이런 식이었다. 어린 그를 미국으로 보낸 것도, 다시 한국으로 데려온 것도, 또다시 미국으로 쫓아낸 것도 모두 아버지의 일방적인 결정이었다. 아버지는 한 번도 그의 뜻에 따라 준 적이 없었다.

다시 병원으로 돌아가는 길. 원규는 신호 대기에 걸릴 때마다 운전대를 움켜쥐며 마른 숨을 삼켰다. 그가 걱정되는 것은 아버지의 질책이 아니었다. 이따금씩 의식이 돌아오는 요은이가 느닷없이 두 분을 마주하게 될지도 모른다는 것이 그를 심란하게 만들고 있었다.

처음 의식이 돌아왔을 때도 얇은 거즈만 덮어 놓은 자신의 모습을 굉장히 불편해하는 것 같았는데 시어른들 앞에서는 오죽할까 싶다.

가다 서다를 반복하는 도로 위에서, 원규는 마침내 중환자실 데스크에 연락을 넣었다. 곧 시부모님께서 찾아가실 텐데 만약 아내가 의식이 없더라도 거즈만 덮은 모습은 보이지 않도록 신경을 써 달라는 내용이었다.

데스크에서는 남편분이 직접적인 보호자이시니 원하지 않으시면 면회를 제한할 수 있다고 했지만, 만일 그럴 경우 아버지께서 어떻게 나오실지 모르는 일이었다. 뭐든 한발 앞서서 알아보고 걱정하는 아버지의 성격상 당장 면회를 제한하는 것은 상황을 더욱 악화시킬 뿐임을 익히 알고 있는 원규였다.

한 시간쯤 지나 병원 정문을 통과한 원규는 곧장 지하 주차장으로 차를 몰았다. 지상에도 주차장은 있었지만 항상 방문객들로 붐비는 곳이라 동선이 좀 길어지더라도 처음부터 지하에 차를 대는 편이 나을 것 같다는 판단에서였다. 지하 3층에서 그를 태운 엘리베이터는 여러 차례 멈춰 선 후에야 9층에 도착했다.

— 9층. 내과 및 외과계 중환자실입니다.

뻣뻣한 다리를 앞세워 엘리베이터에서 내린 그가 중환자실 입구로 통하는 복도를 바라보며 한숨을 쉰다. 코너만 돌면 중환자실인데 복도에 아교를 뿌려 놓은 듯 걸음이 떨어지질 않는다. 유난히 시끄럽게 복도를 울리는 자신의 구두 소리가 거슬릴 무렵, 무거운 마음으로 코너를 돌아선 원규의 눈에는 아무도 보이지 않았다. 벌써 면회 중이거나 아니면 아직 도착하기 전이거나. 원규는 전자든 후자든 이제 상관

없다 생각하며 화장실에 들어가 손을 씻고 면회를 준비하기 시작했다.

12시 13분. 남은 시간은 7분이다. 입구 왼편에서 신청서를 작성하는데 누군가 그의 옆으로 서며 헛기침을 했다. 슈트를 점잖게 차려입은 노년의 남자는 바로 원규의 아버지다. 하지만 평소의 침착함이라곤 조금도 찾아볼 수가 없다.

"잠깐 나와라."

"저 사람 보고 나가겠습니다."

부모님이 맞닥뜨렸을 그녀의 모습을 확인해야만 일말의 변명이라도 할 수 있어서가 아니다. 혹시라도 그녀가 눈을 뜨고 있었다면 갑작스러운 두 분의 방문에 많이 당황했을 테니 우선은 그녀를 안심시켜야 했다. 원규는 그를 따라 돌아선 아버지를 외면하고 천천히 면회 가운을 걸쳤다.

"지하 2층으로 내려와라."

낮게 깔린 아버지의 음성에는 노기가 역력했다.

"지하 2층이다. 내려올 때까지 기다리마."

그 말을 끝으로, 아버지는 곧장 중환자실을 나섰다. 길게 늘어선 침대를 지나 요은이 누운 곳에 이르기도 전에 어머니의 모습이 보인다. 떨리는 손을 가누지 못하는 모습이 안쓰러워 걸음을 서두르자 어머니의 시선이 이내 원규 쪽을 향했다.

"원규야 이게…… 이게 지금……."

"좀 다쳤어요."

"어쩌다가 저렇게…… 응? 어쩌다가……."

"나가서 말씀드릴게요."

그녀가 잠들어 있어서 다행이다.

"너희들 혹시?"

"먼저 나가세요. 저도 금방 갈게요."

링거바늘을 꽂느라 시퍼렇게 멍든 요은의 팔이 침대 아래로 처져 있다. 조심스럽게 잡은 그녀의 손은 여전히 체열을 이기지 못해 불덩이처럼 뜨겁다. 안 좋은 꿈을 꾸느라 팔을 휘젓기라도 하는 걸까, 매번 침대 위에 가지런히 모아 이불을 덮어 주는데도 다시 와 보면 이 상태다.

원규가 요은을 보고 있는 동안 그의 아버지는 곧장 아내를 데리고 엘리베이터에 올랐다. 중환자실 데스크의 스태프들에게 물어볼 것이 있다는 아내를 한사코 만류했지만 그 역시 이 상황을 어떻게 받아들여야 할지 모르겠다. 폐렴이라고 하지 않았던가. 인플루엔자 폐렴이라기에 그런 줄만 알았는데 며느리의 상태는 예상보다 훨씬 안 좋았다.

교통사고 환자라고 해도 믿을 정도로 성한 곳 없이 멍든 얼굴에서는 핏기를 찾아보기가 힘들었다. 군데군데에 꿰맨 자국으로 보아 단순히 의식을 잃고 넘어져서 생긴 상처라고 할 수도 없었다. 마음 같아서는 이불을 걷어 몸 상태도 확인하고 싶었지만 차마 손이 떨어지지를 않았다.

아내는 며느리를 본 순간부터 손을 부들부들 떨고 있었다. 내려오는 엘리베이터 안에서도 마음을 진정시키려 애쓰는 기색이 역력했다. 지하 2층의 주차 구역에 도착한 원규의 아버지가 조수석 문을 열며 아내의 어깨를 차분하게 잡았다.

"어서 타요."

"그래도 원규는 보고 가는 게 좋지 않겠어요?"

"곧 내려올 테니 앉아서 기다려요."

"원규 아버지."

"내가 잘 타일러서 물어볼 테니 걱정하지 말아요."

아내는 염려스러운 눈빛으로 엘리베이터 쪽을 바라보다 말없이 차에 올랐다. 그리고 잠시 후, 원규가 지하 2층으로 내려왔다. 곧장 엘리베이터 쪽으로 걸음을 옮긴 그의 아버지는 주변에 있던 사람들이 제각기 흩어지기까지 한동안 말이 없었다. 원규 역시 시선을 바닥에 둔 채 아무 말도 하지 않았다.

"어떻게 된 거냐."

중환자실에서 마주쳤을 때 당장 어디로든 끌고 가 자초지종을 들을 생각이었지만 상황이 상황인지라 기다릴 수밖에 없었다. 그러니 이쯤 했으면 제대로 된 대답을 들어야겠다고 생각하는 아버지와 달리, 아들은 말이 없다.

"어쩌다 저렇게 다쳤느냐고 묻잖아."

"그럴 일이 있었어요."

교통사고라고 둘러댄들 곧이곧대로 믿어 줄 분이 아니다.

"새벽에 응급실로 들어왔다면서. 그럼 저 상처는 다 뭐냐. 그 새벽에, 여자가 밖으로 돌 일이 뭐가 있어?"

30년 가까이 법조계에 몸을 담으셨던 분이다. 그러니 괜히 없는 말로 빌미를 잡힐 일은 애초부터 하지 않는 게 좋다.

"오냐, 그래. 대답을 않겠다면 내가 직접 알아보마."

"제가 그랬습니다."

"뭐?"

짧은 순간, 정말 많은 생각을 했다. 하지만 직접 알아보겠다는 아버지의 한마디에 원규는 최악의 카드를 내밀고 말았다.

"일이 좀 있어서 다투다 넘어뜨렸어요."

응급실로 들어온 구조 차량을 조회하고 적법한 절차를 거쳐 병원에 정식으로 요청하면 그녀를 어디서 데려왔으며 어디에 문제가 있는지 바로 알게 될 일이었다. 그러니 가장 좋은 방법은 이것뿐이다.

"못 미더우시면 직접 알아보세요. 저도 각오는 하고 있습니다."

"뭐가 어째? 이! 이런 못난 놈이!"

"실수였다는 거, 저 사람도 알아요. 그러니까 공연히 난처할 일 하지 않으셨음 합니다."

"난처할 일? 지금 그게 네 입에서 나올 말이야?!"

"제가 아니라, 아버지께서 난처하실 일을 말씀드린 겁니다."

단순 폭행이 아니라 폭행으로 피해자를 상해에 이르게 한 경우 처벌을 피할 수가 없다. 그러니 이렇게 해서라도 아버지가 이 일에 무심해지기를 바라는 것이다. 이번 사고와 관련된 모든 일은 요은이가 완전히 의식을 찾을 때까지 미루기로 했다. 설령 그렇지 않더라도, 그녀에게는 시어른인 자신의 부모님, 특히 아버지가 이 일을 알아서 좋을 게 없다고 생각하는 원규였다.

eea

산들바람이 불고 있다. 가볍고 시원한 바람이 심연의 가운데에 있던 나를 흔들었다.

꿈인가? 생시인가?

아니다. 이건 바람이 아니라 향기다. 가볍고 시원한 향이 전신을 어루만지고 있다.

"아직도 뜨겁네."

원규다. 원규가 왔다. 그의 손가락이 윗입술에 살짝 스치는 게 느껴진다. 아마도 인중에 닿을 듯 말 듯 손을 얹어 호흡과 체온을 확인하는 중인가 보다. 눈을 떠야 하는데, 잠깐이라도 원규와 시선을 나누면 길고 긴 꿈길에도 외롭지 않을 것 같은데, 원규의 존재를 자각한 것만으로도 마음이 놓여 피로가 물밀듯 밀려오기 시작했다.

아니! 잠들면 안 된다.

그러나 애석하게도 얇디얇은 눈꺼풀조차 내 마음대로 하지 못하는 현실. 눈을 뜨는 것도 힘든 마당에 입을 여는 건 상상도 못 할 일이다. 하지만 주삿바늘이 꽂혀 있는 왼쪽 팔은 사정이 좀 다르다. 지금 내 몸에 유일하게 감각이 살아 있는 곳이 바로 왼팔이다. 불덩이처럼 뜨거운 몸에 수액을 연결해 둔 호스 덕분에 뻐근하나마 외부의 자극을 느낄 수 있고, 또 조금만 노력하면 움직일 수도 있다.

조금만…… 조금만…… 더…….

툭―

드디어 성공이다.

그런데 팔꿈치 안쪽에 꽂혀 있던 바늘이 혈관을 찌르는 통에 많이 아프다. 어쨌든 그 고통이 밀려오던 무의식을 파도처럼 하얗게 부서뜨린 것만은 확실하다. 물론 아주 잠깐이긴 하겠지만 말이다.

"또……."

원규가 손등으로 조심스럽게 팔을 받치고 다른 손으로는 내 손을 잡았다. 힘을…… 줘야 한다. 어떻게든 원규한테 내가 깨어 있음을 알리고 싶다.

하나― 둘― 셋!

사력을 다했지만 새끼손가락 하나 까딱할 정도도 안 된 것 같다. 도대체 병원에서 내 몸에 무슨 짓을 한 걸까……. 다시 멀어지는 의식에서 빠져나오려 버둥대고 있는데 원규가 잠시 멈칫하는 게 느껴진다.

"요은아?"

아마도 손이…… 조금은 움직였나 보다. 이제 됐다. 이 정도면 내가 원규의 존재를 알고 있다는 신호로 충분하겠지. 충분하지는 않더라도 나는 최선을 다했다. 나머지는…… 눈뜬…… 다음에…… 천천히…… 생각……해 보자.

나는 이 사람이 나의 와이프로 남아 주기를 원했다. 처음과 같이 적당한 거리를 유지한 채로 이 결혼의 균형을 깨지 않기를 바랐다. 그러리라는 확신도 있었다. 하지만 지금은 모든 게 엉망이다.

요은이의 체온은 여전히 41도를 웃돌고, 안정제를 투약하고 있는 탓에 대부분은 잠든 상태다. 담당의는 앞으로도 나흘 이상 고열이 지속되면 신장이나 뇌 기능에 장애가 올 수도 있다며 난처해했다. 일반적인 인플루엔자 폐렴의 경우 항생제를 투여하면 차도가 있어야 하는데 세균에 의한 2차 감염도 아닌 상태에서 열이 떨어지지 않는 건 처음 있는 일이라 몇 가지 사안에 대한 재검사가 필요하다며 나에게 동의를 구했다.

담당의가 내민 동의서에 서명을 하는 것. 무의식 상태에서 알 수 없는 말을 중얼거리기도 하고 또 가끔은 수액을 모두 쏟아 낼 것처럼 하염없이 눈물을 흘리는 이 사람의 옆에 멍청히 앉아 있는 것. 악몽에 시달리는 사람처럼 경련을 일으키는 모습을 보며 그 악몽 속에 내가 있을지도 모른다는 생각을 하는 것. 이게 내가 할 수 있는 전부다.

무슨 말이든 좋으니 해 달라고, 왜 이 결혼을 깨지 않으려는 거냐며 내 가슴을 두드리던 손에는 수액을 연결한 바늘이 불룩하게 꽂혀 있다. 몇 번이나 꽂았다 빼기를 반복했는지 열에 들뜬 손등은 군데군데 멍이 져 있다.

'이제 와서 그게 왜 중요한데?'

요은이가 날 호모섹슈얼로 알고 있다고 하지 않았느냐 묻자 허연화가 한 말이다. 이제 와서 그게 왜 중요한지 설명할 가치조차 없었다. 그 말에 이 사람을 완전히 오해한 채 결혼했고 그래서 어떤 일이 벌어졌는지 설명하는 것 자체가 불필요한 일이었다. 설명은 그때 했어야 했다. 나와 정식으로 교제하고 싶다는 제안을 거절하자 허연화가 날 동성애자로 단정해 버린 그때 했어야 했다.

eee

내 이름은 Elleon L. Park이다. Elleon은 el과 leon의 합성으로 사자처럼. L은 오래 살라는 의미의 Longevity. 엘리언 엘. 갓 네 돌을 지난 내가 미국에 왔을 때 큰아버지께서 직접 지어 주신 이름이다. 사자처럼 오래 살아라. 사자의 수명이 10년에서 15년임을 감안한다면 Longevity의 L보다는 Strong의 S를 쓰시는 게 나았을 테지만, 아마도 그즈음 불의의 사고로 하나뿐인 사촌 형을 잃은 슬픔이 크셨기 때문이리라. 또래들 중에는 블리오(bleo: black leo)라며 검은 머리 사자라고 우스갯소리를 하는 녀석들도 있었지만, 어쨌든 상관없었다.

나의 어린 시절이 딱히 불행하다고 생각한 적은 한 번도 없다. 어렸을 때나 사춘기에 들어서나, 내 기억에는 어머니나 아버지보다 큰아버지와 큰어머니가 더 많은 부분을 차지하고 있었기에 부모님과 큰부모님을 비교할 처지도 못 되는 입장이었다. 하지만 한 가지 부족한 게 있기는 했다. 내가 너무 어리다는 것. 빨리 어른이 돼서 한국으로 돌아갈 생각을 한 건 아니다. 빨리 어른이 돼서 큰부모님 그늘을 벗어나고 싶었던 것도 아니다.

내가 바란 건 하나, 빨리 어른이 돼서 형의 그늘을 벗어나고 싶었다. 형이 쓰던 침대에서, 형이 입던 옷에서, 형이 타고 다니던 자전거에서. 그 밖에 모든 형의 기억에서 벗어나고 싶었다. 언제 그런 생각을 시작했고 언제까지 했는지 모르겠다. 하지만 어린 시절의 기억에 선명한 성장(成長)에의 조급함. 그것만은 분명한 사실이었다.

아버지보다 넓은 품을 주신 큰아버지를 존경했다. 아주 오랫동안 형에 대한 그리움을 덜어 내지 못하셨던 큰어머니가 안쓰러운 만큼 소중했다. 학령기 이전 어린 나에게 전부였던 두 분과의 관계는, 슬픔이고 사랑이었다. 우리가 이룬 가족에는 뭔가 빠져 있었다. 난 그분들의 조카도 아니고 아들도 아니었던 거다. 항상 외줄 위에 선 기분이었다. 열다섯. 형이 사고를 당한 열다섯을 넘기 전에는 그 외줄에서 내려올 수 없다는 걸 어렴풋이 알고 있었기에 빨리 크고 싶다는 생각을 했던 건지도 모른다.

형과 나는 달랐다. 다른 것이 당연했다. 하지만 형에 대한 그리움으로 공허해진 큰어머니의 삶을 모른 척할 수는 없었다. 그런 큰어머니의 곁에서 더욱 힘들어하시던 큰아버지의 슬픔에서 자유로울 수도 없었다. 나에게는 기억조차 없는 사촌 형의 추억을 하나에서부터 열까지 보고, 듣고, 느껴야 했다. 내가 받은 사랑만큼 돌려 드려야 한다고 생각했고 사실 크게 어려운 일도 아니었다. 형처럼 피아노를 배웠고, 바이올린을 배우고, 기타를 연습했다. 반대급부. 받은 만큼 주고 주는 만큼 받는 것. 난 어렸을 때부터 그런 생활에 익숙했다. 내게 감정과 물질은 전혀 다를 게 없는 객체였다.

하지만 내 어머니, 그런 나에게도 어머니만큼은 아프고 그립고 사랑스러운 분이셨다. 엄마라는 단어조차 생소해진 일곱 살 여름, 한국을 떠난 지 1년 6개월 만에 큰아버지를 따라 나간 공항에서 엄마를 다시 만났다. 어머니는 철모르는 나조차 서럽게 따라 울 정도로 한참을 우셨다. 날 위해 울어 주는 사람. 마치 형을 위해 눈물짓던 큰어머니처럼, 내 어머니도 나를 위해 우셨다.

'원규야.'

어머니가 부르는 이름이 낯설어 처음에는 선뜻 안기지 못했다. 하지만 몇 번이고 내 뺨을 어루만지며 그 이름을 부르는 어머니의 눈물이 아파서 더는 멀찍이 물러서 있을 수가 없었다.

'우리 원규.'

날 원규라고 부르는 사람. 내 엄마. 어머니는 일 년에 한 번 혹은 두 번, 짧게는 일주일에서 길게는 보름까지 미국에 머무르셨다. 어머니를 보며 아빠를 그리워하기도 했다. 하지만 아빠는 언제나 바쁘셨다. 어머니의 말씀으로는 그랬다. 다음에는 꼭 아빠와 함께 오겠노라 몇 번이고 약속을 하셨지만 열다섯이 되도록 난 한 번도 아빠를 볼 수 없었다.

아버지가 사법고시를 패스하고 검사로 임관을 받아 제일 처음 맡은 일은 현직 대통령의 비자금 사건이었다. 갓 연수원을 마친 검사가 특수수사부장을 맡게 된 것이다. 여타의 사법연수원 동기들과는 달리 뒤를 봐줄 사람이 없던 아버지는 최적의 조건에 있는 대상이었다. 요식행위면 충분했다. 세간의 이목이 있으니 타이틀만 걸었을 뿐, 누구도 실질적인 수사를 바라는 사람은 없었다. 하지만 아버지는 모두의 예상을 뒤엎고 끈질기고 소신 있게 수사를 이끌어 가셨다.

결과는 불을 보듯 뻔했다. 혐의 없음을 넘어 무고(誣告: 죄 없는 사람을 고소 혹은 고발하는 일)로 파직의 위기에 몰려야 했던 것이다. 일찌감치 미국에 자리를 잡고 아버지를 뒷바라지하신 큰아버지는 항상 그때의 일을 마음 아파하셨다. 남들처럼 끌어 줄 사람이 있었다면 그런 고생을 하지 않아도 됐을 거라며, 아빠의 무심함을 서운해하면 안 된다고 나를 타이르셨다. 난 아빠의 무심함을 서운해한 적이 없다. 그리움이었던 감정이 옅어지면서 아빠는 어느새 아버지로, 다시 그분으로. 시간이 갈수록 내 생활과는 동떨어진 존재가 되어 가고 있었기 때문이다.

열다섯, 내가 형의 나이를 넘어서던 그 해에 아버지께서 처음으로 미국을 찾으셨다. 가끔 전화나 사진으로만 접했던 아버지의 모습을 처음 봤다. 통화를 할 때면 잘 지내느냐, 공부는 열심히 하느냐, 큰아버지 말씀은 잘 듣느냐, 아버지한테는 부모님과 같은 분들이다, 그게 전부였다. 아버지는 내가 올라 있는 외줄의 반대편에서 내 뒷모습을 바라보고 계신 분이었다. 적어도 그때의 나에게는 그랬다.

이제는 아버지에게도 편한 시간이 왔으니 한국으로 돌아오겠느냐 물으셨을 때 난 조금의 망설임도 없이 미국에 있겠다고 말씀드렸다. 11학년 말이었고, 학부 진학 준비를 코앞에 두고 있었다. 어머니에 대한 향수만으로 한국을 택하기엔 내가 너무 커 버린 다음이었고 열다섯이 지난 다음이기도 했다. 형의 그림자로 살지 않아도 되는 나이. 겨우 찾은 내 자리를 다시 잃고 싶지 않았다. 그 자리는 원래부터 내 것이 아니었기에 찾고 말 것도 없었다는 사실을, 그때는 몰랐다.

원규는 중환자실을 나와 창밖을 보고서야 오후 3시가 아니라 오전 3시임을 깨달았다. 사무실에서 온 연락을 확인하려 휴대폰을 켜자 부재중 전화와 메시지 도착을 알리는 기계음이 서로 밀고 밀려가며 불협화음을 만든다.

"미친……."

연화에게서 온 연락이다. 대체 무슨 일이냐는 연화의 메시지를 물끄러미 바라보던 원규는 피곤함에 갈라진 입술을 문지르며 휴대폰을 닫아 버렸다.

연화는 미국에 있던 원규에게 은호의 소식을 전한 사람이다. 그즈음 시작한 시나리오의 자료 조사를 위해 동인련에 발을 들인 연화는 그곳에서 원호를 처음 만났다. 젊은 나이에 동성애자 전용 바를 운영하기 시작한 원호는 동인련 내에서도 나이와 성향에 어울리지 않게 점잖은 사람으로 통했다. 좀처럼 감정을 드러내는 일이 없고, 동인련 활동에 필요한 물질적인 지원은 아끼지 않지만 사사로운 자리에 참석하는 일도 드물었다.

어렸을 때부터 누구와의 관계에 있어서든 우위를 점해 온 연화는 원호의 그런 성격이 흥미로웠다. 무관심은 다른 대상에 대한 자신만의 권리라고 생각했다. 그것이 사람이든 물건이든, 원하는 건 싫증 날 때까지 옆에 둬야 하는 성격은 어려서나 어른이 되어서나 변하지 않았다.

재계에서도 입지가 단단한 서린기업의 독녀로 자라는 동안 온 집안의 사랑을 독차지한 그녀였다. 누구의 반대에도 부딪힌 적이 없고 실패도 좌절도 없었다. 세상 물정을 모른다며 그녀를 달갑지 않아 하는 부류도 있었지만, 집안과 재력도 인격의 구성 요건 중 하나라고 생각했기에 가지지 못한 자의 자격지심으로 치부해 버릴 만큼 거칠 것 없는 성격이었다.

그러나 자신이 관심을 가진 대상에 대해서만은 달랐다. 만일 그 대상이 그녀를 달갑지 않아 하는 부류에 있을 때는 자신의 삶을 약점으로 삼을 줄도 아는 그녀였다. 너무 순탄한 삶을 살아온 탓에 감정적인 격류가 없었다는 것이 그녀가 생각하는 자신의 유일한 단점이었다. 어쨌든 '시나리오 작가씩이나 되는 인간이 슬픔을 흉내 내는 척밖에 못 한다'는 상처를 연기하면 상대방은 어느새 그녀를 위로하고 있었다.

원호와의 관계는 은호를 알게 되면서 다른 양상으로 접어들었다. 상처가 너무 커 오히려 덤덤한 원호를 보며 연화는 처음으로 사람과의 관계에 있어 진지해졌다. 항상 같은 패턴의 시나리오에 염증을 느낀 그녀에게 인간의 슬픔과 고통은 새로운 학습의 대상이었다.

그래서인지 원호의 슬픔에 그녀 자신이 더욱 깊이 빠져들었고 급기야는 원규를 찾기에 이르렀다. 시작은 호기심이었다. 주변의 죽음이 인간에게 미치는 슬픔과 고통에 대해 알고 싶었다. 삶과 죽음에 관련된 모든 것은 학습의 대상이 아님을 아예 생각조차 않고 있는 그녀였다.

낯선 이의 방문을 불편해하는 원규에게 이제 곧 은호의 기일이라며 말문을 연 그녀는 은호의 죽음에 앞선 어머님의 사고와 그 후 원호가 어떻게 살고 있는지 빠짐없이 얘기했다. 자신이 지켜본 원호의 모습에 대한 다분히 개인적인 묘사였지만, 그녀가 전한 소식은 원규의 삶을 흔들기에 충분했다.

박원규 당신과 은호 사이에 있던 일로 신경쇠약에 시달리던 어머님이 약물중독으로 돌아가신 후 은호도 학교에서 투신했다. 은호의 형은 제대 후 본인 명의의 재산을 정리해 동성애자 전용 바를 마련했고 지금은 그쪽 인권연대에서 활동하고 있다. 그 사람의 삶은 은호의 죽음으로 어그러졌다.

사촌 형의 죽음으로 큰아버지와 큰어머니가 어떤 시간을 살았는지 누구보다 잘 알고 있는 원규였다. 그분들의 슬픔에 잠식당해 제대로 된 자아를 형성할 수 없었던 어린 시절이 원규 자신에게 상처로 남았듯, 은호의 죽음으로 어그러졌다는 원호의 삶에 죄책감을 느낄 수밖에 없었다. 하지만 그보다 더 아픈 것은 은호의 죽음이었다.

"하아……."

누구에게도 말한 적 없고, 말할 생각도 없는 과거였다. 그런 과거로부터 도망칠 생각이었다면 처음부터 한국에 돌아오지 말았어야 했다며 자책하는 원규의 뒤로 유난히 짙은 새벽어둠이 창밖을 삼키고 있었다.

eece

사건의 발단은 Cocaine pen이었다. Christmas break time(휴교 기간)을 앞두고 불시에 소지품 검사를 하는 건 으레 있는 일이었지만 수사견까지 동원된 건 처음이었다. 같은 수업을 듣는 독일계 미국인인 Torsten L. Hagen이 마약책이라는 소문은 익히 들어 알고 있었지만 나와는 상관없는 일이라고 생각했다. 마약수사견이 바로 코앞에서 으르렁대기 전까지는 말이다. 녀석이 경관들을 피하려다 내 책상을 들어 엎었다고 생각했는데, 무슨 억하심정이었는지 소지하고 있던 Cocaine pen을 나한테 흘려 놓은 것이었다. 녀석의 것과 똑같은 pen이었으니 결국 판매자와 구매자로 나란히 연행되고 말았다.

몇 가지 검사를 받고 마약담당과에 앉아서도 별생각 없었다. 애들과 몰려다니며 술이나 담배를 하긴 했지만 그건 이미 상급생들 사이에 보편화된 것이었고, 그 외에는 전혀 문제 될 게 없다고 생각했다.

그즈음 휴교를 앞둔 파티에서 일종의 통과의례로 대마를 나눠 피웠다는 사실이 떠오른 건 결과가 나온 후였다. 담당관 역시 수치상으로도 경미한 데다 모발 검사에서 발견된 것이니 문제 될 건 없다며 가벼운 경고로 일단락했지만 큰아버지의 실망은 대단하셨다. 대마라니, 절대 용납될 수 없는 일이었다.

아무리 용서를 빌고 변명을 해도 소용없었다. 마치 처음부터 믿음이라는 건 존재하지 않았던 것처럼 큰아버지는 날 아버지께 떠넘기셨고, 일주일 후 난 한국으로 돌아왔다. 날 보자마자 사정없이 뺨부터 때린 아버지보다 큰아버지께 더욱 실망이 컸다. 평소의 말씀처럼 날 아들로 생각했다면, 날 단지 죽은 형을 대신할 존재로 여긴 게 아니라면…… 그렇게 쉽게 돌려보내지 말았어야 했다.

난 망가진 게 아니었다. 실수였다. 아니, 누구에게나 한 번은 있는 일이었다. 거긴 한국이 아니었다. 피부색만 다를 뿐, 난 짧으나마 삶의 대부분을 미국인으로 살았다. 그러니 아버지는 아니더라도 큰아버지만은 화를 내실지언정 이해해 주실 거라고 생각했다. 하지만 큰아버지마저 나에게 한국의 잣대를 들이밀고 한국의 정서를 강요했다.

한 번, 단 한 번이었다.

한 번만 나를 믿어 주셨다면…… 어쩌면 나도 남들처럼 살고 싶어 했을지도 모른다. 사랑을 하고, 결혼을 하고, 아이를 낳고, 그 아이를 기르며, 그렇게 살 수 있었을지도 모른다. 아니, 믿음까지는 바라지도 않는다. 그냥 내버려 두기만 했어도 지금과는 다르지 않았을까.

원규는 세수를 하고 다시 요은의 곁에 앉았다. 언제까지 이런 상태가 계속될지 모르겠다. 담당의의 말이 단순한 걱정에 그치기를 진심으로 바라지만, 마른 숨을 가쁘게 들이쉬고 내쉬는 그녀의 가슴에 눈이 멎은 순간 하릴없이 입술을 깨물고 만다. 하지만 그녀의 곁에 앉은 내내 두서없이 떠오르는 과거에 숨이 막힐 지경이면서도 자리를 떠나지는 못한다.

"안 된다고 할 걸 그랬어."

처음 연화가 안면도 없는 요은의 표지디자인을 부탁했을 때 그는 정중히 거절했다. 취미 삼아 시작한 컴퓨터나 인터넷 관련 서적의 디자인을 위시로 교양서적에 이르기까지 몇몇 서적의 디자인을 맡은 적은 있지만 그의 본업은 표지디자인이 아니라 기업의 정보보안망 구축 관리 및 컨설팅이었다. 하지만 부탁을 거절한 직접적인 이유는 연화와 얽히고 싶지 않아서였다. 자신에게 필요 이상으로 관심을 보이는 것도 싫었고, 원호의 슬픔이 마치 본인의 슬픔인 듯 그 일의 당사자처럼 구는 것도 싫었다.

"끝까지 안 된다고 할걸."

원규의 거절에도 불구하고 연화는 원호를 앞세워 재차 부탁을 해왔다. 프러포즈를 거절한 것도 모자라 서린기업과의 보안서비스 계약도 거절할 정도로 그녀를 멀리하려는 원규를 쉽게 단념할 수가 없었다. 한요은을 위한 자리가 아니라 허연화 본인을 위한 자리였다.

허연화가 아끼는 동생이라면 비슷한 타입이 아닐까 생각하며 처음 만나기로 한 날 디자인 초안을 구상하느라 요은의 원고를 열심히 읽고 있었던 것이 화근이었다. 내려야 할 곳에서 한참 멀리 간 후에야 지하철을 잘못 탔음을 알게 됐고 서둘러 반대편 전철에 오르긴 했지만 이미 약속 시간을 5분 앞둔 상황이었다.

"그날 나 많이 늦었잖아. 그래서 너 가고 없을 줄 알았어."

그녀와 처음 만난 자리와 그간의 일들이 쉴 틈 없이 떠오르자 원규는 눈을 감았다. 이 순간 무엇보다 그를 당황하게 만든 것은, 처음 만남부터 지금까지, 그 자신이 요은과의 일을 너무도 정확히 그리고 많이 기억하고 있다는 사실이었다. 하지만 그 기억의 이면에는 은호가 있었다. 한국에 돌아와 감정적으로 기댈 곳이 없던 그가 제일 처음 마음을 열었던 친구지만, 이제 와서는 우정이랄 수도 없고 사랑이랄 수도 없는 상처였다.

= = = = = =

학교법인 재원학원. 재원외고, 재원남고, 재원여고, 재원중, 재원여상으로 이루어진 재원재단 중에서도 유난히 입시 경쟁이 치열한 재원외국어고등학교. 나조차도 납득할 수 없는 입학이었다. 학기가 시작되기 전 진행 중인 선수학습에 끼어든 나는 누가 보더라도 불청객이었다. 셔틀을 사 주고 왔다느니 재단 이사장한테 찬조를 했다느니, 아이들 사이에선 의견이 분분했다. 어쨌든 신기할 정도로 공부에 미친 애들뿐이었다. 오전 7시 20분을 시작으로 밤 10시 30분까지 공부, 공부, 공부.

은호를 처음 만난 건 기숙사 옥상에서였다. 담배를 물고 있던 나에게 당장 꺼지라며 하얀 전지 위에 제사상을 차리기 시작한 녀석은 엄마가 공부나 하래서 집에는 못 간다며 혼자서 중얼거렸다. 은호도 공부에 미친 애들 중 하나라고 생각했다.

그래서 꺼지라든 말든 시비 따위 붙일 생각도 없이 얼른 돌아섰는데 녀석이 아버지 제상(祭床)에 올릴 담배를 빌려 달라며 나를 다시 불러 세웠다. 제사라고는 하지만 불붙인 담배를 전지 모서리에 얹어 두고 우두커니 앉아 하늘을 바라보는 게 다였다.

"절은 안 하냐."

"미국에서 왔다며 제사 지내 본 적은 있어?"

"큰아버지랑 살았거든."

"담배는 언제부터 피웠어?"

소주 두 병을 사이좋게 나눠 마시고 얼근해진 나에게 녀석이 물었다.

"생각 안 나. 원래 자주 피우는 편은 아니었는데, 요새는 이틀에 한 갑 정도?"

"왜 피우는데?"

"억울해서."

"억울해?"

"니들처럼 죽자 살자 공부한 건 아니지만 미국 있을 때는 나도 꽤 모범생이었거든."

처음으로 내 얘기를 했다. 술에 취하고 밤에 취해 경계심이 풀려 버린 거다. 언제 미국에 들어가서 어떻게 지냈으며 왜 돌아오게 됐는지 구구절절 설명을 끝내고 나니 두 병이던 소주가 네 병이 돼 있었다.

"완전 찍힌 거지. 나만 아니면 되는 줄 알았는데 도무지 믿어 줘야 말이지. 아버지는 아직도 그 코카인이 내 건 줄 아실걸?"

"적응 안 되겠다."

"별로. 지금은 아버지 걱정하는 대로 불량한 학생이니까 억울하지는 않아."

"우리 형도 담배 피우다 걸려서 난리도 아니었는데 코카인은 좀 쎄긴 하네."

"형도 있어?"

"어. 사고뭉치."

"멋지네."

"멋지긴, 우리 엄마한테 그런 소리 하면 뺨 맞는다."

"하긴. 부모님들은 그런 일 있으면 꼭 인생 끝난 것처럼 구니까."

"여튼 난 형 별로. 형 때문에 난 아무것도 못 하거든. 엄마가 완전 장난 아니야."

"그게 왜 형 때문인데? 너도 맘대로 살면 되잖아."

"나까지 그러면 엄마 불쌍하잖아."

그림을 좋아하지만 엄마의 뜻대로 의대에 가는 게 목표라고 했다. 그래서 그런가 보다 하고 말았다. 같은 기숙사라고는 해도 층이 달라서 이후엔 별로 마주칠 일도 없었다. 미국에 있을 때와는 완전히 다른 학교 분위기에 적응하느라 그날 밤에 터놓은 얘기들을 곱씹을 여유조차 없었다.

≡≡≡≡≡≡

"이래서 대학이나 갈 수 있겠냐."

국어는 어려웠다. 그럼 수학은 쉬웠느냐, NO. 그럼 국사는 쉬웠느냐, NEVER. 이하는 욕 나올까 봐 생략하기로 하겠다. 어쨌든 내가 영어과를 통틀어 학기 전 교내 평가에서 꼴찌를 한 것만은 확실했다. 아버지는 나를 너무 과대평가하셨다. 이민 두 달 만에 영어를 거뜬히 해내고 있다는 큰아버지의 말씀만으로 나는 이미 아버지에게 언어천재가 돼 있었다. 고작 다섯 살 또래들이 쓰는 영어라 봐야 거기서 거긴데, 아버지는 믿고 싶은 대로 믿으며 너는 뭐든 마음만 먹으면 못할 것이 없는 머리를 가졌다고 거듭 강조하셨다.

처음에는 그런 아버지의 말씀이 나에 대한 신뢰인 줄 알았다. 하지만 시간이 갈수록 그게 아닐지도 모른다는 생각이 들었다. 아버지는 그때 내 아들은 최고라는 자기최면에 빠져 있었다. 내가 얼마나 컸는지, 얼마나 달라졌는지에는 관심조차 없었다. 그리고 나는 그런 아버지가 부담스러웠다.

"공부를 하긴 하는 거냐. 학원은 제대로 나가고?"

"네."

학원도 모자라 과외까지 했지만, 시간 낭비에 돈 낭비였다. 허공에 탑을 쌓고 말지. 아무것도 모르는 사람 끌어다 놓고 주야장천 혼자 떠드는 강사도 과외선생도 넌더리가 났다.

"원규 아빠, 내일 얘기해요. 오랜만에 집에 왔는데……."

혼나고 있는 사람은 난데, 울상은 어머니 몫이다.

"도대체 어쩔 생각이야. 모자란 게 뭐 있다고."

또 시작이다.

"죽자고 파고들면 안 될 게 어디 있어."

죽자고 파고들기가 어려우니까 안 되는 일도 있는 거다.

"알아서 할게요."

"원규야……."

"뭘 어떻게 알아서 해? 독실까지 마련해 주고 학원에 과외까지 하는 녀석이 이걸 성적이라고 받아 왔어? 이게 정규 시험이면 대학은 다 간 거나 마찬가지야!"

기숙사 1인실. 말이 전용이지 실상은 교도소의 독방이나 마찬가지다.

"학교 다니기 싫어요."

"뭐가 어째?"

"한국에 있기 싫어요."

"원규야! 원규 아빠…… 그만해요."

아버지의 주먹이 금방이라도 날아올 기세였다.

"그럼?"

"보내 주세요."

"가서 약쟁이나 되겠다는 소리야?!"

"원규 아빠 그만해요."

"당신은 빠져 있어!"

대체 언제 적 얘기를 언제까지 하실 작정인지 모르겠다. 아니라는데 왜 못 믿으실까?

"그렇게 되길 바라세요?"

"어디서 배워 먹은 버르장머리야!"

처음 따귀를 맞았을 때는 굉장히 당황스러웠는데 이제 익숙하다. 너무 익숙해서 화가 난다. 내가 왜 이곳에 있어야 하는지, 왜 이런 취급에 익숙해져야 하는지 모르겠다.

"아버지가 하라는 대로 했잖아요. 잘 살고 있었잖아요!!"

사시나무처럼 부들부들 떨리는 어머니의 손이 나를 꼭 잡으셨다.

"너한테 약쟁이나 되라고 한 적은 없어."

"아니라고 했잖아요. 왜 제 말은 안 믿으세요?! 네? 전 아니라고요! 대마도 딱 한 버……!"

백번 천번을 맞아서 뺨이 없어져도 가만히 있을 수는 없었다. 연거푸 맞은 뺨이 얼얼할수록 억울하고 화가 난다.

"다들 하는 거예요! 그게 무슨 죽을죄라도 돼요? 거긴 한국이 아니잖아요!"

"시끄러워! 니 방으로 올라가."

"제 방이 어디 있는데요?"

학교나 기숙사보다 집이 더 낯설었다. 나는 어디에 있든 이방인이었다.

"원규야, 나가자. 응? 내일 아침에 얘기해."

"어차피 믿어 주지도 않을 거면서 왜 데려왔어요? 그냥 마음대로 살게 내버려 두지 왜요!"

아버지에게 반항하기 위해서가 아니라 진심으로 돌아가고 싶었다. 하지만 아버지에게 있어 나의 진심은 치기 어린 반항에 지나지 않았다. 주말이 지나고 나는 곧장 기숙사의 2인실을 배정받았다. 등 따시고 배불러서 팔자 좋은 줄도 모르고 대드는 녀석에게 기숙사 1인실은 과분하다는 것이 아버지의 결론이었다.

＝＝＝＝＝＝

2층 침대와 책상 두 개. 그리고 박은호.

"어? 방 바꾼 게 너였어?"

2학년 영어과 탑이라는 룸메이트가 누군가 했더니 박은호였나. 성적이 전염병도 아니고, 이런 애랑 같은 호실 쓴다고 올라갈 리가 없는데. 어쨌든 당장은 별로 말을 섞고 싶지 않다.

"이름이 은호라고?"

엄마가 사감 및 실장과 얘기를 끝내고 들어오셨다.

"예, 안녕하세요."

"우리 원규 좀 잘 부탁한다. 한 학년 아래지만, 나이는 같으니까 친구처럼 잘 지내면 좋겠는데."

"걱정하지 마세요."

상황이 악화될까 봐 아버지처럼 다그치지 못할 뿐 날 못 믿는 건 엄마도 마찬가지다. 하긴, 12년을 길러 주신 큰아버지도 못 하는 일을 엄마한테 바라는 건 욕심일지도 모른다.

"그만 가요."

"그래, 지금 갈게. 이걸로 필요한 거 사고, 친구랑 밥이라도 먹어."

"알았으니까 빨리 가요."

"무슨 일 있으면 전화하고."

"네."

"엄마 갈게."

쫓기는 사람처럼 방을 나서는 엄마를 보는 마음이 편치만은 않다. 면회 딴 지 얼마 안 돼서 오는 길에도 불안했는데, 억지로 떠밀었으니 가는 길에는 또 얼마나 안절부절못하실까.

"1층 쓸 거야?"

"마음대로 해. 상관없으니까."

"그럼 1층 써. 난 천장 낮으면 못 자거든."

2층에 제 이불까지 떡하니 깔아 놓고 몇 층 쓸 거냐고 묻는 건 무슨 속셈이냐 생각하며 침대에 걸터앉았다.

≋≋≋≋≋≋

한 달이 다 되도록 녀석이 자는 걸 못 봤다. 아버지 제사라며 옥상으로 쳐들어와 새벽 4시까지 얘기를 했던 그놈이 맞기는 한 걸까. 억지로 엉덩이를 붙이고 앉아 낙서도 해 보고, 진짜 너무 정말 할 일이 없어지면 책도 들춰 봤지만 도무지 녀석보다 오래 앉아 있을 수가 없었다. 죄 없는 슬램덩크 시리즈만 걸레가 되도록 뒤적거리고 애꿎은 샤프심만 뚝뚝 부러뜨려 가며 책상에 이마 찧을 때까지 버텨 보기를 일주일. 저렇게 공부하면 서울대가 아니라 천국에 간다 한들 막아설 사람이 없을 것 같다.

오늘은 웬일로 의자에서 일어나 수건을 챙겨 들고 나가길래 승리를 자축하며 침대에 누웠는데, 들어오자마자 스탠드를 켜고 다시 의자에 앉는 걸 보니 도저히 잠자코 있을 수가 없다.

"넌 잠도 없냐."

"어?"

"안 자냐고."

"이따가."

"무슨 공부 하는데?"

"내일 청해 시험이 있어서."

범위도 없는 listening test를 공부하다니.

"그걸 왜 밤새 공부하는데?"

"할 게 없어서."

"할 게 없으면 안 하면 되잖아. 나도 잠 좀 자자."

네가 자는 거랑 내가 공부하는 게 무슨 상관이냐고 묻는 표정이다.

"니가 부스럭거리니까 잠을 못 자잖아 내가."

"미안."

"알았으면 그만 자라."

"근데 잠이 안 와."

"어쩌라고. 재워 달라고?"

"엄마가 이제부터 나만 믿겠다는데 잠이 오겠냐. 처음에는 1등만 하면 되는 줄 알았고 나중에는 명문고만 가면 되는 줄 알았는데, 슬슬 감당이 안 되네. 정말 의대에 가면 더 이상 기대 같은 거 안 하시려나. 난 미대 지망이었는데."

"뭐야 바보도 아니고. 그럼 미대 가. 가면 되잖아."

"넌 자유로운 영혼이라 좋겠다. 그렇게 쉬운 문제가 아니야."

"잘됐네. 너 문제 좋아하잖아. 어려운 문제면 풀어. 그럼 되겠네."

은호는 혼자되신 몸으로 두 아들만 바라보는 어머니를 위해 무리하게 참고 있었다.

"아님 취미로라도 그리든가. 그림 한두 장 그린다고 성적이 뒤집어지겠어?"

"그러다 완전 빠지면 어쩌라고. 성적 떨어지면 그날로 끝장인데."

"니가 1등만 해서 잘 모르는 거 같은데, 난 꼴찌야."

"큭—"

"나도 니가 1등만 하는 거 웃기거든. 너 영어과에서 유명하더라."

진짜 이렇게 공부하는 애가 있구나 싶을 정도로 독한 녀석이다.

"맨날 그런 건 아니야."

"여튼 우리 엄마 아빠는 내가 꼴찌라도 잘 지내셔. 뭐, 화를 좀 내긴 하지만 세상이 끝난 사람처럼 굴지도 않고. 더구나 난 외동아들인데 넌 형도 있잖아. 니가 효도 못 하면 형이 하겠지."

좋아서 하는 것도 아니고 엄마의 기대 때문이라는 말을 들으니 왠지 안쓰러웠다. 얘네 어머니도 내 아버지와 같은 부류일까 싶기도 하다. 어쨌든 나이가 몇인데, 경제적으로는 아니더라도 감정적으로는 독립을 해야지. 쯧쯧.

"2학년 1학기잖아. 아직 반도 더 남았는데 벌써부터 스트레스 받으면 의대가 아니라 의대부속병원 가야 될걸."

웃는다.

"쉬어 가면서 해."

"그래도 되려나."

이번엔 회의적인 웃음이다.

"악착같이 공부하는 거 보면 할 수 있을 거야. 우리 아버지가 자주 하는 말씀이 있는데, 죽어라 공부하면 안 될 게 뭐 있냐고. 너 그거 잘하잖아. 죽어라 공부하는 거. 그러니까 답답하고 불안할 때는 그림 그리면서 쉬어. 그럼 공부도 더 잘될걸?"

당시엔 꽤나 훌륭한 조언자가 된 것 같아 마음이 뿌듯했다. 하지만 돌이켜 보면 은호는 그냥 은호가 살던 대로 살았어야 했는지도 모른다.

======

나도 은호도 나름대로 잘해 나갔다. 외국어 경시대회에서 몇 번 수상을 하고 토플이나 토익 성적도 꽤 잘 나오자 이 정도면 수시입학에 상당히 유리할 거라며 걱정만 앞세우던 담임도 격려라는 걸 해 줬다. 이례적으로 2학년이 되어 미술부에 들어간 은호는 성적이 조금 떨어지긴 했지만 많이 밝아졌다.

"박원규."

막 잠들려던 순간이었다.

"어 뭐."

"자냐."

"너 때문에 깼어. 왜?"

"넌 꿈이 뭔데."

"없어. 꿈이 없어서 잠이라도 자야 꿀 수 있으니까 얼른 좀 자자."

"나 이번에 7등 했다. 저번보다 올라서 기분 좋아."

"약 올리냐. 여튼 축하해. 1등 한 놈은 악몽 꾸느라고 잠도 못 잘 거다, 불안해서."

웃음소리. 짜식, 참 잘 웃는단 말이야.

"이번에 전시회 하는 거 알아?"

"전시회?"

"강당에서, 재원고 애들 미전하거든. 내 그림도 걸릴 거야. 축전으로."

"어, 그래."

은호가 뭔가 더 말하는 것 같았지만, 그 소리를 자장가 삼아 곯아떨어져 버렸다.

=======

"원규 오빠!"

그냥 원규라고 부르라는데, 굳이 오빠오빠 하며 따라다니는 통에 쉬는 시간에 엎어져 자는 것도 쪽팔린다.

"오빠, 미전에 오빠 그림 있는 거 알아요?"

"뭔 그림?"

미전은 뭐고. 그린 적도 없는 그림은 또 뭐지.

"장난 없어요. 진짜 완전 사진이야."

"나 그림 그린 적 없는데."

"아뇨 아뇨~ 2학년 은호 오빠요."

"뭔 소리야."

"은호 오빠가 오빨 그렸다니까요?"

잠이 확 깼다.

"나?"

"그렇다니까요. 지금 막 도연이랑 보고 왔는데, 은호 오빠 그림 앞에 여고 애들도 다 서 있어요. 열라 잘 그렸더라구요."

"잘 그렸다기보다 모델이 좋은 거지."

"웩— 왕자병."

그러고 보니 전시회 얘길 하긴 했다. 정물화나 추상화 정도 그렸겠지 싶었는데, 나를 그렸다니 조금 의외다.

=======

은호의 그림은 최고다. 담배 대신 볼펜을 손가락에 끼우고 창가에

228

서 턱을 괸 내 얼굴이 전지에 가득했다.

배경은 겨울. 담배 연기를 입김으로 처리하느라 머리 좀 굴렸겠구나 싶어 웃음이 나왔다. 연필만 가지고 이렇게까지 세밀하게 그릴 수 있다는 게 신기할 정도다.

더구나 이 어마어마한 크기라니. 나를 따라 그림을 그린 건지, 그림을 따라 내가 생긴 건지 모를 정도로 완벽하다. 그림 앞에 있던 여고 애들이 날 보며 수군거린다. 한눈에 보기에도 그림에서 튀어나온 거 같은 내가 그림 속의 나를 골똘히 보고 있었으니 당연한 일이다.

그래, 이 오빠가 이 그림 모델이란다. 많이들 봐 두렴.

괜히 머쓱해져 주머니에 손을 넣고 어슬렁어슬렁, 한여름에 나름 겨울 남자인 척 우수를 떨다가 야자 끝나고 음료수라도 사야겠다고 생각하며 강당을 나섰다.

≡≡≡≡≡

좋아…….

잠결에 들린 은호의 목소리에 눈을 떴다.

"뭐야? 언제 왔어?"

흠칫 놀라는 눈치다.

"안 잤어?"

"니가 부스럭거렸잖아."

"미안. 오늘부터 독서실 끊어서 항상 이때쯤 올 거야 아마."

"알았고, 책상 위에 콜라 마셔. 같이 한잔하려고 했는데 안 와서 니 건 올려놨어."

"고마워."

분명 좋다고 했다.

"박원규."

자습을 마치고 돌아온 기숙사에 은호가 없었다. 항상 먼저 들어와서 의자를 지키고 앉아 있었는데 오늘은 무슨 일인가 생각하며 같이 마시려고 사 온 콜라를 올려놓다가 닳아 빠진 연습장에 눈이 멎었다. 연습장을 들춰 보니 손때 묻은 종이 위에는 온통 나뿐이었다. 주로 눈을 감고 있는 모습. 아마 내가 자는 동안 일어나서 그렸던 모양이다.

　"나 할 말 있는데."

　"안 자냐. 지금 2시거든."

　이대로가 좋다고 생각했다. 마음에 품은 말이 입을 통해 나오는 순간, 그 말이 마음을 속이고 눈을 가릴 것 같았다.

　"나 너 좋아하는 거 같아."

　가슴이 쓰리다. 나름대로 잘 적응해 가고 있다고 생각했는데, 은호의 감정이 어렵사리 얻은 균형을 깨뜨릴 것 같아 불안했다. 하지만 한편으로는 안심했다. 사랑한다고 말한 건 아니었기 때문이다.

　"나도 너 좋아해."

　좋아하는 거라면 동성의 친구끼리도 얼마든지 가능한 일이기에, 망설임 끝에 나온 은호의 말을 독백으로 남기지 않아도 된다는 생각에 마음을 놓으며 그렇게 대답했다.

　"고맙지?"

　"어. 고맙다 박원규."

　"그럼 자라."

　그걸로 충분할 줄 알았다. 은호는 대답을 들었고, 난 소중한 친구를 잃지 않아도 되겠다고 생각했다.

≋≋≋≋≋≋

　"오빠―"

기한을 넘기지 않으려 도서반납기에 만화책을 밀어 넣고 기숙사로 가는 길에 같은 반 여자애를 만났다. 선주영. 유난히 애교가 많아 부담스럽긴 하지만, 성격인 걸 어쩌겠는가.

학원 셔틀에서 막 내린 모양인지 손에 단어장이 들려 있다. 보아하니 새벽 1시가 넘도록 공부만 하다 오는 길인 거 같은데 뭐가 좋은지 연신 싱글벙글이다.

"뭐 해요?"

"반납."

셔터가 내려간 도서대여점을 가리키며 대답했다.

"넌 학원?"

"네. 완전 피곤해요."

울상을 지으며 입술을 비죽 내미는 걸 보니 정말 피곤한가 보다.

"걱정 마. 내가 맨날 바닥 깔아 주잖아."

"그래도 오빠 영어가 되니까."

"쭉 거기서 자랐는데 안 되면 이상한 거지. Free talking은 몰라도 interpret은 니들이 훨씬 낫잖아."

"에―이 독해는 한글로 옮기는 거니까 그렇죠."

매번 느끼는 거지만 참 귀엽다. 딱히 선주영 하나만 귀여운 게 아니라 같은 반 애들은 너 나 할 거 없이 다 귀엽다. 워싱턴에 있을 때 어울렸던 또래들에 비하면, 여기 애들은 진짜 어려 보인다.

"오빠."

"음?"

"주말에― 집에 가요?"

"아니. 나 집에 잘 안 가는데."

"그럼 나 학원 숙제 좀 도와주면 안 돼요?"

"그러든가."

"오예―"

여동생이 있으면 이런 느낌일까.

＝＝＝＝＝

"어?"

호실을 잘못 찾았나?

"이제 와?"

은호가 있는 걸 보니 잘못 들어온 건 아니다. 다만 2층 침대를 내려 놔 방에 빈 공간이 확 줄어 있었다.

"뭐야?"

"올라갔다 내려왔다 하기 싫어서 내려 달라고 했어."

"그럼 내가 2층 쓰면 되지."

"나 천장 낮으면 못 자."

2층에 누워도 천장이 낮기는 마찬가진데 지금까지는 어떻게 썼냐 고 물으려다 말았다. 어차피 은호가 침대를 나란히 쓰기로 한 이상 괜 한 말로 서로 불편하기는 싫었다.

＝＝＝＝＝

주영이는 매주 산더미처럼 숙제를 가져왔다. 오늘만 해도 저녁 내 내 해석을 봐 주고 빈칸 채우기 문제를 푸느라 눈이 빠질 지경이다. 미치지 않고서야 아무리 입시명문 학원이라지만 숙제가 이게 말이 되 나 싶을 정도였다. 숙제만 잘해 가도 성적이 쑥쑥 오를 정도로 어마어 마한 분량에 지쳐, 이걸 언제까지 도와줘야 하나 심각하게 고민하는 중이다.

기숙사 6층에 마련된 자습실에서 이제 막 나오는 길이다. 아까 들 어갈 때만 해도 분명 토요일이었는데, 시계를 보니 자정이 넘어 일요

일이다.

"오빠가 도와주니까 완—전 좋아요."

그래, 좋아서 좋겠다. 난 빈칸을 너무 채워서 뇌에 빈칸이 뽕뽕 뚫린 기분인데 말이다.

"난 죽을 거 같은데."

"왜요? 좋아서?"

난 심각한데 주영인 장난하는 거 같다.

"진짜 궁금해서 그러는데, 이거 언제까지 해야 돼?"

"뭐— 학원 관둘 때까지?"

"그럼 언제 학원 관둘 건데?"

"푸흐흐—"

내 언어 사용에 문제가 있나? 억양이 약간 달라서 어감 전달이 잘 안 되는 건가? 벌써 세 번째 내 의도와 달리 장난치듯 반응하는 주영이한테 조금 짜증이 났다.

"선주영, 나 지금 농담 아니거든."

주영이가 앞서 계단을 내려가다 우뚝 서서 날 돌아보는데, 미안하게도 엄청 당황한 표정이다. 근데 어쩔 수 없다. 주말마다 이 짓을 계속하다간 내가 먼저 죽을 거 같다. 일주일 내내 학교에서 노느라 힘든데, 주말엔 나도 쉬어야지.

"아님 그때그때 달라니까? 해서 줄게. 하루에 다 하려니까 종일 걸리잖아. 그리고 문제풀이는 얼마 안 걸리니까 금방 해 주겠는데 원문 해석은 너도 미리미리 해 둬."

사실이 그렇다. 문제풀이야 100개든 200개든 읽고 풀면 그만이지만 통번역에 가까운 원문 해석 숙제는 정말 곤란했다. 앞뒤로 빽빽하게 50장은 되는 분량을 꼼꼼하게 읽어 가며 한글로 옮기는 걸 체크해 주려니 시간이 너무 오래 걸린다.

"어차피 입시 영어니까 나한테도 도움될 건 아는데, 원서 독해는 의미 파악 안 되는 문장에 표시해서 주든가. 여튼 다음 주에도 하루 종일 이래야 되는 거면 곤란해."

대화의 높이를 맞추기 위해서는 눈높이부터 맞추라고 했는데, 계단 위에 서서 말하고 보니 살짝 강압적인 분위기가 된 거 같다. 그래서인지 주영이의 표정이 영 별로다. 일단 눈높이를 맞추고 잘 타이르려고 계단을 내려가는데, 층계참 아래로 난간을 붙든 손이 보였다.

"오빠."

"어?"

"오빤 나랑 같이 있는 거 별로예요?"

어? 이게 그런 분위기였나?

"난 오빠도 아는 줄 알았는데……."

그러니까 지금, 나랑 같이 있으려고 이 무지막지한 행각을 벌여 왔다? 장장 한 달 가까이?

"그래서 계속 도와준 거 아니에요?"

주영이를 이성으로 생각한 적은 한 번도 없지만, 누가 듣고 있는 상황에 이렇다 저렇다 말할 일은 아니었다.

"아니 잠깐."

"선수학습 때— 오빠 처음 봤을 때부터 조……."

"선주영 그만."

아래서 엿듣는 게 누군지 확인하기 위해 난간으로 몸을 기울인 순간이었다. 주영이가 나한테 입을 맞췄고, 그 상태로 대각선 아래쪽에 있던 은호와 눈이 마주쳤다.

화들짝 놀라 주영이를 밀쳐 내려다 순간적으로 주영이의 등 뒤가 난간이라는 게 떠올라 어깨를 안아 올리고 말았다.

엉거주춤 몸을 떼자 귀밑까지 붉어진 주영이가 나를 보고 있었다. 은호는 이미 어디론가 사라진 다음이었다. 누군가 심장에 망치질을 하는 것 같다.

"먼저 들어갈게요. 내일…… 봐요."

수줍은 듯 뽀르르 계단을 내려가는 주영이를 보자 조금 전 무슨 일이 있었는지 더욱 실감하게 된다. 문제는 내일 주영이를 볼 게 아니라 당장 방에 들어가면 은호가 있을 거라는 사실이다.

입에서 단내가 날 정도로 두뇌 회로에 과부하가 걸린 느낌이다. 대체 이 상황을 어떻게 설명……해야 되는 건가? 왜 이렇게 당황스럽지? 단순히 은호가 날 좋아해서? 아니면 은호한테 상처 준 게 미안해서?

"워~ 박원규."

이건 또 뭔가 하고 목소리를 따라 시선을 옮겨 보니 프랑스어과 김진목이다.

"선주영이랑 사귀냐?"

"긁지 마라."

"긁긴. 별 관심도 없거든? 내일 농구 7시다."

"알거든?"

"저녁 말고 아침. 형들 저녁에 과외 보강 있대."

"아침엔 못 일어나."

"너 빠지면 숫자 안 나오는데."

"그럼 깨우든가."

상황이 어떨지 몰라 은호에겐 부탁하기 곤란했고, 깨우기 귀찮으면 알아서 대타를 구하겠지 싶었다.

"키 줘."

어떻게든 날 데려갈 생각인 거 같으니 그냥 진목이네 방에서 잘까? 하지만 은호를 피하면 더 기분 나빠 할 것 같다.

"지금 잠겼으니까 일단 열고."

"OK."

일어나 보니 책상 앞에 우두커니 앉은 은호가 보인다. 은호를 보자 어젯밤에 무슨 일이 있었는지 새삼 깨달았다. 주영이가 나한테 고백했고, 어쩌다 키스를 했다. 내려와 보니 문이 잠긴 채 은호는 방에 없었다. 혼자 침대에 앉아서 진짜 진짜 진짜……만 중얼거리다 나도 모르게 잠들었나 보다.

"어제 어디 갔었어?"

고백. 그리고 키스. 거기까지는 별일 아니었다. 미안하지만 난 주영이랑 CC가 될 생각이 없으니 나도 모르게 여지를 준 부분에 대해서 사과하고, 줄곧 그래 왔듯 오빠 동생으로 지내면 된다. 키스도 마찬가지. 과연 그걸 키스라고 할 수나 있을지 모르겠다. 주영이가 갑작스레 봉긋하고 부드러운 입술을 확 부딪는 통에 깜짝 놀라긴 했지만 그 순간 눈이 마주친 은호에게 더 놀라 제대로 반응할 기회도 없었다. 내 입술에 닿은 주영이의 입술이 파르르 떨린 걸 보면 아마도 처음인 거 같았는데. 진짜 여러 사람 피곤할 일이 생긴 거 같다.

"독서실."

어색한 분위기. 해명의 필요성에 대해 고민하다가 문득 시계에 눈이 멎었다. 오전 8시 47분이다.

"아후— 김진목."

그럼 그렇지. 저도 못 일어났을 가능성이 100%+a의 무한대다. 어차피 어그러진 일이니 그렇다 치고 일단은 은호한테 해명을 해야겠다. 걔가 고백했는데 난 마음 없어……라고 말하면 되지만, 어쨌든 은연중에라도 그럴 여지를 준 건 내 잘못이다. 그리고 하나 더. 내가 왜 은호한테 그 일을 해명해야 되지?

"나 좀 나갔다 올게."

지금으로서는 주영이를 만나는 게 우선이다.

"어디 가는데?"

"어?"

"어디 가냐고."

"선주영한테."

대충 대답하고 복도를 빠져나와 여학생층으로 올라가려는데 이제 막 샤워장에서 나오는 진목이와 마주쳤다.

"깨워 준다더니 너도 방금 일어났냐?"

머리에 걸치고 있던 타월을 좌악 뽑아서 얼굴을 닦는데, 기분이 영 아닌 거 같다.

"와서 키나 가져가."

"방에 갖다 놔. 안 잠겼어."

일단 주영이가 학원에 가기 전에 봐야 하니 서둘러야 했다.

"야!"

그대로 3층으로 내려가려는데 진목이 녀석이 소리를 꽥 지른다. 농구 두 번 빠지면 칼 들고 쫓아올 기세다.

"아 뭐—?"

"니네 방에 가기 싫으니까 와서 가져가라고."

"왜 신경질이야."

"그리고 다음 주부터 농구 안 나와도 돼."

"뭐?"

"형들한테 다 얘기했어. 너 관둔다고."

"미친 거 아니야? 오늘 하루 안 된다 그랬지 내가 언제 아예 안 한 다고 했어?"

"에이 씨!"

방금 욕한 건가?

"너랑 부대끼기 싫으니까 빠지라고."

"야! 김진목."

"아예 살림을 차리지그래?"

"뭐라는 거야."

"깨우러 갔더니 아주 가관이더라?"

더러는 다른 호실에서도 침대를 내려서 쓰고 있으니, 새삼스럽게 은호와 내가 나란히 침대를 놓고 쓰는 게 문제 될 건 없었다. 그러니 설명을 들어야겠다. 내가 왜 농구팀에서 빠져야 하며, 뭐가 그렇게 가관이었는지 말이다.

"너랑 박은호 말이야."

뇌가 쿵— 소리와 함께 심장으로 떨어졌다.

======

진목이가 본 건 잠든 나에게 은호가 입을 맞추고 있는 모습이었다. 그런데 소문은 그렇지 않았다. 1%의 사실과 99%의 추측. 하지만 1%의 파워 따위는 처음부터 기대할 수 없다. 입에서 입으로 전달되며 한없이 부풀려져 종국에는 소문의 시작도 진위도 가릴 수 없게 돼 버린다. 그 일에 대해 차마 입에 담기에도 불미스러운 말들이 보태지자, 결국 기숙사 실장이 나와 은호를 따로 불렀다.

"음— 생각을 많이 해 봤는데 너희 둘 다 집에서 통학을 하는 게 어떨까 싶다. 지금으로서는 호실이 다 차서 독실을 줄 수도 없고, 그렇다고 계속 같은 호실을 쓰면 애들 사이에서 자꾸 소문이 도니까."

"바꿔 주시면 되잖아요."

내가 독실을 쓰다 은호와 같은 호실을 쓰게 된 것도 그런 이유였다. 아버지의 부탁으로 영어과 수석인 은호의 룸메이트를 다른 호실로 보내고 그 자리에 들어간 것이다.

"호실 바꿔 주세요. 집으로는 들어가기 싫어요."

은호는 시선을 떨어뜨린 채 말이 없었다.

"그 방법도 생각해 봤는데 상황이 이러니 같이 쓰려는 학생들이 없어. 참 곤란한 게, 나는 어른 된 입장이라 한창 혈기 왕성한 나이에 그럴 수도 있다고 생각하지만, 일단 기숙사는 아무리 사립이라도 학교생활의 연장선상에 있는 곳이고, 단체 생활에 서로 불편을 끼치면 안 되는 거잖니."

집에 뭐라고 말하면 좋을지 모르겠다. 이러이러한 소문이 돌아서 기숙사를 나가야 되게 생겼다고? 이번에야말로 아버지한테 맞아 죽을지도 모른다.

"일단 부모님들께는 내가 전화드리마. 다른 얘긴 안 할 테니 걱정 마라. 기숙사 사정으로 잠깐 퇴실 조치 한다고만 말씀드릴 생각이다."

＝＝＝＝＝＝

"내가 나갈게."

실장을 만나고 호실에 들어와서 은호가 꺼낸 첫마디였다.

"집에서 공부하는 게 더 좋겠다고 하면 엄마도 그러라고 하실 거야."

아버지 제사에도 못 오게 하는 은호 어머니께서 참도 그러시겠다.

"됐어. 어차피 너나 나나 나가게 될 테니까."

화가 치밀어 의자를 발로 확 걷어차며 침대에 앉았다.

"내가 말할게. 넌 자고 있었다고."

이미 벌어진 일이다. 그래 봐야 눈물겨운 사랑에 손가락질만 당할 뿐임을 정말 모르는 걸까?

"대체 왜 그랬는데?"

"부러웠어."

내가 걷어찬 의자를 바로 세우며 은호가 말했다.

"선주영 걔가 부럽더라."

"하—"

"니가 나 어떻게 생각하는지 알아. 얼굴 보는 것도 짜증 나겠지. 더러울 거고."

아니다. 미치도록 화가 나는 건 맞지만, 은호를 탓할 수만은 없는 일이다. 좋아한다는 말에 나도 그렇다고 했으니까. 아슬아슬한 감정 위를 줄타기하며 친구인 은호를 잃지 않으려고 한 건 나였으니까.

"그런 거 아니야."

"그럼 왜 그렇게 안절부절못하는데?"

상처받은 표정이다. 그런 은호의 시선을 마주할 자신이 없어서 눈을 피했다. 하지만 일면 억울하다. 왜 이렇게 안절부절못하냐고? 은호는 아무렇지 않은데 나 혼자 전전긍긍한다는 건가?

"넌 이 상황이 우스워?"

"아니."

"자랑스러워? 유명해져서 좋아?"

"아니."

"왜 안절부절못하냐고? 너 학교에서 애들이 뭐라고 떠드는지 몰라?"

"알아."

"근데 아무렇지도 않다고?"

"내가 너 좋아하는 거 사실이니까."

"하—"

"근데 넌 아닌 거잖아. 너한테 난 그냥 친구지. 완전 친한 친구."

그 말이 마치 빠져나갈 구멍을 만들어 주려는 것처럼 들렸다. 혼자 뒤집어쓸 테니 넌 떳떳하라고 말하는 것 같았다. 그래서 화가 난다. 차라리 너도 싫다는 말은 없지 않았느냐고 따지고 들면 속 시원히 욕이라도 하겠는데, 이도 저도 아닌 상황에 머리가 돌 거 같다.

"내가 널 이용한 거야. 니 우정을 이용한 거라고. 그렇게 말해. 난 상관없어. 사람이 사람 좋아하는 게 뭐가 잘못인데."

난 두려웠고, 나아가 비겁했다. 지나칠 정도로 견고한 은호의 감정이 두려웠고, 그걸 키운 사람이 누구도 아닌 나 자신이라는 생각에 괴로웠다. 그럼에도 불구하고 은호의 감정을 정리해 주지 못했다. 그게 바로, 나의 가장 큰 잘못이었다.

"남자라서가 아니라 나라서……."

그렇게 말했다. 남자를 사랑한 게 아니라 널 사랑한 거라고. 사랑하고 보니 남자였다고.

"그랬어. 정말 확고했어."

은호는 자신의 감정에 있어 조금의 의심도 망설임도 없었다. 그런 은호가 스스로 삶을 놓았다. 그렇게 되고도 한참을 은호한테 무슨 일이 있었는지 아무것도 모른 채 살았다.

"내가 똑바로 처신했으면 아마 살아 있었겠지."

아버지께서 항상 하셨던 말씀이다.

"은호 어머니도 살아 계셨을 거고."

살아 있다면 스물여섯. 날 만나지 않았다면 지금쯤 어느 대학병원에서든 인턴 과정을 밟고 있을지도 모른다. 취미로 그림을 그리면서, 친구들을 만나고, 좋은 사람도 만나고.

"이런 얘길 어디서부터 해야 할지 몰랐어."

기억을 되짚고 있었는데 언제부터 혼자서 중얼거리기 시작했는지 모르겠다. 이런 얘기가 무슨 소용인가. 허연화의 말만 듣고 널 단정해 버렸다고 한들 이제 와서 뭐가 달라진다고.

"내가 필요했다며. 우리 집안이 필요했다며. 어떻게든 너 안 되기만 바라는 사람들한테 질려서 날 내세웠다며. 그래서…… 그래서 나도 니가⋯⋯."

　요은이가 했던 말들이 왜 이렇게 뚜렷한지 모르겠다. 그리고 내가 했던 말들도 정확히 기억난다.

　'니가 참 존경스러워. 스스로를 피해자로 만드는 능력 말이야.'

　그래, 이 사람은 피해자다. 하지만 이 사람을 피해자로 만든 건 나다. 내가 동성애자인 걸 알면서도 결혼하려는 거라던 허연화의 말 따위는 더 이상 중요하지 않다. 얼마든지 확인할 수 있었다. 정말 날 동성애자로 생각하면서도 결혼하고 싶은 거냐고 한 번쯤 물어볼 수 있었다.

　이 사람이 끝내 친모의 얘기를 하지 않았던 걸 구실로 상황을 이런 지경까지 몰고 온 건 나다. 오해라는 말로 변명할 여지도 없다. 난 허연화와 더불어 이 사람을 매도했다. 번듯한 결혼에 목매는 한심한 여자로 치부한 채 내 삶에 끌어들였다.

　끔직한 상대일수록 좋았다. 남자가 동성애자든 뭐든 그럴듯한 결혼만 하면 되는 여자. 자멸이라고 생각했다. 기꺼이 필요에 응해 주리라 생각했다. 원호 형마저 못 잡아먹어 안달이신 아버지를 진정시킬 수 있다면, 아들이 이렇게 돼 버린 게 모두 당신의 죄인 양 괴로워하시는 어머니를 안심시킬 수 있다면 그걸로 충분했다.

　그런데 이용당한 건 내가 아니라 이 사람이었다. 정죄의 도구. 난 죄의식을 덜기 위해 이 결혼을 선택했다. 어차피 남들처럼 사랑하고 결혼해서 행복하게 살고 싶은 마음은 없었다. 은호를 그렇게 만들어 놓고 남들처럼 살 염치가 없었다. 은호를 상처로 안고 살아가는 형 앞에 떳떳할 수가 없었다.

　'니가 어떻게 이러니? 아무리 될 대로 되라는 식이라도 이건 아니지. 어떻게 니가 요은이랑 결혼을 해? 원호 씨가 어떻게 살았는데. 그 사람이 얼마나⋯⋯! 다시 생각해. 이건 정말 아니야. 모르겠어? 원호 씨가 원하는 건 이런 게 아니야. 너랑 원호 씨 충분히 행복해질 자격 있어. 너

그 사람 좋아하잖아. 그 사람 걱정되잖아. 그 사람한테 미안하잖아. 그게 사랑이야. 모르겠어?'

사랑이 아니라 사랑이어야만 하는 것처럼 이상하리만치 집착하는 허연화를 이해할 수가 없었다. 내가 자신의 프러포즈를 거절한 건 원호 형을 사랑했기 때문이라고 스스로를 위로라도 하려는 건가 싶었다.

'널 사랑하는 게 아니야. 사법시험 포기하고 책 내는 것도 마음대로 안 풀리니까 결혼을 방편으로 삼으려는 거지. 너희 집안 때문이기도 할걸? 아버지가 중앙지검장 출신에 대형 로펌에 계시니까 법대 출신인 요은이한테 대리만족이 되기도 할 거고. 어렸을 때부터 친가 식구들한테 눌려서 자란 애야. 그래서 더더욱 이도 저도 아닌 상황으로부터 벗어나고 싶을 거고. 널 사랑하는 게 아니라 니가 필요한 거야.'

아끼는 후배라며 이 사람을 소개한 것치고는 너무 신랄한 비판이었다.

'니가 호모섹슈얼인 걸 알면서도 결혼하려는 거야. 이게 말이 된다고 생각해?'

내가 허연화를 통해 이 사람의 얘기를 들었듯 이 사람도 나에 대해 들은 얘기가 있을 거라고 생각은 했지만, 날 동성애자로 알고 있다는 말은 약간 충격적이었다. 그리고 이 결혼을 승낙하는 데 결정적인 이유가 되기도 했다. 이 사람이 날 동성애자로 착각하든 말든 상관없을 줄 알았다. 내가 이 사람의 얘기를 궁금해하지 않듯 이 사람도 내 얘기를 궁금해하지 않으면 된다고 생각했다.

그런데 정말 이 사람의 착각이 아무렇지 않았던가? 이태원에서 처음 마주쳤던 날 이 사람이 나를 똑바로 바라보며 호모, 게이, 동성애자라고 몰아세웠을 때…… 억눌렸던 봇물처럼 뭔가 쏟아지는 기분이었다. 분명 알고 있는 일이라고 생각했음에도 막상 직접 듣고 보니 아무 말도 할 수 없었다. 왜 그렇게 난감했을까.

"왜."

"예?"

느닷없는 대답에 놀라 정신을 차려 보니, 간호사가 알코올 타월을 들고 서 있다.

"아…… 아니에요."

"좀 쉬셔야죠."

또 하루가 지났다.

"얼른 좋아지셔야 되는데 걱정 많으시겠어요."

걱정. 밤새 앉아 있는 내 모습이 그래 보였나. 옆을 비워 주느라 자리를 비키는데 간호사가 흠칫 놀란다.

"어머— 다행이에요."

"네?"

"체온 39.3도로 내려왔어요."

다행이다.

"밤새 옆에 계셨던 보람이 있네요."

내가 이 사람의 곁을 지킨 게 아니라, 이 사람이 나의 곁을 지킨 거다.

"잠깐 나갔다 올게요."

"네, 그러세요. 좀 주무셔도 되고요. 저희들이 계속 체크하고 있으니까 걱정 마세요."

"고맙습니다."

난 어차피 수면제 없이는 잠을 못 잔다. 결혼 후부터 줄곧 그랬다.

매번 같은 시간 같은 장소에 있다. 이태원의 간판 없는 바. 시끄러운 음악 소리. 자욱한 담배 연기. 사람들의 시선. 내 이름을 알아 간 바텐더. 마르지 않는 술잔. 여기까지는 모든 것들이 너무나 선명하다.

토할 것 같지만 버텨야 한다. 내가 왜 이렇게 됐는지, 누가 날 이렇게 만들었는지…… 조금만 더 버티면 볼 수 있을지도 모른다. 하지만 언제나 그렇듯 속을 휘젓는 메스꺼움에 숨이 가쁘다.

"허— 으……."

또 눈을 뜨고 말았다.

"하아 하…… 하……."

혀뿌리가 입천장에 붙어 숨이 가쁘다.

"우으— 으…… 으웩—"

침이 아니라 식초를 삼킨 듯 구역질이 밀려 나오는데 폐는 숨을 마시지 못해 아우성이다.

"한요은 씨?"

왜 항상 거기서 눈이 떠지는 걸까. 이태원 바와 해밀턴 호텔 사이의 기억은 어디로 간 거지?

"잠시 기다리세요."

간호사가 내 입에서 뭔가를 빨아내자 숨 쉬기가 한결 나아졌다. 그런데 그녀가 손에 든 게 혹시 주사액인가? 저걸 호스에 찔러 넣으면 또 잠들지도 모른다.

"아…… 하아……."

"이제 좀 나으실 거예요."

"아…… 안 해……요……."

안간힘을 써서 손을 움직여 간호사가 들고 있는 주사액을 가리켰다. 사실 가리켰다기보다는 그녀의 손에 들린 걸 쳐서 떨어뜨렸다는 표현이 적당한 상황이다. 당황한 간호사가 바닥에 떨어진 주사액을 줍기 위해 시야에서 사라졌다.

"서…… 서……니…… 하…… 하아……."

뜨거운 모래바람을 마시고 있는 기분이다. 불덩이처럼 뜨거운 온몸 구석구석의 통증이 잔인하리만치 선명하다. 이건 확실히 꿈이 아니다.

"서……니……."

"네, 곧 오실 거예요."

선생님 말고 선희요. 김선희 좀…… 불러 주세요.

❧❧❧

전화를 받고 한달음에 병원에 도착해 보니 중환자실 앞 의자에 앉지도 못한 채 초조하게 서 있는 원규의 모습이 유난히 초췌하다. 선희가 옆에 서는 줄도 모르고 허공 어딘가를 향한 그의 시선에는 이미 초점이 없다.

"요은이는요?"

며칠 전 원규한테 실컷 퍼부은 후라 그런지 상황이 영 불편한 건 둘째 치고, 이 사람이 과연 박원규가 맞나 싶을 정도로 해쓱한 모습이다.

"무슨 일이에요?"

몇 시간 전, 12시 면회 시간에 맞춰 중환자실에 왔을 때 원규가 요은의 곁에 앉아 있었다. 간호사들은 밤새 환자에게 이런저런 얘기를 하고 있다며 남편의 정성이 대단하다고 칭찬했지만 선희의 입장에서는 아파서 누운 애한테 무슨 얘기를 하겠다는 건지 심란하기도 했다. 어쨌든 원규와는 따로 인사도 나누지 않고 잠든 요은이를 바라만 보다가 집으로 돌아갔는데 집에 도착하자마자 원규한테 전화가 왔다. 요은이가 의식을 찾았는데 아무래도 선희 씨가 와 보는 게 좋을 것 같다는 내용이었다.

"지금 요은이 볼 수 있는 거예요?"

"네. 얘기해 뒀어요."

지정된 시간 외에 중환자실에 들어가려면 가족의 동의가 있어야 했다.

"근데 이제 막 잠들어서, 아마 좀 기다려야 할 거예요."

"몸은 어떻대요? 아까 듣기로는 아직 열이 안 내렸다면서요."

"열은 내렸는데……."

원호에게 들은 거라곤 가게에서 사고가 있었다는 말뿐이었다.

"근데요?"

답답하다.

"열은 내렸는데 뭐요?"

의식을 찾은 후 요은은 약기운에 취해 줄곧 잠든 상태였다. 하지만 점차 스스로의 상황을 인지하기 시작했다. 그리고 마침내 호텔 객실에서 눈떴던 순간이 악몽이 아니었음을 깨달았다. 불덩이처럼 뜨거운 온몸 구석구석에 그보다 더 강렬하게 남아 있는 고통이 그녀를 괴롭히기 시작한 것이다.

"내가 옆에 있는 게 불편한가 봐요."

어쩌면 무슨 일이 있었는지 원규가 모두 알고 있을지도 모른다는 생각이 요은을 괴롭혔다. 그녀의 기억에서는 깨끗이 삭제돼 버린 시간을 원규한테 듣는 것만은 피하고 싶었다. 만에 하나 그녀가 생각하는 가능성이 현실이라면 더더욱 원규를 보고 싶지 않았다.

"뭐예요? 요은이…… 무슨 일이에요?"

치열에 눌린 원규의 아랫입술에서 핏기가 가셨다. 그녀는 피해자다. 그런데 말을 꺼낼 수조차 없다. 누구한테 맞았거나 교통사고를 당한 거라면 거리낄 것이 없을 텐데, 피해자임에도 한없이 조심스러운 현실에 화가 나고 그 이상으로 스스로를 용서할 수가 없다.

"아직 의식이 뚜렷하지 않아서 잘 모르겠어요."

"요은이 그날 이태원에 갔었어요. 내가 데려다줬어요. 그러니까 말 좀 해 줘요. 도대체 왜 저렇게 된 건지 답답해 미칠 거 같아. 사장님은 전화도 안 받아요. 내가 분명 가게까지 데려다줬는데."

선희는 더 이상 불안과 자책을 감당할 수가 없어 끝내 울고 만다.

"왜……."

아무리 원규와 잘 모르는 사이었어도, 설령 그게 짐작일 뿐이었대도 일단은 말했어야 했다는 생각을 떨칠 수가 없는 것이다.

"왜 그랬어요. 난 겨우 며칠 가지고도 이렇게 피가 마르는데 요은이한테 왜 그랬어요. 얼마나 답답했겠어. 얼마나……!"

원규는 여전히 한마디도 못한 채 선희의 원망을 듣고 있을 뿐이다.

eee

왜 자꾸 술을 가져오는 거지? 내 이름을 알아 간 사람은 어떻게 됐지? 음악이 너무 시끄럽고 사람들의 웃음소리가 귀에 거슬린다.

아니. 안 돼. 눈 감으면 안 된다. 더 봐야 한다. 호텔에서 눈을 뜨기까지 나한테 무슨 일이 있었는지 봐야 한다.

하지만 기억은…… 어김없이 닫혀 버리고 만다. 완벽한 무(無). 아무것도 없다. 벌써 몇 번이나 같은 시간, 같은 곳을 되짚어 봐도 항상 결과는 같다.

눈을 떴다고 생각했는데 아무것도 보이질 않는다. 이 얼마나 기가막힌 상황인가. 아무것도 기억할 수 없고 아무것도 볼 수 없는 완벽한무념무상이다.

"요은아."

박원규다. 근데 왜 목소리뿐이지?

"잠깐 있어 봐. 불 꺼 줄게."

곧 눈이 편해졌다. 지금까지 눈떴던 곳이 아니라 일반 병실이다.

"여긴 중환자실보다 조명이 좀 밝네."

중환자실? 응급실인 줄 알았는데 아니었나 보다. 중환자실에 있어야 했을 정도로 몸 상태가 엉망이었나? 거기까지 생각하자 원규의 존재가 불편해졌다.

손으로 만져 보니 얼굴에 꿰맨 자국이 있는 것 같다. 그 밖에도 아프고 쓰리다고 생각한 곳마다 드레싱이 돼 있다. 원규가 이 상처들을 못 봤을 리 없는데, 어째서 한마디 말도 없는 거지? 차라리 평소처럼 뭐 하는 짓이냐고 따지기라도 했으면 좋겠다.

"나…… 여기 얼마나 있었어?"

"지난 금요일부터 닷새."

오래 누워 있던 탓인지 허리가 아파 천천히 몸을 일으킨 순간 애써 외면하고 있던 것들 중 가장 가혹한 상처가 통증을 따라 각인된다. 날이렇게 만든 사람이 도대체 누굴까. 나는 왜 아무것도 기억을 못 할까. 두 다리를 펴지도 오므리지도 못한 채 침대 위에 반쯤 앉은 내 모습을 견딜 수가 없다.

"미안한데, 좀 나가 줄래."

불은 끈 상태라 다행이다. 원규도 나도 서로를 볼 필요가 없으니까 말이다.

"그리고 이제 오지 마."

원규한테 화나서가 아니다. 날 이렇게 만든 건 원규가 아니니까. 그냥 전부 관두고 싶을 뿐이다.

"안 봤으면 좋겠어."

상황을 이렇게 몰아온 건 원규라는 변명도 궁색하기 짝이 없다. 그럼 원규와 결혼한 건 누구 탓이란 말인가. 내가 좋아서 한 결혼이었다. 그럼 난 원규가 왜 좋았을까. 말이 없어서, 감정에 휘둘릴 사람이 아닌 것 같아서. 우리 아버지처럼 효자 노릇 하느라 두 여자를 거느릴 것 같지는 않아서. 그럼 내가 원규를 택한 건 결국 아버지 탓인가? 그분이 내 아버지인 이유는 엄마 탓이고?

아니, 모든 건 내 잘못이다. 내가 되지도 않는 박원규한테 미련을 버리지 못한 탓이다. 이제 절대 궁금해하지 않을 거다. 더 이상 다치고 싶지 않다. 이런 몰골을 보이는 것도 싫다.

"선희 씨 오면 갈게."

그 말을 끝으로 원규의 발소리가 멀어지고 살짝 열린 병실 문틈으로 복도의 조명이 언뜻 비춘 후 다시 완벽한 어둠이 찾아왔다. 안 봤으면 좋겠다는 내 말에, 병실 밖에서 선희랑 바톤터치를 할 셈인가 보다.

박원규…… 말 참 잘 듣네.

오후 7시 30분. 드레싱을 새로 한 후 멍하니 창밖을 보고 있는데 문이 열린다.

"한요은 씨?"

그러고 보니 오전 회진이 있을 때 내가 직접 상담을 요청했다. 저녁 시간 직후에만 가능하다는 말에 드레싱을 마치고 8층으로 내려가겠다고 해 놓고는 깜빡한 것이다.

"저, 잠깐만요."

정신없이 몸을 일으켜 앉으며 옷매무새를 가다듬었다.

"네. 들어오세요."

이미 들어와서 욕실 맞은편 벽에 붙어 있는 사람한테 할 말은 아니었나 생각하며 눈치를 살피자 청진기를 하얀 가운 포켓에 꽂은 담당의가 얼굴을 내밀었다.

"죄송해요. 제가 정신이 없어서."

"아뇨. 아닙니다. 저녁을 이르게 시작해서 시간이 남았어요."

마침 수액을 다 맞은 후라 다행이다.

"우선 좀 앉으세요."

자리를 권한 후 침대를 벗어나 테이블을 사이에 두고 담당의와 마주 앉았다.

"아, 주스…… 괜찮으세요?"

근데 주스가 있었던가? 어제 선희가 뭔가를 냉장고에 사다 놓은 것 같기는 한데.

"아뇨. 괜찮습니다."

"네에."

엉거주춤 일어섰다가 다시 앉기는 했는데 분위기가 영 어색하다. 하지만 이것저것 재고 따지기에는 너무 지쳤다. 담당의라면 이미 내 상태를 알고 있을 테니 숨길 것도 부끄러워할 것도 없지 않은가.

"선생님."

"네."

"저한테 말씀 안 하신 게 있지 않나요?"

"네?"

"폐렴이나 타박상 외에도 문제가 있잖아요."

애써 웃고는 있지만 난감한 기색이 역력하다.

"생각 많이 했어요. 개인적으로 산부인과 진료를 받아 볼까도 했고요. 근데 아무래도 직접 여쭤보는 게 제일 좋을 거 같아서, 난처하실 줄은 알지만 부탁드려요."

포켓에서 청진기를 꺼내 호스를 만지작거리기 시작한다. 내가 나에 대해 알고 싶다는데 뭘 저렇게 망설이는 걸까.

"산부인과적인 소견을 말씀하시는 거죠?"

하지만 막상 원하는 대답이 나오자 눈앞이 아득하다.

"네."

"흠—"

눈을 감은 채 말을 고르는 그의 모습을 보니 이런 대화를 예상했던 모양이다. 그가 눈을 뜨기까지의 시간이 영겁처럼 느껴져 나도 덩달아 눈을 감고 호흡을 다스렸다. 이제 더 이상 의식을 놓는 일은 없어야 하기에, 무슨 말이든 받아들일 준비가 필요했기 때문이다.

"저도 여쭤보고 싶은 게 하나 있는데요."

드디어 그가 입을 열었다. 눈을 뜨자 결전을 앞둔 사람처럼 비장한 표정의 그가 나를 보고 있다.

"그러세요."

"혹시, 고소하실 생각인가요?"

눈빛을 보니 그가 얼마나 조심스럽게 꺼낸 말인지 알 것 같다. 하지만 거두절미하고 본론으로 들어간 그의 질문에 쉽게 입이 떨어지질 않는다. 얼굴도 모르는 사람을 어떻게 고소하나 싶다가도, 또 한편으로는 정말 모르는 사람일까 싶은 것이다.

심증은 있는데 물증이 없는 상황이 아니라, 물증은 있는데 심증이 없는 상황이다. 내가 찾아간 곳이 박원호의 가게였다는 것, 호텔에서 깨어났을 때 내가 입고 있던 셔츠에 새겨진 이니셜. 고작 이 둘뿐이지만, 어쨌든 그 사람이 이 일과 무관하지 않음을 증명하기에는 충분하지 않은가.

"원하신다면 부인과 소견서를 작성해 드릴 수도 있습니다."

"제가 고소를 결정할 경우에요?"

"아뇨. 꼭 그렇지 않더라도 직접 듣기 불편하시면 수기로 옮겨 드리겠습니다."

손으로 써 주겠다는 건 기록에는 안 남을 테니 걱정하지 말라는 의미일까? 아니면 직접 말하기는 불편하다는 걸까? 듣는 사람과 말하는 사람의 입장을 모두 고려한 그의 말에 잠시 고민했지만 더 이상 마음 졸이기는 싫다.

"그냥 말씀해 주세요. 저…… 괜찮아요."

넌 어떤지 몰라도 난 안 괜찮다는 듯 난처하게 시선을 피한 그가 잠시 뜸을 들이고는 입을 열었다.

"사실을 입증할 만한 직접적인 증거는 없었습니다."

"네?"

"흠— 산부인과적인 소견 말입니다."

"그럼 그 상처는요?"

"자상입니다. 칼이나 유리로 찔린 상처예요."

칼이나 유리로 찔렸다고?

"근데 좀 석연치 않은 부분이 있어요."

담당의의 말 한마디에 천당과 지옥을 오락가락하는 기분이다.

"병원에 오시기 전에 응급처치를 받은 상태셨어요."

"네?"

"모르셨나요?"

"네."

"씻고 오신 것도 모르셨어요?"

샤워를 한 건 나다. 누가 억지로 시킨 일이 아니다.

"아뇨. 그건 제가…… 했어요."

이해할 수 없다는 듯 골몰한 표정이다. 그래, 고소를 해야 할지도 모르는 상황에 피해자가 샤워부터 한 건 누가 봐도 안타까울 정도로 멍청한 짓일 거다.

"어쨌든 병원에 도착하셨을 당시, 이미 상처에 대한 1차 치료가 있었고 응급처치를 하는 동안 그나마 신체 외부에 남아 있던 증거들이 사라졌을 가능성도 배제할 수 없어요. 처치 중에 자궁 외부에 자상을 발견하고 만일의 경우에 대비해 검진을 하긴 했지만……."

또 말을 끊으며 나를 바라본다.

"강제적인 관계를 입증할 만한 증거는 없었습니다. 부인과적인 소견에 따르면 내부적으로는 그렇습니다."

"내부적으로는 그렇다는 건……."

"외부적으로는 충분히 문제가 될 수 있죠."

"기억이 안 나요."

무심코 뱉은 말에 나 스스로도 당황했을 정도다. 하지만 그에 앞서는 절박함에 다시 한 번 말했다.

"제가 어쩌다 이렇게 됐는지 하나도 기억이 안 나요."

혹시 잃어버린 기억도 찾아 주나요? 아니면 신경정신과에서 최면치료라도 받아 볼까요? 등등……. 머릿속을 둥둥 떠다니는 말을 속으로 삼키며 최대한 침착하려 노력했다.

"환자분께서 더 잘 알고 계시지 않느냐고 했던 건, 사건의 경위가 아니라 현재 몸 상태에 대해서 말씀드린 거였어요. 사건 경위는, 아마 생각이 안 나실 겁니다."

가운 포켓에 꽂아 뒀던 펜을 뽑아 펜대를 만지작거리던 그가 난처한 듯 말을 멈췄다가 다시 말을 이었다.

"미량이긴 했지만 약물검사에서 양성반응을 보이셨거든요."

"약물이요?"

"수면이나 최음을 유도하는 알약이에요. 경우에 따라서는 부작용 때문에 구토를 하기도 하지만 대부분 거부반응을 보이지 않는 걸로 알고 있습니다."

그날 밤, 난 분명 화장실에서 먹은 술을 다 토해 냈다. 그리고 그때 누군가…….

"괜찮으세요?"

그래. '괜찮아요?' 하고 물었다.

"한요은 씨?"

"기억나요."

"네?"

"그날…… 누가 제 옆에 있었어요. 누가 분명히…….”

숨이 가쁘다.

"진정하세요."

숨이 가쁘고 머리가 아프고…… 토할 거 같다.

eee

의사와 상담을 하던 중 구역질을 느낀 요은이 호흡곤란 증세를 보이며 의식을 잃자, 병원 측에서는 보호자로 입력된 원규에게 연락을 할 수밖에 없었다. 병실에 들어선 원규는 침대 한구석에 무릎을 끌어안고 앉은 요은의 모습에 잠시 멈칫했다. 요은은 그제야 천천히 고개를 들어 원규를 바라봤다. 환자복을 입은 그녀는 언뜻 보기에도 결혼 전에 비해 많이 야위었다.

"이상해."

초점 없는 시선을 허공에 둔 채 혼잣말하듯 던진 한마디. 다시는 병원에 오지 말라던 본인의 말조차 까맣게 잊고 입술을 깨물며 무릎을 더욱 세게 끌어안는다.

"나 이상해."

대답을 바라는 말이 아니다. 하여 원규는 잠자코 있을 수밖에 없다.

"기억이 안 나. 아무것도…… 기억이 안 나."

기억이 안 난다는 그녀의 말을 어떻게 받아들여야 할지 모르겠다. 혼란스러운 요은의 시선을 마주한 원규가 가까이 다가서려는 순간, 초점 없는 눈동자로 침대에서 벗어난 그녀가 슬리퍼를 신고 환자복을 여미며 입구 쪽으로 걸음을 옮긴다.

"선생님한테 가 봐야겠어."

마치 다른 공간에 있는 사람처럼, 바로 곁을 지나는 그녀에게서 아무것도 느껴지지 않는다. 위태로워 보이는 그녀가 아득히 멀어지는 느낌에, 원규는 그녀의 존재를 확인이라도 하려는 듯 팔을 붙들었다. 한 손에 차지도 않을 정도로 살이 마른 그녀의 팔꿈치가 새삼 안쓰럽다.

"시간이 너무 늦었어."

"놔 봐. 금방 다녀올게. 금방 가서 내가…… 가서…… 선생님한테……."

여전히 입구를 향해 등 돌리고 선 요은의 목소리가 공허하게 병실을 울렸다. 기억만 없는 게 아니라 넋도 없는 사람처럼 횡설수설하는 모습이다. 그런데 그런 그녀를 보고 있기가 너무 힘들다.

"요은아."

그녀를 잡은 손에서 전해지는 불안과 공포가 안쓰러워 어떻게든 진정할 수 있도록 돕고 싶었다. 그래서 자신도 모르게 요은의 팔을 당겨 어깨를 감싸 안으려 했다. 하지만 흠칫 놀란 그녀가 어깨를 움츠리며 황급히 몸을 빼냈다.

"싫어!"

그 순간 원규가 요은에게서 느낀 건 당황스러움 이상의 감정이었다. 불쾌함을 떨쳐 내려는 것 같기도 하고, 두려워하는 것도 같은 제스처였다.

"싫어."

뭔가를 피하려는 듯 반사적으로 입구에 등을 대고 선 요은은 조금 전 스스로의 반응을 이해할 수가 없다. 하지만 이유 따위를 생각할 겨를도, 당황한 원규를 배려할 겨를도 없었다. 순간적으로 그녀의 의식을 할퀴고 간 기억? 감촉? 감정? 그 느낌을 뭐라고 표현하면 좋을지 모르겠지만 분명 뭔가 떠올랐기 때문이다.

원규를 바라보던 그녀의 시선에서 다시금 초점이 사라졌다. 망막 저편의 기억을 억지로 끄집어내기라도 하려는 듯 절박한 표정이다. 그 표정 앞에 진의를 고민하는 것 자체가 덧없는 일임에도 불구하고, 원규는 그녀에게 한 발자국도 다가서지 못한다.

"나⋯⋯."

어디까지가 진실이고 어디까지가 거짓인지 모르겠다. 그날 밤 그곳에 찾아갔던 것 자체가 꿈은 아닐까. 생각하고 또 생각하며 아무리 기억을 짜내도 떠오르는 건 하나도 없다. 그녀는 마침내 스러지듯 자리에 주저앉았다.

"미쳤나 봐."

그녀에게 다가서고 있는 원규의 걸음과 손길이 자꾸만 의식 너머의 무언가와 오버랩 된다. 두렵다. 원규의 앞에 세울 자존심마저 남지 않았을 정도로 두렵다.

"가서 누워. 선생님 모시고 올게."

원규가 그녀의 앞에 무릎을 꿇고 앉았다. 부축하려는 손길조차 편히 내밀 수 없는 현실이 미치도록 갑갑하다.

"요은아."

"거기⋯⋯ 갔었어. 선희한테 들었어. 으⋯⋯ 은⋯⋯호⋯⋯ 얘기. 언제든지 와도 좋다고. 그래서 갔어. 넌…… 나…… 나한테 아무 말도 안 하…… 할 테니까. 그래서 갔어. 궁금했어. 니가…… 왜…….”

'왜' 라는 한마디를 마지막 숨처럼 뱉어 낸 그녀가 가쁜 숨을 몰아쉬었다. 창백한 손등 위로 선명하게 드러난 핏줄. 야윈 손으로 심장을 틀어쥔 그녀가 어깨를 움츠리며 시선을 떨어뜨렸다. 그녀의 고통을 아파할 자격이나 있던가. 미안하다는 말조차 꺼낼 수가 없다. 미안하다는 한마디가 모든 걸 그녀의 몫으로 만들 것만 같다.

“요은아.”

무슨 말을 한단 말인가. 차차 생각날 테니 안심하라고? 듣자니까 몹쓸 일을 당했더라고? 이도 저도 아니면 괜찮다고? 괜찮을 거라고?

“잠깐만.”

그녀를 망쳐 버렸다. 자기 자신으로도 모자라 그녀까지 망쳐 버렸다는 생각에 하릴없이 속이 무너진다.

“손. 잡을게.”

혹시라도 또 놀라지는 않을까 저어되는 마음에 미리 양해를 구하고 조심스럽게 그녀에게 손을 내밀었다.

“엄마…….”

힘없이 내뱉은 한마디 뒤로 그녀의 눈물이 떨어진다.

원규는 요은이 진정되는 걸 보고 선희가 오기를 기다렸다 집으로 가는 중이다. 기억이 안 난다는 말에, 혹시라도 사고 당시를 잊은 거라면 차라리 그 편이 나을지도 모른다고 생각했다. 하지만 아니었다. 혼란스러워하는 그녀를 진정시키려 했던 짧은 순간, 불에 덴 듯 놀라며 그의 손길을 뿌리쳤던 그녀는 불쾌함과 두려움에 몸을 떨고 있었다. 그녀의 본능은 분명히 기억하고 있었던 것이다.

은연중에 가속페달을 세게 밟고 있었던 모양인지 코너링을 하는 순간에 차체가 한쪽으로 확 기울었다. 순간적으로 브레이크를 밟은 원규의 차가 3차로에 멈춘 채 움직일 줄을 모른다.

"하······."

우습다. 본능적으로 브레이크 밟고 안도의 숨을 내쉰 스스로의 모습이 우스워 눈물이 난다. 요은일 그렇게 망가뜨려 놓고, 은호를 그렇게 보내 놓고····· 그래도 살기를 바라는 자신이 우스워 눈물이 난다.

집에 도착한 후에도 두서없이 떠오르는 기억으로 힘들어하던 원규는 수면제를 찾아 서재로 들어갔다. 요은이 사무실 앞 복도에 팽개쳤던 걸 주워 와 던져둔 그대로, 마치 그날 이후 아무런 일도 일어나지 않은 듯 책상 한 귀퉁이를 고즈넉이 차지하고 있는 약상자.

그날 이후 아무 일도 없는 것처럼. 그날 이후 아무 일도······.

그만 끝내자는 애원에도 불구하고 그녀를 놓지 못했다. 이유를 말해 달라는 그녀에게 대강 맞춰 가며 살자고 했을 뿐 아무것도 설명하지 않았다. 머릿속을 휘젓는 그녀와의 기억 저편에서 은호가 떠오른다. 은호의 감정을 정리해 주지 못한 건 그 감정을 마주할 자신이 없어서였다. 그래서 은호가 죽었다. 그녀에게 아무 말도 하고 싶지 않았던 건 무슨 이유였을까.

지독한 무력감. 사촌 형의 대신이 될 수 없다는 걸 알면서도 큰아버지와 큰어머니의 사랑을 바랄 때도, 은호가 떠난 걸 뒤늦게 알았을 때도, 자신의 잘못으로 그녀가 저렇게 된 지금도, 원규는 아무것도 할 수가 없다. 이제 와서 무슨 말을 어떻게 해야 할지 모르겠다. 어디서부터 시작해야 할지도 모르겠다.

생각해 보니 내가 어렸을 때 꽤나 사랑이 필요했더라고, 그래서 날 의지하고 나로 인해 작으나마 삶의 활력을 찾은 은호를 보는 게 좋았다고, 나한테도 쓰임이라는 게 있기는 하구나 싶어 은호가 달라지고 밝아지는 모습을 보는 게 좋았다고, 하지만 사랑은 아니었다고?

사랑이 아니었다면 정리해 줬어야 옳다. 사랑이었다면 책임졌어야 했다. 적어도 그렇게 혼자서 도망치지 말았어야 했다. 과연 아버지 탓이라고 할 수 있을까? 아버지한테 억지로 끌려간 거라고? 은호도 꼭 전학할 수 있도록 하겠다는 약속을 받고 나선 길이라고? 몇 번이나 보낸 편지마저 아버지가 손쓴 탓에 은호한테 전해지지 않았다고?

혼자 되짚는 것도 충분히 버거운 과거를 그녀에게 어떻게 말할 수 있을까. 하지만 앞뒤를 다 잘라먹고 친구가 죽었다. 그래서 난 무성애자(asexual)가 됐다. 하지만 아무리 얘기해도 부모님께서는 날 동성애자로 여기실 뿐만 아니라, 죽은 친구의 형까지 찾아다닐 정도로 나한테 지극정성이셨다.

그래서 결혼이 필요했고 마침 너도 그런 줄 알았다. 이게 바로 내가 생각한 결혼이었는데, 넌 아니었다는 걸 이제야 알게 돼서 미안하다고 할 수는 없는 일이다. 그건 그녀를 더욱 비참하게 만들 뿐임을 알기 때문이다.

남은 수면제가 두 알뿐인 걸 다행으로 여겨야 할지 불행으로 여겨야 할지 모르겠다. 물도 없이 억지로 삼킨 알약이 숨을 누르며 넘어가는 동안 원규는 그 어느 때보다 깊이 잠들고 싶다는 생각으로 눈을 감았다.

매일 같은 꿈을 꾼다. 5층 교실 뒤편에서 은호를 떠미는 꿈. 그 지독한 악몽에서 단 한 번도 자유로운 적이 없다. 누군가에게 의미 있는 사람이고 싶던 유년의 갈망을 은호에게서 이루려 한 대가를 원규 본인이 아닌 은호가 치렀다는 죄책감은 그만큼 깊고 무거웠다.

원호를 찾아 처음 이태원에 갔던 날, 원규는 잘못했다는 말조차 꺼낼 수 없었다. 그저 자신을 물끄러미 바라보는 원호 앞에 말없이 시선을 떨어뜨렸다. 무슨 말을 하든 변명일 수밖에 없는 현실이 죄스럽고, 용서를 비는 것 자체가 결국은 저 혼자 편하기 위한 방편이라 생각했기에 더더욱 아무 말도 못 했다. 원호가 보냈을 시간의 무게가 고스란히 느껴져 차마 한마디도 꺼낼 수 없었다. 아무것도 모르고 살아 있어서 죄송하다며 무릎을 꿇기까지 한참의 시간이 필요했다.

변명도 아니고 용서를 구하는 것도 아닌 원규의 말에, 원호는 은호와의 사이에 있었던 일을 차근차근 물었다. 두 사람의 감정이 되도록 같은 것이었기를 바랐기 때문이다. 은호가 남긴 수많은 편지와 그림들을 보며 은호가 원규를 얼마나 의지했고 얼마나 좋아했는지 알게 된 원호였다.

학교뿐만 아니라 기숙사에서도 이어지는 숨 막히는 입시 경쟁에 질식할 것 같던 은호의 일상에 원규는 유일한 출구였다. 하지만 은호의 유품 어디에서도 원규가 남긴 흔적은 찾아볼 수 없었다. 친구들끼리 주고받을 만한 쪽지 몇 개와 함께 찍은 폴라로이드 몇 장이 전부였던 것이다. 시간이 흐르면서 원호는 점차 은호가 사랑으로 정의한 감정이 실은 동경이었을지도 모른다는 생각이 들었다. 그래서 확인하고 싶었다.

원호는 그들의 얘기를 듣고자 한 유일한 사람이었다. 누구도 그들에게 무슨 일이 있었느냐고 묻지 않았다. 원규와 은호는 이미 동성애자가 돼 있었고 그걸로 끝이었다. 그런데 다른 누구도 아닌 은호의 형이 사실을 제대로 알고 싶어 했다. 분노와 슬픔에 휘둘려 다분히 감정적이어도 이상하지 않을 사람이 차분히 원규의 얘기를 듣고자 한 것이다.

처음 은호를 만난 순간부터 마지막 날까지, 기억나는 모든 걸 얘기하는 동안 원규는 다시 한 번 스스로가 얼마나 무책임했는지 깨달았다. 하지만 원호는 원규의 감정이 은호의 그것과는 달랐음을 알게 됐다. 은호가 추억을 되짚으며 남긴 편지에는 원규와 어디서 뭘 했고 기분이 어땠는지 등등 행복한 시간이 고스란히 담겨 있는 데 반해 원규의 기억 속에 있는 은호는 슬픔이었다. 원규는 은호에게 잘못했던 것과 오해를 살 만했던 행동들만을 기억하고 있었던 것이다. 은호의 죽음으로 원규가 충분히 고통스러워하고 있음을 깨달은 건 그 때문이었다.

용서하고 말 것도 없는 일이었다. 입시의 부담에 시달리던 은호에게 원규는 돌파구였고, 누구와도 감정적 유대를 가질 수 없던 원규에게도 은호는 돌파구였다. 두 사람의 감정의 무게를 더하고 덜함으로 따지는 것 역시 어리석은 짓이었다. 감정의 분류 자체가 달랐기 때문이다.

하지만 원호는 그런 사실을 알면서도 원규의 짐을 덜어 주지 못했다. 원규는 절대 은호 대신이 될 수 없음을 알면서도 원호 자신이 모르는 동생의 모습을 알고 있는 원규를 놓지 못했다. 가족 모두를 잃은 원호에게 있어 원규는 상실의 아픔을 공유할 수 있는 유일한 존재였다. 큰아버지와 큰어머니에게 죽은 아들 대신이었던 것처럼 원호에게도 원규는 은호 대신이었다.

eee

엄마가 전화를 했다. 일이 있어서 근처에 들렀다며 점심을 먹자고 했지만 일부러 분당까지 찾아갔음을 모를 수 없는 목소리였다. 이런 꼴을 보이는 건 힘든 일이 아니지만 무슨 일이 있었는지 말하는 건 못할 짓이라 약속이 있다며 둘러대자, 엄마는 이내 가양동으로 가려던 참이었다며 나를 안심시키려고 했다. 실은 안 좋은 꿈을 꿨다고, 그래서 혹시나 하는 마음에 전화를 했다며 나와 원규의 안부를 묻는 것도 잊지 않았다. 엄마의 꿈은 신기할 정도로 잘 맞는다. 나한테 안 좋은 일이 있을 때는 더욱 그렇다.

텔레파시. 어쩌면 내 무의식이 엄마를 애타게 찾는 건지도 모른다. 나한테 안 좋은 일이 있을 때마다 엄마가 꿈을 꾸는 이유는, 못난 내가 좋은 일은 혼자 기뻐하고 아쉬울 때만 엄마를 찾아서인지도 모른다.

'메리크리스마스.'

전화를 끊기 직전 엄마가 한 말이다. 매년 크리스마스이브가 되면 엄마가 좋아하는 아이스크림과 내가 좋아하는 케이크를 사서 찾아가곤 했는데, 올해는 시간이 가는 줄도 모르고 있었다. 몰골이 이렇지만 않으면 당장이라도 엄마가 있는 가양동으로 달려갈 텐데.

거울에 비친 내 모습은 내가 보기에도 정말 형편없다. 머리도 감았고 따뜻한 물에 수건을 적셔 몸도 여러 번 닦았는데 오히려 비 맞은 병아리처럼 꼴이 엉망이다. 오른쪽 광대뼈를 꿰맨 자리에 아직도 부기가 남아 눈의 크기도 달라 보이고, 무엇보다 거슬리는 건 얼굴색이다. 누가 보면 좀비영화 엑스트라쯤 되는 줄 알게 생겼다.

아직 물기가 남은 머리카락을 꼼꼼히 말린 후 옷장에 얌전히 걸려 있던 외투를 걸치고 병실을 나서려다가 아예 옷을 갈아입었다. 흐느적거리는 환자복과 외투가 너무 언밸런스해서 몸통과 다리가 따로 노는 기분이었을 뿐 아니라 절대 찬바람을 쐬면 안 된다던 담당의사의 말이 생각나 마음을 고쳐먹을 수밖에 없었다.

완전무장을 하고 지갑을 꼼꼼히 챙겨 넣은 뒤 다시 거울 앞에 서자, 어떻게든 살아 보겠다고 꾸역꾸역 끼워 입은 정성이 우스워 어설픈 웃음이 난다.

그런데 병실을 나서 보니 끼워 입은 옷이 무색할 정도로 훈훈하다. 미련할 정도로 두툼한 옷차림에 혀를 차며 걸음을 옮기자 상당히 거슬리는 이런저런 소음에도 불구하고 전체적으로는 고요한 느낌의 복도가 내 앞으로 길게 뻗어 있다. 문득 병실을 나선 건 오늘이 처음이라는 사실이 문득 떠올랐다.

코너를 돌자 스테이션(해당 병동의 의사나 간호사들이 상주하는 곳)이 보인다. H형 구조의 정가운데에 스테이션이 있고 맞은편에는 엘리베이터가 있다. 엘리베이터 옆에 설치된 아담한 크기의 크리스마스트리가 유난히 반가워 잠시 넋을 놓고 있었다.

ece

아무도 없는 사무실에 혼자 앉아 있으려니 어머니께서 전화를 하셨다. 크리스마스이브라 다들 일찍 퇴근시키고 혼자 서버를 정리하던 중이었다. 무슨 말씀을 하실지 알기에 잠시 망설였지만 내가 끝까지 전화를 안 받으면 직접 병원을 찾으실 분이다.

"네."

— 원규야.

"네."

— 어디, 병원이야?

이제 오지 마라, 안 봤으면 좋겠다던 말이 떠오르자 은연중에 한숨이 나온다.

"사무실이요."

— 새아기는?

"병원이요."

— 언제 가려고?

상태가 어떤지는 담당의에게 확인하고 있지만 병원에 안 간 지는 벌써 사흘째다.

— 원규야.

"네. 말씀하세요."

— 새아기 전화가 계속 꺼져 있네. 가서 좀 보고 싶은데, 안 될까?

"아직 몸이 안 좋아요."

— 그러니까 하는 말이지. 몸도 안 좋은데 이런 날 혼자 있게 하면 안 되지.

담당의는 며칠 전 환자분과 상담을 했으니 자세한 부분은 직접 얘기를 나누는 게 어떠냐고 했다. 아마도 내가 요은이한테 일어난 일을 궁금해하고 있다고 생각한 모양이었다.

— 아버지께서도 염려가 크셔. 어쩌다 그랬니. 아무리 서로 감정 상하는 일이 있어도 사람을 어떻게 그래.

어머니 말씀이 맞다. 사람을 어떻게 그래 놓을 수 있었을까. 마음대로 착각하고 방치한 것도 모자라 코너로 몰아넣기까지 했다. 요은이가 사무실로 찾아왔을 때 다 얘기했더라면 이런 일은 없었을 거다.

"죄송해요."

— 그러지 말고 얼른 가 봐라. 새아기가 보기 싫다고 밀어내도 가서 빌어야지.

두 분께서 알고 계신 대로, 요은이를 밀어 넘어뜨린 사람이 차라리 나였으면 좋겠다.

— 얼른 풀어. 시간 지날수록 힘들 일밖에 없어.

"네."

앞으로 어떻게 되든 한 번은 꼭 만나야 했다. 이해와 용서를 구하기 위해서가 아니라 그녀의 상처를 이대로 방치하는 게 더 몹쓸 짓이라는 생각이 들었기 때문이다.

— 병원에 가거든 연락해라. 알겠지?

"네."

— 안부도 꼭 전하고. 일간 찾아갈 텐데 언제가 좋은지 물어보고.

"네."

— 전화받기 불편한 건 아는데 다른 뜻이 있어서가 아니고 미안해서 그런 거니까 통화라도 좀 하고 싶다고. 알겠지?

"네."

내가 오해했던 부분을 얘기하고 무조건 빌어야 한다. 뭐든 그녀가 원하는 대로 해 줘야 한다. 지금까지와 전혀 다를 것 없이 피하기만 해서 될 일이 아니었다.

— 바로 갈 거니?

하지만 다 알고 있음에도 그녀를 만나러 가는 길이 어렵기만 하다.

"네. 갈게요."

— 그래. 도착하거든 꼭 연락하고.

"네, 어머니."

— 퇴근 시간 맞물려서 늦을 텐데 미리감치 출발해.

"네."

— 먼저 끊으렴.

"네. 들어가세요."

— 그래.

어머니와 편해지고 싶은데 여전히 방법을 모르겠다. 내가 무성애자라고 성향을 밝힌 후 결혼에 뜻이 없다고 했을 때, 어머니는 그게 마치 정신병이라도 되는 것처럼 경악하셨고 아버지는 무성애자가 동성애자와 다를 게 뭐냐며 날 다그치셨다.

'뭐? Asexual? 무성애자? 어디서 되도 않는 말로 부모를 속이려 들어?!'

'속이는 게 아니에요. 왜 이해를 못 하세요. 전 동성애자가 아니라 무성애자라고요. 정상적인 부부 생활 자체가 불가능하다고 말씀드렸잖아요.'

'너 아직 스물다섯밖에 안 됐다. 여자랑 진지하게 만나 본 적도 없으면서 무성애자라니! 결국 남자나 만나고 다니겠다는 거랑 뭐가 달라.'

'남자든 여자든 안 돼요. 안 된다고요 아버지.'

'그럼 병원에 다녀.'

'병이 아니에요. 제 성향이 그래요.'

'그런 녀석이 이태원엔 왜 들락거려?!'

한국에 들어와 보안시스템을 개발하느라 정신이 없는 와중에도 종종 원호 형을 찾아가긴 했다. 하지만 아버지가 그런 사실을 알고 계실 줄은 몰랐다.

'혹시 저한테 사람 붙이셨어요?'

'그러게 당장 미국으로 돌아가! 아니면 적당한 여자 만나 결혼을 하든가.'

'아버지 제발⋯⋯.'

'이태원에 그런 가게를 차릴 정도면 대체 얼마나 남자에 미쳐야 되는 건지 원— 쯧쯧.'

아버지는 은호의 죽음이 형한테 어떤 의미였는지 이해하지 못하신 게 아니라 끝까지 이해하지 않으셨다. 나 때문에 벌어진 일로 은호의 어머님까지 돌아가셨음에도 불구하고 조금의 거리낌도 없으셨고, 나아가 모든 사실을 나보다 먼저 알고 계셨음에도 철저히 모른 척하셨다.

'형하고 상관없어요. 은호하고도 상관없어요. 제가 문제예요. 문제는 저한테 있다고요.'

'오냐. 니 마음대로 하겠다면 나도 똑같이 할 수밖에 없어!'

'똑같이요? 뭘 똑같이 하실 건데요? 은호한테 하셨던 것처럼 똑같이요?!'

아버지에게 난 혐오스러운 동성애자였고 나에게 아버지는 끔찍한 살인의 간접정범이었다. 각자의 서로에 대한 생각을 너무나 잘 알고 있었기에 시간이 지날수록 갈등은 커져만 갔다.

'넌 항상 이런 식이야. 내가 말하기 전에 혼자 결론을 내려.'

사무실로 찾아온 요은이에게 내가 했던 말이다. 그런데 나 자신도 전혀 다를 게 없었다. 그녀가 직접 얘기한 적도 없는데 허연화의 말만 듣고 이 결혼을 필요에 의한 것이라고 단정했다. 그렇게 생각하기에는 결혼을 준비하는 내내 너무 행복해하던 요은이었는데, 그런 모습마저 가식으로 단정해 버렸다. 결국에는 요은이마저 내가 망가뜨렸다.

eece

지난주 금요일 새벽에 일어난 사고 때문에 drag show 중간에 손님들을 죄다 몰아내고 일주일간 문을 닫아서인지, 영업 시작 나흘째인 오늘도 손님이 별로 없다. 워낙에 알음알음으로 제한된 사람들만 드나들다 보니 입소문이 무서운 바닥이었다.

손님을 상대로 2차를 알선하다가 사고가 났다느니, 어떤 트랜스젠더를 사무실에 가둬 놓고 몹쓸 짓을 하려다가 일이 틀어졌다느니, 영업 중에 사람이 죽은 걸 감추느라 손님들을 쫓아냈다느니, 경찰에 덜미를 잡혀 문을 닫게 생겼다느니, 기타 등등…… 가뜩이나 심란한 마당에 단골들한테서 그게 진짜냐는 확인 전화까지 빗발치고 있으니 말그대로 미칠 지경이다.

"아무리 그래도 크리스마슨데 어떻게 이러냐."

크리스마스가 되면 유난히 거리에 사람이 많은 이유는 즐거워서가 아니라 외롭기 싫어서인지도 모른다. 그러니 크리스마스이브인 오늘은 거의 모든 업소의 대목이랄 수 있는 날인데, 홀에서 춤을 추기가 무안할 정도로 손님이 없다.

"여튼 무심한 인간."

잔에 남은 물기를 닦고 있던 프랜이 신경질적으로 마른 수건을 팽개쳤다. 살았는지 죽었는지 정도는 알아야 걱정을 하든 말든 할 텐데, 어디에 틀어박혔는지 일주일이 지나도록 소식 한 줄 없는 원호가 야속하기만 하다.

그 와중에 쭈뼛쭈뼛 홀에 들어선 네댓 명의 남자들……이라기보다는 아기들이다. 나름대로는 익숙한 척하느라 최선을 다하고 있지만 프랜의 눈에는 영 어색하다.

"야, 르네."

"예?"

12월은 여러모로 조심스러운 달이다. 갓 스물도 아니고, 스물을 앞둔 열아홉 고등학생들이 겁도 없이 모임을 만들어 이태원으로 흘러들어오곤 하기 때문이다.

"저기 애기들 좀 데려와."

입김 센 선배의 호출에 벌벌 떠는 후배들처럼, 르네를 따르고 있는 그들에게서 손님의 권위 따위는 찾아볼 수가 없다.

"어머— 어서들 오세요."

프랜은 다소 지나칠 정도로 활짝 웃으며 자리를 권했다.

"처음인 거 같은데, 맞죠?"

일행의 우두머리쯤으로 보이는 녀석이 어깨를 으쓱하며 자리에 앉자, 그를 위시로 다른 무리들도 주섬주섬 의자를 챙겨 앉았다.

"뭐 드릴까요?"

프랜은 가뜩이나 파리 날리는데 니들 오늘 잘 걸렸다는 심정으로 더더욱 활짝 웃으며 물었다.

"블루스카이요."

아니나 다를까 이번에도 일행의 우두머리로 보이는 녀석이 말했다.

"다른 분들은?"

"같은 걸로요."

중국집에서 '짜장 다섯'도 아니고 칵테일을 다 같은 걸로 주문하는 꼴을 보니 틀림없이 어린이들이구나 싶다.

"근데 우리 손님들— 피부가 너무 뽀얗다. 몇 살이에요?"

일동 침묵.

"미안한데 신분증 좀 보여 줄래요?"

"입구에서 검사했는데요."

"당연히 그랬겠죠. 근데 거기가 조명이 쪼끔 어둡거든."

느닷없이 다가선 르네가 옷깃을 끌어당기기까지 프랜은 요 녀석들— 하는 표정으로 웃고 있었다.

"뭐야?"

"형 잠깐만요."

"이따 얘기해."

난감한 표정의 르네가 뭔가를 속삭이자, 프랜이 한쪽 눈썹을 올리며 앞에 앉은 손님들을 째려본다. 이태원 관할 경찰서에 신고 전화가 들어갔다는 내용이었다.

"신분증 제시 못 할 거면 나가세요. 민증 어설프게 긁어서 덧칠하고 그랬으면 당장 경찰에 신고할 거니까."

어차피 관할서의 전화가 아니었어도 내보낼 생각이었지만 아무리 생각해도 이상한 일이다. 시간상으로 보면 애들이 가게에 들어서자마자 신고 전화가 들어갔다는 건데, 밤이 깊은 이태원 뒷골목은 나이는커녕 생김새를 알아보기도 힘들 정도로 어두울뿐더러 가게에 있던 손님이 신고했을 리도 없다. 경찰이 들이닥치면 당장 신분증을 제시해야하는데 본인의 이름과 성향이 알려지는 건 누구도 원치 않을 테니 말이다.

"르네, 손님들 밖으로 모셔."

지금까지 여러 차례 억울하게 신고를 당해 왔다. 장사가 한창일 때 경찰이 들이닥쳐 한바탕 휘젓고 나면 있던 손님도 빠져나가곤 했는데, 물증도 없이 신고 전화를 해 대는 사람은 다름 아닌 원규의 아버지였다. 뒤늦게 그 사실을 알게 된 후에는 입구에서뿐만 아니라 바에서도 신분증을 꼼꼼히 검사하고 있었다.

그런데 평소처럼 단순히 신고 전화에서 그치지 않고 직접 미끼를 던져 넣기까지 하다니, 이건 좀 너무하는 거 아닌가? 프랜은 마른 수건을 탁탁 털어 내며 미간을 확 찌푸렸다.

eeee

1층 로비에서 바람에 흩날리는 꽃잎처럼 하얗게 쏟아지는 눈송이를 멍하니 바라보고 있었는데, 어느새 밖이다. 회전문을 통해 들어서는 사람들의 어깨 위에서 열기를 이기지 못하고 스러지는 눈송이를 안타까워하다가 무작정 병원을 나서서 걷기 시작했다.

대사관로를 따라 걷는 동안 많은 생각을 했다. 기억에서 잘려 나간 시간을 떠올리기 위해 얼마나 더 발악을 해야 하는지, 설령 각고의 노력 끝에 기억을 해 낸다 한들 과연 나한테 뭐가 남을지. 그러다 문득 두려워졌다. 어쩌면 내가 일부러 기억을 지워 버린 건지도 모른다는 생각이 들었기 때문이다.

누구였을까. 난 왜 기억을 못 할까. 약을 토해 냈고 내 상태로 미뤄 봤을 때 몸싸움이 있었던 것 같은데 어째서 아무것도 생각이 안 날까. 걷는 내내 생각하고, 생각하고, 또 생각한 끝에…… 결국 지워 버리기로 했다. 이대로 아무것도 기억나지 않기를 바라며 아무 일도 없었던 것처럼 원규의 삶에서 빠져나오기로 했다.

돌아오는 길에는 택시를 탔다. 기본요금밖에 안 나오는 거리를 한 시간 넘게 헤매고 다녀서 다리에 힘이 풀리고 기침도 심하지만 케이크와 아이스크림을 들고 있어서 그런지 속은 든든하다. 엄마와 같이 보낼 수는 없어도 오빠한테 전화를 해 뒀으니 지금쯤이면 가양동 식탁에도 케이크와 아이스크림이 놓여 있을 거다.

아까 마주친 간호사가 내 손에 들린 것들을 보면 경악할지도 모른다는 생각에, 엘리베이터에서 내리기 전 스테이션 쪽을 살짝 훔쳐봤다. 다행히 마침 자리를 비운 모양이다. 요란한 기침 소리로 복도의 정적을 깨뜨리지 않으려 노력하며 묶여 있던 머리카락을 끄집어내려 드레싱 된 오른쪽 얼굴을 가리고 걸음을 서둘러 코너를 돌았다. 이제 조금만 가면 따뜻한 병실에서 촛불 밝힌 케이크를 보며 크리스마스이브를 자축할 수 있…….

"어디 다녀오시는 거예요?"

딱 걸렸다.

"외출은 절대 안 된다고 말씀드렸잖아요. 보호자분이 오셔서 한참 찾으셨어요."

보호자? 원규를 말하는 건가.

"이러시면 저희가 난처해요. 방송을 몇 번이나 했는지."

"죄송해요. 잠깐 요 앞에 나갔다 오느라고."

"얼른 들어가세요. 선생님 곧 오실 거예요."

나쁜 짓을 들켜 회초리를 맞은 기분이다. 무안하기도 하고 미안하기도 해서 아무 말도 못 한 채 돌아섰는데, 원규가 서 있었다. 그런데 표정이 영 안 좋다. 차라리 간호사한테 더 혼나고 싶을 정도로 잔뜩 경직된 얼굴이다.

"한요은."

게다가 고요한 입원병동 복도에서 다짜고짜 언성부터 높여 이름을 불러 주시니 정말 몸 둘 바를 모르겠다.

"너 진짜……!"

뒤에 사람도 있는데 좀 조용히 말하면 안 되겠냐고 응수하고 싶지만 여기서 언성을 높여 봐야 결국 나만 손해다. 원규는 안 오면 그만이지만, 난 퇴원할 때까지 묶인 몸이니까.

"들어가서 얘기해."

말을 마치기 무섭게 병실에 들어서자 참고 있던 기침이 터져 나왔지만 되도록이면 아무렇지 않은 척해야 하는 상황이기에 억지로 숨을 참았다.

"어디 갔었어?"

"밖에."

"너 외출하면 안 돼. 몰라?"

왜 이렇게 소리를 지르고 난리야. 누가 들으면 아기 예수 탄생하사 울음보라도 터진 줄 알겠네. 그리고 누가 너더러 여기 있어도 된다고 했는데? 적반하장도 분수가 있다는 말이 딱 지금 상황을 두고 나온 표현인 것 같다.

"왜 왔어?"

그래, 너도 할 말이 없을 거다. 붕어가 아닌 이상 다시는 보지 말자고 했던 걸 벌써 잊었을 리가 있나. 천하의 박원규가 말이다.

"안 봤으면 좋겠다고 했잖아."

원규를 보기 싫다. 애써 내린 결정이 요동치는 게 싫다. 원망도 희망도 아무것도 남기기 싫다. 원규도 나도 재수가 없었던 거다. 만나지 말았어야 했고, 결혼하지 말았어야 했다.

"서류 준비해 줘. 퇴원하기 전에 정리하고 싶어."

"알았어."

이렇게 쉬운 걸.

"하자는 대로 다 할게."

이렇게 쉽게 오케이 할 거면서 왜…….

"할 말이 있어서 왔어."

"아니. 아무 얘기도 하지 마."

냉동실에 케이크와 아이스크림을 쑤셔 넣고 외투를 입은 채 침대에 누웠다. 나가라는데 왜 저러고 있는지 모르겠다.

"요은아."

"이제야 할 말이 생겼어? 이제야 끝내 줄 마음이 생겼어? 하긴, 너도 이 상황이 감당 안 되겠지."

"잘못했어."

"무슨 잘못?"

"다 잘못했어. 그래서 니가 원하는 대로 다 하겠는데, 이대로 관두는 건 더 못 할 짓이라 왔어. 늦은 거 알아. 많이 늦었다는 거 아는……."

"그래. 늦었어."

이제 와서 무슨 말을 하겠다고. 마지막이란 생각에 전에 없던 연민이라도 생겼나?

"그냥 원래 하던 대로 해. 나 이제 너 원망 안 해. 너한테 궁금한 것도 없어. 그러니까 동정하지 마. 불쾌해."

"동정하는 게 아니라 부탁하는 거야."

"하……."

마른기침과 함께 웃음이 터져 나왔다.

"결혼 전에 니가 이미 날…… 동성애자로 알고 있는 줄 알았어."

"내가 아니라 다른 사람들이 알고 있었겠지."

"너도 알고 있다고 들었어."

"모르고 있었으면 뭐가 다른데?"

"그럼 이 결혼 절대 안 했을 거야."

"너 지금 뭐 하자는 거야? 조용히 끝내 주는 게 그렇게 어렵니? 날 끝까지 이렇게 비참하게 만들어야 속이 시원해? 니가 그쪽인 걸 내가 어떻게 알아? 그리고 그걸 알았으면! 미쳤니? 그런 사람이랑 결혼을 하게?!"

이렇게 된 마당에 무슨 얘기를 하겠다고…….

"난 그렇게 생각했어. 그래서 대강 맞춰 가면서 살자는 건 줄 알았어. 니 고백도 프러포즈도 너무 갑작스러워서 더 그랬어. 니가 원하는 게 결혼이라는 타이틀뿐인 줄 알았어."

"그래. 결혼이 목표였어. 근데 내가 바란 건 그냥 결혼이 아니라, 너랑 하는 결혼이었어. 그걸 몰랐다고? 어떻게 그걸 몰라? 내가 말했잖아. 좋다고. 너 많이 좋아한다고!"

마치 큰 충격이라도 받은 듯 한 걸음 물러선 원규가 나를 바라본다. 하지만 그의 시선은 나의 눈물에 이내 뿌옇게 흐려졌다. 원규는 한 번도 나에게 좋아한다거나 사랑한다는 말을 한 적이 없다. 나 역시 사랑한다고 말한 적은 없다. 원규도 나도 결혼서약 중에 평생을 사랑으로 살겠냐는 주례사의 질문에 '네'라고 대답한 것이 전부다.

감정 표현에 인색한 원규가 좋았다. 좋다는 나를 밀어낸 적은 없기에 아껴 두려는 건 줄 알았다. 그래서 나도 아끼고 싶었다. 그냥 함께 있기만 해도 행복했다. 내가 정말…… 저 사람을 많이 좋아했다.

eee

내가 원규에게 폭발하기 일보 직전, 잔뜩 경직된 얼굴로 들어온 담당의가 나 대신 폭발하고 나갔다. 서슬 퍼런 담당의의 기세에 질려 잠시 원규의 존재를 잊을 정도였다. 차라리 대놓고 언성을 높였다면 마음이라도 편했을 텐데, 지나치리만큼 차분한 담당의 앞에 죄송하다는 말을 몇 번이나 되풀이했는지 모른다.

담당의가 쉬지 않고 말을 쏟아 냈다면 죄송합니다 한 번으로 끝낼 수 있었겠지만, 한 박자 쉬고 두 박자 쉬고 세 박자까지 마저 쉬고 들어오는 연속 공격에 줄잡아 대여섯 번은 넘게 죄송하다고 한 것 같다.

더없이 침착한 음성이었지만 항생제를 계속 투여하고 있는 마당에 미치지 않고서야 어떻게 무단으로 외출을, 죽으려고 작정을 하지 않고서야 칼바람이 불어오는 이런 한겨울에, 눈까지 퍼붓는 날, 폐렴 환자가 어떻게 외출을 할 수 있냐는 거였다. 그리고 그의 말이 틀리지 않음을 알기에 죄송하다는 말을 하는 것 말곤 다른 도리가 없었다.

체온 측정과 촉진을 끝낸 담당의가 병실을 나선 후에야 참고 있던 기침을 토해 내자 쉿소리가 폐를 긁어 댄다. 호흡기 어딘가에 구멍이 뚫린 것처럼 바람이 들고 나는 소리가 횅해 숨을 쉴 때마다 황량한 벌판 한가운데에 선 기분이다.

"여기."

원규가 옷장에서 꺼낸 환자복을 침대 위에 올려놓은 후 어색한 듯 시선을 돌렸다. 흉부 촉진을 위해 입고 있던 평상복을 올렸다 내린 탓에 차림새가 살짝 흐트러지긴 했지만, 중환자실에 있을 때 이보다 더한 모습도 봤을 텐데 새삼스레 내외하는 건가.

"안 가니."

진심으로 궁금해서 물었다. 정리하자는 말에 그러겠다고 답한 상황이니 평소의 원규라면 진작 병실을 나가고도 남았을 텐데. 동정하지 마라, 불쾌하다, 동성애자와 결혼이라니 내가 미쳤느냐며 악을 바락바락 썼는데도 자리를 지키고 선 이유가 궁금하다. 날 동정하려는 게 아니라 부탁하는 거라고 했던가.

여전히 시선을 돌리고 있는 원규를 조용히 바라봤다. 나야 환자라 그렇다 치고 원규는 얼굴빛이 왜 저럴까. 며칠간 피죽도 못 먹은 사람처럼 까칠하고 창백하다. 원래부터 집에서는 한 끼도 안 먹었으니, 내가 없다고 밥을 굶고 다닐 사람은 아니다.

"할 말이 그거였어?"

원규한테 화를 내는 것도 우습다. 얼굴만 보면 끝내자 정리하자는 나한테 그렇게 하자고 대답한 게 무슨 죽을죄라고. 조금 더 일찍 끝내 줬어야 했다는 원망도 어리석다. 사무실에 찾아갔던 날 원규가 순순히 끝내자고 했던들 내가 선희를 안 만났을까? 은호나 박원호의 얘기를 안 들었을까? 이태원에 가는 일도 없었을까? 아니다. 원규가 그날 바로 이혼을 결심했어도 난 선희를 찾아갔을 거다. 내가 이태원에 간 건 원규가 이혼을 거부해서가 아니라, 아무 말도 하지 않았기 때문이다.

"내가 널…… 동성애자로 알고 있어서 결혼했다는 거?"

"그게 다는 아니야."

바지 포켓에 넣은 원규의 손이 왠지 거슬린다. 딱히 건방져 보여서가 아니라 뭔가 언밸런스한 느낌이 들어서다.

"부탁이라고 했지? 동정하는 게 아니라 부탁이라고."

"응."

"지금 말하려는 게 혹시…… 내가 그날 너한테 물었던 거니? 이혼만은 안 되는 이유?"

원규의 시선이 나를 향했다.

"전부 다."

전부 다?

"왜 갑자기 마음을 바꾼 건데."

원규는 부탁이라고 했지만 아무리 생각해도 이건 동정이다. 그런 몹쓸 일을 당했으니 더는 결혼을 유지할 이유가 없어 헤어져야겠는데, 매몰차게 돌아서는 건 나한테 못 할 짓이기도 하고 원규도 편하지 않을 테니 다 말하겠다는 걸로밖에 안 들린다. 마음에 있는 대로 말하려니 더 이상 시선을 마주할 자신이 없어 고개를 돌리려는 순간, 원규가 먼저 시선을 피했다.

"난 원래 말재주가 별로 없어. 지금도 뭘 어떻게 얘기해야 될지 모르겠어."

너무 직설적이라 다소 뜬금없기까지 한 원규의 화법을 삶의 대부분을 미국에서 보낸 탓이라고 생각했다. 말재주가 없는 건 나도 둘째가라면 서러운 사람이라 딱히 거슬리지도 않았다. 결혼 전까지는 그랬다.

"어쨌든 내가 널 완전히 오해했고, 그래서 결혼했어."

"무슨 오해? 내가 널 동성애자로 알고 있었다는 오해?"

"응."

날 오해해서 결혼했다니, 이건 말재주의 문제가 아니라 논리의 문제 아닌가?

"내가 너에 대해 모르고 있었으면 절대 이 결혼 안 했을 거라며. 내가 널 그렇게 알고 있었던 거랑 모르고 있었던 게 뭐가 다른데."

끝내기로 마음먹은 마당에 이런 얘기가 무슨 소용인가 싶으면서도, 한편으로는 궁금하다. 원규에게 미련을 버리지 못해서가 아니다. 미련을 남기지 않기 위해서다. 원망도 미련이 남아야만 가능한 일이기에, 그 원망마저 털어 내고 싶다. 원규에 대한 모든 감정을 비우고 싶다.

"알면서도 결혼하려는 건 너도 진심이 아니라는 거니까."

"진심도 아닌 나랑 왜 결혼했는데……?"

"내가 그랬거든. 누구한테도 진심일 수 없어서 상대도 마찬가지길 원했어."

"진짜 웃긴다."

마치 나와는 상관없는 사람들의 얘기를 듣고 있는 것처럼, 진심으로 웃음이 났다. 하지만 이내 숨이 뻑뻑해져 갈비뼈 사이를 꾹 누르며 무릎을 끌어안았다. 누구한테도 진심일 수 없다는 원규에게 그 이유가 박은호인지 은호의 형인 박원호인지 묻는 것도 주제넘는 짓이다.

"어떻게 내 감정을 니 멋대로……."

내 감정이 뭐. 처음부터 진심이 아니었다는 사람에게 내 감정 따위가 무슨 소용이라고. 내가 자길 어떻게 생각하든 상관없이 오로지 결혼이 목적이었다지 않은가.

"결혼만 하면 다들 편해질 거라고 생각했어."

"내가 편해진 거 같든?"

"아니."

"그럼 넌 편했니?"

대답이 없다. 편했다는 건가? 혼자만 편해서 미안하다는 의민가?

278

"대답해. 넌 편했어?"

아니. 원규도 불편했다. 매일 수면제를 먹어야 했을 정도로 괴로운 결혼이었으니 말이다.

"넌 편했냐고 묻잖아."

"아니."

마른기침에 실없는 웃음이 섞여 가슴이 들썩이기 시작했다.

"안됐네. 너라도 편했으면 좋았을걸."

침대 위에 아무렇게나 벗어 둔 외투를 집어 들고 옷장으로 향했다. 그대로 앉아 있으면 또 눈물이 흐를 것 같았기 때문이다. 아무것도 남기지 말고 죄다 털어 내자 작정을 했음에도 어쩔 수 없이 저려 오는 속이 원망스럽다.

"다른 사람은 없었니? 나 말고…… 너 좋다는 여자 없었어?"

내가 옷장을 향해 있는 사이 병실을 나선 게 아닌가 싶을 정도로, 원규는 한참 동안 말이 없다. 시간이 갈수록 숨이 가쁜데도 난 여전히 원규에게 등을 돌린 채 옷장 안을 보고 있다.

"꼭 나였어야 됐니? 그냥 편하게 지내는 사람…… 누구든, 니 주변에…… 나 말고는 없었니?"

억지로 눈물을 삼킨 순간 한꺼번에 터져 나온 기침이 흉곽을 내리누르며 기도를 할퀴기 시작했다. 피비린내가 끓어오르는 숨을 누를수록 기침은 점점 심해져, 결국에는 눈, 코, 입, 귀 할 것 없이 구멍이 뚫린 곳이면 어디로든 피를 토해 낼 듯 폐부가 부풀어 오른다. 또다시 시야가 흐려지고, 흐려지는 시야로 나를 안아 올린 원규의 손이 보인다. 그런데 손이 온통 상처투성이다.

연화는 오늘만 해도 벌써 수십 번이나 원호에게 전화를 하고 있다.

원규가 다녀간 후로 줄곧 원호에게 연락을 했지만 번번이 실패했다. 처음엔 하루에 한두 번이던 것이 며칠이 지난 지금은 10분 간격으로 줄어들었음에도 불구하고 원호는 여전히 연락 두절이다. 거듭되는 음성 안내 메시지에 한쪽 눈썹을 꿈틀거리던 연화가 선희의 번호를 찾아 통화 버튼을 눌렀다.

"뭐야 진짜."

원규가 한국으로 돌아왔을 때, 원호와 원규의 중심에 있는 건 연화 자신이라고 생각했다. 그런데 당황스럽게도 연화의 수고를 고마워한 원호와 달리 원규만은 그녀에게 항상 거리를 두려고 했다. 처음에는 은호의 죽음에 충격을 받아서인 줄 알았다. 그래도 한국으로 다시 돌아온 건 자신의 영향이 크다고 생각했기에 시간이 지나면 원규도 고마워할 거라고 생각했다. 단순히 고마워하는 정도가 아니라 자신이 원규에게 신경을 쓰고 있는 만큼 원규도 그래 주기를 바랐다.

— 여보세요.

"나."

— 네.

"잘 지냈어?"

모두와의 관계에 있어 혼자 겉돌고 있는 느낌이 가히 유쾌하지만은 않다. 하여 대놓고 원호나 원규에게 무슨 일이 있는지 묻기에 앞서 선희가 먼저 말해 주기를 바라며 궁금하지도 않은 안부를 묻는 걸로 통화를 시작했다.

— 예. 그냥.

"독립영화제 때문에 정신이 없어서 연락도 제대로 못 했네."

— 준비는 잘돼 가세요?

"뭐 그럭저럭."

연화에게 있어 관심 밖의 모든 사람은 일종의 도구에 지나지 않았다. 스스로의 존재 가치를 인정받거나 또는 높이기 위해 적재적소에 필요한 아무개 1, 2, 3 정도. 선희도 마찬가지였다. 나름 일류로 알려진 대학을 자퇴하고 소설로 등단해 만화로까지 이름을 알린 재원. 자유분방하면서도 소녀 같은 감성을 소유하고 있는 게 마음에 들어 같은 대학 출신임을 내세워 가까워졌지만 연화는 한 번도 선희를 후배라고 생각한 적이 없다.

그녀가 판단하기에 '집안 형편이 넉넉하지 못해 작품을 하면서 학업을 마칠 형편이 안 됐던 불쌍한 김선희'는 연화 자신과 절대 선후배로 엮일 수 있는 사이가 아니었다. 하지만 사람을 사귈 때는 항상 공통분모가 필요했고, 필요에 의해서라면 겉으로는 얼마든지 그런 척할 수 있었다. 어쨌든 선희는 대외적으로 그녀에게 손해가 되는 인맥은 아니었다. 가끔 시나리오에도 도움을 줬을 뿐 아니라 혼자 여행도 많이 하는 편이라 국내 촬영에 요긴한 장소도 많이 알고 있었기 때문이다.

"뭐 하고 있었어?"

— 그냥 있었어요.

워낙에 갑작스럽게 연락해서 이런저런 얘기를 즐기는 사람이니 그러려니 하고는 있지만, 요즘 같아서는 원호나 원규와 관련된 누구와도 통화하고 싶지 않은 선희다. 다른 사람의 얘기를 미주알고주알 떠드는 것도 싫을뿐더러 갑작스러운 연화의 전화가 요은이와 무관하지 않을 거라는 생각 때문이다.

"혹시 최근에 요은이랑 연락한 적 있니?"

처음 전화를 받았을 때의 예감이 틀리지 않자 선희는 미간을 찌푸렸다.

"사실 얼마 전에 원규 다녀갔어. 일주일쯤 됐나? 일주일 더 된 것도 같고 잘 모르겠네."

대수롭지 않은 듯 말하고 있지만 뭔가 설명할 수 없는 다른 의도가 있는 것 같다. 일주일 전이라면 요은이가 중환자실에 있던 날이다.

연화가 요은이한테 무슨 일이 있는지 모르는 걸 보면 사정을 얘기한 것도 아닌데, 몇 날 며칠을 요은이 곁을 지킬 정도로 지극정성이던 원규가 요은이를 중환자실에 두고 왜 연화를 만나러 갔는지 모르겠다.

"니가 데려간 다음부터 요은이도 종종 이태원에 다니는 거 같던데. 요은인 잘 지내?"

이렇겠지, 저렇겠지, 아마도 그렇겠지 생각하다가 요은이가 무슨 꼴을 당했는지 똑똑히 본 마당에 더는 이것저것 재고 싶지 않다. 요은이와 관해서라면 더욱 그렇다.

— 언니.

"응?"

— 궁금하신 게 뭐예요?

"뭐가?"

— 요은이 결혼한 후에는 한 번도 안부 물으신 적 없잖아요.

"내가 걔 안부 묻는 게 이상한 일이야? 지금까지는 그냥 잘 살겠지 하고 있었는데 원규를 보니까 영 아닌 거 같아서 걱정되더라. 그래서 물은 거야. 뭐 잘못됐니?"

— 잘못됐다는 게 아니라 좀 갑작스러워서요.

"두 사람 무슨 일 있는 거야? 요은이가 원호 씨 찾아가서 무슨 실수라도 했니?"

— 그걸 왜 저한테 물으세요.

"원호 씨랑 연락이 안 돼서."

— 저도 사장님 본 지 좀 됐어요. 요즘 바빠서 밖에 잘 안 나가요. 은호 기일이잖아요. 아마 동해에 계시겠죠.

"은호 기일 지난 지 벌써 이틀째야. 이렇게 오랫동안 가게 비운 적 없는 사람이고."

— 어쨌든 저한테 볼일 있으신 거 아니면 끊을게요.

"선희야."

— 네?

"요은이랑도 연락 뜸하니?"

요은이의 안부가 그렇게 궁금하면 와이프를 중환자실에 처박아 놓고도 언니를 찾아갔다는 박원규한테 직접 전화해서 물어보라고 하고 싶지만, 사정을 모르니 막말은 넣어 두기로 했다.

— 요은이 잘 지내요.

"그래?"

감정을 억누른 선희의 억양을 눈치챈 연화는 한쪽 입꼬리를 올리며 피식 웃었다.

"잘 지낸다니 다행이네. 늦은 시간에 전화해서 미안. 다음에 너 괜찮을 때 이태원에서 보자."

전화를 끊은 연화가 턱 밑을 문지르며 눈을 감았다. 거듭된 자신의 프러포즈를 마다한 원규는 이유랄 것도 없이 그저 싫다는 말뿐이었다. 그녀로서는 도무지 납득할 수 없는 일이었다. 원규는 마치 은호나 원호 외의 사람에게는 모든 감정이 말라 버린 것처럼 차갑기만 했다.

처음으로 누군가의 마음을 얻지 못해 조바심이 났다. 원규가 그녀를 멀리할수록 집착은 커져 가고 자존심은 한없이 구겨졌다. 아무리 원규와 접점을 만들기 위해 노력해도 원호를 통하지 않고서는 불가능했다. 용건이 없으면 연락하지 말란 것도 모자라 사무실로 찾아간 그녀를 노골적으로 귀찮아하기까지 했다.

그런 원규의 냉정함을 은호에 대한 죄의식으로 단정하지 않고서는 이해할 수가 없었다. 은호에 대한 죄의식으로 다른 사람을 받아들일 준비가 안 된 거라고 생각하며 자신에 대한 원규의 배려라고 애써 스스로를 달랬다.

하지만 표지디자인 건으로 요은과의 만남을 주선한 후 당분간은 거리를 유지한 채 접근 방법을 달리하려던 연화는 생각지도 못한 난관에 부딪히고 말았다. 우연히 원호와 함께한 자리에서 요은이 얘기가 나왔을 때 요은의 문체를 극찬하는 원호의 말에 원규가 처음으로 반응을 보인 것이다. 연화가 둘 사이에 끼어들면 으레 딱딱한 표정으로 한마디도 않다가 자리를 나서곤 하던 원규였다.

그런 원규가 요은이를 '재미있는 사람'이라고 표현했다. 글이 우울하고 난감해서 디자인을 구상하기 힘들긴 하지만 재미있는 사람이라고.

차라리 원호처럼 요은의 문체를 칭찬했다면 그러려니 하고 말았을 텐데, 문체가 아닌 요은이를 얘기하는 원규는 분명 엷게 웃고 있었다. 그래서 글이 우울할 수밖에 없는 이유는 삶이 그렇기 때문이라며 원규가 묻지도 않은 요은의 집안 내력을 끄집어냈다. 그럼에도 불구하고 다른 사람 앞에서 구김살 없는 모습인 걸 보면 좀 이중적으로 느껴진다는 말을 마치기 무섭게, 원규는 먼저 가 보겠다며 자리를 나서 버렸다.

끈덕지게 원규와의 관계를 캐묻는 연화에게 진심을 털어놓은 요은이가 미처 프러포즈를 하기도 전에 연화가 먼저 원규를 찾아갔다. 누구보다 잘난 그녀 자신이 출생에 얽매여 슬픔을 가면처럼 뒤집어쓴 요은보다 못한 존재라는 사실을 인정할 수가 없었던 것이다. 원규에 대한 집착과 한 번도 경험하지 못한 열등감에, 차라리 정신을 놓고 싶을 정도로 자존심을 다쳤다. 미치지 않은 다음에야 천하의 박원규가 결혼이라니. 연화가 아니라 누구라도 안 된다던 박원규가 한요은과 결혼이라니 있을 수 없는 일이었다.

느닷없이 사무실로 찾아와 막무가내로 원규를 불러낸 연화는 정말 요은이와 결혼할 생각이냐며 그를 다그쳤다. 결혼이라니, 원규는 생각한 적도 없는 일이었다. 분명 요은에게 호감을 가지고는 있었지만 그걸 자각할 정도로 충분한 시간이 주어지지 않았기에 연화의 호들갑이 혼란스럽기만 했다. 연화는 그런 원규에게 있지도 않은 말을 늘어놓으며 아예 감정을 닫아 버리려고 했다. 하지만 어떤 말도 소용없었다.

요은이한테는 이 결혼이 단지 필요일 뿐이라는 말도, 적당한 상대면 누구든 가리지 않을 거라는 말도, 심지어는 널 호모섹슈얼로 알고 있다는 말도 소용없었다. 요은을 더없이 끔찍한 인간으로 전락시킬수록 비참해지는 건 연화 자신이었다. 말없이 돌아선 원규가 받아야 했던 상처 따위에는 관심도 없었기에 자신이 무슨 짓을 저질렀는지도 모른 채 원규가 요은이를 사랑한다고 생각했다.

원규가 요은에 대한 감정을 자각하기도 전에, 연화는 그의 감정을 닫은 것이 아니라 아예 못 쓰게 만들어 버렸다. 원규를 향한 요은의 진심을 필요로 치부한 연화의 말에 누구보다 상처받은 것은 원규였지만 그런 자신의 감정을 상처로 자각할 정도의 자기애조차 잊고 있던 그였다.

선희가 요은을 데리고 이태원에 갔을 때 연화는 원호마저 뺏길까 두려웠다. 그렇지 않아도 요은을 궁금해했던 원호였기에 그나마 그녀에게 남아 있던 원호마저 요은을 만났다는 사실에 조바심이 난 것이다. 하지만 한편으로는 혹시나 하는 희망을 가지게 됐다. 박원규와 한요은 사이에 전혀 문제가 없었다면 선희가 무턱대고 요은을 이태원으로 데려갈 리 없었기 때문이다.

연화는 그 일이 있고 난 후 두 번인가 요은과 통화했던 내용을 떠올리기 시작했다. 당시에는 요은이 원호와 관련되는 일만은 없기를 바라며 횡설수설하느라 무슨 말이 오갔는지 정확히 기억은 안 나지만, 분명한 건 두 사람의 결혼이 그녀가 생각했던 것처럼 순탄하지 않다는 것이었다.

요은이는 원호를 궁금해했고 원규는 그런 요은이를 못마땅해하는 눈치였다. 집에도 사무실에도 없는 원규를 찾아 이태원까지 갔었던 걸 보면, 원규가 뒤늦게 원호에 대한 감정을 깨달은 건지도 모른다. 원규가 연화 자신이 아닌 다른 여자한테 관심을 가지느니 차라리 호모섹슈얼인 편이 나았다.

"그러게 처음부터 내 말 들었으면 좋았잖아."

연화는 들을 사람도 없는 말을 혼자 뇌까리며 휴대폰을 가볍게 내려놓고 외출 준비를 하기 시작했다.

eee

원규를 마주한 담당의는 요은의 상태를 어떻게 설명해야 할지 몰라 잠시 망설였다. 촉진을 마치고 나와 호출을 받기까지 20분도 지나지 않았다. 그 짧은 시간 동안 환자가 의식을 잃을 만큼 급박한 상황에 놓이게 된 건 심리적인 요인일 수밖에 없었다. 내과적으로는 이상이 없는 상태였기에 더욱 그랬다. 하지만 단도직입적으로 소견을 밝히고 상태를 설명할 수 있는 일반적인 환자와는 달리 요은의 경우는 다소 특수한 상황이라 조심스럽기도 하고 불편하기도 했다.

환자와는 얘기를 끝낸 부분이지만 보호자에게는 어디까지 얘기해야 할지 몰라 눈치를 살피던 담당의의 시야가 옷소매로 채 가리지 못한 원규의 손끝에 머물렀다. 병실에서는 미처 몰랐는데 상처가 꽤 많아 보인다. 그리고 보니 보호자인 원규의 얼굴도 환자인 요은만큼이나 핏기가 없는 상태다.

"환자분이 갑자기 호흡곤란증상을 보였다고 하셨죠?"

"네."

"실례지만 두 분 혹시 다투셨나요?"

그녀와 제대로 다퉈 본 적이 없다. 항상 대화를 피해 왔기 때문이다. 그런 사실을 다시 한 번 깨닫자 착잡함을 가누기가 힘들다.

"아뇨. 얘기하던 중에……."

담당의의 입장에서는 조심스러울 수밖에 없는 상황이다. 환자와 보호자의 관계에 있는 두 사람이긴 하지만, 이런 사고에 있어서는 누구보다 고통스러울 수밖에 없는 부부 사이가 아닌가. 그렇다 보니 요은과 나눈 대화를 원규에게 전하는 것도 원규와 나눈 대화를 요은에게 전하는 것도 어느 하나 마음 편한 일이 아니다.

"혹시 사고 당시에 대해서 말씀을 나누신 건가요? 환자분이 의식을 잃기 직전에요."

지난번 병실에서 상담을 할 때 갑자기 의식을 잃은 것과 오늘 원규의 방문으로 의식을 잃은 것이 무관하지 않기에 환자의 안정을 위해서는 어떻게든 보호자인 원규에게 이 부분을 설명해야 하는데, 요은과 상담을 마친 며칠 전 신경정신과 치프를 만나 나름 상의를 했음에도 불구하고 말의 두서를 잡기가 영 힘들다.

"아뇨."

포켓에서 펜을 꺼내 든 담당의가 왼손에 펜을 들고 오른손으로 뚜껑을 여닫기 시작했다.

"집사람이 저러는 게 폐렴 때문인가요?"

"아뇨. 지난번에도 그렇고, 오늘 촉진 결과도 그렇고 내과적으로는 이상이 없습니다."

"그럼 왜……."

말을 멎은 원규가 상처로 벌어진 주먹을 은연중에 움켜쥐었다.

"사고 당시의 기억을 전혀 떠올리지 못하고 계세요."

사라진 기억의 일부가 끔찍한 상상을 부추기는 상태라는 것과 경우에 따라서는 PTSD(post traumatic stress disorder: 외상 후 스트레스 장애)를 가정해 볼 수도 있음을 설명하기에 앞서, 담당의는 전후 관계를 분명히 하기 위해 말의 순서를 골랐다.

"응급실에 도착하셨을 당시, 처치 중에 자궁 외부에 자상을 발견하고 제반적인 검사를 진행했습니다."

고통으로 일그러진 원규에게서 시선을 비낀 담당의가 빠르게 말을 이었다.

"검사 결과 내적으로는 아무런 증거도 발견하지 못했어요. 외적인 증거 역시 타박상 외에는 없었고요. 그런데 약물검사 결과 양성반응이 나왔습니다. 감마히드록산이라고 최근에 유학생들 사이에 퍼진 마약의 일종인데, 알코올에 섞을 경우 흡수율이 서너 배는 빨라져서 금방 의식을 잃게 되죠. 환자분은 드물게 거부반응을 보였는지 다 토해냈다고는 했지만 아마 그것 때문일 겁니다. 감마히드록산을 사용하면 길게는 대여섯 시간 정도를 아예 기억 못 하게 되거든요."

얼굴도 모르는 대상을 향한 살의가 고스란히 원규 스스로를 향하고 만다.

"벌써 두 차례나 호흡곤란으로 의식을 잃으셨어요. 단순히 폐렴에 의한 증상이 아닙니다. 지난번 병원에서 연락드렸을 때는 사고 당시에 관해서 상담을 하던 중이었어요. 만일 오늘 남편분과 나눈 대화 중에도 그런 부분이 있었다면, 사고 후유증을 의심해 볼 수도 있습니다."

"사고 후유증이요……?"

"첫 번째 가능성은, 잃어버린 기억이 실제보다 끔찍한 상상으로 대체되면서 정신적인 스트레스가 배가되는 경우죠. 일반적인 후유증보다 훨씬 안 좋은 상황이 될 테고요."

"그럼, 기억을 찾으면 나을 수 있나요?"

정말 그녀가 괜찮기를 바라는 건지 그녀가 괜찮아야 스스로가 편해서인지, 이런 순간에도 자책에서 자유로울 수가 없다. 그 자책마저 자기방어를 위한 졸렬함에 지나지 않는다고 생각하는 원규는 마음에 있는 그대로 누군가를 걱정하고 위하는 일 자체가 불가능해진 지 이미 오래다.

"후유증은 질병이 아닙니다. 일종의 정신적인 상처라 회복의 개념이 아니라 더하고 덜하고의 문제죠."

회복의 개념이 아니라 더하고 덜하고의 문제라는 담당의의 말에 더할 수 없이 참담하다. 그녀가 이렇게 되도록 아무것도 하지 않은 것도 모자라 이젠 아무것도 하지 못하는 상황이라니, 씻을 수 없는 상처를 내놓고 그저 괜찮기만을 바라는 스스로에게 구역질이 난다.

"두 번째 가능성은……."

담당의가 다시 펜을 꺼내 테이블에 톡톡 두드리며 말을 이었다.

"자상이나 타박상의 정도를 보면 몸싸움이 상당히 심했던 거 같습니다. 관골이나 치골 및 무릎에 자상이 생긴 걸 보면 환자분은 아마 엎드린 상태였을 거예요. 이미 보셨겠지만 복부 아래쪽으로 긁힌 상처가 많아요. 1차 치료가 상당히 깔끔하게 마무리돼서 상처의 원인을 정확히 파악은 못 했지만 유리 파편이 아니었나 싶은데……."

요은이가 차라리 잊어버렸으면 좋겠다. 듣는 것만으로도 충분히 끔찍한 이 모든 일을 깨끗이 잊어버릴 수 있다면 얼마나 좋을까. 사무실로 찾아와 이제 그만 끝내자던 그날로 시간을 돌릴 수 있다면 어떤 대가라도 치르리라. 아니, 요은이를 처음 만난 날로 돌아갈 수만 있다면 아버지나 어머니, 원호를 핑계로 그녀를 자신의 삶에 끌어들이는 미련한 짓 따위는 결코 하지 않으리라. 덧없이 지나 버린 시간과 그 시간 속의 어리석은 선택에 짓눌려 박제당한 인형처럼 원규의 시선에서 초점이 사라졌다.

"이런 상처가 생길 정도로 심한 몸싸움이었다면, 환자분이 기억을 못 하는 게 아니라 안 하는 걸 수도 있습니다. 일종의 방어기제죠."

얘기를 하고 보니 이도 저도 최악의 시나리오이긴 마찬가지라는 생각에 씁쓸해진 담당의가 원규를 바라봤다. 하지만 원규는 담당의의 시선을 느끼지도 못한 채 우두커니 앉아 있다. 아무것도 보이지 않는 가운데 담당의의 목소리만 텅 빈 공간을 할퀴는 바람처럼 스산하게 메아리칠 뿐이다.

"두 가지 가능성 모두 최악일 수밖에 없다는 걸 충분히 이해는 하지만, 환자분을 위해서는 당시의 기억을 찾는 편이 도움이 될 겁니다. 그래서 드리는 말씀인데……."

담당의는 원규에게 사고 현장에 있었느냐를 먼저 물었다. 그리고 원규는 연락을 받고 뒤늦게 도착했다는 말과 함께 그날 새벽 엉망진 창이던 서재의 모습을 떠올렸다.

산산조각 난 장식장. 사방에 흩어진 유리 파편 위로 원호가 흘린 거라고 착각했던 핏자국. 문득 떠오른 기억에 발목을 잡힌 원규에게 담당의는 그날 새벽 원규보다 앞서 병원에 도착한 사람이 있었음을 얘기했다. 원호가 곧장 호흡기내과센터로 찾아왔기에 선희도 모르고 있는 일이었다.

"그날 보호자분이 오시기 전에 박원호라는 사람이 보호자를 자처하고 상담을 요청했습니다."

"박원호요?"

"예. 먼저 도착한 여자분이 남편분도 곧 올 거라고 해서 그분을 보호자로 착각했어요. 환자가 의식을 찾을 때까지 보호자한테 다른 말은 삼가 달라고 한 게 그 사람입니다. 환자분께 무슨 일이 있었는지 다 알고 있는 눈치였어요. 혹시 아는 분인가요?"

"네."

"환자분이 입원 후에 그 사람을 만나신 적이 있나요?"

"아뇨."

"보호자도 아닌 사람이 뭐 하는 거냐고 따졌더니 사고와 관련된 당사자라고 직접 얘기하던데, 혹시 가해잔가요?"

"아뇨."

"환자분과 어떤 관계죠?"

"제 지인입니다."

"환자분께 해를 끼친 사람은 아니라는 말씀인가요?"

"네."

"혹시 환자분께 무슨 일이 있었는지 그 사람한테 들으셨나요?"

"아뇨. 다른 사람한테 들었어요."

"다른 사람이요?"

"네."

"그럼 현장에 다른 사람이 또 있었다는 겁니까?"

"네."

"그런데 현장에 있던 사람들이 그냥 보고만 있었다고요?"

입술을 깨문 원규가 시선을 떨어뜨리자 담당의는 이내 자세를 고쳐 앉았다. 상식적으로 이해가 안 되는 일이라 질문을 하고 보니 책임을 추궁하는 듯한 분위기가 되고 만 것이다.

"죄송합니다. 제가 좀 무례했네요."

"괜찮습니다."

"어쨌든 현장을 목격한 사람이 있다면 차후 환자분이 원하시는 경우, 도움이 될 수도 있을 겁니다. 그리고 하나 더 여쭤볼 게 있는데요."

"네."

"혹시 1차 치료를 한 게 그 사람들인가요?"

"네. 그런 걸로 알고 있습니다."

"그럼 미리 확인해 두세요. 내적으로는 증거가 없는 상태였지만 혹시라도 응급처치 중에 외적 증거를 확보해 뒀을지도 모릅니다. 그 사람들이 정말 환자분께 해를 끼칠 생각이 없었다면 말이죠."

"외적인 증거라면⋯⋯."

"뭐, 가해자의 머리카락이나 타액 같은 거죠. 만일 고소하실 생각이라면 증거를 분명히 해 두셔야 하니까요. 미수에 그치긴 했어도 상해의 정도가 상당히 심각해서 환자분이 사고 자체를 극복하기 위해서는 고소를 하시는 게 좋을 것 같습니다. 그렇지 않을 경우 환자가 사고의 원인을 스스로한테 물을 수도 있어요."

"자기 탓으로 돌린다는 말씀인가요?"

"네."

그런 일은 절대 없어야 한다. 어느 하나 그녀의 잘못이 아니기에 이대로 상처를 떠안게 내버려 둘 수 없다. 하지만 무슨 자격으로. 결국 그녀를 이렇게 만든 건 난데 이제 와 무슨 자격으로 그녀를 위할 수 있을까.

"환자분은 피해자예요. 그걸 납득할 수 있도록 도와주시는 게 지금으로서는 최선이고요. 고소 여부를 떠나서, 그것만은 분명히 해 주셔야 합니다. 쉽지 않은 일인 거 알고 있습니다. 하지만 이런 경우 가장 중요한 역할을 할 수 있는 사람이 배우자라는 건 어쩔 수 없는 사실이에요. 사고 자체를 알고 계실뿐더러 환자분도 남편분이 사실을 알고 있다는 걸 인지한 상태니까요."

피가 배어 붉어진 붕대를 물끄러미 바라보던 원규는 서둘러 소매를 내렸다.

"알겠습니다."

일단 다 얘기하고 나니 훨씬 마음이 가벼운 담당의와 달리 원규는 자리에서 제대로 일어서지도 못할 정도로 몸이 무겁다.

"말씀…… 잘 들었습니다."

"병동으로 올라가실 건가요?"

"네."

"스테이션에 일러두겠습니다."

"네?"

"손. 치료하셔야죠."

"아…… 네."

상담실을 나선 원규는 벽에 기댄 채 눈을 감았다.

이브가 지나고 메리크리스마스가 된 지도 벌써 두 시간인데, 바텐더가 손님보다 많은 이 상황을 어쩌면 좋을지 모르겠다. 모월 모일에 영업 개시 한다고 찌라시라도 뿌렸어야 되나. 아까 들어왔던 병아리들한테 사이다 매상이라도 올리고 내쫓을 걸 그랬나 보다. 수건이 너덜너덜하도록 빈 잔만 주야장천 닦고 있자니 머릿속까지 텅텅 비는 거 같다.

"형—"

나란히 잔을 닦고 있던 르네가 흠칫 놀라며 옆구리를 찌르는 통에 하마터면 들고 있던 잔을 놓칠 뻔했다.

"이런 씨!"

그렇잖아도 맺혀 있는 마당에 이걸 콱— 그냥.

"메리크리스마스."

홀을 가득 울리는 여자 목소리에 고개를 돌려 보니 허연화가 윗니를 드러내며 웃고 있다. 오늘 참 가지가지 하는구나. 씨가 말라 버린 손님과 어린 애기들에 이어 짜증 나는 허연화의 삼중주가 크리스마스 캐럴 대신 이태원 바닥에 울려 퍼질 모양이다.

"안녕하세요, 누나."

안녕 같은 소리 하고 있네. 가만 보면 르네도 눈치가 참 없다 싶기 무섭게, 여기저기서 허연화를 보고 반갑게 인사하는 소리가 연타로 들려온다.

"크리스마슨데 분위기가 왜 이래?"

세인트 니콜라스 님도 너무하시지. 이런 걸 선물이라고 던져 주셨나. 안 그래도 짜증 나는 마당에 허연화 얼굴을 보고 있자니 한여름 아지랑이처럼 화딱지가 모락모락 피어오른다.

"프랜 오랜만?"

오랜만은 무슨. 난 너란 인간을 일 년에 한 번만 봐도 십 년간 재수가 없을 거 같은 사람이거든.

"주말이나 휴일에는 여자 손님 안 받는 거 아시잖아요."

"아는데— 원호 씨 좀 보러 왔어."

"사장님 지금 안 계신데." "사장님 안 계세요." "어? 오늘 안 계신데." "안 나오셨어요."

아주 개구리 합창들을 하시지그래.

"니들 가서 홀, 화장실, 입구, 탈의실 다시 싹싹 닦아 놔. 여긴 내가 있을 테니까."

"원호 씨한테 무슨 일 있어?"

"얼른 안 가냐?"

슬슬 눈치를 보며 bar를 나서는 애들 사이로 허연화가 미원을 한 바가지는 삼킨 얼굴로 날 빤히 쳐다본다. 도대체 저런 인간 어디가 예쁘다고 연화 씨, 연화 씨 해 가며 손님 대접인지 모르겠다. 가끔 보면 형도 참 이해할 수 없는 구석이 있단 말이지.

"들었죠? 형 지금 없어요."

"어디 갔는데?"

나도 그게 참 궁금하다.

"모르겠는데요."

"오늘 나오긴 하는 거야?"

오늘이라도 나와만 준다면야 얼마나 고맙겠어.

"글쎄요."

"원규는 요즘 가끔 와?"

"원규를 왜 여기서 찾아요. 직접 전화해 보면 될 걸."

"정말 무슨 일 있나 보네."

무슨 일이 있기를 바라는 거 아니고?

"오늘 유난히 까칠한 거 같다?"

"오늘 유난히 말씀이 많으시네요."

꼭 이때쯤이면 은호 일로 마음 약해진 형을 헤집는 이 여자가 싫다. 하필이면 심란한 이때에 원규 얘기로 사람을 들쑤시는 것도 싫다. 꼴에 시나리오 작가랍시고 인생 다 살아 본 인간처럼 이러니저러니 떠드는 것도 싫고, 생긴 것도 싫고, 목소리도 싫고, 그냥 막 싫다. 숨소리까지 싫다. 내가 절대 형을 좋아해서 이러는 게 아니다. 그냥 이 여자가 형 주변에 있는 게 싫다.

"몇 달 안 온 사이에 손님이 많이 줄었네. 이래서 가게 유지가 돼?"

한마디만 더 해 봐라. 데킬라 소금을 확 그냥!

"뭐 어쨌든."

자리에서 일어나 백을 고쳐 든다. 어차피 갈 거면서 꼭 저렇게 사람을 긁어 놔야 속이 시원한가.

"나도 연락은 계속해 보겠지만 혹시 오면 다녀갔다고 전해 줄래?"

알겠다는 의미로 고개를 까딱이자 피식 웃으며 돌아선다. 보면 볼수록 사람 여럿 잡아먹게 생긴 입술이다. 애초에 일반이고 이반이고 여자를 가게에 들이는 게 아니었는데 허연화에 김선희로도 모자라 이제 박원규 와이프까지. 누구 하나 도움 되는 인간이 없다.

아니지. 원규 와이프라는 그 여자를 허연화랑 같이 싸잡는 건 말도 안 된다. 원규랑 결혼한 게 형을 찾을 이유가 되는지 마는지 그런 건 내가 알 바 아니고 그 일로 장사가 이 꼴 난 것도 심히 유감이지만, 내가 형한테 제때 연락만 했어도 그런 일은 안 당했을 테니 애먼 사람까지 여자라는 이유로 끌어들이지는 말아야지.

그나저나 괜찮은지 모르겠다. 의식을 찾기는 했다지만 며칠간 혼수 상태였다고 들었는데 전화라도 해 볼까. 아무리 생각해도 바로 병원에 데려다 놓고 신고부터 했어야 되는데. 형한테 몇 대 얻어터지는 한이 있더라도 경찰을 부를 걸 그랬다.

"여튼 박원규. 닮을 걸 닮아야지."

친형제 간도 아니면서 사람 속 뒤집고 잠수 타는 건 형이나 박원규나 매한가지다. 물론 평소에도 가게에서 마주치지 않는 다음에야 안부 전화 같은 건 일절 없는 사이고 내가 원규 와이프를 걱정하는 것도 보기에 따라서는 **뺨** 때리고 약 발라 주는 격이라 우스운 일인지도 모르지만, 아무리 그래도 혼수상태에 있다 의식을 찾았다며 먼저 자리를 털고 일어났으면 상태가 어떤지 정도는 얘기해 줘야 되는 거 아닌가? 고소하려면 가해자 신변도 알아야 할 테니 한 번쯤은 연락이 올 법도 한데, 혹시 형이랑 연락해서 벌써 고소한 건가?

"박원규나 박원호나 진짜!!"

10년이면 강산도 변한다는데 2년이 빠지긴 했지만 8년도 결코 짧은 시간은 아니다. 겨우 조금씩 편해지나 했더니만 어디서 허연화 같은 걸 알아서는. 엎친 데 덮친 격으로 허연화는 박원규를 끌고 나타나질 않나. 도대체 언제쯤이나 돼야 산 사람은 살아야 한다는 어르신들 말씀에 다들 수긍을 하려는지 모르겠다.

eea

'나만 아니었으면 아마 살아 있었겠지.'

원규의 목소리에 문득 정신을 차렸다.

'은호 어머님도 살아 계셨을 거고.'

괜찮다는 위로조차 건넬 수 없을 정도로 비통한 원규의 표정에 숨이 막혀 눈을 떠 보니 가슴을 움켜쥔 채 침대에 누워 있었다. 소인국의 밧줄에 온몸을 팽팽하게 묶인 걸리버가 된 것처럼 몸이 무겁고 머릿밑이 따끔거린다.

"하아……."

힘겹게 몸을 일으켜 앉아 호흡을 가다듬으며 아직도 꿈을 꾸는 건 아닐까 싶어 엄지손톱으로 검지 마디를 꾹 눌러 봤다. 촉감이 뚜렷한 걸 보면 분명 꿈은 아닌데 여전히 정신이 몽롱하다. 원규와 얘기를 하던 중 의식을 잃은 채 또 얼마의 시간이 지난 걸까. 도대체 얼마나 쓰러져 있었기에 원규의 평생을 꿈으로 본 건지 모르겠다.

인간은 자신의 사고 범위 내에서만 꿈꿀 수 있다. 맹인(盲人)의 꿈은 컴컴한 가운데 소리뿐이고, 농인(聾人)의 꿈은 고요한 가운데 그림뿐인 건 그런 이유에서다. 본 적도 없고 들은 적도 없는 대상은 꿈에서조차 현시되지 못하기 때문이다. 그런데 꿈속에서 지금보다 훨씬 앳된 모습의 원규를 봤다. 원규뿐만이 아니었다. 형체뿐이었지만, 분명 은호와 다른 아이들도 있었다. 은호의 존재는 선희를 통해 알고 있었지만 원규와 은호 사이에 무슨 일이 있었는지는 알지도 못했는데 어떻게 이런 구체적인 꿈을 꿀 수 있었을까.

"괜찮아?"

조도를 낮춘 실내에 비치는 어렴풋한 실루엣에 놀라 하마터면 비명을 지를 뻔했다. 창가 바로 아래의 보호자 침대에 앉아 있던 원규가 바로 옆의 협탁에 있는 램프를 두드려 불을 밝히지 않았다면 손에 잡히는 아무거나 닥치는 대로 집어 던졌을지도 모른다.

"놀랐잖아."

"아— 어. 미안."

블라인드로 가려진 창밖은 여전히 어두워 보인다.

"몇 시야."

"3시 11분. 새벽이야."

"며칠인데."

"25일."

하루도 안 지난 건가?

"계속 거기 있었니."

말이 끝나기 무섭게 자리에서 일어나는 걸 보니 당장 나가라는 의미로 받아들인 모양이다.

"일어나는 것만 보고 가려고 했어."

"손은 어쩌다 그랬어?"

여전히 주머니에 넣고 있는 원규의 손을 바라보다 나도 모르게 튀어나온 말이다. 내가 이러면 원규라도 멀쩡해야 실컷 원망이라도 할 수 있을 텐데, 누가 보면 둘이 치고받고 싸움이라도 한 줄 알게 생겼다.

"뭐 좀 정리하다가."

"뭘 정리했는데 손등을 그랬어."

역시나 대답이 없는 원규에게 그런 것도 비밀이냐고 말하려는데…….

"서재에 있던 거울이 깨졌어."

거짓말. 내가 거울은 좀 깨 보지 않았겠니. 그래서 아는데, 벽거울은 아무리 깨져도 손등을 그렇게 망가뜨릴 수가 없단다. 근데 서재에 거울이 있었던가? 기억이 잘 안 난다. 집을 떠난 지 수년은 된 것처럼 평소 오가던 동선 위의 가구들마저 가물가물하다.

거울. 유리. 상처.

또 머릿속이 뒤엉켜 버리고 만다. 머리가 아픈가 하면 숨이 가쁘고, 숨이 가쁜가 하면 의식이 흐려지고, 꿈속을 헤매다 눈을 뜨면 서너 시간이 지나 있다. 이걸로 벌써 두 번째다. 숨. 일단은 숨부터 제대로 쉬어야 한다. 이러다 또 정신을 놔 버리면 평생 꿈속을 헤맬지도 모른다.

아쉬운 대로 이불을 끌어 올려 가슴을 누른 두 손을 가린 채 천천히 숨을 들이쉬고 내쉬기를 반복하는 도중, 원규가 의자에 걸쳐 뒀던 재킷을 걸쳐 입으며 혼자 있어도 괜찮겠냐고 물었다. 길게 마시고 깊게 내뱉은 나의 심호흡을 불편함의 제스처로 받아들였나 보다.

"박원규."

나를 보고는 있지만 시선을 마주하지는 못한다. 원규가 어쩌다 저렇게 된 거지. 결혼 후 내가 알던 박원규가 아닌 거 같다. 그리고 나도 내가 아닌 거 같다. 결혼 내내 원규를 볼 때마다 화가 나고 자존심이 상하면서도 그런 나를 받아들이기 힘들어 스스로나 원규에게 한껏 예민해지곤 했는데, 지금은 그저 '왜'라는 한 글자만 머릿속에 맴돌아 슬픔도 분노도 느껴지지 않는다. 이게 과연 이성인지 실성인지 모르겠다.

"나 자는 동안 계속 거기 앉아 있었어?"

"어."

"혹시 무슨…… 얘기 같은 거 안 했어?"

"아니. 그냥 있었어."

"정말?"

내가 너무 확신에 찬 어조로 물어서인지 원규의 표정이 어리둥절하다. 혹시 자기도 모르는 사이에 뭔가를 얘기한 건 아닌지 꼼꼼히 되짚고 있는 눈치다.

"너만 아니었으면…… 은호가 살아 있었을 거라고 생각하니."

꿈에서 들은 원규의 음성이 너무 선연해 나도 모르게 혼잣말하듯 중얼거리고 보니, 잘하면 미친년 소리를 듣는 것도 시간문제구나 싶다. 원규한테는 상처일 수밖에 없는 얘기를 아무렇지 않게 끄집어낸 걸 보면 나도 정상은 아니다.

"갑자기 미안한데, 너무 궁금해서. 나한테 할 말 있다고 했잖아. 전부 다 얘기하겠다고. 그러니까……."

새삼스럽게 과거를 들춰내 원규에게 상처를 주려는 게 아니다. 내가 이런 일을 당했으니 너도 한번 당해 보라는 것도 아니다. 다만 누구에게도 진심일 수가 없어 상대도 마찬가지이길 원했다는 원규의 말에 나름대로의 이유를 만들고 싶을 뿐이다.

"그러니까……."

"그래, 얘기할게."

모든 걸 꽁꽁 싸매고 있던 때와는 사뭇 다른 목소리. 원규 역시 나만큼 초연해진 것 같다.

"선희 씨한테 들었다고 했지. 은호 얘기."

"응."

"선희 씨는 형한테 들었을 거고."

허연화와 함께 있는 자리에서 드문드문 나온 얘기를 끼워 맞춘 거라고 했었다.

"내가 들은 건 은호가 어떻게 됐는지, 그리고 그 일이 너랑 무관하지 않다는 거. 그게 전부야."

원규가 어느새 자리에 앉아 있었다. 그런데 초연했던 목소리와 달리 시선은 한없이 불안해 보인다.

"불 좀 꺼 줄래."

그런 원규를 보는 게 괴로워 내가 먼저 이 대화를 끝내 버릴지도 모른다는 생각에 불을 꺼 달라고 말하자, 이내 조명이 사라져 버린 실내가 어둠만큼이나 고요하다.

"줄곧 미국에 있다가 다시 한국에 들어온 게……."

열여덟.

"열여덟 살 때였어."

무의식에서 비롯된 기억의 재현. 난 분명 원규와 은호의 얘기를 어디선가 들은 적이 있다.

"원래는 11학년까지 마친 상태였는데 한국은 학제가 달라서 고등학교 1학년으로 들어갔고, 은호는 2학년이었어."

"그림을 잘 그렸고."

은호는 그림을 잘 그렸다. 특히 원규를 그리기 좋아했다. 그리다와 그립다의 묘한 어감에 잠시 넋을 놓고 있는 사이…….

"돌아가신 은호 아버님이 미술선생님이셨어."

고맙게도 원규가 말을 이어 줬다.

"어쨌든 미국에 있을 때 말썽이 생겨서 억지로 들어온 거라 아버지 걱정이 대단하셨어."

"혹시 그 말썽이라는 게…… 대마초였니."

설마 하며 꺼낸 말이 메아리가 되도록 원규는 답이 없다. 그러더니 고요하고 어둡던 실내가 이내 조명에 밝아졌다. 갑작스러운 광원에 흠칫하며 눈가를 가리기도 잠시, 손을 내리자 혼란스러움을 어쩌지 못하는 원규가 보인다.

"그걸 어떻게 알아?"

원규만큼이나 나도 혼란스럽다.

"모르겠어."

기억을 잃은 동안 내림굿이라도 받은 건가. 이 상태로 작두까지 타면 진짜…… 하…….

"꿈을 꿨어. 니가 아주 어렸을 때였는데……."

결혼을 앞두고 시댁에 갔을 때, 어머님께서는 우리 어머니가 원규에게 하셨던 것과 마찬가지로 앨범을 들고 나오셨다. 식사를 마친 원규가 혼자서 훌훌 위층으로 올라간 다음이었다. 꿈에서 본 원규가 사진 속의 모습과 전혀 다르지 않았던 걸 보면, 내 꿈은 사고의 범위를 벗어나지 못한 게 맞다.

"모르겠어."

그럼 내가 본 건 뭐지? 겨우 사진 몇 장으로 원규의 유년과 사춘기 전부를 재구성할 정도로 원규한테 집착하고 있는 건가? 아니, 이건 단순한 집착이 아니다. 난 원규가 언제 들어왔고 왜 들어왔으며 은호와 무슨 일이 있었는지 분명히 알고 있다. 정말 귀신에라도 씌었나?

"하…… 하아…… 하…….”

무섭다. 머릿속이 제멋대로 돌아가는 거 같아 너무 두렵다.

"요은아, 잠깐."

가쁜 숨을 몰아쉬며 어떻게든 의식을 놓지 않으려 애쓰는 나에게 원규가 천천히 손을 내밀었다. 이 사람은 이제…… 날 마음대로 잡지도 못하게 됐다. 나 역시 새하얀 붕대가 감긴 원규의 손을 차마 붙들 수가 없다.

"머리가…… 너무 아파. 내가…… 내가 아닌 거 같아……. 어…… 어떠……. 흐으…… 나…… 미쳤나 봐……. 어…… 떠……."

가슴을 쥐어뜯는 내 손을 부드럽게 움켜쥔 원규가 어린애를 어르듯 조심스럽게 등을 토닥인다.

"니 잘못이 아니야. 내가 얘기했어. 너 중환자실에 있을 때 이틀인가 사흘 동안. 무슨 말을 어떻게 해야 될지 몰라서. 그냥 멍청히 앉아만 있는 내가 너무 한심해서. 전부 다…… 기억나는 대로 혼자 떠들었어. 너 미친 거 아니야. 그러니까 제발……. 요은아……."

신혼 4개월. 어쩌면 그게 원규의 최선이었는지 모른다. 타이밍의 문제였을 뿐, 원규도 나만큼이나 어떻게든 얘기하고 싶었을지도 모른다. 내가 원할 때만 원규가 말하길 바란 나도, 또 자신이 원할 때만 내가 말하길 바란 원규도, 어리석고 또 어리석다. 내가 우는 건지, 원규가 우는 건지, 모르겠다.

결혼 전 #1

저녁 7시 약속이니 5시쯤 나와서 근처의 서점에 들러 카페로 가면 되겠지 생각했다. 계획은 분명 그랬는데, 어젯밤 글 하나를 무사히 마친 김선희와 간만에 수다를 떠느라 밤을 샌 것도 모자라 조조영화까지 보고 온 것이 화근이었다. 비실비실한 그대와 달리 본인은 강철의 여인이라며 걱정 말고 잠이나 자라던 김선희는 6시 12분에 눈뜬 내가 비명을 지르며 작업실로 쓰는 아파트를 종횡무진하는 줄도 모르고 깊은 잠에 빠져 있었다.

지하철을 기다리는 동안 구석진 곳을 찾아 한쪽 어깨로 내려뜨린 머리카락을 잡아 비틀자 덜 마른 물기가 똑똑 떨어진다. 아무리 긴 생머리에 로망을 가졌어도 그렇지 이건 거의 신선 수준이라며 작업실을 청소할 때마다 제발 머리 좀 자르면 안 되겠냐고 울부짖던 선희에게 '머리카락 미안!'이라고 문자를 보냈다. 시간이 촉박해 드라이어를 쓰고 제대로 정리도 못 한 채 나왔기 때문이다.

눈뜨자마자 연락은 해 뒀지만 그 사람한테도 한 번 더 전화해야 할 거 같다. 넌 50분을 늦고도 흔한 문자 한 통 없었지만 난 늦을 거 같기만 해도 미리미리 연락하는 예의 바른 사람이라는 걸 강조하려는 게 아니라, 혹시라도 오늘 일을 유치한 복수쯤으로 여기지는 않을까 해서다. 하필이면 그 사람과 마찬가지로 50분 정도를 늦을 것만 같은 불길한 예감. Give & take도 아니고 50분을 주거니 받거니 하게 생긴 상황이 편하지만은 않다.

— 네.

"신촌역이에요."

— 신촌역이요?

약속 시간을 한 시간만 늦추면 안 되겠냐고 양해를 구하자 본인은 어차피 출발했으니 가서 기다리겠다며 천천히 오랄 때는 언제고, 신촌역이라는 말에 신촌역이냐고 되묻는 건 또 뭐냐. 사람 무안하게.

"네. 신촌역이요. 혹시 도착하셨어요?"

그냥 머리도 감지 말고 메이크업도 하지 말고 편한 차림에 모자나 푹 눌러쓰고 나올 걸 그랬나.

— 조금 전에요.

"아…… 네에."

— 신경 쓰지 말고 천천히 오세요.

'천천히'를 유난히 강조한 그의 말에 신경이 쓰일 수밖에 없는 상황이다.

"죄송해요."

— 아직 6시 49분이니까, 7시 넘어서 죄송하셔도 돼요.

혹시 웃으라고 한 말인가? 뒤에 뭐라고 더 얘기한 거 같은데 이제 막 들어오기 시작한 열차 소리에 묻혀 버리고 말았다.

"이따 뵐게요."

호칭을 정해 달라는 말에 '레'도 아니고 '리'도 아닌, 더구나 '오'도 아니고 '어'도 아닌 본토 발음으로 leo라고 부르면 된다기에 한국 이름은 없냐고 묻자 마지못해 박원규라고 대답한 그를, 난 그냥 '그 사람'으로 칭하리라 마음먹었다. 만난 자리에서는 저기요, 있잖아요, 그런데요 등등 호칭을 대신할 말이 많을 테니 없는 자리에서는 내 마음대로 불러도 되겠지. 어쨌든 그 사람보다 먼저 전화를 끊고 사람들로 빽빽한 퇴근 열차에 발을 들여놨다.

결 혼 전 #2

지하철역을 나와 강남대로 뒷길에 접어든 지 벌써 15분이 지났다. 항상 선희 차를 얻어 타고 다녀서 미처 몰랐는데 걷기엔 조금 먼 거리였다. 게다가 주택가에 드문드문 놓인 카페 중 하나라 여기가 거기고 저기가 여긴 거 같은 혼돈의 연속이다. 사실 내가 엄청난 길치인 것도 한몫하고 있다.

미리감치 카페에 전화를 해서 국기원과 역삼공원을 등지고 오른쪽으로 쭉 걷다가 첫 번째 삼거리에서 왼쪽 길을 따라 다시 쭉 걷다가 두 번째 교차로에서 오른쪽으로 올라오면 된다는 말을 듣기는 했지만 이 골목으로 들어가면 저 골목으로 나오고 다시 저 골목으로 들어가면 이 골목으로 나오기를 여러 번, 아무리 헤매도 회색 시멘트를 높게 발라 놓은 대저택은 보이질 않는다.

아— 정말 최악이다.

다시 국기원을 등지고 서서 왼쪽 오른쪽을 확인하며 그 사람한테 전화라도 해 볼까 생각하는데 가로등이 밝은 골목 한가운데서 어떤 할머니 한 분이 손짓을 하셨다. 혹시 여러 차례 부르신 '색시'가 나한테 하신 말씀이었나 생각하며 주춤주춤 다가서자, 무릎을 의지해 힘겹게 일어나시며 '어디 찾우?' 하고 물으신다.

"네. 근데 골목이 너무 복잡하네요."

"아니 그래 어딜 찾는데 그렇게 애를 먹우."

"혹시 이 근처에요. 회색 담장 엄청 높은 집 아세요?"

"회색 담벼락이면 어디 보자."

할머니께서 나를 따라 좌우를 살피며 두어 번 기침을 하셨다. 앉아 계시던 플라스틱 의자 앞에는 적갈색 대야가 놓여 있다. 아마도 뭔가를 팔러 나오신 모양인데, 대로 뒷골목에서 장사가 제대로 될까 싶다.

"아니에요, 할머니. 제가 다시 찾아보면 돼요."

"벌써 몇 참이나 요 앞에 왔다 갔다 하는데 찾을 수 있겠수?"

하는 수 없이 카페에 전화를 해서 도착할 때까지 안내를 부탁해야 할 것 같다. 어쨌든 신경 써 주신 게 고마워 인사라도 하고 돌아서려는데 할머니께서 굳이 도와주시겠다는 듯 한 걸음 옆으로 물러나셨다. 그리고 할머니의 그림자에 가려져 있던 대야 속의 내용물이 눈에 들어왔다.

개떡이다.

디자인 초안을 잡는 대로 연락해 주겠다던 그 사람을 처음 만난 며칠 전, 카페에서 따뜻한 우유와 함께 먹었던 그 개떡인지 아닌지는 모르지만 분명 개떡이다.

"할머니."

"으응?"

"떡 얼마예요?"

"어이—구 아냐 아냐. 늙은이가 괜히 바쁜 사람 걸음만 붙들었네. 어여 가 봐요. 이 정도는 남겨 놔야 된다우. 그래야 손주 녀석이 데리러 왔을 때 미안해하질 않거든. 우리 손주가 양재에서 꽃배달을 하는데 아홉 시쯤 일 끝나면 여기로 날 데리러 온다우. 와서 할미가 손 다 털고 앉아 있는 걸 보믄 미안하지 않겠어—?"

겸연쩍게 웃으시며 다시 자리에 앉은 할머니께서 손사래를 하셨다. 괜한 말로 할머니를 무안하게 만들었나 싶지만 언뜻 보기에도 서너 봉지는 돼 보이는 개떡에 미련이 남는다.

"제가 이거 엄청 좋아하거든요."

사실은 제가 아니라 저를 기다리고 있는 그 사람이 개떡을 엄청 좋아하는 거 같아서요.

"손주분한테 보여 주실 한 봉지만 빼고 팔아 주시면 안 돼요?"

"어이구 차―암 괜찮다니까 그래요."

말씀은 그렇게 하셨지만 대야에 남은 떡 봉지를 아쉬운 듯 바라보신다.

"조금만 팔아 주세요. 네에?"

다시 한 번 조르자, 할머니께서는 이내 검은 봉지에 개떡을 담기 시작하셨다.

"그럼 이거 다 한 봉 값에 떨어 가우."

"에―이 그건 안 돼죠."

"여기 공원 오는 사람들이 원체 이걸 좋아하는데 요 며칠은 영 신통치가 않네그려."

몇 번이나 고맙다며 고개를 끄덕이시는 할머께 만 원짜리 지폐를 내밀고 인사를 드린 후 돌아섰다. 그러고 보니 이럴 때가 아닌데, 시간을 너무 잡아먹은 것 같다.

결혼 전 #3

종업원의 친절한 안내를 받고도 파가니니가 아닌 막다른 골목에 도착한 후 바로 그 사람에게 전화를 해서 상황을 설명하자, 잠시 말이 없던 그가 주변에 지표가 될 만한 건물을 물었다. 디자인 학원이 보인다는 말에 알겠다며 곧장 전화를 끊어 버린 그 사람을 기다리며 십여 분을 보낸 후였다.

"여기요."

사람이 멀쩡히 서 있는 앞으로 어떤 몰지각한 인간이 차를 세우나 했더니 조수석 창을 내린 그가 운전석에 앉은 채 나를 부른다. 검은색 쿠페가 왠지 이 사람과는 안 어울린다고 생각하는 사이 운전석에서 내린 그가 어느새 조수석 문을 열고 있었다.

"죄송해요. 제가 길눈이 좀 어두워서."

"일단 타세요."

"걸어서 가도 되지 않나요?"

"계산하고 나왔어요. 디자인 초안만 보여 드리면 되니까 댁으로 가시죠."

난 집이 두 개다. 하나는 선희랑 함께 쓰는 신촌의 작업실이고, 다른 하나는 엄마가 살고 있는 가양동 아파트. 아니지. 지금 중요한 건 그게 아니라 댁으로 가자는 이 사람이다. 같이 집에 들어가서 보여 주겠다는 건가?

"모셔다드릴게요. 노트북 가져왔으니까 디자인은 가면서 보시면 될 거 같아요."

"아…… 네에."

얼떨결에 조수석에 올라 안전벨트 버클을 채우자 이내 문을 닫은 그가 보닛을 지나 운전석에 앉았다. 이게 지금…… 무슨 상황이지. 나란히 앉으니 무지 어색하다.

"댁이 어디세요?"

"가양동이요."

"가양동 어디요?"

"한강 타워빌이요."

선희가 초안이 어떻게 나왔을지 궁금하다고까지 했는데 순간적으로 신촌이 아닌 가양동을 말해 버렸다. 4월 중순의 올림픽대로는 말 그대로 벚꽃길이다. 나도 모르게 벚꽃이 떠오른 건 그럴 수 있다 치지만, 그 길을 이 사람과 지나고 싶다는 생각을 한 것이 왠지 창피하다.

"원고 잘 읽었어요."

"아…… 네에."

이 사람이 내 글을 읽었다고 생각하니 더더욱 어색하다.

"디자인이 마음에 드실지 모르겠네요."

"아…… 네에."

음? 이게 아닌데.

"아— 아뇨."

아니긴 또 뭐가 아니야.

"보면 알겠죠."

실컷 어리바리해 놓고 마치 세상에서 제일 시원시원한 성격인 척 보면 알기는 무슨.

"죄송한데요."

'죄송하지만 좀 웃어도 될까요?' 만 아니면 얼마든지 죄송해도 된다 생각하며 그를 바라봤다. 가로등에 비친 적갈색 머리카락. 날렵한 눈썹 아래로 곧게 뻗은 콧날. 살짝 벌어진 입술.

"흡?"

미친 거 아닐까. 딸꾹질이라니!

"어디 불편하세요?"

"아뇨."

"혹시 담배 냄새 싫어해요?"

"아뇨. 네? 아…… 네. 조금."

선희와 작업실을 오래도록 같이 써도 익숙해지지 않는 유일한 것이 바로 담배 냄새였다.

"창문 잠깐 내릴까요?"

담배 냄새를 싫어하는 건 맞지만 지금 여기서는 전혀, 아무런 냄새도 안 난다.

"원래 차에서는 안 하는데, 조금 전에 카페 나오면서 피운 게 잔향이 남았나 봐요."

그가 창문을 내리자 왕복 9차선의 대로변에 빼곡하게 들어선 차량들의 엔진 소리가 실내에 가득하다. 이내 후끈한 엔진 바람이 끼쳐 오자 나와 같은 생각을 한 모양인지 그가 헛기침을 하며 다시 창을 올린다.

"냄새 안 나요."

"그래요? 불편해하는 거 같아서요."

"아뇨. 괜찮아요. 저 근데……."

"네."

"죄송하다고 하셨잖아요."

아— 하는 신음과 함께 피식 웃는 그의 윗입술 아래로 가지런한 치열이 살짝 드러났다.

"디자인 확인하셔야죠. 노트북 제 뒷좌석에 있어요. 출발하기 전에 옮겨 드렸어야 되는데 죄송합니다."

운전석 뒤편이면 대각선 방향에 앉은 내가 더 편한 위치인 건 맞지만, 언뜻 보니 노트북가방이 뒷좌석에 가지런히 세워진 상태다. 저걸 잡으려면 뒤로 손을 한껏 뻗어야 하는데…….

"잠깐만요. 시트 조절해 드릴게요."

그가 버튼을 누르자 지—잉 소리와 함께 조수석이 뒤로 물러났다. 그래 봐야 겨우 몇 센티 차인데, 그냥 나중에 보면 안 되겠니? 저걸 잡으려면 당신이 앉은 쪽으로 몸을 확 기울여야 할 거 같단 말이지.

"차 잠깐 세울까요?"

"아뇨. 괜찮아요."

대로 전체에 차가 가득한 상황이라 내려서 가져와도 될 법하지만, 2차선에서 주행 중인 지금 내가 갑자기 차에서 내리는 건 딸꾹질 만

번보다 어이없는 짓이라는 생각이 들었다. 그러니 어쩌겠는가, 친절하게 시트까지 조절해 준 정성을 봐서 노트북을 집어 드는 수밖에.

몸을 오른쪽으로 붙여 앉으며 왼팔을 최대한 뻗어 봤지만 헛수고다. 차제가 낮은 데다 검은색이라 실내도 좁은 줄 알았는데 천만의 말씀이다. 헛기침을 하며 조금 더 팔을 내밀어도 결과는 같다. 아니 그러게! 이걸 굳이 지금 보라는 이유가 뭐냐고요.

"으—"

"안 닿……."

내가 끙끙거리는 게 신경 쓰였는지 그가 오른쪽으로 몸을 기울이다 흠칫 놀라며 말을 멎었다. 그래, 닿기는 닿았다. 노트북이 아니라 그의 시선과 나의 시선이 정면으로 닿은 게 문제긴 하지만 말이다.

"흡?!"

미친 딸꾹질!

"아, 죄송해요."

그만 죄송해라. 무안해서 죽을 거 같으니까!

"아뇨. 그냥…… 나중에 볼게요."

"네. 신호 봐서 제가 드릴게요."

"아뇨. 아니에요."

어차피 이 사람도 내가 앉은 쪽으로 몸을 기울여야 하는 상황이니 지금보다 나을 게 없다는 생각에 정중하게 거절하며 자세를 고쳐 앉았다. 겨우 몇 센티일 뿐이지만 조수석 시트를 뒤로 물린 탓에 그의 옆모습이 시야에 들어오는 이 상황이, 일부러 고개를 돌려 그를 봐야 하는 상황보다 나은 건지 아닌지 모르겠다.

"어차피 퇴근 시간이라 차도 많은데, 그냥 파가니니로 들어갈 걸 그랬네요."

어색한 침묵을 깨기 위해 말을 꺼내긴 했는데, 어째 얘기하고 보니 한 시간 넘게 늦은 주제에 그를 원망한 꼴이 되고 만 것 같다.

"지난번에 늦은 게 죄송해서 오늘은 모셔다드려야지 생각했는데 시간 맞춰 집에 들어가야 할 일이 생겼어요. 카페에서 얘기하면 또 저번처럼 혼자 가셔야 될 거 같아서요."

"댁이 어디신데요?"

"용산이요."

그가 가양동 어디냐고 했던 것처럼 용산 어디냐고 물으려다가 잠자코 있기로 했다. 용산 어딘지 알면 찾아갈 것도 아닌데 뭐.

결 혼 전 #4

올림픽 대로를 타고 여의도를 지나는 길, 바람에 진 벚꽃잎이 눈송이처럼 흩날리고 있었다. 벚꽃을 돋보이게 하느라 일부러 하얀 가로등을 설치한 탓인지 만개한 개나리마저 벚꽃으로 보일 정도다. 2차선 도로였다면 더 예뻤을 텐데⋯⋯.

내가 자란 공주에도 매년 벚꽃이 만개한다. 어릴 때는 엄마와 함께 하늘을 가릴 정도로 흐드러진 벚꽃나무 아래를 걷는 게 일 년 중 제일 큰 행복이었다. 동학사 벚꽃축제가 시작된 건 내가 초등학교에 입학한 후였지만, 계룡산 길목의 토종 벚꽃은 훨씬 이전부터 유명했다. 한적한 길을 찾아 들어가면 좁은 도로 양옆으로 하늘을 가린 벚꽃나무가 끝도 없이 이어졌고, 꽃잎이 떨어져 꽃눈이 내릴 때면 그보다 더 아름다울 수가 없었다. 어린 시절 그렇게 당하고도 공주에 향수를 느끼는 건 아마 그 벚꽃 때문인지도 모른다.

"잠깐 세울게요."

문득 들려온 목소리에 정신을 차려 보니 그가 우측 방향등을 올린채 갓길로 접어들어 속도를 줄이고 있었다. 갑작스러운 상황에 당황하기도 잠시, 운전석에서 내린 그가 뒷좌석의 문을 열고 노트북을 집어 들었다. 겨우 두 번째 만남에 같이 벚꽃길이라도 걷자고 할 줄 알았나 싶어 싱겁게 웃는 사이 그가 흩날리는 꽃눈 아래 보닛을 지나 조수석 문을 열었다.

"여기요."

노트북을 내밀고는 곧장 운전석에 오른 그가 나를 바라본다. 그런데 무릎 위에 핸드백만 있는 게 아닌 상황이라 조금 난감하다. 고민 끝에 개떡이 든 봉지를 들어 올리자 부스럭 소리가 유난히 크게 들린다.

"이리 주세요."

"네?"

"제가 들고 있을게요. 아님 뒤에 놔 드릴게요."

"이거, 개떡이에요."

개떡을 폄하하려는 건 아니지만, 왠지 이 상황과 잘 맞아떨어지는 거 같다. 차에 타자마자 줬어야 하는데 실컷 무릎 위에 올려놓고 고사만 지낸 격이니 말이다.

"네?"

"개떡 좋아하시잖아요."

"네. 뭐⋯⋯."

어리둥절하면서도 부담스러운 표정으로 개떡을 받아 드는 그에게 뭔가 한마디 해 줘야 할 것 같다.

"일부러 산 건 아니고 아까 카페 찾느라고 헤매다가 공원 앞에 계신 할머니한테 샀어요."

"역삼공원이요?"

"네."

"혹시 그 할머니한테 길 물어보셨어요?"

"네."

"잘 모르시지 않던가요?"

당연한 걸 왜 물어, 그러니까 당신한테 전화했지. 그래도 예의상 놀라는 척은 해 주자.

"어떻게 아셨어요?"

"저도 그 할머니께 길 물어봤거든요. 처음 만나던 날이요."

헐? 진짜? 정말?

"그럼 그날 그 개떡."

"네."

"우—와 신기하다. 원규 씨도 헤맨 거예요?"

내가 너무 실없이 웃었나. 그가 살짝 당황한 거 같다.

"네. 약간."

"와— 진짜 신기하네요."

어쨌든 신기한 건 신기한 거다.

"실례지만……."

실례지만 뭐. 그만 웃으라고?

"네?"

"고등학교 어디 나오셨어요?"

"에?"

뜬금없이 고등학교는 왜 묻지?

"공주사범대학교…… 부속 고등학교요."

그건 왜 묻느냐고 말하려는 찰나 그가 내게서 시선을 거두며 '그냥 좀 낯이 익어서……' 라고 말끝을 흐린다. 내 얼굴이 그렇게 흔한가? 아니면 혹시 호감을 저런 식으로 표현하고 있는 건가?

"노트북 켜시면 바탕화면에 요은 씨 이름이 있을 거예요. 그거 누르시면 돼요."

"네."

화제를 돌리고 싶어 하는 거 같아 잠자코 노트북을 켰다. 실은 '요은 씨' 라는 말에 당황하기도 했기에 어차피 대화가 이어질 상황은 아니었다.

결혼 전 #5

　본가에 도착한 원규가 전실을 지나기도 전에 그의 어머니가 난감한 얼굴을 하고 나와 아들을 맞았다. 긴히 할 말이 있으니 늦어도 9시 30분까지는 꼭 들어오라고 일러뒀건만 어느덧 10시가 되어 있었던 것이다.

　"어떻게 된 거야."

　"죄송해요. 좀 늦었어요."

　"얼른 들어가자."

　왼쪽으로 비켜선 어머니가 오른손으로 그를 재촉하며 손에 든 건 뭐냐고 묻자 저녁을 못 먹었다는 말로 얼버무린 그의 시야에 아찔한 핀힐이 위태로워 보이는 은회색 구두가 들어왔다.

　"손님 오셨어요?"

　"아버지 친구분이 잠깐 오셨어. 들어가서 인사부터 드리자."

　원규를 앞장세운 어머니는 혹시라도 아들이 당황하면 어쩌나 싶어 노심초사하는 중이다. 남편의 친구와 그의 여식이 함께 온 걸 알면 분명 달가워하지 않을 것이었다. 딱딱한 맞선 자리를 주선하는 것보다 자연스럽게 안면을 익히도록 할 생각으로 늦은 저녁을 먹고 차를 대접하겠다며 집으로 청하기는 했지만, 이 자리가 어떤 자린지 모르지 않는 남편의 친구는 원규의 귀가 시간이 늦어지는 것을 불편해하고 있었다. 그의 딸아이도 그런 눈치였다.

　"그거 이리 주고."

　"네."

　걸음을 멎은 원규가 뒤돌아 개떡 봉지를 건네는 순간 복도 오른편의 거실에서 한차례 억지웃음 소리가 들려왔다. 뒤이어 나도 이런 딸 아이가 하나 있으면 좋겠다는 아버지의 말이 들리자 원규가 어머니를 바라본다. 설마 집으로까지 여자를 데려오셨느냐는 눈빛이다.

"얼른 가서 인사부터 드려."

어머니가 보일 듯 말 듯 고개를 끄덕이며 아들을 거의 떠밀다시피 했다. 억지로 떠밀려 오른쪽으로 코너를 돌자 아버지 연배의 점잖은 신사와 다소 화려한 차림의 여자가 이제 막 거실에 들어선 원규를 바라본다.

"아드님이 좀 늦었네그려."

뼈 있는 한마디를 건넨 신사의 옆에 앉은 낯선 여자의 시선이 원규에게 고정된 채 움직일 줄을 모른다. 마치 새로 살 물건을 훑어보듯 깐깐한 그녀의 시선이 불편해 미간을 찌푸린 원규가 마지못해 묵례를 하자, 아버지가 어서 와 앉으라며 자리를 권했다.

일이 있어서 올라가 보겠으니 말씀들 나누시라는 말을 하려는 찰나, 어머니가 원규의 등에 살짝 손을 얹었다. 아들이 남편의 기준에 어긋나 언쟁이 있을 때마다 가슴이 무너지는 그녀였다. 그러니 당장 남들이 보는 앞에서만이라도 아버지의 말에 따라 주기를 간곡히 부탁하는 것이다.

자리에 앉아 여자와 인사를 나눈 원규가 피곤한 듯 눈가를 문질렀다. 경영학을 전공하고 미국 유학을 준비 중이라는 여자는 원규보다 한 살 아래였다. 부모님들이 애꿎은 서재를 핑계 삼아 일부러 자리를 비우자 '어진'이라는 이름의 그녀와 원규만 거실에 남겨졌다.

"매사추세츠에 계셨다고요?"

"네."

"저 같으면 박사까지 하고 들어왔을 텐데 좀 의외네요."

어진은 말이 없는 원규를 물끄러미 바라봤다. 질문이 아니고서야 대화가 이어지질 않는 사람이다. 그나마 뭘 물어도 단답형으로 대답할 뿐이다. 미국에서 학사를 마치고 귀국해 곧바로 사업을 시작했다기에 그저 그런 사람인 줄 알았는데 실제로 보니 굉장히 지적이고 깔끔한 인상이다. 무슨 얘기를 하건 관심 없다는 듯 꾹 다물고 있는 저입술만 아니면 한두 번쯤은 더 만나고 싶은 사람이다 생각하며 어진은 찻잔을 집어 들었다.

"사실 이런 자리 저도 좀 불편해요. 아직 나이도 어린 데다 유학도해야 하니까요."

이후 어진은 사용설명서를 읽기라도 하듯 자신의 이력을 나열하기 시작했다. 한편 원규는 매번 되풀이되는 이런 상황이 지긋지긋하다. 어쩜 여자들도 이렇게 똑같은 상대만 고르시는지 모르겠다. 유학을 앞둔 살 만한 집의 귀한 딸들. 저 여자들이 무슨 잘못인가 싶다가도 치미는 짜증을 누를 수가 없다. 앞으로 몇 명이나 더 남은 걸까.

결혼 전 #6

"바다."

컴퓨터 앞에 앉은 요은의 표정이 꽤 진지하다.

"하늘."

모니터에는 원규가 넘겨준 디자인 초안이 열려 있다.

"구름."

바다 위로 연파란 하늘이 있고 하늘이 끌어안은 새하얀 구름이 바다에 비쳐 있다. 요소별로 보면 전혀 새로울 게 없는 소재고 경우에따라서는 식상하기까지 하다.

"바다. 하늘. 구름."

원고를 읽어 봤다더니 바다에서 나고 바다에서 죽은 주인공 때문에 바다를 소재로 했나 싶은 것도 잠시, 마우스 포인터를 눌러 이미지를 좌우상하 대칭으로 움직이던 그녀가 문득 손을 멈췄다. 이어 요은은 정신없이 디자인을 회전시키기 시작했다. 상하좌우 어느 방향으로 봐도 아래는 바다고 위는 하늘인 것 같다. 사선으로 하얗게 뿌려진 구름마저 상하좌우 대칭으로 보인다. 이제 막 샤워를 마친 엄마가 옆에 선 줄도 모른 채 그녀는 모니터에 가득한 하늘과 바다에 흠뻑 빠져 있다.

"뭐 하고 있어?"

어깨를 톡 친 손길에 놀라 고개를 들어 보니 호기심을 만면에 띤 엄마가 웃고 있다.

"엄마. 이거 좀 봐요."

요은이 옆으로 살짝 비켜 앉으며 자리를 권하자 엄마도 그녀와 나란히 앉아 모니터를 바라본다. 3초에서 2초, 다시 1초 간격으로 누르던 포인터를 연속으로 클릭하자 조금 전과 마찬가지로 어디나 하늘이고 어디나 바다인 이미지가 화면에 가득하다.

"가만 좀 있어 봐. 어지러워."

마우스를 잡은 딸의 손등을 가볍게 톡 치며 웃은 엄마가 한동안 말없이 모니터를 바라본다.

"이게 내 표지예요."

구한말(조선 말기~대한 제국)을 배경으로 한 딸의 소설을 이미 읽어 본 엄마였다. 고종임금 집권 당시 궁녀로 도성에 들어간 첫사랑을 찾아 나고 자란 섬을 버리고 도성에 숨어든 남자와 공녀와 다름없는 삶을 살아야 했던 여자의 이야기였다. 조선 땅을 한 획으로 볼 때 궁녀는 조선 아래로(ㅜ) 공녀는 조선 위로(ㅗ) 보내지는 매매 대상이나 마찬가지. 혼인을 앞두고 나라에 여인을 뺏긴 남자는 매일을 하루같이 도성 주변을 배회한다.

자신이 임금의 눈에 들었음을 알아챈 여인이 중전을 찾아가 차라리 목숨을 거두어 주십사 눈물로 간청하여 천신만고 끝에 궁을 나와 섬으로 돌아가지만, 남자는 이미 그곳에 없다. 내가 가고 내 님도 죽어버렸는가 눈물로 세월을 보내던 여자와 목숨을 끊어서라도 정인을 굽어볼 수 있는 하늘로 가겠노라 결심한 남자는 해가 네 번 바뀐 후 다시 만나게 된다.

하지만 잠시나마 행복했던 두 사람은 궁녀였던 여인의 신분이 밝혀지며 짐승처럼 쫓기게 된다. 그들의 운명이 너무 안쓰럽고 그들의 사랑이 너무 절박해 읽는 내내 마음이 아팠다. 그들의 아픔과 절박함이 딸아이의 내면처럼 느껴져 더욱 그랬는지도 모른다.

"어때요?"

탁 트인 바다와 푸른 하늘에 새하얀 구름까지 있음에도 처연하기 끝이 없다.

"글쎄."

말끝을 흐리며 바라본 딸아이는 여전히 모니터에 시선을 두고 있다.

결 혼 전 #7

천천히 다시 보고 연락하겠던 요은의 소식을 기다리며 침대에 누우려는데 짧은 노크 후 곧장 방문이 열렸다. 원규는 의지가 확고해 보이는 아버지의 모습에 오늘도 무사히 지나기는 글렀구나 생각하며 시선을 피했다.

"잠깐 앉아라."

그는 쾅 소리 나게 문을 닫은 아버지가 먼저 자리하기를 기다려 맞은편에 앉았다.

"밝고 건강하게 자란 아이다."

아버지의 눈에 아들은 늘 어둡고 정신적으로도 건강하지 못한 상태였다. 고등학교 때 그 꼴을 당하고도 이태원에 들락거리는 이유가 단순히 죽은 아이에 대한 미련일 수는 없다고 생각하기에 차라리 돈을 물 쓰듯 하고 다니며 한심하게 살아 주기를 바랄 정도다.

"그쪽에서 싫다는 말 없으면 같이 나가서 공부해라. 니 마음대로 사는 것도 이쯤이면 됐어."

원규는 한 번도 마음대로 살아 본 일이 없다. 하지만 그런 얘기를 해 봐야 오히려 화를 부추기는 격임을 알기에 시선을 비킨 채 말을 삼킨다.

"너한테 아들 노릇은 바라지도 않는다. 그러니까 나가. 나가서 정신 차리고 살아."

아버지를 이해하려 무던히도 노력했다. 아버지에 대한 원망마저 책임을 회피하려는 걸로 느껴져, 모든 걸 자신의 탓으로 돌리고 갖은 힐난을 참아 냈다. 하지만 한국을 떠나는 것만은 아버지의 뜻에 따를 수가 없었다.

"시간을 조금만 주세요."

"무슨 시간!"

가끔 와서 은호 얘기나 해 주면 그걸로 충분하다는 원호를 두고 미국으로 가는 건 또 한 번 도망치는 거나 마찬가지였다. 언젠가는 더 이상 나눌 만한 기억이 없는 날이 올 테고, 미국으로 나가는 건 그때 생각해도 늦지 않을 일이었다.

"아직은 여기 있어야 돼요."

"서로 얼굴 마주하는 것도 불편한 마당에 니가 여기 있을 필요가 무에 있어?!"

"그렇게 불편하시면 나가 살게 해 주세요."

"미국으로 나갈 거 아니면 관둬. 지금도 그따위로 사는 마당에 나가서 살면 참 볼만하겠구나."

"말씀드렸잖아요. 저 호모섹슈얼 아니에요. 이태원에 다니는 건……."

"그딴 얘기나 듣자고 한 말 아니다. 미국에 가는 것도 싫고 이 집에 있는 것도 싫으면 병원에 입원을 하든가!"

"아버지."

"그 애가 죽은 게 어째서 니 탓이야! 그래, 설령 죄책감을 느낀다 한들 이태원에 들락거리는 방법밖에 없는 거냐? 죽은 애를 구실로 그러고 사는 게 더 못 할 짓이야!"

"제가 어떻게 사는데요?"

"여러 말 할 거 없다. 정히 그렇게 미안하면 그 애 몫까지 열심히 살아. 너라도 정상적으로 살면 돼."

비정상.

"그만 좀 하세요."

"네가 이러지 않으면 나도 그만하마."

"사람까지 붙이시고도 절 그렇게 모르세요? 제가 언제 남자들이랑 허튼짓 한 번 하던가요? 그때 딱 한 번이었어요. 그것도 그냥 키……."

"입 다물지 못해?!"

"아버지께서 생각하시는 제 수준이라는 게 딱 거기까지죠. 정말 한결같으시네요. 어떻게 하나도 바뀔 않으세요."

"내가 바뀌길 바라면 너부터 바뀌어야지! 남자들이랑 허튼짓이 뭐 어째? 거기 사무실로 올라가서 둘이 무슨 짓을 하는……."

"아버지!"

"다 필요 없다. 부모 가슴에 못질하면서까지 단념을 못 하겠다면 내가 직접 나서 주마."

"형을 사랑하는 게 아니에요. 왜 이해를 못 하세요. 은호! 사고로 죽은 게 아니라 자살했어요. 전 도망쳤고요. 제가 잘못한 거잖아요. 저만 똑바로 처신했으면 이런 일 없었을 거잖아요!"

아버지가 항상 하는 말이었다. 너만 똑바로 처신했으면 다들 잘 살고 있을 거라며 원규를 다그치곤 했던 것이다. 네가 이렇게 박원호를 찾아다는 것도 똑바르지 못한 처신 중에 하나라며 어떻게든 원호의 가게에 흠집을 내려고 했다.

"잠깐이면 돼요."

형이 더 이상 저를 찾지 않을 때까지만 기다려 달라고 하면 아예 찾지도 못할 상태로 만들어 버릴까 무서워 스스로의 짐을 덜기 위해서라고 말했다. 그리고 일면 사실이 그렇기도 했다.

"어떻게 해 드릴까요. 제 일거수일투족을 전부 확인하셔야 마음이 편하시겠어요?"

"잠자코 결혼만 해. 결혼해서 살다 보면 차차 나아질 거다."

"말씀드렸잖아요. 결혼은 이 일과는 상관없어요. 별개의 문젭니다."

"결국 고집대로 하겠다는 거냐."

"결혼 생각 없습니다. 애꿎은 사람 끌어들이고 싶지 않아요. 오늘 같은 자리 더는 마련하지 마세요. 아버지 말씀처럼 밝고 건강한 사람 데려다 병들게 하고 싶지 않습니다."

왼쪽 뺨이 화끈하다 싶은 순간 안경이 벗겨졌다.

"못난 놈!"

아버지가 방을 나선 후 안경을 주워 든 원규의 표정이 더없이 씁쓸하다.

결 혼   전   #8

원효대교 남단의 한강시민공원에 도착한 요은이 이제 막 택시에서 내리고 있다. USB메모리카드를 돌려주겠다는 말에 그냥 가지고 계시라는 걸 박박 우겨 약속은 잡았지만, 생각해 보니 뭐하는 짓인가 싶다. 언뜻 귀찮아하는 거 같았는데 괜히 나오라고 했나 싶고, 그냥 우편으로 보낼 걸 그랬나 싶고, 요은은 이래저래 심란해 코를 훌쩍 마시며 주변을 둘러봤다.

"음?"

주차장에 세워진 검은 쿠페가 보이자 손목시계를 확인한 그녀가 다시 한 번 주차장을 바라본다. 그녀 자신도 30분이나 일찍 도착했지만 원규가 미리 와 있을 줄은 몰랐기에 조금 의외다.

또각또각 울리는 구두 소리가 신경 쓰여 의식적으로 걸음을 늦춘 그녀가 주차장으로 접어들었다. 요은의 시선이 쿠페에 고정된 사이 미리 도착해 근처를 걷고 있던 원규도 그녀를 봤다. 한 시간 전부터 나와 혼자 걸으며 이런저런 생각을 하고 있었는데 벌써 시간이 다 됐나 싶어 시간을 확인하자 아직 4시 30분이다.

쿠페에 다가선 그녀가 잠시 망설이더니 노크를 한다. 안에서 반응이 없자 이번에는 고개를 갸웃거리며 앞 유리 쪽으로 걸음을 옮겨 원규를 등지고 섰다. 다정하게 이름을 부를 사이는 아니라 걸음을 서두르는 원규의 시야에 햇살에 비친 그녀의 머리핀이 반짝 빛나는 게 보였다. 긴 생머리를 두 갈래로 꼬아 목덜미에 고정한 모습이었다.

'머리가 저렇게 길었던가.'

좌우를 둘러본 그녀가 운전석 쪽 차체에 기대 까치발을 한다. 아마 선루프가 열린 걸 발견한 모양이라고 생각하며 원규는 잠시 걸음을 멈췄다. 그녀의 행동은 그녀의 글과는 영 딴판이다. 저 정도만 해도 차내에 아무도 없다는 걸 알았을 텐데, 아예 선루프를 통과해 안으로 들어가기라도 할 것처럼 안간힘을 쓰고 있다.

한편 요은은 리어콘솔박스에 뒤집혀 있는 것이 mp3인가 휴대폰인가 싶어 낑낑대며 시야를 확보하려는 중이다. 차에 없으니 전화를 해야겠는데 만일 저게 휴대폰이라면 이 사람이 혹시 납치라도 당한 건 아닌가 싶어서다. 사실 돈이 목적이라면 이 검은색 쿠페도 가져갔어 야 하지만 말이다.

"아— 바보."

전화 한 통이면 될 걸 굳이 눈으로 확인할 필요가 있나 생각한 요은 이 고개를 들기 직전, 요란한 경보음이 주차장 전체를 윙— 윙— 울리 기 시작했다. 놀란 건 그녀뿐만이 아니라 원규도 마찬가지다. 문을 열 기 위해 리모키를 꺼내다 시스템 버튼을 잘못 누른 것이었다. 얼른 버 튼을 해제하고 다가서자 그녀가 어깨를 잔뜩 움츠리며 물러나 있었 다.

"버튼을 잘못 눌렀어요."

요은은 그렇잖아도 놀란 판국에 느닷없이 원규가 나타나자 완전히 넋이 나간 표정이다. 놀라기도 한 데다 창피하기도 하고, 이 사람을 만날 때마다 왜 이 모양인지 진심으로 난감해졌다.

"흠— 일찍 나오셨네요."

"네."

'요은 씨도 일찍 나오셨네요.' 라고 한마디 해 주면 어디 덧나나. 가 만 보면 정말 무뚝뚝한 사람이다 생각하며 입술을 비죽 내밀자 원규 가 그녀에게 한 걸음 다가섰다.

"잠깐 걷고 있었어요."

"아…… 네에."

짧은 대답이 무뚝뚝함의 기준이라면 그녀도 전혀 나을 게 없는 상 황이건만 갑자기 거리를 좁힌 원규의 행동이 당황스러워 이러지도 저 러지도 못하고 있다.

"뭐 묻었어요."

원규가 오른손 검지를 들어 요은의 연하늘색 트렌치코트 앞섶을 가 리켰다.

"세차를 못 해서 차가 좀 더러워요."

떨떠름한 표정으로 물러선 그녀가 먼지를 털어 내며 으— 소리를 냈다.

"그러게요. 좀 더럽네요."

살짝 구겨진 그녀의 미간에 유난히 신경을 쓴 탓일까. 시선을 내려 바라본 연하늘색 코트 안의 희고 심플한 원피스에 긴장이 풀려 잠시 넋을 놓았다. 마치 그가 건넨 표지디자인처럼 끝없이 펼쳐진 하늘과 바다를 보는 것만 같다.

결 혼 전 #9

사무실 컴퓨터 앞에 앉아 있던 원규가 의자를 뒤로 물려 책상 위에 다리를 포갰다.

'발 디딜 곳이 필요해요.'

디자인이 마음에 들더냐고 묻자 만나서 얘기하자더니, 발 디딜 곳이 필요하다며 너무 처절한 느낌은 싫다는 것이었다. 처절하게 글을 쓴 사람이 누군데. 그 느낌을 살리면서도 절망적이지 않도록 디자인하느라 얼마나 애를 먹었는데.

"하아—"

발 디딜 곳이 필요하다는 건 육지를 넣어 달라는 의미냐고 묻자 그럴 수도 있겠다고 답한 게 전부였다. 하늘과 바다의 경계를 없애 어느 방향에서 보더라도 대칭인 모습을 만들었는데 육지라니. 가운데 점 하나 찍어서 해결될 일이 아니었다. 육지는 곧 경계고, 그걸 넣으면 말 그대로 하늘은 하늘이, 바다는 바다가 되고 만다. 흔히 볼 수 있는 수평선의 모습에 지나지 않는 것이다.

그녀에게 받은 메모리카드를 꽂아 이미지를 띄운 원규는 한동안 모니터를 응시했다. 그러고 보니 오늘 그녀의 의상이 딱 이 모습이었다. 연하늘색 트렌치코트와 하얀 원피스. 발 디딜 곳이라니, 그녀의 새하얀 원피스에 얼룩이 묻은 것과 다를 게 뭔가 싶다. 시간을 확인한 원규가 잠시 망설이다 요은에게 전화를 걸었다. 문자를 주고받은 적은 있지만 먼저 전화를 한 건 처음이었다.

— 원규 씨.

역시 너무 늦은 시간인가 싶어 통화를 미루려는데 자다 깬 듯 목이 잠긴 요은의 목소리가 들려왔다. 원규라는 이름에 충분히 익숙해졌다고 생각했는데, 그녀가 '원규 씨' 하고 부를 때마다 은연중에 주춤주춤하게 된다.

— 원규 씨?

"자는데 미안해요."

— 으응…… 괜찮아……요.

확실히 비몽사몽인 거 같다.

"내일 낮에 전화할게요."

— 아니요. 아니야. 얘기해요.

"디자인을 아예 바꾸면 어떨까 해서요."

— 흐음…… 디자이…….

흐린 말끝 뒤로 새근새근한 숨소리가 들려온다. 한번 잠들면 보쌈을 당해도 모를 요은이라는 걸 알 리 없는 원규는 이어질 말을 기다리며 한동안 휴대폰을 붙들고 있었다. 흠칫흠칫 놀라며 딸꾹질하듯 숨을 마시는가 하면 이내 호흡을 가지런히 모아 나른한 소리를 내기도 하는 그녀가 코를 골기 전에 전화를 끊는 게 예의인 것 같다는 생각을 할 즈음, 때마침 요란하게 울리는 사무실 전화에 망설임 없이 종료 버튼을 눌렀다. 이어 사무실 전화를 받은 원규가 피곤하다는 듯 조용히 한숨을 내쉰다.

"네. 곧 들어가요."

그의 어머니는 아들의 귀가 시간이 늦을 때마다 이렇듯 휴대폰이 아닌 사무실로 전화를 한다. 가끔 이태원을 찾기는 하지만 그 밖에는 항상 사무실에 있으니 그러려니 할 때도 됐는데, 굳이 그가 사무실에 있는 것을 확인해야만 마음이 놓이는 모양이다.

주민센터를 나선 원규가 들고 있던 서류봉투를 조수석에 내려놓고 담배를 꺼냈다. 하지만 담뱃갑은 이미 텅 빈 상태다.

"하아⋯⋯."

뭐든 원하는 대로 하겠노라 했지만, 요은이가 직접 쓴 위임장으로 주민등록등본을 발급받고 가족관계증명서와 혼인관계증명서를 준비하고 나니 속이 먹먹하다. 왜 진작 이렇게 해 주지 못했나 싶어 미안하고, 미련한 후회가 가증스러워 들숨이 폐에 닿기도 전에 말라 버린다.

의식이 오가는 사이에도 자신과의 대화에 절박했던 그녀의 마음을 깨달은 지금, 핏기가 가시도록 입술을 깨문 그의 눈가에서 결국 눈물이 흐르고 만다. 하지만 소리 내 우는 것조차 사치다.

그녀를 만나는 동안 자신의 마음이 움직였음을 깨닫기에는 눈앞에 닥친 상황이 너무 버겁다. 연화가 지껄인 헛소리에 끓는 기름을 뒤집어쓴 듯 아팠던 마음도, 그래서 확인할 용기조차 낼 수 없었던 시간도, 그럼에도 불구하고 그녀를 놓지 못했던 자신도…… 그녀의 상처 앞에 모든 것이 희미하기만 하다. 아파하는 그녀 앞에 자신을 되돌아 볼 여유조차 없는 것이야말로 그녀를 향한 감정의 반증임을 미처 깨 닫지 못한 그의 눈물이, 소리 없이 뺨에 흐른다.

아침 회진 시간에 일이 있어 조만간 외출을 해야 할 것 같다고 말하 자, 담당의는 혼자 길거리를 헤매고 다니지만 않는다면 짧은 외출은 언제든 괜찮다고 대답했다. 협의이혼확인서를 작성하려면 꼭 부부가 동석해야 하기에 서류가 준비되면 한 번은 법원에 가야 한다. 원규와 나에게는 아이가 없으니 아마 한 달의 숙려 기간이 끝나면 법적으로 완전히 남이 될 수 있을 거다.

원규를 놓아야 한다. 원규에게 짐이 되고 싶지 않다. 지독한 죄책감 에 짓눌린 채 내 곁에 있게 해서는 안 된다. 그런 원규를 보며 아파할 자신도 없다. 제 몸 하나 추스를 주제도 못 되는 내가 어떻게…….

어쩌면 처음부터 원규는 나에게 과분한 상대였는지도 모른다. 원 규가 나보다 월등히 좋은 조건을 가졌다는 의미가 아니라 자격의 문 제다. 나는 한 번도 원규의 유년을 궁금해하지 않았다. 원규의 얘기 를 들으면 내 얘기를 해야 할 것 같아서 싫었다. 사랑에 굶주렸던 유 년의 나를 원규만은 모르길 원했다. 사랑에 절박한 사람처럼 보이고 싶지 않았기 때문이다. 그래서 정상적인 가정에서 태어나 정상적으 로 사랑받으며 자란 척했다. 낳아 준 엄마마저 숨긴 채 결혼을 하고 도 원규만은 진실하기를 바랐던 나에게, 과연 그를 원망할 자격이 있 을까.

시간을 되돌릴 수만 있다면 원규를 몰랐던 때로 돌아가고 싶다. 그 리고 허연화도 모르고 싶다. 태어나지 말았어야 할 존재로 구박을 받으며 자란 것에 대한 보상 심리로 그럴듯한 결혼에 혈안이 된 한요은. 상대방이 동성애자든 아니든 속사정을 모르는 남들 눈에만 좋아 보이면 그만인 한요은. 그게 바로 허연화의 눈에 비친 나였다. 원규 역시 줄곧 그렇게 알고 있었다는 사실에 생각이 미치자 숨이 무너져 가슴을 누른다.

결혼 후 나를 볼 때마다, 원규는 무슨 생각을 했을까. 내가 얼마나 한심하고 못나 보였을까. 누구에게도 진심일 수가 없어서 상대방의 진심도 바라지 않았다던 원규의 말이 너무 아프다. 그런 결혼을 결심할 정도로 은호에 대한 죄의식이 무거운 원규에게 나조차 짐이 돼 버린 현실이 너무 가혹하다. 원규가 치러야 할 대가가 되어 버린 이 결혼이, 나의 존재가, 너무 싫다.

'그냥 모르는 채로 살걸. 그냥 아무것도 아닌 사람으로, 서로 그렇게 살걸.'

허연화의 망상을 부추긴 사람이 누구도 아닌 나 자신이었다는 자책에서 헤어날 수가 없다. 허연화가 어떤 인간인 줄도 모른 채 나의 아픔을 달래 주는 위로에 눈과 귀가 멀었던 시간들이 떠오를 때마다 치가 떨리고 구역질이 난다. 대체 왜…… 나한테 왜. 미치도록 가슴이 아프고 미치도록 화가 나서 머리가 터질 것만 같다.

"아가."

이제 환청까지 듣는 걸까.

"새아가."

고개를 들어 보니 원규의 어머님이 계셨다. 나한테는 시어머님이 되시는 분이다.

"어…… 언제 오……셨어요."

이런 모습 보여 드리면 안 되는데, 이렇게 질질 짜는 모습은 누구한테도 보이고 싶지 않은데.

"죄송해요. 잠깐……."

꿰맨 자리인 줄도 모르고 서둘러 눈물을 닦아 내다 눈 아래쪽의 드레싱이 떨어져 나가고 말았다. 그러자 손에 든 가방을 서둘러 내려놓으신 어머님이 손수건을 꺼내 조심스럽게 얼굴을 닦아 주신다.

"원규 녀석한테 아무리 전화를 해도 오지 말라고만 해서 한참 망설였는데……."

말을 잊으신 채 끓는 한숨을 토하신다.

"미안하다 아가. 미안하구나."

"아뇨."

미안해야 할 사람은 따로 있다.

"아니에요."

"어떻게 사람을…… 이래 놔. 아무리 내 아들이지만 어떻게…… 여자한테 손을 대."

날 이래 놓은 사람이 원규인 줄 아시는 걸까?

"할 말이 없구나. 다 내 죄다. 내가 자식을 잘못 키운 탓이야."

나를 품에 안으신 어머님에게서 엄마와 비슷한 향이 난다. 원규와 이혼하면 이분과도 남이 될 텐데, 이렇게 안겨 위로를 받아도 되는 건지 모르겠다.

침대에 앉은 상태로 서류봉투를 받아 든 요은이 해쓱한 원규의 얼굴을 바라본다.

"어머님 다녀가셨어."

오실 거 없다고 그렇게 말씀을 드렸건만 기어이 다녀가셨구나 싶다.

"왜 그랬니?"

"니가 불편해할 거 같아서."

"아니. 못 오시게 한 거 말고. 왜 니가 그랬다고 했어. 너 아니잖아."

"아버지가 어떻게 나오실지 몰라서. 그러지 않았으면 아버지께서 따로 알아보셨을 거야."

"아버님이 그렇게 무섭니?"

그녀가 시선을 피한 그의 손을 잡았다.

"원규야."

봄에 만나 여름에 결혼하고 가을을 지나 겨울이 되기까지, 그녀의 손은 항상 차디차다.

"미안하다고 다 내 탓이라고 하시더라. 어머님…… 너한테 소중한 분이라며. 그냥 다 말하지 왜 그랬어. 내 잘못을 왜 니가 뒤집어쓰는데."

환자가 사고를 스스로의 탓으로 돌릴지도 모른다던 담당의의 말이 떠오르자, 원규가 그녀를 바라보며 천천히 손을 움직여 자신의 손끝을 감싸고 있던 차디찬 손을 꽉 잡았다.

"아니."

이대로 그녀와 헤어질 수 없다.

"넌 아무 잘못도 없어."

이제껏 방치한 것도 모자라 그녀가 원한다는 핑계로 또다시 혼자 둘 수는 없다.

ecce

사고 당시의 자료를 넘겨 달라는 말에 아쉬운 사람이 우물을 파라는 듯 시간도 장소도 마음대로 정한 프랜의 말을 따라 원규는 새벽 1시에 이태원을 찾았다. 30분 정도 일찍 카페에 들어선 그가 걸음을 멎은 채 훈김이 서린 안경을 내리고 바람에 헝클어진 머리를 정리하며 실내를 둘러본다.

프랜은 1.5층 높이의 창가에 앉아 원규가 골목을 들어선 순간부터 그를 보고 있었다. 보면 짜증 나고 안 보면 궁금한, 참 이상한 인간이다 생각하며 담배에서 필터를 뜯어낸 프랜이 곧장 불을 붙였다. 필터를 뜯어내면 담배 연기가 훨씬 독해지는데, 프랜은 스트레스를 받을 때면 으레 이렇게 필터를 뜯어서 담배를 피우곤 한다. 프랜이 연기를 한 모금 마실 즈음, 원규가 그를 발견하고는 손목시계를 확인하며 테이블로 걸음을 옮겼다.

"일찍 나왔네."

원규의 말에, 프랜은 어깨를 한 번 으쓱하는 걸로 말을 대신했다. 맞은편에 앉은 원규에게서 바깥의 찬바람이 끼쳐 와 순간적으로 몸을 움츠린 프랜이 의자에 걸쳐 뒀던 재킷을 어깨에 두르자, 원규가 살짝 물러앉으며 들고 있던 안경을 테이블에 내려놓는다.

"민지 씨—"

소프라노에 가까운 프랜의 음성이 실내에 울리자, 바 안쪽에 있던 젊은 여자가 유니폼으로 보이는 검은색 미니앞치마 끈을 허리 뒤로 고쳐 묶으며 다가선다. 막역한 사이는 아니지만 가끔 영업이 끝나면 카페를 찾곤 하는 프랜의 성향을 이미 알고 있는 그녀였다. 그러니 처음 보는 원규를 프랜의 애인쯤으로 생각하고 있다.

"주문하시겠어요?"

짧은 댄디컷을 두 번 탈색해 에쉬그레이로 물들인 프랜의 머리카락이 새파란 창가 조명에 비쳐 매끄럽게 빛나는 모습을 잠시 바라보던 그녀의 시선이 원규를 향했다. 프랜의 애인이라기엔 너무 담백한 의상이지만 굳이 요란스럽게 꾸미지 않아도 충분히 매력적인 얼굴이라고 생각하는 중이다.

"아이스 아메리카노요."

"네, 잠시만 기다리세요."

프랜은 추워 죽게 생겼는데 아이스는 뭐냐고 중얼거리면서도 같은 걸로 한 잔 더 부탁한다며 여자를 향해 활짝 웃었다. 기분이 하도 더러워 억지로라도 웃어야 인상을 구기지 않을 수 있을 것 같아서다. 원규가 사고 관련 서류를 달라는데 금고에 있어야 할 서류가 사라졌다며 원호에게 문자메시지를 보내 놓고 음성메시지를 남기려는 찰나 원호에게서 전화가 걸려 왔다.

그렇게 통사정을 해도 문자로 연락 한 줄 받아 낸 게 전부였는데, 박원규가 마치 키워드라도 되는 듯 곧장 이태원으로 달려와 서류봉투를 내밀고 간 원호에게 짜증이 있는 대로 난 상태다. 당장은 원규를 만날 수 없으니 잘 부탁한다는 말과 함께 가게를 나선 원호에게 욕을 바가지로 하면서도 나사 하나쯤 빠진 듯 보이던 그를 걱정하는 스스로가 궁상스러운 한편, 하나면 하나고 둘이면 둘이지 다들 뭐가 이리 복잡한가 싶어 착잡하다.

"여기 커피 맛있어."

여자가 멀어지기를 기다린 프랜이 먼저 말을 꺼냈다.

"형 오늘 가게에 다녀갔어."

이것저것 잴 것 없이 서류봉투와 함께 본론을 툭 던진 프랜의 말에 원규는 잠시 멍해졌다.

"금고에 넣어 둔 걸 언제 왔는지 몰라도 형이 가져갔던 모양인데, 니가 이거 가지러 온다니까 바로 달려와서 주고 가더라."

말없이 봉투를 받아 든 원규가 피곤한 듯 눈가를 문질렀다. 도대체 왜 한 번도 연락이 없었는지, 이걸 가지고 있던 사람이 원호라면 어째서 여태껏 잠자코 있었는지 아무리 생각해도 이해할 수가 없다. 하지만 이 상황에 누가 누구를 이해하고 말고는 중요한 일이 아니었다. 다른 사람의 눈에는 지금에서야 가해자를 알아보려는 원규 자신도 이해할 수 없는 인간으로 보일 것을 알기 때문이다.

"죽었는지 살았는지 연락 한 줄 없다가 박원규 니가 찾는다니까 득

달같이 달려왔더란 말이지."

　뭐든 그녀의 뜻대로 하겠다고 결심했을 때는 공연히 상처를 들쑤시지 않을 생각이었다. 가장 고통스러운 사람은 그녀일 것이기에 상황을 이렇게까지 방치해 놓고 뒤늦게 고소니 고발이니 해 가며 나서는 것 자체가 주제넘는 짓이라고 생각했다. 하지만 내 잘못을 왜 네가 뒤집어쓰느냐 묻는 그녀 앞에서 더는 도망치지 않기로 했다. 모든 걸 그녀의 몫으로 남겨 놓고, 그마저 그녀를 위한 일이라 변명하며 혼자만 빠져나가는 건 한 번으로 족했다.

　"너 형이랑 연락 한 번도 못 했다 그랬지?"

　아메리카노 두 잔을 내려놓은 여자가 테이블에서 멀어지기를 기다린 프랜이 속입술을 잘근잘근 씹어 가며 빤히 바라보자, 원규는 그렇다고 대답하며 창밖으로 시선을 돌렸다.

　"근데 어떻게 형 소식은 묻지도 않아?"

　원규 역시 처음엔 원호를 걱정했다. 하지만 지금은 아니었다. 아무리 노력해도 열흘이 지나 보름이 다 되도록 연락 한 번 없는 원호를 이해할 수가 없고 이해하고 싶지도 않다. 원호 앞에 죄인인 건 원규 자신으로 충분했다. 원호가 요은이까지 이런 처사를 감내해야 한다고 생각하는 것만 같아 화가 난다.

　"안부는 형한테 연락 오면 직접 물을게."

　"뭐야, 박원규. 너 지금 형한테 화내는 거야?"

　"번거롭게 해서 미안하다. 전해 줘서 고맙고."

　원규가 자리에서 일어나려 하자 프랜이 테이블 위의 서류봉투를 맞잡았다.

　"너 진짜 이럴 거야?"

　하지만 급한 대로 말을 던져 놓고도 원규가 뭘 어쨌다는 건지 모르겠다. 그럼 원규가 뭘 어떻게 해야 한단 말인가. 하지만 서운한 건 어쩔 수 없다. 그동안 연락 한 줄도 없었다는 원호의 소식을 물으며 눈물이라도 글썽이기를 바란 건 아니지만 적어도 안부 정도는 물을 수 있는 일 아닌가 싶은 것이다.

"니 와이프 그렇게 된 건 진짜 미안한데, 겨우 며칠 연락 끊은 걸로 니가 형한테 이러면 안 되지."

"내가 형한테 뭘 어쨌는데? 그리고 지금, 너랑 이럴 시간 없어."

"나도 마찬가지니까 간단히 하자. 너 처음 여기 찾아왔을 때 형이 어떻게 했어? 은호 그렇게 되고 몇 년이나 지난 다음에 나타나서 용서해 달라고 했을 때 형이 너한테 어떻게 했는데? 왜 지금에야 왔냐고 원망 한마디 하든?"

"하고 싶은 말이 뭔데? 형이 언제 나타나서 뭘 어떻게 하든 다 이해하라는 거야?"

"너 하는 짓이 웃기잖아. 형이 며칠 연락 끊었다고 발끈하는 게 웃겨서 그런다, 왜? 은호 죽은 게 왜 니 탓이냐고 생각하는 거야? 그럼 형은? 니 와이프 그렇게 된 게 형 탓이야?"

"적당히 해!"

원규의 서슬에 질린 프랜이 잠시 주춤했다.

"예나 지금이나 너라면 끔찍이 위하는 사람이야. 그거 몰라?"

"그래. 이게 다 날 위한 일이라고 치자. 그럼 그 사람은? 그 사람은 이렇게 당해도 되는 사람이고? 형이 진짜 날 위했다면 그날 무슨 일이 있었는지 설명했어야 돼. 병원에 다녀갔으면 그 사람 상태도 알고 있었을 텐데, 보름이 지나도록 연락 한 번 없었던 걸 그럼 어떻게 받아들일까?"

"형이 병원에 갔었다고?"

"나도 담당의한테 들었어. 그날 내가 도착하기도 전에 형이 다녀갔는데, 그 사람 깨어나기 전에는 아무한테도 얘기하지 말아 달라 했다고."

프랜은 타는 속을 달래느라 얼음을 빠득빠득 씹기 시작했다.

"작정하고 연락 끊은 걸 보면 형은 그 사람이 나한테 직접 얘기하길 바랐다고밖에 생각할 수 없어. 민기 너 아니었으면 난 무슨 일인지 알지도 못했겠지. 그 사람은 그…… 끔찍한 일을 일일이 나한테 설명해야 했을 거고. 아니면 내가 그 사람을 오해한 채로 결혼이고 뭐고 다 끝내 버렸을지도 모르지. 술 취해서 형한테 난동이라도 부린 걸로 착각했을 테니까."

"형도 뭔가 생각하는 게 있었겠지. 깨어난 다음에도 입 닥치고 있으라던 건 아니었잖아. 아니 그러니까 뭐…… 깨어나면 당연히 니 와이프가 고소할 거고. 그러면 자연스러……."

자연스럽게 너도 알게 됐을 거란 말은 차마 할 수가 없어 프랜은 입을 다물었다. 어떻게 생각해도 부자연스러운 상황이라는 걸 이미 알고 있는 그였다.

"그래. 너 화난 건 이해하는데, 형을 그렇게 몰라? 형이 아무렴 너 엿 먹이려고 잠수 탔겠어?"

"말했잖아. 그건 형한테 직접 듣겠다고."

"이번 일로 형 죄인 취급 하지 마. 너 이러는 거 상당히 불쾌하거든?"

"내가 그럴 자격은 있고?"

프랜은 자조적인 원규의 미소에 입을 다물었다. 프랜 자신이 은호의 죽음을 원규의 탓으로 돌리고 있었음을 새삼스레 깨달은 것이다. 와이프가 그렇게 된 걸로 은호의 죽음을 치렀다고 생각하는 건가 싶어 화가 났음을 인정하지 않을 수 없다. 원호와 알고 지내는 동안 은연중에 원규를 가해자로 여기고 있었다. 프랜의 생각이 그렇다는 건 원호의 생각이 그렇다는 것이었다. 피붙이의 죽음 앞에 객관적일 수 있는 사람은 세상에 없기에 스스로를 변호하지 않는 원규의 태도가 원호의 그런 생각을 부추기기도 한 것이다.

"나한테 어떻게 하든, 그건 상관없어."

하지만 그녀에 관해서만은 달랐다.

"내가 불쾌한 건 그 사람에 관한 거야."

아무 잘못도 없는 그녀가 모든 걸 스스로의 탓으로 돌리기까지 원호는 한 번도 연락이 없었다. 하루에도 몇십 번씩 전화했지만 모두 허사였다. 그런 그가 이제야 다른 사람을 통해 증거를 넘겨주고 있는 이마당에, 누가 누굴 위한다는 건지 모르겠다. 은호 얘기가 왜 나와야 하는지도 모르겠다.

"얘기 끝났으면 먼저 가 볼게."

카페를 나서는 원규를 물끄러미 바라보던 프랜은 하나 남은 담배를 입에 물었다.

"왜 나한테 화풀이야."

그리고 보니 박원규가 누구한테든 저렇게 화를 낸 적이 있나 싶다.

eee

엊그제 원규가 두고 간 등본과 증명서를 봉투에 넣고 침대를 빠져나왔다. 이제 따뜻한 물로 가벼운 샤워 정도는 괜찮다는 의사의 말에 오전 회진 시간 이후로 샤워를 하겠노라 쭉 마음먹었는데, 두 엄마와 통화를 하고 나서 하루 종일 이런저런 생각을 하느라 정신을 놓고 있었다. 병원에 있으니 생각만 많아지는 것 같다.

환자복을 벗어서 침대에 올렸다가 이내 욕실로 가져와 수건걸이에 다소곳이 걸쳐 뒀다. 자정이 지나기는 했지만 원규가 올지도 모른다는 생각에서였다. 어제저녁에도 난데없이 호박죽을 사 와서는 저녁을 먹었다는 말에 괜히 안절부절못하던 모습이 떠오르자 괜히 나까지 무안하다. 호박찜, 단호박 샐러드, 단호박 타르트, 호박식혜도 있었다.

결혼 전에 좋아하고 싫어하는 걸 얘기하다가 내가 호박을 좋아한다고 했던 걸 기억하고 있었던 모양인지 호박으로 시작해서 호박으로 끝나는 메뉴들을 마주하고 보니 법원에서나 보자는 말도, 이게 뭐냐는 말도 나오지를 않았다.

　결혼 전에 시어머님을 뵌 자리에서 당신께서 꽃꽂이를 즐기신다며 무슨 꽃을 좋아하느냐 물으시기에 어느 하나를 콕 집어 말하기가 곤란해서 꽃은 다 좋다고 말씀드린 적이 있다. 그 후 원규가 처음으로 꽃다발을 선물했는데 이름도 모르는 꽃들을 죄다 한 송이씩 넣은 것이, 꼭 어렸을 때 길가에서 마구잡이로 꺾은 꽃들을 주렁주렁 매달아 놓은 모습 같았다.

　호박죽, 호박찜, 단호박 샐러드, 단호박 타르트, 호박식혜를 보면서 문득 그때가 생각나 할 말을 잃을 수밖에 없었다. 어쩜 요령이 없어도 그렇게 없을까, 산은 산이고 물은 물일 뿐인 그 사람이 아무리 부업이라지만 어떻게 디자인이라는 걸 시작했는지 모르겠다.

　'한참 생각했는데 기억나는 게 호박밖에 없어서.'

　호박이라면 자다가도 벌떡 일어날 정도인 건 사실이라 어제오늘 호박으로 잔치를 하긴 했지만 일껏 종류별로 사 와서는 '기억나는 게 호박밖에 없어서'라니, 말 한마디로 천 냥 빚을 지고도 남을 언변이다. 결혼 전에는 그런 성격마저 매력적이라고 생각했던 걸 보면 나도 정상은 아니었던 것 같다. 호박 퍼레이드와 누더기 꽃다발을 생각하며 피식피식 웃고 있는 지금도 딱히 정상이라고 할 수는 없겠지만 말이다.

　마음 같아서는 때밀이로 박박 밀고 싶지만 어느새 한기가 느껴지는 걸 보면 아직은 무리인 것 같아 대충 거품을 바르고 물로 헹귀 냈다. 이 정도나마 가능한 게 어디냐 생각하며 타월로 몸을 닦고 환자복을 입으려는데, 문제는 몸이 아니라 옷이었다. 왠지 큼큼한 냄새가 나는 것 같아 일단 욕실 문을 빠끔히 열고 병실을 살폈다.

　문을 잠가 두긴 했지만 병실에 아무도 없는 걸 다시 확인한 후 침대 옆의 수납장을 열어 여벌의 환자복을 꺼냈다. 그러고 보니 속옷도 더 필요한데, 욕실 귀퉁이에 걸어서 말리고는 있지만 원규가 올 때마다 치워 놓자니 여간 신경 쓰이는 게 아니다. 법원에 다녀오는 길에 물류센터에 들러서 짐을 챙겨 와야 하나.

"흠—"

어째 새로 입은 환자복에서도 냄새가 나는 것 같아 영 찝찝하다. 수건으로 머리카락에 남은 물기를 털어 내며 욕실에 벗어 둔 환자복을 정리하러 가는 길, 둔탁한 노크 소리에 걸음을 멈췄다.

새벽 12시 34분.

문을 열자 원규가 있다. 어제보다 더 지친 표정이다. 잠을 자기는 하는 걸까. 옆으로 비켜서는 것도 잊은 채 물끄러미 바라보는 내 시선이 부담스러웠는지 원규가 먼저 헛기침을 했다.

"너무 늦었지."

사실 원규가 올지도 모른다는 생각은 했지만 그렇다고 '전혀! 언제든 환영이야!' 라며 두 팔 벌려 끌어안을 상황도 아니고 해서 말없이 돌아서 욕실로 향했다. 환자복을 대강 정리해 세탁함에 넣고 밖으로 나오니 원규가 병실 안으로 한 걸음 들어선 채 그대로 멈춰 나를 보고 있다.

"샤워한 거야?"

"어."

"해도 돼?"

"어."

"그렇구나."

아— 어색한 이 상황을 어쩌면 좋을지 모르겠다. 나도 난감하지만 원규도 상당히 난감해 보인다. 그러고 보니 요 며칠 원규를 마주할 때마다 이랬다. 예전 같으면 용건만 간단히 할 수 있었을 텐데, 난감해하는 원규가 뭔가 애쓰고 있다는 생각에 매번 타이밍을 놓치곤 했던 것이다.

"들어와."

이미 들어온 사람한테 어딜 더 들어오라는 건지, 원규나 나나 대책이 안 서긴 마찬가지다 생각하며 창가로 걸음을 옮겨 애꿎은 블라인드를 올렸다. 야밤에 블라인드를 올려 봐야 보이는 건 새까만 하늘뿐이라고 생각했는데, 원규의 모습이 어둠을 거울 삼아 유리에 비치고 있었다.

원규의 시선이 유리를 통해 나에게 멎기까지 얼마의 시간이 흘렀는지 모르겠다. 내가 서 있는 창가 바로 아래에 보호자용 침대가 있으니 이러지도 저러지도 못하고 있는 눈치다. 원규와 나는 열 평도 채 안 되는 공간에서조차 서로의 영역이 뚜렷하게 존재하는 어색한 사이다. 내가 정신을 수습하고 창가에서 물러나 침대에 걸터앉은 후에도 원규는 멈춰 선 그대로였다.

"내일 잠깐 시간 낼 수 있어?"

하루라도 빨리 이 어색한 관계를 정리하려면 오늘만큼은 타이밍을 놓쳐서는 안 된다고 생각하며 말을 고르는데 원규가 먼저 시간이 있느냐 물었다. 자정이 지났기에 원규가 말한 내일이 날이 밝은 다음을 말하는 건지 정말 내일을 말하는 건지 모르겠다.

"내일?"

돌아서며 묻자 시간을 확인한 원규가 아— 하며 내일을 오늘로 고쳐 말했다. 그런데 원규의 시선이…… 침대 옆 수납장 위에 놓인 봉투를 향해 있는 것 같다. 법원에 가자는 말을 기다리고 있었던 걸까.

"언제쯤?"

"너 편한 시간이면 돼."

하긴, 위임장까지 써 가며 당장 서류를 준비해 오랄 때는 언제고 며칠째 소식이 없으니 먼저 얘기를 꺼낼 만도 하다. 매도 먼저 맞는 게 낫다지 않은가.

"오전 회진 끝나고 기다릴게. 10시쯤."

"응."

창가로 자리를 옮긴 원규가 재킷을 벗어 보호자용 침대에 올리고는 나를 빤히 본다.

"머리, 오래 젖어 있으면 안 좋은 거 아니야?"

머리카락 끝에서 떨어진 물방울에 환자복 앞섶이 젖는 줄도 모르고 있었다. 수건으로 머리끝을 감싸며 침대에서 일어선 후에도 원규의 시선은 나를 떠날 줄 모른다. 왜 저렇게 빤히 쳐다보는 거지. 얘기도 끝난 거 같은데 얼른 나가 줬으면 좋겠다.

"나 여기서 바로 가도 돼?"

자고 간다는 건가? 내가 의식을 잃었을 때는 몇 번인가 병실에서 밤을 새우곤 했다지만, 그렇지 않은 경우에는 한 번도 없던 일이다. 어제만 해도 호박 퍼레이드를 마치고 어색하게 앉아 있다가 집에 안 가냐고 묻기 무섭게 병실을 나선 원규였다. 그런데 여기서 바로 출근을 하겠다니, 무슨 생각일까. 마지막 만찬에 이은 마지막 밤인가? 법원에 가기 전 하루라도 온전한 상태의 나와 함께 있어 주겠다는 건가? 이런저런 생각으로 나도 모르게 입술을 비죽거리다 헛기침을 하며 그의 시선을 피해 옆으로 돌아섰다.

"잠깐 손 좀 씻을게."

"어?"

"욕실."

원규가 멋쩍은 듯 두 손을 들어 보이며 욕실을 가리켰다.

"어, 그래."

원규가 욕실에 들어간 후 수건으로 젖은 머리를 비비며 침대에 앉았다. 손을 바삐 움직이며 생각을 비워 내려 노력했지만 손은 점점 느려지고 머릿속은 점점 빨라진다.

몸 상태를 봐서 같이 법원에 가자고 한 사람은 바로 나였다. 매번 타이밍을 놓치곤 했지만 항상 생각은 하고 있었다. 그런데 왜 이렇게 심란할까. 네가 날 차기 전에 내가 널 차겠다는 상황도 아닌데 누가 먼저 말하든 무슨 상관이라고. 원규도 이 상황이 꽤나 답답했던 모양이라고 생각하면 그만인데, 말처럼 쉽지가 않다.

이 결혼의 끝.

무성애자인 원규가 모두의 편의를 위해 결심한 일. 하지만 당사자인 원규와 나는 누구보다 불편했던 시간들. 출간을 포기하고 원규의 사무실로 원고를 돌려받으러 갔던 날 시어머님과 마주치지 않았더라면 조금 더 시간을 가지고 원규를 만날 수 있었을지도 모른다. 처음 인사를 드린 순간부터 어머님은 필요 이상으로 호의적이셨다. 생각해보면 원규는 한 번도 나에게 확신을 준 적이 없는데, 어머님의 호의를 원규의 호의로 착각했던 건지도 모른다. 원규를 보면 볼수록 마음이 급해졌다. 좋아한다는 말도 내가 먼저였고 프러포즈도 마찬가지였다.

위태로워 보였다.

그즈음 미국으로 돌아가라는 시아버님의 성화가 대단했기 때문일까. 원규는 항상 피곤해 보였고 그러면서도 감정을 비치지 않으려 애쓰는 모습이 안쓰러웠다. 처음엔 호기심이었지만 두 번째 만남의 우연과 예상치 못했던 표지디자인에 어느새 마음이 기울었다. 마음이 기울자 원규의 감정에 욕심이 생겼고⋯⋯ 아마도 그때부터였던 것 같다.

'왜'가 아니라 '어떻게'만 생각했다. 원규가 왜 나에게 거리를 두는지 생각하기보다 어떻게 하면 원규에게 가까워질 수 있는지만 생각했다. 어쩌면 나는 알고 있었는지도 모른다. 일정한 거리를 유지하려는 원규의 노력을 어렴풋이 알고 있었기에 더욱 조바심이 났던 건지도 모른다.

"미안한데."

흠칫 놀라 돌아앉자 원규가 욕실 앞에 서서 난감한 표정을 하고 있다. 손으로 물기를 털어 낸 듯 앞머리가 죄다 헝클어진 모습이다.

"타월 남은 거 없어?"

"샤워했어?"

"아니. 담배 냄새 밴 거 같아서 머리만."

냄새가 싫으면 담배를 끊든가. 이런 상황에 머리 감을 여유도 있고 넌 참 좋겠다……가 아니라, 내가 들고 있는 게 마지막 수건이다. 다 합쳐도 몇 장 안 되긴 하지만 말이다.

"세탁함에 있는 거 쓰려고 했는데 다 젖어서."

거기에는 수건만 있는 게 아니라 조금 전에 벗어 둔 환자복에 속옷 까지 들어 있었는데.

"이거 써."

당황스러움을 감추느라 서둘러 들고 있던 수건을 내밀자 망설이는 눈치다. 쓰던 거라 싫은가? 세탁함에 있는 것들보다는 나을 텐데?

"넌?"

"다 썼어."

다친 손으로 머리는 어떻게 감았을까 생각하며 한 번 더 내밀자 어 느새 침대로 다가선 원규가 수건을 받아 들었다. 항상 드라이해 놓은 듯 단정하던 머리카락이 흠뻑 젖어 있는 모습은 처음이라 조금 낯설 다. 신혼여행을 갔을 때도 욕실에 들어가기 전과 후가 크게 다르지 않 았던 원규다. 욕실에 들어가면 함흥차사인 건 아니었지만 한 번도 나 에게 흐트러진 모습을 보인 적이 없다는 걸 새삼 깨닫자 이 상황이 더 욱 어색하다.

수건을 받아 들고 욕실로 들어간 원규에게 감사하며 빗질을 마치고 머리카락을 정리한 후 휴지통에 넣을 즈음, 야무지게 비틀어 짠 수건 두 장을 손에 쥔 그가 욕실을 나왔다. 눈이 마주치자 수건 하나를 어 깨에 올리고는 다른 하나를 탁탁 털어 침대 근처의 의자 등받이에 걸 쳐 둔다.

"앞으로 2~3주 정도 더 있어야 된대."

나도 안다. 폐렴은 나은 상태지만 타박상이 심해 안정이 필요하다는 게 담당의의 말이었다.

"선생님 만났어?"

"응. 어제."

원규가 남은 수건을 옷걸이에 널어 링거대에 걸쳤다.

"필요한 거 있으면 사 올게."

화곡동 물류센터에 짐을 다 맡겨 놓은 상태라 지금 가진 신발이나 외출복도 결혼 전 작업실에서 쓰던 것들을 선희가 가져다줬다. 워낙에 속옷 말고는 네 것 내 것 구분 없이 입었으니 선희의 물건이기도 한 것들이다.

분당을 나선 지 보름이 훨씬 지났다. 원규와 헤어져도 당장 식구들에게 알릴 생각은 아니었기에 아쉬운 대로 가양동 근처의 물류센터를 찾아 소형화물 보관함에 짐을 맡긴 지도 보름이 지난 것이다. 분당을 나와 병원으로 들어오게 될 줄은 몰랐는데…….

"내가 알아서 할게."

더 이상 생각하고 싶지 않아 침대에 누워 이불을 끌어 올렸다. 앞으로도 이럴지 모른다. 원규의 의도와 상관없이, 심지어는 나도 모르는 사이에 그날을 되짚어 끊겨 버린 기억 앞에 갈 곳을 잃은 채 방황하게 될 거다.

"불 좀 꺼 줄래. 피곤해."

조명이 사라지자 창밖의 새카맣던 어둠 어디선가 어슴푸레한 불빛이 새어 들어 보호자 침대에 앉은 원규의 실루엣을 비췄다. 그러고 보니, 여기서 자고 가도 되냐는 원규의 말에 아직 대답하기 전이다. 그렇게 하라고 한들 원규가 잠을 잘 수 있을까.

그날 집을 나온 후로 한 번도 원규가 잠자는 걸 본 적이 없다. 어쩌면 저렇게 앉은 채 밤을 샐지도 모른다는 생각이 들어 그냥 분당으로 가라고 해야 하나 싶지만, 원규가 가고 나면 혼자 남을 것이 싫다. 딱히 원규가 아니더라도 지금은 혼자 있기 싫다. 날이 밝아 법원에 다녀오면 더 이상 오지 않을 사람이니 한 번 정도는 이렇게 있어도 되겠지.

오늘 하루는 원규도 잘 잤으면 좋겠다. 함께 누워 따로 잠들었던 예전과 달리 따로 누웠어도 함께 잠드는 밤이 됐으면 좋겠다. 이것이 나의 마지막 바람이자 욕심이다.

eeee

원규의 차가 멈춘 곳은 법원이 아니라 낯선 빌딩의 지하 주차장이었다. 안전벨트 버클을 끌러 낸 원규가 운전석에서 내린 후 요은은 연녹색 계열의 총천연색으로 사방을 바림질한 주차장 내부를 보며 혼란에 빠졌다.

"다 왔어."

"여기가 어딘데?"

조수석 문을 열고 그녀가 내리기만을 기다리고 있던 원규가 뭔가를 건넸다.

"이게 뭐야?"

"보안 키."

그녀가 아무런 반응도 없자 안쪽으로 몸을 기울인 원규가 조수석 벨트 버클을 끌렀고, 지나치게 긴장한 탓에 순간적으로 어깨를 움츠린 그녀를 위해 서둘러 몸을 빼려다 루프에 머리를 부딪고 말았다. 쿵— 소리가 꽤 크게 들렸으니 얼마나 아플지 짐작하면서도 달리 할 말을 찾지 못하는 요은이다. 그렇게 잠시, 그녀가 이러지도 저러지도 못하는 사이 원규가 필러를 잡은 채 무릎을 굽혀 앉았다.

"잠깐 내리자."

원규가 요은의 무릎 위에 놓여 있던 서류봉투를 글로브박스 위로 옮기고는 들고 있던 키를 손에 쥐여 준다.

"집."

요은은 그대로 손을 잡은 채 부드럽게 당기는 원규를 따라 조수석에서 내렸다. 지하 주차장의 엘리베이터를 타기 위해 한 번. 엘리베이터에 올라 버튼 누르기 위해 또 한 번. 원규는 요은에게 하얀색 스틱 모양의 키를 어떻게 사용하면 되는지 설명했다. 11층에 도착해 엘리베이터에서 내리자 중앙의 엘리베이터 홀을 기준으로 좌우에 문이 하나씩 보이고, 요은을 감싸듯 뒤에 선 원규가 오른쪽을 가리키며 그녀가 앞장서기를 기다린다.

"박원규."

그녀가 마침내 뒤돌아 그를 바라봤다. 여기까지는 누구의 집이냐, 어떻게 된 거냐 묻지 않고 조용히 따라왔지만, 엘리베이터를 어떻게 쓰면 되는지, 몇 층 몇 호인지 차근차근 설명하는 그의 말을 더는 잠자코 들을 수가 없어서다. 마지막 만찬에 이어 마지막 밤으로도 모자라 마지막 배려인가 싶다.

"저기 누가 사는데?"

혹시 네가 준비한 위자료냐 묻고 싶은 걸 억지로 참으며 돌려 묻는 그녀에게 네가 살게 될 거라며 말끝을 흐린 그가 '그리고 나도.'라며 조용히 덧붙였지만 요은은 미처 듣지 못했다.

"일단 들어가자."

혼란스러워하는 요은의 시선을 붙든 채 자리를 옮긴 원규가 조심스레 그녀의 손목을 잡고 걸음을 나란히 했다. 현관 앞에 도착해 보안을 해제하고 비밀번호를 누른 후 홈에 맞춘 열쇠를 돌리자 문이 열린다. 잠금장치가 꽤 복잡하다.

안쪽으로 2m×1.5m 정도의 공간을 지나 삼중으로 된 접이식 문을 열고 들어서니 전면이 유리로 된 복층형의 실내가 한눈에 들어왔다.

새로 들여놓은 가구들은 모두 깔끔하게 정리 정돈 된 상태다. 입구 오른편으로 거실이 있고, 세로로 길게 난 미닫이창을 사이로 건너편이 주방이다. 맞은편에 나선으로 설치된 계단을 올라가면 침실과 욕실 및 작업실로 쓸 만한 작은 공간도 있다. 1층의 주방과 2층의 욕실을 제외하면 완전히 오픈된 구조다.

"저기 보이는 게 성산대교야. 저쪽이 가양동이고."

신발을 신은 채 안으로 들어선 원규가 눈부시게 실내를 비추고 있는 햇빛 사이를 걸으며 창밖을 가리켰다. 그녀의 친모가 있는 가양동과 가까우면서도 구조나 전망이 탁 트인 곳을 찾느라 며칠간 한강 일대를 얼마나 돌아다녔는지 모른다.

"나더러…… 여기 살라고?"

원규가 여전히 입구에 서 있는 그녀에게 다가섰다.

"아니, 여기 살자고. 너하고 나."

전면 유리를 등진 그의 머리카락에 역광이 비쳐 옅은 갈색으로 빛나고 있었다. 눈부신 햇살에 원규의 시선을 피한 그녀가 숨을 깊게 삼키며 눈을 감는다.

"나, 이런 거 바란 적 없어."

원규는 요은이 '지금 뭐 하는 거야?' 라고 묻지 않아 다행이라 생각했다. 결혼 후 예민해진 그녀를 대할 때마다 어떡하면 좋을지 몰라 당황스러웠다. 그녀를 오해하고 있어서만이 아니라 워낙에 말주변이 없어 꼭 필요한 상황이 아니면 말을 아껴 왔다. 하지만 앞으로는 그러지 않을 생각이다. 말주변이 없어 결국 언쟁을 하게 되더라도 그녀와의 대화 자체를 피하지는 않으리라.

"알아."

"근데 왜 이러니."

"니가 바라는 일이 널 위한 게 아닌 거 같아서."

"그럼 이건 날 위한 일이고? 내가 놓으려고 할 때마다 이러……."

미처 말을 잇지 못한 그녀가 입술을 깨물었다. 매번 덧없는 희망에 의지해 그를 놓지 못했던 시간과 결국엔 그 희망에 난도질당한 가슴이 떠올라 속이 미어지고 만다.

"나 이런 거 필요 없어. 아무것도 필요 없으니까, 그냥. 원규야 그냥……."

그럼에도 불구하고 이런 순간에조차 희망을 보려는 자신의 모습이 싫다. 또 얼마나 아파야 정신을 차리려고 이러는지 몰라 두렵고, 당장 헤어지잘 때는 언제고 같이 살자는 원규의 말에 흔들리는 것이 우습다.

"나 너 원망 안 해."

차라리 그녀가 원망했으면 좋겠다. 너 때문이라고, 이게 다 빌어먹을 박원규 너 때문이라고 욕이라도 했으면 좋겠다. 물론 그런 말을 들으면 속은 많이 아프겠지만, 이렇게 답답한 것보다는 낫다.

"그게 문제야. 날 원망하지 않는 거. 나뿐만이 아니라 누구도 원망하지 않는 거."

원규를 물끄러미 바라보던 그녀가 힘없이 웃으며 그를 지나쳐 창가로 향했다.

"누굴 원망해. 그래서 뭐가 달라진다고."

초연하면서도 처연한 목소리다. 하지만 들릴 듯 말 듯 작은 그녀의 말에, 원규는 폐부를 누르고 있던 뭔가가 툭 끊어진 것만 같다. 마치 발밑이 꺼지기라도 한 듯 심장이 내려앉은 기분이다. 누굴 원망할 수 있을까, 그런들 뭐가 달라진다고.

연화의 방문으로 갑작스럽게 은호의 죽음을 맞닥뜨린 순간부터 지금까지, 그는 줄곧 스스로를 탓해 왔다. 낯설고 배타적인 학교 분위기에 적응하기 위해 은호가 필요했고 은호의 감정이 적정선을 넘은 것을 알면서도 애써 찾은 안정을 망가뜨리기 싫어 방치했다는 자책에서 자유로울 수가 없었다. 끝까지 그를 믿지 못했던 아버지와 온갖 추문으로 그를 괴롭히던 학교 아이들에 대한 원망도 부질없었다. 그런들 죽은 은호가 살아 돌아올 수는 없을 터, 결국 남은 건 지독한 죄의식 이었다.

"햇빛이…… 참 좋다."

햇살 가운데 찬연한 태양에 시선을 멎은 그녀가 조용히 말했다.

"어렸을 땐 정말 엄마 가까이서 살고 싶었어. 같이 살고 싶다는 생각은 아예 하지도 못했어. 공주 어머님이 나한테 모질게 하신 것도 아닌데 매일 엄마 생각이 났어."

누구도 원망할 수 없었던 지난 시간과 엄마에 대한 어린 시절의 잔상. 그녀에게서 자신의 모습을 보는 것 같아 혼란스럽다. 이 결혼을 정리하면 혼자 남은 그녀가 무너져 버릴 것이 두려웠다. 은호에게 그랬던 것처럼 혼자서만 빠져나갈 수는 없었기에 뭐든 그녀가 원하는 대로 하겠다던 결심을 바꾸기에 이르렀다. 그녀가 은호처럼 망가져 버리면 그도 살 수 없을 것 같았다.

그런데 지금 그의 눈앞에 있는 그녀의 모습은 은호가 아니라 원규 자신이었다. 원규는 처음부터 그녀에게서 자신을 보고 있었던 것이다. 이번 일을 계기로 그녀가 은호처럼 망가지지 않기를 바란 것이 아니라, 자신을 닮은 그녀가 끔찍한 자책에 빠져 무너지지 않기를 바라는 마음이었음을 이제야 깨달았다.

"근데 그렇게 보고 싶어 하다가도 막상 엄마를 만나면 못되게 굴었어. 왜 낳았느냐고…… 엄마가 키워 줄 것도 아니면서 왜 낳았느냐고, 그런 말을 아무렇지도 않게 했어. 이미 한국에서 어머니랑 가정을 이룬 아버진데 왜 나까지 태어나게 만들었냐고. 그럴 때마다 그저 미안하다는 엄마가 너무 밉고 싫었어. 아버지도 싫었어. 차라리 버려뒀으면 그냥 없는 셈 치고 살기라도 했을 텐데, 끝까지 엄마를 놓지 않은 아버지도…… 아버지를 놓지 않은 엄마도…… 도저히 이해할 수가 없었어."

눈부신 태양에 초점을 잃은 요은의 눈에서 눈물이 흐르기 시작했다. 진실은 언제나 암담해서, 원규에게 이런 얘기까지 해야 하는 현실이 고통스럽기만 하다.

"원규야."

현실이 막막해서가 아니라 태양에 눈부셔 울고 있는 듯, 빛의 자극을 견디지 못한 시신경이 검붉은 착시를 만들어 시야를 가린 후에도 그녀는 여전히 하늘에서 시선을 거두지 않고 있다.

"나…… 그냥 살려고 했어. 니가 이태원에 다니는 걸 알면서도 헤어질 마음은 안 생겼어. 딸자식 팔자는 엄마 닮는다던 고모들이 지긋지긋하고 행복하게 잘 살라는 엄마한테 미안해서, 너한테는 아무것도 아니었던 내 진심이 너무 억울하고 화가 나서…… 널 놓지 못했어."

상처뿐인 관계, 그럼에도 불구하고 서로를 놓지 못한 부모의 미련을 빼닮았던 자신의 모습을 얘기하는 그녀의 목소리가 힘겨운 호흡에 뚝뚝 끊어진다.

"근데 서재에서 수면제를 보고 나니까 정신이 들더라. 넌 절대…… 나한테 마음을 줄 사람이 아니란 걸 알고 나니까…… 더는 못 하겠는 거야."

원규는 불에 덴 듯 아픈 숨을 애써 눌렀다. 그녀에게 무슨 짓을 했는지 매번 깨달아도 부족할 정도로 상처를 줬다는 생각에 가슴이 무너진다.

"아버지 마음의 일부나마 허락받은 엄마보다 더 비참한 처지가 된 거 같아서 견딜 수가 없었어. 아버지밖에 몰랐던 우리 엄마…… 그렇게 원망했던 엄마를 닮은 내가 싫고, 결국 엄마보다 더 못한 꼴이 된 내가 비참하면서도 자존심은 있어서…… 어떻게든…… 니가 해명해주길 원했어. 너한테 듣고 싶었어. 어떤 얘기든…… 너한테 직접……."

미안하면 미안하다 말하고, 잘못이 있으면 용서를 비는 것. 그건 자책감을 덜기 위한 임시방편이 아니라 상대를 위한 최소한의 배려다. 미안해하고 용서를 비는 일에 처음부터 자격 따위는 필요치 않았음을 이제야 깨달은 그의 속이 천 갈래 만 갈래로 찢어지고 만다.

"미안해."

미안하다는 말에 뒤돌아선 요은의 시야가 빛의 잔상으로 얼룩져 있다. 하여 다가서는 원규의 표정을 잘 볼 수는 없어도, 짧은 한마디에 담긴 흔들림으로 미루어 그의 마음을 짐작할 수는 있다.

"그러니까 부탁할게. 이제 그만하자. 너하고 나…… 여기까지면 충분해. 난…… 우리 엄마나 아버지처럼 살기 싫어. 니가 나한테 죄책감 느끼는 것도 싫고. 너 이렇게 애쓰는 모습 보는 것도…… 너무 힘들어. 너한테 나까지 보태고 싶지 않아."

아무리 오해였다지만 수면제로 잠들어야 했을 만큼 자신을 불편해한 원규를 더는 붙들고 싶지 않다. 설령 그 오해가 풀어졌다 해도 달라진 건 없다. 원규에게 이 결혼은 필요였을 뿐이다. 하지만 그녀가 원한 건 동정이나 연민이 아니라 진심이었기에, 원규의 제안을 더욱 받아들일 수가 없다. 은호에 대한 죄책감으로 원호의 곁을 지키고 있는 그에게 짐이 되고 싶지도 않다. 그건 원규에게나 그녀 자신에게나 너무 가혹한 일이었다.

"원규야, 나 괜찮을 거야. 괜찮을 거니까……."

그녀가 미처 말을 맺기도 전에 원규가 그녀를 끌어안았다. 이렇게 울다가 그녀가 또 어느 순간 정신을 잃은 채 쓰러질 것만 같아 두려웠고, 더 듣고 있다가는 그녀의 눈물에 설득당할 것만 같아 어쩔 수 없었다.

"아니. 난 안 괜찮아."

말로는 절대 그녀를 당할 수 없다는 걸 이미 알고 있는 그였다. 디자인 구상을 위해 넘겨받은 원고를 처음 읽은 순간부터 지금까지 쭉 그렇게 생각해 왔다. 그의 한국어가 유창하지 못한 탓도 있지만 그녀와 말을 하다 보면 생각이 두서없이 꼬여 버리고 말았던 것이다.

"다른 건 관두고 너만 생각해."

이렇게 말하면 될까? 아니, 아직 부족하다.

"그래도 같은 결론이면."

모든 걸 짊어지려는 그녀에게 여지를 줘서는 안 된다.

"미리 사과할게. 니가 원하는 대로 못 할 거 같아."

어깨를 움츠리며 원규의 가슴을 살짝 밀어낸 그녀가 뭔가를 결심한 듯 조심스럽게 원규의 뺨에 손을 얹었다. 안경 아래의 눈가를 시작으로 눈물처럼 아릿한 그녀의 손끝이 뺨을 타고 흐르자, 너무 차디차고 너무 부드러운…… 한 번도 느껴 본 적 없는 낯선 감촉에, 원규는 숨 쉬는 것조차 잊은 채 굳어 버리고 만다. 아무 말도 할 수 없고 아무것도 생각할 수 없는 상태다.

"이러면서 나랑 헤어질 수 없다는 게…… 죄책감이 아니면 뭔데."

그런 원규의 반응을 이미 예상했다는 듯 씁쓸하게 바라보던 그녀가 손을 내려뜨렸다. 손이 닿는 것마저 어색한 사이. 그녀를 혼자 두지 않으려는 그의 결심을 연민으로 받아들인 요은의 속이 하릴없이 무너지는 순간이다.

"너는 날 오해한 거고…… 나는 널 착각한 거야. 누구 한 사람의 잘못이 아니잖아. 엄마를 끝까지 숨겨서 오해를 부추긴 나도, 다 알면서도 나한테 직접 물어보지 않은 너도…… 똑같이 잘못한 거야."

원규는 그제야 자신의 감정이 모순된 것이었음을 깨달았다. 오직 결혼이 목표라는 그녀에게 실망하면서도 끝내 기대를 내려놓지 못했던 건 바로 원규 자신이었다. 허연화가 지껄인 헛소리에 휘둘리면서도 한편으로는 기다렸다. 하지만 끝까지 그녀에게서 친모의 얘기를 듣지 못했다.

이제와 생각하면 실망할 일도 아니었다. 원규 자신과 마찬가지로 그녀에게도 이 결혼이 필요일 뿐이라고 생각했다면, 인간적인 기대

따위도 하지 말았어야 했다. 얼마나 더 남았을까. 미처 깨닫지 못하고 지나쳐 버린 것들이 얼마나 더 남았는지 모르겠다.

"그러니까 죄책감 느끼지 마. 내가 그……."

숨을 삼킨 그녀의 입술이 창백하다.

"그런 일을 당한 거…… 동정하지도 마. 니가 이럴수록 내가 더 비참……."

눈물에 떨리는 요은의 뺨을 두 손으로 감싸 쥔 원규가 마치 조금 전 그녀의 손길에 당황했던 자신을 이해시키려는 듯 천천히 엄지손가락을 움직여 눈물 어린 뺨을 어루만지기 시작했다.

"니가 만지는 게 싫어서 가만있었던 게 아니라 손이 너무 차고 부드러워서 당황했어."

원규의 손에 닿은 그녀의 뺨은 따스한 실내 공기에도 불구하고 차기만 하다.

"그리고 내 결정. 죄책감 때문도 동정 때문도 아니야."

난감한 상황에 한국어의 뉘앙스를 정확히 하기란 역시 어려운 일이다. 한국인이 한국어를 제대로 쓸 수 없다니, 얼마나 우스운 일인가 싶다. 그녀에게 미안하고 그녀가 안쓰럽기도 하지만 죄책감이나 동정 따위가 아니다.

"한요은 넌 그냥 너야."

너한테 나까지 보태고 싶지 않다며 눈물 흘리는 그녀를 위해 조금 더 확실히 말하고 싶은데 뭐라고 하면 좋을지 모르겠다. 말이 꼬이자 생각이 꼬이고, 생각이 꼬이자 상황도 꼬이는 것만 같아 마음이 급해진다. 마침내 원규는 그럴듯하게 에두를 수 없다면 직구를 날리는 편이 낫다는 결론에 이르렀다. 누군가의 대신으로 살아가는 게 얼마나 끔찍한 일인지 알기에, 그녀가 그런 생각을 하도록 내버려 둘 수가 없다.

"널 은호 대신으로 생각하는 게 아니야. 은호한테 못 했던 걸 너한테 하려는 게 아니야."

그녀의 생각을 정확히 짚은 원규의 한마디에 요은의 시선이 흔들린다.

"정리할 수 없는 게 아니라 정리하기 싫어. 어쩔 수 없어서가 아니라 내가 선택한 거야."

원규가 요은의 어깨에 손을 얹으며 몸을 낮춰 그녀와 시선을 마주했다. 더 이상 은호에 대한 죄책감이나 필요 따위로 뭉뚱그리고 싶지 않다. 지금 자신의 앞에 있는 사람은 은호도…… 원호도…… 아버지도…… 어머니도 아닌 한요은이었다.

"널 혼자 두기 싫어."

조금 더 확실히.

"너랑 있고 싶어."

eee

퇴근 준비를 마치고 엘리베이터 앞에 섰던 재광이 아차 하며 걸음을 돌렸다. NAC(호스트가 네트워크에 접근하기 전 보안정책 수준을 준수했는지 여부를 검사하여 네트워크 접속을 통제하는 기술)와 관련된 소프트웨어 문제로 신횐그룹 보안팀에서 남긴 메모를 깜빡하고 원규에게 전하지 않아서다.

아이디카드를 인식시키기도 전에 마음부터 앞서 하마터면 유리문에 얼굴을 부딪칠 뻔한 재광이 사무실에 들어서서 안쪽에 따로 마련된 부스를 바라본다. 여느 때와 마찬가지로 혼자 남은 원규가 책상에 앉아 뭔가에 골몰해 있는 걸 확인한 재광은 역시나 하는 표정으로 설핏 웃으며 좁은 통로를 지그재그로 지나 원규의 개인부스 앞에 섰다.

똑— 똑—

원규가 읽고 있던 걸 내려놓자 재광은 조금 의외라는 듯 눈을 깜빡이며 안으로 들어섰다. 원규가 사무실에서 뭔가를 읽는 경우라곤 간단한 서류 검토나 전공서 확인이 필요한 때가 전부였는데, 원규가 조금 전에 내려놓은 것은 서류도 전공서도 아닌 것 같아서다.

「선배님.」

「퇴근한 거 아니었어?」

「깜빡한 게 있어서요.」

  재광이 원규를 선배님으로 부르는 이유는 미국 유학 시절 같은 학부에 있었기 때문이다. 한국계 글로벌 기업인 신휘그룹에서 학비 지원을 받고 있던 재광과 마찬가지로 원규 역시 신휘그룹의 장학생이었다. 고등학교 때부터 줄곧 지원을 받아 온 재광과는 달리 원규는 백신 프로그램 개발로 학부에서 두각을 나타낸 후 뒤늦게 장학생으로 선발된 케이스였다.

「뭔데.」

  처음에는 학부 내에 다른 장학생이 생겼다는 사실이 탐탁지 않았다. 재광 자신도 원규만큼이나 능력 면에서는 출중하다는 생각 때문이었다. 게다가 원규는 학생 자치회 활동을 거절한 것으로 한인 학생들 사이에서는 이미 유명했다. 워낙에 대학의 규모가 커서 한국 학생 전체의 결속이 그다지 공고한 편은 아니었지만 각자의 학부 내에서만큼은 유학생의 권리를 위한 자치회 활동이 활발했기에 처음에는 학생회 활동을 거부한 원규가 곱게 보이지 않았다.

  하지만 같은 수업을 들으며 프로젝트에 들어갔을 때, 원규가 다섯 살 이후 줄곧 미국에서 자랐다는 걸 알게 됐다. 워낙에 사적인 부분에 대해서는 말이 없는 원규였기에 그 사실을 알게 된 것도 거의 2년이 지난 다음이었다.

「신휘그룹 보안팀장한테 연락이 왔는데 보안통제 프로그램에 문제가 좀 있대요. 며칠 전부터 보안 수준 식별이나 분류가 잘 안 된다고,

선배한테 직접 와 달라던데요.」

「며칠 전부터? 정확히 언제?」

「해가 바뀔 걸 대비해서 입력 방식을 바꾼 날부터요.」

신훤그룹의 프로그램을 변경한 건 26일이었다. 퇴원하기 전 결혼관계를 정리하고 싶다는 요은의 말에 따른답시고 요은이 써 준 위임장을 들고 각자의 등본과 기타 이혼에 필요한 서류를 발급받느라 주민센터에 갔던 날이다. 이번 프로그램은 종전의 복잡한 과정을 거치지 않도록 시스템 내의 불필요한 명령 체계를 대폭 간소화한 것이라 아무리 시뮬레이션이 끝났다고는 해도 개발자인 본인이 직접 가서 시스템을 구축했어야 했다는 생각에 원규는 할 말이 없어졌다. 요은이에 대해서도 그렇고 이번 일도 그렇고 대체 제대로 하고 다니는 게 뭔지 모르겠다.

「그날 선배가 일이 있어서 못 가셨잖아요. 연결어 확인 때문에 전화 드렸는데 통화가 안 됐어요.」

재광은 아무리 내가 없기로서니 그런 기본적인 것도 처리가 안 되냐고 물을 것 같아 말끝을 흐렸다. 프로그램 개발에서부터 구성, 설치, 관리에 이르기까지 항상 다른 창립 멤버들이나 직원들보다 훨씬 일이 많은 원규였기에 그의 부재중에 들어간 프로그램 변경 건에서 말썽이 생기자 미안하고 부끄럽기도 했다.

「일 처리 제대로 못해서 미안하다.」

「선배님 탓이라는 게 아니고요.」

물론 사적인 관계랄 것도 없는 사이지만, 공적으로는 전혀 나무랄 데가 없는 사람이었다. 오히려 존경할 만했다. 학부 때 공동으로 맡은 프로젝트에서도 원규 덕분에 같은 팀의 전원이 지속적으로 연구자금을 지원받을 수 있었다. 그런 원규가 돌연 한국행을 결심했을 때 교수뿐만 아니라 팀원 모두가 당황했고 나아가 적극적으로 만류하기도 했다.

하지만 도무지 설득할 수가 없자 재광을 비롯한 다섯 명의 팀원은 원규와 함께 귀국할 것을 결심했고 그중에 세 사람은 미국인이었다. 신원그룹의 한국 서버뿐만 아니라 다른 국가에 있는 서버까지 통합 관리 하며 실무 분야의 경험을 쌓을 수 있는 획기적인 기회이기도 했지만 무엇보다 박원규라는 사람의 전망에 대한 믿음이 있었기에 가능한 일이었다.

「어쨌든 이번 일은 내가 맡은 거였잖아. 새로 바뀐 사항 몇 개는 공지했어야 되는데 깜빡했어.」

재광은 의자를 하나 당겨 와 피곤한 듯 눈가를 문지르는 원규의 맞은편에 앉았다.

「선배님, 별일 없으시죠?」

「없어.」

「요즘 피곤해 보이세요.」

뭐든 혼자 떠안으려는 원규의 성격이 감정적인 부분에 있어서는 상대를 피곤하게 만들 수도 있지만, 어쨌든 함께 일하기엔 더없이 편한 사람이다 생각하며 줄곧 원규가 하는 대로 잠자코 있었다. 하지만 요은이 서재에 있던 수면제를 발견하고 원규를 찾아왔던 날, 마침 두고 간 게 있어 사무실로 올라왔던 재광은 엘리베이터 왼쪽의 통로에서 누군가 흐느끼는 소리를 듣게 됐다. 엘리베이터를 막아선 원규를 피해 요은이 비상계단으로 간 다음이어서 재광의 시야에는 원규와 요은이 보이지 않았고, 두 사람의 시야에도 재광이 보이지 않기는 마찬가지였다.

「선배님이 이러시니까 더 죄송해요. 뭐든 혼자 떠안으려고 하시잖아요.」

이미 한차례 폭언이 오고 간 다음이라 재광이 들은 것은 '더 이상 너한테 방해되고 싶지 않다'는 요은의 말이 전부였다. 상대방인 원규가 잠자코 있었기에 목소리만으로는 그게 요은인지도 몰랐다. 불구경보다 재미있는 것이 싸움 구경이라지만 남의 싸움을 엿들을 만큼 한가하지 않기에 그냥 누가 싸우나 보다 하고 걸음을 옮겨 잊은 것을 챙겨 나오려는데 사무실에 있어야 할 원규가 보이지 않았다.

「우리, 팀이잖아요.」

설마 하며 다시 나갔을 때, 흐느끼던 요은의 목소리는 어느새 울부짖음으로 바뀌어 있었다. 제발 헤어지자는 요은의 말에 그럴 수 없다고 답하는 목소리는 분명 원규의 것이었다. 본의 아니게 원규와 요은의 다툼을 엿들은 게 당황스럽고 미안해서 쫓기는 사람처럼 엘리베이터 버튼을 연달아 눌렀던 게 바로 엊그제의 일 같다. 그 후로는 줄곧 원규가 사무실에 혼자 남아 있는 것이 신경 쓰였다. 형수 격인 요은이 원규의 일중독을 견디기 힘들어하는 걸로 생각했기 때문이다.

「뭐 지금 상황으로 보면, 팀이라고 하는 건 좀 무리지만요.」

「걱정은 고마운데, 신경 쓸 거 없어.」

「저희들한테 더없이 좋은 환경 만들어 주셔서 진짜 감사한데요, 선배님도 조금 여유를 가지셨으면 좋겠어요.」

한 번도 원규의 사생활에 관해서는 왈가왈부한 적 없는 재광이었다. 그래서 얘기를 해 놓고도 자칫 주제넘지 말라는 소리를 듣는 건 아닐까 후회하고 있는데 물끄러미 재광을 바라보던 원규가 일어서서 고개를 끄덕였다.

「고맙다. 새겨들을게.」

재광은 순간 귀를 의심했다. 뭔가 엄청나게 가까워진 것 같은 느낌마저 들었다. 그 정도로 원규와는 사적인 대화를 나눈 적이 없었던 것이다.

「피곤할 텐데 들어가.」

가까워지기는 개뿔. 재광은 역시 고독한 밀림의 왕 Elleon L. Park이다 싶어 피식 웃는다.

「역시 선배네요. 저 보내고 혼자 신훤그룹 들어가시게요? 제 얘기

새겨들으신 거 맞아요?」

「흘려들어서가 아니라 그쪽에서 내가 오기를 원했다며. 내가 변경 사항을 체크 안 해서 일이 잘못된 건 사실이잖아. 이 부분은 내 책임인 게 맞고. 그러니까 직접 가서 해결하겠다는 거야.」

「새로 변경된 명령어만 알려 주시면 제가 갈게요. 선배는 좀 쉬세요.」

고민 끝에 재광을 불러 앉힌 원규가 프로그램 원안을 모니터에 채워 놓고 몇 가지 사항을 체크하기 시작했다. 그리고 잠시 후 신원그룹의 보안팀장에게 전화를 걸어 사정을 설명하고 재광을 대신 보내기로 했다. 재광은 이제야 말이 좀 통한다는 듯 내내 뿌듯해했지만 원규는 마음이 편하지만은 않다. 원규의 걸음을 대신해 주겠다는 재광의 정성이 고마워서 그러마고는 했지만 당장 사무실을 나서도 딱히 갈 곳이 없다. 선희가 오기로 했으니 분당으로 가라는 요은의 문자를 받았기 때문이다.

30여 분의 시간이 지나고 수정안을 챙긴 재광이 원규를 따라 자리에서 일어나며 책상 한쪽에 있는 A4 규격의 두꺼운 복사본을 물끄러미 바라본다. 내용이 궁금해서라기보다는 바다 위에 하늘이 있고 하늘 안에 구름이 있는 표지 자체에 눈이 멎었기 때문이다.

eee

원규가 무슨 말을 했는지 잘 기억이 안 난다. 사실 햇빛이 좋다는 핑계로 창가에 서서 가양동을 본 순간부터 줄곧 제정신이 아니었다. 일부러 가양동이 보이는 곳에 집을 얻었을 원규의 배려를 받아들이고 싶지 않았다. 원규의 과거를 다 알게 됐음에도 끝내 진솔하지 못했던 내 모습을 대면한 것 같아 부끄러웠다. 엄마의 존재를 아는 것과 엄마에 대한 나의 감정을 아는 건 별개의 문제였는데, 나는 오늘까지도 스스로에 대해서는 한마디도 하지 않고 있었던 것이다. 과연 나에게 왜 말하지 않았냐고 원규를 다그칠 자격이 있기는 했을까.

결국 내 입으로 엄마를 말한 건, 헤어지자는 말을 꺼낸 오늘이 처음이었다. 난 어쩌면 엄마를 이해해 줄 사람이 필요했던 게 아니라 엄마를 모를 사람이 필요했던 건 아니었을까. 지금도 마찬가지다. 내 상처를 이해해 줄 사람이 아니라 내 상처를 모를 사람이 필요한 거다. 결국 제일 뻔뻔한 인간은 나, 한요은이다.

똑— 똑—

선희는 이미 다녀갔는데 설마 원규가 온 건 아니겠지. 생각할 시간이 필요하니 먼저 연락할 때까지는 오지 말아 달라는 부탁을 벌써 잊은 건 아니기를 바라며 침대에서 빠져나왔다.

똑— 똑—

"누구세요—?"

같은 간격을 두고 계속 반복되는 노크 소리에 짜증이 나서 문을 열기 전 신경질적으로 묻자 밖이 조용해졌다. 원규의 노크는 언제나 한 번이다. 차라리 손잡이를 비틀면 비틀었지 청각적으로 사람을 들볶는 성격은 아니다.

"누구시죠?"

갑자기 숨이 차오르는 게 느껴진다. 간호사나 의사라면 벌써 신분을 밝혔을 테고, 선희는 이미 다녀갔고, 원규일 리도 없는 문밖의 사람이 누군지 모르겠다. 대답을 기다릴 새도 없이 침대로 와 인터폰을 들었다. 벨을 누르면 여러 사람이 당황할 것 같아 인터폰으로 스테이션을 연결하자마자 들려온 또랑또랑한 여자의 목소리에 막혀 있던 숨이 트인 것 같아 심호흡을 했다.

— 네, 말씀하세요.

"1407호예요."

— 네, 한요은 환자님 병실이요.

"지금 밖에 누가 있는 거 같아요."

— 병실 밖을 말씀하시는 건가요?

"네."

— 잠시만 기다려 주세요. 바로 확인해 드릴게요.

"고맙습니다."

인터폰을 내려놓고 곧바로 침대에 뛰어들어 이불을 끌어당겼다. 무릎을 가슴에 끌어안자 불안한 듯 요동치는 심장이 느껴진다. 당분간 찾아오지 말라는 나의 말에 원규가 간병인을 구하겠다고 했을 때 그러자고 할 걸 그랬다.

띠링—

맑은 벨이 한 번 울린 후 녹색불이 들어온 인터폰을 관절이 아프도록 움켜쥔 채 귀에 댔다.

"네."

— 박원호 씨가 병문안 오셨는데요.

박원호?

— 여보세요.

"네."

— 환자분 본인이세요?

"네."

— 보호자님은 안 계시고요?

"네."

— 다음에 오시라고 할까요?

다음이라는 간호사의 말에 마음을 고쳐먹었다. 절대 만나고 싶지 않은 사람이지만 그냥 돌려보내면 또 올지도 모른다는 생각이 들어서다. 앞으로는 무슨 일이 있어도 내 앞에 나타나지 말라고 똑똑히 얘기하리라 마음먹은 후, 숨을 깊게 마셨다.

"아뇨. 괜찮아요."

— 지금 가능하시다는 말씀이죠?

"네."

— 알겠습니다. 가서 말씀드릴게요.

"아니에요. 제가 바로 문 열면 될 거 같아요."

— 네, 감사합니다.

인터폰을 내려놓고 머리를 다시 묶었다. 그 상태로 침대에서 나와 옷매무새를 바로한 후 외투를 꺼내 입었다. 문을 열기 전, 심장이 너무 아파 왼쪽 가슴을 움켜쥐고 한차례 심호흡을 했다.

원규는 엘리베이터 근처에 차를 세운 재광을 먼저 보내고 코너를 돌며 리모키를 눌렀다. 멀리서 자신의 차에 뽀얗게 앉은 먼지를 보며 내일은 날이 어두워지기 전에 꼭 세차를 해야겠다고 마음먹은 원규가 차에 다다른 후 표정을 구기며 조수석으로 돌아섰다. 공간이 협소한 것도 아닌데 바짝 붙여 놓은 옆 칸의 자동차 덕분에 운전석으로 들어갈 수가 없었던 것이다.

"원규야."

원규가 조수석에 오르기 바로 직전, 옆에 주차돼 있던 차량의 운전석에서 연화가 내렸다. 자신을 부르는 목소리에 멈춰 선 원규의 시선이 연화와 마주쳤다. 며칠간 마르고 닳도록 휴대폰을 울려 대는 연화를 일관되게 무시하면서 정말 끈질기다는 생각은 했지만 직접 찾아와 기다리고 있을 줄은 몰랐다. 작정하고 차를 바짝 붙여 둔 연화의 의도를 모를 리 없는 원규의 표정이 더더욱 구겨지는 순간이다.

"오랜만이네?"

그러거나 말거나 차에 오른 원규를 따라 연화도 자신의 차에 올랐다. 그리고 이제 막 운전석에 자리 잡은 원규가 엔진을 켠 순간 재빠르게 후진한 연화의 차가 원규의 차량 뒤편을 막았다. 원규는 그대로 후진해 연화의 차를 들이받고서라도 주차장을 빠져나가고 싶은 걸 억지로 참으며 신경질적으로 경적을 울렸다. 이렇게 가로막으면 원규가 먼저 차에서 내릴 거라고 생각했기에 예상치 못한 상황에 불쾌함이 역력해진 연화의 입술이 여지없이 비틀렸다.

잠시 후 주차장을 가득 울리는 경적 소리에 경비초소 문이 열리고 경비원 하나가 두 사람의 차를 향해 걸음을 옮기기 시작했다. 원규는 경비원을 확인한 후 경적을 멈췄고, 연화는 잔뜩 당황한 채 차에서 내렸다.

"무슨 일이십니까?"

"별일 아니에요. 차가 갑자기 멈췄어요."

원규가 한 차례 더 경적을 울렸다.

"저분 나오려고 하시는 거 같은데……."

"별일 아니라니까요?"

"차가 멈췄으면 서비스를 부르셔야죠."

"알아서 할 테니까 가 보세요."

경비원은 뉘 집 자식인지 몰라도 성격이 개차반이다 생각하며 연화의 차를 지나 원규가 앉은 운전석 앞에 섰다. 한두 번 경적을 울리면 연화가 알아서 물러날 줄 알았던 원규는 괜한 사람을 번거롭게 했다는 생각에 미안해하며 창문을 내렸다.

"안녕하세요, 고생 많으십니다."

"아닙니다."

원규의 묵례에 허리를 숙인 경비원이 웃으며 대답했다.

"오른쪽에 있는 차 발레파킹인가요?"

"예, 금방 확인해 드리겠습니다."

경비원이 연화의 차를 크게 돌아 나와 원규의 오른편에 주차된 차량의 번호를 확인하고 초소에 무전을 하는 동안 연화가 원규의 운전석으로 다가갔다.

"얘기 좀 해."

원규는 연화의 말을 무시한 채 룸미러를 움직여 경비원을 확인했다.

"얘기 좀 하자니까?"

차량의 번호를 확인한 경비원이 초소에 차 키를 요청한 후 원규가 있는 운전석으로 다가서다 말고 걸음을 멈췄다. 원규 앞에 버티고 선 연화의 표정과 신경질적인 목소리로 미루어 분위기가 심상찮음을 느꼈기 때문이다. 저런 여자라면 수십 억짜리 차를 끌고 다녀도 싫겠다고 생각한 경비원이 이러지도 저러지도 못하고 있는 사이 연화가 원규의 운전석 문 손잡이를 잡아당겼다. 엔진 구동과 함께 잠금장치가 작동된다는 걸 모를 리 없음에도 열에 치인 속을 가누지 못한 연화는 몇 번이나 손잡이를 밖으로 당기고 있다.

"그만하세요."

보다 못한 경비원이 말리고 나서자 연화가 신경질적으로 경비원을 뿌리쳤다. 연화의 왼손이 얼굴을 스쳐 모자가 떨어졌음에도 경비원은 난감한 표정을 지을 뿐이다. 차로 보나 입은 옷으로 보나 꽤 사는 집 자식인 것 같으니 무서워서가 아니라 더러워서 참는 중이다.

"옆에 있는 차 금방 빼 드릴게요."

"네, 죄송합니다. 부탁 좀 드릴게요."

경비원이 난처한 듯 웃으며 말하자 원규가 다시 한 번 고개를 숙여 인사했다. 차 키를 들고 온 또 다른 경비원이 오른편에 세워진 차량을 후진해 다른 곳으로 옮기자 분을 누르지 못한 연화가 눈에 핏대를 세워 가며 원규를 바라본다.

마음 같아서는 열린 차창으로 손을 넣어서라도 잠금장치를 풀어내 문을 열고 싶지만 딱하다는 듯 그녀를 보고 있는 경비원 앞에 더 이상 자존심을 구기고 싶지 않다. 하지만 원규가 어느 방향으로든 움직이려면 원규의 운전석에 바짝 붙어 있는 자신이 비켜나야 함을 알고 있는 연화는 마음대로 해 보라는 듯 자리를 지키고 서서 요지부동이다.

"비키세요."

세상에 뭐 이런 정신 나간 여자가 있나 싶어 혀를 차고 있던 경비원이 마침내 한마디 하고 나섰다. 원규의 오른편에 주차돼 있던 차량을 완전히 다른 곳으로 옮긴 다른 경비원도 그들이 있는 쪽으로 오는 중이었다.

"귀하신 분이라 감히 손댈 수는 없고, 계속 이러시면 경찰을 부르겠습니다."

원규를 바라보던 연화가 고개를 홱 돌려 자신을 비꼰 경비원을 노려보고는 히스테릭한 구두 소리를 딱딱 울리며 자신의 차에 올랐다. 이어 연화의 코발트색 세단이 스키드 마크를 남기며 왼쪽으로 코너링해 주차장을 빠져나갔다.

"번거롭게 해 드려서 죄송합니다."

그제야 차에서 내린 원규가 지긋한 나이의 두 경비원에게 사과의 인사를 했다.

"여자분이 참 보통이 아니시네요."

"죄송합니다."

"아닙니다. 조심히 들어가세요."

난처해하는 원규를 향해 헛헛하게 웃은 경비원이 다른 경비원을 앞세워 초소로 걸음을 옮겼다. 원규와 연화가 어떤 사인지 몰라 원규 앞에서는 험한 말을 삼갔지만 일행과 초소로 돌아가는 내내 살다 살다별 미친년을 다 보겠다며 혀를 끌끌 차고 있었다.

한편 차에 오른 원규는 밖에서 기다리겠다는 연화의 메시지에 할 말을 잃고 말았다. 단단히 미치지 않고서야 그 망신을 당하고도 기다리겠다는 말이 나올까 싶다. 원규는 줄곧 연화가 자신의 과거를 알고 있는 게 불편했고 자신이 연화를 꺼리는 이유가 그래서라고 생각했다. 그런데 아니었다. 허연화가 어떤 인간인지 은연중에 느끼고 있었던 것이다. 자책감에 빠져 허우적거리느라 주변을 제대로 볼 여유조차 없었던 것이 새삼 한심스러운 순간이다.

차에서 내려 엘리베이터에 오른 원규가 빌딩 입구로 나와 횡단보도 앞에 섰다. 주차장을 나와 빌딩 오른편에 차를 세우고 있던 연화는 보행신호가 들어온 다음에야 원규를 봤다. 지금 연화의 상태를 봐서는 자신을 미행해도 이상할 것이 없다 생각한 원규는 길을 건너자마자 택시에 올랐고, 두 사람 사이에는 왕복 12차선 도로가 놓여 있었다.

eee

박원호가 내민 쇼핑백에는 그날 내가 입고 있던 옷이 들어 있었다.

"옷이 좀 망가져서 같은 브랜드로 샀어요."

훔쳐 간 날개옷을 돌려주는 나무꾼도 아니고, 저 슬픈 표정을 대체 어떻게 이해해야 하는 걸까. 이태원에서 원규를 마주쳤을 때도 박원호 이 사람은 딱 저런 눈빛으로 원규를 바라봤다. 너무너무 슬픈 표정, 거역할 수 없을 정도로 비통한 표정.

"여긴 왜 오셨어요?"

하필이면 원규가 나랑 있고 싶다고 한 날 찾아온 걸 우연으로 생각하기엔 내가 너무 예민하다. 엊그제 이태원으로 가서 가해자의 신변을 넘겨받았다는 원규가 만났다던 사람이 그냥 바텐더가 아니라 이 사람일 것만 같다. 원규가 이 사람에게 나와 헤어지지 않겠노라 얘기했을 것만 같고, 이 사람은 지금처럼 슬픈 표정으로 넌 은호의 짝인 채로 살아야 한다며 원규를 설득했을 것만 같다.

"요은 씨가 먼저 연락하길 기다렸는데 계속 소식이 없어서요."

"제가 왜 연락을 했어야 하는데요?"

"내가 먼저 연락하면 아무래도 그날 일을……."

그는 말을 멈췄고 나는 생각을 시작했다. 그날. 그래, 그날…… 데킬라로 파도치는 스틱스(지옥을 일곱 바퀴 돌아 흐르는 강)를 건너온 날이다. 원규에게 가해자가 따로 있다는 말을 듣기까지 난 줄곧 이 사람을 원망했고 그 이상으로 나 자신을 물어뜯어야 했다. 아마도 내가 기억을 잃은 건 스스로를 보호하기 위한 무의식의 발로였는지도 모른다. 며칠간 혼수상태를 빌어 스스로의 기억을 지워 가며 모든 사람이 이 일을 잊어 주길 바랐는지도 모른다.

"어쨌든 먼저 오셨네요."

"원규가 알고 있는지 몰랐어요."

한쪽 머리가 묵직하게 저려 온다.

"애들한테 단단히 일러뒀는데 요은 씨가 원규 와이프라는 걸 알고 어떤 녀석이 얘길 한 모양이에요. 미안해요."

"그럼 원규가 몰랐어야 된다는 말씀인가요?"

박원호가 복잡한 표정으로 나를 본다.

"요은 씨가 원한 일이었잖아요."

무슨 소리지.

"제가 뭘 원했는데요?"

"원규는 안 된다고……."

하마터면 뭐 하는 짓이냐며 소리를 지를 뻔했다. 정말 사람을 미치게 하려고 작정을 한 건가.

"원규는 안 된다고…… 제가…… 그러던가요?"

"네. 잠깐 정신이 들었을 때."

"그래서요?"

"요은 씨가 직접 얘기하려는 건 줄 알았어요."

"그래서요?"

내 목소리가 점차 높아지고, 점차 흔들리기 시작했다. 흔들리는 음성을 따라 호흡이 들쑥날쑥 폐를 찔러 숨이 가쁘다.

"그래서요?"

"요은 씨."

안타깝게 나를 부르는 그의 목소리가 싫고, 고통에 겨운 그의 눈빛이 싫다.

"왜 그런 표정을 하세요? 왜…… 그렇게 힘든 표정으로 절 보시는데요? 왜요! 저한테 바라시는 게 뭐예요? 대체 왜 절 찾아오신 건데요?!"

"요은 씨가 먼저 연락할 거라고 생각했는데 원규가 다녀갔다는 얘기 듣고 많이 놀랐어요. 원규, 힘들어하지 않던가요?"

원규가 힘들어할 게 걱정인가? 그래서 찾아온 건가? 원규가 괜찮은지 물어보려고?

"직접 연락하시면 되잖아요! 괜찮으냐고 직접 물으시면 되잖아요!"

내 인내심의 한계는 여기까지다. 자리에서 벌떡 일어나며 그가 가져온 쇼핑백을 바닥에 던져 버렸다. 더 이상 제정신일 수가 없었다. 지금까지 대화를 이어 온 나 스스로가 대견할 정도다.

"나가세요."

"요은 씨."

그래, 당신이 못 나가겠다면 내가 내보내 주지.

"나가세요!"

박원호가 자리에서 일어나 병실 문을 열려는 내 팔을 뒤에서 붙들었다.

"진정해요."

그리고 그 찰나의 순간, 차라리 잊고 있는 편이 좋았을 뭔가가 떠올랐다.

그래, 문. 저런 문이었다.

닫혀 있는 문을 열기 위해 죽자 사자 매달렸던 기억이 잔인할 정도로 거세게 의식을 할퀴고 지나갔다. 허리에 감겨 오는 낯선 촉감. 목덜미에 느껴지는 숨소리가 불쾌하게 척추를 자극한다. 머리가 아프고 시야가 흐리다. 등 뒤에서 집요하게 몸을 겹쳐 오는 남자를 뿌리치기 위해 허리를 감고 있는 팔을 떼어 내려 했지만 소름 끼치도록 끈적이게 감겨 오는 손길을 피할 수가 없다.

의식의 경계에서 다급하게 나를 부르는 박원호의 목소리가 들린다.

그리고 또 다른 목소리. 내가 모르는 목소리다. 뒤를 돌아 그 목소리의 주인을 확인할 엄두가 나질 않는다. 하지만 어깨를 움켜쥔 손이 우악스럽게 나를 돌려세웠고, 내가 마주친 것은 한 번도 본 적이 없는 낯선 눈동자다. 팔을 내저어 남자를 뿌리치며 사력을 다해 장식장에 매달렸다.

챙그랑—

깨진 장식장 유리 위로 넘어진 채 아무리 소리를 질러도 굳게 닫힌 문은 열릴 생각을 않는다. 누구도 내 목소리를 들을 수 없나 보다. 내 입을 억지로 틀어막은 남자의 손을 깨물자 피비린내가 입 안 가득 퍼지고 혀가 끊어질 듯 아프다. 아니, 그의 살점과 함께 혀끝이 뜯겨 나갔다. 남자의 비명이 구원의 종소리처럼 울려 퍼지는 순간 몸을 뒤집어 그에게서 빠져나오려 발버둥 치자 바닥에 깨진 유리가 살을 저민다.

죽는다. 죽음이 가까운 순간이다.

다시금 나를 뒤집어 눕힌 힘에 저항하려 있는 힘껏 발을 구르자 진흙에 빠진 듯 푹— 하는 느낌이 힐을 통해 전해지고 한층 고통스러운 남자의 비명이 낭자한 선혈을 더욱 붉게 물들였다. 검붉은 피를 헤집으며 몸을 돌리자 문이 보인다. 잔인할 정도로 무심히 닫혀 있는 문이 보인다.

쿵— 쿵— 쿵—

아프다. 뼈가 으스러지는 기분이다. 이 계단의 끝이 있을까. 뼈마디가 죄다 으스러져 종국에는 한 줌의 살덩이만 남을 것 같다.

쿠 웅ㅡ

마지막 계단. 역겨운 피비린내.

남자의 비명이 아닌 새로운 소리가 들린다. 귀를 찌르는 음악 소리. 사람들의 환호성. 그리고 나를 발견한 사람들의 비명. 여며지지도 않는 블라우스를 끌어모으고 잡히지도 않는 스커트를 무릎으로 끄집어내리며 눈을 감았다.

혀가…… 입에 닿지 않는다.

eee

이제 막 스테이션을 지난 원규의 눈앞으로 병실을 나선 요은이 힘없이 쓰러졌다. 그녀가 쓰러지면서 몸이 병실 밖으로 나왔다는 표현이 정확하리라.

"한요은!"

원규의 비명에 스테이션의 의사들과 간호사들이 달려 나왔고 복도의 모든 시선이 요은에게 쏠렸다. 원규가 달려가 안은 요은의 눈동자는 흰자위만 남은 채 눈물을 흘리고 있었다.

"요은아!"

그녀가 조금 전에 겪은 것은 flashback 혹은 involuntary autobiographical memory라고 불리며 의식적인 노력 없이 과거의 특정한 기억을 현재에 재현하는 외상 후 스트레스 장애의 대표적인 증상이었다. 오디오 디스크 표면에 새겨진 소리처럼 인간의 육체에 새겨진 자극은 물리적인 기반을 가지고 기억이라는 이름으로 재현된다.

"원규야……."

완전히 의식을 놓기 전 요은이 부른 것은 원규의 이름이었다. 잠시의 간격을 두고 달려온 병동 스태프들이 요은을 이동식 침대로 옮기기까지 원규는 주변을 돌아볼 여유도 없이 바닥에 주저앉은 채 그녀를 안고 있었다. 뒤늦게 원규의 시야에 원호가 들어왔지만 원규는 이내 병실 안으로 옮겨진 요은의 곁으로 걸음을 서둘렀다.

서둘러 내려온 담당의가 응급처치를 마친 후 원규를 밖으로 불렀다. 앞서 두 번과 마찬가지로 이번에도 의식 장애였지만 증상이 조금 더 악화된 상태였다. 어떻게 된 일이냐 묻는 담당의의 말에 원규는 넋을 잃은 채 기억을 되짚기 시작했다. 그러자 요은이 쓰러진 후 줄곧 병실 밖에 있던 원호가 망설이며 두 사람의 대화에 끼어들었다.

"저랑 얘기하던 중에……."

"무슨 얘기요?"

담당의는 내가 묻고 싶은 걸 대신 물어 줘서 고맙다는 듯 원규를 바라봤다.

"여긴 왜 오셨어요?"

"원규야."

"저 사람 만나서 뭘 어쩌려고 오셨냐구요!"

원호가 통로 끝에 쓰러진 요은을 위층 사무실로 옮겼을 때 힘겹게 눈을 뜬 그녀는 '원규는 안 돼요.' 라며 말끝을 흐린 후 오랜 시간 의식을 잃고 있었다. 하지만 요은의 말이 아니더라도 원호는 차마 원규에게 연락할 용기가 없었다. 원규를 만난 프랜은 네 와이프가 없는 정신에도 도망을 친 거 같았다고 했지만, 그건 말 그대로 가능성에 지나지 않는 위로일 뿐이었다. 그날 요은의 모습을 목격한 사람들 모두 그녀가 험한 일을 당했을 거라고 생각하고 있었다.

결국 원호는 요은의 말을 구실로 모든 걸 미룬 채 연락을 끊고 잠적해 버렸다. 원규가 오기로 했는데 가해자 신변 자료가 없어졌다는 프랜의 연락을 받고서야 그녀가 원규에게 모두 말했다고 생각했다.

원규한테는 알리지 말라던 것과 달리 원규를 통해 신변 자료를 넘겨받기로 한 그녀의 결심을 의아해하면서도 한편으로는 마음이 편했다. 사고 당시를 원규에게 직접 말하지 않아도 된다는 생각에서였다.

하지만 그가 단단히 오해한 것이 있었다. 그녀가 '원규는 안 돼요.'라고 말했던 것은 원규에게는 사실을 말하지 말아 달라는 의미가 아니었다. 선희에게서 은호와 원규 사이에 있었던 일을 전해 들은 후, 그녀는 어렴풋이나마 원호를 감싸려던 원규를 이해하게 됐다. 원규는 은호의 죽음뿐만 아니라 그 어머님의 죽음에까지 죄책감을 가지고 있으며, 박원호라는 사람이 원규의 주변에 있는 한 절대 그 죄책감에서 자유로울 수 없을 거라는 생각이 들었다.

원규는 안 된다던 그녀의 말은 원규를 놓아 달라는 의미였다. 가족 모두를 잃고 혼자가 된 그에게는 더없이 잔인한 말이었지만 그녀 역시 절박했다. 지금으로서는 그녀 본인도 기억에 없는 일이 돼 버렸지만, 그런 험한 일을 당한 후에도, 충격으로 정신을 잃기 직전에도, 그녀의 무의식을 차지한 사람은 원규뿐이었다.

"실례지만 잠깐 이분과 얘기를 해 봐야 할 거 같은데요."

담당의가 원호를 가리키며 보호자인 원규의 동의를 구했다. 외상 후 스트레스 장애 판정을 내리기에 앞서 환자와 얘기 중이었다는 원호에게 확인할 것이 있기도 했고 보호자인 원규가 지나치게 흥분한 것 같아 걱정이 되기도 했기에 우선은 두 사람을 따로 두는 게 좋을 것 같았기 때문이다. 원규의 침묵을 동의로 여긴 담당의가 병동 휴게실을 가리키며 앞장서자 원호가 마지못해 담당의를 따라 걸음을 옮겼다.

병실에 들어선 원규가 허물어지듯 요은이 잠든 침대 곁에 앉았다. 요은의 호흡을 확인하는 원규의 손가락이 하릴없이 그녀의 호흡을 따라 흔들린다. 하지만 위태로운 모습과는 달리 그의 결심만큼은 더욱 확고해졌다.

"요은아."

의식을 잃기 직전 자신의 이름을 부른 그녀처럼, 원규 역시 요은의 이름을 부르며 조심스럽게 손을 잡았다. 그녀가 지난번처럼 무의식중에라도 자신의 음성을 들을 수 있기를 바라는 그의 눈동자가 복잡하다. 말로는 정의하기 힘든 감정들. 미안함, 안쓰러움, 죄책감 등으로는 미처 설명할 수가 없는 감정의 무게가 가슴을 짓눌러 숨 쉬는 것조차 버겁다. 하지만 무슨 말이든, 의식을 잃은 그녀가 혼자서 어둠 속을 헤매지 않도록, 무슨 말이든 해야 했다.

약속 시간에 늦어 강남대로 뒤편을 헤매며 얼마나 당황스러웠는지. 카페에 들어섰을 때 살짝 찌푸린 얼굴로 누군가와 통화하고 있던 그녀를 한눈에 알아본 것. 50분이나 앉혀 둔 게 미안해 평소와 달리 말이 많아졌던 것. 다소 엉뚱하면서도 쾌활한 그녀의 성격이 그녀가 쓴 글과는 너무 달라서 낯설기는 했지만 표지디자인을 이유로 한 잦은 만남이 결코 싫지만은 않았던 것 등등.

"정말 낯익었어. 분명 어디서 본 적이 있는 것 같은…… 그런 느낌이었어."

상처뿐인 혼자만의 과거가 아니라 두 사람이 공유한 추억을 말하는 원규의 손에 미세한 움직임이 느껴지고 곧이어 힘겹게 숨을 뱉은 요은이 천천히 눈을 뜨며 원규의 손을 맞잡았다.

"나…… 나중에…… 하아…… 하……."

나중에. 의식이 가물거리는 지금 말고 나중에 듣고 싶다. 무의식이 의식을 누른 이 순간, 요은은 원규에 대한 자신의 감정을 오롯이 느끼고 있었다. 원규가 기억하는 자신의 모습을 하나도 놓치고 싶지 않다. 그리고 원규에게도 그녀가 기억하는 그의 모습을 들려주고 싶다.

"그래. 나중에. 나중에 얘기할게."

약기운을 이기지 못한 그녀의 손에서 힘이 풀려 나가는 만큼, 원규는 조금씩 체온을 더해 요은의 손을 감싸고 있었다.

여름으로 가는 봄의 길목 어디쯤, 움푹한 아스팔트 군데군데 빗물이 맺혀 있다. 꽃나무 사이로 빗물의 표면에 비친 하늘과 고인 빗물가로 연노란 테를 만든 꽃가루 때문일까, 하늘을 담은 물웅덩이가 골목 곳곳에 떨어뜨려 놓은 거울 같다. 마치 원규가 선물했던 뷔페식 꽃다발처럼 수많은 꽃나무가 담장을 이룬 거리. 그 거리 한가운데 카페가 있고, 난 카페테라스에 앉아 누군가를 기다리는 중이다.

누군가를…….

비에 젖은 꽃나무가 만들어 낸 은은한 향을 즐기고 있을 즈음, 푸른 빛이 도는 하얀 커프스를 길게 접어 팔꿈치 아래에 포갠 누군가의 팔이 시야에 들어왔다. 난 여전히 자리에 앉은 채 상대방의 한 걸음 한 걸음을 지켜보고 있다. 내가 있는 테이블로 곧장 다가온 누군가가 손을 내밀자 밝은 톤의 길고 곧은 손가락이 시야에 가득하다.

원규다.

원규는 자리에 앉는 대신 테이블에 놓여 있던 내 핸드백을 들었고, 난 원규의 손을 따라 시선을 들었다. 원규가 늦은 게 아니라 내가 서둘러 나온 자리. 누구 하나 재촉하는 사람도 없는데 얼음이 녹아내린 유리컵을 옆으로 치우며 서둘러 자리에서 일어났다.

원규를 따라 테라스를 벗어나 계단을 내려서자 멈췄던 빗방울이 다시 떨어지기 시작했다. 이 빗속을 우산도 없이 걸을 수 있을까 생각하는 순간 원규가 우산을 폈다. 조금 전까지만 해도 원규의 손에는 내 핸드백이 들려 있었던 것 같은데, 핸드백은 어느새 내 손에 있었다.

넋을 잃은 나를 위해 원규가 내 쪽으로 우산을 받쳐 준다. 우산에 부딪친 빗줄기가 요란한 소리를 내며 사방으로 뚝뚝 떨어지기 시작했다. 하지만 원규는 여전히 나에게 거리를 둔 채 우산 밖에서 비를 맞고 있다. 빗속에 선 원규의 바지는 푸른빛이 도는 검정색이다.

'옷 젖잖아.'

원규가 서 있는 방향으로 우산대를 밀어 잡으며 다가섰다. 하지만 원규는 내가 다가선 걸음만큼 물러섰다. 아마도 나한테 화가 난 것이리라.

'어쩔 수 없어.'

나는 원규와 헤어지기로 했고 원규는 결국 내 고집을 꺾지 못했다.

'알잖아, 원규야.'

원규가 알긴 뭘 안다는 건지, 말을 해 놓고도 무안하다.

'같이 쓸 거 아니면 됐어.'

난 원규가 씌워 준 우산을 마다하고 빗속으로 걸음을 서둘렀다. 순식간에 나를 돌려세운 원규의 시선을 마주할 자신이 없어 눈을 감은 순간, 원규의 손길이 내 가슴 왼쪽…… 심장 언저리에 닿았다. 마치 넌 아프지 않느냐고, 정말 괜찮은 거냐고 묻는 듯 나를 바라보는 원규의 눈빛이 비 내린 거리보다 촉촉하다. 원규의 눈빛과 블라우스 위로 고스란히 느껴지는 감촉과 따스한 체온에 서러움이 밀려와 나도 모르게 눈물이 흐르고 말았다.

그런데 이상하다. 눈물이 왜…… 아래로 흐르지 않고 옆으로 흐르는 걸까.

갑자기 주변의 모든 것이 생경하게 느껴져 천천히 눈을 뜨자 황혼빛 램프가 잔잔히 병실을 밝히고 있다. 조금 전까지 꿈을 꾼 건지, 지금 이 순간이 꿈인지 모르겠다. 하지만 이쪽이 꿈이든 저쪽이 꿈이었든 나의 심장 가까운 곳에 원규의 손이 놓여 있다는 사실 하나만은…… 분명하다.

원규가 의식을 잃은 나를 걱정하며 밤샘 간호를 하다가 피로에 지쳐 잠들었고, 그 상태로 어찌어찌하다가 내 가슴에 손을 얹은 거라면 차라리 덜 어색했을지도 모른다. 그런데 이 상황은 뭘까. 눈이 마주쳤음에도 불구하고 원규도 나도 그냥 서로를 바라만 보고 있다. 얼음땡

놀이를 하는데 누가 술래인지 불분명한, 무궁화꽃이 피었는데 아무도 술래와 안술래의 손을 끊어 주지 않는, 대략 그런…… 어색하고 난감해서 아무것도 생각할 수 없는 총체적인 난국.

"흡!"

내가 딸꾹질을 하자마자 원규가 흠칫 놀라며 손을 거뒀다. 마치 언젠가 원규의 차 안에서 눈이 마주쳤을 때 내가 딸꾹질을 하자 황급히 몸을 돌려 앉았던 것처럼 말이다.

"미안. 선생님은 괜찮다고 했는데 계속 숨을 쉬다 마는 거 같아서 확인하느라고."

뭐 하는 짓이냐고 물으며 정색한 것도 아닌데 왜 저렇게 당황스러워할까.

"좀 어때?"

"그냥…… 머리가 멍해."

"선생님 부를까?"

"아니. 아픈 게 아니라 약기운이 덜 가셔서 그래."

"몸은 괜찮은 거지?"

"어. 근데 너, 계속 그러고 있었어?"

"음?"

"계속 서 있었어?"

"아니, 앉았다 일어났다 했어. 앉아서 만지면…… 아니. 앉아서 가슴에 손을 올리면 팔 전체가 올라가니까 니가 무게를 받는 거 같아서 숨 쉬는 거 확인할 때만 잠깐씩 서 있었어."

말을 마친 원규가 뒤로 물려 놨던 접이식 등받이의자를 끌어왔다. 하지만 의자를 당겨 놓고도 한 손을 등받이에 올려 무게를 지탱한 채 여전히 그 자리에 서 있다.

"몇 시야 지금."

"2시 조금 넘었어."

"안 자도 돼?"

"별로 안 피곤해."

내가 일어나 앉기 위해 모로 누운 몸을 천천히 일으키자 원규가 손을 내밀어 어깨를 받쳐 준다. 딱히 원규의 부축을 받고 뭉그적댄 것이 아니라 약기운에 취해 고정된 자세로 누워 있다 보니 몸이 좀 무거웠다.

또 의식을 잃고…… 또 진정제를 맞았다.

원규와 있으면 문득문득 무슨 일이 있었는지 잊어버리게 된다. 중환자실에서 처음 정신을 차렸을 때도 그랬고, 지금도 마찬가지다. 이게 과연 불행인지 다행인지 모르겠다.

"원규야."

"어."

"나……."

용기를 내기 위해 아주 잠시 원규의 체온을 빌리기로 했다. 내가 손을 뻗자 원규가 반사적으로 손을 내밀어 내 손을 잡았다. 원규의 손은…… 단단하고…… 부드럽고…… 따뜻하다.

"그날 있었던 일…… 기억났어."

통로에서 굴러떨어진 후 어떻게 호텔로 옮겨졌는지는 모르겠지만, 적어도 그 전에 있던 일의 일부는 기억이 났다. 기억에 파묻혀 또다시 정신을 잃고 싶지 않아 나도 모르게 원규의 손을 힘껏 잡았다. 내가 함께 있는 사람이 누군지, 나와 체온을 나누고 있는 사람이 누군지 잊지 않기 위해 원규를 바라봤다. 그리고 원규는 나의 시선을 놓지 않기 위해 노력하며 천천히 침대에 앉았다.

원규에게 그날 일을 얘기한 것이 과연 잘한 일인지 모르겠다. 하지만 혼자 있는 시간에 돌이키기엔 너무 버거울 것 같아 원규의 존재를 빌어 되짚고 싶었다. 뒤엉킨 쐐기풀에서 실을 잣듯 얽혀 버린 머릿속에서 기억을 끄집어내는 동안 이러다 어느 순간 정신을 잃을 지도 모른다는 생각에 두려웠는데, 결국엔…… 차라리 정신을 잃고 싶었다.

그럼에도 불구하고 얘기를 멈출 수 없었던 건, 제발 나의 기억이 전부이기를 바라는 미련한 소망 때문이었다. 내가 기억을 왜곡한 것이 아니기를, 아무리 돌이키고 돌이켜도 그게 전부이기를, 다른 일은…… 그보다 더한 일은 없었기를. 마치 품에 안은 장난감을 다 뺏기고 나머지 하나를 움켜쥔 아이처럼. 순결…… 그딴 게 뭐라고. 마치 그게 마지막 보루라도 되는 양 기억을 쥐어짜고 있는 내 모습이 싫어 몇 번이나 혀를 깨물고 싶었다.

원규의 손을 잡은 채 띄엄띄엄, 남의 얘기를 하듯, 뇌를 물레 삼고 무의식을 쐐기풀로 실을 잣듯 기억을 자으며 피처럼 숨을 토했다. 살 갗에 박힌 쐐기풀이 마침내는 혈관을 타고 흐르며 온몸을 갈기갈기 찢는 것만 같았다. 눈물이 메마른 자리에 대신 흘러 줄 핏방울조차 남 지 않은 듯, 마른 눈물에 퍼석하게 갈라진 가슴이 메케한 흙먼지가 되 어 켜켜이 쌓이고, 그렇게 쌓인 흙먼지가 숨을 틀어막는데도 이상할 정도로 정신이 또렷했다.

놓자, 그만 놓자 싶었다. 원규의 손을 놓으면 정신도 놓을 수 있을 것 같았다. 박원호가 내 팔을 잡은 순간 의식을 할퀴고 갔던 기억을 순서대로 짜 맞출수록 엉망진창으로 뜯기고 찢기는 가슴을 감당할 수 가 없어 정신을 놓고 싶었다.

'얘기하지 마.'

내가 손을 놓으려 했을 때 원규가 나를 안으며 한 말이다.

'무슨 일이 있었든 상관없어.'

왜 상관이 없느냐고 물었다. '내가 이렇게 망가졌는데'라고는 차마 묻지도 못하고 마른 숨을 토해 내는 나를 안은 원규의 손이…… 원규의 두 팔이…… 금방이라도 부서질 듯 떨리고 있었다. 원규는 나를 안은 두 팔을 품에 당기지도 못한 채 모든 걸 혼자서 감당하려는 듯 떨고 있었다. 원규를 뒤흔들고 있는 것이 슬픔인 줄 알았다.

'니가 아프고 힘든 거. 나한테는 그게 전부야. 아무것도…….'

하지만 안으로 끊어 삼킨 원규의 음성에 묻어난 것은 분노였다. 그리고 이내 원규의 가슴이 크게 움직였다. 마치 경련을 일으키듯 다시 한 번 숨을 끊어 낸 원규가 참으려는 것은, 분명 눈물이었다.

'아무것도 설명 안 해도 돼. 괜찮아.'

원규가 슬퍼했다면 더욱 비참했을지도 모른다. 원규의 분노가 누구를 향하고 있는지, 그 대상이 박원호인지 가해자인지, 그런 건 더 이상 중요하지 않았다. 날 불쌍히 여겨 슬퍼하는 것이 아니라 아픈 나를 보며 분노하는 원규에게 고마웠다. 온전하지 못한 기억 앞에 누구의 탓도 못 하고 가슴만 쥐어뜯는 나를 대신한 원규의 분노가 눈물 나도록 고마웠다.

'지금 이 상황에 니 탓인 건 하나도 없어.'

처음으로, 원규의 눈물을 봤다.

'그러니까 널 이렇게 만든 사람 누구도, 절대 용서하지 마.'

그리고 원규의 눈물을 본 순간 원규를 용서할 수 없다는 걸 깨달았다. 용서라니, 처음부터 불가능한 일이었다. 용서할 수 없는 것이 아니라 용서라는 말 자체가 필요 없는 사람. 원규는 처음부터 내게 그런 존재였다. 원규의 품에 기대자 말라 버린 줄만 알았던 눈물이 흐르기 시작했다. 가없는 눈물이 숨을 틀어막고 있던 메케한 먼지를 쓸어 내 처음으로 울면서 숨을 쉬었다. 그렇게 아주 실컷 울었다.

Chapter 09. 서로에게

도곡동 인희빌딩 1층 카페. 원규가 누군가와 마주 앉아 있다. 진갈색 머리를 앞으로 몰아서 빗은 후 왁스를 발라 놓은 남자의 머리는 대나무 빗자루를 뒤집어쓴 것처럼 엉망이면서도 묘하게 단정한 느낌이다. 예나 지금이나 굴지의 민간조사업체를 경영하는 것이 작은 소망인 이 남자는 원규가 기술대학에 재학 중이었을 때 동대학원의 경영학 과정에 있던 사람이다.

「이거 불법인 건 알지?」

민간조사업체를 달리 표현하면 흥신소나 마찬가지다. 어쨌든 석사 내내 한국은 왜 사설탐정 제도를 도입하지 않는 거냐며 불평하던 그는 경영학 과정을 마치고 곧바로 신훤그룹의 금융계열 중 하나인 신훤증권에 스카우트됐다.

남자의 성은 채, 이름은 빛바람이다. 굳이 한자로 놓으면 빛 '광'에 바람 '풍'으로 채광풍인 것이다. 하지만 빛바람의 아버지는 광을 한자로 쓰고 한글로 읽을 경우 빛 광인지 미칠 광인지 구분이 안 된다는 이유로 굳이 그의 이름을 한글 그대로 호적에 올렸다.

「문제 생기면 말씀하세요.」

「얘기하면? 들어만 주게?」

원규가 말없이 파일을 받아 들자 빛바람은 피식 웃으며 라테를 입 안 가득 머금었다.

「고마워요.」

빛바람이 별거 아니라는 듯 어깨를 으쓱했지만 살짝 내리깔린 원규의 시선은 이미 손에 쥔 파일을 향해 있다. 그런 원규를 빤히 보던 빛바람은 정신 차리라는 듯 오른손 검지를 테이블에 튕겼다.

「네?」

「무슨 일 있어?」

햇빛을 받은 속눈썹이 옅은 그림자를 드리울 정도로 창백한 원규의 혈색에 신경이 쓰인다. 더구나 사람을 알아봐 달라는 부탁이라니, 평소의 원규답지 않은 일이었다. 원규가 부탁한 사람은 지금 입원 중인 상태였다.

「아뇨.」

저렇게 대답한 이상 더 물은들 소용없겠다고 생각한 빛바람은 오죽하겠냐는 듯 고개를 끄덕이고 만다. 먼저 얘기하지 않는 이상 굳이 이런저런 시나리오를 써 가며 스무고개를 하고 싶지는 않다. 원규라면 평소 절대 허튼짓하는 경우가 없는 녀석이니 이번에도 다르지 않을 거라 생각하는 중이다.

「점심은 나중에 사라.」

「아니에요.」

「너 지금 눈이 거의 감기셨어요.」

「죄송해요. 며칠 잠을 못 자서.」

「본사 쪽 네트워크에 문제 있다더니 그거 때문에?」

「어떻게 아셨어요?」

「그젠가? 저녁에 본사 들어갔다가 재광이 봤거든.」

「심각한 건 아니었어요.」

「그럼 다행이고.」

빛바람이 라테를 서둘러 마시고는 훌쩍 일어서자 잠시 파일에 정신이 팔려 있던 원규도 흠칫 놀라 따라 일어섰다.

「점심 드시고 가세요.」

「그럼 카드만 좀 줘 봐. 혼자 가서 먹게.」

우리가 서로 예의 차릴 사이는 아니지 않느냐며 다크서클은 봤어도 화이트서클은 처음 본다는 말로 원규를 만류한 빛바람은 빛과 같은 속도로 주차장에 접어들더니 이내 바람처럼 사라져 버렸다. 그리고 주차장에 혼자 남은 원규는 손에 쥔 파일을 구기다시피 하며 엘리베이터에 올랐다.

eee

강간미수의 과정에서 상해가 발생되면 강간치상죄가 성립된다. 하지만 가해자가 혐의를 인정하지 않을 경우 재판을 피할 수 없다. 나는 원고가 되고 가해자는 피고가 되어 법정에 서야 하며 어쩌면 가해자가 나를 맞고소할지도 모른다. 폭행치상이나 상해라면, 나 역시 혐의에서 자유로울 수 없는 상황이기 때문이다.

가해자는 나한테 손을 물어뜯겼고 가해자의 다리 어딘가에 내 힐이 박혀 선혈이 낭자하지 않았던가. 상처는 그뿐만이 아닐 거다. 깨진 장식장 유리 위에서 엎치락뒤치락할 때 가해자 역시 자상을 입었을지도 모른다.

내가 폭행치상이나 상해의 혐의를 벗기 위해서는 위법조각사유(형식적으로는 범죄가 인정되나 실질적으로는 위법의 책임을 면하는 경우로, 실례로서 전쟁 중에 적군을 섬멸한 아군에게 살인죄를 묻지 않는 것과 같다.)가 필요하다. 그러려면 어쩔 수 없이 나의 행동이 정당방위였음을 주장해야 하고, 가해자가 나의 어떤 법익을 침해했는지 밝혀야 한다.

가해자가 위협한 나의 권리는 성적의사결정권이며, 내가 정당방위를 주장하면 사건은 자연스럽게 강간치상에 관한 다툼이 된다. 강간치상과 강간미수라는 단어의 어감 차이가 그렇게 중요한가 싶다가도 어쩔 수 없이 착잡해지고 만다. 어쩌면 나는 아직도 나에게 일어났던 일을 부정하고 싶은 건지도 모른다.

"새댁."

간병인 아주머님이 침대에 앉아 벽에 머리를 부딪고 있는 날 부르셨다. 원규는 엊그제 박원호가 다녀간 후 바로 간병인을 구했다. 그리고 이번만큼은 원규의 뜻에 따를 수밖에 없었다. 원규가 모든 일을 미뤄 놓고 병원에만 있을 수도 없을뿐더러, 설령 그게 가능하다고 해도 원규랑 내내 붙어 있으면 어색할 것 같았다. 원규의 품에 무너지다시피 안겨 그렇게 울어 댔으니 어색할 수밖에.

"새댁—?"

"네? 아, 죄송해요. 잠깐 딴생각하느라고."

"아—이구 죄송은 무슨."

창가에 계시던 아주머님이 침대 옆 수납장 위에 있던 휴대폰을 내밀며 웃으신다. 멋쩍게 웃으며 아주머님이 내민 휴대폰을 받아 들고 발신인을 확인했다. 한다은, 내 언니다.

"여보세요."

— 안 죽었네.

가양동 엄마에게는 차갑지만 나에게는 살가운 언니. 물론 아버지를 먼저 만난 건 가양동 엄마지만 언니가 엄마를 달가워하지 않는 걸 원망할 수는 없다. 만일 아버지와 엄마 사이에 태어난 아이가 오빠 하나였다면 언니도 어떻게든 엄마를 이해하려고 했을지도 모른다.

하지만 공주 어머니께서 연달아 아이를 놓쳐 실의에 빠져 계실 때 오빠를 데려가고자 일본으로 온 아버지와 엄마의 사이에서 내가 태어난 것이 언니에게는 큰 상처였을 거다. 그리고 공주 어머니께도 그랬을 거다.

"잘 지냈어?"

— 잘 지내게 생겼냐? 니가 번갯불에 콩 구워 잡수신 바람에 죽을 맛이거든? 고모들이 난리도 아니셔. 이러다가 전국에 혼기 찬 남자들 다 만나 보고 죽게 생겼다니까?

언니는 둘째 고모를 닮아 말할 때 유난히 호흡이 길다.

— 욘!

언니가 나를 부르는 애칭은 '욘'이다. 내가 아주 어렸을 때부터 언니는 날 그렇게 불렀다. 가끔 기분이 나쁘면 '요년'이라고 부르기도 했다.

"응?"

— 엄마한테 전화했었다며.

언니의 엄마는 공주에 계신 어머니다.

"어. 어쩌다 보니까 많이 늦었어."

— 요년! 알긴 아네? 엄마가 얼마나 전화를 기다렸는지 알아? 고모들한테 잔소리 들을까 봐 제사 때마다 너한테 연락 왔었다고 둘러대는데, 마음 같아서는 전화해서 막 해 대고 싶은 걸 꾹꾹 참았다 진짜.

"미안. 정신이 없었어."

— 잘 살아?

언니의 호흡이 짧아지는 경우는 진짜 궁금한 걸 물어볼 때다.

"어."

— 그래, 잘 살면 됐어.

왠지 목이 메여 숨을 크게 삼켰다.

— 뭐 좋은 소식 없어?

"응?"

— 나 언제 이모 돼?

만일 어른들이 아기에 대해 묻거든 천천히 가질 생각이라고 대답하라던 원규의 말이 떠올랐다. 언니에게 그렇게 대답하려는 게 아니라 신혼부부에게 새로운 생명을 기대하는 건 너무 당연한 일이구나 하는 생각이 들어서다. 의무가 아니라 기대. 원규의 집안에서도 우리 집안에서도, 다들 원규와 나의 아기를 기다리는 모양이다.

— 어? 뭐야? 왜 말이 없어?

나는 왜 결혼 후 한 번도 공주 어머니나 가양동 엄마를 생각하지 않았을까. 사법시험을 포기할 때도 그랬다. 일 년이 넘도록 혼자서 고민하고 우울해하고 결국은 모든 걸 놓은 후에야 부모님들께 공부를 관두겠다고 말씀드렸었다. 결혼 후에도 그랬다. 상황이 이렇게 되도록 난 누구에게도 연락하지 않았다. 어째서 항상 최후의 순간에, 모든 걸 포기하거나 혹은 돌이킬 수 없을 정도로 망가진 후에야 주변을 돌아보게 되는 걸까.

— 어? 혹시 아기 만들고 결혼해서 벌써 만삭인 거야? 그래서 꽁꽁 숨은 거야?

"그런 거 아니야."

나는 어쩌면 내가 받은 상처만큼 다른 사람들에게 상처를 주며 살았는지도 모른다. 당신들 때문에 내가 이렇게 힘들고 아프다고 시위하듯 상처를 드러낸 채, 엄마도 어머니도 아버지도 언니도 오빠도 동생도 누구 하나 쉽게 전화조차 하지 못하도록. 내가 그렇게 만들어 버렸는지도 모른다.

— 그래?

엄마한테 미안하고 어머니께 면목이 없다는 핑계로 원규와 정리하는 걸 미뤄 왔지만, 실은 누구도 아닌 나 때문이었다. 내가 원규를 놓고 싶지 않았던 거다. 사고 당시의 기억을 찾기 전에는 아무리 산부인과적인 증거가 없다고 해도 확신이 없었다. 정말 나한테 아무 일도 없었는지, 내가 원규 앞에 떳떳해도 되는지 확신이 없었기에 원규를 놓기로 했다. 하지만 그것마저 원규를 위한 일이라며 스스로를 속였다. 나마저 원규에게 짐이 되면 안 된다고, 그게 결혼을 정리하려는 이유의 전부인 것처럼 굴었다.

"언니."

— 응?

"승준이는 잘 지내?"

승준이의 소식을 묻자 언니는 마치 기다렸다는 듯 시험을 준비하느라 바빠 본가에 내려갈 시간도 없다는 녀석이 여자 친구를 사귀고 있다는 말로 시작해서 승준이도 내 소식을 많이 궁금해한다는 말을 끝으로 길고 긴 안부를 전했다. 그리고 가양동 엄마와 오빠의 소식을 물었다. 결혼 후 엄마한테는 한 번 가 봤고 오빠와는 연락한 적이 없다고 말하자 언니는 잠시 말이 없다.

— 시댁에 갔다가 가양동에도 꼭 들러.

"응?"

— 새해맞이 안 해?

잠깐 사무실에 나갈 일이 생겼다며 일요일인데 미안하다던 원규 덕분에 오늘이 일요일인 줄은 알았지만 한 해의 마지막 날인 줄은 몰랐다. 12월 31일 일요일. 자정이 지나면 해가 바뀐다.

"어. 해야지."

— 용용 새해 복 많이 받아. 박 서방한테도 안부 전하고, 사장 어른들께도 안부 말씀 올려 줘.

"응. 언니도."

— 나 이제 심부름하러 가야 돼. 이번 연말은 일요일이라 다른 때보다 어르신들이 많이 오셨네.

매년 연말이 되면 본가는 새해맞이 준비로 바쁘다. 차례는 음력설에 지내지만 양력설인 신정에도 문중원들이 모이기 때문이다. 난 어렸을 때부터 문중원으로 북적이는 연말연시가 싫었다. 뒤채에 조용히 앉아 손님이 빠지기만을 기다리는 것이 얼마나 갑갑한 일이었는지 모른다. 그건 나이가 들어서도 마찬가지였다. 연말연시라는 이름으로 이틀 내내 문중원의 눈치를 보는 게 참 싫었는데.

"어머니 많이 바쁘시겠다."

— 나도 바쁘거든? 수란 만들다가 얼마나 구박을 당했는지. 아! 스트레스.

그냥 간단하게 틀에 넣으면 편한데 음식은 정성이 반이라는 고모님들 덕분에 새해맞이 수란은 항상 수난 시대다.

— 밥순이 신세. 난 진짜 절대적으로 집에서는 끼니 안 찾는 사람이랑 결혼할 거야.

원규가 바로 그런 사람이라는 생각에 싱거운 웃음이 난다.

— 먼저 끊는다.

"어, 들어가."

전화를 끊고 시간을 확인한 후 침대를 벗어났다. 아직 오전 11시 31분밖에 안 돼서 정말 다행이다.

"필요한 거 있어요?"

아주머님이 자리에서 일어나며 물으신다.

"좀 씻으려고요."

"잠깐 있어요. 준비해 줄게요."

"아니에요. 혼자 할 수 있어요."

그럴 수는 없다며 부득이 도와주시겠다는 아주머님을 겨우 거절하고 욕실로 들어왔다. 원규가 오기 전에 씻고 옷을 갈아입을 생각이다. 새해를 병원에서 맞이하기는 싫다.

우해준. 1982년 6월 21일생. 전과 기록은 하나도 없었다. 하지만 기록이 깨끗하다고 해서 우해준의 과거도 그런 것은 아니리라. 감마히드록록산은 유학생들 사이에 퍼진 마약의 일종이라고 했다. 그걸 휴대하고 다닐 정도라면 이번이 처음일 리 없다는 생각에 원규는 팔꿈치 안쪽의 근육이 뭉칠 정도로 주먹을 움켜쥐었다.

우해준의 아버지는 포하임(phoheim)의 대표이사 우영환. 포하임이라면 최근 서울 시내에서 흔히 볼 수 있는 베트남 쌀국수 체인이었다. 한국 최초는 아니지만 공격적인 마케팅으로 세를 확장한 끝에 지금은 최초와 최대라는 수식어를 은근슬쩍 섞어 쓰고 있었다.

우해준의 주소지는 서울시 강남구 도곡동 467−29 신훤타워캐슬 3차 G동 58층 5801호. 신훤타워캐슬은 국내 최고의 높이를 자랑하는 신훤건설의 주상복합 건물이다. 원규의 사무실에서 블라인드를 올리면 보이는 곳이기도 했다.

우해준은 현재 병원에 입원 중이다. 전치 3주의 진단을 받았는데 요은이가 응급실로 옮겨진 바로 그날 우해준도 입원을 했다. 요은의 말에 의하면 상대방도 많이 다쳤을 거라고 했으니 그런가 보다 할 수도 있는 일이지만 왠지 머릿속이 복잡하다.

어째서 누구도…… 아무것도 하지 않는 걸까.

우해준이 전치 3주의 진단을 받고도 잠자코 있는 걸 보면 스스로를 가해자로 인식하고 있기 때문이리라. 그렇다면 합의를 청하든 용서를 구하든 해야 하는 거 아닌가? 설마 이대로 이번 일이 흐지부지되기를 바라는 건가?

"하아……."

요은이를 위해서 책임 소재를 분명히 해야 한다. 그러려면 신고를 해야 하는데 절차상 요은이를 배제하고서는 불가능한 일이다. 안경을 벗고 눈두덩을 문지르던 원규는 잠시 그대로 두 손에 얼굴을 묻은 채 현기증이 가라앉기를 기다렸다. 법학을 전공한 요은과 달리 고소나 고발의 개념을 정확히는 모르지만 우해준의 죄를 밝히려면 피해를 입은 사람이 존재해야 하며 현재 유일한 피해자는 요은이라는 생각에 망설일 수밖에 없다. 당연히 고소를 권해야 하는 상황이지만 혹시라도 절차에 있어 요은이가 더 큰 상처를 받는 건 아닐까 저어된다.

'아니. 간단한 문제야.'

우해준이 누구의 아들이건 병원에 있건 말건, 그런 것 따위는 하나도 중요하지 않다. 우해준은 가해자고 대가를 치러야 한다. 지레짐작으로 걱정을 키우는 것만큼 미련한 짓이 또 있을까. 원규는 애써 생각을 털어 내며 자리에서 일어났다. 그리고 막 사무실을 나서려는 순간, 휴대폰이 울리기 시작했다. 요은이의 전화였다.

"응. 지금 출발할⋯⋯."

원규가 말을 멎었다. 분명 병원에 있어야 할 그녀의 휴대폰에서 바람인지 뭔지 모를 요란한 소리가 쏟아져 나왔기 때문이다.

"여보세요?"

— 원규야.

"혹시 병원에서 나왔어?"

— 응. 한남대교야.

"한남대교?"

— 응. 한남대교 중간쯤.

외출 준비를 마치고 간병인을 일찍 보낸 것까지는 좋았다. 문제는 병원 본관에서 택시에 오른 다음이었다. 뒷좌석에 앉아 문을 닫은 후부터 점점 호흡이 불편해지기 시작했던 것이다. 그녀도 전혀 예상하지 못한 일이었다. 낯선 사람과 밀폐된 공간에 남겨지자 극도의 불안과 공포가 엄습해 왔고 숨을 놓지 않으려 힘겹게 노력하는 요은의 모습을 눈치챈 기사가 룸미러를 통해 그녀를 살폈다.

그녀는 최선을 다해서 견뎌 내려고 했다. 호흡을 쥐어짜 가며 한남대교만이라도 넘어가자고 생각했지만, 룸미러에서 기사와 시선이 마주친 순간 금방이라도 죽을 것만 같았고 결국 한남대교에서 택시를 세울 수밖에 없었다.

— 원규야 나…….

원규가 도착하기 전에 백화점에 들러 부모님들의 새해 선물도 살 생각이었다. 선희에게 빌려다 놓은 옷이 아니라 몸에 꼭 맞는 옷이 필요하기도 했다. 시어른들은 이미 자신의 상태를 보셨으니 직접 찾아뵙고 인사를 드리면 될 테고 상황을 봐서 가양동에도 들를 생각이었다. 그런데 혼자서는 아무것도 못 하게 돼 버렸다는 생각에 너무 두렵고…… 너무 화가 난다.

— 택시를 못 타겠어.

"금방 갈게. 어느 쪽으로든 일단 대교에서 나와."

— 응. 대교 남단으로 갈게.

"배터리 여유 있으면 전화 끊지 마."

점퍼의 모자 안으로 휴대폰을 반쯤 넣은 후 스트랩으로 고정시킨 그녀가 바람에 시린 손을 주머니에 넣었다.

"요은아."

— 응. 안 끊고 기다릴게.

대교를 가르는 거센 바람 소리에 요은의 말을 놓쳤나 싶어 원규가 이름을 부르자 그녀가 곧장 대답했다.

eee

한파를 이기지 못한 강물조차 살얼음이 되어 흐르는 날씨. 한남대교 남단을 향해 걷는 내내 대교의 난간에 부딪혀 소용돌이를 만든 강바람이 드센 소리를 만들며 요은의 모자 안으로 파고든다. 바람을 정면에 두지 않으려 뒤로도 걸어 보고 옆으로도 걸어 보는 요은이지만 조금이라도 온기를 가진 건 뭐든 솎아 내려는 듯 무서운 기세로 들이치는 바람을 피할 길이 없다. 휴대폰 저편에서 요란한 바람 소리를 듣고 있을 원규에게 신경이 쓰여 걸음을 빨리할수록 무심한 바람에 발목을 붙들린 요은의 몸이 하릴없이 휘청거린다.

— 요은아.

"응."

거센 바람에 섞인 요은의 숨소리를 놓치지 않으려 애쓰며 이제 막 논현로에 접어든 원규가 문득 미간을 찌푸렸다. 대로를 휘감는 강풍에 운전대가 흔들릴 정도로 혹독한 날씨. 이런 날 강바람을 맞으며 맨손을 내놓고 있을 요은에게 전화를 끊지 말라고 했던 것이 마음에 걸렸기 때문이다.

— 대교 끝에 도착하면 오른쪽에 자전거도로가 있어.

"응."

— 그 도로를 따라서 내려가면 수상택시 승강장 맞은편에 카페가 있거든.

"카페?"

— 이름은 기억 안 나는데 길옆이라 바로 보일 거야.

"응."

— 거기 들어가 있어.

"알았어."

— 일단 전화는 끊자.

요은은 전화를 끊자는 원규의 말에 잠시 망설였다. 역시 바람 소리가 너무 거슬렸나 생각하면서도 전화를 끊고 싶지는 않다. 이렇게라도 누군가와 연결되어 있어야 마음이 놓일 것 같아서.

— 전화 끊고 주머니에 손 넣어.

휴대폰을 모자 안에 넣고 스트랩으로 고정시킨 요은의 모습이 보일 리 없으니 원규의 입장에서는 당연히 요은이 휴대폰을 손에 들고 있으리라 생각했던 것이다.

— 손 시리잖아.

원규의 말에 걸음을 멎은 요은의 얼굴에 미소가 설핏하다.

한남새말카페 레인보우 3층. 한강을 마주하고 창가에 앉은 요은의 시야에 원규의 검은색 쿠페가 들어왔다. 주차장 입구에 차를 세운 원규가 운전석에서 내리자 블랙 계열의 심플한 블레이저 재킷이 바람에 펄럭인다. 원규는 카페 레인보우를 바라보며 곧장 걸음을 옮기기 시작했다. 전면 유리가 햇빛을 반사해 원규에게는 요은이 안 보이지만 요은은 벌써부터 원규를 보고 있다. 휴대폰을 꺼낸 원규의 시선은 여전히 요은이 앉은 창가를 향해 있고 이내 요은의 휴대폰이 울리기 시작했다.

“응.”

— 도착했어.

“응. 보여.”

원규가 걸음을 멈추고 주변을 둘러본다.

— 어딘데?

“3층.”

— 밖에 있는 줄 알았잖아.

조금 전 화장실에서 거울을 보며 차림새를 단정히 하긴 했지만 해쓱한 얼굴과 다소 큰 선희의 외투를 담요처럼 덮어쓴 요은의 모습은 한 해의 마지막을 기념해 카페를 찾은 다른 여자들과는 대조적이었다.

"그냥 거기 있어. 금방 나갈게."

서둘러 일회용 컵을 손에 들고 일어선 그녀가 계단을 내려서기 시작했다. 카페를 나서자 자전거도로와 카페를 이은 경사로에 서 있는 원규가 보인다. 하지만 요은이 원규를 향해 다가서는 내내 원규는 제자리에서 요은을 보고만 있을 뿐이다. 아무리 생각해도 이런 차림은 너무했나, 그래서 저렇게 얼어붙었나 싶어 요은의 걸음이 짧아질 무렵이었다.

— 나 계속 여기 있어?

원규의 말에 걸음을 멈춘 요은이 피식 웃었다.

"아니."

요은을 향해 걷기 시작한 원규가 손을 넣으라는 시늉을 해 보이자 고개를 끄덕인 그녀가 전화를 끊고 한 손을 주머니에 넣었다. 원규는 어느새 요은에게 다가서서 그녀가 들고 있던 일회용 컵을 가리켰다.

"그거 따뜻해?"

"아니. 식었어."

"그럼 이리 주고 주머니에 손 넣어."

원규의 말대로 일회용 컵을 건넨 요은이 머뭇거리며 주머니에 손을 넣었다. 각자 주머니에 손을 넣고 따로 걸을 생각을 하니 왠지 우습기도 하고, 어색하기도 하고, 서글프기도 하다. 하지만 이내 요은의 뒤로 걸음을 옮긴 원규가 블레이저 왼편으로 그녀를 감싸 안았다.

"바람이 너무 차다."

요은의 보폭에 맞춰 걸음을 늦춘 원규가 옆으로 바람을 막아서며 말했다.

"갑자기 전화해서 미안. 잠깐 들를 데가 있어서 나왔는데……."

이렇게 될 줄은 몰랐다는 말을 하려던 그녀가 문득 말을 멈췄다. 담당의에게 외상 후 스트레스 장애에 관한 설명을 들은 후에도 설마 했다. 그간에는 쭉 병원에 있었고 의식 장애를 겪은 것도 심리적인 스트레스를 받은 후였기에 잠깐 외출하는 건 아무 문제도 안 될 거라고 생각했다.

생각만으로는 아주 간단한 일이었다. 택시를 탄다. 백화점에 도착한다. 필요한 걸 산다. 다시 택시를 탄다. 병원으로 돌아온다. 그런데 첫 번째 단계부터 어그러지고 말았다. 겨우 택시를 탔을 뿐이고 누구하나 자신의 몸에 손댄 사람도 없는데, 택시 기사와 눈이 마주친 순간부터 그의 눈빛이 마치 그날 밤 자신을 바라보던 가해자의 것인 양 느껴져 하마터면 달리는 택시에서 문을 열 뻔했다.

"나오기 전에 전화했으면 안 미안했어도 되는 상황인데, 전화가 좀 늦긴 했네."

원규는 점점 호흡이 불안해지는 요은을 가까이 안으며 말을 이었다.

"당분간은 갈 데 있으면 전화해. 데려다줄게. 아무리 가까운 데라도 괜찮아."

"원규 너, 귀찮아서 어떡해."

요은의 말을 곰곰이 생각하던 원규가 조용히 미소 지었다. 아무리 가까운 거리라도 전화는 하겠지만 그럼 네가 무지 귀찮을 거라는 말이었다. 긍정의 대답치고는 조금 어둡지만 싫다, 됐다, 괜찮다보다는 훨씬 낮지 않은가.

주차장에 접어든 원규가 제 차를 보고는 움찔해서 헛기침을 했다. 먼지도 먼지지만 며칠째 눈이 내려 도로 전체가 진흙탕이다 보니 차체가 말이 아니다. 사무실에서 나올 때는 양옆에 차량이 주차돼 있어서 타이어 근처가 이렇게 엉망인지 몰랐는데 햇빛 찬란한 밖에서 보니 머드팩을 해 놓은 것 같다.

원규의 안내로 조수석에 오른 요은이 좌석 깊이 몸을 기대며 벨트를 채웠다. 똑같이 밀폐된 공간인데 원규의 차에는 아무런 거부감도 느껴지지 않는다. 낯선 사람과 낯선 공간에만 거부반응이 일어나는 걸까 생각하며 골몰해진 요은의 옆으로 원규가 차에 올랐다.

"주차해야 되는데 자꾸 잊어버리네."

결혼 전에도 원규는 종종 말실수를 하곤 했다. 승강기를 상승기로 말한다거나 불면의 '불'을 안면의 '안'과 혼돈해 불면증을 안면증으로 말한다거나, 주로 한자를 차용한 단어들을 헷갈려 했다. 원규의 그런 실수를 유난히 재밌어하던 요은이 이번에도 어김없이 원규를 보며 웃는다. 그리고 아주 잠깐, 요은의 웃음이 원규의 머릿속 어딘가를 두드렸다.

"세차겠지."

"아, 세차."

요은의 지적이 무안해서가 아니라 뭔가 생각이 날 듯 말 듯 콧날을 간질이는 통에 미간을 찌푸린 원규의 눈빛이 깊어졌다. 원규의 제스처를 잘못 이해한 요은이 얼른 웃음을 누르며 시선을 비끼려는 순간이었다.

"잠깐 나 좀 봐."

원규가 조수석으로 몸을 기울이며 왼손을 요은의 어깨에 얹었다. 요은을 두 번째 만났을 때에도 이런 적이 있었다. 같은 할머니를 만나 개떡을 산 게 신기하다며 밝게 웃는 그녀가 왠지 낯익어 당황스러웠는데, 지금도 그때와 마찬가지다. 이미 알고 있는 요은이지만 뭔가 다른 느낌이다.

왜 이렇게 그립고 안쓰러운 느낌이 드는 걸까. 시선을 마주하고는 있지만 원규가 보고 있는 것은 요은의 눈동자가 아니었다. 상황이 이렇게 되고 보니 당황스러운 쪽은 원규가 아니라 요은이다.

"왜⋯⋯?"

원규는 망설이듯 물으며 시선을 떨어뜨린 요은을 한동안 바라봤다.

"가끔 니가 웃을 때마다 생각나는 게 있는데, 그게 뭔지 모르겠어."

"내가 누구랑⋯⋯ 닮았어?"

"아니."

생각나는 사람이 아니라 생각나는 게 있다는 원규의 말을 곱씹은 요은의 표정이 복잡하다.

"아님 뭐 물건 같은 거야?"

"모르겠어."

"내가 웃는 게 싫은 건 아니지?"

"전혀."

고개를 저은 원규가 요은을 똑바로 바라본다.

"좋아. 너 웃는 거."

어순이 바뀐 원규의 말에 유난히 두근거리는 가슴을 인정하기엔 너무 어색한 상황이다.

"내가 웃을 때 좀 예쁘긴 하지."

장난 삼아 꺼낸 말에 심각하게 고개를 끄덕이는 원규와 덕분에 더욱 난감해진 요은이 누가 먼저랄 것도 없이 서로에게서 시선을 거둬 앞을 보며 자세를 고쳐 앉았다.

"근데 어디 가려고 나온 거야?"

"아— 그…… 백화점에."

"백화점?"

"응. 뭐 좀 살 게 있어서."

"그럼 백화점으로 가면 돼?"

"응."

천천히 차를 돌려 주차장을 빠져나온 원규가 한남대교로 진입했다. 서먹한 분위기에 신경이 쓰여 공황상태에 놓였던 것마저 잊은 요은과 고가도로 옆 차선에 진입하기 위해 우측 지시등을 켠 원규의 시선이 룸미러를 통해 서로에게 닿았다. 순간, 요은은 얼어붙은 사람처럼 숨 쉬는 것조차 잊고 말았다. 그런 그녀에게 시선을 뺏긴 원규 역시 아무 생각도 할 수 없을 만큼 당황했다.

빠—앙—

원규의 쿠페가 차선을 물고 이러지도 저러지도 못하자 뒤쪽에 있던 차량이 신경질적으로 경적을 울려 댔고, 흠칫 놀란 원규는 그제야 얼른 우측 차선으로 진입하며 점멸등을 눌렀다.

"미안, 많이 놀랐겠다."

"아니. 괜찮아."

어색삼색 다채로운 이 분위기를 어쩌면 좋을지 모르겠다.

"압구정동으로 가면 되는 거지?"

"어?"

"현대백화점."

"아, 응."

원규가 오디오 전원에 손을 올렸다.

"잠깐 틀어도 돼?"

"응."

원규의 쿠페는 일반 차량보다 타이어 면적이 넓은 편이라 도로에 눈이 덜 녹은 상태에서는 머드가드에 부딪히는 흙탕물 소리가 유난히 큰 편이다. 어차피 자신의 성격상 아기자기한 대화로 요은을 편하게 해 줄 수는 없으니 음악이라도 들려줘야겠다는 생각으로 볼륨을 높이자 DJ의 부드러운 중저음의 목소리가 흘러나온다.

— ……뮤지컬로 더욱 많이 알려진 작품인데요, 2005년 초연 후 2006년 올해도 개성이 뚜렷한 배우들을 캐스팅해 성황리에 공연을 마쳤죠? 오늘 들려드릴 곡은 뮤지컬 OST가 아니라 영화 OST인데요. 영화 헤드윅의 대표곡인 The Origin Of Love, 사랑의 기원과 함께 광고 들으시고 2부에…….

DJ의 말이 끝나기도 전에 채널을 돌리려던 원규가 그냥 들으면 안 되냐는 요은의 말에 멈칫했다.

"나 작년에 이 공연 봤거든. 내가 좋아하는 곡이야."

말없이 다시 운전대를 잡은 원규와 조수석 깊이 몸을 기댄 요은의 주변으로 영화의 감독이자 주연배우였던 John Cameron Mitchell의 다소 나른한 목소리가 차오르기 시작했다.

태초에 지구에는 세 개의 성(性)이 있었다. 두 소년이 하나 된 태양의 아이, 두 소녀가 하나 된 지구의 아이, 소년과 소녀가 하나 된 달의 아이. 두 쌍의 팔과 두 쌍의 다리가 달리고 사방을 볼 줄 아는 그들은 하루 종일 말하고, 읽고, 볼 수 있었다. 하지만 언젠가 그들이 신에 대항할 것을 두려워한 제우스는 마침내 벼락을 들고 나섰다.

거대한 허리케인에 하늘이 갈라지듯 제우스의 벼락에 반으로 갈라진 그들의 몸에서 검게 쏟아지는 폭우처럼 피가 강이 되어 흐르자, 이를 불쌍히 여긴 또 다른 신이 그들의 상처를 꿰매고 그 매듭을 밖으로 꺼내 배꼽을 만들었다. 두 번 다시 신에게 저항하지 못하도록 남겨 놓은, 지울 수도 없고 잊을 수도 없는 낙인이었다.

Last time I saw you

We had just split in two

You was looking at me

I was looking at you

You had a way so familiar

But I could not recognize

Cause you had blood on your face

I had blood in my eyes

But I could swear by your expression

That the pain down in your soul

Was the same as the one down in mine

That's the pain

It cuts a straight line down through the heart

We called it love

우리가 갈라진 마지막 그 순간,
너는 나를 나는 너를 보고 있었지.
익숙하긴 했지만 널 알아볼 수는 없었어.
네 얼굴에도 내 눈에도 피가 흐르고 있었으니까.
하지만 네 영혼 깊은 곳의 아픔만큼은 모를 수가 없었어.
그리고 그것이 곧 나의 아픔이라는 것만은 확실히 알 수 있었어.
바로 그 아픔, 심장을 관통하는 그 아픔을 우린 사랑이라고 부르지.

아주 오래전 춥고 어두운 저녁, 신들의 전지전능함이 인간을 외로운 존재로 만들어 버린 슬픈 전설. 후렴구를 여러 번 되풀이한 후 곡이 끝나고 광고가 시작되자, 오디오 볼륨을 낮춘 요은이 룸미러를 통해 원규를 바라본다. 며칠 전 의식을 잃고 쓰러졌을 때 원규가 했던 말이 계속 생각나서다.

'분명 어디서 본 적이 있는 것 같은…… 그런 느낌이었어.'

그리고 조금 전에도 네가 웃을 때마다 생각나는 게 있다고 하지 않았던가.

"원규야."

"어?"

"예전에 나한테 디자인 초안 주려고 만났을 때 기억나?"

"니가 개떡 줬던 날?"

"응. 그날."

"기억나."

"그날 나한테 고등학교 어디 나왔냐고 했었잖아. 정말 내가 낯익어서 그랬던 거야?"

"어. 처음 봤을 때는 그냥 그런가 보다 했는데. 그날은 진짜 궁금했거든."

원규가 한남오거리에서 유턴 신호를 받기 위해 좌측 지시등을 켰다. 그런 원규를 물끄러미 보던 요은이가 장난스럽게 웃는다.

"너랑 나랑…… 아마 벼락 맞았었나 보다."

"응?"

"달의 아이 말이야."

요은의 말을 한 번에 이해하지 못한 원규가 되묻자 그녀가 웃으며 대답했다. 다소 엉뚱한 요은의 말에 이제껏 심란했던 원규도 웃을 수밖에 없다. 혹시라도 요은이가 두 소년이 하나 된 태양의 아이를 들며 은호를 떠올리면 어쩌나 했는데 전혀 예상하지 못했던 반응이다.

"그러게. 그럴 수도 있겠네."

원규의 걱정을 모를 리 없는 요은의 입장에서는 어색한 분위기를 모면하고자 웃자고 한 말인데 원규는 제법 진지한 표정으로 고개를 끄덕였다. 요은은 그런 그의 모습에 당황스러우면서도 왠지 기분이 좋다. 그리고 무엇보다 기분이 좋은 것은 원규의 웃음이다. 결혼 전 어느 순간부터 줄곧 볼 수 없었던 원규의 웃음을 아주 오랜만에 다시 본 것이다.

eee

원규가 문을 쾅— 소리 나게 닫을 거라 생각하고 조수석에 오르자마자 몸을 움츠렸다. 예정된 딱밤을 맞을 때처럼 잔뜩 긴장하고 있는데 원규의 손에서 멀어진 조수석 문이 의외로 살포시 닫혔다. 이어 운전석에 오른 원규가 나를 본다. 원규가 거절하기 전에 내 뜻을 분명히 하는 게 좋을 것 같다.

"잠깐 들러서 인사만 드리는 거잖아."

"며칠 전에 봤잖아."

"그건 어머니께서 오신 거고."

백화점으로 이동하는 동안 미리 얘기하려고 했는데, 원규의 밝은 웃음에 취해 두근거리는 호흡을 다스리느라 시어른을 뵙겠다고 말할 타이밍을 놓쳐 버리고 말았다. 어쨌든 검은색 슬랙스에 회색 니트를 고른 후 안에 받쳐 입을 셔츠를 고민할 때까지만 해도 달의 아이 효과가 유효했다.

백화점을 돌아다니는 내내 원규는 한 팔로 나의 등을 받치거나 에스컬레이터에서는 뒤에 서서 내 어깨를 잡아 줬다. 덕분에 난 원규가 아닌 누구와도 접촉할 필요가 없었다. 적어도 가시권 밖의 대상과는 그랬다. 내가 사람 자체에 공포를 느끼는 건 아니라는 생각에 차츰 마음이 놓였고, 그런 내 마음을 모르지 않아서인지 원규도 다행스러워하는 눈치였다.

부모님께 드릴 선물을 봐야 한다고 했을 때는 미리 생각하지 못해서 미안하다고까지 했다. 가양동에 하나. 본가에 하나. 이촌동에 하나. 문제는 그다음이었다. 본가에 드릴 선물을 택배로 보낸 후 나머지는 직접 뵙고 드릴 생각이라고 말하자 원규의 표정이 단번에 굳어 버렸다. 이역만리에 계신 것도 아니고 한남동에서 이촌동은 과장을 조금 보태 엎어지면 코 닿을 거린데, 원규는 조금의 망설임도 없이 이촌동에 드릴 선물도 택배로 보내라며 고집을 부렸다. 백화점을 나와 차에 오른 지금도 절대 이촌동에 갈 생각은 없어 보인다.

"가양동 들러서 바로 병원으로 가자. 너 아픈 거 아시니까 신경 안 써도 돼."

매정하기는.

"그걸 아시는 게 더 마음 쓰여서 그래."

"요은아."

원규가 내 이름을 부르면 생각이 흐트러지고 만다. 그걸 아는지 모르는지, 내 기준에서는 더없이 차분하고 그윽한 목소리로 '요은아' 하고 부르고는 물끄러미 바라보기까지 하면 정말 난감하다.

"가양동이나 본가에 인사드리는 건 당연한데 이촌동에 가는 건 조금만 미루자, 응?"

그러고 보니, 원규는 항상 시부모님을 가리켜 이촌동이라는 단어를 사용한다.

"니가 우리 집에 인사드리는 걸 당연하게 생각하는 것처럼 나도 마찬가지야."

"알아. 아는데⋯⋯."

"가서 잠깐 인사만 드리고 나오는 건데 왜 이렇게 불편해해."

"인사는 전화로 드리자. 이촌동은 너 퇴원하고 좀 나아진 다음에 찾아봬도 되잖아."

가양동은 서울이지만 본가는 충남인데, 본가를 찾아뵙는 건 당연하다면서 서울에 계시는 부모님께는 전화만 드리자는 게 말이 된다고 생각하느냐 물으면 또 내 이름을 부를지도 모른다.

"엄마한테는 오빠가 있을 거고 본가에는 워낙 손님들이 많지만 두 분한테는 다른 사람이 있는 것도 아니고 너 하나잖아."

"편한 상황이 아니잖아. 너 입원하게 만든 사람이 난 줄 알고 계시는데 어떻게 가."

그걸 미처 생각 못 했다. 요 며칠 너무 많은 일이 있어서 원규의 거짓말을 깜빡했다. 하지만 아주 절묘한 타이밍이다. 내가 오늘 시부모님을 뵈려고 한 이유는 며느리 된 도리를 다하기 위한 것만이 아니기 때문이다.

"그럼 언제 편해지는데?"

언젠가 이런 얘기를 아무렇지 않게 할 수 있는 날이 오기는 할까.

"언제까지 아버님 어머님이 그렇게 알고 계시도록 내버려 둘 생각인데?"

원규의 깊은 한숨에 나는 오히려 차분해졌다.

"너랑 나, 예전하고는 다르잖아. 적어도 예전처럼 서로한테 아무것도 아닌 채로 살지는 않을 거잖아."

정말 무심한 박원규다. 내 입으로 꼭 이런 말까지 해야 되는 건가.

"두 분께서는 내가 너랑 싸우다 이렇게 된 줄 아시잖아. 그런데 어쨌든 너랑 나…… 조금은 달라졌잖아."

원규 앞에서 원규와 나를 우리로 말하는 것이 망설여지는 만큼 어쩔 수 없이 속이 아리다. 아파서 아린 속이 아니라 아지랑이에 어린 눈물처럼 간지러움에 아린 속이다. 이렇게 조금씩 시간이 지나다 보면 원규도 나에게 또 나도 원규에게 더 이상 상처가 아닌 날이 오지 않을까. 원규의 존재에 의지하는 나처럼 원규도 나의 존재에 의지하는 그런 날이…… 언젠가는 오지 않을까.

"그러니까 가서 보여 드리고 두 분 마음도 풀어 드리자. 응?"

내가 풀고자 하는 것이 부모님의 마음인지 원규의 마음인지 모르겠다. 다만 한 가지 분명한 건 오늘이어야 한다는 것이다.

"퇴원하고 가도 되잖아. 조금 갑작스러워서 그래. 두 분께도 실례잖아."

이번에는 이촌동이 아니라 두 분이다. 왜 부모님이라고 하지 않는 걸까. 더구나 부모 자식 간에 실례라니. 원규의 말 한 마디 한 마디가 안쓰럽다.

"아니. 오늘 가야 돼."

"왜 꼭 오늘이어야 되는데?"

1월 1일 신정이 지나고 1월 2일이 되면 경찰서에 갈 생각이다.

"내일은, 고소장을 써야 되거든. 그리고 모레는 경찰서에 갈 거야."

울컥 솟은 나의 눈물에 원규의 시선이 하릴없이 흔들렸다. 어쩌면 눈물에 비춰 그렇게 보였던 건지도 모른다.

"만약에 가해자가 혐의를 인정하지 않으면 재판을 하게 될 거고. 가해자가 혐의를 인정해도…… 결과가 나올 때까지는 내가 많이 힘들지도 몰라."

뺨을 타고 흐른 눈물이 니트에 받쳐 입은 셔츠의 앞섶을 적시고, 닦아 낸 눈물이 손등을 타고 흘러 옷소매를 적신다.

"그냥 덮을까도 생각했어. 잊어버리고 싶었어. 그럴 수 있을 줄 알았는데…… 그런데…… 아니더라. 오늘 알았어. 택시를 탔는데…… 너무 무서운 거야. 앞으로도 계속 이러면 어떡하나…… 너한테 전화하고 기다리는 내내…… 너무 무섭고…… 화가 났어."

"요은아."

원규의 손길이 뺨에 닿은 순간, 더 이상 흐를 수도 없을 거라 생각한 눈물이 봇물처럼 터지고 말았다.

"아무리 잊으려고 해도 계속 생각이 나. 아니. 잊으려고 할수록 더…… 점점 더 끔찍하게…… 온몸이 아파. 그래서…… 잊어버릴 수가 없어."

아무리 미수에 그친 일이라도, 강간에 관한 혐의를 두고 법정 공방을 하게 되면 피해자가 얼마나 고통을 받아야 하는지 알고 있다. 하지만 그게 두려워 잠자코 있기에는 상처가 너무 크다. 나 혼자 이런 고통을 감당하는 건 너무…….

"억울하고…… 무섭고…… 화가 나서…… 잠이 안 와. 숨도 제대로 못 쉬겠어."

의식을 할퀴는 기억의 편린. 그 서슬 퍼런 조각에 난도질당할 것만 같다. 원규와 함께 있는 동안만큼은 어느 정도 잊을 수 있으니까, 그러다 보면 자연스럽게 멀어지지 않을까도 생각했다. 하지만 원규를 고작 그런 더러운 기억의 도피처로 삼고 싶지는 않았다.

"그리고 너한테 미안해서…… 더는 안 되겠어. 내가 힘든 거 볼 때마다 너도…… 힘들 테니까."

원규에 대한 내 진심이 왜곡될까 두려워 엄마를 상처로 안고 살았던 지난날마저 숨기려고 했던 나다. 온전하게, 내 감정을 온전히 전달하고 싶었다. 예전에도 그랬고, 지금도 그렇고, 앞으로도 그럴 거다. 그러니 원규와 나의 사이에 어떤 감정의 빚도 남기고 싶지 않다.

"용서하지 말라고 했지. 날 이렇게 만든 사람 누구도 용서하지 말라고. 그래. 나…… 용서 안 할 거야. 잊어버리려고 애쓰지도 않을 거야."

다만 오늘 하루만큼은 나로 살고 싶다. 원규의 온전한 동반자가 되고 싶다.

"그러니까 오늘 하루만…… 오늘만……."

시부모님의 며느리로, 우리 엄마 그리고 어머니, 아버지의 딸로 보내고 싶다. 오늘 하루만 원규의 곁에서 잠시 잊고 싶다. 온전히 원규의 곁에 있고 싶다. 앞으로 닥쳐올지도 모르는 시궁창에 맞서기 위해 오늘을 향수로 삼고 싶다.

"환자도 피해자도 아닌 그냥 나…… 한요은…… 니 아내로……."

내가 미처 말을 잇지 못하자 원규가 차에서 내려 조수석의 문을 열었다. 그리고 내 무릎 아래로 손을 넣어 두 다리를 밖으로 내려 준다. 다음 순간, 나는 원규의 손에 이끌려 깊고 따뜻한 품에 안겨 있었다.

"알았어."

알았다는 원규의 한마디에 의지해 한참을 안겨 있었다. 그리고 처음으로, 나도 원규를 안았다.

eee

한 해의 마지막 날이기는 해도 일요일이니 퇴근 차량과 맞물릴 일은 없겠다 싶었는데, 올림픽대로를 탄 지 35분이 지나도록 편도 5차선을 빼곡하게 메운 차량들 사이에서 오지도 가지도 못하고 있는 상황이다. 잔잔하게 흐르는 음악을 들으며 창밖을 보고 있던 요은은 압

구정로를 벗어나 올림픽대로에 접어들었을 즈음 이미 잠들어 있었다.

어느덧 멀리 보이는 산등성이 위에 앉은 태양이 화염을 토해 내며 몸집을 줄이고 그 화염을 흡수한 하늘이 온통 붉은빛으로 물들기 시작했다. 말 그대로 눈부신 황혼이다. 운전석의 선바이저를 내리기에 앞서 조수석을 살핀 원규의 시선이 요은의 눈가에 멎었다. 창밖을 향해 비스듬히 기울인 그녀의 뺨을 물들인 황혼이 하늘보다 눈부시고, 그 황혼을 오롯이 담은 창백한 뺨에 가슴이 아려 눈을 뗄 수가 없다.

'자는 줄도 몰랐네.'

그렇게 얼마의 시간이 흘렀을까. 앞차와의 간격이 벌어진 원규의 차선으로 차량 몇 대가 끼어들자 뒤차가 요란하게 경적을 울려 댄다. 원규는 그제야 정신을 차리고 서둘러 브레이크 페달에서 발을 뗐다. 그래 봐야 겨우 4~5m 전진했을 뿐이다. 다시 브레이크 페달을 밟은 원규가 오디오 볼륨을 줄이고 조수석의 선바이저를 내렸다. 이어 좌석 버튼을 누르려던 원규가 손을 멈추고 다시 운전대를 잡았다. 좌석을 눕히면 일껏 선바이저로 가려 놓은 황혼이 다시 요은의 얼굴을 비춰 잠든 그녀를 방해할 것 같아서다. 대신 조심스럽게 요은의 목덜미를 받쳐 고개를 편하게 놓아 준 그가 참고 있던 숨을 천천히 내쉬며 안경을 고쳐 썼다.

길게 밟은 브레이크 페달을 짧게 떼기를 몇 분이나 했을까. 도무지 가까워질 것 같지 않던 반포대교가 점점 가까워지고 있었다. 하지만 동작대교까지 또 얼마가 걸릴지 모르니 반포대교를 넘어 강변북로를 타기로 한 원규가 방향 지시등을 켜고 어렵사리 좌측 차선으로 진입했다.

그러고도 또 한참이 지났다. 짧은 겨울 해를 닮은 황혼이 푸른 어스름 사이로 가로등을 밝히며 사라지기 시작했다. 원규는 황혼이 완전히 가라앉기를 기다려 조수석의 좌석 버튼을 눌렀다. 좌석이 뒤로 눕혀지자 흠칫하며 몸을 웅크렸던 요은이 이내 엄마 품에 안긴 아기처럼 안도의 숨을 포옥 내쉬고는 운전석을 향해 모로 눕는다.

원규는 앞차와의 간격을 확인하면서도 이따금씩 요은을 바라본다. 셔츠를 받쳐 입었음에도 헐렁한 니트. 흘러내린 머리카락 사이로 뚜렷하게 드러난 턱선. 꿰맨 자리를 가려 놓은 오른쪽 뺨의 드레싱. 앙상할 정도로 뼈가 드러난 손등. 야윈 몸에 비해 지나칠 정도로 넓어 보이는 조수석. 시선이 닿는 곳마다 깎여 나간 요은의 모습이 아프다.

'내가 힘든 거 볼 때마다 너도…… 힘들 테니까.'

요은의 말이 맞다. 그녀가 힘들 때마다 원규는 아파하게 될 것이다. 하지만 원규의 아픔은 이번 일을 계기로 한 것이 아니다. 결혼 후 하루가 다르게 메말라 가는 요은을 보는 내내 원규도 아팠다는 것을 그녀도 또 원규 자신도 미처 모르고 있을 뿐이다.

원규가 스스로를 또래의 여느 남자아이들과 다르다고 생각한 시기는 은호와의 일 때문에 다시 미국으로 쫓겨난 후였다. 한국에 들어오기 전 어울리던 친구들이 워낙 이성에 관심이 많아 원규 자신도 그런 줄로만 알고 있었다. 실제로 몇몇 여자애들을 사귄 적도 있고 개중에는 꽤 진지하게 만남을 가졌던 아이도 있었다. 여기서 진지한 만남이란, 관계, 흔히 말하는 섹스를 염두하고 상대방을 탐색하는 기간을 가졌음을 뜻한다. 하지만 매번 키스가 무르익을 무렵 원규가 먼저 나서서 상대방을 진정시키곤 했다.

이유는 따로 없었다. 진정한 사랑을 믿어서도 아니고, 섹스에 있어 사랑이 우선되어야 한다는 신념을 가진 건 더욱이 아니었다. 내가 왜 다른 녀석들한테 떠밀려 얘랑 이러고 있어야 되나, 내가 왜 이 여자애의 판타지를 충족시키기 위해 섹스를 해야 하나 등등, 사춘기의 원규에게 섹스란 '남자라면 당연히'를 위한 번잡한 절차에 지나지 않았다.

애초부터 사랑 따위는 없다고 생각하는 원규였다.

유아기에서 아동기를 거치기까지 인간은 본능적으로 무조건적인 애정을 주고받을 수 있는 관계를 갈구하며 그 관계를 유지하기 위해 많은 감정적 에너지를 소비한다. 대부분의 인간에게 있어 그러한 교감관계는 부모, 특히 엄마를 대상으로 시작된다. 하지만 원규의 어린 시절은 약간 달랐다. 갑자기 친모와의 관계가 단절된 채 낯선 환경에 놓이게 된 것이다.

원규가 미국 생활에 빠르게 적응할 수 있었던 이유는 큰부모님의 사랑이 지극했기 때문만이 아니라, 어린 원규에게 있어 맥없이 끊어져 버린 엄마와의 유대가 너무나 절박했기 때문이었다. 하지만 애석하게도 큰부모님의 지극한 사랑은 원규만을 위한 것이 아니었다.

그들에게 원규는 죽은 아들을 대신하는 존재였던 것이다. 쉽게 말해, 자신들의 감정적인 결핍을 충족시키기 위한 도구에 지나지 않았다. 물론 그들이 처음부터 원규를 아들 대신으로 삼으려고 작정했던 것은 아니지만 결과적으로는 그렇게 되고 말았다. 그런 상황에서, 무조건적인 애정을 갈구하는 원규의 본능은 어렸을 때부터 억눌릴 수밖에 없었다.

물론 유아기의 무의식이 성인기에 이르러서도 막대한 영향을 미치지는 않는다. 인간은 20대 후반에 이르기까지 독립적인 자아를 완성하는 단계에 놓여 있으므로, 시간이 흐름에 따라 이성애자든 동성애자든 무성애자든 자연스럽게 스스로의 성적인 기호를 형성하고 인지하며 그에 따라 살게 되는 것이다. 그러나 불행하게도 원규의 사춘기는 유아기만큼이나 자연스럽지 못했다. 감정적인 유대관계에 목말라 있던 그 시기에 은호를 만났기 때문이다.

원규는 은호를 좋아했고 은호도 원규를 좋아했지만, 둘의 감정은 확실히 종류가 달랐다. 원규는 내내 은호의 감정을 정리해 주지 못한 것을 자책하고 있지만, 그건 원규만의 잘못이 아니었다. 만일 은호가 원규와의 유대를 돈독히 하기 전에 자신의 감정을 솔직히 말했다면, 원규는 은호와의 감정적인 거리를 절대 좁히지 않았을 것이다. 원규가 은호의 감정을 인지하기 전부터 은호는 원규를 이성으로 느끼고 있었기 때문이다.

잠든 원규에게 키스하고 있는 은호를 목격한 사람은 아침 일찍 원규를 깨우러 간 프랑스어과 김진목이었다. 원규와는 친구로 지냈지만 기수로는 원규보다 일 년 선배였다. 진목이 문을 열고 들어갔을 때 은호는 이미 원규가 누운 침대에 허리를 숙이고 있었다.

침대에 누워 있는 원규가 보일 리 없는 진목의 눈에는 은호의 일방적인 스킨십이 아니라 쌍방의 애정 행각으로 보이기 충분했다. 평소 말이 없기로 유명한 영어과 수석 박은호가 원규에게만은 살가운 것이 조금 이상하긴 했지만 워낙에 원규가 쾌활하기 때문이려니 생각했는데 동성애라니, 그것도 기숙사에서 말이다.

진목의 상식으로는 도저히 이해할 수 없는 일이었다. 국내 최고의 사학법인 재원학원. 유치원 때부터 입시를 준비하고도 떨어지는 아이들이 수두룩한 재원외국어고등학교. 그런 사실들은 재원외고 학생들의 공공연한 자부심이었다. 두 사람이 기숙사를 더럽히고 나아가 학교의 명예에도 먹칠을 한 것 같아 구역질이 올라왔다.

곧장 기숙사를 나선 진목은 농구팀이 모여 있을 운동장으로 갔다. 그리고 원규를 팀에서 빼는 게 좋을 것 같다고 말했다. 거기서 끝이 아니었다. 사실을 전함에 있어 전혀 거리낄 것이 없다고 생각한 진목은 자신이 본 것을 있는 그대로 말했다.

소문은 삽시간에 퍼졌다. 자유분방하면서도 컴퓨터와 영어에 있어서만큼은 독보적이었던 원규였고, 그즈음 내신 성적이 조금 떨어지기는 했지만 입학 후 단 한 번도 전국 모의고사에서 수석을 놓친 적이 없는 은호였다. 전혀 다른 부류의 아이들이 제각각 원규와 은호를 선망의 대상으로 여기고 있었기에 소문의 반향은 대단했다. 선망하는 부류가 있다면 시기하는 부류도 있는 법, 평소 원규나 은호를 달가워하지 않던 학생들의 입을 통해 진실은 지능적이면서도 잔인할 정도로 왜곡됐다.

원규는 해명조차 할 수 없었다. 이미 누구도 원규의 해명을 들으려 하지 않았기 때문이다. 더구나 은호는 좋아한다는 고백을 넘어 사랑한다고까지 말했다. 남자라서가 아니라 박원규 너라서 사랑한다고. 사랑이라니, 그딴 건 없다며 소리치는 원규에게 나도 그런 줄 알았는데 사랑하고 보니 너였고, 공교롭게도 네가 남자였던 것뿐이라며 선주영과는 괜찮고 나와는 안 되는 이유가 뭐냐고 묻기까지 했다.

소문이 퍼진 후에는 등교 자체가 고문이었다. 사물함 안팎으로 가득한 낙서와 여기저기서 수군거리는 아이들 덕분에 미치지 않는 게 이상할 정도였다. 하지만 집에 얘기할 엄두가 나질 않았다. 대마초 한 번에 자신을 약쟁이로 취급했던 아버지의 추궁을 견딜 수 없을 것 같았다. 내신을 포기하고 컴퓨터정보과학이나 외국어영역 경시대회를 휩쓸기 시작하면서 겨우 안정되나 싶었던 아버지와의 관계를 깨뜨리고 싶지 않았다. 그때까지도 원규는 아버지의 신뢰에 절박했던 것이다. 하지만 무심하게도 원규의 아버지는 또 한 번 아들에게 상처를 입혔다.

아버지가 아들에게 찍어 놓은 동성애자라는 낙인은 너무나 무겁고 잔인해서, 미국으로 쫓겨난 원규는 작정하고 여자를 사귀기 시작했다. 어떤 해명도 통하지 않는 관계로부터 스스로의 자아를 보호하기 위한 일종의 방어기제였다. 하지만 교제 중인 여자를 안을 때마다 스스로의 성적인 기호를 증명하기 위해 상대를 이용하고 있다는 생각이 들어 관계 자체에 집중할 수가 없었다.

그렇다고 남자에게 흥미를 느낀 것도 아니었다. 남자에게든 여자에게든 일체의 욕구가 느껴지지 않았다. 유아기의 아픔도 아동기의 불안도 사춘기의 상처도, 어느 것 하나도 제대로 해소되지 않은 채, 원규는 감정적인 불구가 되고 말았다.

그렇게 엎친 데 덮치고 덮친 데 엎친 격인 원규의 삶에 허연화가 나타난 후, 원규는 그 누구에게도 아무것도 바라지 않기로 했다. 사랑도 믿음도 기대도 필요 없었다. 그냥 좋아하는 일을 하면서 그 일과 관련된 사람들과의 업무적인 관계만 허용하며 살았다. 4년간 줄곧 그렇게 살았고 누구와도 육체적인 관계를 가지지 않았다. 그러고 싶은 생각도 없었다.

아들의 죽음을 극복하지 못한 큰부모가 그들 자신도 모르는 사이에 원규에게 죽은 아들의 역할을 바랐을 때도, 어린 원규를 미국으로 보낸 아버지가 자신의 불리한 환경 때문에 원규를 방치했다는 자책에 괴로워하며 다분히 강압적인 방식으로 원규를 통제하려고 했을 때도, 원규와의 일로 은호의 어머니가 돌아가시고 마침내는 은호까지 자살했다는 걸 알게 됐을 때도, 원규는 스스로를 감싸 안지 못했다. 자기애의 부재. 아이러니하게도 원규의 삶에 원규는 없었다.

'누굴 원망해. 그래서 뭐가 달라진다고.'

새로 마련한 집에 데려갔을 때 요은이 했던 말이다. 그녀의 말이 너무 아팠다. 아무도 원망할 수 없는 것이 어떤 일인지 알기에 속이 무너졌다. 단순히 요은을 동정해서가 아니었다. 요은이 무너지면 또 다른 죄책감에 시달릴 것이 두려워서도, 요은에게서 자신의 모습을 발견하고 동질감을 느껴서도 아니었다.

"그럼 뭔데."

혼잣말을 중얼거린 원규가 문득 정신을 차리며 마른 입술을 적신다. 운전대를 잡은 원규의 손이 미세하게 떨리고 있다. 원규의 쿠페는 어느새 반포대교에 진입해 있었다. 화려한 조명으로 짙푸른 어둠을 밝히며 윤곽을 드러낸 한남대교와 동작대교가 양옆으로 보이지만 원규의 시선은 앞 유리에 고정된 채 움직일 줄을 모른다.

마음이 번잡한 원규와 달리 요은은 모처럼 깊은 잠을 자는 중이다. 햇빛 향이 가득한 이불을 폭신하게 덮은 아기처럼 곤히 잠든 요은의 얼굴이 더없이 편해 보인다.

eee

엘리베이터에서 내리자 어머님이 계셨다.

"어서들 와라. 춥지?"

"왜 여기 계세요?"

원규야, 말 좀 예쁘게 하면 안 되겠니.

"늦어서 죄송해요 어머님. 추운데 안에 계시지 않고 왜 나오셨어요."

"너야말로 몸도 안 좋은데 이렇게 밖으로 다녀도 괜찮니?"

"많이 좋아졌어요."

원규가 현관문을 열고 옆으로 비켜섰다.

"어서들 가자. 아버님 기다리시겠다."

"네."

"몸은 정말 좋아진 거니?"

"퇴원해도 될 거 같은데 병원에서 안 놔줘요."

"그럴 만하니 그런 게지. 몸조리 잘해라."

"염려 끼쳐 드려서 죄송해요."

"죄송하긴. 별말을 다 하네."

원규를 따라 어머님과 나란히 안으로 들어섰다. 전실을 지나 심플한 액자로 장식된 긴 복도를 걸으며 아버님께 여쭐 인사를 고민하기 시작했다. 팔을 둘러 나를 감싸고 계신 어머님의 향기가 며칠 전과 마찬가지로 엄마를 떠오르게 한다.

"원규 아버지, 애들 왔어요."

우뚝 멈춰 선 원규의 오른쪽으로 딱 잡아 설명하기 힘든 표정의 아버님이 보였다.

"안녕하세요, 아버님. 갑자기 찾아봬서 죄송해요."

"아니다. 어서들 와라."

원규야 뭐 하니. 빨리 인사드리지 않고.

일, 이, 삼, 사, 오……

모두가 얼음인 상태로 띠록— 띠록— 괘종시계의 초침 소리만 가득하다.

"이거 어디다 두면 돼요?"

인사는 어디다 팔아먹었나 싶지만 어쨌든 어색한 침묵을 깨 준 건 고마운 일이다.

"몸도 성치 않은데 그냥 오지 않고."

"이쪽으로 와서 앉아라. 당신은 과일이라도 좀 내오고."

어머님이 내 어깨를 다독이시자 아버님이 헛기침을 하며 말씀하셨다.

"그래. 피곤할 텐데 어서 앉으렴. 과일 금방 내오마."

"아뇨. 제가 내올게요."

오늘 처음 온 손님도 아니고 며느리가 된 지 언젠데, 어떻게 멀쩡히 앉아서 과일을 받아먹을 수 있단 말인가.

"아버님, 어머님 앉아 계세요."

그런데 주방이 어디였더라.

"그러지 않아도 된다. 어서 이쪽으로 앉아."

소파에 놓인 쿠션을 고쳐 놓으며 자리를 마련하고 계신 아버님 앞에 어쩔 줄 몰라 하는 사이, 원규가 팔을 두르며 내 옆에 섰다.

"가서 앉아."

"그거 이리 주고."

어머님이 원규가 들고 있던 선물세트를 들고 복도의 왼편에 있는 통로로 들어가셨다. 그리고 나는 부드럽게 허리를 감싼 원규에게 이끌려 어느새 소파에 앉아 있었다. 손님 대접 받으려고 온 게 아닌데, 괜히 어머님께 민폐를 끼치고 있는 것 같다.

"얼굴이 많이 야위었구나."

아버님이 나에게 말씀하신 후 곧장 원규를 바라보셨다.

"부모 자식 간이라도 남보다 못할 때가 많으니, 새아기 너한테 정말 면목이 없구나."

내 아들이 이렇게까지 엉망인 줄은 몰랐다는 말씀인가? 아무리 그렇다고는 해도 원규가 듣는 앞에서 저렇게 말씀하실 줄은 몰랐다.

"사돈어른들께서는 별말씀이 없으시더구나."

"이 사람 본가에까지 전화하셨어요?"

"넌 잠자코 있어."

"아버지."

"잠자코 있으라고 했다."

조용히 손을 움직여 옆에 앉은 원규를 붙들었다.

"부모님께는 말씀 안 드렸어요."

남들 앞에서 체면 구기는 걸 제일 싫어하는 분. 끝까지 원규를 동성애자로 생각하신 분. 그걸 견딜 수 없는 수치로 여기셨던 분. 하지만 그게 전부는 아닐 거라고 생각했다. 알고 보면 원규를 염려하는 아버님의 마음이 지나쳤기 때문에 생긴 오해일 거라고 생각했다.

"괜한 일로 걱정하실 거 같아서요."

그런데 흡족한 듯 웃으시는 아버님을 보자, 오해가 아니었으면 어쩌나 싶어 속이 따갑다. 내가 이런데 원규는 어땠을까.

"죄송해요 아버님. 제가 부족해서 괜한 걱정을 끼쳐 드렸어요."

"아니다. 남으로 살던 두 사람이 함께 지내다 보면 별일이 다 많을 게야. 더구나 너희들은 워낙에 결혼을 서두르기도 했으니 평탄하기만을 바라는 건 욕심이지. 어쨌든 잘 판단한 일이다. 원규가 부족한 게 많아 걱정이었는데, 새아기 네가 이렇게 현명하니 한시름 놔도 되겠구나."

아버님이 자리에서 일어나셨다.

"그래. 새아기는 좀 쉬고, 원규는 잠깐 서재로 와라."

말없이 일어난 원규는 뼈마디가 하얘지도록 주먹을 쥐고 있다. 그리고 나는 왠지 꼼짝도 할 수가 없다.

원규보다 앞서 서재에 들어선 아버지가 자리를 잡고 앉아 원규가 들어오기를 기다리고 있다. 혹시 이번 일로 이혼 얘기라도 나오면 어쩌나 싶어 심란했는데 며느리의 태도로 볼 때 그런 걱정은 안 해도 될 것 같다. 전치 5주에 가까운 상해를 입은 데다 119구조대에 확인을 해보니 이태원 해밀턴 호텔에서 응급호출을 넣은 것으로 돼 있었다. 체크인이 한요은으로 되어 있었던 걸로 볼 때 원규를 찾아 이태원에 갔던 게 아닌가 싶어 얼마나 마음을 졸였는지 모른다. 동성애자인 사실을 숨긴 배우자는 이혼소송에서 절대적으로 불리한 입장에 놓이기 때문이다.

"앉아라."

아버지는 뒤이어 들어온 원규에게 맞은편 소파를 권하며 말린 박하 잎을 파이프에 채우기 시작했다.

"아직도 정신을 못 차리고 이태원에 들락거리는 게냐."

자리에 앉은 원규가 건조한 시선으로 아버지를 바라본다. 매번 똑같은 질문에 답할 기운도 의욕도 모두 사라져 버린 지 오래인 원규다. 하지만 오늘만큼은 참을 수가 없다. 해밀턴 호텔은 이태원이고, 이태원은 동성애자 소굴이고, 그러니 당연히 의심부터 하는 아버지를 도저히 견딜 수가 없다.

"계속 이태원에 들락거리면 가만두지 않겠다고 분명히 얘기했을 텐데. 결혼해서 정신 차리고 살겠거니 했더니만 여전한 모양이구나."

"대체 왜 이러세요. 무슨 말씀을 어떻게 들으셨길래 제 얘기는 하나도 믿지를 않으세요. 8년이에요. 8년 동안 계속 말씀드렸잖아요. 은호한테 친구 이상의 감정을 느낀 적 없다고, 형을 사랑하는 게 아니라고, 몇 번을 말씀드려요."

"친구 이상의 감정을 느낀 적도 없는 녀석이랑 침대에서 놀아나는 게 정상이라고 생각하는 게냐."

"아버지 제발……."

"니가 죽인 것도 아닌 녀석의 넋을 위로한답시고 그런 매음굴에 찾아다니는 게 정상이라고 생각하는 게야?"

수백 아니, 수천 번을 얘기해도 매번 똑같은 질문이다.

"제가 뭐라고 답해 드려야 속이 시원하시겠어요?"

"너한테 듣고 싶은 말 없다. 여러 말 필요 없으니 미국으로 나가."

정말 지긋지긋하도록 한결같은 분이다.

"결혼만 하면 된다고 하시지 않았나요?"

"네가 전혀 나아질 기미가 안 보이니 하는 말이야."

"저 환자 아닙니다. 처음부터 나아지고 말고 할 것도 없었어요."

"창피한 줄을 좀 알아. 새아기가 이태원까지 찾아간 걸 보면 네가 어떻게 사는지 훤한 일이야!"

"미국에 가면요? 그럼 제가 나아질 거라고 생각하세요?"

"적어도 여기서 부모 얼굴에 먹칠하는 일은 없겠지."

아버지에게 인정받기 위해서는 아니지만, 자신의 분야에 있어서만큼은 누구보다 열심인 원규였다. 아버지 역시 원규가 국내 주요 그룹들의 정보보안 서비스 구축에 있어 중요한 역할을 담당하고 있음을 알고 있다. 하지만 그래서 더 마음에 걸린다. 재계에서 상품 가치를 인정받아 이름이 알려진 원규가 소문에 휘말릴 경우 그 뒷감당을 어떻게 해야 할지 자신이 없는 것이다. 더구나 그가 대표 변호사로 있는 법무법인 수휘(首揮)는 국내 최대 규모의 로펌으로서 기업 관련 업무를 주로 하는 곳이다. 국내에 기반을 둔 글로벌 기업의 경우 법무팀을 따로 운영하고는 있지만, 그런 곳에서조차 중요한 사안에 있어서만큼은 그에게 자문을 구할 정도로, 실무 분야에서 만큼은 그를 따를 사람이 없다는 자부심으로 살고 있는 아버지였다.

"죽은 사람을 구실로 남자에 빠져 사는 꼴 더는 못 본다. 더구나 두 사람은 형제지간이야."

"아니라고 말씀드렸잖아요. 아니라고요!"

"박원호가 너한테 집착하는 이유를 정말 몰라서 이러는 게야? 내가 둘한테 매몰차게 했던 걸 앙갚음하려는 거라고 몇 번을 말해야 알아들어!"

"그게 두려우세요? 그래서 형이라면 이렇게 질색하시는 거예요?"

"닥치지 못해! 박원호까지 못쓰게 돼야 정신을 차릴 셈이야?!"

"제발 그만 좀 하세요."

그 순간, 이제 막 서재 앞에 도착한 요은은 노크를 하려다 말고 손을 거뒀다. 그녀의 다른 한 손에는 시어머니가 정성스럽게 깎은 과일을 담은 쟁반이 있었다.

"아버지 제발…… 제발 그만하세요. 아버지께서 이러실 때마다 제가 어떨지 생각은 해 보셨어요? 대체 어디까지 물러나야 돼요? 제가 사람으로는 보이세요? 아버지 아들이기 전에 저도 사람이에요. 저한테도 감정이라는 게 있습니다."

"물러나다니? 약에 손댄 것도 남자에 빠진 것도 모두 네가 먼저 벌인 일이다. 난 그걸 수습해 준 거고."

"저도 이제, 아버지께 떠밀려서 미국으로 갔던 어린애가 아니에요. 한 번만. 제발 한 번만 저를 믿으세요. 제가 알아서 하겠다잖아요."

아버지에게 아들은 항상 물가에 내놓은 어린아이였다. 젊은 시절

전직 대통령의 비자금 수사에 열과 성을 다한 대가로 목숨을 위협받는 동안, 정의사회 구현은 치기 어린 희망 사항에 지나지 않음을 뼈저리게 깨달았다. 혹시나 자신이 잘못될 경우 아들만이라도 무사하기를 바라는 마음으로 갓 네 돌을 지난 원규를 미국으로 보냈다. 그 간절함이 아버지를 완전히 다른 사람으로 만들어 버렸다. 누구도 자신과 자신의 가족을 위협할 수 없도록 무소불위의 힘을 가지는 것이 그의 삶에 새로운 목표가 된 것이다.

그러는 동안 아들은 너무 커 버렸고 아버지의 주객은 전도되고 말았다. 한 번의 실수로 꺾여 나갈 뻔했던 자신의 삶이 너무나 사무쳐 아들에게만큼은 아무런 오점도 없기를 바랐다. 누구도 책잡을 수 없는 완벽한 사람이 되기를 바랐다. 그리고 그런 아버지의 바람이 아들에게는 독이 되고 말았다.

"믿을 만한 행동을 보이고 믿어 달라고 해! 결혼하고 나서 너한테 아무도 안 붙인 결과가 이거냐? 결혼으로 눈을 가려 놓고 또 거길 들락거리는 게 제정신을 가진 녀석이 할 짓이야?"

못 박힌 듯 문밖에 서 있던 요은은 조심스럽게 걸음을 돌렸다. 일방적으로 다그치는 아버지에게 그게 아니라고, 그만하시라고, 제발 믿어 달라고 말하는 원규의 목소리가 귓가를 떠나지 않아 걸음이 무겁다.

결혼이 필요했다는 원규의 절박함을 실감하고 나니 더욱 가슴이 아프다. 이용당했다는 생각에 아픈 것이 아니라 원규가 안쓰러워서다. 계단을 다 내려온 요은이 여러 번 심호흡을 하며 주방으로 들어갔다. 커피를 내려 놓겠다던 원규의 모친이 식탁에 앉아 요은을 기다리는 중이다.

"어떡해요 어머님."

"왜? 무슨 일 있니?"

"서재를 못 찾겠어요. 1층 복도 끝에서 오른쪽이라고 하셨잖아요."

"거긴 당연히 없지. 2층 복도 끝에 오른쪽이라니까."

웃으며 자리에서 일어난 어머니가 요은의 손에 들린 쟁반을 받아 들었다.

"그러게 내가 다녀온다고 했잖니. 잠깐 앉아서 기다리렴. 금방 다녀 올게."

"아니에요. 제가 다시……."

"며느리 잃어버릴까 봐 그래."

아버지와는 너무 다른 어머니다. 아들 걱정에 피가 마른 어머니라 는 원규의 말이 떠오르자, 요은은 다시금 속이 아리다.

결혼 전 원규가 쓰던 방. 시트가 깔끔하게 정돈된 침대 위에…… 원 규와 나란히 누워 있다. 원규를 닦달하던 아버님은 언제 그랬냐는 듯 아무렇지 않은 얼굴로 진지를 잡수시고는 잠시 볼일이 있다며 나가셨 고 나는 어머님의 기억에 남아 있는 원규의 얘기를 듣느라 시간 가는 줄도 모르고 거실에 앉아 있었다.

어머님의 얘기를 듣던 원규는 어디론가 사라졌다가 새해 타종을 몇 분 앞두고 어머님께 불려 나왔고 아버님은 타종이 끝난 후에야 들어 오셨다. 그렇게 어찌어찌하다 보니, 잠깐 들러서 인사만 드리겠던 계획이 하루를 묵고 가는 것으로 변경되고 말았다.

"자?"

"아니."

불 꺼진 천장을 바라보던 내가 묻자 원규가 조용히 대답했다.

"너 어렸을 때, 걷기도 전에 말부터 했대."

"응, 알아."

"어머님이 이런저런 얘기를 많이 해 주셨나 봐. 말을 많이 들으면 입이 빨리 트인대."

"기억이 잘 안나."

"원규야."

"응."

"잠이…… 안 와?"

"약간."

"피곤해 보이는데 왜 잠이 안 와?"

이불 위에 얹은 손등 위로 원규의 한숨이 느껴진다.

"요즘에는 약 안 먹어?"

"응."

"왜?"

"시간도 없고 생각도 없고. 병원에 있다 보면 그럭저럭 잠이 오기도 해서."

"그럼 전에는…… 잠이 안 왔어?"

"음. 자주 악몽을 꿨어."

"어떤 악몽?"

원규는 한참 동안 대답이 없다.

"나 때문인 줄 알았어. 나랑 눕는 게 너무 싫어서…… 수면제를 먹었다고 생각했어."

"수면제가 아니라 수면유도제야. 약국에서 살 수 있는 거."

"많이 다른 거야?"

"수면제는 병원 처방이 있어야 되거든."

"원규야."

"응?"

"아까 너랑 아버님이 서재에서 하는 얘기…… 잠깐 들었어. 과일 가지고 갔다가."

원규의 숨소리가 어찌나 깊은지 나까지 가슴이 답답하다.

"미안해."

"괜찮아. 어차피 너도 대부분은 아는 얘긴데 뭐."

"아버님께서 그렇게까지 너한테 부담을 주고 계신 줄은 몰랐어."

"아버지도 딱한 분이셔. 내가 이렇게 된 게 당신 탓이라고 생각하시 거든. 그럴수록 더 깊이 간섭하려고 하시는 게 문제지."

"아버님을…… 이해하는 거야?"

"조금. 아버지도 어머니도 조금씩은."

이불 안으로 손을 넣어 가슴에 올렸다. 왠지 공기가 차갑게 느껴졌 기 때문이다.

"추워?"

"아니. 그냥 손이 좀 차서."

원규가 나를 향해 모로 누운 순간 머릿속이 하얘졌다. 이불 아래로 손을 넣은 원규가 나의 팔을 따라 손을 더듬기 시작했다. 가슴에 손이 닿지 않게 하려고 노력하며 나의 손을 찾고 있는 것이 느껴지자 심장 이 요란하게 쿵쾅거린다.

마침내 원규가 내 손을 잡고는 몸을 살짝 들었다. 그리고 온기가 가 득한 원규의 심장 아래쪽에 있는 시트 위로 내 손을 올린다. 원규의 손길을 따르려니 자연스럽게 마주 보고 눕게 됐다. 분명 자연스럽게 마주 보고 누운 상황인데 너무나도 부자연스럽게 쿵쾅대는 심장이 금 방이라도 터져 버릴 것 같다.

"흡!"

아— 이런 망할 딸꾹질.

"흡!"

제발 좀……!

"많이 불편해?"

"아니, 괜차…… 흡!"

"물 가져올게."

원규가 몸을 일으키자 두 손을 따뜻하게 감싸고 있던 온기가 달아 났다.

"아니!"

그 온기가 너무 소중하고 아쉬워서 나도 모르게 원규를 잡았다. 순식간에 힘을 받은 원규의 팔꿈치가 꺾여 원규의 몸이 내 위로 기울었고 흠칫 놀란 원규가 다른 팔로 몸을 지탱하려는 순간, 어둠에 멀어 버린 시야를 따라 이성을 닫아 버린 내가 원규의 어깨를 감싸 안고 입을 맞췄다.

원규의 곧은 콧날에 닿은 나의 입술과 나의 턱 밑에 닿은 원규의 입술에서 아스라이 멀어진 호흡이 엄청난 파도처럼 혈관을 타고 울린다. 차오르는 숨이 힘들어 호흡이 멎어 버릴 것 같음에도 원규에게 닿은 입술을 거둘 수가 없다. 하지만 원규의 입술이 나에게서 멀어지고 있었다.

그런데 바로 다음 순간, 창피함과 무안함에 가까스로 정신을 차린 나의 뺨에 원규의 입술이 닿는다. 그리고 나의 두 눈에 원규의 입술이 닿는다. 마지막으로 나의 입술에도…… 한없이 부드럽고 따뜻한 원규의 입술이 닿았다. 강렬한 태양에 눈이 멀어 눈물이 고이기 직전, 한순간 전신을 휩쓸고 가는 낯선 자극. 칠흑의 어둠 속에서 태양을 본 것 같다.

Chapter 10. 한 걸음

[고소인: 한요은. 주민등록번호: 810206-2XXXX19. 주소: 경기도 성남시 분당구 구미동……]

주소를 쓰다 말고 백스페이스를 두드렸다. 바뀐 주소를 물어보지도 않고 예전 주소를 쓰고 있었던 것이다. 막상 고소장 양식을 채우려니 소금 뿌린 상처에 인두를 얹은 듯 숨이 화끈거리고 묵직하게 가라앉은 머릿속이 미간을 눌러 자꾸만 넋을 놓게 된다.

아래층에 있는 원규를 부르려다 말고 자리에서 일어나 계단 앞에 섰다. 나선의 계단을 보고 있으려니 왠지 현기증이 느껴져 난간에 의지해 심호흡을 하는 사이, 전면 유리를 통해 실내로 쏟아진 찬연한 햇살이 복잡한 머릿속을 환하게 비춰 조금은 기분이 나아졌다. 처음 왔을 때나 지금이나 햇빛이 참 좋은 곳이다.

오른편에 보이는 저게 성산대교. 더 오른쪽에 있는 건 가양대교. 근데 왼편에 있는 저 다리는 이름이 뭐였더라? 어쨌든 날씨가 맑아서인지 이름 모를 왼쪽 대교 아래에 놓인 선유도공원이 한눈에 들어온다.

선유도공원. 다리의 이름은 모르지만 한 번도 가 본 적 없는 저 공원의 이름만큼은 모를 수가 없다. 공주 본가에 선유봉(仙遊峰)이라는 수묵채색화가 있어 어렸을 때부터 쭉 보고 자랐기 때문이다. 선유도(仙遊島)는 원래 선유봉이라고 불리는 작은 봉우리 섬이었는데 일제 강점기에 암석 채취를 위해 섬을 죄다 깎아 내 봉우리라고는 흔적조차 찾아볼 수 없게 됐다.

고모님들은 선유봉 표구 앞에 설 때마다 그림 속의 그곳이 마치 침탈당한 한반도의 축소판인 듯 애통해하셨다. 뼈를 갈아 부수고 피를 짜 마셔도 시원치 않을 놈들. 고모님들께 일본이란 예나 지금이나 철천지한이다.

아무리 우울한 과거였던들 고소장을 써야 하는 현실보다는 낫기 때문인지 쓸데없이 생각이 많아지는 것 같다. 억지로 생각을 털어 내며 반대편에 있는 가양대교를 바라봤다. 저기 어딘가 엄마의 집이 있다 생각하니 왠지 마음이 든든하다.

계단 몇 개를 남겨 놓고 머리를 고쳐 묶은 후 걸음을 가볍게 하려 애쓰며 1층에 도착했는데, 소파에 등을 기댄 원규는 무슨 생각을 하는지 앉은 자리에서 꼼짝도 않는다. 발소리를 조금 높여 다가서는 동안에도 전혀 반응이 없다.

"저기."

여전히 무반응. 혹시 자는 건가?

"원규야."

혹시나 하며 조심조심 다가서 보니 역시나 앉은 채로 잠들어 있다. 비록 옆모습이긴 하지만 안경을 벗은 원규를 밝은 데서 보는 건 처음이다. 이마를 살짝 덮은 앞머리를 시작으로, 다듬어 놓은 듯 곧은 눈썹과 길게 드리워진 속눈썹을 지나, 미간 아래로 적당히 깊은 콧부리에 멎어 있던 나의 시선이…… 시원하게 뻗은 콧날을 따라 원규의 입술에 닿았다. 두 갈래 꽃잎을 옆으로 뉘어 놓은 듯 살짝 벌어진 원규의 입술을 보며 나도 모르게 내 입술 위로 손을 얹었다. 아직도 선명한 새벽의 감촉에 여지없이 가슴이 뛴다. 하지만 또 한편으로는 혼란스럽다.

우린 지금 뭘 하고 있는 걸까. 문득 그런 생각이 들었기 때문이다. 원규의 입맞춤을 어떻게 받아들여야 할지 모르겠다. 짧은 입맞춤이었지만 너무 갑작스럽고 설레서 아무것도 생각할 수 없었던 오늘 새벽과는 달리, 잠든 원규의 모습을 보고 있는 지금은…… 뭐가 뭔지 모르겠다. 원규에 대한 나의 감정은 처음부터 한결같았기에 새삼스럽게 되짚을 필요도 없지만, 나에 대한 원규의 감정은 대체 뭘까.

으— 또 생각에 빠져 넋을 놓고 있었다. 이러다가는 내일이 되고 모레가 돼도 고소장을 완성하기는커녕 잠든 원규를 깨울 수조차 없을지도 모른다. 다시금 복잡해진 머릿속을 탁탁 털어 내며 상황을 간단히 정리했다. 하나, 원규를 깨운다. 둘, 여기 주소를 묻는다. 셋, 2층으로 올라간다. 넷, 고소장을 마저 쓴다. 다섯, 생각은 그다음에 한다.

"원규야."

아무래도 깊게 잠든 모양이다. 하긴, 새벽에도 나보다 늦게 잔 거 같았고 아침에는 나보다 일찍 일어난 데다, 오전 내내 이리저리 운전을 한 것도 모자라 가양동에서는 잔뜩 긴장하고 있었으니 피곤할 만도 하다. 그렇다고 해서 원규가 일어날 때까지 기다리고 있을 수는 없다.

"박원규."

정면으로 옮겨 서서 한 번 더 이름을 부르자 원규가 살짝 미간을 찌푸린다. 그래, 이 정도면 반응이 올 때도 됐지.

"미안한데 물어볼 게 있어서."

안 미안할 걸 그랬다. 미간을 찌푸린 원규가 이내 깊은 숨을 뱉으며 숙면에 들어가셨기 때문이다. 잠이 아니 오셔서 수면유도제를 드시었다던 그분은 이분이 아니란 말인가. 어떻게 깨우는 줄도 모르고 계속 잘 수가 있지. 흔들어서라도 깨워야 하나 고민하며 주변을 둘러보던 중 거실 한쪽의 인터폰에 눈이 멎었다.

인터폰으로 경비실을 연결해 주소를 묻자 곧바로 친절하게 답해 준다. 주소를 머릿속에 되뇌며 2층으로 올라가려다 말고 원규가 잠들어 있는 소파 앞에 섰다. 침대로 옮길 수는 없으니 눕히기라도 해야 할 것 같아서다.

원규의 손에서 조심스럽게 빼낸 안경을 테이블 위에 올려 두고 어깨에 손을 얹은 순간이었다. 비명처럼 숨을 뱉은 원규가 눈을 번쩍 뜨며 내 손목을 잡았다. 너무 순식간에 벌어진 일이라 놀라기도 했지만 원규에게 잡힌 손목이 너무 아프다.

"원규야…… 손 좀……."

여전히 내 손목을 움켜쥐고 있는 원규의 시선에…… 초점이 없다. 흔들리는 눈동자와 굳게 다문 입술이 너무 불안해 보인다.

"원규야."

다시 한 번 이름을 부르자 손목에 느껴지는 악력이 점점 약해지기 시작했다. 그러더니 어느 순간 흠칫 놀란 원규가 나를 바라본다. 마치 이제야 나의 존재를 인지한 것 같은 표정이다.

"괜찮아?"

그건 네가 아니라 내가 묻고 싶은 말이거든. 얼얼한 손목을 주무르며 테이블에 걸터앉아 원규를 마주 봤다.

"그러는 넌?"

"응?"

"너 지금 무지 안 괜찮아 보여."

말없이 눈을 피할 뿐이다. 시선으로 술래잡기라도 하자는 건가? 아님 까꿍놀이? 도망친 원규의 시선을 따라 몸을 옆으로 기울였다.

"꿈꿨어?"

대답이 없는 걸 보니 그런가 보다.

"무슨 꿈인데 그래."

"뭐…… 그냥……."

좀처럼 말끝을 흐리는 법이 없는 원규가 얼버무리며 시계를 본다.

"높은 데서 떨어지는 꿈."

정면으로 시선을 옮긴 원규가 스치듯 말했다. 더 이상 몸을 기울여 시선을 맞출 필요가 없도록 배려해 준 건 고맙지만 높은 데서 떨어지는 꿈이라니, 혹시 농담인가? 높은 데서 떨어지는 건 키 크는 꿈이라고 위로라도 해 줘야 하나 고민하는데 원규가 가만히 나를 바라본다.

"아니. 떨어지려고 하는 꿈."

떨어진 것보다는 나은 상황인가.

"고마워."

이건 또 무슨 소릴까.

"응?"

"잡아 줬잖아."

원규한테 문법을 좀 가르쳐야 할 것 같다. 주어랑 목적어를 절대 생략하지 않도록 말이다.

"니가. 날. 잡아 줬어."

마치 내 생각을 읽기라도 한 것처럼 주어, 목적어, 동사를 차곡차곡 말한 원규가 반쯤 미소를 지었다. 웃음도 아니고 미소도 아닌 애매하면서도 설레는 저 표정을, 난 이제부터 반미소라고 부를 거다. 웨딩 촬영 내내 사진작가가 나한테 그렇게나 부르짖던 반미소가 아마 저런 표정 아니었을까.

℮℮℮℮

요은은 여전히 모니터 앞에 앉아 있다. '왜' 라는 항목을 제외하면 '누가, 언제, 어디서, 무엇을, 어떻게' 의 다섯 가지는 너무도 분명한 사건인데 고소인란에 필수 사항을 입력한 후 한참 동안 아무것도 쓰지 못했다.

그녀는 눈을 감은 채 키보드 위에서 갈 곳을 모르고 방황하던 손가락을 거두며 숨을 깊이 들이마셨다. 이미 여러 차례 결심한 것들을 되짚으며 입술을 깨물었던 그녀가 다시 눈을 뜨기까지는 꽤 오랜 시간이 필요했다.

[피고소인: 우해준.]

참 멀쩡한 이름이다.

[주민등록번호: 820626−1XXXXXX. 주소: 서울시 강남구 도곡동 46−29 신휜타워캐슬 3차 G동 58층 5801호.]

대한민국의 여느 누구와 마찬가지로 주민번호도 있고 주소도 있다.

[고소취지: 고소인 한요은은 피고소인 우해준을⋯⋯.]

그녀는 행을 바꿔 고소 취지를 작성하다 말고 손을 멈췄다. 강간미수에 의한 상해 혹은 강간미수에 의한 치상이라는 죄목이 따로 없으니 강간치상죄라고 적으면 되는데, 고작 다섯 음절밖에 안 되는 자음과 모음의 조합을 써 내려가는 일이 힘들기만 하다. 초점을 흐린 요은의 시선이 가해자의 이름과 주민등록번호에 멎은 채 움직일 줄을 모른다.

"우해준."

사람이었구나 싶다. 이름도 있고, 주민등록번호도 있고, 사는 곳도 있는⋯⋯ 그냥 사람. 이제껏 요은에게 있어 가해자는 짙은 어둠 속의 정체 모를 대상이었고 두려움이었으며 거대한 어둠 그 자체였다. 그런데 가해자가 누군지 알고 나니 어둠 속에 숨어 몸집을 부풀리고 있던 그의 실체를 본 것만 같다. 우해준은 두려움의 대상도 어둠 그 자체도 아니었다. 한동안 생각에 잠겨 있던 요은이 천천히 심호흡을 하며 키보드를 두드리기 시작했다.

[고소인 한요은은 피고소인 우해준을 강간치상죄로 고소하오니, 이

에 엄중히 수사하여 처벌해 주실 것을 바랍니다.]

하지만 범죄 사실을 작성하기에 앞서 다시금 손이 멈춰 버린다. 우해준이라는 인간은 더 이상 두렵지 않으나 우해준이 한 짓을 떠올리는 건 여전히 두려운 일이었다. 하여…… 지금 한 번, 내일 고소장을 낸 후에 또 한 번, 경우에 따라서는 앞으로도 여러 번 그날의 일을 되짚어야 할지도 모른다는 생각에 여지없이 숨이 무너지고 만다.

[피고소인 우해준은 2006년 12월 15일 오전 1시경 서울시 용산구 이태원동 OOO - O번지 소재 OO에서 고소인 한요은을 폭행, 협박하여 강ㄱ……]

강간하려 하였으나 미수에 그치고 이 과정에서 고소인 한요은에게 전치 5주의 상해를 입힌 사실이 있습니다……를 마저 쓰지 못하고 까맣게 깜빡이는 커서를 바라보는 요은의 뒤편으로 이제 막 계단을 올라선 원규가 걱정스러운 듯 그녀를 바라보고 있다. 고소장을 쓰는 동안 2층을 비워 달라는 요은의 말에 그러마고 했지만 시간이 오래 지나도록 인기척이 없자 올라와 본 것이다. 요은은 계단을 등지고 앉아 있으니 잠깐 살펴만 보고 내려갈 생각이었다.

[우해준 우해 ㅈ……]

반복적으로 가해자의 이름을 두드리던 요은이 문득 손을 멈춘다. 그러고는 가슴을 움켜쥐었다. 폐에 닿지 않는 들숨과 안으로만 쌓여 가는 날숨에 폐세포가 하나하나 터져 나가는 것만 같다. 억지로라도 숨을 쉬기 위해 가슴을 두드리는 요은을 보고 있던 원규가 서둘러 그녀에게 다가섰다.

그런데 원규가 요은의 이름을 부르며 어깨에 손을 얹은 순간 그녀가 반사적으로 몸을 웅크렸다. 원규의 목소리도 들리지 않고 자신이 어디에 있는지도 잊은 요은이였다. 그런 요은의 뇌를 휘감은 자극이 끔찍한 기억으로 재생될 무렵, 무릎을 꿇은 원규가 요은이 앉은 회전식 등받이의자를 자신의 방향으로 돌렸다. 하지만 방금 전 그녀를 놀라게 한 것이 자신의 손길인 것만 같아 차마 손을 댈 수가 없다.

"요은아."

요은아…… 한요은…… 원규는 그렇게 몇 번이고 요은의 이름을 불렀다. 곁에 있는 게 전부인 자신의 모습이 한심한 만큼 가해자에게 화가 나고, 그 이상으로 자기 자신이 원망스럽다. 요은을 오해한 채, 그 오해를 풀려는 어떤 노력도 하지 않았던 시간이 가슴에 사무친다.

"한요은."

팔걸이를 움켜쥔 원규의 손마디가 하얗게 핏기를 잃어 갈 즈음, 원규의 목소리에 의지해 끔찍한 기억으로부터 벗어나려고 애쓰던 요은의 눈동자가 초점을 찾기 시작했다. 그렇게 얼마의 시간이 흘렀을까. 가슴에 모아 움켜쥐고 있던 손을 천천히 풀어낸 요은이 원규를 바라보며 힘겹게 미소 짓는다.

"박원규 너 진짜……."

팔걸이에 얹은 원규의 손등 위로 손을 포갠 그녀가 창백한 입술로 말을 이었다.

"왜 이렇게 사람을 놀래켜."

요은이 놀란 건 원규 때문만이 아님을 알고 있는 두 사람이다. 다만 순간적으로 사고 당시의 기억에 휘말렸던 요은도 그런 그녀를 지켜본 원규도 말없이 시선을 나누고 있을 뿐이다. 괜찮지 않은 것을 알기에 괜찮으냐고 물을 수 없는 원규고, 그런 원규를 알기에 괜찮다고 말할 수 없는 요은이다.

하지만 어느 순간, 힘겨워만 보이던 그녀의 미소가 점차 편안한 웃음이 된다. 지금 당장은 괜찮다고 할 수 없지만 차차 괜찮아질 것 같아서다. 앞으로도 문득문득 떠오르는 그날의 기억에 고통스럽겠지만 조금 전처럼 노력하면 어떻게든 벗어날 수 있을 것 같다. 더 이상은 끔찍한 기억의 소용돌이에 휘말려 정신을 잃지 않아도 될 것 같다는 생각에 스스로가 대견하다.

"있잖아, 나 좀 기특하지 않아?"

원규는 말을 맺은 요은이 의자에서 내려와 앉은 후에야 정신을 차렸다. 그녀가 웃을 때마다 뭐라 설명할 수 없는 감정이 의식을 두드려 문득문득 넋을 놓게 되는 것이다.

"미안. 못 들었어."

못 들었다는 원규의 말을 못 알아들었다는 의미로 받아들인 그녀가 다른 말을 고르느라 미간을 살짝 찌푸렸다. 그러고는 이내 미소 지으며 말한다.

"나, 괜찮아질 거니까 걱정하지 말라고."

무릎을 의지해 앉은 그녀가 상체를 일으켜 원규를 안았다. 원규가 무슨 생각으로 손을 놓고 있는지 알기에 직접 확인시켜 주고 싶다. 두 사람은 그렇게 서로를 안고 또 서로에게 안긴 채 체온을 나눴다.

eee

원규를 억지로 떼어 놓고 혼자 민원실에 앉아 있는 동안 몇 번이나 서류봉투를 만지작거렸다. 테이프로 꼼꼼히 봉해 놓은 서류봉투가 부스럭거릴 때마다 흠칫흠칫 놀라기를 여러 번, 말쑥한 차림의 상담관이 내 이름을 불렀다.

"한요은 씨?"

"네."

"고소장 접수하러 오셨다고요?"

"네."

"이리 주시고 잠깐 앉으세요."

서류봉투를 받아 든 상담관이 난감한 표정으로 나를 바라본다. 아마도 이중삼중으로 붙여 놓은 테이프 때문인 것 같다.

드르륵—

칼날이 비죽 솟은 커터로 능숙하게 봉투 윗부분을 잘라 내며 본분을 잊지 않은 얼굴로 친절하게 웃는 상담관을 보며 나 역시 엷게 웃어 줬다. 저 웃음이 고소장의 내용을 확인하는 순간 어떻게 변할까.

1, 2, 3, 4, 5, 6, 7, 8······.

10초를 채 세기도 전에 고소 취지를 확인한 상담관이 아무렇지 않은 얼굴을 들어 나를 찬찬히 바라본다. 그 아무렇지 않은 얼굴이 실은 꽤나 애쓴 표정임을 한눈에 알 수 있었다. 그리고 내가 그런 노력을 알아주길 바라는 것 같았다.

"한요은 씨 되십니까?"

"네."

조금 전 내 이름을 불렀으니 내가 한요은이라는 걸 모를 리 없음에도 불구하고 난처한 얼굴로 헛기침을 하더니 다시 묻는다.

"한요은 씨 본인이시라고요?"

"네."

고소장 외에도 따로 첨부한 증거자료를 확인하는 상담관의 얼굴이 약간 구겨졌다.

"힘든 결정 하셨네요."

어떻게 대답해야 할지 몰라 망설이는 사이, 고소장을 봉투에 넣은 상담관이 시선을 다른 곳으로 돌렸다.

"보충 조사 원하시면 잠깐 기다리셔야 되는데, 어떻게 하시겠어요?"

고소장을 내면 고소인도 조사를 받게 된다. 알고 있는 사실임에도 불구하고 덜컥 겁이 난다.

"아니면 담당수사관이 따로 연락을 할 겁니다. 편하신 시간에 서로 나오시면 돼요."

"아뇨. 오늘 할게요."

"일단 접수부터 해 드리죠. 담당수사관이 정해지면 별관 3층에 있는 성폭력수사팀으로 가시면 됩니다."

"네."

"잠시 앉아 계세요. 5분 이내에 안내해 드리겠습니다."

"네."

고소장을 들고 일어선 상담관을 따르지 못한 시선이 대리석 바닥 위로 떨어지고 만다. 계속 이렇게 서서 기다려야 하나 싶을 즈음 상담관이 나타났다. 담당수사관이 정해졌으니 별관으로 가시면 된다는 말을 하는 내내, 그는 시선을 어디에 둘지 몰라 막막해하는 눈치였다.

별관 3층에 도착해 양옆으로 하얗게 칠해진 벽을 따라 복도를 걷다 보니 성폭력수사팀이라는 푯말이 보인다. 문 앞에서 옷차림을 단정히 한 후 머리를 고쳐 묶으려는데, 웬 남자가 봉투를 들고 밖으로 나왔다.

"한요은 씨?"

"네."

"본인이세요?"

"네."

"안녕하세요, 장설주라고 합니다."

"네. 안녕하세요."

"일단 이쪽으로 오시죠."

수사관을 따라 들어간 곳은 깔끔하게 정돈된 조사실이었다. 조사실에는 나 말고도 이미 다른 사람이 있었다. 칸막이가 설치되어 있기는 하지만 방음 효과를 기대할 수는 없을 것 같다.

"저기 끝으로 가시죠."

"네."

다른 팀과 충분히 먼 거리의 칸막이에 들어서자 테이블 위에 설치된 노트북이 보인다. 나보다 앞서 창가에 앉은 수사관이 맞은편 자리를 권했다. 의자를 당겨 앉아 고소장을 훑어 내리는 수사관을 보니, 뜬금없게도 초등학교 시절 일기를 검사하던 담임선생님이 생각난다.

"고소장 본인이 작성하셨나요?"

"네."

고소장을 앞뒤로 넘겨 가며 몇 번이나 확인한 수사관이 헛기침을 하며 책상 위의 생수병을 집어 들었다. 그가 물을 들이켜는 모습을 보자 나까지 목이 바짝바짝 타들어 가는 기분이다.

"사건 발생일이 보름 전이네요?"

"네."

"전치 5주면…… 허—"

입술을 내밀며 미간을 찌푸린 그가 또다시 헛기침을 하며 생수를 들이켠다.

"그럼 입원 중에 일부러 나오신 겁니까?"

"네."

"많이 힘드셨을 텐데, 어려운 걸음 하셨네요."

민원실에서 들었던 말과 비슷하다. 달리 할 말이 없는 것도 아까와 비슷하다.

"증거자료는 충분히 검토했는데요, 그래도 절차상 몇 가지만 확인하겠습니다. 질문에 간단하게 대답만 하시면 돼요. 중간에 불쾌하거나 난처한 질문이 있을 수도 있어요. 그 점에 대해서는 미리 양해를 구하겠습니다."

"네."

수사관이 자세를 고쳐 앉았다.

"사건 발생지가 이태원이네요."

"네."

"상호만 봐서는 잘 모르겠어서 그러는데, 여기가 뭐 하는 곳이죠?"

"주점이요."

술도 마시고 춤도 추는 게이 전용 바……라고 말했어야 하나.

"술집이요?"

"네."

"이 술집 업주를 만나러 가셨다고요?"

"네."

육하원칙에 의거해 간단한 사실만 적으려고 했으나, 어차피 조사를 받게 되면 사건 당시를 낱낱이 얘기해야 한다는 걸 알기에 기억나는 모든 정황을 세세히 적었다. 하지만 아무리 자세히 적어도 세부 사항을 묻는 질문을 피해 갈 수는 없는 모양이다.

"새벽 1시경이면…… 실례지만 직업이……?"

"네?"

"여기 직업란에 그냥 점만 찍어 놓으셨네요. 무슨 일 하시죠?"

"가정주부예요."

"주부? 기혼이세요?"

"네."

입바람을 가득 넣어 볼록해진 양 볼을 좌우로 움직인 수사관이 모니터로 시선을 옮겼다.

"여기 보면 피고소인 신원 정보를 굉장히 자세하게 알고 계신데 혹시 안면이 있는 사람인가요?"

"아뇨."

"처음 만난 남자다? 일면식도 없는 사람이었다는 말씀이죠?"

"네."

"피고소인은 손님이었나요?"

"네."

"사무실까지 올라가게 된 경위가 말입니다. 자리를 이동할 때 피고소인과 동행하신 이유가 뭐죠?"

"사무실로 올라갈 당시엔 가해자가 절 부축하고 있다는 걸 몰랐어요."

"아— 죄송합니다. 약물검사에 양성반응이 나오신 걸 깜빡했네요."

손바닥이 팰 정도로 움켜쥔 주먹을 무릎에 올리며 숨을 크게 마셨다.

"그런데 한요은 씨가 그 업주를 찾아간 손님이라는 걸 아무도 몰랐습니까?"

"아뇨, 그분이 부재중이라 바에서 기다렸어요."

"기다리는 동안 술을 드셨고요?"

"네."

"술에 취하셨나요?"

"네."

"그래서 피고소인이 한요은 씨 술잔에 약을 타는 걸 모르셨다는 거죠?"

"네."

"실례지만 업주와는 무슨 일로 만나려고 하셨나요?"

"개인적인 일이었어요."

이유를 설명하자면 일주일로도 부족하다는 생각에 얼버무리자 빤히 바라보던 시선을 키보드로 옮기며 오른손 검지로 테이블을 딱—딱— 두드린다.

"가정주부라고 하셨죠?"

"네."

"실례인 줄은 알지만 사건 조사에 중요한 사항이라 어쩔 수가 없네요. 가정주부가 새벽 1시에 일행도 없이 이태원에 있는 술집의 사장을 만나러 갔다. 혹시 아르바이트 같은 거 하시나요?"

"네?"

"뭐 그런 거 있지 않습니까. 술집이나 노래방은 따로 여자들을 채용해서 2차 영업을 하잖아요. 불법이긴 한데 워낙에 공공연한 일이니까요."

"아뇨. 그런 목적으로 찾아간 게 아니에요."

금방이라도 눈물이 나올 것만 같아 입술을 깨물었다.

"불편하셨다면 죄송합니다만 이런 사건이 워낙…… 뭐 한요은 씨가 그래 보인다는 게 아니라, 워낙에 합의금을 노리고 일부러 사건을 만드는 경우도 허다해서요."

다시 한 번 생수를 들이켠 수사관이 눈에 띄게 머뭇거리는 걸 보니 이어질 질문이 뭔지 알 것 같다.

"그럼 간단히 몇 가지만 확인하겠습니다."

"네."

"합의에 의한 정교가 아니라, 강간을 의도했다는 걸 단언하실 수 있나요?"

"네."

"혹시 한요은 씨가 기억하지 못하는 동안, 관계에 대한 합의가 있었을 가능성에 대해서는 생각해 보신 적 없어요?"

입술이 아니라 혀를 깨물고 싶어졌다.

"없습니다."

"사건 과정에서 피고소인에 의해 상해를 입은 게 확실합니까?"

"네."

"사건 당시에 2층 사무실이 밀폐돼 있었나요?"

"문이 닫혀 있었어요."

"상황이 악화되기 전에 열고 나올 수는 없었나요?"

"제가 정신을 차렸을 때, 이미 항거불능의 상태였어요."

"소리를 질러서 도움을 요청할 수는 없었나요?"

곧장 문을 열고 나올 수 있었다면, 소리를 질러서 누구의 도움이든 받을 수 있었다면, 나는 지금 여기에 없었을 거다.

"1층에 무대가 같이 있어요. 단순히 술만 마시는 곳이 아니에요."

"무대요? 춤추는 무대 시설을 말씀하시는 건가요?"

"네."

"소리를 질러도 들을 수 있는 상황이 아니었다는 말씀이죠?"

"네."

"정신을 차렸을 때 이미 항거불능의 상태였다고 하셨는데, 정확히 기억이 나십니까?"

'정확히'를 강조한 형사의 말에 머릿속은 오히려 멍해졌다.

"몸이…… 제대로 움직이질 않았어요. 도망치려고 했는데 몸이…… 제 몸이……."

"정신을 차리셨을 당시에는 상해를 입은 상태가 아니었고, 정신을 차린 후 피고소인이 강제로 관계를 시도하는 과정에서 부상을 입으셨다는 말씀이죠."

"네. 얼굴이랑 배를 여러 차례 맞았어요. 그때는…… 저는 그 때……."

예상은 하고 있었지만, 죽도록 잊고 싶은 기억을 떠올려야 한다는 사실과 그 기억을 완벽한 제삼자에게 하나도 빠짐없이 말해야 한다는 사실이 여지없이 속을 도려내기 시작했다.

"저는……."

"시간상 몇 분 정도가 소요됐나요?"

"네?"

"항거불능의 상태라 문을 열 수 없었다고 하셨잖아요. 그런데 몸싸움 중에 돌연 문을 열고 나오셨고요. 그사이에 소요된 시간 말입니다."

"정확히 기억이 안 나요. 그때는……."

엉망이 된 기억 속에 비릿한 숨소리가 생생하게 울려왔다.

"기억이…… 기억이 잘 안 나요. 부…… 분명히 아래층에 있었는데…… 왜……."

볼품없이 떨리는 입술이 눈물에 젖고 만다.

"진정하세요. 잠시 자리 비워 드리겠습니다."

수사관이 포켓용 화장지를 내민 후 칸막이 밖으로 사라졌다. 마치 가해자가 된 것 같은 치욕스러움에 정신없이 흐르는 눈물을 닦으며 눈물은 슬플 때만 나오는 것이 아니라는 사실을 새삼 깨달았다. 너무 화가 나서, 치밀어 오르는 화를 누를 길이 없어서, 미치도록 눈물이 난다.

고소장을 접수한 후 병원으로 돌아간 요은은 꼬박 하루가 지나도록 전화기만 바라보고 있었다. 아침 일찍 간병인과 교대하고 출근한 원규 역시 전화를 기다리는 중이다. 하지만 그가 기다리는 건 경찰서의 전화가 아니다.

똑— 똑—

노크 소리에 정신을 차려 보니 창립 멤버 중의 하나인 벤틀리가 이미 들어와 있었다.

「어차피 들어올 거면서 노크는 왜 해.」

「습관이지 뭐.」

「무슨 일인데?」

「신흰호텔에서 새해 축하연 있는 거 알지?」

「응. 알아.」

「올해는 너도 가는 게 어떨까 해서. 윤휘도 들어온다고 했거든.」

「그건 아는데, 꼭 그래야 되나? 윤휘는 따로 보면 되잖아.」

「지난번에 석 회장님이 직접 말씀하셨어. 새해 축하연에는 너도 왔으면 좋겠다고.」

「우리가 신원그룹 사원도 아니고, 난 별로.」

「어쨌든 석 회장님이 업무상 도움을 주신 건 사실이잖아. 너 결혼할 때 축하 화환도 보내셨고.」

물론 틀린 말은 아니지만, 다른 때라면 모를까 요즘은 그럴 여유가 없다.

「어떻게 할래?」

「생각해 볼게.」

원규가 때마침 울린 벨소리를 핑계 삼으며 휴대폰을 들어 보이자, 긍정적인 대답을 기대하겠다는 듯 씩 웃으며 자리를 비워 준다.

"여보세요."

— 저예요, 형.

빛바람의 소개로 우해준에게 붙여 놓은 사람이었다. 그러니 호형호제할 사이는 아니지만 전화상으로는 그러는 게 좋겠다는 빛바람의 조언에 따르기로 한 터였다.

"응."

— 잠깐 뵐 수 있어요?

"그래."

— 1층 카페에서 기다릴게요.

원규는 서둘러 재킷을 챙겼다. 우해준에게 불리한 모든 증거를 모으되 불법적인 요소는 배제해야 했다. 만일 사건이 법정 공방으로 이어질 경우에 대비해 통화도 문자도 남겨서는 안 되는 상황이었다.

1월 3일 오후 6시 27분, 서울용산경찰서.

원규는 주차장에서 요은의 담당수사관인 장설주를 기다리고 있다. 저녁 식사 후에나 시간을 낼 수 있다는 말에 일찌감치 나온 원규의 시선에 한 남자가 들어왔다. 본관을 지난 남자는 휴대폰을 꺼내며 주차장으로 걸어오는 중이었다. 아니나 다를까 남자가 휴대폰을 귀에 댄 순간 원규의 휴대폰이 울리기 시작했다. 서둘러 차에서 내린 원규의 손에는 파일 몇 개가 들려 있었다.

설주는 차에서 내린 원규에게 시선을 고정하며 쭈뼛쭈뼛 전화를 끊었다. 오늘만 해도 설주의 앞으로 떨어진 성범죄 사건이 세 건이고 그간에도 다양한 사건들을 맡아 왔으니 새삼스러울 건 없지만, 피해자의 남편에게 연락을 받은 것은 처음이라 약간 어색하다. 더구나 어제 고소장이 접수된 직후 전화를 걸어 피고소인 소환장 발부를 잠시 미뤄 달라고까지 했던 것이다.

"안녕하세요, 박원규라고 합니다."

"예. 안녕하세요."

깍듯하게 허리를 숙인 원규가 먼저 악수를 청하자 설주도 엉겁결에 손을 내밀었다.

"고생 많으실 텐데 번거롭게 해 드려서 죄송합니다."

"아뇨. 아닙니다."

원규의 생김새를 찬찬히 뜯어보던 설주가 헛기침을 했다.

"저— 실례지만 신분증을 좀 확인할 수 있을까요?"

재킷의 안쪽 포켓에서 지갑을 꺼낸 원규가 주민등록증과 함께 운전면허증까지 제시했다. 마치 설주의 요구 사항을 미리 알고 있기라도 한 것처럼 신속한 반응이었다. 신분증을 꼼꼼히 살핀 설주는 그제야 조금은 편안한 표정으로 원규를 바라본다.

"협조 감사합니다."

돌려받은 신분증을 지갑에 넣은 원규가 주위를 둘러본다. 한겨울이라 주차장 모퉁이의 벤치에 앉기도 뭐할뿐더러, 그렇다고 해서 이렇게 멀거니 선 채로 얘기하는 것도 예의가 아닌 것 같아서다.

"드릴 말씀이 있는데, 잠깐 밖에서 차라도 한잔하시겠어요?"

"아뇨. 그건 좀 곤란하고요. 신원은 확인했으니 안으로 들어가시죠."

앞장선 설주가 별관 1층의 카페로 원규를 안내했다. 그러고는 원규를 앉혀 놓고 생수 두 병을 가져온다. 고소인이나 피고소인으로부터 아무리 작은 호의라도 받아서는 안 된다는 철칙에 충실한 모습이었다.

"몇 년 만에 한파라더니 날씨가 참 어마어마하죠?"

앉은 자리에서 바로 무슨 일이냐고 물을 수는 없어 예의상 날씨를 언급한 설주가 생수병을 틀어쥐고 뚜껑을 열자, 원규가 그의 말에 수긍하는 듯 고개를 끄덕이고는 테이블 위로 파일을 내밀었다. 어색한 분위기를 무마하려는 설주의 수고를 덜어 주기 위해서라도 용건을 간단히 해야 한다는 생각이었다.

"이게 뭡니까?"

"사건 관련 자료예요."

"증거자료요?"

"네."

"이걸 왜 지금, 본인도 아닌 배우자분이 가져오셨죠?"

"집사람이 보면 힘들어할 거 같아서 따로 가져왔습니다."

파일 안에는 여러 장의 사진이 들어 있었다. 난장판이 된 사무실의 모습과 군데군데 얼룩진 핏자국을 본 설주가 불편한 듯 헛기침을 했다. 집사람이 보면 힘들어할 거라던 원규의 말에 절대적으로 동의할 수밖에 없는 사진들이었다.

"부탁드릴 게 있습니다."

"죄송한데요, 어떤 심정이실지 이해는 하지만 수사에 관련된 청탁은 받지 않습니다."

"청탁이 아니라 수사를 조금만 서둘러 주실 수 있을까 해서요."

"일단 피고소인 소환 조사 후에 생각할 문제니까요."

"가해자도 입원 중입니다."

"혹시 찾아가셨습니까? 합의 문제 때문에요?"

"아뇨. 절대 합의할 생각은 없습니다. 저뿐만이 아니라 집사람도 마찬가지예요."

"그럼 무슨 일로."

크게 마신 숨을 천천히 뱉은 원규가 사진 파일 아래 있던 다른 파일을 위로 놓는다.

"가해자가 입원 중이긴 한데 병실을 거의 비우고 있더군요."

"민간인 사찰은 불법인데요."

지난 며칠간 사람을 통해 우해준의 병실을 감시하긴 했지만, 공직에 있는 수사관 앞에서 그런 사실을 인정할 수는 없었다.

"일부러 감시한 게 아니라 용건이 있어서 찾아간 겁니다. 가해자는 세 번 모두 자리를 비운 상태였고요."

원규의 목표는 하루라도 빨리 우해준이 법의 심판을 받는 것이었다. 물론 그 심판은 우해준의 죄질에 합당한 무거운 형벌이어야 했다. 그렇기에 우해준이 빠져나갈 수 없도록 모든 가능성을 차단할 생각이었다. 피고소인 소환장이 발부되면 우해준은 어떻게든 빠져나가기 위해 발버둥을 칠 것이었다. 불을 보듯 빤한 그 일이 절대 일어나지 않도록 하기 위해서 원규는 무슨 일이든 하리라 다짐했다.

"그리고 이건, 꼭 참고해 주셨으면 하는 다른 사항입니다."

원규가 내민 서류의 겉면에는 GHB라는 글자가 쓰여 있었다. 2001년도에 이미 불법 마약류로 분류된 감마히드록산의 약자임을 모를 리 없는 설주였다.

"이게 뭐죠?"

"집사람은 가해자가 먹인 약이 단순히 수면제의 일종인 걸로 알고 있습니다."

요은이 제출한 증거자료 중 담당의의 소견서에도 그렇게 적혀 있었다.

"그 부분은 소견서로 확인했습니다."

"단순한 수면제가 아니라 GHB였어요."

"예?"

"알고 계시겠지만 마약 성분이 강한 수면제죠."

"고소인 조사 때는 왜 말씀을 안 하셨죠?"

"집사람은 모르고 있습니다."

"사건 당사자가 사실을 모르고 있다고요?"

"네. 어차피 벌어진 일인데 사실을 숨기는 게 무슨 소용이냐고 하실 수도 있지만, 집사람이 모르기를 바랐습니다. 담당의도 정신과적으로 도움이 안 될 거라고 했고요."

기억을 지우는 마약. 그 사실이 요은의 무의식을 제한해 기억을 가둬 버릴 것 같아서 두려웠다. 잃어버린 기억의 자리를 끔찍한 상상으로 채워 가며 무너져 버릴 것 같아서 담당의의 조언에 따라 수면제로만 알고 있도록 했다.

요은이는 결국 기억을 찾았지만 여전히 괴로워하고 있다. 그래서 더더욱 말할 수가 없었다. 당시의 기억만으로도 충분히 고통스러운 집사람에게 가해자가 당신을 취하기 위해 마약을 먹였다는 말을 어떻게 할 수 있을까.

힘겨운 숨을 토해 내듯 가까스로 말을 이어 가는 원규를 보며, 설주는 은연중에 한숨을 쉬고 있었다. 고소장의 내용만을 가지고 요은을 조사할 때와는 짐짓 다른 심정이다.

워낙에 어이없는 사건들이 많아서 고소장과 진단서만 가지고는 고소인을 피해자로 단정할 수 없는 실정이었다. 뚜껑을 열어 보면 가해자가 피해자라거나 합의에 의한 정교인 경우도 수두룩하기 때문이다.

그런데 원규가 건넨 증거자료를 받아 들고 보니, 더구나 피를 토하듯 아픔과 분노로 뚝뚝 끊기는 그의 말을 듣고 있자니 어째서 피고소인 소환장 발부를 미뤄 달라고 했는지 조금은 이해가 된다.

eee

1월 10일. 서울용산경찰서 별관 3층 조사실.

사건 담당수사관인 장설주가 우해준을 앞혀 놓고 머리를 긁적이는 중이다. 강간치상의 죄목으로 고소장이 접수됐다는 말에도 동요하는 기색이라곤 눈곱만큼도 없이 진술서를 작성해 놓고 앉은 우해준의 꼬락서니가 짜증스럽기도 하고, 한편으로는 소환장을 발부하고도 나흘이 지난 오늘에야 경찰서로 출두한 그의 배짱이 가상하기도 하다.

"빨리 끝내죠?"

이런 버르장머리 없는 자식을 봤나. 이제 막 스물다섯밖에 안 된 어린놈의 새끼가 한쪽 발모가지를 다른 쪽 무르팍에 떡하니 얹어 놓고 달달달 떨어 가면서 뭐가 어째? 보아하니 물 말아 처먹을 양심도 없어 뵈는 새끼네 등등, 설주는 우해준의 뻔뻔한 낯짝을 향해 갖은 욕설을 퍼부었다. 물론 가해자의 인권 보호라는 수사원칙을 어길 수 없어 속으로 삼키고는 있지만 한쪽 눈을 치켜뜬 설주의 표정은 점점 사나워질 수밖에 없다.

"제대로 협조만 해 준다면야 빨리 끝나겠죠?"

우해준의 진술서를 낚아챈 설주가 내용을 살피기 시작했다.

[이태원에 소재한 ○○에서 술을 마시던 중 마음에 드는 상대를 만나 2차를 약속했습니다. 관계를 가지려는 도중 상대방이 여자인 걸 알고 당황해서 그만두려고 했는데 여자가 막무가내로 매달리는 과정에서 몸싸움이 있었습니다. 제가 그곳에서 나오려는데 여자가 억지로 막아

서다가 발을 헛디뎌 계단 아래로 굴러떨어졌고 바로 남자들이 우르르 몰려와서 저를 감금했습니다. 한 시간 이상 그곳의 탈의실에 갇혀서 합의금을 가져오라는 등의 협박을 당했습니다. 폭행 및 협박에 시달려 그 사람들이 시키는 대로 각서도 쓰고 신변에 관한 모든 사항을 밝힌 후 풀려났습니다.]

날림으로 작성한 진술서를 금세 읽어 내린 설주의 표정이 왠지 떨떠름하다.

"상대방이 여자인 걸 알고 관두려고 했다?"

"예―"

성의 없이 내뱉은 우해준의 대답 따위는 이미 안중에도 없는 설주였다.

"장난합니까?"

"장난 아닌데."

우해준의 이죽거림을 더 이상 참아 주기가 힘들다.

"여자라서 관두긴 뭘 관둬? 여자라서 벌인 짓 아니야."

우해준이 입술을 비틀어 웃으며 설주를 바라본다. GHB를 사용했으니 피해자는 어차피 사건에 대한 기억이 없을 테고, 목격자인 업소의 바텐더들에게 협박당한 정황을 본인에게 유리한 쪽으로 이용할 생각이었다. 만일의 경우를 대비해 3주의 진단을 받아 입원까지 했으니 흔히들 얘기하는 꽃뱀 사건으로 몰고 가리라 마음을 먹은 것이다. 그리고 자신의 결백을 입증하는 데 있어 가장 큰 비중을 차지할 또 한 가지, 방금 전 설주가 짚어 낸 것이 바로 그것이었다.

"제가요― 여자랑은 안 되거든요."

"뭐요?"

설주가 팽개친 진술서가 생수병을 넘어뜨렸다.

"한겨울에 더위를 드셨나. 여자랑 안 되는 분이 왜 그러셨어요? 예?"

도주나 증거인멸의 우려가 없는 피고소인에 대해서는 불구속수사를 원칙으로 하며 유죄가 입증될 때까지는 무죄로 추정한다는 형법상의 원칙에도 불구하고 설주의 태도가 이렇게까지 공격적인 데는 이유가 있었다. 원규의 방문 후에 사건 발생 현장인 이태원에도 들르고 요은의 담당의인 인석민 선생도 만나 본 것이다. 이태원 가게는 공교롭게도 임시 휴업 중이라 업주인 박원호에게 연락만 넣어 둔 상태지만, 담당의의 설명만으로도 송치(수사기관에서 검찰로 사건을 넘김)에는 전혀 무리가 없어 보였다.

"거기가 뭐 하는 덴지 그 여자가 말 안 했어요?"

"여기 스무고개 하러 온 줄 압니까!"

"진짜 모르시나 보네."

"이런 씨!"

"아니, 왜 이렇게 흥분을 하세요?"

마음 같아서는 틀어쥔 생수병으로 머리통을 갈겨 주고 싶지만 참아야 한다. 우해준 같은 인간이라면 피고소인의 인권이 어쩌고저쩌고해 가며 일을 복잡하게 만들 소지가 다분해 보여서다.

"그래. 거기가 뭐 하는 뎁니까?"

"동성애자 전용 술집."

"동서…… 뭐요?"

"게이바. 남자 좋아하는 남자들만 가는 술집이라는 겁니다. 내가 남자 말고는 안 되는 사람이라는 거죠. 여자한테는 아예 느끼질 못해. 이제 좀 아시겠어요?"

빙글빙글 웃고 있는 우해준을 빤히 바라보던 설주가 우해준보다 더 빙글빙글 웃는다.

"애 많─이 쓰시네. 커밍아웃까지 하시고."

우해준은 이게 아닌데 싶어 당황스러우면서도 애써 태연함을 가장했다.

"사실이 그런 걸 어째요. 동성애자인 게 뭐 죄라도 됩니까?"

물론 그곳이 동성애자 전용, 그것도 게이들을 위한 공간이라는 사실은 설주에게도 조금 의외였다. 가정주부가 그런 곳을 찾을 이유가 있을까 싶기도 하고, 왜 그런 사실을 고소장에는 쓰지 않나 싶기도 해서다. 하지만 끝까지 이죽거리는 우해준이 얄미워서라도 빈틈을 허용하고 싶지 않다.

"누가 동성애자인 게 죄랍니까? 우해준 씨 당신 같은 인간이랑 동류로 취급받을 성적소수자들이 딱해서 그렇지."

"어쨌든, 난 그 여자한테 해코지한 적 없습니다. 몸 달아서 매달린 건 그 여자고. 난 그 여자가 여자인 거 알고 바로 멈췄다니까?"

"그럼 이건 어떻게 설명할 겁니까?"

설주가 요은의 진단서를 테이블 위로 휙 던지다시피 했다. 그러고는 벌떡 일어나 '양하지 다발성 타박상'이라고 쓰인 부분을 손가락으로 탁탁 짚어 가며 우해준을 쳐다본다.

[환자가 허벅지 내측에 입은 상해의 정도로 보아 가해자가 환자를 제압하는 과정에서 무릎으로 누르는 등의 완력을 행사한 것으로 보임.]

"그리고 이건?"

[허벅지를 비롯한 하복부의 자상은 완력에 제압당해 엎드린 상태에서 빠져나오려 애쓴 흔적이 확실하며, 특히 돌출 부위인 관골과 치골 및 무릎뼈에 중한 상해를 입은 상태임.]

"또 이건?"

설주는 요은이 첨부한 증거자료에서 당시 사건 현장을 찍은 사진을 찾아 우해준의 눈앞에 들이밀었다. 그 사진은 원규가 장설주를 따로 찾아와 주고 간 것이었다.

"이게 다 고소인이 일부러 꾸민 짓이라는 겁니까?"

설주는 어디 끝까지 해보자는 심정으로 다른 사진들을 테이블에 펼쳐 놓으며 우해준을 관찰하기 시작했다. 엉망진창인 사무실, 쓰러진 장식장, 산산조각 난 유리 파편 위로 낭자한 선혈이 고스란히 담긴 사진을 보던 우해준의 시선이 일순간 흔들렸다.

당시에는 약간 취기가 오른 상태였고 요은을 취하기 위해 몸이 달았던 터라 주변의 광경이 크게 눈에 들어오지 않았기에 이런 사진을 남겨 뒀으리라는 생각은 미처 하지 못했던 것이다. 일이 벌어진 직후 바텐더들에게 끌려 나와 탈의실에 처박혀 있는 동안에도 호되게 물어뜯긴 손과 힐이 박혔던 허벅지에서 흐르는 피를 닦으며 제 몸 아픈 것만 억울하고 짜증스러웠던 우해준이다.

"왜 말이 없어요?"

우해준이 동요하고 있음을 눈치챈 설주가 조소 띤 얼굴로 다시 자리에 앉았다. 하지만 우해준은 이내 여유 만만한 표정으로 몸을 젖히고 앉아 설주의 시선에 응수했다.

"할 말 다 했는데 무슨 말을 더 하라는 겁니까? 진술서에 다 있잖아요?"

"계속 이렇게 비협조적으로 나올 거야?"

"왜 이렇게 고소인한테 심하게 감정이입이 되셨을까? 원래 피고소인 조사가 이렇게 살벌합니까?"

"살벌이고 말벌이고 간에 이거 하나는 확실하지."

설주가 손에 들고 있던 파일을 테이블 위로 던졌다.

"아직 말입니다, 우해준 씨. GHB에 대해서는 아무 말씀도 안 하셨잖아?"

GHB는 사건 당시 우해준이 사용했던 마약의 일종으로 국내에서도 일찌감치 불법 마약류로 분류돼 있었다. 다시 말해, 성폭력에 관한 법률뿐만 아니라 마약류 관리에 관한 법률로도 우해준을 옭아맬 수 있다는 의미였다.

"뭡니까 이게?"

우해준은 당황스러움을 감추느라 한층 건방진 말투로 되받아쳤다.

하지만 우해준의 그런 태도는 설주를 더더욱 불쾌하게 만들 뿐이었다.

"뭐냐고? 글쎄, 당신이 나보다 잘 알 텐데?"

GHB는 사후 추적이 불가능한 약물로 유명했기에 눈앞의 상황을 믿을 수가 없는 우해준이었다. 아무리 오래 걸려도 24시간이다. 24시간이 지나면 아무리 날고 기는 장비로도 약물의 흔적을 절대 추적할 수 없다. 그런데 설주가 내민 파일에는 분명 'GHB 양성반응'이라고 쓰여 있었다.

"건수 하나 잡으려고 혈안이 되신 거 같은데 난 모르는 일입니다."

"모르는 일 좋아하네. 여기가 무슨 국회 청문횐가. 잡소리 말고 일단 일어나죠?"

설주가 다가서자 의자에서 날카로운 금속성이 나도록 물러앉은 우해준의 이마에 식은땀이 맺혀 있다.

"뭐 하는 거야?!"

"건강검진 좀 받으시라고. 소변검사도 받으시고, 혈액검사도 좀 받으시고, 혹시 모르니까 머리카락도 좀 뜯어 주시고."

우당탕—

의자를 뒤엎은 우해준이 얼굴을 구기며 일어섰다.

"무고한 사람 잡아다가 이 따위로 협박해도 되는 거야? 난 피해자야!"

"그러게 무고한 시민께서 무병장수하실 팔자가 되시는지 한번 보자니까?"

"니가 검사야 뭐야? 피고소인을 이딴 식으로 피의자 취급 하고도 무사할 거 같아?!"

"거참, 말씀 많으시네. 김 형사님!"

설주의 말이 끝나기 무섭게 덩치 좋은 수사관이 조사실로 들어왔다.

원규는 아래층에서 요은의 준비가 끝나기를 기다리는 중이다. 신훤 그룹에서 주최하는 새해 축하연에 굳이 갈 필요가 있을까 했는데 후계자 수업 중이던 석 회장의 아들 윤휘가 입국해 직접 전화를 했다. 미국에 있느라 선배의 결혼식에도 못 갔는데 되도록이면 형수님과 함께 꼭 참석해 달라는 내용이었다.

요은과 함께 있는 자리에서 전화를 받지 않았다면 나중에 조용히 만나자고 했을 텐데, 통화 내용으로 미루어 상황을 짐작한 요은이 식사 자리에 참석하고 싶다며 원규를 설득했다. 결혼 전부터 원규의 주변이 궁금하기도 했고 매일을 하루같이 경찰서에서 걸려 올 전화만 기다리는 것도 못할 일이었기에 요은의 입장에서는 더더욱 가고 싶은 자리였다.

"원규야."

계단참으로 내려온 요은이 소파에 앉아 기다리는 원규를 불렀다. 정장으로 갈아입은 원규와 달리 요은은 여전히 병원에서 나올 때 입었던 옷차림 그대로다. 오랜만에 귀국한 후배를 위해서 열리는 축하연이라고 듣기는 했지만 호텔에서 밥 한 끼 먹는 게 전부일 거라 생각했는데 원규가 요은을 위해 준비한 의상은 다소 과한 정도가 아니라 완전히 과한 것이었다.

"응?"

소파에서 일어선 원규는 다림질 선을 자연스럽게 잡은 검은색 정장 바지에 푸른빛이 감도는 드레스셔츠 차림이었다. 칼라와 커프스 부분을 일정한 간격으로 수놓은 검은색 박음질 덕분에 넥타이를 착용할 필요 없이 단추를 끄른 모습이 심플하면서도 세련돼 보인다. 하지만 아무리 심플하고 세련돼도 원규의 차림 역시 과해 보이기는 마찬가지다.

"왜 그러는데?"

한없이 부드러운 표정에 비해 말투만은 여전히 간단명료한 원규다.

"아니. 옷이 좀……."

요은의 말에 자신의 옷차림을 살핀 원규가 영문을 모르겠다는 표정으로 그녀를 바라본다.

"옷이 왜? 이상해?"

"아니. 니가 입은 옷 말고 내 옷이 좀 과한 거 같아서."

"마음에 안 들어?"

원규의 걸음이 계단을 향하고 있었다. 나름대로는 자신의 셔츠와 같은 계열의 색상인 튜브탑 드레스를 주문했는데, 역시나 색상과 디자인을 직접 고르도록 했어야 했나 싶다. 계단을 올라선 원규가 요은이와 나란히 층계참에 섰다.

"그냥 식사 자리 아니야?"

"맞아."

"근데 꼭 저걸 입어야 돼?"

"편한 자리가 아니거든. 얘기했잖아, 신훤호텔 축하연이라고."

"아니, 그건 아는데 아무리 그래도."

원규는 뭔가 생각난 게 있는 듯 설핏 웃으며 요은이를 바라봤다.

"귀국했다는 후배가 호텔 오너 아들이야. 같이 유학했던 애들만 모이는 자리가 아니라서 코드를 맞춰야 되거든."

"신훤호텔 오너면, 석지현 회장님?"

신훤그룹의 유일한 후계였던 석지현 회장은 선친인 석영렬 회장의 뒤를 이은 여성 기업가로 유명하다. 석지현 회장이 사업을 물려받은 후로 성장대로에 놓인 신훤그룹은 이미 글로벌 기업으로 정평이 나 있었다. 그러니 누구든 신훤그룹의 여성 오너 이름을 모르려야 모를 수가 없는 것이다.

"응."

"그렇구나. 그런 자리구나."

"불편할 거 같으면 안 가도 돼. 밥이야 따로 만나서 먹어도 되니까."

"사람들…… 많이 와?"

"아마 적지는 않을걸?"

"아니. 너 아는 사람들."

"음— 같이 일하는 애들 서넛이랑, 아마 윤휘 주변에도 날 아는 애들이 여럿 있을 거야."

"다들 친한 사이야?"

"몇몇은 나름 가까이 지내기도 했어."

"그럼 가자."

"응?"

"결혼식 때 왔던 사람들도 있을 거잖아."

"아마 그렇겠지."

"그럼 갈래. 잠깐만 기다려. 옷 금방 입을게."

선물 포장을 앞에 둔 어린아이처럼 밝은 표정이 된 요은이 2층으로 올라간 후, 원규는 다시 1층으로 내려와 소파에 앉았다.

침대 앞에 선 요은은 입고 있던 옷을 하나씩 벗어서 곱게 접은 후 의상과 함께 준비된 브라를 제일 먼저 꺼내 들었다. 가슴둘레를 탄탄하게 받쳐 주는 착용감에 감탄하며 드레스의 지퍼를 찾기 시작한 요은이 물빛 드레스와 원규의 셔츠가 같은 계열의 색상임을 깨닫고 살포시 웃었다. 혼자 입기에는 약간 번거로워 보이지만 디자인 자체는 꽤 마음에 드는 옷이다.

창밖에 어둠이 내리자 전면 유리가 실내를 거울처럼 비추고 있었다. 어두운 바깥이 밝은 거실을 비춘 모습을 물끄러미 보던 원규가 자리에서 일어나 창가로 향했다. 한강을 가로지른 대교 위에 일렬로 놓인 차량의 행렬이 크리스마스트리를 장식한 전구처럼 반짝이는 광경이 꽤 멋지다.

가양동 쪽으로 시선을 옮긴 그는 요은의 친모가 있을 한강타워빌을 가늠하다 말고 유리에 비친 위층으로 시선을 옮겼다. 하지만 곧장 뒤로 물러서고 만다. 계단을 따라 올라가면 바로 침실인 구조상 침대 옆에서 등을 돌린 요은의 상반신이 유리에 비치고 있었던 것이다. 당황스러움에 얼른 소파로 돌아간 원규가 흘러내리지도 않은 앞머리를 쓸어 올리며 블라인드 리모컨을 찾았다. 이어 버튼을 누르자 전면 유리 양옆에 접혀 있던 목재 블라인드가 부드러운 소리와 함께 바깥 세상을 감추기 시작했다.

드르르륵— 드르르륵—

곧이어 울린 진동음에 정신을 차린 원규가 휴대폰을 집어 들었다.

"네."

— 안녕하세요. 용산경찰서 장설주입니다.

"네, 안녕하세요."

— 지금 통화 가능하십니까?

"네."

— 한요은 씨는 좀 어떠세요?

"염려 감사합니다."

잘 지낸다고 할 수도 없고 못 지내는 것만도 아닌 상황이라 간단히 대답한 후 설주의 말을 기다린다.

— 다름이 아니라, 오늘 피고소인 조사가 있었는데 내일 중으로 검찰에 송치될 겁니다. 길게는 한 달 정도 걸리는 경우도 있는데 이번 사건은 성폭력범죄만이 아니라서 아마 가중처벌 될 거예요. 지금 마약류관리법 위반으로 유치장에 있거든요.

"전화 주셔서 감사합니다."

— 한요은 씨한테 전화했는데 연락이 안 돼서 이쪽으로 전화드렸습니다.

"네, 알겠습니다. 제가 전할게요."

— 예. 일단 보고 후에 송치하고 다시 연락드리겠습니다.

"네, 연락 기다리겠습니다."

통화를 마친 후 숨을 크게 마시며 소파에 앉은 원규가 이후의 과정을 머릿속에 그리고 있는 동안, 어느덧 준비를 마친 요은이 계단을 내려섰다. 몇 번의 헛기침에도 불구하고 생각에 몰두한 원규에게서 이렇다 할 반응이 없자 소파로 다가선 요은이 원규의 어깨를 톡 친다.

"다 입었어."

맑은 바다가 물결치듯 청량한 물빛 드레스를 입은 요은의 모습에 원규는 할 말을 잃었다. 요은이 멋쩍은 듯 숄을 여며 쇄골을 가리지 않았다면 언제까지고 그렇게 바라보고 있었을지도 모른다.

"너무 짧은 거 같지 않아?"

무릎을 시원하게 드러낸 드레스의 길이가 아무래도 마음에 걸리는 요은이다. 하지만 타이트한 튜브탑의 상반신과 달리 아래로 갈수록 품을 넓게 잡은 프린세스라인이라 무릎의 상처는 눈에 띄지 않는 상태다.

"아니. 진짜……."

희고 매끄러운 요은의 피부에 시선을 멎은 원규가 어깨 위로 흘러내린 그녀의 머리카락을 손등으로 부드럽게 쓸어 넘기며 말했다. 마주한 요은의 모습이 너무 아름다워 드레스의 길이는 눈에 들어오지도 않는다.

"예뻐."

요은이가 내려오면 제일 먼저 가해자가 검찰로 송치될 거란 얘기를 해 주려던 원규는 모든 생각을 잊은 채 그녀의 모습을 눈에 담고 있었다.

eee

원규의 쿠페가 신휜호텔이 자리한 산자락에 들어섰다. 호텔로 올라

가는 길, 새카만 어둠을 형형색색으로 밝힌 가로등은 단순한 조명 장치가 아니었다. 산자락을 시작으로 호텔이 있는 산중턱에 이르기까지의 수 킬로미터에 달하는 곡선형 도로 전체를 조형예술로 장식해 놓은 것이다.

"우— 와—"

요은은 자신도 모르게 흘려 버린 감탄사에 당황하며 헛기침을 했다. 그냥 '와—'도 아니고 마치 이런 광경은 처음이라는 듯 '우—와—'라니, 더구나 아무런 감흥도 없어 보이는 박원규 앞에서 말이다. 하지만 보고 또 봐도 장관은 장관이다. 시야를 온통 물들인 빛의 파장이 눈부시게 흩어져 다른 세상으로 이어지는 길목에 있는 것만 같다. 하지만 원규는 주변을 살필 여력이 없다. 아직 요은에게 장설주와의 통화 내용을 말하지 않았기 때문이다.

처음 전화를 받았을 때는 마냥 반갑기만 했는데 다시 생각해 보니 반가워할 일만은 아니었다. 물론 보고 후에 송치하겠다던 장설주는 확신에 차 있는 상태였지만 아직 사건이 송치된 것은 아니었기 때문이다.

실형 선고까지 일사천리로 일이 진행되기를 바라는 마음은 누구보다 간절하지만 혹시 모를 상황이 마음에 걸린다. 하지만 한편으로는 가해자가 내일 검찰에 송치될 거라고 너무도 말해 주고 싶다. 경찰서에 다녀온 뒤로 줄곧 휴대폰을 들여다보며 마음 졸여 온 그녀임을 알기에, 비록 확정된 건 아니지만 조금이라도 마음의 짐을 덜어 주고 싶다.

"요은아."

촌스러운 감탄사 따위 절대 뱉지 않으리라 생각하며 아랫입술을 오물오물 씹고 있던 요은이 고개를 살짝 돌려 원규를 바라본다.

"응?"

요은의 시선을 마주한 원규는 이내 생각을 바꿨다. 결혼 후 처음 함께하는 공식적인 자리에 대한 기대와 원규의 주변에 대한 호기심으로 가득한 요은이가 어떤 식으로든 그날의 기억을 떠올리는 것이 싫다. 아무리 희망적인 메시지라 해도 상처일 수밖에 없는 사건과 관련된 것인데 당장 저렇게 미소 짓고 있는 그녀에게 가능성에 불과한 얘기를 할 필요가 있을까 싶은 것이다. 하여 '송치될 거다'가 아니라 '송치됐다'고 말할 수 있기를 바라며 내일을 기다리기로 했다.

"미안한데, 여기 안에 있는 초청장 좀 꺼내 줄래?"

그냥 한번 불러 봤다고는 할 수 없어 초청장을 구실로 말을 돌린 원규가 시선을 전방으로 돌리며 콘솔박스를 열었다.

"초청장?"

"아마 봉투에 들어 있을 거야."

"어, 그래."

오토센서가 들어온 콘솔박스 안에서 버건디색 봉투를 꺼낸 요은이가 접착 부분을 떼어 낼 즈음, 산중턱에 이른 원규의 쿠페가 호텔로 접어들었다. 이어 초청장을 확인한 요은이 원규를 본다.

"별관 대연회장이래."

이게 무슨 날벼락인가 싶다.

"그래?"

"몰랐어?"

"거기도 신훤호텔이잖아."

"아니…… 하…….."

식사 자리라기에 그런 줄 알았다. 축하연이라기에 조금 규모가 크겠거니 했다. 그런데 그냥 뷔페가 아니라 대연회장이란다. 본관과 맞먹는 규모로 유명한 신훤호텔의 별관 대연회장이라면 얼마나 많은 사람들이 모인 자리일지 불 보듯 빤하다. 요은이 한숨을 폭 내쉬자 본관을 지나 별관으로 향하던 원규가 브레이크 페달에 천천히 힘을 실어 갓길로 차를 세웠다.

"왜? 대연회장이면 안 돼?"

"안 되는 게 아니라, 메이크업도 그렇고 머리도 집에서 대충 했는데 대연회장이면 사람들도 많을 거고. 좀 부담스러워서."

"부담스러울 거 없어. 공간을 넓게 쓰려는 거지 사람이 그렇게 많지는 않을 거야. 그냥 편하게, 우리 둘이 저녁 먹으러 왔다고 생각하면 돼."

둘이 먹는 저녁이라니, 전혀 편하지도 않을뿐더러 다소 어색하기까지 하다. 신혼여행에서 돌아온 후 단 한 번도 식탁에 마주 앉은 적이 없지 않은가. 하지만 굳이 그런 얘기를 보태고 싶지 않아 요은은 잠자코 고개를 끄덕였다.

갓길을 벗어나 줄지은 차량을 따라 조금 더 가다 보니 Hotel Royal S.H. 별관으로 통하는 입구에 정복 차림의 남자들이 일렬로 서 있고 그들의 뒤편으로 바리게이트가 보인다. 남자들이 가로막고 선 기자들을 보자 갈수록 긴장이 배가된다.

"춥겠다."

원규의 말에 요은은 달리 할 말이 없다. 그러게, 저 사람들은 춥겠고 나는 죽겠구나 싶은 것이다. 그들의 앞뒤로 늘어선 차량 행렬과 취재를 요청하는 기자들의 모습이 부담스러우면서도 원규의 단순한 반응이 재미있어 웃어야 할지 울어야 할지 모르겠다.

"여기서 뭐 하는 거지."

모친인 석지현 회장의 뒤를 이을 신훤그룹 유일의 후계자, 어렸을 때부터 황태자로 불리며 세간의 주목을 받아 온 이윤휘를 이슈로 삼으려는 기자들이 뭘 하려는 건지 정말 몰라서 이러는 걸까 싶다.

"하하하……."

"왜 웃는데."

통과 순서를 기다리느라 차를 멈춘 원규가 요은을 바라본다. 요은의 웃음을 볼 때마다 매번 숨이 아린 원규를 아는지 모르는지, 요은은 여전히 웃음이 덜 가신 얼굴로 원규를 바라본다.

"이윤휘잖아."

"윤휘가 왜?"

"그 사람 어렸을 때부터 유명했어."

왜 유명했느냐 묻기 전에 이유를 말해 줘야 할 것 같다.

"신원그룹 후계자니까."

"그렇구나."

원규에게 윤휘는 그냥 윤휘였다. 사람을 사람 자체로만 판단하는 원규의 방식은 늘 한결같았다. 잘났든 못났든 부모의 타이틀에 얽매인다는 것이 얼마나 답답한 일인지 알기에 사람을 대함에 있어 그 사람의 배경은 전혀 고려의 대상이 아니었다. 윤휘가 원규를 선배로서 깍듯이 대하는 이유도 바로 원규의 그런 성격 때문이었다.

"윤휘도 피곤하겠다."

부모는 그냥 부모인 걸로 충분하고 자식은 그냥 자식인 걸로 충분했으면 좋겠다. 이런 부모가 되어야 한다거나 이런 자식 되어야 한다는 의무나 책임 없이, 그냥 존재로서 충분한 사이가 될 수만 있다면 얼마나 좋을까. 타인의 시선에 아랑곳하지 않고 내 부모로서, 내 아이로서 서로를 아낄 수 있다면, 주변의 사람들도 그런 부모 자식 간의 관계를 존중해 준다면, 못난 자식을 부끄러워하고 야속한 부모를 원망하는 일도 없을 텐데.

"박원규."

앞 유리에 멎어 버린 원규의 시선을 바라보던 요은이 그의 이름을 불렀다.

"음?"

"무슨 생각 해?"

"쓸데없는 생각."

어느새 한참 벌어진 앞차와의 간격을 좁힌 원규가 조용히 말했다.

원규의 생각을 정확히는 알 수 없지만 아마도 아버님에 관한 생각이리라 짐작하고 있는 요은이였다.

"아버님은…… 어떤 분이셔?"

갑작스러운 질문에 당황한 원규가 요은을 바라본다. 그리고 그 순간 원규는 자신의 아버지를 궁금해하는 요은과 마찬가지로 자신도 요은의 친모를 궁금해했다는 것을 깨달았다. 처음 연화에게 요은의 친모 얘기를 들었을 때부터 줄곧 그랬다. 왜 말하지 않을까, 그분은 이 사람한테 어떤 의미일까 등등 그간의 자신과는 어울리지 않는 호기심이었다.

"아버님을 조금은 이해한다고 했었잖아."

"응."

태어나자마자 친모의 품을 떠나 공주에서 길러진 그녀임을 알기에 친모의 존재를 지우고 살았는지도 모른다고 생각했다. 그래서 친모에 관해 말할 필요조차 느끼지 못하는 게 아닌가 싶었다. 그런데 결혼을 앞두고 공주에 있는 본가를 방문했을 때, 어머님이 꺼내 놓으신 배냇저고리와 수많은 사진들 앞에 앉은 요은의 모습이 너무 슬퍼 보였다. 사정이 여의찮아 분유로 요은이를 키웠다는 말씀을 듣는 동안 요은의 얼굴에 드리워졌던 슬픔과 돌아오는 길에 창밖을 바라보던 눈가에 어린 눈물이 아직도 기억에 선하다.

"나도 아버님을 이해하고 싶어서."

아버님을 이해하고 싶다는 요은의 말에 그녀를 바라보는 원규의 시선이 하릴없이 흔들리고 만다. 아무런 가치도 기대도 없는 아버님과의 관계를 위해 이 결혼을 방편으로 삼은 것은 아니기를 바란다는 의미였다. 결혼이 절실했던 이유를 납득하고 싶다는 요은의 말은 원규를 탓하기 위한 것이 아니라 진심으로 이해하려는 것이었다.

"우리 아버지는…….."

기계적으로 앞차와의 간격을 줄여 나가는 원규에게 많은 생각이 스치고 있다. 젊은 시절 한때는 군부정권의 압박에도 불구하고 대통령의 비리 수사에 열과 성을 다하여 임했을 정도로 올곧았던 아버지. 요령이라는 걸 찾아볼 수 없을 정도로 고지식했던 분.

"글쎄, 딱히 뭐라고 말해야 할지 모르겠어."

물론 지금도 고지식하기로는 아버지를 꺾을 사람이 없지만, 그건 더 이상 외부의 압력에 굴하지 않는 고지식이 아니었다. 아들에 대한 불신과 불안으로 똘똘 뭉친 외골수, 융통성이라곤 찾아볼 수가 없는 분이다.

"걱정이 많고 고집이 대단하셔."

아무리 한 번뿐인 통과의례라지만 대마에 손을 댄 건 명백한 잘못이었다. 그러니 그 잘못에 대한 아버지의 대처를 원망할 자격은 없다. 하지만 은호의 일에 관해서는 아무리 노력해도 아버지를 이해할 수가 없다. 그럼에도 불구하고 아버지를 놓지 못했다. 어째서 그런 아버지를 포기할 수 없었던 걸까. 원규는 복잡하게 얽혀 드는 감정에 생각이 멎어 말을 잊었다.

eea

서울용산경찰서 본관 1층. 유치장 구석에 앉은 우해준이 얼굴을 있는 대로 구기고 있다. 법무팀에서 사람만 나오면 금방 풀려날 줄 알았는데, 명색이 법무팀 전무라는 작자가 현행범이 어쩌고 검증영장이 어쩌고 등등 도무지 모를 소리만 해 대고 있는 것이다. 변호사만 오면 모든 일이 해결될 거라는 생각에 기세등등하던 해준은 시간이 갈수록 짜증이 치밀었다.

"아 됐고― 결론만 말하라니까요?"

우해준에게 무안을 당하고 있는 사람은 포하임코리아 법무팀의 남무석이었다. 사실 회사의 법무팀에는 전무라는 직함이 없다. 부사장급의 대우를 받는 대표 변호사 아래 파트별로 이사급 변호사들이 있고 이하는 모두 과장급의 변호사들이었다. 법무팀 전무라는 남무석의 직함은 이름에 지나지 않을 뿐, 실상은 우해준과 관련된 일을 수습하고 다니는 개인 변호사인 것이다.

"못 나가십니다."

남 변호사는 이런저런 설명을 포기하고 딱 잘라서 말했다.

"어차피 저것들 구속영장도 없다니까?"

서당 개 삼 년이면 풍월을 읊는다는 말이 있다. 우해준 역시 수사기관이 함부로 사람을 가둬 둘 수 없다는 것 정도는 알고 있었다. 다년에 걸친 다수의 경험으로 얻은 지식에 의하면 장설주가 우해준 본인을 불법 구금 한 것이 확실했고, 이 부분에 대해서는 유치장을 나갈 때 기필코 사과를 받으리라 벼르기까지 했던 것이다. 그래서 접견실도 거부하고 유치장 한가운데로 남 변호사를 불러들였다. 네까짓 것들이 아무리 발악을 해 봐야 이 몸은 곧장 나가면 그만이라는 걸 눈앞에서 보여 줄 작정이었다.

"못 나가세요."

그런데 못 나간다니? 남무석 이 인간도 장설주라는 인간처럼 정신이 나갔나 싶다. 하지만 지금 정신이 나간 사람은 남 변호사도 장설주 형사도 아닌 우해준이었다.

"이사님은 지금 현행범으로 체포되신 겁니다."

현행범이라니, 상황을 설명하고 있는 남 변호사 역시 어리둥절하기는 마찬가지다. 진단서를 끊어서 병원에 입원했을 때만 해도 별일 아니라고 하지 않았던가? 경찰서에 있으니 좀 와 달라고 전화했을 때도 대수롭지 않은 듯한 목소리였다. 그런데 강간치상은 뭐고 마약류관리법 위반은 또 뭐며, 더군다나 경찰수사관 폭행이라니. 산 넘어 산 넘어 산 넘어 산이 따로 없다.

"아— 씨팔! 뭔 소리냐고 그게!"

"목소리 좀 낮춥시다!!"

마침 밖을 지나던 유치장관리팀의 경찰관이 해준을 향해 소리쳤다. 언뜻 보기에도 아버지뻘인 남 변호사에게 거리낌 없이 욕지거리를 해 대는 모습이 영 거슬렸던 것이다.

"넌 또 뭐야?"

우해준이 눈알을 굴리며 자리에서 일어나 유치장 입구로 내달리려는 것을 남 변호사가 말리고 나섰다. 접견실로 가서 얘기하자는 남 변호사에게 무안을 줘 가며 나는 떳떳하니 여기서 얘기하잘 때는 언제고, 당장은 **빼** 줄 수 없다는 말에 이성을 잃고 날뛰는 우해준의 꼴이 말이 아니다. 덕분에 팔자에도 없는 유치장 안에서 해준을 마주하고 있는 남 변호사의 입장도 말이 아닌 상황이다.

"잠자코 계세요."

지난 몇 년간 술만 마셨다 하면 치고받고 싸움질에 음주운전도 모자라 기물 파손까지, 우해준이 온갖 말썽을 다 부려도 그러려니 해 왔던 남 변호사였다. 아들자식 잘 둔 덕에 마음 편할 날이 없다며 철들 때까지만이라도 법적으로 문제 되는 일 없도록 잘 보살펴 달라는 우영환 대표의 간곡한 부탁이 있기도 했고, 개차반이긴 했지만 우해준 역시 매일을 하루같이 말썽만 피운 건 아니기에 이따금씩 벌여 놓는 어이없는 짓거리들도 그런대로 처리할 만했다.

"기껏 와서 한다는 소리가 뭐? 나더러 찌그러져 있으라고?"

"더 이상 말썽 일으키지 마시라는 겁니다."

그런데 이번만큼은 뭔가 석연치 않다. 첫째, 해당 수사관인 장설주가 약물검사를 위한 검증영장을 미리 발부받은 상태였다. 검증영장을 가지고 약물검사를 진행했으니 절차상의 문제로 시비를 붙일 수가 없게 됐다. 둘째, 구속영장발부에 필요한 복잡한 절차를 모두 무시하고 우해준을 현행범으로 체포했다. 검증영장에 의해 적법하게 검사를 진행하려는 경찰수사관을 밀쳐 내고 욕설을 퍼부었으니 발뺌 자체가 불가능한 상황인 것이다.

"그러게 어쩌려고 담당형사한테 주먹을 휘두르십니까?"

"그 새끼가 먼저 살살 약을 올렸다니까?"

"어쨌든 영장수사에 저항하는 건 불법입니다."

"누가 그런 소리 듣자고 당신 부른 줄 알아!"

"강간치상으로 고소되고 마약류관리법에 걸려든 것도 모자라 공무집행방해로 구속됐으니 누가 와도 마찬가집니다."

한 치의 흔들림도 없는 남 변호사의 질타에 우해준은 점점 화가 난다.

"이런 쌍! 당신 미쳤어? 일개 형사 새끼들 말은 믿고 내 말은 못 믿겠다는 거야?!"

"거기 조용히 못 해?!"

살기등등한 경찰관의 고함 소리에 잠시 움찔했던 우해준이 남 변호사의 코앞으로 다가앉았다.

"분명히 말해 두겠는데, 일 처리 똑바로 하는 게 좋을 거야."

우해준이 두려운 것은 법의 심판이 아니었다. 돈이면 뭐든 되는 세상이라는 생각에는 여전히 변함이 없기에, 그 돈을 쥐고 있는 아버지가 두려울 뿐이다.

"다시는 이런 일 없을 거라고 약속하지 않으셨습니까."

사실 우해준이 사람에게 상해를 가한 것은 이번이 처음이 아니었다. 작년 초여름, 이태원의 업소에서 일하는 종업원에게도 똑같은 짓을 한 적이 있다. 다행히 상대방이 성전환수술을 앞둔 남자라 부녀자로만 제한된 강간의 객체에는 해당 사항이 없었고, 이런 사실을 들어설득에 설득을 거듭한 결과 사건을 무마할 수 있었다.

하지만 우해준은 그런 일이 있은 후부터 돈이면 다 되는 따분한 세상이 지겨워졌고 성관계에 있어서도 마찬가지였다. 어떻게든 잘 보이려는 여자들이 지겹고, 남자들이라고 해서 크게 다를 건 없었다. 조금 더 강한 자극이 필요했고, 뒤탈 없는 방법으로 그러한 쾌락을 얻기 위해 GHB에 손을 대기 시작했다.

"저는 일단 돌아가겠습니다. 대표님이 기다리고 계십니다."

남 변호사가 돌아갈 기미를 보이자 우해준이 서둘러 일어나 그의 앞을 막아섰다.

"간다고? 날 여기 처박아 두고 혼자 가겠다고?"

깊은 한숨 뒤로 우해준을 바라본 남 변호사의 미간에 주름이 선명하다.

"금방 다시 오겠습니다. 조금만 기다리세요."

차분하게 말을 마친 남 변호사는 뭔가 생각난 듯 우해준에게 가까이 다가가 목소리를 한껏 낮췄다.

"양성반응이 나올까요?"

정말 마약을 했느냐 묻는 그의 질문에 해준은 대수롭지 않다는 듯 피식 웃었다.

"남 변호사님 실력 좋잖아?"

뻔뻔한 해준의 말에 할 말을 잃은 남 변호사가 고개를 가로저으며 유치장을 나선다.

신흰그룹의 새해 축하연에 초청된 사람들은 20~30대의 연령에 이르는 국내 유수기업의 후계자들이었다. 차후에 신흰그룹을 물려받아 이끌어 갈 이윤휘를 비슷한 또래의 예비 기업인들에게 소개하는 자리인 셈이다. 신흰그룹의 계열사들과 통신, 금융, 반도체, 건설, 섬유, 식품 등등 다양한 분야에 이르는 기업의 자제들이 모인 이 자리에는 허연화 역시 참석하고 있었다.

조금 전 연회장에 들어선 원규와 요은은 경호원의 안내를 받아 윤휘가 따로 마련한 자리로 이동하는 중이었다. 누군가의 시선을 느낀 원규가 주위를 둘러보자 허연화가 원규를 뚫어지게 쳐다보고 있었다. 원규는 그 잠깐의 순간 허연화와 눈이 마주친 것조차 불쾌하기 짝이 없어 차갑게 시선을 돌렸지만, 허연화는 눈자위를 꿈틀거리며 요은을 조심스럽게 감싸 안은 원규를 향해 걸어오기 시작했다.

허연화가 점점 가까이 다가서자 원규는 서둘러 요은을 살폈다. 요은은 언뜻 지나쳐 온 다른 여자들처럼 어깨를 펴고 천천히 걸으며 가급적이면 주위를 두리번거리지 않으려고 애쓰고 있다. 그러다 보니 시선이 자연히 정면을 향해 좀처럼 움직일 줄을 모른다. 그런 요은을 가만히 지켜보던 원규가 팔을 당겨 그녀의 허리를 조금 더 가까이 안았다.

"한요은."

"윽—"

원규의 손길에 흠칫 놀란 요은이 몸을 꼿꼿이 하며 원규를 바라본다. 그리고 요은의 시선이 원규를 향한 그 순간, 드디어 정면만을 바라보던 그녀의 시야에도 허연화가 들어왔다. 가슴골이 훤히 드러나는 짙은 코발트블루의 머메이드핏 드레스를 입고 볼드목걸이와 새틴밴드로 포인트를 준 허연화의 모습은 당연히 눈에 띌 수밖에 없었다.

걸음을 멈춰 버린 요은의 시야를 막아선 원규가 그녀의 어깨에 손을 얹으며 시선을 마주했다. 언뜻 보기에는 원규가 요은의 숄을 바로 잡아 주는 것 같은 모습이라 두 사람을 안내하던 경호원도 잠자코 서서 기다리는 중이다.

"괜찮아?"

원규의 걱정스러운 물음에 요은은 야무지게 고개를 끄덕였다. 절대 마주치기 싫은 인간을 이런 자리에서 만나게 되다니 악연은 악연이구나 싶다. 원규로서는 두려워서가 아니라 더러워서라도 피하고 싶지만 요은의 생각은 달랐다. 그들이 허연화를 피할 게 아니라 허연화가 그들을 피해야 하는 상황이 아닌가 싶은 것이다. 허연화가 피하지 않는다면 그들도 굳이 피할 이유가 없었다.

"오랜만이네?"

원규의 뒤편에서 나타난 허연화가 옆으로 비켜서며 말했다. 두 사람의 관계가 파탄 지경에 이른 건 아닐까 내심 기대하고 있었는데 전혀 그래 보이지 않자 괜히 심사가 꼬인다. 결혼식 이후 더 이상 자존심을 다치기 싫어 겨우겨우 밀어냈는데, 아무리 생각해도 원규를 자기 사람으로 만들지 못한 것이 약 올라 죽을 지경이다.

"안녕하세요."

요은이 짧게 대답했다.

"이런 데서 다 만나고— 좀 의외네?"

"인사 끝났으면 좀 비키죠."

원규가 더없이 차가운 표정으로 말하며 경호원에게 손짓을 했다.

"준비되셨습니까."

"네."

원규와 요은에게 다가선 경호원이 난처한 듯 허연화를 바라봤다. 지난번 사무실로 원규를 찾아갔을 때와 조금도 다르지 않은 상황에 얼굴이 붉어진 허연화가 불쾌한 듯 숨을 삼키며 옆으로 물러났다. 오늘 이곳은 그 어떤 때보다 체면을 차려야 하는 자리이기 때문이다.

"위층으로 모시겠습니다."

연회장 한쪽에 마련된 계단으로 두 사람을 안내한 경호원이 허리를 숙이며 말하자 계단 위에서 대기하고 있던 호텔리어가 다소곳한 걸음으로 원규와 요은을 마중하기 위해 내려오고 있었다.

"또 어디로 가는 건데?"

"어디든 여기보다는 낫겠지."

요은이 목소리를 낮춰 묻자 원규가 그녀의 귓가에 속삭이듯 대답했다.

이제 막 사람들이 빠지고 원규와 둘만 남게 된 것이 얼마나 고마운지 모른다. Elleon, Elly, Leo 등등 원규를 부르는 다양한 호칭과 여기저기서 반갑게 인사를 건네는 사람들에게 둘러싸여 정신이 쏙 빠질 지경이었다. 내가 이럴 수밖에 없는 건 그들의 언어가 전부 영어였기 때문이다.

언뜻 보기에도 실내에는 한국인보다 외국인이 더 많은 것 같다. 대학동문들의 자리를 따로 만든 이유가 이런 건가 싶다. 시끌벅적한 교실 뒤편에서 엉망진창인 방송 상태에도 불구하고 3교시 외국어영역 듣기평가를 치르고 있는 것 같아 어찌나 긴장했는지 아직도 가슴이 조마조마하다.

"저녁 먹어야지."

"어?"

"우리도 저쪽으로 가자."

2층에 마련된 연회장의 양옆에는 꽃과 얼음으로 장식된 조형물이 일렬로 늘어서 있고 그 앞으로는 테이블이 놓여 있다. 하얀 테이블보 아래로 파란 자수가 유난히 눈에 띈다. 사람들의 의상도 그렇고 조명이나 데코도 그렇고 한겨울에 블루 코드라니, 이윤휘라는 사람이 파란색을 좋아하나?

어쨌든 테이블 위에는 한 입 크기로 조리된 다양한 요리들이 탑꼴로 층을 이룬 플레이트에 정성스럽게 놓여 있다. 요리마저 조형의 일부인 것 같은 느낌이다. 시각적으로 완벽한 세팅이라 그런지 아무런 맛도 향도 없을 것 같다. 그러니 전혀 식욕이 느껴지지 않을 수밖에…….

"아니…… 나 잠깐……."

엉겁결에 원규의 소매를 잡은 내 모습이 엄마를 붙든 어린아이처럼 보이지는 않을까. 하지만 어쩌겠는가. 신경을 팽팽하게 잡아당기는 긴장감 때문에 아무것도 먹고 싶지 않은데.

"왜? 어디 불편해?"

"맛이 없어 보여."

"응?"

"다 모조품 같아."

원규가 살짝 웃으며 마침 옆을 지나고 있던 서버에게서 와인 잔을 집어 들었다. 깔끔하게 떨어지는 검은 저지 드레스로 의상을 통일한 호텔 서버들이 수시로 옆을 지나고는 있었지만 아무래도 이런 자리가 처음이라 그런지 자연스럽게 잔을 가져올 수 없었는데 원규는 너무 편해 보인다.

"오늘 코드가 블루라서 그럴 거야. 아래층은 좀 덜했는데 여긴 조금 심하네."

실버 플레이트 위에 있던 와인 잔마저 조명을 받아 푸른빛을 내고 있다.

"어쨌든 마셔 봐."

원규가 내민 와인 잔을 받아 들어 입술을 살짝 적셨다.

"어때?"

"써."

어떠하냐고 물으시는데 소녀의 입에는 쓴맛이 느껴지기에 쓰다고 답하였사옵니다…… 하는 표정을 짓자, 나를 가만히 바라보던 원규가 얼핏 미소를 지었다.

"어쨌든 모조품은 아니잖아."

"어? 아…… 으응."

"그러니까 가자."

팔짱을 끼라는 듯 팔을 내민 원규에게 손을 뻗을 무렵이었다.

"원규?"

원규를 원규라고 부르는 사람이 드디어 나타났다.

"잘못 봤나 했는데 진짜 원규네?"

대나무 빗자루를 머리에 얹은 듯 삐죽삐죽한 헤어스타일의 남자가 불쑥 나타나 의외라는 듯 말했고, 그의 한국어가 어찌나 반가운지 나도 모르게 방긋 웃으며 목례를 했다.

"어? 혹시?"

눈을 동그랗게 뜬 남자가 원규와 나를 번갈아 본다.

"이쪽은 채빛바람, 전공은 다르지만 어쨌든 선배님이셔. 그리고 이쪽은 한요은, 제 와이프예요."

"안녕하세요. 채빛바람입니다!"

내가 아닌 다른 사람에게 한국어로 말하는 원규의 목소리에 왠지 모를 안도감을 느낄 무렵 빛바람이라는 사람의 우렁찬 목소리가 주변의 시선을 붙들었다. 덕분에 또 사람들이 몰려오면 어쩌나 싶어 눈을 질끈 감았다. 그리고 잠시 후, 빠끔히 뜬 한쪽 눈으로 좌우를 살핀 후에야 안도의 한숨을 내쉬며 빛바람을 바라봤다.

"아…… 네. 안녕하세요. 한요은이에요."

"원규가 결혼하더니 사람 됐네요. 이런 자리에도 다 나오고."

어이없다는 듯 피식 웃는 원규의 어깨를 툭 치는 걸 보니 굉장히 가까운 사인가 보다.

"자리 한번 만들라고 노래를 불러도 못 들은 척하더니 웬일이래."

"그런 노래 들어 본 적 없는데요."

빛바람이 입을 헤벌리며 눈에 힘을 풀고는 나를 향해 웃는다. 그런 노래 들어 본 적 없다니, 좀 썰렁하긴 했다.

"원규 진짜 재미없지 않아요?"

"이 사람 농담 못해요."

글쎄, 내가 보기에는 농담이 아닌 거 같은데.

"농담 아닌데?"

빙고—

"네. 원규 재미없어요."

멍한 표정으로 나를 보는 원규와 달리 빛바람이라는 사람은 웃음을 참느라고 난리가 났다. 재미없다는 말이 저렇게 재미있을까?

"어? 풍이 형 언제 왔어요?"

일전에 원규와 함께 컴퓨터를 들고 왔던 사람이 어느새 우리 근처에 와 있었다. 빛바람의 바람을 따서 풍(風)이 형인가? 어쨌든 원규를 깍듯이 선배라고 부르는 그가 원규보다 나이가 많은 빛바람에게는 형이라는 호칭을 쓰는 걸 보니 평소 원규가 얼마나 무뚝뚝한 성격인지 알 것도 같다.

"헉! 형수님?!"

"안녕하세요."

엉겁결에 인사를 하긴 했는데 이 사람 이름이 뭐였더라?

"우—와 형수님이다."

처음 보는 것도 아닌데 조금 과한 반응이다.

"어허~ 입 다물어라. 그러다 원규한테 혼난다."

"에? 아! 윽— 죄송해요. 너무 의외라서."

"아뇨. 괜찮아요."

너무 의외라서가 아니고 너무 아름다워서라고 해 줬다면 더 좋았겠지만, 영어가 아니라 한국어로 말해 주는 것만 해도 충분히 고마운 일이니 그냥 넘어가기로 했다. 원규 역시 신경 쓰지 말라는 듯 어깨를 으쓱하며 편하게 웃는다.

"근데 윤휘는?"

빛바람이 주변을 두리번거리며 물었다.

"올라오다 보니까 아직 아래층에 있던데요?"

"뭐야. 사람 불러 놓고 왜 안 와."

"우리만 사람인가요. 아래층에 손님들 어마어마하던데."

그 어마어마한 손님들 중에 허연화도 있다.

"근데요. 제수씨라고 불러도 되죠?"

"네. 그러세요."

격의 없는 빛바람의 미소에 생각을 털어 내며 고개를 끄덕이자, 원규가 이렇게 빨리 결혼할 줄은 몰랐다며 청첩장을 직접 받고도 믿기지가 않아 여러 번 확인했다는 말을 덧붙인다.

"저도 완전 놀랐잖아요. 사무실도 난리였다니까요?"

"그럴 만도 하지. 지금도 봐라. 말씀 한마디 없으신 우리 박원규가 형들 다 제치고 제일 먼저 결혼이라니, 아직도 믿기지가 않는단 말이지."

문득 떠오른 이 결혼의 필요에 나도 모르게 씁쓸해질 무렵, 원규가 조심스럽게 나를 당겨 안았다. 그런데 내가 갑작스러운 누군가와의 접촉에 놀랄 것을 염려해 어깨를 감싸거나 허리를 안거나 했을 때와는 너무도 다른 느낌이었다. 어찌나 가까이 안았는지 허리에 팔을 두른 원규의 한 손이 내 아랫배에 닿아 있었다. 가까이 안은 정도가 아니라 원규와 나의 몸이 완전히 밀착된 상태다.

내가 무슨 생각을 하고 있는지 알고 있다는 듯 아랫배를 보듬은 원규의 손길은 잠든 아이의 무서운 꿈을 달래는 엄마의 손길처럼 부드럽고 다정했다. 하지만 부드러움과 다정함만으로는 이 느낌을 온전히 설명할 수가 없다. 원규의 손이 닿은 아랫배를 시작으로 온몸 구석구석 퍼져 나가는 아릿함에 호흡이 흔들릴 정도다.

"뭐냐 박원규!"

경악을 금치 못한 빛바람의 비명이 아니었다면 까마득하게 내려앉은 정신을 수습하지 못하고 그대로 주저앉았을지도 모른다.

"좀 참아라. 재광이 넋 빠진 거 안 보이냐. 푸하하—"

한재광. 맞다, 저 사람 이름이 한재광이었지.

"느…… 누구가요. 아니 누가요? 저 넋 안 빠졌거든요."

"애정 표현은 살살해 주세요. 우리 재광이가 생긴 거 같지 않게 엄청 순진하답니다."

"윽— 아니라니까요?"

"형도 그만하세요. 이 사람도 재광이 못지않게 순진해요."

뭐라? 순진? 내가? 네가 할 소리는 아닌 거 같습니다만…….

"으아, 미치겠다. 형수님 죄송해요. 지금까지 원규 선배 인티멋 존에 들어간 사람을 한 번도 본 적이 없어서 조금 혁했어요."

방금 말한 인티멋 존이 intimate zone(45㎝ 이내의 거리로 가까운 친척이나 이성친구에게만 허용되는 영역)을 말하는 거라면, 정말 원규의 반경 45cm 이내로 접근한 사람을 한 번도 본 적 없다는 걸까?

"윽— 죄송해요, 선배님."

뚫어지게 쳐다본 게 죄송해서 설명을 보태고 나니 원규의 사적인 부분을 언급했다는 생각이 들었는지 금세 또 죄송하다며 어쩔 줄을 모른다. 원규의 표정을 보고 싶은데 지금 고개를 돌리면 너무 가까이에서 얼굴을 마주하게 될 것 같다.

"괜찮아. 신경 쓸 거 없어."

나왔다. 박원규 전매특허인 신경 쓸 거 없어. 말투가 어찌나 무뚝뚝한지 듣고 나면 더더욱 신경이 쓰이는 신경 쓸 거 없어. 빛바람이라는 사람도 나와 같은 생각을 하고 있는지 큭— 하고 웃음을 터뜨렸다.

"으— 그래도 사실이 그런 걸 어째요. 제가 절대 아무것도 모르는 순진무구한 성격이라 그런 게 아니고 원규 선배가 워낙에 뭐랄까, 그러니까 제 말은요. 으아— 아시잖아요 풍이 형! 형도 방금 전에 완전

뜨악한 표정이었거든요."

순진무구하다는 표현이 저렇게까지 흥분할 정도로 듣기 싫은 말인가 싶어 의아하면서도 한편으로는 한재광이라는 사람의 반응이 재미있다.

"뭐— 그래. 인정. 나도 순간적으로 헉했어."

학부에 있을 때도 워낙에 무뚝뚝하기로 소문이 나서 남녀 불문하고 가까이하려는 사람이 없었다고 한다. 현지의 미국 학생들 사이에서도 유명했다니 어느 정도였을지 상상이 된다.

"원규 지나가면 드드득— 주변이 얼잖아요. 말이라도 붙이는 날엔…… 아, 이건 제수씨도 아시겠네요."

내가 호기심 가득한 눈으로 바라보자 빛바람이 원규를 한 번 살폈고, 나를 안은 원규가 어깨를 으쓱하는 것이 느껴진다. 마음대로 하라는 듯 반쯤은 포기한 제스처다.

"말 붙이면 그대로 얼어붙는 거죠."

빛바람이 갑자기 정색을 하고는 원규를 흉내 내기 시작했다. 네? 왜요? 뭐가요? 아니요. 됐어요. 그리고 마지막으로…… 신경 쓰지 마세요……까지. Pardon? Why? What? So what? Whatever. That's enough. Never mind…… 등등, 영어로 들으니 더욱 실감 난다.

"그만하세요."

"푸하하— 방금 보셨죠? 저렇다니까요. 원규 옆에 있으려면 가슴이 완전 뜨거워야 되잖아요. 그래야 안 얼어붙고 살아남는다니까요."

"그…… 그렇죠. 저랑 풍이 형처럼 어지간히 따뜻한 남자가 아니고서야. 흠!"

진심을 담아 고개를 끄덕이던 한재광이 얼른 딴청을 하는 걸 보니 아마도 원규와 눈이 마주친 모양이다.

"이쯤에서 얘기 좀 해 주세요. 원규랑 얼마나 만나셨어요?"

"맞아! 다들 무지 궁금해했어요. 선배한테 아무리 물어도 얼마 안 됐다고만 하시고."

"4개월 정도."

내가 대답하기 전에 원규가 먼저 말했다.

"백 일 지나고 얼마 안 됐을 때에요."

어림잡아 그 정도 되는 건 맞지만, 설마 그걸 세고 있었나?

"진짜예요, 제수씨?"

"에? 아…… 네에."

나의 대답에 다시 한 번 난리가 난 두 사람의 뒤편으로 다른 한 무리의 사람들이 반갑게 손을 흔들며 다가오는 중이다.

"늦어서 죄송합니다."

그리고 그 사람들 중에는 이윤휘도 있었다. 어렸을 때부터 유명세를 톡톡히 치른 신훤그룹의 후계자를 직접 보게 될 줄은 몰랐는데, 종종 신문에서 봐 왔던 것처럼 정말 군더더기 없이 매끈한 얼굴이다.

정신없이 인사가 오가는 중에도 나와 눈이 마주칠 때마다 눈웃음을 짓던 그가 마침내는 원규에게 악수를 청했다. 서로의 손을 가볍게 당긴 두 사람이 어깨를 부딪치며 인사를 나누는데, 이윤휘의 등장으로 하나둘씩 모여들기 시작한 사람들의 말소리에 섞여 뭐라고 했는지 알아들을 수가 없다.

"인사가 늦었네요."

이윤휘가 활짝 웃으며 내게 목례를 했다.

"이윤휘예요."

"안녕하세요. 한요은이에요."

"좋은 날 찾아뵙지 못하고 뒤늦게 청해서 죄송합니다. 참석해 주셔서 감사하고요."

"아뇨. 아니에요."

"형 결혼 소식 듣고 많이 놀랐는데 형수님을 뵈니까 이해가 되네요."

"나 진짜 서러워서 죽을 뻔했잖냐, 윤휘야. 원규가 제수씨를 어찌나 꼭 안고 있는지 너무너무 외로워서 재광이라도 안고 있으려고 했다니까."

"저는 됐거든요! 괜찮거든요!"

참 밝은 사람들이다. 이런 사람들 가운데 원규가 있었다는 건, 원규도 조금은 그들과 닮은 면이 있었기에 가능한 일 아니었을까.

eee

손을 씻고 싶다는 요은을 따라 연회장 밖으로 나온 원규가 소파에 앉아 있다. 다소 짓궂은 주변의 농담에도 불구하고 불편한 기색 하나 없이 곁을 지켜 준 요은이에게 고마운 한편, 지금에서야 이런 자리에 그녀를 데리고 나온 것이 미안하다.

쇄골이 너무 드러나지 않도록 이따금씩 숄을 여미며 수줍은 듯 자신을 바라보던 그녀가 떠오르자 속이 먹먹하다. 어깨선을 보이는 것마저 조심스러워하는 그녀가 자신의 오해로 인해 겪어야 했던 일이 떠올라서다.

하지만 고맙고, 미안하고, 아프기만 한 것은 아니다. 딱히 뭐라고 해야 할지 알 수 없는 수많은 생각과 감정들이 교차해 마음이 어지럽다.

"하아—"

총각파티를 마다하고 결혼한 것도 괘씸한데 집들이까지 생략한 죄, 더구나 이렇게 어여쁜 와이프를 결혼 5개월이 지나도록 꽁꽁 숨겨 둔 죄를 묻겠다며 여기저기서 농담 반 진담 반으로 따라 주는 잔을 비우다 보니 어쩔 수 없이 술기운이 올라 머리가 뜨겁다.

"후우—"

다리를 길게 빼고 앉은 원규는 소파에 깊숙이 기대 천장의 샹들리에를 바라보며 눈을 깜빡이고 있다. 그의 머릿속을 지나는 많은 생각들 중에는 호텔로 출발하기 전 장설주에게 들은 소식도 포함되어 있다. 장설주를 설득해 검증영장을 발부받도록 한 사람은 원규였다.

물론 원규가 첨부한 증거자료만으로도 충분히 우해준의 마약 복용 혐의를 의심했을 것이고 따라서 검증영장(약물검사를 위한 필수 절차)을 발부받았을 테지만, 원규가 아니었다면 구속영장도 함께 신청했을 것이다. 하지만 요은이 고소장을 접수한 다음 날 용산경찰서로 설주를 찾아간 원규는 검증영장은 신청하되 구속영장은 신청하지 말아 달라고 간곡히 부탁했다.

수사기관이 법원에 구속영장발부를 신청할 경우, 해당 판사는 피고소인 혹은 피고소인의 변호인을 불러 영장실질심사를 해야만 한다. 이만저만하여 경찰이 너를 가둬 놓고 싶다는데 본 판사가 해당 구속영장발부신청을 승인해야 하느냐, 아니면 네 발로 착실히 오가며 수사에 응하겠느냐를 직접 묻게 되어 있는 것이다.

원규가 걱정되는 것이 바로 이런 점이었다. 어떤 식으로든 우해준이 고소 내용을 알게 해서는 안 되는 일이었다. 미리 파악해 놓은 우해준의 성격과 배경으로 미루어, 한 치의 틈도 주지 말고 정신없이 몰아붙여야만 죄를 물을 수 있을 것 같았다.

지금까지는 원규의 예상대로 진행되고 있었다. 검증영장은 판사의 실질심사 없이도 발부가 가능하기에 우해준 측에 어떤 소식도 들어가지 않았고, 경찰서로 출두한 우해준은 영장집행에 불응했다는 이유로 공무집행방해죄를 뒤집어쓴 채 유치장 신세가 됐다. 그러니 이제 약물검사에서만 양성반응이 나와 준다면, 요은이 또다시 경찰서로 나가 끔찍한 진술을 반복하지 않아도 될 것이었다.

'우해준⋯⋯.'

그 이름을 생각할 때마다 숨이 아니라 피를 뱉고 있는 것처럼 심장이 뻐근하다. 그녀는 이런 고통을 몇백 몇천 배로 겪고 있을 거라 생각하면, 뒤늦은 후회와 아픔마저 졸렬한 위선으로 느껴져 온몸의 신경이 하나하나 뜯겨 나가는 것만 같다.

이제 막 파우더룸에서 나온 요은은 피곤한 듯 소파에 몸을 기대고 앉은 원규를 물끄러미 바라보는 중이다. 술을 꽤 많이 마신 것 같아 걱정이 되면서도 잠깐의 휴식을 방해하고 싶지 않아 좀처럼 다가설 수가 없었다.

'원규가 지나가면 땅이 얼잖아요.'

빛바람의 우스갯소리였을 뿐인데도 너무 와 닿았던 말이다. 예전의 원규는 그랬다. 하지만 그게 전부는 아니었다. 요은의 마음이 이미 닫혀 늦어 버린 다음이긴 했지만 컴퓨터를 사다 놓고 더 이상 글은 안 쓰냐며 묻기도 했고, 술을 많이 마신 어느 날은 뭐 때문에 이러느냐며 묻기도 했다.

다만 원규도 요은도 그런 서로의 모습이 익숙하지 않았기에 낯설었던 것뿐이다. 낯선 감정을 달리 오해해 서로에게 상처가 나도록 마음을 열지 못한 것이 아쉽기만 하다.

조심스럽게 다가선 요은이 원규의 곁으로 가 앉았다. 눈을 감고 있던 원규가 흠칫 놀라 자세를 고쳐 앉으며 눈을 뜨자, 무릎 위로 올라온 드레스의 아랫단을 조심스럽게 누르고 있는 요은의 두 손이 보인다.

"다 됐어?"

"응."

"피곤하지 않아?"

"아니. 넌 괜찮아?"

"술을 너무 마셨어."

이마에 손을 얹은 원규가 크게 한숨을 쉰다.

"머리 아파?"

"아니. 좀 뜨거워서."

원규가 재킷을 벗어 요은의 무릎에 얹었다.

"여기 조금만 더 있자."

"어?"

"잠깐만 이러고 있자고. 술기운 좀 가라앉히고 들어가야 될 거 같아. 원래 이렇게 마구잡이로 권하는 사람들이 아닌데, 니가 있어서 그런지 장난이 좀 심하네."

"많이 힘들면 집에 갈까?"

"안 힘들어."

요은이 앉은 쪽으로 몸을 향한 원규가 고개를 비스듬히 하며 그녀를 바라보자 알코올 향이 묻은 원규의 가벼운 숨이 요은의 목덜미에 스친다.

"난 괜찮으니까 니가 힘들면 말해."

"나도 안 힘들어. 다들 좋은 사람인 거 같아서…… 재미있어."

"잘 웃더라."

"응?"

"너 말이야, 한요은. 정말 잘 웃더라고. 예쁘게."

말문이 막혀 버린 요은의 어깨로 원규가 얼굴을 기댔다.

"요은아."

원규의 호흡이 어깨 아래로 능선을 이룬 가슴에 닿는 것만 같아 꼼짝도 할 수가 없다.

"한요은."

요은의 어깨에 조금 더 얼굴을 묻은 원규가 다시 한 번 이름을 부른다. 그녀는 대답 대신 조심스럽게 손을 올려 원규의 이마에 얹었다. 부드러운 원규의 머릿결이 손바닥을 간질이기도 잠시, 걱정스러울 만큼 뜨거운 체열이 느껴진다.

"원규야 너 열 있는……."

요은의 손을 잡은 원규가 그대로 팔을 당겨 그녀를 마주했다. 요은의 생김새를 한 번도 제대로 본 적이 없다고 생각했는데, 유난히 빛나는 눈동자…… 반듯한 콧날 아래 손으로 빚은 듯 선이 고운 입술까지 눈, 코, 입 어느 한구석 거슬리는 곳이 없다. 다만 한 가지…….

"왜 그러……."

원규가 그녀의 뺨에 난 상처를 손끝으로 더듬었다. 이어 목덜미에 닿은 원규의 손이 너무나도 뜨거워 서로의 얼굴이 가까워지는 줄도 모르고 있던 요은이 문득 정신을 차린 순간이었다. 코끝에 아찔하게 스치는 원규의 숨결에 눈을 감은 그녀의 속눈썹이 하릴없이 떨려 온다.

요은의 입술에서 전해진 차가운 기운이 원규를 집어삼킬 듯 끓어오르던 체열을 가라앉히고 있었다. 한없이 부드러운 요은의 입술이 파르르 떨리고 있음을 알면서도 원규는 좀처럼 입술을 거둘 수가 없다.

더 이상은 숨을 참기 힘들어 원규의 어깨를 의지한 그녀의 손길이 수줍기만 하다. 허리를 당겨 요은을 가까이 앉은 원규가 혀끝으로 조심스럽게 그녀의 입술을 누르자 단순한 입맞춤이라 생각하며 가까스로 호흡을 유지하고 있던 그녀의 머릿속이 온통 하얘졌다.

"으읍……."

반사적으로 입을 꼭 다문 그녀가 아찔한 숨을 터뜨리고 만다. 달콤하고 뜨거운 원규의 숨결이 원하는 것이 뭔지 알면서도 자신이 없다. 이대로 입술을 열면 원규가 들어올 테고…… 그런 키스는 그녀의 생에 처음인 일이기에…… 온몸이 얼어붙고 만 것이다.

잠시 후…….

원규는 천천히 손을 움직여 긴장으로 뻣뻣해진 요은의 몸을 어루만

지며 입술을 거뒀다. 그녀의 망설임이 그날의 악몽과 닿아 있는 것만 같아 몇 번이고 자신의 경솔함을 탓하는 원규의 속이 참담히 무너지는 순간이다.

"몸이 진짜 차다."

미안하다는 말은 하고 싶지 않다. 그 말이 그녀를 더 아프게 할 것을 알기 때문이다.

"얼음 같아."

선이 둥근 요은의 어깨를 부드럽게 움켜쥔 원규가 그녀를 안았다.

"어…… 미안해."

한참을 망설이던 요은의 한마디에 원규가 입술을 깨물며 그녀를 더욱 깊이 안았다. 뭐가 미안하냐고, 네가 왜 미안하냐고 되묻는 것조차 조심스러운 사람…… 그런 요은이다.

"근데…… 처음이라서……."

숨 막힐 정도로 그녀를 가까이 안고 있던 원규의 품이 조금 느슨해졌다.

"싫어서가 아니라 처으…… 흠! 처음이라."

고소장을 내고 보충 조사를 마친 후에도 힘든 내색 한 번 하지 않던 그녀를 과소평가하고 있었다. 매순간 상처를 떠올리면 어떡하나 지레 겁을 먹고 있었던 것이다. 하지만 요은은 원규가 염려하는 것처럼 약하지만은 않다. 원규와 함께 있을 때는 더더욱 그렇다.

"원규야……."

"응."

"근데 너 열이 많이 나는 거 같아."

요은의 목덜미에 얼굴을 묻은 원규가 크게 숨을 마셨다. 온몸이 빨려 들어갈 것만 같은 아찔한 자극에 몸을 움츠렸던 그녀가 원규의 품을 벗어나려는 순간이었다.

"아니. 조금만."

숄이 흘러내려 맨살이 드러난 그녀의 어깨가 얼음처럼 차고 매끄럽다.

"조금만 더 있자."

그런 그녀의 어깨 위로 원규의 숨결이 아릿하게 내려앉는다.

Chapter 11. 너여야 했던 이유

늦은 아침, 창문을 통해 실내를 비춘 햇살이 작업실 소파에 누워 있는 연화의 눈꺼풀을 찔러 댄다. 머리를 묵직하게 누르는 두통을 이기지 못하고 잠에서 깨긴 했지만 눈을 뜨고 싶지는 않다. 다 보기 싫고 아무것도 생각하기 싫다. 어젯밤의 기억을 통째로 지워 버렸으면 좋겠다. 하지만 원규와 나란히 2층으로 올라가던 요은의 모습을 지우려 할수록 천불이 난다. 입술이 비틀리도록 이를 악물어도 봤지만 그럴수록 또렷하게 재생되는 어젯밤의 기억에 눈꺼풀이 부들부들 떨릴 지경이다.

처음 연회장에 들어섰을 때 2층으로 올라가는 계단을 지키는 경호원들과 호텔리어들을 보며 공간을 나눠 놓은 이유가 궁금했다. 1층만으로도 천여 명은 거뜬히 소화할 수 있을 텐데 굳이 아래위층을 모두 사용할 필요가 있을까 싶어서였다. 별관 입구부터 경비가 삼엄했으니 다른 연회가 있을 리도 만무했고 그렇다면 2층은 VVIP를 위한 별도의 공간일 거라 생각했는데 갑작스럽게 맞닥뜨린 원규와 요은이 그곳으로 안내받는 걸 보고는 잠시 어리둥절했다.

그들에게 허락된 곳이라면 자신에게도 마찬가지일 거라 생각하며 곧장 따라가려고 했지만 어이없게도 양옆에서 계단을 지키고 있던 경호원에게 가로막히고 말았다. 여태껏 자부심으로 알고 살아온 서린기업의 독녀라는 타이틀도 소용없었다. 주변의 시선이 아니었다면 앞을 막아선 경호원의 따귀를 올려붙이고 싶은 순간이었다.

더더욱 짜증스러운 것은 연회의 주인공인 이윤휘마저 의례적인 인사를 마치고는 곧장 2층으로 모습을 감춰 버렸다는 사실이다. 그들만의 리그라니 인정할 수 없는 일이었다. 더구나 거기에 한요은이 끼어 있다니 이가 부득부득 갈린다.

지독한 자기 연민의 배설에 지나지 않는 글 따위로 원호의 환심을 사고 한때나마 연화 자신에게 쓸모를 인정받은 것도 모자라 원규까지 차지해 버린 짜증 나는 인간, 연화에게 요은은 그런 존재였다. 그런데 이제는 신훤그룹의 유일한 후계자인 이윤휘마저 한요은의 지인이 될 모양이다. 한요은이 잘나서가 아니라 순전히 박원규와의 인연 때문에 말이다.

"아아아아아악—!!"

히스테릭한 비명이 술기운으로 건조해진 목구멍을 비집으며 사방에 부딪혔다. 갑자기 몸을 일으킨 탓에 머리가 띵하다. 연화는 어젯밤 아무렇게나 벗어서 바닥에 팽개친 코발트블루의 드레스를 짓이기듯 밟고 서서 사방에 진동하는 비릿한 술 냄새에 미간을 찌푸렸다. 그러는 동안에도 줄곧 '도대체 왜?'라는 질문이 머릿속을 헤집으며 메아리를 만들어 골을 쩌렁쩌렁 울린다.

한요은이 바라는 건 네가 아니라 그럴듯한 집안의 며느리가 되는 거라고, 심지어는 네가 동성애자인 것도 알고 있다며 들쑤셨을 때 흔들리는 원규의 눈동자를 보며 희망을 가지기도 했지만 결국엔 결혼을 결심했다는 소식에 이미 꺾일 대로 꺾여 버린 자존심이었다. 하지만 한편으로는 대단하신 박원규의 아버지 박용태가 절대 한요은을 허락할 리 없다고 믿었고 또 빌었다. 그런데 그런 믿음과 바람마저 물거품이 되고 말았다.

미치지 않고서야 금이야 옥이야 남의 자식까지 죽여 가며 지켜 낸 아들을 고작 한요은 따위와 짝지을 생각을 하다니, 지금 생각해도 혀가 씹힐 일이었다. 매일이 지옥이었다. 더 이상 자존심을 다치지 않으려 가까스로 품위를 지키고는 있었지만 두 사람의 결혼 준비가 진행되는 내내 머리거죽이 뜯겨 나간 것만 같았다.

박원규 네까짓 게 다른 여자를 사랑하건 말건 나는 아무렇지도 않다는 걸 보여 주고 싶었다. 자존심이란 남에게 보이기 위한 것이 아니라 스스로를 위한 것임을 끝까지 깨닫지 못한 그녀였기에, 그 잘난 자존심을 지키기 위해 청첩장도 없이 결혼식을 찾아 원규 앞에 서기까지 했다. 혹시라도 요은이 원규를 통해 자신의 얘기를 듣게 된다면 죽고 싶을 것만 같았다. 허연화를 마다한 박원규가 나를 선택했다며 흡족해하는 꼴은 절대 볼 수 없었다.

그래서 나는 박원규에게 미련 따위 없으니 만에 하나라도 한요은 네까짓 게 나보다 낫다는 생각일랑 하지 말라는 의미로 이를 바득바득 갈아 가며 원규의 하객석을 지키고 앉아 있었다. 제 자신의 그릇이 고작 그 정도밖에 안 되는 줄도 모르고 남들도 그럴 거라는 생각에 혼자서 미쳐 날뛴 꼴이었지만 어쨌든 그날 이후로 원규와 요은을 지웠다. 아니, 지웠다고 생각했다.

그런데 요은의 전화로 모든 것이 엉망진창이 되고 말았다. 집에도 없고 사무실에도 없는 원규를 찾아 이태원을 헤매던 요은의 전화 한 통에, 애써 유지하고 있던 평정이 박살 난 것이었다. 두 사람의 결혼이 파경에 가까운 건지도 모른다는 생각에 미치도록 가슴이 뛰었다. 원규가 돌아올지도 모른다는 희망 때문이 아니었다. 원규의 마음은 한 번도 연화에게 머무르지 않았기에 돌아오고 말 것도 없다는 걸 이미 알고 있었다.

그녀가 미치도록 기뻤던 이유는 내 것일 수 없다면 한요은의 것이어도 안 된다는 간절한 바람이 이루어질지도 모른다는 희망에서였다.

좌르르르륵—

작업실 중앙의 프로젝터에서 필름을 잡아채 뽑아내는 것만으로는 분이 풀리지 않자 연화는 아예 스크린을 향해 프로젝터를 던져 버렸다. 조금 전 뽑아낸 필름에는 그녀가 직접 담아낸 동성애자들의 삶이 들어 있었다. 금기에의 열망과 금단의 열매를 탐한 대가로 세상의 손가락질을 받으며 살아가는 그들의 모습을 관찰하는 동안 느꼈던 우월함조차 전혀 위로가 되지 않는다.

그런 더러운 족속들을 이해해 보겠다며 박원호를 만나고 나아가 박원규를 만났던 것이 미치도록 후회스럽다. 연화가 박살 난 영사기 파편을 주워 스크린을 북북 찢어발기기 시작했다. 스크린이 너덜너덜해지도록 손을 멈추지 않던 그녀가 들고 있던 영사기 파편을 바닥에 팽개쳤다. 그런 후에도 손에 잡히는 걸 닥치는 대로 던지며 비명을 질렀다.

eee

원규의 전화를 받고 도곡동에 도착한 원호가 인희빌딩 1층의 카페에 앉아서 창밖을 보고 있다. 그리고 얼마 후, 커피가 식는 줄도 모르고 창밖을 보던 원호의 시야에 이제 막 카페에 들어서는 원규가 들어왔다. 시선이 마주치자 원규는 가벼운 묵례로 인사를 대신하며 원호가 앉은 테이블로 다가와 앉았다.

"일찍 나오셨네요."

아직 약속 시간 15분 전이다. 마침 여유가 생겨 사무실에 우두커니 있기보다는 미리 나와 기다릴 생각이었는데 원호가 벌써 도착해 있을 줄은 몰랐다.

"응. 그렇게 됐어."

자리에 앉은 원규가 원호의 앞에 놓인 머그컵을 물끄러미 바라본다. 주문해 놓고 한 모금도 마시지 않은 원호의 커피는 이미 온기를 잃은 채 잔가에 갈색 테를 두르고 있었다.

"점심은 먹었니?"

"네."

자신을 비껴 테이블 위에 머문 원규의 시선에서 아무것도 느낄 수가 없다. 언제나 그렇듯 수많은 생각을 가두고 있는 듯 깊고 복잡하지만 한 치의 틈도 없는 모습이다. 원규에게 이런 거리감을 느낀 것은 오랜만의 일이라 당황스럽고 불편하다.

"지난번엔 죄송했어요."

지난번이라면 원호가 요은이를 만나기 위해 병원을 찾았던 날을 말하는 것이었다. 요은의 담당의와 상담을 마친 후 원규를 따로 보려고 했지만 형과는 할 얘기가 없다며 원호를 돌려보낸 원규였다. 좀처럼 화낼 줄을 모르던 원규가 애써 분을 누르고 있음을 확연히 느낄 수 있었다.

"아니. 괜찮아. 오히려 내가 미안하지. 갑자기 찾아가서 요은 씨를 힘들게 한 거 같아."

"저한테 먼저 연락하지 그러셨어요."

다시 처음으로 돌아온 것 같다. 원규에게서 느껴지는 거리감은 언제나 한결같았다. 은호에 대해서만은 경계를 풀어 버린 원규였지만 그 외의 부분에 있어서는 어떠한 접점도 허락하지 않으려는 듯 항상 흐트러짐이 없었다. 먼저 떠난 은호의 생일, 기일, 그 밖에도 문득문득 은호가 떠오를 때마다 원규를 불러 술을 마셨지만 은호와 있었던 일 외의 다른 얘기는 절대 하는 법이 없었다.

그런 원규가 달라진 것은 부친인 박용태가 원호의 가게에 미성년자를 출입시키려 했다는 사실을 알게 된 다음이었다. 영업정지에 이어 더 나아가서는 업주인 원호가 실형을 선고받을 수도 있는 일이었다. 은호가 그렇게 된 걸로도 모자라 원호에까지 해를 입히려는 아버지를 이해할 수 없었고 이해하고 싶지도 않았다. 은호의 일뿐만이 아니라 다른 이유로도 원호에게 감정적인 빚을 지게 된 것이었다. 항상 일정한 거리를 두기 위해 노력하던 원규는 그 일을 계기로 원호에 대한 경계를 완전히 허물어 버렸다.

원규의 부친도 처음부터 그렇게 막무가내였던 것은 아니다. 이태원에서 동성애자를 상대로 장사를 할 게 아니라 일반적인 일을 할 수 있도록 돕겠다는 조언에도 불구하고 원규를 이태원으로 불러내는 박원호를 그대로 내버려 둘 수 없었을 뿐이다. 하지만 과유불급이라, 부친의 차고 넘치는 걱정은 오히려 상황을 악화시키고 말았다.

원규의 부친은 팔 년 전에도 똑같은 실수를 했다. 기숙사 실장과 학교 행정 실장을 통해 원규가 은호에게 편지를 보내고 있음을 알게 된 원규의 부친은 은호를 전학 조치 했으니 더 이상 신경 쓰지 말라며 아들을 다그쳤다. 차라리 그 편지들을 뜯어보기라도 했다면 아들에 대한 지독한 오해가 덜해졌을지도 모른다. 하지만 원규의 부친은 원규가 은호에게 보낸 편지를 불살라 버렸다. 아무리 치기 어린 나이라고 해도 남자에게 사랑 타령 따위나 해 댈 아들의 글을 절대 보고 싶지 않았기 때문이다.

부친은 그즈음 몇 번이나 집으로 찾아와 주소도 연락처도 필요 없으니 제발 한 번만, 딱 한 번만 원규의 목소리라도 들을 수 있게 해 달라며 눈물짓던 은호의 간절함을 원규의 간절함으로 착각하고 있었다. 그래서 단순한 외면에 그치지 않고 극단적인 결벽을 보이게 된 것이다.

"어쨌든 와 주셔서 감사해요."

자살을 결심하기 전 원규의 연락처를 알기 위해 몇 번이나 원규의 집을 찾았던 은호, 그런 은호를 매몰차게 뿌리쳤던 아버지. 은호에게 보낸 편지마저 아버지의 손에 들어갔음을 전혀 모르고 살았던 원규다. 한 번은 학교로, 또 한 번은 기숙사로 편지를 보냈지만 은호에게서는 당연히 답장이 오지 않았다.

그래서 아버지를 믿었다. 박은호라는 아이도 전학할 수 있도록 조치하겠다던 아버지가 약속을 지킨 줄만 알았다. 새로운 환경에서 다시 시작한 자신처럼 은호도 다 잊고 살겠거니 했다. 똑똑하고 착실한 녀석이니 다소 엄격한 어머니 밑에서 다시 예전으로 돌아갔을 거라 생각했다.

어머니의 사고사 후 은호마저 삶을 놓아 버렸을 때 원규가 그 사실을 바로 알았더라면, 원규의 부친이 은호를 그냥 내버려 뒀더라면, 두 사람이 이렇게까지 기구한 인연으로 묶이는 일도 없었을 것이다.

"얼굴이 많이 상한 거 같은데. 괜찮아?"

"그 사람에 비하겠어요."

혼잣말에 가까운 원규의 대답에 원호가 시선을 피했다.

"왜 그러셨어요."

낮게 가라앉은 음성으로 물으며 원호를 바라보는 원규의 시선이 공허하다.

"언제든 와도 좋다고 하셨다면서요. 다친 그 사람을 병원이 아니라 호텔로 데려가셨고요. 그러고도 한참 동안 연락 한 번 없으시다가 갑자기 그 사람을 찾아가서 뭘 어쩌려고 그러셨어요."

요은을 가게에서 처음 봤을 때, 많이 반가웠다. 부친의 훼방으로 전보다는 가까워졌지만 결혼 생활에 대해서만큼은 한마디도 없던 원규였다. 몇 번인가 원규에게 같이 밥이라도 먹자고 제안했지만 매번 불편하다는 말로 거절하곤 했던 것이다. 조금이나마 가까워졌다고 생각한 원규와의 거리가 다시 멀어지는 것 같았다.

그런데 요은이 직접 찾아왔다. 물론 원규가 아니라 선희와 동행하긴 했지만 요은을 본 순간 원규에게 한 걸음 더 다가선 것 같아 흐뭇했다. 선희의 책에 실린 축전을 통해 이미 요은을 알고 있었기에 더욱 반가웠는지도 모른다.

"그냥 반가웠어. 원규 너도 알잖아. 내가 요은 씨 글 많이 좋아한 거. 한편으로는 동생 와이프를 보는 것 같아서 흐뭇하기도 했고. 그래서 언제든 와도 좋다고 했어."

동생의 와이프를 보고 있는 것 같아 흐뭇했다는 원호의 말에 원규의 시선이 흔들렸다. 만일 은호가 살아 있었다면 언젠가는 누군가와 결혼하게 됐을지도 모른다는 생각에, 원호에게 있을 앞날의 인연마저 앗아 버린 것 같아 숨이 죄어 온다. 하지만 그런 죄책감은 오롯이 원규 자신의 몫이어야 한다는 생각에 마음을 다잡는다. 원호의 어떤 행동이든 감내해야 할 사람은 요은이 아니라 원규 자신이었다.

"저를 동생으로 생각하셨다면, 바로 연락해 주셨어야죠. 적어도 그 사람을 혼자 호텔에 내버려 두지는 마셨어야죠."

"요은 씨가 원한 일이었어."

"그 사람이 원한 일이라서 저한테는 알리지 않으셨다고요? 그럼 호텔에 데려다 놓은 것도 그 사람이 원한 일이었나요?"

"사무실에 있게 할 수는 없었어. 사무실이 너무 엉망이라서 혹시라도 깨어나서 많이 놀랄까 봐."

기억을 잃은 채 호텔에서 눈을 뜬 요은이 얼마나 공포에 떨었는지 알기에 원호의 말을 쉽게 납득할 수가 없다. 깨어나서 많이 놀랄 것을 걱정했다면 더더욱 혼자 둬서는 안 되는 일이었다.

"병원에 데려가셨어야죠."

원규는 혀뿌리를 치대는 화기를 애써 삼키며 말했다.

"병원으로…… 가셨어야죠."

한 번으로는 충분하지 않다는 듯 다시 한 번, 그리고도 여러 번 속으로 되뇐다. 왜 병원에 데려가지 않았느냐고, 어째서 조금의 배려도 없이 그녀를 혼자 뒀느냐고. 그리고 스스로에게도 묻는다. 요은이가 이미 널 동성애자로 알고 있다고 오해한 마당에 뭐가 무서워서 직접 확인하지 못했느냐고, 왜 그녀를 피하기만 했느냐고…… 묻고…… 또 묻는다.

"병원으로 가면 어떻게든 보호자인 너한테 연락이 들어갈 텐데, 그건 요은 씨가 원하지 않는 일이었으니까."

요은을 위해서가 아니라 원규를 위해서였고 나아가 원호 자신을 위해서였다. 그걸 인정할 용기가 없어 요은 씨가 원한 일이었다고 핑계를 대고는 있지만 그런 스스로의 모습이 더없이 한심하게 느껴진다.

사전 연락도 없이 찾아와 인사불성이 되도록 술을 마셨으니 1차적인 책임은 그녀에게 있다고 할지라도 어쨌든 자신의 가게에서 벌어진 일이었다. 우해준이 GHB를 사용했음을 모르기에 요은을 백 퍼센트 이해할 수는 없지만 원호 자신도 그녀의 사고에 일조했음은 틀림없는 사실이었다.

다만 원규 앞에서 그걸 인정하느냐 마느냐의 문제였고, 원호의 선택은 후자에 가까웠다. 사고의 후유증을 감당해야 하는 요은과 그런 요은을 지켜봐야 하는 원규의 고통 앞에 자신의 책임을 인정할 만한 용기가 없었다.

미국에서 돌아온 원규는 어떤 심정이었을까. 그 일이 있고 나서 두문불출하는 동안, 문득 그런 생각이 들었다. 원규는 지금까지 어떻게 견뎠는지 모르겠다. 은호의 죽음을 오롯이 본인의 몫으로 돌리고 은호의 피붙이인 자신의 주변에 머무는 동안 얼마나 힘들었을지, 이제야 조금 알 것 같다.

"요즘 가게 쉬신다면서요."

원호를 만나기로 한 건 잘잘못을 따지기 위함이 아니었다. 우해준이 혐의를 강력히 부인하고 있다며 사건 현장을 직접 조사해야 하는데 가게가 며칠째 닫혀 있다는 장설주의 전화를 받고 마련한 자리였다.

"민기한테 들었구나."

"아뇨."

용건을 간단히 하기에 앞서 원호를 바라보는 원규의 표정이 약간 복잡하다. 생각하기에 따라서 당연할 수도 있고 번거로울 수도 있는 부탁이었다. 만에 하나 우해준이 끝까지 혐의를 부인한다면 법정 공방을 피할 수 없을 것이고, 그렇게 되면 원호를 비롯한 다른 바텐더들을 증인으로 세워야 할지도 모른다. 동성애자 전용 바라는 타이틀이 밝혀진 후 법정에서 증언을 한다는 건 원호나 다른 바텐더들에게 있어 불편한 일임에 틀림없었다.

"지난주에 고소장을 접수했는데 담당수사관이 가게를 직접 봐야 할 거 같다고 연락을 했어요. 서너 번 정도 찾아갔는데 문은 잠겨 있고 형하고는 연락이 안 된다고 해서요."

"아는 번호로 걸려 온 전화만 받으니까, 아마 그랬을 거야."

"그래서 부탁드리려고요."

원규가 테이블 위로 명함을 내밀었다.

[서울용산경찰서 성폭력범죄전담수사팀 장설주 H.P: 010-9284-8311]

한동안 명함을 바라보던 원호는 휴대폰을 꺼내 명함에 적힌 전화번호를 입력했다.

"번거로우시겠지만 부탁드려요."

요은이 겪고 있을 심적 고통에 비하면 정말 아무것도 아닌 일이었다. 담당형사에게 가게를 안내만 하면 되는 일인데, 지나치게 예의를 차린 원규의 말에 씁쓸해지고 만다.

"2층 사무실 그때 그대로야."

"네?"

"혹시 몰라서 요은 씨가 왔던 날 그대로 안 건드렸어."

그날 새벽, 요은이 호텔에서 전화를 한 줄도 모르고 발신번호만으로 원호일 거라 확신한 채 가게를 찾아갔던 원규였다. 은호의 기일이 가까운 때라 걱정스럽기도 했지만 무엇보다 마음에 걸리는 건 역시나 아버지였다. 결혼 후에 잠잠해졌다고 생각한 아버지가 다시금 가게를 들쑤시기라도 했나 싶어 이태원으로 차를 모는 내내 불안했다.

"그날 요은이가 호텔에서 저한테 전화를 했었어요. 근데 저는……형인 줄 알았어요. 그래서……."

원규는 차마 말을 잇지 못한다. 은호의 기일에 함께 속초를 찾았던 작년과는 달리 올해는 따로 다녀와야 할 것 같다는 얘기를 하려고 원호에게 전화를 했었기에 상대방이 요은일 거란 생각은 하지도 못한 채, 그렇지 않아도 전화했었다며 원호를 찾았다.

"가게에 도착해서도 그 사람 생각은 하지도 않았어요. 그게 너무……."

사무실로 올라가는 통로의 카펫 위로 배어 나와 발밑으로 스미던 피비린내. 산산조각으로 박살 난 장식장 유리를 물들인 검붉은 핏자국. 그걸 보면서도 요은이가 다녀갔을 거라고는 상상조차 하지 못했다. 내가 얼마나 더 망가져야 하냐며, 제발 무슨 얘기든 좋으니 해 보라던 그녀의 눈물이 얼마나 절박한 것이었는지도 모른 채 원호만 걱정했다.

"너무…… 미안해요. 너무 미안해서 미안하다는 말도 못하겠어요. 그런데 그 사람은 원망할 줄도 몰라요. 괜찮다고, 괜찮을 거라고……오히려 저를 위로하고 있어요."

웃는 게 아닌 원규의 웃음에 원호는 한마디도 할 수가 없다.

"다 편해질 줄 알았어요. 결혼만 하면…… 아버지도, 어머니도, 형도 다 편해질 거라고 생각했어요. 형한테서 가게까지 뺏으려는 아버지를 멈추려면 그 방법뿐이라고 생각했는데."

원규는 붉게 젖은 눈을 감으며 입술을 깨물었다. 허연화의 헛소리에, 서로를 이용하고 서로에게 이용당하면 된다는 생각으로 결혼을 결심했던 자신을 용서할 수가 없다. 늦은 후회가 천근만근으로 가슴을 눌러 숨 쉬는 것조차 힘들다.

"원규야."

원규의 이런 모습을 본 건 처음이다. 갑자기 사무실로 찾아와 아무것도 모르고 살아 있어서 죄송하다며 무릎 꿇었을 때도, 은호를 추억하다 이따금씩 말을 잊은 순간에도…… 원규는 한 번도 이렇게 흐트러진 모습을 보인 적이 없다.

"정말 미안하다."

참담한 원규의 모습이 무엇을 의미하는지 어렴풋이 짐작한 원호의 목소리가 희미하게 흔들렸다. 원규를 위하려면 요은을 위했어야 했다는 사실을 깨달은 원호 역시 뒤늦은 후회에 마음이 아프다.

포하임코리아의 법무팀 남무석 변호사가 우영환 대표 앞에서 고개를 수그리고 있다.

"허…… 허허……."

개망나니보다 못한 아들 녀석의 사고수습에 이골이 난 우영환이 어이없다는 듯 웃으며 눈살을 찌푸리자 남 변호사는 난처함에 어쩔 줄을 모른다.

"뭐? 피해자가 누구라고?"

"법무법인 수휘의 박용……."

"박용태 변호사의 며느리?"

"예."

"이런 빌어먹을 녀석. 아랫도리 조심하라고 그렇게 일렀건만!"

"이사님은 혐의를 부인하고 있습니다."

"해준이 그 녀석을 믿느니 감나무에서 배 떨어지기를 기다리고 말지!"

강간치상, 마약류관리법위반, 공무집행방해. 평소 치고 다니던 사고를 종합선물세트로 엮어 온 아들 녀석의 정성에 기도 안 찰 노릇이다. 마약에 손을 댄 것도 손모가지를 끊어 놓을 일인데 강간치상이라니, 다리몽둥이까지 작살내야 정신을 차리려는가 싶다. 느지막이 얻은 자식이라 오냐오냐 기른 것이 천추의 한인 순간이다.

"헌데 그런 집안 며느리가 뭐가 부족해서 그런 곳에 드나들어?"

"그래서 여러 번 확인했습니다만, 박용태 변호사의 며느리가 확실합니다."

"허긴— 해준이 녀석도 부족한 건 없는 놈이지. 정신이 빠진 것만 빼면 말일세."

"제가 생각한 바로는 결혼 생활에 문제가 있었던 게 아닌가 싶습니다."

"문제라니? 무슨 문제?"

"추측에 지나지 않는 일이라 아직 알아보기 전입니다."

"문제가 있다 한들 그게 해준이 녀석한테 도움이 되겠는가?"

아들의 결백을 입증하려는 생각은 아예 하지도 않는다. 결백에 대한 믿음이 없기 때문이다.

"도움이 되겠느냐 말일세."

"현재로서는 불투명합니다. 구속영장발부신청 없이 검증영장만 발부받은 것도 그렇고, 피해자 측에서 준비한 증거자료가 너무 확실한 것들이라, 피해자 측의 고소 의지가 상당히 확고해 보입니다."

"그럼 어째야 옳은가?"

"생각 중인 방법이 있기는 합니다만……."

"그래. 그게 뭔가?"

"경찰에 손을 써서 사건이 검찰로 송치되는 것을 막는 방법도 있고, 검찰로 송치된 후에 담당검사에게 손을 써서 기소유예(검사가 사건을 재판에 부치지 않음)처분을 바랄 수도 있습니다."

남 변호사는 매수라는 표현 대신 손을 쓴다는 표현으로 비리를 포장했다.

"기소유예면 불기소처분을 말하는 겐가?"

"예. 맞습니다. 공무집행방해나 마약류관리법위반에 대해서는 검찰 송치를 막는 쪽으로 하고, 강간치상에 대해서는 기소유예처분을 받아 내는 편이 좋을 것 같습니다."

공무집행방해나 마약류관리법위반은 경찰을 매수해 시간을 끌다 보면 해결될 일이었다. 하지만 강간치상은 엄연히 피해자가 존재하니 검찰 송치(사건이 검사의 손으로 넘어가는 것을 이르며 사건을 재판에 부칠 것인지의 여부는 검사의 판단에 달려 있음)를 막기는 힘들 것이다. 그러니 강간치상에 관해서만은 검찰 송치를 감안하고 있는 남 변호사였다.

"만약에 피해자 측에서 기소유예처분에 불복하면?"

"성범죄는 기소유예처분에 따를 수밖에 없도록 되어 있습니다."

2007년 6월 1일 형사소송법이 개정되기 전까지는 형법 123~125조(공무원의 직권남용, 공무원의 불법체포·감금, 공무원의 폭행·가혹행위)에 한하여서만 검사의 불기소처분에 대항할 수 있었다. 즉, 개정 전의 법률에 따르면 성범죄의 피해자는 검사의 기소유예처분에 불복할 수 없었다. 검사가 사건을 재판에 부치지 않기로 결정하면 수사는 그대로 종결되는 것이었다.

"고등검찰청에 항고하거나 헌법소원을 제기하는 방법이 있기는 하지만, 경찰 조사나 검찰 조사에서 스트레스를 받다 보면 기소유예만으로도 충분히 포기할 이유가 될 겁니다."

"그래?"

"예. 그런데……."

남 변호사가 말끝을 흐리며 우영환의 눈치를 살핀다.

"그런데라니? 무슨 문제라도 있는 게야?"

"만일 박용태 변호사가 나선다면 기소유예처분이 내려진 후에도 말썽이 생길 수 있습니다."

"그럼 어쩌자는 겐가?"

"아무래도 박용태 변호사 측에도 손을 써 두는 편이 좋지 않을까 싶습니다만."

"자네 지금 제정신인가?!"

우영환이 날벼락처럼 소리쳤다.

"차라리 날 잡아 잡수라지그래! 내 아들 녀석이 그쪽 며느님께 몹쓸 짓을 저지르긴 했지만 선처를 바란다고 빌라는 게야? 그랬다간 그 양반이 직접 나서서 해준이 녀석을 재판에 부치고도 남을 일이야!"

"아버지가 아니라 시아버지 자리는 다르지 않겠습니까? 박용태 변호사 입장에서도 며느리가 그런 불미스러운 일로 법정에 서는 건 불편한 일일 겁니다."

"그래서 한번 찔러나 보자는 게야? 그랬다가 일이 잘못되면 뒷감당을 어떻게 할 작정인가? 박용태가 누구냔 말이야! 정권 실세인 대통령 비리 수사에도 물러섬이 없었던 양반일세! 그런 양반이 며느리를 모른 척하고 자기 체면이나 차릴 것 같아?!"

"그분 체면에 누가 되는 일 없도록 제가 잘 말씀을 올리겠습니다."

"어허! 관두라는데도! 차라리 더 윗선에 줄을 대고 말지!"

"사건이 위로 올라갈수록 이사님이 불리해지십니다. 헌법소원의 경우라면 무마할 수도 있지만 고등검찰청에 항고하게 되면 분명히 박용태 변호사가 나설 겁니다. 검찰총장직을 양보하고 수휘로 들어가신 분입니다. 현 검찰총장뿐만이 아니라 검찰 전체의 본보기나 마찬가지인 분입니다."

"그럼 구워 먹든 삶아 먹든 마음대로 하라고 해!"

점입가경이라더니 갈수록 가관이다. 하필이면 박용태 변호사의 며느리라니, 아비 속을 뒤집어 놓으려고 작정을 했구나 싶어 뒷목이 뻣뻣하다.

"그쪽에서도 재판은 원치 않을 겁니다."

목덜미를 움켜쥐며 자리에서 일어난 우영환이 크게 한숨을 내쉰다. 아무리 미워도 아들은 아들이라, 아비 된 입장에서 나 몰라라 할 수만은 없는 노릇이었다.

"우선 피해자부터 만나 보게."

"예?"

"당사자를 제쳐 두고 무슨 일을 도모하겠다는 겐가? 일단 당사자를 만나서 정황을 살핀 후에 판단해도 늦지 않아."

"준비한 증거자료로 봐서는 마음을 돌릴 것 같지 않은데요."

"짐작만으로 되는 일이 무에가 있어! 만나서 사과하고 양해를 구해야지! 당사자 선에서 일이 무마될 수 있도록 하게."

요은이 고소를 취하하도록 설득하라는 말이었다.

"뭐 하고 섰어? 얼른 나가 보지 않고."

"예, 알겠습니다."

남 변호사가 회장실을 나선 후, 자식 교육을 잘못시켜도 단단히 잘못시켰다며 땅이 꺼지도록 한숨을 내쉰 우영환이 다시 자리에 앉았다. 한편 회장실 밖으로 나온 남 변호사는 우영환보다 한술 더 떠 땅이 꺼지고 하늘이 내려앉도록 한숨을 쉬고 있었다. 아무래도 이번 상대는 만만치가 않을 것 같아서다.

하나씩 골라 쌓아 올리다 보니 부피가 상당해졌다. 어제 연회에서 너무 긴장한 탓에 제대로 먹지를 못한 데다 밤새 잠을 설치느라 아침에야 곯아떨어져 끼니를 거르기도 했지만, 단순히 배가 고파서 빵을 수두룩하게 산 건 아니다. 달콤한 게 필요했다. 달콤하고 부드러운 걸 먹고 싶었다.

미닫이 버튼을 누르느라 품 안 가득한 종이봉투를 고쳐 들자 달콤한 향이 가득 쏟아져 나온다. 코끝을 간질이는 향기에 젖어 몸통 크기의 봉투에 얼굴을 파묻다시피 하고 걸었다. 하지만 달콤하고 부드러운 걸 몽땅 주워 담고도 뭔가 빠진 느낌이다. 걷는 내내 봉투에 가득한 빵들을 물끄러미 바라보며 뭐가 빠졌는지 곰곰이 생각했다. 그렇게 얼마나 걸었을까.

퉁―

장애물에 막혀 걸음이 멎은 곳은 막다른 길이었다. 엘리베이터를 지나는 줄도 모르고 일직선으로 걸은 탓에 하마터면 벽에 부딪칠 뻔했다. 여기는 9와 3/4 승강장이 아니기에 벽에 부딪쳐 봐야 달리 갈 곳도 없는데 말이다.

정신을 좀 차려야 하는데 어제부터 계속 이런 상태다. 얼른 병실로 올라가서 당분을 보충할 생각으로 돌아섰다. 이 많은 사람들과 한 번도 안 부딪치고 복도 끝까지 갈 수 있었음을 의아해하며 사람들을 피해 엘리베이터로 걸어가던 중, 이제 막 3층에 도착한 엘리베이터에서 한 무리의 인파가 쏟아져 나왔다.

음?

조금 전 엘리베이터에서 내린 사람들 중 언뜻 원규를 본 것 같다. 아직 6시도 안 됐으니 원규가 여기 있을 리 없다고 생각하면서도 시야를 가린 사람들 사이를 이리저리 피해 걸음을 서둘렀다. 잠시 후, 엘리베이터를 타려는 사람들과 엘리베이터에서 내린 사람들이 뒤엉켜 웅성웅성하던 복도가 한적해지자 베이커리카페를 향한 원규의 뒷모습이 확연히 눈에 들어온다. 아마도 나를 찾으러 왔나 보다.

카페로 들어간 원규를 따라 걸음을 옮기다가 문득 어제저녁에 있었던 일이 떠올랐다. 입술을 살포시 누르던 감촉. 몸이 차다며 나를 어루만지던 손길. 목덜미를 부드럽게 흘러 어깨 위로 내려앉던 숨결…… 모든 것이 너무 또렷하다. 그런데 조금 이상하다. 뭔가 아주 중요한 걸 잊은 것처럼 조마조마하다.

카페 입구에 다다랐을 즈음, 유리 너머의 원규와 눈이 마주쳤다. 잔뜩 심란한 표정으로 휴대폰을 손에 쥐고 있던 원규가 아랫입술을 지그시 깨물며 나보다 먼저 버튼을 눌렀다.

"한참 찾았잖아."

왠지 기분이 좋다.

"퇴근한 거야?"

"어."

한 걸음 다가선 원규가 손을 내민다.

"이리 줘."

봉투를 받아 든 원규가 나와 나란히 섰다.

"가자."

내 뒤로 팔을 두른 원규에게서 달콤한 향기가 난다.

"밖에 나올 때는 휴대폰 가지고 다녀."

"응."

나와 보폭을 맞춘 원규의 걸음을 눈으로 좇으며 엘리베이터 앞에 섰다.

"원규야."

"응?"

"빵 좋아해?"

"있으면 먹고 없으면 말고."

"그럼 뭐 좋아해?"

"딱히 없어."

말을 않자니 어색하고 말을 하자니 이어지질 않고, 참 난감한 상황이다.

"넌 호박 말고 뭐 좋아하는데?"

갑작스러운 질문에 잠시 당황한 사이 엘리베이터가 도착했다. 순서를 기다려 원규와 함께 오른 엘리베이터에는 제법 많은 사람들이 타고 있었다. 비좁은 공간에서 서로에게 방해가 되지 않기 위해 뻣뻣하게 서 있는 그들을 따라 허리를 꼿꼿이 하고 원규에게 바짝 붙어 섰다.

— 14층. 내과 및 외과계 일반병동입니다.

엘리베이터에서 내려 스테이션을 지나기까지 내게 팔을 두르고 있던 원규는 코너를 돌아 한적한 복도에 들어선 후에야 팔을 내렸다.

"없어?"

"응?"

"좋아하는 거."

예의상 꺼낸 말인 줄 알았는데 대답을 기다리고 있었나 보다.

"아니. 많아."

"딸기만 아니면 되는 거야?"

기억하는구나.

"음…… 뭐…… 그런가?"

어찌 보면 아무것도 아닌 일인데, 왜 이렇게 기분이 좋은지 모르겠다.

서울용산경찰서 주차장. 추가 조사가 필요하니 경찰서로 와 달라는 전화를 받은 어제부터 원규는 줄곧 요은과 함께 들어갈 생각이었다. 조사실 밖에서 기다리는 한이 있더라도 지난번처럼 멍청하게 차 안에 있고 싶지는 않았다. 그런데 원규가 차를 세우고 운전석에서 내리려는 찰나, 요은이 머뭇거리며 그의 손목을 잡는다.

"혼자 갈게."

"지난번에 혼자였으니까 이번엔 같이 가."

"괜찮아."

"내가 안 괜찮아."

원규를 잡고 있던 요은이 천천히 손을 놓는다. 하지만 시선은 여전히 원규를 향하고 있다. 차디찬 손길만큼이나 안쓰러운 요은의 시선을 외면할 수가 없는 원규다. 그래서 요은이 손을 놓은 후에도 운전석에서 내리지를 못한다.

"그냥…… 여기서 기다려 주면 안 돼?"

"응, 안 돼."

"불편할 거 같아서 그래. 아마 이것저것…… 물어볼 거야."

"그럼 밖에서 기다릴게. 어쨌든 별관까지는 같이 가."

"여기가 밖이잖아."

"아니. 여긴 밖이 아니라 안이야. 차 안."

착잡한 상황에도 불구하고 힘없이 웃음이 터져 버린 요은과는 달리 원규의 표정은 상당히 심각하다. 심지어는 요은이 왜 웃는지조차 모르고 있다.

"박원규."

"왜."

"아직 말 못 한 거 또 있어?"

지난번 보충 조사 후 더 이상은 경찰서에 나올 일이 없기를 바랐지만, 어쩔 수 없는 상황이라면 요은도 알고 있어야 한다는 생각에 우해준의 배경과 GHB에 대해 얘기한 것이 어제였다. 미리 얘기하지 못한 이유도 함께 설명했다. 요은은 그런 원규의 배려가 고마우면서도 한편으로는 많이 미안했다. 원규가 자신을 위해 무슨 일을 하고 있었는지 아무것도 몰랐기 때문이다.

"없어. 그게 다야."

"그럼 이제 더 놀랄 일도 없잖아. 그런데 뭐가 걱정이야."

요은은 고집불통인 아이를 달래듯 언뜻 미소를 비쳤다. 미소든 웃음이든, 그것이 슬픔의 표현이든 기쁨의 표현이든 상관없이 요은의 이런 표정을 볼 때마다 무방비 상태가 되고 만다. 혹시 그런 사실을 알고서 이러는 걸까 싶을 정도로, 요은의 미소를 볼 때마다 이상할 정도로 넋을 놓게 되는 원규였다. 하지만 이번만큼은 절대 물러날 수 없다.

"몰라서 물어?"

어차피 길게 말해서는 당할 수 없다는 생각에 짧게 물은 원규가 요은을 빤히 바라본다.

"한요은 너."

흔들림 없는 원규의 눈동자에 모든 것이 멎어 버린 순간이었다.

"너 걱정하는 거잖아."

원규의 시선을 피한 요은의 뺨 위로 머리카락이 흘러내렸다.

"안 괜찮을 때는 괜찮다고 하지 마."

햇빛을 받은 머리카락이 창백한 요은의 뺨 위로 그림자를 만든다.

"너 거짓말 진짜 못하거든. 나처럼 무신경한 사람도 확실히 알 수 있을 정도로, 넌 거짓말에 소질이 없어."

요은의 머리카락을 부드럽게 쓸어 넘긴 원규가 그대로 그녀의 목덜미를 받쳐 시선을 마주했다.

"그러니까 같이 가."

요은이 거짓말을 못하는 것이 아니라 요은에게만큼은 무신경할 수 없기 때문임을 미처 깨닫지 못한 원규를 향해, 그녀가 말없이 고개를 끄덕인다.

성큼성큼 통로를 오른 민기가 있는 힘껏 주먹을 움켜쥐었다.

쾅— 쾅— 콰앙!

당장 문을 열지 않으면 이대로 부숴 버릴 기세다.

"박원호! 진짜 문 안 열어?!"

형이라는 호칭도 잊은 채 분노의 콧김을 뿜으며 문을 쳐 대던 민기가 어느 순간 손을 멈췄다. 문을 열 수 있는 다른 방법을 찾아서가 아니라 주먹이 너무 아파서다.

"쫌! 문 쫌! 열어 보라고 쫌!"

왼쪽 귀싸대기를 맞았다면 오른쪽 귀싸대기는 아끼자는 신념으로 살아온 표민기답게 다른 손으로 문을 때릴 생각은 애당초 하지도 않는다. 대신 귀를 틀어막고 바락바락 악을 쓰기 시작했다.

"진짜 문 안 열 거야?!"

겨우 고함 몇 번에 마른기침이 튀어나오는 걸 보니 아쉬운 대로 발차기라도 해야겠다고 생각할 즈음, 드디어 문이 열렸다.

"그만 좀 해."

"형이야말로 그만해! 현장 조사에 협조했으면 됐잖아. 이제 그만 정리하고 장사해야 할 거 아냐!"

"누가 영업을 않겠대? 여기만 그대로 두라는 거잖아. 어차피 내 공간이고 손님들이 여기로 오는 것도 아닌데 왜 그래."

"미치겠네, 진짜. 언제까지 이렇게 팽개쳐 둘 건데? 현장 조사 끝났잖아. 형사도 다녀갔고 증거랍시고 이것저것 챙겨 가는 거 봤으면 됐잖아. 애들도 여기 올라오는 거 불편해하고 나도 사무실 이 꼴인 거 더는 못 보겠다고!"

민기는 현장 조사도 끝난 마당에 왜 이럴까 싶지만 원호의 생각은 달랐다. 우해준이 포하임코리아의 아들이라면 앞으로 사건이 어떻게 전개될지 모르는 일이다. 그들은 돈을 처발라서라도 있던 일을 없던 일로 만들려고 들 것이다. 마치 은호가 죽은 후에도 아무 일 없었던 듯 돌아가던 가해자들의 일상처럼 말이다.

집요하달 정도로 은호 하나를 코너에 몰아넣은 아이들 중 누구도 처벌받지 않았다. 학교 당국은 모든 것이 은호의 잘못이라고 말하듯 쉬쉬하는 분위기였다. 원호는 잔인한 학원폭력의 희생자인 은호가 호모로 낙인찍힌 채 재원학원에서 지워지는 과정을 무력하게 지켜봐야만 했다.

"어떤 식으로든 결론 나기 전에는 손댈 생각 하지 마."

원규의 앞에서 잘못을 인정하는 것과는 별개의 문제였다. 죄를 지었으면 대가를 치러야 한다는 당연한 이치를 가해자에게 꼭 보여 줄 생각이다. 은호를 죽음으로 몰아간 누구누구의 아들들과 누구누구의 딸들 모두 잘난 집안의 귀한 아이들이었을 거다. 은호를 괴롭힌 건 그저 한때 심심풀이에 불과했을 뿐, 오히려 그만한 일에 자살을 결심한 은호를 바보로 만들고 아무렇지 않게 살아가는 그 아이들을 보며, 그 아이들이 오가는 시멘트 바닥을 물들인 은호의 혈흔을 보며, 얼마나 가슴을 쳤는지 모른다.

"결론 난 거 아니야? 경찰도 다녀갔는데 뭘 더 기다려야 돼? 여기 이렇게 피비린내 나게 해 놓고 아래층에서 무슨 장사를 하겠냐고!"

현장 조사와 증거수집 따위는 요식행위에 지나지 않을 뿐이다. 은호가 집단따돌림을 당한 증거를 들고 경찰서를 찾았을 때 그들의 반응이 어땠는지 정확히 기억하고 있는 원호였다. 며칠이 지난 후 그를 부른 경찰관이 다들 미성년인 데다 타살이 아니라 사건화할 수 없다며 가져갔던 물건들을 돌려줬다. 그런데 가해 학생의 이름이 적힌 다이어리 몇 장이 뜯겨 있는 상태였다. 누가 무슨 짓을 했다며 고자질해 놓은 것도 아니었는데, 전혀 문제 될 게 없다면서 어째서 그 부분을 뜯어 버렸는지 이해할 수 없었다.

"민기야."

"그래. 말 좀 해 봐."

"가해자 집안이 만만하지 않은가 봐."

"누구? 우…… 뭐시기 그 새끼?"

"응."

"와— 나 돌아 버리겠네. 뭐 얼마나 대단한 집안이래?"

"잘은 모르겠고 아마 재판까지 가야 하지 않을까 생각하더라. 가해자가 혐의를 전혀 인정하지 않고 있대."

"뭐? 혐의? 병신들 지랄하네. 혐의는 그냥 가능성이잖아. 이건 가능성의 문제가 아니지. 남의 가게에서 멀쩡한 여자를 반쯤 죽여 놓고, 뭐? 혐의?"

"그래서 그래. 경찰이 다녀가긴 했지만 혹시 모르는 일이니까. 잠깐 이대로 뒀으면 좋겠어. 여길 치워 버리면 요은 씨가 당한 일도 사라져 버릴 거 같아서 내키질 않아."

잠시 고민하던 원호가 바짝 바른 입술을 적시며 숨을 삼켰다.

"그리고 하나 더 얘기할 게 있는데."

"뭔데?"

"재판이 시작되면 증인으로 나설 생각이야."

눈치로는 둘째가라면 서러울 민기는 원호가 하려는 얘기를 짐작할 수 있었다.

"그럼 나도 해야겠네."

담배를 꺼낸 민기가 라이터를 켜며 쓴 입맛을 다셨다.

"애들한테도 얘기해 둘게."

"상대측에서 성향을 은근히 꼬투리 잡을 텐데 괜찮겠어?"

"그게 뭐? 이반인 게 뭐 싸대기 맞을 일인가? 그 대단하신 또라이 새끼도 여기 단골이잖아. 우릴 쓰레기 취급 하면 그 새끼도 같이 엮이는 거지."

민기는 원호의 어깨 너머로 엉망진창인 사무실을 보며 담배 연기를 깊이 마셨다.

"그나저나 참 어지간하쇼. 처음부터 그렇게 말하면 되지, 뭔 놈의 변죽을 그렇게 울려? 이만저만해서 못 치우겠다고 진작 얘기했으면 문짝에 주먹질할 일도 없었을 거 아냐."

"그러게."

"웃지 마. 짜증 나. 진상 다 떨어 놓고 어디서 쿨한 척이야."

퉁명스럽게 말하며 코로 연기를 뿜은 민기가 먼저 통로를 내려가자 원호도 사무실 문을 잠그고 뒤를 따른다.

eee

병실 창가에 앉은 요은이 노트북으로 뭔가를 읽고 있다. 모니터를 빼곡히 채운 글자들을 빠른 속도로 훑어 내던 그녀가 마우스 버튼을 눌러 글자 주변에 파란색을 입혀 놓고는 피곤한 듯 눈가를 문지르며 시간을 확인했다. 밤 10시 33분.

오늘은 좀 늦을 거라며 간병인과 함께 있으라던 원규였지만 요은은 7시가 되자마자 간병인을 돌려보냈다. 퇴원을 이틀 앞두고 있는 지금, 딱히 몸이 불편한 것도 아니었고 문을 안으로 잠그면 혼자 있어도 그런대로 견딜 만했다. 더구나 강간치상에 관한 판례를 찾아 읽기 시작한 후로는 혼자 있는 편이 훨씬 나았다.

닷새 전 남무석 변호사가 병원으로 찾아왔다. 남 변호사는 자신을 피고소인의 변호사라고 소개하며 이런 일로 뵙게 되어 유감이라는 말을 덧붙였다. 지긋한 나이에도 불구하고 한참 어린 요은에게 깍듯이 존대를 하고는 있었지만 다소 고압적인 어조였다.

'어차피 재판에 들어가면 여러모로 불편해지실 텐데 고소를 취하해 주실 수는 없겠습니까?'

'불편한 일은 이미 많이 겪었는데요.'

'고소를 취하하실 생각이 없다는 말씀인가요.'

'네, 없습니다.'

'저희 이사님도 상당히 곤란해하고 계십니다. 원래 이런 사고의 경우 당사자들만 진위를 알 수 있는 일 아니겠습니까. 약간의 오해가 있었던 것 같은데 이쯤에서 서로 좋게 해결을 보는 게 어떻겠습니까.'

강자에겐 약하고 약자에겐 강해 보이는 남 변호사 앞에서 약한 모습을 보이지 않기 위해 주먹 쥔 엄지손톱으로 검지 마디를 찍어 가며 가까스로 정신을 붙들어야 했다. 벌써 닷새 전의 일임에도 손톱으로 찍은 멍 자국이 푸르스름하게 남아 있을 정도다. 죄송이 아니라 곤란, 사건이 아니라 사고, 실수가 아니라 오해 등등……. 대화하는 내내 우해준이 가해자로 인식될 만한 발언을 삼가느라 노력하는 남 변호사를 보며, 그의 가상한 노력에 눈물이 흐를 뻔했다. 물론 감동의 눈물이 아니라 분노의 눈물이었을 테지만 말이다.

그날 남 변호사가 다녀간 후, 요은은 원규에게 노트북을 부탁했다. 그리고 오늘까지 꼬박 닷새에 걸쳐 성범죄에 관한 판례를 빠짐없이 찾아서 읽는 중이다. 남 변호사의 태도로 보아 재판을 피할 수 없으리라는 생각이 들었기 때문이다. 우해준의 진술서를 토대로 2차 보충 조사를 받았기에 재판이 진행되면 그쪽에서 어떤 식으로 나올지 어느 정도는 예상할 수 있었다.

[대법원 2006. 10. 26. 선고 20XX도10XX 판결]

마지막 하나 남은 판례 번호. 파랗게 긁어 놓은 글자 위로 시선을 옮긴 요은이 깊게 한숨을 내쉰다. 강간치상의 상해 인정 범위가 너무 협소했다. 가해자에 의한 항거불능의 조건도 너무 까다로웠다. 법학을 전공했기에 익히 알고 있는 사실들이었지만 판례를 읽다 보니 어쩔 수 없이 숨이 턱턱 막혀 온다. 하지만 읽어야 한다. 특히 원고가 패소한 사례와 검사의 항고가 기각된 사례들을 중심으로 판결 요지를 정확히 파악해야 했다. 상대측 변호사에 의해 증인석에 앉게 될 경우에 대비해 미리감치 상처를 내고 딱지를 앉혀 놓을 생각이다. 그래야만 버틸 수 있을 것 같다.

드르르르륵— 드르르르륵—

발신인을 확인한 요은이 통화 버튼을 누른다.

"응."

— 도착했어.

"음?"

— 병실 앞.

똑— 똑—

— 문 좀 열어 줘.

서둘러 일어나 병실 문을 열자 원규가 휴대폰을 귀에 대고 서 있다.

"미안. 잠깐 뭐 좀 하느라고."

"안에 없는 줄 알았어."

"오래 기다렸어?"

"방금 왔어."

안으로 들어오도록 길을 내주느라 비켜설 때마다 같은 방향에서 마주치기를 여러 번. 요은이 멋쩍은 듯 웃으며 아예 뒤로 물러서자 머뭇머뭇 병실에 들어선 원규가 주위를 둘러본다.

"뭐 하고 있었는데?"

"판례 좀 보느라고……."

"방해한 거야?"

"아니. 이제 하나 남았어."

외투를 옷장에 넣은 원규가 침대에 걸터앉은 요은을 향해 돌아섰다. 아침에 나가서 밤에 돌아온 게 아니라 꼬박 하루가 지나고 돌아온 것 같다.

"좀 이상하네."

"응?"

"오늘이 아니라 내일인 거 같아."

원규의 말을 금방 이해하지 못한 요은이 입술을 오물거리며 눈을 동그랗게 떴다.

"오늘이 내일인 거 같은 게…… 어떤 건데?"

크래킹을 복구하느라 정신없이 바쁜 와중에도 문득문득 요은이 생각났다. 그래서인지 아침에 본 그녀의 얼굴이 까마득해 한참을 못 보고 지낸 것처럼 느껴진다.

"널 되게 오랜만에 본 거 같아."

그녀가 뭘 하고 있는지 궁금하고 보고 싶었다. 하지만 원규는 그런 감정을 느껴 본 적도 없고 그런 말을 해 본 적도 없었다. 그래서 생각하고 있는 그대로를 표현해 놓고는 금세 미간을 찌푸렸다. 본인이 듣기에도 뭔가 부족한 설명이었기 때문이다.

"일단 좀 씻을게."

"어…… 그래."

원규는 방금 전 자신이 무슨 말을 했는지도, 그 말이 요은을 얼마나 당황하게 만들었는지도 모른 채 욕실로 들어갔다. 그리고 그 순간, 요은은 줄곧 머릿속을 맴돌던 뭔가를 깨달았다. 스스로를 무성애자라고 말한 원규가 언젠가부터 그녀를 단순한 보호의 대상이 아닌 여자로서 대하고 있었던 것이다. 다만 한 가지, 그게 언제부터였는지…… 그걸 모르겠다.

요은이 깨달은 것은 원규가 그녀를 여자로서 대하고 있다는 사실이 아니었다. 원규가 언제부터 그래 왔는지를 그녀 자신이 모르고 있다는 사실이었다. 어쩌면 처음 만난 순간부터였는지도 모르고, 또 어쩌면 결혼 후 줄곧 그래 왔는지도 모른다. 아니면 그 일이 있은 후일 수도 있다.

드디어 퇴원을 하고 집으로 왔다. 고소장을 쓰던 날과 새해 축하연이 있던 날 와 본 적이 있으니 처음이랄 수는 없지만 아예 이사를 왔다고 생각하니 기분이 묘하다. 사실 이사랄 것도 없었다. 원규의 짐은 이미 들어와 있는 상태였고 내 짐은 아직 물류센터에 있기 때문이다. 물류센터에 맡겼던 짐을 그대로 받아서 풀어 놓기만 하면 될 줄 알았는데 본인이 직접 와서 서명 날인을 해야만 창고를 비울 수 있다는 바람에 짐을 찾는 건 결국 내일로 미룰 수밖에 없었다.

똑— 똑—

노크 소리에 문득 정신을 차리자, 오싹한 한기가 몸을 훑고 지나간다.

"한요은."

미지근하게 식어 버린 물이 체온을 뺏고 있는 줄도 모른 채 40분이 넘도록 욕조에 앉아 있었으니 밖에서 문을 두드릴 만도 하다. 대답을 고르고 있는 사이 욕실 문고리가 짤칵— 소리를 내며 움직였다. 반사적으로 몸을 움츠리며 욕조에 찰싹 달라붙었지만, 어차피 잠겨 있는 문이었다.

"요은아."

"어— 나 여기 있어."

말을 하고 보니 당연한 소리를 한 것 같다. 욕실로 들어왔으니 11층 창밖으로 뛰어내리지 않은 다음에야 여기 있을 수밖에 없는데 말이다. 갑자기 말을 해서 그런지 성대가 훈김에 젖어 기침을 해 대자 문고리가 또 한 번 움직인다.

"잠깐 열어 봐."

열긴 뭘 열어! 내가 뭘 하고 있을 줄 알고.

"아…… 흐…… 흠— 아니! 잠깐만!"

욕조에서 벌떡 일어나자 물소리가 요란하게 흩어지며 훈김을 가른다. 몸을 훑으며 사르륵 쏟아진 물줄기와 그 이후에 찾아온 완벽한 적막. 나도 나지만 원규도 그대로 멈춘 것 같다. 더 이상 소리를 내지 않으려 욕조에 손을 의지한 채 조심조심 밖으로 나와 물기를 닦는 둥 마는 둥 하고 얼른 옷을 걸친 후 젖은 머리를 수건으로 감쌌다.

문을 열자 욕실에 가득했던 훈김이 쑤욱 빠져나가며 시야에 원규가 들어왔다. 그런데 무척이나 당황한 눈치다. 다 벗고 있는 사람한테 문을 열어 보랄 때는 언제고 나보다 더 당황한 표정을 짓는 걸까.

"물소리도 안 나는데 너무 오래 안 나와서 뭐 하나 하고."

"잠깐 욕조에 있었어."

원규가 손목시계를 확인했다.

"너무 오래 있지 마. 기침하잖아."

"응. 금방 나갈게."

어색하게 문을 닫고 돌아서서 거울에 비친 내 모습을 살폈다.

"하아……."

내가 보고 있는 것은 원규의 눈에 비칠 나였다. 이마를 지나 눈을 내려 콧날을 훑고 입술을 돌아 쇄골에 닿은 시선을 거두며 셔츠를 벗었다. 그리고 바지도 내렸다. 더 이상 물리적인 고통은 없지만 군데군데 남아 있는 상처들이 유난히 눈에 띈다. 얼굴의 상처에는 익숙해진 지 오래지만 온몸 구석구석에 남아 있는 상처에는 그렇지가 못했다.

거울을 피해 샤워부스 안으로 들어왔다. 가파른 산을 오르다 만 것처럼 숨이 가빠 부스를 닫을 수가 없다. 단순히 공기를 가두기 싫어서가 아니다. 내가…… 갇히기 싫어서다. 숨이 가라앉으며 흉곽을 누르고 심장이 불쾌하게 들썩인다. 자꾸만 손이 떨려 샤워헤드를 꽉 쥐었다.

'다행이야.'

거품을 잔뜩 낸 스펀지로 몸을 닦으며 스스로를 위안해 본다. 판례에 따르면 어지간한 상해로는 가해자의 죄를 입증할 수 없으니, 많이 다쳐서…… 다행이라고…… 되뇌고…… 또 되뇐다.

eee

한요은의 고소 의지가 확고하더라는 남 변호사의 보고에 우영환의 표정이 더없이 굳어지고 만다. 창피한 줄도 모른단 말인가. 여자의 몸으로 그런 몹쓸 일을 당한 것이 무슨 자랑이라고 만천하에 알리겠다는 건지, 피해자를 이해할 수가 없다.

"해준이 녀석은 어떻게 됐나."

"도곡동으로 가셨습니다."

약물검사 결과 채뇨, 채혈, 모발에서 모두 양성판정이 나왔지만 우해준에게는 아무런 제재도 가해지지 않았다. 검사 결과는 모두 양성이었지만 검출된 성분이 모두 의약품에 의한 것으로 판정됐기 때문이다.

우해준이 마약류에 손을 대기 시작했을 때, 남 변호사는 그에게 CRPS(복합부위 통증 증후군, complex regional pain syndrome)진단을 받도록 했다. 당사자의 고통 호소 외에는 확진이 불가능하다는 점을 이용한 것이었다. 복합부위 통증 증후군은 무통증(통각상실증, 고통을 느끼지 못함)과 반대로 아주 미세한 자극에도 불구하고 극도의 고통을 느끼게 되는 자율신경계통의 병증이다.

따라서 통증을 완화하기 위해 마약 성분이 강한 진통제를 복용할 수 있도록 규정된 상태였다. 어차피 말려야 소용이 없을 것임을 알았기에 말썽을 줄이고자 생각해 낸 방법이었고, 그 결과 우해준은 멀쩡히 유치장을 벗어날 수 있었다.

"이리로 데려오라지 않았어!"

"그렇게 말씀은 드렸는데, 당장은 대표님을 뵐 면목이 없다면서……."

면목은 개 풀 뜯어 먹는 소리다. 일주일이 넘도록 유치장 신세를 진 것이 분하고 억울해서 아버지든 남 변호사든 꼴도 보기 싫었을 뿐이다.

"어쨌든 약물검사에서 별다른 말썽이 없었다니 다행일세. 자네가 고생이 많았겠어."

우영환은 복합부위 통증 증후군을 법률의 제재를 피하기 위한 일시적인 방편으로 알고 있기에 아들이 마약에 취해 살고 있다는 걸 전혀 모르는 상태다.

"아닙니다."

만일 우해준이 지속적으로 의료용 마약을 투약하고 있다는 걸 우영환 대표가 아는 날에는 우해준뿐만이 아니라 남 변호사 본인도 끝장이라는 사실을 알고 있기에 뜨끔할 수밖에 없다. 아들이 철들기까지만 법적으로 문제가 없도록 보살피라는 것, 그 명령에만 복종하면 쉽게 돈을 벌 수 있는 최고의 자리였다.

"그럼 결국 재판까지 가겠다고 하던가?"

"예."

"허—"

"시간을 벌어 놓기는 했지만, 이번 주 내에 송치될 겁니다."

땅이 꺼질 듯한 우영환의 한숨에 눈치를 살피던 남 변호사가 박용태 변호사를 만나 보는 게 어떻겠느냐 운을 떼며 사건이 송치되기까지 길어야 닷새밖에 남지 않았다는 말을 덧붙였다.

"그래, 자네가 보기에는 어떻던가."

"예?"

"박용태 그 양반도 아는 눈치더냐 말일세."

"거기까지는 잘 모르겠습니다."

"그걸 알아 왔어야지!"

"죄송합니다. 그런데 경찰 쪽으로 별다른 연락이 없는 걸 보면 아직은 모르시는 눈칩니다."

"또 모를 일이지. 경찰에 줄을 대기에는 꽤나 높으신 양반 아닌가. 그러니 사건이 검찰로 넘어오기를 기다리는 걸 수도 있어."

정말 그럴 수도 있겠다는 생각이 들자, 우영환 대표의 연륜이 새삼 존경스럽다.

"그러니 괜히 찾아가서 들쑤시지 말고 일단은 피해자를 한 번 더 만나 보게. 만나서 운을 한번 떼 봐. 시아버님께서 염려가 크시겠다고 한마디만 하면 금세 알 수 있을 게 아닌가."

"예, 알겠습니다."

"그리고 해준이 녀석 당장 데려오게. 데려와서 꼼짝없이 집에만 있도록 사람 몇 명만 붙여 놔."

"예, 알겠습니다."

"그만 나가 보게."

우영환이 아들을 집에 처박아 두도록 지시한 그 시점에 우해준은 이미 호텔 클럽에 앉아 요란한 음악에 맞춰 고개를 까딱거리며 적절한 파트너를 물색하는 중이었다. 그리고 우해준과 조금 떨어진 자리에는 일전에 원규의 사무실을 찾았던 젊은 남자가 그를 지켜보고 있었다.

eee

금방 나오겠다던 요은은 30분이 지나도록 여전히 욕실에 있었다. 서너 번쯤 오고 가길 반복하던 원규가 다시 노크를 하려다 말고 손을 떨어뜨린다. 그녀의 움직임에 따라 소리를 달리하는 물줄기에 귀가 익숙해질 무렵 그녀의 흐느낌을 들었기 때문이다.

문 열린 샤워부스가 증폭기처럼 소리를 키워 물에 젖은 요은의 혼잣말이 어렴풋이 들리는 것도 같지만 그녀가 혼잣말을 하고 있다는 것만 알 수 있을 뿐 샤워헤드의 물줄기와 간헐적인 흐느낌에 가려 무슨 말을 하는지는 알 수가 없다.

서둘러 1층으로 내려간 원규가 리모컨 버튼을 누르며 2층으로 올라왔다. 차례로 버튼을 누를 때마다 블라인드가 닫혀 전면 유리를 감추고 1층과 2층의 조명이 사라진다. 원규는 침대 밑의 램프와 작업실 쪽의 조명만을 광원으로 남겨 둔 채 안락의자에 걸쳐 뒀던 담요와 나이프키를 들고 욕실 앞에 섰다.

"요은아."

통— 통—

다급한 노크 소리가 묵직하게 2층을 울리자 안에서 들려오던 물소리가 뚝 끊겨졌다. 요은은 그제야 부스 한쪽 구석에서 무릎을 끌어안고 있는 자신을 깨달았다. 원규가 생각하는 것처럼 위급한 상황은 아니지만, 안에서 무슨 일이 있는지 모르기에 밖에선 마음이 급할 수밖에 없으리라.

"한요은!"

눈물 섞인 목소리로 대답하고 싶지 않다. 괜찮을 거라고 해 놓고 이런 안 괜찮은 모습을 보이기 싫다. 요은이 서둘러 눈물을 닦으며 자리에서 일어나려는데 딸깍— 하는 소리와 함께 욕실 문의 잠금장치가 풀어진다. 흠칫 놀란 그녀가 몸을 움츠린 순간······.

"잠깐 들어갈게."

살짝 열린 문 사이로 원규의 목소리가 들려오고 이내 조명이 꺼졌다. 욕실 밖의 어렴풋한 조명에 의지한 원규가 샤워부스 안으로 들어와 담요를 둘러 요은의 몸을 덮는다.

"금방 나온다며."

흐느낌을 감추려 그저 고개만 끄덕이는 요은이다. 젖은 몸을 감싼

담요 안에 벌거벗은 자신의 모습이 부끄럽고, 괜찮지 못한 것이 화가 나고, 그날 밤 그곳을 찾아간 것이 후회스럽다. 숨을 저미는 후회에 억장이 무너져 눈물을 삼킬 수조차 없다.

기다렸어야 했다. 슬픔이란 슬픔은 모두 떠안은 사람처럼 원규를 몰아세우지 말고 조금만 더 기다렸더라면 이런 일까지는 없었을 거다. 무슨 얘기를 듣겠다고 이태원을 찾았을까. 얘기를 들어서 뭘 어쩌겠다고. 원규가 아닌 사람에게 원규의 얘기를 들으려고 했던 미련함이 뼛속 깊이 사무친다.

"그냥…… 기다릴걸……."

담요를 여민 요은이 원규의 품 안으로 기댔다.

"기다렸으면 어…… 언젠간……."

흐느낌에 잦아든 그녀의 음성에 그의 숨이 뚝뚝 끊겨 나간다.

"너한테…… 들을 수 이…… 있었을 텐데……."

그녀의 상처가 너무 크다.

"그럼 이런 일도…… 없었을……."

이태원에 가지 말았어야 했다는 요은의 말에 가슴이 아프다.

"자책하지 마. 넌 잘못한 거 없어."

눈물에 젖은 요은을 끌어안으며 그가 말했다. 흐느낌을 이기지 못하고 들썩이는 그녀의 어깨를 어루만지던 원규가 천천히 숨을 뱉으며 이를 악물었다.

"내 잘못이야."

짧은 그의 한마디에 이어지는 고통은 이루 말할 수 없을 만큼 크고 무겁다.

"니가 아무리 기다려도 난 아마 끝까지 말 안 했을 거야."

처음에는 그녀가 낯설었다. 몇 번의 만남이 반복된 후에는 참 밝은 사람이구나 싶었다. 그냥 거기서 끝인 줄 알았다. 일부러 그녀를 떠올리며 이게 무슨 감정일까를 고민한 적은 한 번도 없었다. 그런 가능성 자체를 배제하고 살아온 원규였다.

하지만 그즈음 은호가 꿈에 보이기 시작했다. 요은의 존재가 원규의 무의식에 각인된 죄의식을 자극한 것이었다. 엉망으로 접혀 있던 그의 감정이 그녀로 인해 서서히 펼쳐지기 시작했지만, 무의식 깊은 곳으로부터 평범한 삶을 간절히 원하면서도 과거의 멍에에서 자유로울 수는 없었다.

"박원규 너…… 진짜 못됐네."

"응. 진짜 못됐어. 그리고 나도 몰랐는데……."

밝은 사람이라고 생각했던 요은이 좋은 사람이 되고, 다시 좋은 여자가 되려는 순간 허연화가 찾아왔다. 요은이는 네가 동성애자인 걸 알고 있다며 처음 너를 소개할 때부터 얘기한 일이었다는 허연화의 말에, 겉으로는 그냥 그런가 보다 했다. 하지만 속은 많이 아팠다. 아픈 줄도 모르고 아픈 속이었다. 그걸 지금에야 깨달았다.

"진짜 멍청하기도 하고."

밝고 좋은 사람인 줄만 알았던 요은이 원한 것은 따로 있었다는 생각에 한없이 아프면서도 그저 받아들이는 수밖에 없었다. 받아들이기로 했다면 원망해서도 안 되는 일이었건만, 그녀의 밝은 웃음과 수줍은 몸짓 하나하나를 오해하고 말았다. 확인할 용기가 없었다. 나를 사랑하지도 않으면서 결혼할 생각이냐고 물을 수가 없었다. 그것이 마치 사랑을 구하는 행위인 양 느껴져, 은호를 그렇게 죽여 놓고도 누군가 네게 진심이기를 바라냐며 스스로를 비난했다.

결혼 후에도 마찬가지였다. 그녀를 볼 때마다 아팠지만 왜 아픈지를 몰랐다. 다른 여자는 없었느냐고, 나 말고 네 주위에 아무나…… 다른 여자는 없었느냐 묻던 요은의 말이 떠오르자 모든 것이 더욱 확실해졌다. 그녀가 아니면 안 됐던 이유는 단 하나였다. 그녀의 존재 자체가 이유의 전부였다.

"미안해."

사무치는 그의 음성이 눈물에 젖었다. 너무 늦어 버린 깨달음. 은호에 대한 죄의식을 면죄부처럼 떠안았던 자신의 삶이 한심하고, 그런 자신에게 진심을 보인 그녀를 오해한 채 살아왔던 지난 시간이 후회스럽고, 그로 인해 상처받은 그녀의 모습이 사무치고 또 사무친다.

"뭐가 그렇게 미안해."

원규가 요은의 눈물을 아파하듯 요은도 원규의 눈물이 아프다. 더 가까이 안을 수 없을 정도로 요은을 끌어안은 원규의 눈물이 그녀의 목덜미를 흘러 어깨로 젖어 든다.

"널 원망한 거. 그래서 아무 말도 하지 않은 거. 그리고⋯⋯."

살이 뜯기도록 입술을 깨물었던 그가, 천천히 말을 잇는다.

"널 사랑한 거."

모든 것이 빛을 잃고 소리를 잃은 완벽한 적막의 한가운데, 원규의 그 한마디가 온전한 빛이 되고 소리가 되어 요은을 감싸 안았다.

ecce

요은을 조심스럽게 침대에 앉힌 원규가 다시 욕실로 들어가 옷가지들과 타월 몇 장을 손에 잡히는 대로 가지고 나왔다. 그녀의 젖은 머리카락을 감싸 올린 후 다른 한 장으로는 다소곳이 오므린 요은의 무릎을 덮고 남은 타월로 그녀의 목덜미를 흘러 쇄골에 맺힌 물기를 닦으려던 그가 결국에는 손을 내려뜨리고 만다. 아무리 닦아 낸들 닦이지 않을 그녀의 아픔이 그를 온통 짓누르고 있다.

살갗을 뚫고 뼈를 찔러 혈관에 흐르는 원규의 고통은 늦어 버린 깨달음에 대한 회한이 아니다. 생애 처음으로 사랑한 사람이 누구도 아닌 저 자신으로 인해 그런 모진 일을 당해야 했고 그 일이 앞으로도 끊임없이 제 소중한 사람을 괴롭히리라는 생각에 차라리 감정을 무르고 싶다. 이 여자를 사랑하지 않았다면 필요를 가장해 붙드는 일도 없었으리라.

뼈를 부서트리기라도 할 듯 꽉 움켜쥔 원규의 주먹 위로 살포시 얹은 요은의 손가락이 그를 따라 흔들린다. 요은은 조금씩 손을 움직여 원규의 손등을 가로안았다. 원규의 손마디에 오른 요은의 엄지손가락이 천천히 움직일 때마다 시리고 부드러운 살결이 고스란히 느껴져 혈관이 불거진 원규의 손 마디마디에서 힘이 풀려 나간다.

가지런히 정돈된 그녀의 손톱이 밤하늘에 걸린 초승달처럼 희고 시리다. 어느 한구석 마음에 차지 않는 곳이 없는 사람. 그녀의 필요를 확인하는 것보다 더 두려운 것은 그녀의 진심을 바라는 자신의 이면이었다. 그녀의 진심을 가지지 못한 대가로 그녀의 몸을 탐하는 것은 못할 짓이었다. 그래서 차마 안을 수 없었다.

"원규야."

오랜 침묵을 열고 들려온 목소리에 말없이 고개를 들어 바라본 요은의 어깨 위로 긴 머리를 감싸 올렸던 타월이 흘러내렸다. 그렇지 않아도 몸이 차가운 사람을 앉혀 두고 뭐하는 짓이냐 스스로를 나무란 원규가 몸을 일으키려는 순간이었다.

요은이 원규의 손을 자신의 무릎에 올려놓으며 눈물 어린 미소로 그를 바라본다. 하지만 이내 무릎으로 시선을 옮기고는 원규의 손 아래로 자신의 손을 넣었다.

"한 번 더⋯⋯."

처음 손을 잡았던 날, 원규는 먼저 내민 요은의 손길에 흠칫하면서도 천천히 손을 맞잡았다. 그 따스함에 얼마나 설레었는지, 절대 놓고 싶지 않은 손이었다. 그때는 아마 원규가 자신을 오해하기 전이었을 거라 짐작한 요은의 호흡이 하릴없이 흔들린다.

생각해 보면, 원규는 처음부터 한결같았다. 벼랑 끝에 세워 놔도 아닌 건 아니라 싫은 것은 한순간도 견디지 못하며, 심히 무뚝뚝해 보이지만 내색하지 않을 뿐 한번 정을 주면 쉽사리 거두지 못하는 성격.

딱 시어머님이 말씀하신 대로였다. 그런 그가 마음을 주고도 돌려받을 엄두조차 내지 못하고 혼자서 앓는 동안 얼마나 힘들었을까 속이 아리다.

"말해 줘."

한없이 머뭇거리던 요은의 손끝이 원규의 입술에 닿았다. 듣는 것만으로는 부족하다는 듯 눈을 감은 요은의 뺨 위로 흐르는 눈물이 램프에 비쳐 미소처럼 반짝인다.

사랑해.

미처 소리가 되지 못한 원규의 속삭임이 요은의 손끝에 잔잔한 파동을 만들었다. 원규는 천천히 왼손을 움직여 입술 위에 닿은 요은의 손가락을 그러당기며 무릎을 바닥에 의지하고 몸을 일으켰다. 눈뜬 그녀를 바라보는 원규의 눈동자에 침대 맡 램프가 비쳐 안온하게 빛나고 있다.

원규는 허락을 구하듯 요은을 바라보며 오른팔로 그녀의 허리를 안았다. 그녀를 안은 팔에 조금씩 힘을 더하자 중심을 잃고 흔들리는 요은의 몸을 다른 팔로 받쳐 안은 원규가 그녀를 침대 위로 눕힌다. 무릎을 어루만지던 원규의 손길이 아래로 내려갈수록 요은은 감당할 수 없는 아릿함에 온몸이 굳어 버리는 것만 같다.

마침내 요은의 발목에 이른 원규의 손길이 조심스럽게 그녀의 다리를 침대 위로 올려놓는다. 가쁜 숨에 오르고 내리는 그녀의 가슴만큼이나 원규의 호흡도 한없이 흔들리고 있다.

젖은 머리카락에 체온을 뺏기지 않도록 등을 받쳐 안았던 팔과 함께 그녀의 머리카락을 시트 위로 가지런히 빼놓은 원규가 천천히 허리를 숙여 그녀의 입술을 찾았다. 가쁘게 들고 나는 요은의 여린 숨이 입술에 닿은 순간, 원규는 가까스로 이성을 붙들며 침대 시트를 덮고 있던 이불을 끌어 요은을 폭신하게 감쌌다.

흔들리던 원규의 숨결이 입술을 간질이며 흩어지자 파르르하게 달혀 있던 요은의 눈꺼풀이 천천히 어둠을 밝힌다. 시선을 마주한 원규는 애써 숨을 삼켜 가며 복잡한 표정으로 요은을 바라보고 있다.

조금 전 자신이 내밀었던 수줍은 손길에 무슨 일이 벌어질 뻔했는지 이 여자는 알고 있을까. 그녀의 손길이 그의 살결에 닿고 그의 손길이 그녀의 살결에 닿은 순간, 혈관을 팽팽하게 당기는 본능을 주체하지 못하고 하마터면 그대로 요은을 안을 뻔했다.

신혼 첫날밤 다소곳이 잠옷을 갖춰 입고 침대 시트에 연분홍 샤워타월을 깔아 잠자리를 준비했던 요은이다. 그런 그녀를 젖은 시트 위에서 이불 아래 벌거벗긴 채 갑작스레 몸을 데운 갈망으로 안고 싶지는 않다. 처음도 그다음도 또 그다음에도, 그녀가 준비된 후에 소중히 안고 싶다.

그런 원규의 생각을 알 리 없는 요은은 자신의 얼굴을 떠날 줄 모르는 원규의 시선에 어쩔 줄을 모르다가 속옷 하나 걸치지 않은 알몸으로 이불에 파묻혀 있다는 사실을 깨닫고는 흠칫 놀랐다. 원규를 향해 모로 누워 이불을 끌어 올려 얼굴을 반쯤 가린 요은이 들릴 듯 말 듯 작은 목소리로 웅얼거리자 원규가 침대 끝으로 고개를 비스듬히 기대며 그녀에게 귀를 기울인다.

"나…… 옷 좀……."

"아, 어, 그래."

서둘러 요은의 옷가지를 챙겨 준 원규가 침대에서 돌아앉았다. 폭삭한 소리와 함께 그녀가 일어나는 기척이 들리자, 원규는 마른 입술을 적시며 눈을 감았다. 어차피 블라인드를 닫은 상태라 돌아앉은 상태로는 그녀를 볼 수도 없건만 어지러운 마음을 수습이라도 하려는 듯 감은 눈에 힘을 주며 숨을 크게 마신다.

요은은 이불을 반쯤 덮고 브라를 채운 후 셔츠를 집어 들었다. 상체를 살짝 움직였을 뿐인데도 원규의 입술이 닿았던 순간의 감촉이 그대로 남아 아랫배가 아릿하다. 이내 셔츠를 걸친 요은이 조심조심 원규의 반대편으로 물러나 침대 끝에 살포시 앉아 속옷을 마저 입고는 얼른 그를 돌아본다.

원규가 의도한 것이 키스였다고 생각하는 요은은 얼마 전 신훤호텔에서 그의 키스를 멈춘 것도 모자라 처음이라고 말한 것을 후회하는 중이다. 혹시나 은연중에 그 말이 떠오른 원규가 자신을 배려하느라 키스를 멈춘 건 아닐까 싶은 것이었다.

그러다 문득 싱겁게 웃으며 폭 하니 한숨을 내쉰다. 원규가 욕실에 들어왔을 때만 해도 한껏 내려앉은 숨이 심장을 저며 주저앉을 것만 같았는데, 사랑한다는 말 한마디에 모든 걸 잊어버린 자신의 모습을 깨달아서다. 이건 마치 엉엉 울다 사탕을 손에 쥔 어린아이 같지 않은가.

하지만 바지를 올리는 중 무릎의 상처에 시선이 멎은 순간, 들숨이 불에 덴 듯 기도를 할퀴고 만다. 원규의 손이 무릎을 어루만지고 발목으로 내려가기 전 이곳에 닿았으리라. 원규를 향해 돌아앉은 요은이 무릎을 끌어안은 채 그의 뒷모습을 가만히 바라본다. 원규의 망설임이 그날의 끔찍한 기억으로 괴로워하는 자신을 배려한 것일지도 모른다는 생각에 입술을 깨물었던 요은이 이내 눈을 감으며 고개를 내저었다. 제발 그것만은 아니기를 바라는 까닭이다.

"다 입었어?"

이제 막 침대 위에 헝클어진 타월을 정리하기 시작한 요은의 기척을 느낀 원규가 물었다.

"응."

자리에서 일어난 원규가 침대에 무릎을 의지한 채 시트를 정리하는 요은을 보다 말고 그녀의 손에 들린 타월 끝을 잡아 부드럽게 당겼다. 그런데 툭— 하고 그녀의 손에서 타월이 떨어지고 만다. 물론 그녀를 타월과 함께 당겨 안을 생각은 아니었지만 적어도 시선 정도는 마주할 수 있을 줄 알았기에 조금 당황스럽다.

"요은아."

쳐다보지도 않는다.

"한요은?"

요은이 있는 건너편으로 자리를 옮긴 원규가 시선을 피하려는 요은의 손목을 잡았다. 흠칫 힘이 들어갔던 손목과 함께 요은의 몸 전체를 조심스레 가까이 한 원규가 여러 번의 시도 끝에 마주한 그녀의 얼굴은 뭐라 설명할 수 없는 난해한 표정이었다.

"왜 그래?"

"그냥…… 생각 좀 하느라고."

"무슨 생각?"

"니가 왜…… 안 했을까."

사랑한다는 말을 왜 오늘에서야 했는지 궁금한 거라면 오늘에야 깨달았기 때문이라고 대답할 수밖에 없다. 하지만 그렇게 말하려니 차마 입이 떨어지질 않아 적당한 대답을 찾느라 고민하는 사이 요은이 무릎을 꿇고 앉아 원규를 올려 본다.

"처음엔…… 처음이었으니까."

하지만 이내 시선을 비낀 그녀가 타월 밖으로 흘러내린 머리카락을 넘기며 고개를 숙였다. 이런 말을 해도 되나 싶으면서도, 지금 하지 않으면 또 혼자서 생각하고 혼자서 내린 결론으로 원규를 달리 대할 것 같아서 싫다.

"근데 이번엔 괜찮았거든. 여긴 우리 둘만 있고…… 또…….."

요은이 무슨 말을 하는지 이제야 알 것 같다. 더한 것을 바라는 갈망을 진정시키느라 안간힘을 썼건만 한요은 씨가 생각한 것은 키스, 딱 거기까지였단다. 게다가 말끝을 흐리며 입술을 오물거리는 그녀가 너무 귀여워 어떻게 반응하면 좋을지 모르겠다. 조금 더 지켜보고 싶은 마음이 반, 그녀의 말에 의하면 이번에는 괜찮을 것 같다는 키스를 하고 싶은 마음이 반이다.

"원규 너랑 있을 때는…… 그때 생각이 거의 안 나. 뭐라고 설명하면 좋을지 모르겠는데……."

하지만 요은의 다음 말에 원규는 더 이상 고민할 필요가 없어졌다.

"너랑 있으면 다른 생각은 잘 아……?!"

요은의 어깨 아래로 팔을 넣은 원규가 그녀를 가뿐히 들어 올려 순식간에 끌어안았다. 그녀의 한 마디 한 마디에 오르락내리락하는 원규의 감정을 전혀 알아채지 못한 요은이 갑작스러운 포옹에 몸을 가누지 못하고 그의 품에 쓰러지듯 안긴 채 어떻게든 중심을 잡으려 하자 무릎에 의지해 몸을 일으키고 있던 원규가 이내 무릎을 꿇어 그녀를 시트 위에 안정적으로 앉혔다.

"한요은 넌 정말……."

요은이 힘들어하는 만큼, 어쩌면 그 이상으로 아플지도 모른다. 하지만 조금 전에도 느꼈듯 그녀와의 스킨십에 있어서는 다른 어떤 것도 문제 되지 않는다. 오롯이 한요은 하나, 그녀만이 있을 뿐이다. 그러니 혹시라도 요은이 다른 생각은 하지 않았으면 좋겠다. 어떻게 말하면 좋을까. 넌 정말 바보라고? 아니, 이건 다소 공격적이다. 네게 무슨 일이 있었든지 신경 안 쓴다고? 아니, 이건 거짓말이다.

"내가 어떻게 행동하든 다 너 때문이야. 다른 이유는 하나도 없어. 다른 건 생각할 여유도 없어."

원규가 요은의 어깨를 사뿐히 잡으며 그녀를 향해 비스듬히 고개를 기울였다. 입술이 닿으려는 순간 주춤하는 요은을 부드럽게 쓸어안은 원규의 손길이 그녀의 목덜미를 감싼다. 부드러운 입맞춤으로 요은의 입술을 두드린 원규가 천천히 팔을 내려 허리를 당겨 안자 참고 있던 숨을 터뜨린 요은이 그의 가슴에 손을 의지했다. 차가운 입술, 달콤하고 아릿한 숨결, 수줍은 손길…… 그녀의 모든 것이 뚜렷하게 각인된다.

"사랑해."

아득하게 멀어진 것만 같은 호흡이 아쉬워 눈을 뜨려는 요은의 귓가를 부드럽게 타고 흐른 원규의 목소리가 눈부신 향기가 되고 달콤한 감촉이 되어 그녀의 감각을 깨운다. 대답해야 하는데…… 아니, 대답하고 싶은데…… 한마디도 할 수가 없다.

원규를 놓을 수 없었던 이유. 사랑한다는 원규의 말을 들으니 비로소 알 것 같다. 원규의 마음 한구석에 자신이 있음을 저도 모르게 믿었기에 차마 놓지 못한 사람, 그 믿음이 조바심이 되어 유년의 상처를 건드려 덧나 버린 시간들, 그럼에도 불구하고 끝까지 단념할 수 없었던 사람.

"나도……."

몇 번이고 사랑한다 말하는 원규의 속삭임을 따라 마침내 요은의 입술이 열렸다. 딸아이 앞에는 늘 죄인이었던 친어머니, 내 배 아파 낳은 아이가 아니라 늘 어려웠던 어머니, 말없이 딸아이를 지켜만 봤던 아버지. 그들로부터 받은 사랑은 행복이기 전에 슬픔이었기에 항상 갈증이 났다. 온전히 사랑하고 온전히 사랑받고 싶었다. 하지만 이제 괜찮다. 사랑이면 된다. 그 바탕이 슬픔이어도 행복이어도 괜찮다.

"나도 사랑해."

처음으로 사랑한다고 말한 요은의 눈물이 원규의 뺨에 흘러, 맞닿은 입술을 촉촉하게 적셨다.

Chapter 12. 약속

해준은 이제 막 포켓볼 테이블 위로 허리를 숙인 여자를 유심히 바라보는 중이다. 훤히 드러나는 여자의 가슴골 옆으로 큐대가 빠르게 움직이자 뭉쳐 있던 볼들이 사방으로 흩어진다. 트럼프 카드를 나눠 쥔 다른 여자들이 자신의 공을 확인하는 동안 포켓 테이블 주변의 남자들이 필요 이상으로 환호하는 모습을 바라보던 그가 실소를 터뜨리고 만다. 과한 액션으로 환심을 사려는 그들의 노력이 안쓰러워서다. 그는 들고 있던 술잔을 단번에 비우고는 눈짓으로 바텐더를 불렀다.

"리샤드 헤네시."

포켓 테이블에 고정된 우해준의 비릿한 시선을 눈치챈 바텐더가 크리스탈로 만들어진 술병을 꺼내 들었다. 해준은 저 정도 옷차림에 저 정도 교태라면 한 잔에 30만 원인 코냑으로 충분할 거라 생각하며 피식 웃다 말고 입술을 비틀었다. 고소인란에 보란 듯이 적혀 있던 한요은이라는 이름이 떠올랐기 때문이다. 오른손 검지와 엄지 사이의 물어뜯긴 상처를 보며 입맛을 다시던 그가 한쪽 눈썹을 꿈틀거리며 술잔을 단숨에 비웠다. 알싸한 술기운을 타고 그날의 기억이 스멀스멀 올라오자 힐에 찍혔던 허벅지가 묵직하게 쑤셔 온다.

시키지도 않은 데킬라가 계속 나오는 것을 이상하게 여겼는지, 여자는 더 이상 술잔에 손 하나 까딱하지 않았다. 옆자리로 옮겨 앉아 아무리 말을 붙여도 묵묵부답이었다. 분위기 있는 곳에서 한잔 사고 싶다는 말도 직함이 새겨진 명함도 소용이 없었다. 어떤 말로도 소용이 없어 점점 몸이 달았다. 새벽에 게이바나 찾아다니는 주제에 고상한 척 정장을 차려입은 것도 마음에 들지 않았고 사람 말을 하나부터 열까지 무시로 일관하는 태도도 상당히 거슬렸다.

그래서 더더욱 구미가 당겼고 결국은 전례를 깨뜨리면서까지 물컵에 약을 타기에 이르렀다. 상대를 구슬려 호텔로 자리를 옮긴 후 약을 먹여 왔던 그간과는 달리 인내심이 한계에 달하기도 했고, 이태원 뒷골목이야 워낙에 술에 취해 기절하다시피 한 인간들이 많으니 의식을 잃은 여자 하나쯤은 어렵지 않게 호텔로 데려갈 수 있을 거라는 판단에서였다.

'그때 어떻게든 데리고 나왔어야 되는 건데.'

물컵을 비운 여자는 곧바로 화장실로 달려갔고 뒤따른 그가 그녀의 옆을 지키고 있던 젠다를 제치고 괜찮으냐고 물은 순간 정신을 잃고 쓰러졌다. 그런데 약에 취한 그녀를 호텔로 데려가려 하자 젠다가 앞을 막아섰다. 사장님께서 올라가서 기다리시라고 했다며 키를 내준 것이다. 사장님의 손님인 줄 몰라봬서 죄송하다는 젠다를 뿌리치려면 여자를 단념해야 했다.

그래서 아쉬운 대로 사무실로 올라가 금방 끝내려고 했는데 일이 그렇게 꼬일 줄은 몰랐다. 분명 정신을 잃었다고 생각한 그녀가 어느 순간 의식을 찾은 것도 모자라 사력을 다해 저항했던 것이다. 일단 약효가 퍼지면 최소한 3시간에서 길게는 6시간까지 의식이 없어야 정상이었다. 더구나 약물검출에 양성반응이 나올 정도였는데 어떻게 사건 당시를 기억하고 고소장을 써낸 건지 이해할 수가 없다. 그날 자신을 감금했던 바텐더들과 말을 맞춘 게 아닐까도 생각해 봤지만 합의금을 요구하기도 전에 고소장부터 낸 걸로 봐서는 그런 것 같지도 않다.

"재수가 없으려니까 진짜."

술잔을 연거푸 비워 낸 우해준이 뜨거운 숨을 마시다 말고 미간을 있는 대로 찌푸렸다. 지금까지 한 번도 약효를 의심해 본 적이 없었는데 어쩌면 판매책이 자신을 우습게 여겨 자가 제작 한 싸구려를 팔아넘겼을지도 모른다는 의혹이 똬리를 튼 것이다. 이번과 같은 일이 또 벌어질 수도 있다고 생각하자 불쾌하기 짝이 없다.

의식을 잃은 상대와의 정사만큼 자극이 되는 일은 없으며, 기억을 잃은 그들의 하룻밤을 돈으로 사는 것은 따분한 그의 일상에 있어 유일한 낙이었다. 그 유일무이한 쾌락은 절대 포기할 수 없었다.

직업적으로 몸을 파는 부류는 따분했다. 텐프로가 아니라 제로원(0.1%를 이르는 말로 최고급 호스티스나 호스트)이라도 사정은 마찬가지였다. 돈을 받고 몸을 대 주는 상대에게서는 그저 그런 흥분 외의 아무런 쾌감도 느낄 수 없었다.

약기운으로 정신을 잃은 상대의 몸을 탐할 때의 쾌락과 스릴. 경찰에 신고하겠다는 상대를 돈으로 입막음할 때의 우월감. 아래턱을 길게 빼내 뜨거운 숨을 뱉은 우해준이 엉덩이를 들썩이며 자세를 고쳐앉았다. 약에 취해 낭창낭창해진 그간의 상대들의 몸뚱이가 떠오르자 흥분을 주체할 수가 없어진 것이다. 돈 몇 푼에 부나방처럼 달려들어 흥분을 연기하며 교성을 내지르는 인간을 상대로는 절대 느낄 수 없는 쾌락이 아닌가.

의식이 없는 와중에도 인간의 몸이란 지극히 본능적이라 손놀림 몇 번으로 축축하게 젖어 들던 침대와 움찔거리던 몸짓들을 생각하자 순식간에 온몸의 핏줄이 불끈거린다.

"여기—"

바텐더를 부른 우해준이 안주를 주문하듯 자신이 봐 둔 여자를 가리켜 놓고는 잠시 자리를 비우겠다며 일어났다. 도곡동을 나설 때까지만 해도 당분간은 약이 아니라 돈을 써야겠다고 생각했지만 술기운이 오른 데다 습관처럼 탐해 왔던 쾌락이 떠오르자 도저히 참을 수가 없어진 것이다.

흥분을 누르기 위해 입술을 비틀어 가며 화장실로 통하는 복도에 들어선 우해준이 휴대폰을 꺼내 든 순간, 줄곧 그를 지켜보던 남자도 자리에서 일어났다. 우해준은 머릿속에 저장된 판매책의 번호를 누르며 주위를 스윽 둘러봤지만 이미 다른 곳을 보고 있는 남자의 존재를 알아챌 리가 만무했다.

eee

한 손으로 머리를 받치고 모로 누운 원규의 품에 요은이 안겨 있다. 뜬눈으로 밤을 새우고 있는 원규와 달리 그녀는 깊이 잠든 상태다. 요은의 호흡에 맞춰 숨을 들이쉬고 내쉬기를 반복하던 원규가 팔을 빼고 고개를 눕혀 그녀를 바라본다.

"요은아."

이마에 닿은 원규의 숨결이 미풍을 만들자 미간을 찡긋하며 몸을 기대 오는 그녀가 너무 어여쁘다. 한편으로는 참 무심한 여자구나 싶기도 하다. 무심한 게 아니라면 순진한 건가? 하긴, 그간의 자신은 목석과도 같은 존재였으니 그녀가 마음 놓고 잠들 법도 하다. 하지만 그녀를 향한 갈망을 잠재우기 위해 얼마나 애써 왔는지, 그녀는 아마 모를 것이다. 이제 와 말하기도 부끄러운 일이다.

"한요은."

이렇게 오랜 시간 요은을 바라볼 수 있다는 것 자체가 믿어지지 않는 순간이다. 눈을 감았다 다시 뜨기를 여러 번, 원규가 잠든 그녀를 끌어안으며 몸을 가까이 했다. 팔에 닿은 유려한 곡선과 얇은 셔츠 아래로 느껴지는 부드러운 감촉에 짧은 숨을 내쉰 원규가 눈을 감았다. 하지만 눈을 감은들 요은의 감촉이 멀어질 리 없었다.

온몸의 세포 하나하나가 모든 감각을 열어 그녀에게 반응하고 있었다. 체온이 혈관을 데우고 있는 건지 혈관이 체온을 데우고 있는 건지 모르겠다. 갈수록 뜨거워진 숨에서 달콤한 향이 느껴질 정도다.

원규가 손을 머리맡으로 뻗어 조심스럽게 시트 위를 더듬기 시작했다. 그의 손에 들어온 쿠션은 움켜쥔 손가락이 맞닿을 정도로 폭신폭신한 것이었다. 원규는 잠든 요은을 깨우지 않기 위해 쿠션을 가뿐히 들어 올려 아랫배에 기대 놓았다.

무심할 정도로 폭신한 쿠션으로는 그녀를 원하는 자신을 감출 수 없다는 걸 알지만 다른 방법이 떠오르지 않는다. 등받이용으로 맞춘 쿠션을 이런 용도로 쓰게 될 줄은 몰랐지만 그녀에게서 몸을 떼고 싶지는 않으니 어쩔 수 없는 일이었다.

얌전히 감은 요은의 두 눈을 물끄러미 바라보던 원규가 흘러내리지도 않은 그녀의 머리카락에 손을 얹었다. 그녀가 깨지 않기를 바라면서도 시선을 마주하고픈 마음을 가눌 수가 없다. 병실 창가의 보호자용 침대에서 건너편 침대에 누운 그녀의 실루엣을 바라볼 때와는 너무도 다른 기분이다. 이렇게 밤을 새우고도 부족해 출근마저 귀찮아지면 어쩌나 심란하기까지 하다.

"진짜 잘 자네."

난처한 한숨 뒤로 요은을 바라보는 원규의 눈동자에 미소가 깃든 순간 협탁에 올려 둔 휴대폰 액정이 또 다른 조명을 만들었다. 발신인을 확인한 원규가 요은이를 보듬어 꼼꼼하게 이불을 덮어 주고는 살며시 침대를 벗어나 욕실로 향했다. 자신의 목소리가 욕실을 울려 요은을 깨울지도 모른다는 생각에 문이 닫힌 것을 재차 확인한 원규가 입구 반대편으로 가서 창문을 열었다. 새벽이라 창문을 열어도 별다른 소음이 들리지 않는 것을 아쉬워하며 통화 버튼을 누르자 요란한 음악 소리와 함께 젊은 남녀들의 환호성이 귀를 찌른다.

— 저예요, 형.

빛바람이 소개한 그 남자다.

"어…… 그래."

— 선물을 샀는데 어떡하죠?

우해준이 판매책과 연락을 주고받았다는 의미였다.

— 괜찮은 여잔 거 같은데 지금 줘도 되겠죠?

미친 게 아닐까. 아무리 세상 무서운 줄 모르고 날뛰는 망나니라도 유치장에서 나오자마자 또 그 짓을 한단 말인가?

"지금, 바로?"

— 네. 어떡할까요?

"어딘데?"

— 하얏트 호텔이요.

하얏트 호텔이라면 용산경찰서 관할 지역이다. 하지만 지금 바로 선물을 주겠다는 걸 보면 거래는 이미 끝난 상태였다. 조금만 빨랐다면 거래 현장을 직접 잡을 수 있었을 텐데, 어째서 지금에야 연락을 했을까.

— 어떡해요? 줘요, 말아요?

그 잠깐의 순간, 수많은 생각들이 오고 갔다. 선물을 주라고 말하면 이름 모를 어떤 여자는 우해준이 섞은 약을 먹게 될 것이다. 그렇게 되면 우해준 본인이 의료용 마약을 복용하고 있는 것과는 별개로 타인에게 마약류를 투약한 현장을 잡을 수 있게 된다.

장설주의 말로는 요은이가 받은 GHB 양성반응도 흐지부지 묻힐 것 같다고 하지 않았던가. 절대 모르는 일이라는 발뺌으로도 모자라

심지어는 고소인 한요은이 패거리들과 작당을 하고 먹은 약일 수도 있다며 적반하장으로 나오고 있으니, 잘못하면 아내분이 추가 조사를 받을 수도 있다고 넌지시 염려를 비쳤던 것이다.

— 형?

남자가 초조한 듯 원규를 불렀다. 조금만 판단이 빨랐더라면 진작 원규에게 전화했을 텐데 친한 친구에게 하듯 술이나 한잔하자는 말로 판매책을 불러내는 통에 깜빡 속고 말았다. 정상적인 인간이라면 유 치장을 나오자마자 그 짓거리를 할 리가 없다고 생각했는데, 연락을 받고 나온 남자의 차림새를 보자마자 실수였다는 걸 깨달았다.

우해준이 줄곧 곁에 있던 여자의 귓가에 혀를 감으며 뭔가를 속삭 이자 여자는 뭐가 그리 좋은지 연신 깔깔거리며 춤판에 끼어들었고 마치 모르는 사이인 것처럼 코너를 물고 앉아 있던 판매책과 우해준 은 약간의 시간 차를 두고 화장실로 들어갔다. 그 틈을 타서 전화를 하고 있는 상황이다 보니 한시가 급하다.

— 형 어떡해요? 따라가요? 아님 그냥 줘요?

따라간다는 남자의 말에 원규의 심장이 미친 듯 피를 뿜어 대기 시 작했다. 따라간다는 건 판매책이 현장에 있다는 의미였다. 이대로 경 찰에 신고하고 판매책을 따라가면 여자도 안전할 테고 잘하면 판매책 도 잡을 수 있을지 모른다. 하지만 판매책이 우해준과의 관계를 시인 하지 않으면 모든 일이 허사가 되고 만다. 우해준을 직접적으로 연관 시키려면 판매책을 포기하고 적시에 경찰을 불러 강간미수와 마약류 관리법 위반의 현행범으로 체포되게끔 하는 수밖에 없다.

"그냥 줘."

그냥 주라는 건 우해준이 발뺌할 수 없는 시점까지 기다리라는 의 미였다. 요은에게 하려던 것과 똑같은 짓을 할 때까지 내버려 두라는 뜻이었다.

— 네. 다시 전화드릴게요.

"그래."

통화를 마친 원규가 욕실 벽에 기대섰다.

같은 시간, 호텔 클럽의 화장실을 나선 판매책은 그대로 자리를 떴고 우해준은 다시 바에 앉아 음악에 맞춰 몸을 흔드는 여자의 모습을 감상하고 있었다. 볼이 넓고 스템이 짧은 잔을 든 우해준의 손가락이 곧 있을 쾌락을 그리며 경련을 일으킨다.

한편, 욕실 벽에 머리를 부딪치던 원규는 결국 이를 악물며 다시 휴대폰을 들었다.

— 예. 용산경찰서 성범죄…… 전담수사반 장설주…… 형삽니다.

수화기 저편에서 잠에 취한 장설주의 목소리가 들려왔다.

"늦은 시간에 죄송합니다. 저 박원규예요."

잠결에 발신인을 확인한 장 형사가 얼른 자세를 고쳐 앉는 소리가 요란하다.

— 아, 네! 예! 안녕하세요. 근데 이 시간에 무슨 일로.

"우해준이 지금 하얏트 호텔에 있어요. 바로 가 보셔야 할 거 같아서요."

— 우해준…….

얼른 말을 끊은 장 형사가 주변을 살펴 수사과장의 부재를 확인했다.

— 우해준이요?

"예."

— 근데 그걸 어떻게.

"자세한 설명은 나중에 드리겠습니다. 호텔 클럽에 있다고 들었어요."

— 알겠습니다. 일단 바로 가 보죠.

전화를 끊은 장 형사가 바로 옆 책상에 엎어져 있던 동료를 흔들어 깨웠다. 그리고 원규는 조금 전 걸려 온 전화번호를 누르고 상대방을 기다렸다.

— 네.

"나중에 주는 게 좋을 거 같아."

— 나중에요? 진심이세요?

"응."

— 네. 아무 일 없도록 할게요.

장 형사가 동료와 함께 경찰서 정문을 나선 순간, 달아난 원규의 체온을 따라 잠에서 깨어난 요은이 눈을 떴다. 어스름히 침대를 밝힌 램프에 의지해 주위를 살핀 그녀가 원규의 빈자리를 확인하고 몸을 일으켜 앉았다.

쿵—

그녀가 어렴풋이 들려오는 소리에 흠칫 놀라며 이불로 몸을 여몄다. 소리의 근원지는 욕실이었다.

"원규야."

서너 차례 공간을 울린 요은의 목소리에 정신을 차린 원규가 서둘러 욕실을 나섰다.

"언제 일어났어?"

"방금 소리…… 너였어?"

"응?"

"쿵— 쿵—"

"아, 미안."

제 사람을 위하자고 남의 사람을 다치게 하려 하다니 잠깐 정신이 나갔었나 보다. 그 여자도 누군가에게는 소중한 존재일 것이다. 요은이 받은 상처에 눈이 멀어 하마터면 다른 사람의 인생에 칼질을 할 뻔했다. 결국 자신도 아버지와 다를 게 없다는 생각에 원규의 표정이 고통스럽게 일그러지고 만다. 그런 그를 걱정스럽게 바라보던 요은이 손을 잡은 순간, 그가 허물어지듯 앉아 그녀를 끌어안았다.

"무슨 일 있어?"

원규가 떨어뜨린 휴대폰에 시선을 멎은 요은이 그의 어깨를 토닥이며 물었다. 그녀의 가벼운 손길에 가슴을 짓누르고 있던 무거운 덩어리가 쑤욱 내려앉아 눈물이 흐르고 만다.

"왜 이러는데, 응? 원규야?"

아버지를 이해한다고는 했지만 피상적인 것에 지나지 않았다. 아버지의 지나친 보호를 자식에 대한 걱정으로 이해하지 않고서는 견딜 수 없을 것 같았다. 그렇게 제 살을 깎아 가며 이해한 아버지였다. 그런데 요은을 사랑하고 보니 알 것 같다. 그녀 외에는 아무것도 보이지 않고 아무것도 생각하지 못한 짧은 순간, 자신도 아버지와 똑같은 결정을 내렸던 것이다. 그녀를 위한다는 핑계로 다른 사람의 상처는 안중에도 없었다.

아버지 역시 아들을 위한다는 핑계로 은호의 상처에 눈을 닫아 버렸던 건지도 모른다. 조금 전의 결정을 후회하는 자신과 마찬가지로 아버지 역시 과거를 후회하고 계실지도 모른다는 생각에, 태어나서 처음으로 진정 아버지를 이해하게 됐다. 이 사람으로 인해 너무 많은 것들이 변하고 또 너무 많은 것들을 깨닫게 된다.

"한요은 너 때문에, 진짜 큰일이다."

이 여자를 사랑하고…… 사랑하고…… 또 사랑한다. 그 사랑이 과거가 되고 미래가 되어 평생을 함께해도 부족한 사람임을 깨닫는다.

"응?"

원규가 요은의 허리를 안아 자신의 무릎 위로 그녀를 앉혔다.

"윽!"

갑작스러운 데다 당황스럽기까지 한 자세에 어쩔 줄 모르는 요은의 가슴 위로 천천히 얼굴을 묻은 원규가 그녀의 심장 소리에 귀를 기울인다.

"브…… 박원규."

"가만있어 봐."

원규의 뺨에 살포시 눌린 왼쪽 가슴 아래로 요은의 심박이 점점 뚜렷해진다. 자신의 것과 마찬가지로 깊은 울림을 전하고 있는 그녀의 심장이 너무 사랑스러워 더 오래 더 많이 듣고 싶다. 그리고…… 느끼고 싶다. 원규는 갈 곳을 모르는 요은의 손을 잡아 자신의 가슴에 얹었다.

먼 길을 돌아왔지만 두 사람의 심장만큼은 내내 서로를 향해 달리고 있었던 듯 바삐 움직이는 중이었다.

그렇게 한동안 요은의 손을 가슴에 누르고 있던 원규가 고개를 들어 그녀를 바라본다. 너도 나와 같은 것을 느끼고 있냐는 듯 가만히 바라보는 원규에게, 요은은 한없이 부드러운 미소를 지어 보였다.

eee

원규가 출근한 후 경찰서에서 연락이 왔다. 사건이 검찰로 송치됐다는 내용이었다. 가해자가 풀려났다는 소식을 듣고 불에 닿은 듯 폐부가 타들어 가는 것 같았는데, 고작 하루 만에 다시 현행범으로 구속되고 이틀이 지난 후였다.

'마음고생 정말 많으셨습니다. 이제 검찰로 넘어갔으니 꼭 옳은 결과 있길 바랄게요.'

좋은 결과가 아니라 옳은 결과. 이런 사건의 결과가 어떻든 좋을 수만은 없는 일임을 생각해 준 장 형사님의 배려에 감사하며 전화를 끊고도 왠지 실감이 나지 않아 몇 번이고 통화 내용을 떠올린 후에야 '검찰 송치'라는 네 글자가 또렷해졌다. 곧 수사를 담당할 검사가 정해질 테고 그가 공소제기를 결정하면 사건은 다시 공판검사에게 넘어갈 것이다. 이제 시작일 뿐이지만 그것만으로도 이따금씩 숨을 쥐어짜던 통증이 어느 정도는 가라앉은 것 같다.

2층으로 올라와 침대 발치에만 햇살이 들 정도로 블라인드를 조절하고 폭신한 이불에 얼굴을 묻으니 은은한 향기가 온몸을 부드럽게 감싼다. 원규가 쓰는 스킨로션과는 사뭇 다른 시원하면서도 포근한 향이다. 그러니까 이건 원규의 향기다.

슬쩍 엿본 시계가 11시 10분을 가리키고 있다. 출근한 지 두 시간도 안 됐는데 벌써부터 퇴근을 기다리는 내 모습이 많이 낯설면서도 싫지만은 않다. 솔직히 싫지 않은 정도가 아니라 믿을 수 없을 만큼 좋다.

"사랑해."

은연중에 원규의 목소리를 흉내 내고는 뜨악해서 입을 다물었다. 햇빛이 반쯤 걸친 침대에 누워 이불에 얼굴을 폭폭폭 묻어 가며 성대모사라니, 머리에 꽂았어야 할 꽃 한 송이가 아쉬운 순간이다. 하지만 사랑한다는 한마디에 이토록 숨이 아릴 줄은 몰랐다. 살결에 닿아 귓가에 흐르고 가슴에 녹아드는…… 세상에서 가장 향기로운 말이다.

부우우— 부우우우—

몸을 굴려 이불을 말아 가며 협탁 위의 휴대폰을 집어 들었다.

"여보세요."

— 나.

원규다.

— 방금 장 형사님하고 통화했어.

"나도. 한 시간쯤 전에."

— 한 시간?

"어."

— 근데 왜 전화 안 했어?

"너도 알고 있을 거 같아서."

— 내가 알았으면 너한테 전화부터 했겠지.

"아, 어…… 그랬……구나."

그랬구나는 뭐냐, 이구아나 사촌인가.

"흠! 그렇구나."

한 템포 늦은 그렇구나는 차라리 않느니만 못한 것을!

— 요은아.

"어?"

— 지금 뭐 해?

"그냥……."

— 잠깐 나갈까?

"음? 어딜?"

— 그냥…….

으으…… 따라 하지 마라.

— 밖에?

블라인드만 걷으면 보이는 게 죄다 밖인데 굳이 나갈 필요……가 있고 없고를 떠나서, 혹시 지금 바로 나가자는 건가?

"지금?"

— 아니, 한 시간 후에 데리러 갈게.

"일은 어쩌고?"

— 끝났어. 애들한테 얘기도 했고.

사실, 일이 있어도 원규가 가자면 어디든 가고 싶다.

— 그냥 편하게 입고 있으면 돼.

"어."

— 먼저 끊고 준비해.

"응, 알았어."

어딜 가려는 건지 다시 한 번 물어보고 싶었지만 일단은 전화를 끊었다. 새삼스럽게 원규와 밀고 당기기를 하려는 게 아니라 씻고 말리고 바르고 입으려면 한시가 급했기 때문이다. 그런데 정말 큰일이다. 얼른 외출 준비를 해야 하는데, 심장이 너무 뛰어 온몸이 아득하게 가라앉는 것만 같다.

eee

　원규는 통화를 마치고 정확히 한 시간이 지난 12시 14분에 도착했다. 물론 딱 떨어지게 시간을 맞춘 건 기특한 일이었지만 그때까지도 편한 옷을 고르지 못해 우왕좌왕하느라 초인종을 놓친 것이 문제였다. 그리고 오전과 오후를 헷갈리지 말자며 꼼꼼히 설정해 둔 알람도 문제였다.

　원규의 도착 예정 시간인 12시 14분은 오후였지만 내가 맞췄어야 할 알람 시간은 오전 11시 50분이었어야 했다. 허나 그것마저 오후로 맞춰 놓은 덕분에 입지도 벗지도 않은 어중간한 상태로 원규와 마주친 순간, 머리끝을 시작으로 발끝까지를 뜨겁게 훑어 내린 기운에 나조차도 깜짝 놀라 일시정지 상태가 되고 말았다. 그 순간만큼은 냉수를 채우고 얼음을 동동 띄운 욕조에 들어가 앉아도 끄떡없을 것 같았다.

　원규가 서둘러 계단을 내려간 후에야 겨우 정신을 찾았다. 물론 원규도 계단을 내려간 후에야 정신을 차렸는지 2층 난간을 향해 미안하다고는 했지만 도무지 괜찮다는 말이 나오질 않았다. 편하게 입으라는 말에도 불구하고 잔뜩 신경이 곤두서서 옷장이며 서랍을 뒤집어 놓은 것도 모자라 바지와 셔츠를 벗다 말고 거울 앞에서 브라를 매치하고 있는 중이었다.

　편하게 입으면 된다던 상의와 하의에 브라와 팬츠까지 포함시킨 나의 센스를 원규가 어떻게 받아들였을지는 중요하지 않다. 갑작스러운 제안에 가슴이 부풀어 시간 가는 줄도 모르고 우왕좌왕하는 나를 원규가 봤다는 사실, 내가 무안한 건 바로 그거다.

　깔끔하게 정리정돈 된 침실에서 상의와 하의를 침대에 얌전히 펼쳐

두고 아슬아슬한 바스크(basque)까지는 아니더라도 바디라인이 깔끔하게 떨어지는 팬츠를 입은 채 거울 앞에서 브라를 잠그려는 모습을 보여도 시원찮을 마당에 발목에는 바지를 어깨에는 셔츠를 걸친 상태로 브라에 가슴을 맞추는 모습을 보이다니. 게다가 패션쇼의 백스테이지를 방불케 할 정도로 무질서하게 흩어 놓았던 속옷이며 겉옷들은 또 어떻고.

"한요은."

표정을 보니 아마도 두어 번은 넘게 나를 부른 모양이다.

"어?"

"내려야 돼."

언뜻 비친 원규의 미소가 숨을 어지럽혀 헛기침을 하고 말았다.

"아…… 미안."

무안함과 아찔함이 뒤범벅된 상태로 엘리베이터에서 내리려는데 손목을 잡은 원규가 천천히 손바닥을 감싸며 옆으로 선다.

"같이 가."

원규의 차분한 음성이 뭉게뭉게 잇따르던 감정들을 보듬으며 마음 깊이 닿았다.

✎✎✎

원규가 차를 세운 곳은 국기원이었다. 처음에는 태권도 승단심사라도 보려는 건가 생각했다. 하지만 국기원을 나와 강남역 골목골목을 걸어 도착한 곳은 작년 4월에 원규와 내가 처음 만났던 카페 파가니니였다. 원규가 손을 살짝 당기지 않았다면 언제까지고 밖에 서 있었을지도 모른다.

창가를 가리킨 원규는 내가 먼저 앉기를 기다렸다가 맞은편에 자리했다. 안팎의 온도 차를 말해 주듯 뿌옇게 성에가 낀 안경을 벗어 테이블에 올린 원규가 물끄러미 나를 바라본다. 저렇게 반미소로 바라보면 아무 생각도 안 나는데, 마주 앉지 말고 그냥 나란히 앉을 걸 그랬다.

"다섯 번 다 여기였어."

"응?"

"강남에서 보면 항상 파가니니였잖아."

강남에서 볼 때마다 여기였던 것보다 그게 몇 번인지 세고 있었던 게 더 신기하다.

"달리 아는 데도 없고, 여기…… 좋잖아."

"뭐. 괜찮긴 하지. 조용하고."

"여기 오려던 거였어?"

"응."

"갑자기 왜……."

"여기 오면 니가 말을 좀 하지 않을까 해서."

딱히 내가 해야 할 말이 있었던가? 그나저나 왜 자꾸 웃고 그러니. 네가 그렇게 웃으면 산더미 같던 할 말도 스르르 녹아 버리고 만단다.

"아무 말이나 좀 해 봐."

"므으…… 흐흐음……."

나 정말 왜 이러니. 여물 씹다 만 소도 아니고 므으가 뭐냐 므으가.

"무슨 말……?"

"무슨 말이든."

그래? 그럼 저기 가서 잡지 한 권만 가져오련? 처음부터 끝까지 싹 다 읽어 줄게.

"오는 내내, 너 딱 한마디밖에 안 했어."

곡선도로를 지나 강변북로에 접어들었을 때 목적지를 물은 다음부터 한마디도 안 한 건 사실이다. 하지만 그건 내 탓이 아니라 네 탓이거든요?

"니가 대답을 안 해 줬으니까……."

"아닌데? 가 보면 안다고 했잖아."

"와 보면 다 알지. 난 도착하기 전에 알고 싶었던 거고."

"그럼 그렇게 얘기하지 그랬어."

또 웃는다.

"이거 봐. 또 조용해졌잖아."

네 웃음 한 번에 내 머릿속이 얼마나 요란해지는지 알지도 못하면서, 모르면 가만있으렴. 더구나 지금은 네가 그렇게 웃지 않아도 충분히 시끄러운 속이란다. 카페라면 집 근처에도 수두룩한데 굳이 여기까지 와서 내가 말하기를 기다리는 이유가 뭔지 너무너무 궁금하단 말이지.

"원규야."

"응?"

"궁금한 게 있는데."

"뭔데."

"혹시 이거……."

실내가 꽉 찬 건 아니지만 창가 쪽에는 제법 사람이 많다. 그래서 좌우로 눈치를 살핀 후 테이블에 가슴을 기대며 조용히 말했다.

"이벤트야?"

"Event?"

외래어는 외래어답게 한글의 자음과 모음으로 또박또박 발음해 주면 안 되겠니.

"하하하하하……."

이상한 데서 빵 터지지 말아 줄래? 네가 그렇게 맑고 경쾌하게 웃으면 진지하게 물어본 내가 무안하잖니.

"아…… 하하…… 미안."

이미 늦었거든!

"정말 미안. 방금 니 표정이 너무…… 하하……."

"미안하면 그만 웃어."

원규의 얼굴에서 웃음이 가신 걸 보니 내 표정이 너무 차가웠나 보다.

"귀여워서."

와— 박원규 오늘 아주 작정을 했구나.

"차라리 웃어. 놀리는 거보다 웃는 게 낫겠다."

"놀린 거 아닌데?"

그래, 이렇게 나온다 이거지?

"내가 그렇게 좋아?"

"응."

당황할 줄 알았는데 확신에 찬 한마디에 오히려 할 말을 잃고 말았다.

"좋아, 많이."

살포시 닫힌 입술로 미소 지은 원규의 시선이 나에게서 떠날 줄을 모른다.

"근데 너에 대해서 아는 게 너무 없어."

엄마의 얘기를 끝으로 나에 관한 건 다 말했다고 생각했는데 원규한테는 그게 아니었나 보다. 그러고 보니 퇴원 후 나흘간 꼬박꼬박 원규의 어렸을 적 얘기를 들으며 잠들었다. 처음 마신 술, 처음 피운 담배, 등 떠밀려 사귀게 된 첫 여자 친구, 그래피티를 한답시고 또래들과 몰려다니다 경관들에게 들켜 줄행랑을 쳤던 것 등등.

하지만 나의 어릴 적 기억은 추억이란 이름으로 떠올리기에는 무거운 것들뿐이라 다른 누군가와 주고받기에는 적절하지 않아서 그저 듣고만 있었다. 그런데 원규는 궁금했나 보다. 역시 give & take가 정확하신 박원규다.

"더구나 요즘은 말도 거의 없고."

"원래 말을 많이 하는 편이 아니라 그래."

"예전에는 잘했잖아."

"내가?"

"응. 여기서 만난 다섯 번 중에 처음 빼고 나머지는 전부 너 혼자 얘기하다시피 했어."

"정말 내가 예전처럼 말을 많이 하길 바라고 여기까지 온 거야?"

"응."

그런 말도 안 되는 대답을, 그렇게 진지한 얼굴로 하면, 난 어쩌라고.

"그건…… 니가 글에 대해서 이것저것 물어봤으니까."

"너에 대한 걸 물어보면?"

"응?"

"너에 대해서 물어봐도 다 얘기해 줄 거야?"

"어떤 게 궁금한데?"

"진짜 얘기해 주는 거지?"

미소가 비쳐 더욱 빛나는 원규의 눈동자와 눈이 마주친 순간 나도 모르게 고개를 끄덕이고 말았다. 나더러 귀엽다더니 본인은 한술 더 떠 주시는 박원규야말로 귀여움의 끝이다.

"일단 주문부터 하자. 어떤 거?"

"카페라테."

"잠깐 기다려."

"응."

직접 주문을 하러 갔던 원규가 휴대폰을 가리키며 잠시 다녀오겠다는 손짓을 해 보였다. 아무렇지 않은 듯 고개를 끄덕이긴 했지만 이내 밖으로 나가 버린 원규를 좇아 입구를 바라보며 대체 누구한테 걸려 온 전활까 싶을 즈음이었다. 두꺼운 유리를 퉁퉁 두드리는 소리에 놀라 창밖을 보니 원규가 테라스에 서서 나를 향해 웃고 있다. 나한테 웃는 건지 통화 중인 상대방에게 웃는 건지 잘은 모르지만 낯선 사람들 틈에서 조마조마하던 마음이 차분해지는 것 같다.

그렇게 5분 정도, 원규는 밖에서, 나는 안에서 서로를 바라봤다. 통화를 마친 원규는 테라스를 돌아 카페로 들어와서도 자리로 곧장 오지 않고 판매대에 잠깐 서 있었다. 그리고 잠시 후 살짝 들뜬 표정으로 홀더를 들고 와서는 테이블에 올려놓는다. 일회용 컵에 커피를 받아 온 걸 보니 무슨 일이 있나 보다.

"어떡하지? 이쪽에서 점심까지 먹고 이동하려고 했는데, 바로 가 봐야 할 거 같아."

"지금 바로?"

"응."

바로 가 봐야 한다니 그러라고 해야 하는데, 혼자 집으로 갈 일이 걱정이다.

"왜 그래? 어디 불편해?"

"아니. 그런 건 아닌데……."

택시를…… 탈 수 있을까? 버스나 지하철을 타야 되나? 사람이 많으면 어떡하지?

"원규야."

"응?"

"미안한데. 나 집에 데려다주고 가면 안 돼?"

"집에?"

"어."

"왜?"

그냥 좋게 안 된다고 하면 될 걸 왜냐고 되물을 건 또 뭐래. 그러게, 무슨 바람이 불었나 했다.

"바로 가 봐야 된다면서."

"넌 안 가고?"

"응? 나도 가는 거야?"

"당연하지. 같이 나왔는데."

한 손에 홀더를 든 원규가 다른 손을 내민다.

"점심은 그쪽에서 먹자. 시간 좀 걸릴 텐데 괜찮겠어?"

잠시나마 욱했던 걸 반성하는 의미로 얌전히 고개를 끄덕이며 일어나자 원규가 허리에 팔을 감아 나를 가까이 안았다.

"그리고 만약에 나 혼자 가야 할 상황이면, 집에 데려다 달라는 건 미안할 일이 아니라 당연한 거야."

달리 할 말이 떠오르지 않아 허리에 닿아 있는 원규의 길고 곧은 손가락 사이로 나의 손가락을 살며시 끼웠다. 손마디가 맞물린 느낌이 너무 알맞아 마치 꼭 맞는 장갑에 손을 넣은 듯 포근하다.

한강대로를 달려온 원규의 쿠페가 세종대로사거리를 직진해 이순신 동상 옆을 지나고 있다. 잠든 요은을 위해 내비게이션 볼륨을 줄여 놓은 탓에 뒤늦게 우측 차선으로 합류한 원규가 서둘러 코너링을 하자 무게 중심이 흩어진 요은이 흠칫하며 눈을 뜬다. 설마 또 잠들었던 건가 싶어 머쓱하게 입술을 내밀기도 잠시, 교보빌딩 주차장으로 들어가는 곡선로 주변을 바라보던 요은이 원규에게로 시선을 돌렸다.

"다 온 거야?"

입차 순서를 기다리던 원규가 고개를 끄덕이고는 이내 요은을 바라본다.

"잘 잤어?"

짓궂은 원규의 미소에 숨이 간지럽다.

"보면, 진짜 잘 자는 거 같아."

"그러게. 이상하게 너랑 있으면 그냥 막…… 잠이 와."

"심심해서?"

"아니. 너무 편안해서."

너무 편안해서 잠이 온다는데 그저 웃을 수밖에. 더 무슨 말을 하겠는가.

"진짜야."

"나 아무 말도 안 했는데?"

"그냥 좀…… 어이없어 하는 거 같아서."

"어이없는 게 아니라 난감해서 그래. 나랑 있으면 편안하다니까 그건 좋은데, 앞으로도 계속 잠만 자면 어떡하나 싶어서."

엘리베이터 통로 근처로 차를 세운 원규가 요은을 마주 본다.

"밤에도, 넌 참 잘 자는데 난 정말 잠이 안 오거든."

원규가 검지와 중지를 가볍게 움직여 요은의 뺨을 톡톡 두드렸다.

"너 자는 거 볼 때마다 내가 무슨 생각 하는지 알아?"

무슨 생각이냐고 물어도 될까, 그렇게 물으면 뭐라고 답하려나, 그 답을 들으면 어떻게 반응해야 하나 등등 장기판에서 말을 움직이는 것도 아닌데 벌써 여러 수를 앞서 나가고 있는 요은이다.

"무슨 생각인지 안 궁금해?"

요은의 숨이 갈수록 짧아진다. 금방이라도 딸꾹질이 나올 것만 같다.

"한요은?"

나지막한 음성과 뺨을 두드리는 감촉이 심장을 울리고 신경을 흔든다.

"정말 안 궁금해?"

원규가 몸을 기울이며 얼굴을 가까이 하자 어김없이 올라온 딸꾹질을 참아 내느라 요은의 가슴이 작게 들썩였다. 원규는 그녀의 이런 모습이 너무 사랑스러워 조금 더 재촉해 보고 싶다.

"말 좀 해 봐."

요은이 자신을 편안하게 생각하는 것도 좋지만 요즘 같아서는 무조건 기뻐할 수만은 없다. 매일 밤 온몸을 팽팽하게 당기는 긴장을 늦추기 위해 얼마나 노력하고 있는데 편안하다니, 편안해서 그냥 막 잠이 오다니.

　"한요⋯⋯."

　짓궂은 원규의 마지막 말을 막아 낸 요은의 입술이 파르르 떨린다. 계속 당하고만 있을 수는 없어 엉겁결에 입을 맞추기는 했지만 문제는 바로 다음이었다. 가벼운 입맞춤으로 끝내려던 요은의 생각과 달리 어느덧 목덜미를 감싼 원규의 손길에 온몸이 아찔하다.

　"읍⋯⋯!"

　요은은 입 안에 남았을지도 모르는 라테의 잔향이 신경 쓰여 입술을 앙다물었지만 원규는 이미 물러날 생각이 없다. 절대 익숙해질 것 같지 않은 그녀의 향기와 그녀의 감촉을 조금 더 느끼고 싶다. 차가운 입술을 보듬어 체온을 나누고 그 사이로 흐르는 달콤한 숨을 깊이 마시고 싶다.

　원규의 짧고 거친 숨결에 화답하듯 입술을 살짝 벌린 그녀가 수줍은 혀끝을 원규의 입술에 눌러 왔다. 자신이 그녀에게 했던 것과 꼭 닮았지만 아직은 서툴고 어색한 움직임에 원규는 아무것도 생각할 수 없게 돼 버렸다.

　입술에 닿은 요은의 혀끝을 살짝 깨물며 깊게 빨아 당기자 한껏 어깨를 움츠린 그녀가 파르르한 손길로 가슴을 받친다. 부드럽게 놓아 준 그녀의 혀끝을 따라 입술을 간질이고 매끄러운 치열을 더듬은 원규가 숨을 깊게 마신다. 하지만 이번에도 역시나 그녀의 숨결이 느껴지지 않는다. 몇 번 안 되는 키스를 시도할 때마다 숨을 참아 내는 그녀에게 미안해 단념하곤 했다.

　가벼운 입맞춤으로 입술을 멀리한 원규가 그녀의 목덜미를 살짝 깨물자 갑작스러운 자극을 견디지 못한 그녀에게서 달콤한 숨이 쏟아져 나왔다. 원규가 닿은 모든 곳에서 심장이 뛰고 있는 것만 같다.

"흐웃……."

미치도록 사랑스러운 여자다. 아니, 진작부터 이 여자에게 미쳐 있었다.

"하아, 하…… 숨…… 참지 마."

새하얀 목덜미를 지나고 갸름한 턱선을 따라 다시금 그녀의 입술을 찾기까지 온통 그를 지배하고 있는 것은 단 하나, 그녀를 안고 싶은 마음뿐이다. 가쁜 숨을 몰아쉬느라 벌어진 그녀의 입술을 가볍게 깨문 그의 입술이 더없이 부드럽고 더없이 뜨겁다.

원규와 나란히 엘리베이터에서 내려 보니 교보문고였다. 어디로 가는 거냐는 말에 교보빌딩이라고는 했지만 교보문고에 오게 될 줄은 몰랐는데, 여기서 무슨 볼일이 있다는 거지? 게다가 아까부터 연신 주변을 두리번거리는 원규 때문에 정신이 하나도 없다.

"원규야."

"어?"

"누구…… 만나기로 했어?"

"응. 잠깐이면 돼."

원규의 시선이 나를, 정확히는 내 얼굴을 떠날 줄 모른다.

"한요은 너, 괜찮아?"

"응?"

네가 다른 사람을 만나도 괜찮겠냐고 묻는 거니? 혹시 빛바람 선배의 소개로 가해자에게 붙여 놨다는 그 사람인가? 혹시 저 노트북가방에 수고비로 건넬 현금 다발이 수두룩하게 들어 있는 건 아닐까?

"만날 사람이 누군데?"

"아니, 그거 말고. 입술 괜찮아?"

설마 여기서 또…… 그러자는 건 아니겠지만, 조금 전 차 안에서 있었던 일이 떠오르자 원규를 마주 보는 것조차 창피하다. 공공장소에서 그런…… 그러다니.

"어?"

"거울, 봐야 될 거 같은데."

없는 정신에 덧바른 립글로스가 번지기라도 했나? 그러고 보니 한쪽 입술이 좀 무거운 것도 같다.

"잠깐이면 된다고 해서 가방 두고 내렸어. 근데 내 입술……이 왜?"

원규가 난처한 표정으로 내 손목을 잡고는 외국서적 코너를 나와 문구코너로 들어서서 주변을 두리번거리더니 거울이 놓인 곳을 가리킨다. 진짜 립글로스가 엉망으로 발라진 모양이다. 아후— 바보. 주차장에서 한 번 더 그랬다간 옷 벗은 줄도 모르고 칠락팔락 나다니게 생긴 꼴이다. 원규는 멀쩡한데 왜 나만!

"잠깐 여기 있어."

얼른 입을 가리고 거울 앞으로 걸음을 서둘렀다. 지나는 사람들과 부딪히지 않기 위해 판매대에 바짝 서서 손을 내려 보니 확실히 립글로스가 엉망진창으로 발라……진 것이 아니다.

"하—"

살갗을 빨아 핏줄이 터진 것처럼 입술 한쪽이 온통 빨갛게 부르터 있다. 어떻게 이걸 모를 수가 있지? 어떡하지? 이러고 어떻게 돌아다니지?

"괜찮아?"

울상이 된 얼굴을 돌려 보니 어느새 옆으로 온 원규가 걱정스러운 듯 나를 보고 있다. 내 표정을 보고는 걱정스러움에 난처함까지 더해진 얼굴이다.

"차에 가 있어야 될 거 같아."

552

"왜? 많이 아파?"

"많이 아픈 건 아닌데…… 창피해서."

"사람들이 너만 쳐다보는 것도 아닌데 뭐가 창피해."

네가 한번 당해 봐라! 사람들이 널 쳐다보든 안 보든 이게 신경 안 쓰이게 생겼니!

"사람들 때문이 아니라 내가 신경 쓰여서 그래. 너도 그렇잖아. 그래서 얘기한 거고."

"많이 아플 것 같아서 물어본 거야. 사람들 보기 창피해서가 아니고."

말을 마친 원규가 내 뒤로 섰다. 그러고는 올려 묶은 머리끈을 찾아 스윽 당긴다. 나는 그저 말없이 서서 머리카락 사이를 드나드는 원규의 손가락을 거울로 바라보는 수밖에 없다. 원규가 내 몸에 닿을 때마다 방정맞을 정도로 쿵쾅거리는 심장을 원망하면서 말이다.

"살짝, 이렇게 해 봐."

원규가 목덜미를 감싸며 내 얼굴을 왼쪽으로 비스듬히 기울였다. 덕분에 옆 가르마를 타 놓은 머릿결이 오른쪽 입술을 살짝 가리기는 했지만, 왠지…… 너무 웃다.

"픕…… 프후후……."

원규도 알려나? 이건 고등학교 때 한창 유행하던 공주님들의 전매특허, 45도 각도다.

"왜? 불편해?"

"아니……."

"머리카락 때문에 간지러워?"

"아니이…… 하하하……."

으으…… 웃으니까 입술이 땡겨서 더 아프잖……아, 하하하하…….

"뭐야, 한요은."

어깨를 잡고 있던 원규가 내 볼을 검지로 톡— 튕기며 이유도 모른 채 같이 웃기 시작했다. 전설의 45도 각도로 삐뚜름히 바라본 원규의 웃음은 거울 속에서도 너무나 예뻐서, 입술이 아픈데도 웃음을 멈출 수가 없다.

"나 잠깐만."

누군지 몰라도 눈치 되게 없네. 하필 이런 순간에 전화를 할 게 뭐냐.

"여보세요?"

내가 있는 곳으로부터 약간 거리를 둔 원규의 체온이 아쉬워 멀거니 바라보자 원규가 고개를 옆으로 기울이며 밝게 웃는다. 아차 하며 얼른 45도 각도로 복귀한 나를 바라보는 원규의 웃음이 더욱 밝아진 것 같다.

eeee

설주는 조사실에 들어가기에 앞서 담배를 뻑뻑 빨아 대며 우해준의 진술서를 노려보는 중이다. 귀찮게 들러붙는 여자를 바래다주는 길이었으며 GHB에 대해서는 절대 모른다는 뻔뻔한 내용이었다.

"아후, 뻔뻔한 새끼. 이거 진짜 미친 거 아니야?"

사건 당시 우해준과 동승했던 피해자가 차일피일 조사를 미루는 통에 짜증이 있는 대로 뻗은 설주였다. 조사실에 들어선 설주가 우해준 앞에 진술서를 확 팽개치며 앉았다. 어차피 요은의 사건은 검찰로 송치된 상태니 이번 일을 빌미로 마약류관리법 위반에 대해서도 죄를 톡톡히 물을 셈이다.

"어이구— 귀하신 분이 고생이 아주 많으시네?"

"뭡니까 또?"

"뭐긴 뭐야. 보고 싶어서 불렀지."

그렇지 않아도 아침에 다녀간 남무석이 신경을 박박 긁어 놓은 탓에 컨디션이 엉망진창인데 이런 같잖은 인간의 빈정거림까지 참아야 하나 싶은 우해준의 낯빛이 붉으락푸르락 난리굿이다.

"이거 뭐 좀, 이상하지 않아요?"

"진술서 다 썼고 더 할 말 없거든?"

설주가 의자를 당겨 앉으며 책상 위로 몸을 기댔다.

"말을 좀 길—게. 응? 이렇게 짧게 나오시면 경찰서에도 짧게 계셔야 돼. 검찰로 넘어가면 아주 골치 아플 텐데?"

비틀린 우해준의 입술이 부들부들 떨리는 걸 흐뭇한 표정으로 쳐다보던 설주가 피식 웃는다.

"차라리 검찰로 넘기지그래? 똑똑한 검사님하고 얘기하는 게 좋을 거 같아서 말이지."

"나랑 야자 하기로 한 거야? 응?"

"시끄럽고, 할 말 있으면 빨리하지?"

"야— 이거 뭐. 하하하하하—"

웃음 끝에 눈물을 짜낸 설주가 우해준을 정면으로 노려본다.

"우해준 너 진짜 이런 식이면 골로 가는 수가 있어. 지난번엔 윗분을 어떻게 구워삶았는지 몰라도 이번엔 빼도 박도 못하게 생기셨거든. 상황이 아주 엿 같다는 거지. 피해자도 지금 아주 난리거든. 이거 뭐 재판을 연타로 받게 생겼네?"

남무석의 말로는 피해자를 설득하는 중이니 조금만 참으라고 했는데 피해자가 다녀갔다니, 우해준의 표정이 여지없이 뒤틀리고 만다. 아침에 있었던 언쟁으로 남 변호사에 대한 신뢰에 금이 간 상태를 적절히 이용한 설주였다.

"아니, 여자는 안 되신다면서 그렇게~ 올라가자~ 올라가자~ 어디로 올라가나. 산이 있어 넘었더니 에베레스트가 아니라 빵에 가시게 생겼으니 이게 무슨 꼴이야. 음?"

설주는 당시 현장에 있던 남자가 참고인 조사에서 풀어 놓은 얘기로 우해준을 슬슬 자극하기 시작했다.

"그 매판 새끼도 아주 유명하던데."

"뭐라는 거야."

"에이~ 이렇게 의리를 저버리면 되나! 화장실까지 붙어 다니는 불알친구를 말이지."

약간의 시간을 둔 설주가 우해준의 앞에 놓인 진술서를 손끝으로 딱딱 찍어 댄다.

"반성문 많이 써 본 솜씨야, 그치? 아니다, 모른다, 결백하다, 뭐 이런 말만 골라서 배우셨나 봐? 그날 같이 있던 피해자가 다 얘기했어. 당신이랑 매판 새끼랑 코너 물고 사이좋게 앉아 있었다며. 매판이 먼저 화장실로 가고, 너도 따라가고. 그러니까 이번에는 니가 먼저 빵에 가고, 매판도 따라가고."

이번에야말로 꼼짝없이 걸려든 건가 싶어 당황한 우해준은 설주의 말에 어떻게 반박해야 할지 갈피를 잡을 수가 없었다.

eece

음반 코너 옆의 레스토랑에 앉아 사람들을 구경하는 중이다. 통화를 마친 원규는 잠깐 다녀올 데가 있다며 어디론가 사라져 버렸다. 원규와 떨어져 있게 될 줄도 모르고 휴대폰을 가방에 넣고 내린 탓에 전화를 해 볼 수도 없다. 그나저나 누구를 만나는데 20분이 넘도록 소식이 없는 걸까. 벌써 커피만 두 잔째라 속도 쓰리고 입술도 아리고 낯선 사람들 틈에 있으려니 점점 불편하다.

— 안녕하십니까, 오늘도 저희 교보문고 광화문점을 찾아 주셔서 진심으로 감사드립니다.

기계음이 아니라 나긋나긋한 목소리로 흘러나온 안내방송에 귀를 기울이며 원규가 돌아오기만을 기다렸다. 방대한 양의 서적뿐만 아니라 문구, 음반에 이르기까지 고객님들의 편의 증강을 위해 애쓰고 있다는 안내방송이 끝날 즈음이었다.

— 안내 말씀 드립니다. 시, 소설, 에세이 코너인 J코너에서 한요은 고객님의 핸드백을 보관하고 있습니다.

신기하다. 나랑 이름이 같은 사람이 있구나.

— 안내 말씀 드립니다. 시, 소설, 에세이 코너인 J코너에서 한요은 고객님의 레드와인 색상 핸드백을 보관하고 있습니다. 다시 한 번 말씀드립니다. 시, 소설, 에세이 코너인 J코너에서 한요은 고객님의 레드와인 색상 핸드백을 보관하고 있습니다. 한요은 고객님께서는 해당 코너로 와 주시기를⋯⋯.

가방도 나랑 같⋯⋯은 게 아니라 나다. 흥, 박원규. 이벤트 아니라며. 어쩐지 안내도를 쥐여 주더라니.

"치이⋯⋯."

이미 예감한 일이라 그러려니 할 수 있을 줄 알았는데, 안내도를 펼친 손끝이 왜 이렇게 떨리는지 모르겠다.

"제이 제이 제이⋯⋯."

레스토랑 바로 앞이다. 아마도 내가 혼자서 사람들 사이를 오래 지나지 않도록 생각해 낸 곳이 여기였던 게 아닐까. 레스토랑을 나서며 주변을 둘러봤지만 여전히 원규의 모습은 보이지 않는다.

대각선 방향의 시, 소설, 에세이 코너를 바라보며 심호흡을 했다. 일껏 찾아갔는데 또 다른 한요은이 자신의 레드와인 핸드백을 찾겠다고 와 있으면 어떡하나 싶다.

걸음을 옮길 때마다 트램펄린을 뛰고 난 것처럼 바닥이 솟구치는 기분이다. 점점 빨라지는 호흡을 애써 다스리며 J코너에 들어서서 점원을 찾던 중, 마침 근처의 서가에서 도서를 진열하고 있는 서글서글한 눈매의 점원이 눈에 띈다.

"저기 죄송한데요."

한요은 너 염소 아니잖아. 목소리 똑바로 못 낼까!

"네, 고객님. 무엇을 도와 드릴까요?"

"분실…… 흠! 분실물…… 찾으러 왔는데요."

"한요은 고객님?"

점원의 환한 웃음에 서글서글했던 눈매가 빛나는 것 같다.

"네……."

"여기서 잠시만 기다려 주세요."

들고 있던 도서를 내려놓은 그녀가 다시 한 번 웃으며 자리를 비웠다. 가슴에 진동 안마기를 끌어안고 있는 것처럼 심장이 두근거려 의지할 곳을 찾아 손을 기대야 했다. 그러다 문득 부르튼 입술이 떠올라 고개를 숙인 순간, 겉면에 새겨진 글자보다 더욱 눈에 띄는 표지에 숨이 멎었다. 바다 위로 푸른 하늘. 그 하늘이 끌어안은 새하얀 구름. 그리고 하늘을 그대로 비춘 바다. 눈으로 보면서도 믿을 수가 없어 표지에 곱게 수놓인 제목 위로 손끝을 옮겨 본다.

『送緣』

송연, 인연을 보내다.

바다에 살다 하늘로 간 사람들의 이야기.

출판을 포기했던…… 내 책이다. 돋음띠를 두른 책등에 새겨진 '한요은'이라는 이름을 확인한 후에야 책을…… 내 책을, 두 손에 들어 본다. 확실히 내가 쓴…… 내 글이다.

'글, 안 써?'

'글은, 이제 안 쓰는 거야?'

처음으로 술 마신 원규를 봤던 그날 밤, 머뭇거리던 원규의 말이 생생한 만큼 미안하고 또 미안해서 자꾸만 눈물이 흐른다. 출판을 포기하고 원고를 돌려받았는데 어떻게 이걸 가지고 있었던 걸까?

레스토랑이랑 가까워서 여기로 정한 것이 아니라 시, 소설, 에세이 코너에 있어야만 하는 글이라 내가 있을 곳을 레스토랑으로 정해 놓앗을 거란 생각에 한없이 터져 나오는 흐느낌을 참기 위해 입술이 부르튼 것도 잊은 채 이를 악물었다.

"요은아."

원규다. 나를 부르는 목소리에 뒤돌아 안긴 원규의 품에서 창피한 줄도 모르고 엉엉 울었다. 그렇게 얼마가 지났을까.

"나 좀 봐."

두 손으로 내 뺨을 감싸 안은 원규가 눈물을 지워 준다.

"하나 더 있어."

원규의 손끝이 머문 서가에 아무것도 새겨지지 않은 새하얀 양장본이 놓여 있었다. 조금 전 내가 『송연』을 봤던 그 자리였다. 원규가 1,500페이지쯤 되어 보이는 양장본의 지퍼를 열고 표지를 올리자 원규와 나의 이름이 새겨진 책장이 둘레를 이룬 한가운데에 빨간 끈과 파란 끈을 드린 케이스가 보인다.

아…… 박원규…….

나의 왼손을 천천히 당긴 원규가 밋밋한 약지를 손끝으로 매만졌다. 조심스럽게 안을 보인 케이스에서 벗어난 반지는 눈꽃이 내린 듯 곱기만 하다. 모든 사람들 앞에서 내 손에 반지를 끼워 준 원규가 자신의 손에도 반지를 끼운다.

"이건 절대 빼지 말자."

눈물이 흐드러지도록 고개를 끄덕이며 원규에게 기댄 나의 이마 위로 따뜻한 입술이 닿았다. 이 사람을 사랑하고…… 사랑하고…… 또 사랑한다.

〈2권에서 계속〉

PLEASE, WHY ME
플리즈 와이 미

1판 1쇄 찍음 2017년 4월 20일
1판 1쇄 펴냄 2017년 4월 28일

지은이 나막웃었잖아
펴낸이 정 필
펴낸곳 (주)뿔미디어

편집장 박경희
기획 · 편집 박경희, 이유나

출판등록 2002년 9월 11일 (제1081-1-132호)
주소 경기도 부천시 원미구 소향로 17, 303(두성프라자)
전화 032)651-6513   팩스 032)651-6094
E-mail scarlets2012@hanmail.net
블로그 http://blog.naver.com/dahyangs
비북스 http://b-books.co.kr

ISBN 979-11-315-7937-4 04810
ISBN 979-11-315-7936-7 04810 (SET)